孤独是
灵魂的必修课

毕淑敏 著

毕淑敏

朗读者

北京联合出版公司
Beijing United Publishing Co.,Ltd.

优等的心，不
必华丽，
但必须坚固。

毕
淑
敏

BI
SHU
MIN

目　录

Contents

造心

蜜蜂会造蜂巢，蚂蚁会造蚁穴，人会造房屋、机器，造美丽的艺术品和动听的歌。但是，对于我们最重要、最宝贵的东西——自己的心，谁是它的建造者？

孔雀绚丽的羽毛，是大自然物竞天择造出。白杨笔直刺向碧宇，是密集的群体和高远的阳光造出。清香的花草和缤纷的落英，是植物吸引异性繁衍后代的本能造出。卓尔不群、坚忍顽强的性格，是禀赋的优异和生活的历练造出。

我们的心，是长久地、不知不觉地以自己的双手，塑造而成。

造心先得有材料。有的心是用钢铁造的，沉黑无比。有的心是用冰雪造的，高洁酷寒。有的心是用丝绸造的，柔滑飘逸。有的心是用玻璃造的，晶莹脆薄。有的心是用竹子造的，锋利多刺。有的心是用木头造的，安稳麻木。有的心是用红土造的，粗糙朴素。有的心是用黄连造的，苦楚不堪。有的心是用垃圾造的，面目可憎。有的心是用谎言造的，百孔千疮。有的心是用尸骸造的，腐恶熏天。有的心是用眼镜蛇唾液造的，剧毒凶残。

造心要有手艺。一只灵巧的心，缝制得如同金丝荷包。一罐古朴的心，淳厚得好似百年老酒。一枚机敏的心，感应快捷，电光石火。一颗潦草的心，门可罗雀，疏可走马。一摊胡乱堆就的心，乏善可陈，杂乱无章。一片编织荆棘的心，暗设机关，处处陷阱。一道半是细腻半是马虎的心，好似白蚁蛀咬的断堤。一朵绣花枕头内里虚空的心，是假冒伪劣心界的水货。

造心需要时间。少则一分一秒，多则一世一生。片刻而成的大智大勇之心，未必就不玲珑。久拖不决的谨小慎微之心，未必就很精致。有的人，小小年纪，就竣工一颗完整坚实之心。有的人，须发皆白，还在心的地基挖土打桩。有的人，半途而废，不了了之，把半成品的心扔在荒野。有的人，成百里半九十，丢下不曾结尾的工程。有的人，精雕细刻一辈子，临终还在打磨心的剔透。有的人，粗制滥造一辈子，人未远行，心已灶冷坑灰。

心的边疆，可以造得很大很大。像延展性最好的金箔，铺设整个宇宙，把日月包涵。没有一片乌云，可以覆盖心灵辽阔的疆域。没有哪次地震火山，

可以彻底颠覆心灵的宏伟建筑。没有任何风暴，可以冻结心灵深处喷涌的温泉。没有某种天灾人祸，可以在秋天，让心的田野颗粒无收。

心的规模，也可能缩得很小很小，只能容纳一个家，一个人，一粒芝麻，一滴病毒。一丝雨，就把它淹没了。一缕风，就把它粉碎了。一句流言，就让它痛不欲生。一个阴谋，就置它于万劫不复。

心可以很硬，超过人世间已知的任何一种金属。心可以很软，如泣如诉，如绢如帛。心可以很韧，千百次的折损委屈，依旧平整如初。心可以很脆，一个不小心，顿时香消玉碎。

造心的时候，可以有很多讲究和设计。

比如预埋下一处心灵的生长点，像一株植物，具有自动修复、自我养护的神奇功能。心受了创伤，它会挺身而出，引导心的休养生息，在最短的时间内，使心整旧如新。

比如高高竖起心灵的避雷针，以便在危急时刻，将毁灭性的灾难导入地下，耐心等待雨过天晴。

比如添加防震防爆的性能，在心灵遭受短时间高强度的残酷打击下，举重若轻，镇定地维持蓬勃稳定。

比如……

优等的心，不必华丽，但必须坚固。因为人生有太多的压榨和当头一击，会与独行的心灵，在暗夜狭路相逢。如果没有精心的特别设计，简陋的心，很易横遭伤害，一蹶不振，也许从此破罐破摔，再无生机。没有自我康复本领的心灵，是不设防的大门。一汪小伤，便漏尽全身膏血。一星火药，便烧毁绵延的城堡。

心为血之海，那里汇聚着每个人的品格、智慧、精力、情操，心的质量就是人的质量。有一颗仁慈之心，会爱世界爱人爱生活，爱自身也爱大家。有一颗自强之心，会勤学苦练，百折不挠，宠辱不惊，大智若愚。有一颗尊严之心，会珍惜自然，善待万物。有一颗流量充沛、羽翼丰满的心，会乘上幻想的航天飞机，抚摸月亮的肩膀。

造心是一项艰难漫长的工程，工期也许耗时一生。通常是母亲的手，在最初心灵的模型上，留下永不消退的指纹。所以普天下为人父母者，要珍视这一份特别庄重的义务与责任。

当以我手塑我心的时候，一定要找好样板，郑重设计，万不可草率行事。造心当然免不了失败，也很可能会推倒重来。不必气馁，但也不可过于大意。因为心灵的本质，是一种缓慢而精细的物体，太多的揉搓，会破坏它的灵性与感动。

造好的心，如同造好的船。当它下水远航时，白云在头上飘荡，海鸥在前面飞翔，那是一个神圣的时刻。会有台风，会有巨涛。但一颗美好的心，即使巨轮沉没，它的颗粒也会在海浪中，无畏而快乐地燃烧。

优等的心，不必华丽，
但必须坚固。

暴雨筛

南方的女友讲过这样一个故事。

她说，我三十五岁的时候，考上了一所夜大。每天下班后，要穿越五条街道去读书。一天傍晚，台风突然来了，暴雨像牛仔的皮带一样宽，翻卷着抽打天地。老师还会不会上课呢？我拿不准。那时，电话还不普及，打探不到确实的消息。考虑了片刻，我穿上雨衣，又撑开一把伞，双重保险，冲出屋门。风雨中，伞立刻被劈开，成了几块碎布。雨衣阴险地背叛了我，胀鼓如帆，拼命要裹挟我去云中。我只有扔了雨衣，连滚带爬。渺无人迹的城市中，我惊惶地想到，是不是只有我一个人这样傻？也许今天根本就不上课。

我迟疑了片刻，但咬紧牙，继续向前。好不容易到了学校，贴身的衣服已像海带一般冷硬，牙齿像上了发条似的打战。没想到看门的老人说，从老师到学生，除了你，没有一个人来！

那一瞬，我非常绝望。不单是极端的辛苦化为泡沫，更有无穷的委屈和沮丧。

老人看我失魂落魄的样子，让我进他的小屋歇口气。喝着他沏的热茶，我心灰意懒。伴着窗外瀑布般的水龙，老人缓缓地说，你以后会有大出息。我说，我是一个大傻瓜啊。

他说，所有学生里，只有你一个人来上学了。看，暴雨是一个筛子。胆小的、思前想后的，都被它筛了下去，留下了最有胆量和最不怕吃苦的人。

那一瞬，好似空中打了一个闪电，我的心被照得雪亮。也许我不是三千学生当中最聪明的，但今晚的暴雨，让我知道了，我是三千学生中最有胆量和毅力的人。

从那以后，我就多了自信。你晓得，天地万物都会来帮助一个自信的人。所以，我就一步步地有了今天的成功。

我说，那位老人是你人生最重要的导师之一啊。

天地万物都会来
帮助一个自信的人。

风的青睐

400 年前的法国人蒙田，说过这样一句话——风不会对漫无目的者有所青睐……青睐是指一个人用黑眼珠子看着你。这是一句反话，意思是假如你有了坚定的目的，整个大自然将帮助你。

风是什么呢？风是一股看不见，摸不着的力量。风吹的时候，影响着我们，逆风或是顺风，对我们的速度和方向都强有力地制约着。就连飞机的钢铁巨翅，也不敢对风等闲视之。

人生的目的很重要。这个目的，是谁给我们预定的呢？没有人。你的父母、你的师长、你的朋友，都可能参与你的目的的制定，但他们不是决定的力量。最后的赞成或是否决票，在你手里。如果你对自己说，我才不要什么人生的目的这种奇怪的东西，那么，你也是有一个目的了，那就是“虚无”。

一个没有方向感的人，如何行走呢？看看醉汉就明白了。踉踉跄跄，东倒西歪，昏乱地嘟囔着，没有人知道他要到哪里去，更不知道他的归宿在何方……这种精神的吉卜赛人，终生流浪在灵魂的荒原。

还有一些人，把某种流行的腐朽说法或是沉沦的误区，当成了自己的目的。这种镜花水月的伪目的，只能引诱感官的沉没和本能的麻痹。

目的的特征：通常是阔大的、依稀的，但它确实存在着，一如晨曦。你从未摸到晨曦，但你每天都可以看到它。即使乌云蔽日的时候，你也坚忍不拔地确信，在高远之处，晨曦依然发出红色温暖的光芒。

一个有目的的人，走路的姿势是向前的。他们通常不会在跌倒之后，太久地抚摸伤痛，短暂的昏厥之后迅速地清醒，用身边的树枝或是草叶，捆扎好伤口，蹒跚着上路了。他们走得慢，但很坚定，不会因为风险而避开既定的方向，也不会为路边一些小的花果而长时间流连忘返。当然也有痴迷和混沌的时候，但他们能够重新恢复思考的冷静，从容向前……

风的青睐，是无价的礼物。只要你坚定地确立了自己的目标，努力下去，就会发现天地万物都来帮你了。

风不会对漫无目的者
有所青睐。

溪水金沙

人的天性如溪水，学习的本能就是金沙。它们潜伏在水中，浪花翻溅时一眼看不到它的颗粒，但因了它们的存在，水变得更有分量和价值。

我相信那些不含有金沙的小溪已经干涸，因为人类生存的环境曾经并且还将是刺骨险恶，你一个人的经历是不丰富的，你同时代的借鉴是不全面的，你一个行业的规则是不完整的……如果不爱学习、不善于学习、不坚持学习的话，就会被层出不穷的打击和灾变来征伐与掩埋，这个人的遗传基因就昙花一现地湮灭了。

所以，乐观地说，我们每个人都是那些爱学习的人的后代，唯有这项潜藏在血液中的专擅，令我们比所有的动物都更繁荣递进。

学习是有很多种方法的，比如抬头望天，你可以学到星空的叙事是无与伦比的宏大，滋生出的渺小和畏惧感让你一生警醒、谦逊。比如低头俯地，你可以窥到万物葱茏、物竞天择、优胜劣汰、残酷、公平，激发出的紧迫和危机感让你不敢有一刻懈怠与放松。比如听妈妈讲过去的事情，你会生出无限的柔情，不但绕指，更是绕心。比如看风光大片、科幻影像，你会惊骇莫名，有一种充满未知的狂喜和震撼……

然而，我以为最好的学习还是阅读。

首先我们要感谢文字，因为有了文字，我们的情感血脉才有了附着的骨骼，我们的理论枝蔓才有了攀缘的篱笆，我们的科技成果才有了传袭的衣钵，我们的历史才有了一面面古镜矗立照耀。

时代进步，从布帛竹简到计算机液晶屏，书写变得越来越快，阅读变得越来越方便了。记得我小时候，看一本长篇小说要个把星期，那还算快的呢！借书给朋友，不过百八十页，半个月后要她还，她说，这才几天啊你就催，我还没看完呢，小气呀小气！

读书，一种是技艺之书，讲的是各行各业的特殊规则；还有一种是普遍的知识，比如文史哲。读行业之书的人多，读普遍知识的人少。有一年我到国内著名的一所医科大学授课，我说，你们这些未来中国最杰出的医生，有谁读过《红字》？有谁读过《罪与罚》？请举手。台下抬臂者寥寥。在感谢了这些博士生的诚实之后，我深表遗憾。一个医生，除了读医书以外，也要读艺术。因为你面对的不是一只装满了病痛脓血的破罐子，而是一个活生生的人。死生契阔啊，他们在最悲苦无助的时候和你狭路相逢，你要医治他，不仅仅是凭着你的精湛医术，而且要凭着你强大的人格和综合的力量。如果你想当一个名医而非庸医，请在读医书的同时也展读人文科学方面的书籍。提高了你的素养，是你的福气，是你爹妈、妻子、丈夫、孩子的福气，同时也造福了你的病患。

我相信，一个读过很多专业以外书籍的建筑师盖出的楼房一定更漂亮和更实用。我相信，一个读过很多专业以外书籍的学者，授课传业的时候一定更风趣，更幽默，更旁征博引、口吐莲花。我相信，一个读过很多专业以外书籍的科学家，提出的设想和理论一定更曲径通幽、独树一帜。我相信，一个读过很多专业以外书籍的管理者，企业一定更具活力和创新精神。

我们曾经有过阅读备感艰难的时代。高玉宝的《我要读书》就是明证。那时候的无法阅读，是因为贫困和压迫。后来又有过对知识的蔑视，阅读也被视为通向反动的阶梯。我上初中一年级的时候，正逢“文化大革命”。学校停课闹革命，图书馆也关闭了，任何人不得进入。得知可以不再读书的第一天，心情像焰火一样蓬松、绚烂。但日子一天天驰去，牙口徒长，知识却永远停留在十三岁的水平，那种渐进式的痛楚巨蚕噬桑般把意志镂空。后来，图书馆开了一道小小的门缝，说是可以借阅“毒草”了，代价是你看完一本之后要交出一篇大批判文章。还书的时候，批判稿须一并附上，如果审查合格，就可以继续借阅；如果你敷衍了事或者干脆交不出批判文章，便永久取消你的借阅资格。

大家蜂拥去借书。但几轮之下，就门可罗雀了。规则严苛，审查文稿者声色俱厉，拥有借阅资格的人越来越少。我面临一个悖论。我喜爱“毒草”的芬芳，可我不得不批判它们。为了能继续阅读，只有口是心非。记得我曾面对苍穹向大师们祷告，说，你们既然能创造出那么多心境复杂的人物，一定也能体谅一个中国女孩此时的难处，为了能亲近你们，就原谅我说你们的一点点坏话吧，请不要生气……

现如今，很多人不再贫穷，也没有人压制阅读，可时间成了瓶颈，很多人苦恼的是总也找不到空闲来阅读。

那是因为有太多的诱惑。

阅读是没有香氛的，于是抵不过餐桌的美味。阅读是孤独的，于是没有觥筹交错的热闹。阅读是伴有思考和停顿的，于是没有游戏般的顺畅和惬意。阅读甚至是充满碰撞和痛楚的，因为有忏悔的顾盼和掘进的深入。

但是，优秀的阅读是有力量的，因为在阅读的时候，你不是一个人，而是和古今中外的先驱者们并行。

优秀的阅读是有力量的，
因为在阅读的时候，
你不是一个人，
而是和古今中外的先驱者们并行。

第二志愿

人们常常把所有的注意力，都集中在第一志愿上。这些年，随着考试严酷性的不断升级，关于填报志愿的说法也越来越霸道了——那就是，全力以赴关注你的第一志愿。某些大学的录取人员公开宣布，我们是不会录取第二志愿的学生的。因为你的热爱不够专一，录来也学不好的。

高考形势特殊，僧多粥少，对于学校的取舍，旁人不好议论是非。但我以为，如果把高考报志愿的经验推而广之，把第一志愿至上，扩展成人生选择的一大信条，就有商榷的必要了。

人生的选择绝少是唯一的。

听一位美国心理学家的讲座，谈到男女青年挑选恋爱对象时，他说，如果你在读大学的时候，一眼扫去，本班级上的异性，有三分之一以上可以成为你的配偶候选人，那么……

讲到这里，说是悬念也好，说是征询民意也好，他成心留出一个长长的停顿，用苍蓝色的眼珠扫视全场。台下发出汹涌的低语声，均说：“那他就是一个神经病！”

异国的心理学家耸耸肩膀说：“喏！那他或她，就是一个心理健康的人。”

这观点有点好玩，也有点耸人听闻，是不是？当然，他指的寻找伴侣，是在大学校园内，智商和背景有大的相仿，并不能波及整个社会，说某个男人觉得与世上三分之一的女人都可成眷属，才属正常。

但这一论点也可以说明，既然结为夫妻这样严重的问题，都不妨有一手或是几手打算，那么，在其他场合的选择，当有更大的弹性。

当孤注一掷地把自己的命运押在某个“唯一”头上的时候，我们实际上处于自我封闭和焦灼无序的状态。内心流淌的是自卑和虚弱。以为只有这狭窄的途径，才是抵达目的地的独木桥，无法设想在另外的情形下，还有道路尚可通行。某些人的信念虽执着但脆弱，难以容忍自己的不成功。由于太惧怕失败的阴影了，拒绝想象除胜利以外，事态还同时存有一千种以上暗淡的可能。他们能够采取的自卫措施，就是放下眼帘。以为只要不去想，不良的结果就可能像鬼魅，只能在暗夜中游走，不会真的在太阳下现身。

于是每当选择的关头，我们可以看到那么多人鸵鸟似的奋不顾身、色厉内荏地跑跳着，到了没有退路的时候，就把小小的脑袋埋入沙荒。他们并不仅仅骗别人，首先的和更重要的，是用这种虚张的气势，为自己打气加力。他们拒不考虑第二志愿，觉着给自己留了退路，就是懦夫和逃兵，甚至以为那是一个不祥的兆头，好像夜啼的猫头鹰，早早赶走方平安。他们竭力不去前瞻那潜伏着的败笔和危险，好像不带粮草就杀入沙漠的孤军。即使为了应付局面多做准备，也是马马虎虎、潦潦草草，虚与委蛇地写下第二、第三志愿……不走脑子，秋水无痕。不敢一针见血地问自己，假若第一志愿失守，能否依旧从容微笑？

可惜世上的事情，不如愿者十之八九。当冰冷的结局出现时，很多人就像遇到雪崩的攀缘者，一落千丈。

此刻，你以前不经意间随手填写的第二志愿，就像保险绳一样，在你下坠的过程中，有力地拽住了你，还你一方风景。

惊魂未定的你，此时心中百感交集。被第一志愿抛弃的巨大失落，使你百骸俱软，无暇顾及和珍视第二志愿的援手。你垂头丧气地望着崖下，第一志愿的游魂还在碎石中闪着虚光。有人恨不能纵身一跳，以七尺之躯殉了那

未竟的理想。即便被亲人和世俗的利害劝得暂且委曲求全，那心中的苦郁悲凉，也经久不散。

第二志愿如同灰姑娘，龟缩在角落里，打扫尘埃，收拾残局，等待那不知何日才能莅临的金马车。

其实人的才能是多方面的，守节般地效忠第一志愿，愚蠢不说，更是浪费。候鸟是在不断迁徙当中，寻找自己的最佳栖息地，并在长途艰苦的跋涉中，锻炼了羽翼。在屋檐下盘旋的鸟，除了麻雀，还能想出谁？

寻找第二志愿的过程，实质上是对自己的一次再发现。除了那最突出、最显著的特点之外，我还有什么优长之处？第一志愿和第二志愿之间，可否像两位相得益彰的前锋，交互支援？我还有哪些潜藏着的特质，有待发掘和培养？平日疏忽的爱好，也许可在失落中渐渐显影？

第二志愿的考虑和填写，也许比第一志愿更取舍艰难。惟妙惟肖地预想失败，直面败后的残局和补救措施，绝非乐事，但却必须尝试着在出征前就布置退却和迂回的路线，并在这种惨淡经营的设计当中，规划自己再一次崛起的蓝图，这是一种经验，更是勇气。

也许是因为害怕面对这种挫折的演习，有人敷衍了事般地拟下第二志愿，并不曾经历大脑深远的思考。他们以为这是勇往直前、背水一战的魄力，殊不知暴露的只是自己乏于坚忍和气血两虚。

不可搪塞第二志愿。它依旧是人生重要的选择，是你面对逆境的备份文件。它是进可以攻、退可以守的支撑点，它是无惧无悔的屏障，它是一个终结和起跑的双重底线。

或许有人以为，有了第二志愿、第三志愿……人就易颓败，不进取。这是一个谬论。亡命之徒不可取，它使人铤而走险，一旦失利，便是绝望与死寂。不妨想想杂技演员。有了保险绳的时候，他们的表演会无后顾之忧，更精妙绝伦。

在填写第一志愿的时候，把其后的每一个志愿也都认真地考虑，这是人生不屈不挠的法门之一。

当孤注一掷地把自己的命运押在某个『唯一』头上的时候，我们实际上处于自我封闭和焦灼无序的状态。

看着别人的眼睛

很小的时候，如果我有了过失、说了谎话，又不愿承认的时候，妈妈就会说：看着我的眼睛。如果我襟怀坦荡，我就敢看着她的眼睛，否则就只有羞愧地低头。

从此，我面对别人的时候，看着他的眼睛。

当我失败的时候，看着亲人的眼睛，我无地自容。但悲伤会使我的眼睛噙满泪水，却不会使我闭上眼睛。看着批评我的目光，我会激起正视缺点的勇气与信念。我会仔细回顾我走过的路，看看自己是怎样跌倒的，今后避开同样的危险。

当我得到表扬的时候，我也快乐地注视着别人的眼睛。我不喜欢假装谦虚把睫毛深深地垂下，一个人回到僻静处悄悄地乐。我愿意把心中的喜悦像满桶的水一样溢出来，让我的朋友们分享。在我的亲人、我的朋友的眼睛里，我读出他们的快活和对我更高的希冀。表扬不但没有使我忘乎所以，反倒使我感到肩上的担子更加沉重。成功好比是一座小山，一个准备走很远的路的旅人，站得高了，才会看到目的地的篝火。他会加快自己的脚步。

当我面对陌生人的时候，我会格外注视他的眼睛。眼睛是心灵的窗户，这已经是被说腻了的古话，可我要说，眼睛不仅仅是窗户，它还是心灵的家。假如陌生人的目光坦诚而友好，我会向他伸出我的手。假如陌生人的目光犹疑而彷徨，我会断定他是一个没有主见的人，不能与他成为朋友。假如陌生人的目光躲闪而阴暗，我会退避三舍，在心里敲起警钟。假如陌生人的目光孤苦无告，我会愿意提供力所能及的帮助。

当我面对熟识的人的时候，我会观察他的眼睛有没有变化。岁月会改变一个人的眼光，就像油漆的家具会变色一样。但是有些老朋友的眼光是不会变的，像最清澈的水晶，晶莹一生。但他们的眼睛会随着喜怒哀乐变换颜色，作为朋友，我愿与他们分担。假如他们悲哀，我愿为他们宽心。假如他们喜悦，我愿与他们分享。假如他们焦虑，我愿出谋划策。假如他们忧郁，我愿陪着他们沿着静静的小河走很远很远。

当我独自一人面对镜子的时候，我严格地审视自己的眼睛。它是否还保持着童年人的纯真与善良？它是否还凝聚着少年人的敏锐与蓬勃？它在历尽沧桑以后，是否还向往人世间的真善美？面对今后岁月的风霜雨雪，它是否依旧满怀勇气与希望？

当我面对森林的时候，我注视着森林的眼睛。它就是树干上斑驳的年轮和随风摇曳的无数嫩叶。它们既苍老又年轻，流露出大自然无限的生机。

当我在月夜里面对星空的时候，我注视着宇宙的眼睛。那是苍穹无数的星辰。天是那样幽蓝而辽阔，周围是那样静寂而悠远。作为一个单独的人，我们是多么渺小啊！但正是看似微不足道的人类，开始了征服宇宙的长征。在这个意义上，人类有时那样伟大而悲壮。每一个孤立的人，都像小星星一样微弱，但集结起来，就可以给迷途的人指引方向，就可以在黑暗中放出光明。

我注视着滔滔的流水，浪花就是它的眼睛。生命在于运动，假如大海没有了波涛，就结束了它浩瀚博大的使命，大海就瞎了，成为死水一潭，再也不能负载舟楫远航，再也不能任海鸥翱翔，再也不能繁养无数的水族，再也不能驮着我们在海滩上嬉戏……

世界上所有的生灵都有它们的眼睛，就看你用不用心寻找，就看你有没有勇气和它对视。

当我刚刚开始学习注视别人的眼睛的时候，心中很有些不安。我觉得自己是个小小的孩童，我怎么敢看着别人的眼睛？那不是太不尊敬人了吗？我对妈妈讲了我的顾虑。她笑了，说，那你明天试着看看老师的眼睛。

第二天，在课堂上，我开始注视着老师的眼睛。好怪啊，老师好像专门给我一个人讲课似的。我的思考紧紧地跟随老师的讲解，在知识的密林里寻觅。当讲到重要的地方，我看到老师的眼睛里冒出精彩的火花，我知道自己一定要记住它。当老师的眼光像湖水一样平静的时候，我知道这只需要一般掌握。当我在读老师的眼睛的时候，老师也在读我的眼睛。假如我显现出迷惘与困惑，老师就会停下他讲解的步伐，在原地连兜几个圈子，直到我的目光重又明亮如洗。假如我调皮地向他眨眨眼睛，他会突然把讲了一半的话咽进嘴里。他知道我已心领神会，可以继续向下讲了。

我这才知道，眼睛对眼睛，是可以说话的。它们进行无声的交流，在这种通行的世界语里，容不得谎言，用不着翻译。它们比嘴巴更真实地反映出一个人隐秘的内心世界。

随着年龄的增长，我明白了注视着别人的眼睛是一种郑重，是一种尊敬，是一种信任，是一种坦诚。

当然了，这种注视不是死瞪瞪地盯着人家看，那样可真有点儿傻乎乎并且不文雅了。注视的目光应该是宁静而安然的，好像是我们在晴朗的天气眺望远处的青山。

如果我听懂了他的话，我会轻轻地点头。如果我需要他详细解说，我会用目光传达出这种请求。

注视着别人的眼睛，也给自己提出了更高的要求。

当我注视着别人的眼睛说“谢谢你”的时候，我必须发自内心地真诚。

当我注视着别人的眼睛说“对不起”的时候，我必须传递由衷的歉意。

当我注视着别人的眼睛说“我能把这件事做好”时，我一定要有“下一个必胜”的信心。

当我注视着别人的眼睛说“请相信我”时，我觉得自己陡然间增长了才干和胆魄。

医学家证明，人在说谎的时候，无论他多么老辣，他的眼睛都会泄露他的秘密。他的瞳孔会扩散变大，他的视线会游移，眼睑也会不由自主地下垂。

为了我们能够勇敢地注视别人的眼睛并且不怕被别人注视，让我们做一个襟怀坦荡、心灵像水晶般透明的人。

世界上所有的生灵
都有它们的眼睛，
就看你用不用心寻找，
就看你有没有勇气和它对视。

自信第一课

1972年的一天，领导通知我速去乌鲁木齐报到，新疆军区军医学校在停顿若干年后这一年第一次招生，只分给阿里军分区一个名额，首长经过研究讨论决定让我去。

按理说，我听到这个消息应该喜出望外才是。且不说我能回到平地，吸足充分的氧气，让自己被紫外线晒成棕褐色的脸庞得到“休养生息”，就是从学习的角度讲，“重男轻女”的部队能够把这样宝贵的唯一的名额分到我头上，也是天大的恩惠了。但是在记忆中，我似乎对此无动于衷，也许是雪山缺氧把大脑冻得迟钝了。我收拾起自己简单的行李，从雪山走下来，奔赴乌鲁木齐。

1969年，我从北京到西藏当兵，那种中心和边陲的，文明和旷野的，优裕和茹毛饮血的，平地和高地的，温暖和酷寒的，五颜六色和纯白的……一系列剧烈反差让我的心发生了沧海桑田般的变化。面临死亡咫尺之遥，面对冰雪整整三年，我再也不是当初那个天真烂漫的城市女孩，内心已变得如同喜马拉雅山万古不化的寒冰般苍老。我不会为了什么突发事件和急剧的变革而大喜大悲，只会淡然承受。

入学后，从基础课讲起，用的是第二军医大学的教材，教员由本校的老师和新疆军区总医院临床各科的主任、新疆医学院的教授担任。记得有一次，考临床病例的诊断和分析，要学员提出相应的治疗方案。那是一个不复杂的病案，大致的病情是由病毒引起重度上呼吸道感染，病人发烧、流涕、咳嗽，血象低，还伴有一些阳性体征。我提出方案的时候，除了采用常规的治疗外，还加用了抗生素。

讲评的时候，执教的老先生说：“凡是在治疗方案里使用了抗生素的同学都要扣分。因为这是一个病毒感染的病例，抗生素是无效的。如果使用了，一是浪费，二是造成抗药，三是无指征滥用，四是表明医生对自己的诊断不自信，一味追求保险系数……”老先生发了一通火，走了。

后来，我找到负责教务的老师，讲了课上的情况，对他说：“我就是在方案中用了抗生素的学员。我认为那位老先生的讲评有不完全的地方，我觉得冤枉。”

教务老师说：“讲评的老先生是新疆最著名医院的内科主任，在国民党的军队里做过很高的医官，他的医术在整个新疆是首屈一指的，把这位老先生请来给你们讲课，校方已冒了很大的风险。他是权威，讲得很有道理。你有什么不服的呢？”

我说：“我知道老先生很棒。但是具体问题要具体分析。他提出的这个病例并没有说出就诊所在的地理位置。比如要是在我的部队，在海拔 5000 米以上的高原，病员出现高烧等一系列症状，明知是病毒感染，一般的抗生素无效，我也要大剂量使用。因为高原气候恶劣，病员的抵抗力大幅度下降，很可能合并细菌感染。如果到了临床上出现明确的感染征象时才开始使用抗生素，那就晚了，来不及了。病员的生命已受到严重威胁……”

教务老师沉默不语。最后，他说：“我可以把你的意见转告给老先生，但是，你的分数不能改。”

我说：“分数并不重要。您听我讲完了看法，我已知足了。”

教室的门开了，校工闪了进来，搬进来一把木椅子摆在讲案旁，且侧放。我们知道，老先生又要来了。也许是年事已高，也许是习惯，总之，老先生讲课的时候是坐着的，而且要侧着坐，面孔永远不面向学生，只是对着有门或有窗的墙壁。不知道他这是积习，还是不屑于面对我们，或是有什么难言之隐。

这一次，老先生反常地站着。他满头白发，面容黢黑如铁，身板挺直如笔管，让我笃信了他曾是国民党医官一说。

老先生目光如锥，直视大家，音量不大，但在江南口音中运了力道，话语中就有种清晰的硬度了。他说："听说有人对我的讲评有意见，好像是一个叫毕淑敏的同学。这位同学，你能不能站起来，让我这个当老师的也认识你一下？"

我只有站起来。

老先生很注意地看了我一眼，说："好。毕淑敏，我认识你了，你可以坐下了。"

说实话，那几秒钟真把我吓坏了。不过，有什么办法呢？说出的话就像注射到肌肉里的药水一样，是没办法抠出来的。

全班寂静无声。

老先生说："毕淑敏，谢谢你。你是好学生，你讲得很好。你的话里有一部分不是从我这儿学到的，因为我还没有来得及教给你那么多。是的，作为一个好的医生，一定不能全搬书本，一定不能教条，要根据具体的情况决定治疗方案。在这一点上，你们要记住，无论多么好的老师，也不可能把所有的规则都教给你们。我没有去过毕淑敏所在的那个5000米高的阿里，但是我知道缺氧对人的影响。在那种情况下，她主张使用抗生素是完全正确的。我要把她的分数改过来……”

我听到教室里响起一阵轻微的欢呼声。因为写了抗生素治疗的不仅我一个，很多同学都为这一改正而欢欣。

老先生紧接着说：“但在全班，我只改毕淑敏一个人的分数。你们有人和她写的一样，还是要被扣分。因为你们没有说出她那番道理，是知其然而不知其所以然。你现在再找我说也不管事了，即使你是冤枉的也不能改。因为就算你原来想到了，但对上级医生的错误没敢指出来。对年轻的医生来说，忠诚于病情和病人，比忠实于导师要重要得多。必要的时候，你宁可得罪你的上司，也万万不能得罪你的病人……”

这席话掷地有声。事过这么多年，我仍旧能够清晰地记得老先生如锥的目光和舒缓但铿锵有力的语调。平心而论，他出的那道题目是要求给出在常规情形下的治疗方案，而我竟从某个特殊的地理环境出发，并苛求于他。对一个初出茅庐的年轻人的不够全面的异议，老先生表现出了虚怀若谷的气量和真正的医生应有的磊落品格。

真的，那个分数对我来说完全不重要，重要的是我在此番高屋建瓴的话语中悟察到了一个优等医生的拳拳之心。

我甚至有时想，班上同学应该很感激我的挑战才对。因为没过多长时间，老先生就因为身体的关系不再给我们讲课了。如果不是我无意中创造了这个机会，我和同学们的人生就会残缺一段非常宝贵的教诲。

我的三年习医生涯，在我的生命中是一个重大的转折。我从生理上洞察人体，也从精神上对自己有了更多的信任。我知道了我们的灵魂居住在怎样的一团组织之中，也知道了它们的寿命和局限。如果说在阿里的时候我对生命还是模模糊糊的敬畏，那么，老师的教诲使我确立了这样的观念：一生珍爱自身，并把他人的生命看得如珠似宝，全力保卫这宝贵而脆弱的珍品。

我知道了我们的灵魂
居住在怎样的一团组织之中，
也知道了它们的寿命和局限。

苍凉的生命

面对荒凉的山口，孤独的废墟和沙暴盘旋出的昏暗，她第一次懂得了什么叫作博大和苍老，懂得了一个古老的民族被消失的辉煌和重新崛长的祈望。

群山在壮丽的阳光和湛蓝的天幕下沸腾，每一块岩石和每一朵冰雪，都固执地保持着它们凝固时的模样。极端的严寒，极端的缺氧，极端强烈的紫外线，极端艰苦的跋涉……她的眼泪在某一处悬崖上，凝成了椭圆形的冰粒，至今还悬挂在海拔 6000 米的峭壁上……然而，苍穹和高原，是她终生眷恋的诲人不倦的尊者，它们哺给她短暂的生命和宇宙的无涯。

当一个十七岁的少女，几乎在一无所知的情况下，告别了北京——这个当时中国内地最先进和繁荣的城市，跋涉万里，到达了青藏高原最边塞和最险恶的山峦之中，她所感到的恐惧和震惊，她所经历的心理跌宕和起伏，即使在三十年之后的今天，每于暗夜中想起，也常常不寒而栗。

十一年后，她从西藏回来了。回到她自幼生活的城市，回到她的亲人和朋友中间。她觉得自己有一种分裂之感，有时会在安逸温暖的家中，突然不知自己身在何方。在那一瞬，她灵魂出窍，思绪如烟，飘到九霄云外。

她的神魄又回到雪山上去了。在那个特定的时期，在那个遥远的高耸的地方，发生了一些事情。它们被呼啸的风雪掩埋，成为冰的木乃伊。如果没有人提起，注定永远无人知道。这个当年的女生，现在已经不年轻的女人，经历了这些事情。它们在她的血液中游走着，带着尖锐的冰凌，拒绝融化。她的脑子也因为缺氧，发生了一些不妙的变化。那些记忆绞缠在一起，编成了一条鞭子，在催促着她，做些什么。

于是，她开始尝试着写作。她是一名医生，给人开药方是很内行的，甚至可以说是个受人尊敬的好医生，可是，写作完全是门外汉。好在她还算勇敢，心想，常用汉字就那么几千个，我都会写（当然，有时也有错别字，但大的意思还是有把握的）。只要能把所思所想所感所悟写出来，对得起那段岁月，即可。

她就在一个平平常常的傍晚开始了写作。她写得很快，因为都是自己熟悉的事和人。他们在她的文字中说笑行走，哭泣和攀登。她所要做的事，就是把他们大体记录下来。所以，她觉得写作的过程不像有人说的那样苦，倒像是被一根魔棒击中，时光倒转，一下子回到了从前……她要感谢写作这根魔棒才对。当她把生平第一部中篇小说写完，她很高兴，觉得把一笔对于雪山的债还了。

小说没有名字。她想，故事是发生在昆仑山的，所以，在名字里一定要有“昆仑”两个字。这个方针一定下来，她就发觉自己面临一个大难题。因为“昆仑”这两个字是很重的，它们出现在题目里，就像两个巨无霸，谁能和它们匹配着，肩并肩地屹立在小说的第一行呢？好像有一架巨大的天平，她不由分说地把“昆仑”两个砝码，压在了天平的这一边。在那一边，要有怎样沉重的字，才能镇住天平的均衡？她无奈地想到了，要不，以多胜少吧，用三个甚至四个五个字，来抵住“昆仑”的雄风吧。

想了半天，没结果。她有点发愁。她有个习惯，一到了想不出办法的时候，就睡觉。她会在睡觉之前，把那个难题在脑海里重复一遍，好像脑海里有一片沙滩，海浪扫过之后，洁净平滑舒缓阔大的样子。她把“昆仑”两个字刻在脑海的沙滩之上，就安稳地睡去了。

那一夜，她睡得很好。当她醒来的时候，她就真的有了一个题目。那个题目是在梦中出现的，只不过它不是镌写在海滩上，而是呈现在一块石板上，好像乡下的孩子读书时用的那种青石板，用乳白色的石笔写下了——“昆仑殇”三个大字（现实中，她从来也没有用过那样的青石板，真奇怪）。

她有点不解。因为“殇”是个冷僻字，在她当医生的生涯里，不曾用过这个字。印象中，这个字，孤独地弥漫在两千年前楚国悲壮的挽歌中……

不过，她确知，这个字组成的篇名，在这一瞬击中了她，它是这篇小说天造地设的标题。她很高兴，她的潜意识像一头勤恳的牛，黑夜中，无声地帮她犁开了一片板结的土地。

聪明的朋友们，看到这里，你们一定知道了，文中的这个“她”就是我了。我就是这样写出了生平的第一篇小说，也就是处女作。

这些年来，每当有人问到我最喜欢的小说、最满意的小说是什么？我都说，我还没有最喜欢的小说，因为我还不曾写出。我也还没有最满意的小说，也因为不曾写出。这样讲，有点俗气，但我真是这样想的，我就要这样说。我不能因为害怕人家说我俗气，就编一个瞎话。在说谎和俗气之间，我是宁要俗气的诚实的。同时，我每次都很自觉地告诉访问我的人，我说，我可以报告给你——我印象最深刻的小说，那就是《昆仑殇》。

有很多东西，不是因为它的价值高或是身世奇特我们才珍视它，是因为其中蕴含了我们太多的心意和太久的眷恋。《昆仑殇》就是一部这样的作品。当我写它的时候，我毫无功利之心，完全是因为血液里的那些冰凌作怪，才匆匆动笔。如果说，在那以后的岁月中，我有时会以一个职业作家的习惯来从事写作，我可以坦诚地说，在《昆仑殇》中，我唯有一颗拳拳的赤子之心。

《昆仑殇》发表之后，获得了很大的反响。至今，我尚不能完全明白这是为什么。也许，那里太遥远了，那里发生的故事太悲壮了。也许，小说中描写了一种人类生存的极限和一种在极限中的挑战与人性的苦难奋斗，渗入到了人们心中柔软的死穴。

这不是我的能力，这是那座雄伟的高山，假我的手，传递了一点它的神髓。

我要感谢苍凉的西部。因为有了这样的经历，我的一生在某种意义上，变得不同寻常。

有很多东西，
不是因为它的价值高
或是身世奇特我们才珍视它，
是因为其中蕴含了
我们太多的心意
和太久的眷恋。

路远不胜金

有一天，我先生对我说，以前结婚的时候，也没送过你什么礼物。现在我补送你一个金戒指吧。

我说，心意领了。但金器我是不要的。先生笑了，说你肯定是舍不得钱。其实买金很合算，戴在手上是件装饰品，除了好看，本身的价值也还在。不喜欢这个样式了，还可以打成新的样子。你为什么不喜欢？我说，我算的是另一笔账啊。

他很感兴趣，让我说个明白。

我说，我是一个劳动妇女，戴了金，干起活来就不方便了。俗话说，远路无轻载。

先生就笑了，说，你以为我会给你买一个多么沉重的金镯子？想得美。我们只能买个金戒指，不过几克重。

我说，你听我说。我每天伏在桌前，不辨晨昏地写作。在电脑上敲出一个字，最少要击键两次。就算这个戒指五克重吧，手起手落，一个字就要多耗十克的重量。天长日久地下来，就不是一个小数目。假设我要写一部百万字的长篇小说，这小小的戒指就化作十吨的金坨，缀在手指的关节上，该是多么大的负担！要做的事情太多，路远不胜金。

先生说，要不我们买一条金项链，你写作的时候脖子总是不动的。

我说，我不喜欢项链的形状，它是锁链的一种。我崇尚简洁和自由，觉得美的极致就是自然。再说，我多年前就被 X 光判了颈椎增生，实在不忍再给沉重如铅的脖子增加负担。

先生叹了口气说，作为一个女人，你浑身上下没有一克金，真的不遗憾？

我说，我有许多遗憾的事情，比如文章写得不漂亮，做饭的手艺不精良，一坐车就头晕，永远也织不出一件合身的毛衣……但对金子这件事不遗憾。

先生说，你这是反潮流。

我说，不是反潮流，实在是无所谓。金是什么？不就是地球上的一种不算太少也不算太多的金属吗？有了这种金属就象征你高贵，没有这种金属就注定你卑贱吗？这颗星球上还有很多种稀有金属，比如铂，比如铑，比如能造原子弹的铀和镭……都比金昂贵得多。我们不可能把所有的金属都披挂在身，金属除了它在工业上的用途，并不代表更多的含义。如果你喜欢，你就佩戴好了，就像乡下的女孩在春天里，把一朵野花簪在发梢。如果你因为种种的缘故，没有一克金，那也没有什么可怯懦的，依然可以挺直腰杆，快快乐乐地生活。

作为一个女人，如果我们拥有天空和海洋，如果我们拥有知识和事业，如果我们拥有自信和尊严，如果我们拥有亲人对我们和我们对亲人的热爱，我们的生命就很完满。

拥有已太多，无金又何妨！

拥有已太多，无金又何妨。

与寂寞共处

常常是心中很寂寞，说出口的却是词不达意的热闹。这个世界已经够喧哗的了，现在需要的只是静静面对内心。

需要别人确认，才觉得自己活着的人，必然会逃避寂寞。节省下来的时间，用来干什么？只好另外想办法来谋杀时间。

寂寞是一种悄然的存在，不要挑战它，也不要逃避，学着共处就是。

开会常常让我感到寂寞，喧嚣人群中的寂寞。不喜欢很多会议的场合，在那里听不到发自肺腑的声音，套话多。有些话像风一样从耳边刮过，留不下任何印象。

也许是因为我年轻时在西藏当兵，营地在海拔 5000 米的高原之上，氧分压只有海平面的一半，对缺氧的感受十分敏感。会场里人一多，马上就感觉到缺氧，好像当年在雪原上跋涉的艰辛感觉又复活了，心中充满疲累。

这种时刻，我会不由自主地走出会场，到外面去呼吸新鲜空气，也不敢待得时间太久了，怕人家以为是对发言者、组织者的不敬。

我知道有些时候套话是一种必需，是一种人际关系和社会关系的润滑剂。这种润滑剂可不便宜，要用时间去购买，算得上是奢侈品了。

我是一个视时间为尊贵的人，实在不敢这样靡费，甘愿寂寞着。

常常是心中很寂寞，
说出口的却是词不达意的热闹。

购买一个希望

那年在国外，看到一个穷苦老人在购买彩票。他走到彩票售卖点，还未来得及说话，工作人员就手脚麻利地在电脑上为他选出了一组数字，然后把凭证交给他。他好像无家可归，没有什么固定的目标要赶赴，买完彩票，就在一旁呆呆站着。我正好空闲，便和他聊起来。

我问，你为什么不亲自选一组数字呢?

他说，是我自己选的。我总在这里买彩票。工作人员知道我要哪一组数字。只要看到我走近，就会为我敲出来。

我说，那你每次选的数字都是一样的喽?

他说，是的。是一样的。我已经以同样的数字买了整整40年彩票。每周一次，购买一个希望。

我心中快速计算着，一年就算52个周，四五二十，二五一十……然后再乘以每注彩票的花费……天！我问道，你中过吗？

他突然变得忸怩起来，喃喃说，没中过。有一次，大奖和我选的数字只差一个。

我说，那以后，你还选这组数字吗？

他很坚定地说，选。

我说，我是个外行，说错了你别见怪。依我猜，以后重新出现这组数字的概率是极低的，更别说还得有一个数字改成符合你的要求。

他说，你说得对，是这样的。

我就愣了。他衣衫褴褛，面容憔悴。买彩票的钱虽然不多，但周复一周地买着，粒米成箩，也积成了不算太小的数目。用这些钱，为什么不给自己买一身蔽寒的衣服，吃一顿饱饭呢？再说，固执地重复同一组数字，绝不更改，实在也非明智之举。

我不忍伤他心，又不知说什么好，只有久久地沉默了。过了一会儿，他主动开口说，你一定很想知道那是一组什么样的数字吧？

我点头说，是啊。

他有些害羞地说，那是我初恋女友的生日。每周我下注的时候，都会想起她，心中就暖和起来。

我说，那到了开奖的时候，你知道自己没中，会不会心中寒冷？

他笑了，牙齿在霓虹灯下像糖衣药片一样变幻着色彩。他说，不会。我马上又买新的一轮彩票，希望就又长出来了。我很穷，属于穷人的希望是很有限的。用这么少的钱，就能买到一个礼拜的快乐，这种机会，在这个世界上，实在是不多。更不用说，那个数字还寄托着我的回忆。如果我选的这组数字中大奖，她一定会注意到的，因为那是她的生日啊。紧接着她会好奇是谁得了这份奖金，于是就能看到我的名字。她立刻就明白我这一辈子没有忘记她，而且我有了这么多的钱，她也许会来找我……

老人说完，就转过身，缓缓地走了。

后来，我把这个真实的故事讲给很多人听。每个人听完后都会长久地沉默。然后说，真盼望他中奖啊！

用这么少的钱，
就能买到一个礼拜的快乐，
这种机会，
在这个世界上，
实在是不多。

拍卖你的生涯

朋友参加过一个很别致的讲座，对我详细地描绘了一番。她说：讲座叫作“拍卖你的生涯”。外籍老师发给每人一张纸，其上打印着数十行字。

1. 豪宅
2. 巨富
3. 一张取之不尽、用之不竭的信用卡
4. 美貌贤惠的妻子或英俊博学的丈夫
5. 一门精湛的技艺
6. 一个小岛
7. 一座宏大的图书馆
8. 和你的情人浪迹天涯

9. 一个勤劳忠诚的仆人

10. 三五个知心朋友

11. 一份价值五十万美元并每年可获得 25% 纯利收入的股票

12. 名垂青史

13. 一张免费旅游世界的机票

14. 和家人共度周末

15. 直言不讳的勇敢和百折不挠的真诚

……

大家先是愣愣地看着这些项目，之后交头接耳地笑，感觉甚好。本来嘛，全世界的美事和优良品质差不多都集中在此了。

老师拿起一只小锤子，轻敲讲台，蜂房般的教室寂静下来。老师说（他能讲不很普通的普通话）：“我手里是一只旧锤子，但今天它有某种权威——暂时充当拍卖锤。我要拍卖的东西，就是在座诸位的生涯。”

课堂顿起混乱。生涯？一个叫人生出沧桑和迷茫的词语。我们大致明白什么是生存，什么是生活，但不清楚什么是生涯。我们只是一天天随波逐流地过着，也许 70 岁的时候才恍然大悟，生涯已在朦胧中渐近尾声了。

老师说：“一个人的生涯，就是你人生的追求和事业。它可以掌握在你自己手中。性格就是命运。生涯从属于你的价值观。通常当人们谈到生涯的时候，总觉得有太多的不可把握性埋藏在未知中。其实它并非想象中那般神秘莫测。今天，我想通过这个游戏，让大家比较清晰地看到自己的爱好，预测自己的生涯。”

大家听明白了，好奇地跃跃欲试。

我相信在每一个成人的内心深处，都潜伏着一个爱做游戏的天真孩童，只不过随着时光流逝，蒙上了世故的尘土。

成年以后的我们，远离游戏，以为那是幼稚可笑的玩闹。其实好的游戏，具有启蒙人的智慧，通达人的思维，启迪人的感悟，让人反省的力量。当我们做游戏的时候，就更接近了真我。

老师说：“我现在象征性地发给每人 1000 元钱，代表你一生的时间和精力。我会把这张纸上所列的诸项境况裁成片，一一举起，这就等于开始了拍卖。你们可以用自己手中的积蓄购买这些可能性。100 元钱起叫，欢迎竞价。当我连喊三次，无人再出更高价的时候，锤子就会落下，这项生涯就属于你了。注意，我说的是可能性，并非是真正的事实。它的意思就是——你用 999 元竞得了豪宅，但并不等于你真的拥有了仙境般的别墅，只是说你将穷尽一生的精力来为自己争取。相信只要你竭尽全力，把目标当成整个生涯的支撑点，实现的可能性甚大。”

教室里的气氛，骚动之后有些沉重。这游戏的分量举轻若重，它把我们人生的繁杂目的约分并形象化了——拼此一生，你到底要什么？

老师举起了第一项拍卖品——拥有一座小岛。起价100元。

全场寂静。一座小岛？它在哪里？南半球还是北半球？大西洋还是太平洋？面积多少？人口多少？有无石油和珊瑚礁？风光怎样？

疑声四起，大家迫切希望老师提供更详尽的资料，关于那座小岛，关于风土人情。老师一脸肃然，坚定地举着那个纸片，拒绝做更进一步的解说。

于是，我们明白了。小岛，就是小小的、普普通通的一座无名岛。你愿不愿以一生作赌，去赢得这块海洋中的绿地？

终于，一个平日最爱探险、充满生命活力的女生大声地喊出了第一个竞价——我出200！

一个男生几乎是下意识地报出：500！他的心思在那一瞬很简单，买下荒凉岛屿这样的事就该是男子汉干的。

但那名个子不高、意志顽强的女生志在必得，她涨红着脸，一下子喊出了1000！

这是天价了。每个人只有1000元钱的贮备，也就是说，她已下定以毕生的精力赢得这座小岛的决心，别的人只有望洋兴叹了。

那个男生有些悻悻地说："竞价应该一点点攀升，比如她要出600，我喊700……这样也可给别人一个机会。"

老师淡然一笑说："我们只是象征性地拍卖，所以可能不合规矩。大家要记住，生涯也如战场，假如你已坚定地确认了自己的目标，就紧紧锁定它。机遇仿佛闪电。"

大家明白了竞争的激烈，肃静中有了潜藏的紧迫感和若隐若现的敌意。

拍卖的第二项是美貌贤惠的妻子或英俊博学的丈夫。

我原以为此项会导致激烈的竞拍，没想到一时门可罗雀，也许因为它太传统和古板。被其他更刺激的生涯吸引，大伙儿不愿在刚开场不久就把自己的一生交付伴侣的怀抱。好在和美的家庭终对人有不衰的吸引力，在竞争不激烈的情形下，被一位性情温和的男子以700元买去。

我把指关节攥得紧紧的，如果真有一沓钞票，大概会滴下混浊的水来。到底用这唯一的机会买回怎样的生涯？扒拉一下诸样选择，自己属意的栏目有限，和同志们所见略同也说不准。定谋贵决，一旦确立了自己的真爱，便要直捣黄龙，万不可游移吝惜。要知道，拍卖的过程水涨船高，步步为营。倘稍一迟缓，被他人横刀夺爱，就悔之莫及了。

拍到“取之不尽、用之不竭的信用卡”时，引起空前激烈的争抢。聪明人已发现，所列的诸项某些外延是交叉的，可互相替代。有同学小声嘀咕，有了信用卡，巨富不巨富的也不吃紧了，想干什么，还不是探囊取物？于是信用卡成了最具弹性和热度的香饽饽。一时群情激昂，最后被一奋勇女将自重围中掳走。

其后的诸项拍卖，险象环生。有些简直可以说是个人价值取向甚至秘密的大曝光。一位众人眼中极腼腆内向的男同学，取走了免费旅游世界的机票，让人刮目相看。一位正在离婚风波中的女子选择了和情人浪迹天涯，于是有人暗中揣测，她是否已有了意中人？一位手脚麻利、助人为乐的同学，居然选了勤快忠诚的仆人，让全体大跌眼镜。细一琢磨，可能他总当一个勤快人已经厌烦，但又无力摆脱这约定俗成的形象，出于补偿的心理，干脆倾其所有买下对另一个人的指挥权吧。一旦咀嚼出这选择背后的意味，旁观者就有些许心酸。

一位爱喝酒的同人一锤定音买下了“三五个知心朋友”，让我在想象中立即狠狠掴了自己一掌。从前，我劝过他不要喝那么多的酒，他笑说：“我喜欢和朋友在一起。”我不死心，便再劝，他却一直不改。此番看了他的选择，我方晓得朋友在他的心中如此重要。我决定，该闭嘴时就闭嘴吧。

光顾着看别人的收成，差点耽误了自己地里的活计。同桌悄悄问：“你到底打算买何种生涯？”

我说：“没拿定主意啊。我想要那座图书馆。”

同桌说：“傻了不是？我看你不妨要那份价值50万美元且年年递增25%的股票，要知道，这可是一只会下金蛋的火鸡。只要有了钱，什么图书馆置办不出来呢？你要把图书馆换成别的资产就很困难了。如今是信息时代，资料都储藏在光盘里，整个大英博物馆也不过是若干张碟的事。图书馆是落后的工业时代的遗物了……”

他话还没说完，老师举起了新的一张卡片。他见利忘友，立刻抛开我，大喊了一声：“嘿，这个我要定了。1000！”

我定睛一看，他倾囊而出购买回来的是一门精湛的技艺。

我窃笑道：“你这才是游牧时代的遗物呢，整个一小农经济。”

他很认真地说：“我总记着老爸的话，家有千金，不如一技在身。”

我暗笑，哈，人啊，真是环境的产物。

好了，不管他人瓦上霜了，还是扫自己门前雪吧。同桌的话也不无道理。有了足够的钱，当然可以买下图书馆或是任何光碟。但你没有这些钱之前，你就干瞪眼。钱在前，还是图书馆在前，两者便有了原则的不同。我愿自己在两鬓油黑、耳聪目明之时，就拥有一座窗明几净、汗牛充栋、庭院深深、斗拱飞檐的图书馆。再说，光碟哪能和图书馆同日而语？我不仅想看到那些古往今来的智慧头脑留下的珍珠，还喜欢那种静谧幽深的空间和气氛，让弥漫在阳光中的纸张味道鼓胀自己的肺……这些，用钱买来的新书和光碟仿得出来吗？

正这样想着，老师举起了“图书馆”，我也学同桌，破釜沉舟地大喊了一声：“1000！”

于是，宏大的图书馆就落到了我的手中。那一刻，虽明知是个模拟的游戏，心中还是扩散起喜悦的涟漪。

拍卖一项项进行下去，场上气氛热烈。我没有参加过实战，不知真正的拍卖是怎样的程序，但这一游戏对大家心灵的深层触动是不言而喻的。

当老师说“游戏到此结束”时，教室一下静得不可思议，好像刚才闹哄哄的一干人都吞炭为哑或羽化成仙去了。

老师接着说：“有人也许会在游戏之后，思索和检视自己，产生惊讶的发现和意外的收获。有一个现象，不知大家发现没有，有三项生涯，当我开价 100 元之后没有人应拍，也就是说不曾成交。这种卖不出去的物品，按规矩是要拍卖行收回的。但我决定还是把它们留下。也许你们想过之后，还会把它们选作自己的生涯目标。”

这三项是：

1. 名垂青史
2. 和家人共度周末
3. 直言不讳的勇敢和百折不挠的真诚

同学大眼瞪小眼，刚才都只专注于购买各自的生涯，不曾注意被冷落的项目，听老师这样一说就都默然了。

我一一揣摩，在心中回答老师。

和家人共度周末。

老师别恼。不曾购买它作为自己的生涯，原因可能是多方面的。有人以为这是很平淡的事，不必把它定作目标。凡夫俗子们估摸着自己就是不打算和家人共度周末也没有什么地方可去。一件被迫的、几乎命中注定的事，何必要选择？还有的人是一些不愿归巢的鸟，从心眼里不打算和家人共度周末。

现今只有没本事的人才和家人共度周末，有本事的人是专要和外人度周末的。

青史留名？

可叹现代人（当然也包括我）对史的概念已如此脆弱，仿佛站在一个修鞋摊子旁边，只在乎立等可取，只在乎急功近利。当我们连清洁的水源和绵延的绿色都不愿给子孙留下的时候，拥挤的大脑中如何还存得下一块森严的石壁，以反射青史遥远的回声？

勇敢和真诚？

它固然曾经是人类骄傲的源泉，但如今怯懦和虚伪，更成了安身立命的通行证。预定了终生的勇敢和真诚，就把一把利刃悬在了颅顶，这需要怎样的坚忍和稳定？我们表面的不屑是因为骨子里的不敢。我们没有承诺勇敢的勇气，我们没有面对真诚的真诚。

游戏结束了，不曾结束的是思考。

在弥漫着世俗气息的“我”之外，以一个“孩子”的视角重新剖析自己的价值观和生存质量，内心就有了激烈的碰撞和痛苦的反思。

在节奏纷繁的现代社会，我们一天忙得视丹成绿，很难得有这种省察自我的机会，这一瞬让我们返璞归真。

人生的重大决定，是由心规划的，像一道预先计算好的轨道，等待着你的星座运行。如果期待改变我们的命运，请首先改变心的轨迹。

游戏结束了，
不曾结束的是思考。

梳理生命之序

曾听到一位患“非典”的香港心脏科医生谈起他的感受。因为病情突变，他住进了医院的“深切治疗部”。“深切治疗”这个词，大陆很少用，估计那意思是病情笃重，需要更深入的治疗和更关切的照料。词是温煦的，但缝隙间掩藏着的凶氛，还是幽幽地散了出来。

医生脱险后接受采访，记者问：一个人孤独地住在病房里，想了些什么？医生沉吟了一会儿说，想得最多的是，要把人生中最重要的事和一般的事分开，先做那些重要的事情。记者当然追问：你生命中最重要的事是什么呢？医生答：和我的家人在一起。

我听了以后，愣了很久。医生传达和重复了一个直白到简陋的真理——

事情是可以排顺序的。生死边缘，回眸一望，常常发现玉石俱焚，鱼龙混杂，重要的事被疏漏了，不重要的事却被无限放大。

几天后，我又见到一位脚夫老人。大家都熟悉的陕北民歌《赶牲灵》，就是脚夫们走沟穿壑在高原上吼出的。他说“活着做遍，死了无怨”，意思是人活着的时候，把你想做的事都做了，就一生完满，活得够本，可以安然地死了。

医生是留洋博士，脚夫满面黄尘苍凉。不同层面的人，异曲同工的话，于是在突如其来的瘟疫背后，就有了哲学的味道。

人生有涯，即使没有“非典”袭扰，生命也必有大限。活着就是一个向着死亡的存在，由于有铁闸似的死亡矗立在深邃的尽头，便使我们的生命显出异样的美丽和时不我待的紧迫。人是脆弱的，种种意外的蛰伏，使得能上天入地、能让电脑每秒钟运算若干亿次的现代人却无法估算出每人大限到来的时刻。面对永恒困境，只剩下一个可行的方法，就是把那些我们以为最重要的事抓紧做完。简而言之，你要给生命排一个序。

什么是生命中最重要的事呢？夜深人静、月朗星稀之时，每个人心平气和地想想：也许是事业有成，也许是周游世界，也许是孝顺父母，也许是舍己为人，也许是永远探索，也许是安分守己……我相信每个人都会得出自己的答案。

寻找最重要的事情，其实就是寻找生命的价值。

它是我们立下的宏愿，是你选定的主牌，有了它，一应事务的顺序就排出来了。现代人陷入日常的忙碌，无数细小而琐碎的事件，缭乱了我们的双眼，模糊了我们的视线，凝滞了我们的脚步，壅塞了我们的襟怀……

寻找最重要的事情，
其实就是寻找生命的价值。

机遇是怎样在不知不觉中降临的

学会不怨天尤人，勇敢地负起自己应该负起的责任，这是一种美德，并且会给自己带来意想不到的礼物，那就是——你将一手造就自己的经历，为自己带来好运气。

我一直很相信这样一种说法——当你坚定地承担责任、勇往直前的时候，天地万物好像听到了一个指令，会齐心协力地帮助你、提携你。于是，贵人也出现了，机会也在最不可能滋生的崖缝中，露出了细芽。

我有时自己也想不通，这不是迷信吗？天地万物怎么会听从一个指令呢？它们的耳朵在哪里？它们的听力如何？这个指令是什么人发出来的呢？它用的是何种语言？

想不通啊想不通！但现实中确实有这样的故事，我听到很多人这样说过，在充满了感动的同时，也充满了疑惑。想啊想，我终于理出了一点头绪。

那个帮你忙的指令，其实出自你的内心。一个人，如果他是积极向上、永不妥协的，那么，他的一举一动、一笑一颦，都会放射出这种不屈的信息。这就像香草就要发出烘烤般的酥香气息，拦也拦不住，堵也堵不了。所有经过他身边的人，都会看到这种灼热光华，如同走过夜明珠的身旁。

我坚信，很多人在内心里，是愿意帮助别人的，特别是这种帮助并不会带给自身重大损失的时候，很多人都愿意伸出友谊之手。

这种手，有的时候是一个机遇，给谁都是给，为什么不给一个让我们心生好感的人呢？为什么不给一个让人们心怀敬重的人呢？为什么不给一个具备美德的人呢？于是你就得到了它。

有的时候，援手是一个信息。因为你让对方感到愉悦，人在愉悦的时候就会浮想联翩。施助者的潜意识喜欢你，就想——也许这个消息对这个人会有益处呢？于是，它把这句话送到了主人的嘴边。很可能连主人都没有意识到这种好感和这条信息之间的关联，但勤快的潜意识就麻利地把事情给办妥了，没想到不经意间，便成就了你的新生。

更多的时候，援手是一点小钱。这对有钱人算不得什么，对贫困中的人，却是天降甘露。你可能因为有了这一点小钱，而获得了转机，迎来了拐点。这对于施恩之人来说，很可能只是举手之劳。钱和钱的概念有时有天壤之别，用处也大相径庭，钱是会玩魔术的。

援手有的时候只是鼓励和关爱。虽然鼓励和关爱并不需要太大的付出，但人们只会鼓励那些和自己的人生大目标相投的人，只会关爱和自己的爱好信仰相符的人。

一个人只有在光明磊落的时候，才会不避讳自己的奋斗目标，才会在很多不经意的瞬间显示出美德和惹人怜爱的细节。而这些，恰好具有打动人心的力量，奇迹就慢慢地显影了。

世界上的事，都是因人而异。对你来说难于上青天的事，对另外一些人不过是小菜一碟。所以，先锤炼你的人格和目标吧。当它们光彩照人的时候，机遇就在不知不觉中降临了。

这没有什么神秘的，只要你像雏鹰，无数次张开翅膀，有一次正好刮过来了风，那就是一股上升的气流。如果你蜷曲在巢中，无论刮过怎样的风，对你都只是寒冷。

那个帮你忙的指令，
其实出自你的内心。

离太阳最近的树

四十年前，我在西藏阿里当兵。

这是世界的第三极，平均海拔 5000 米，冰峰林立，雪原寂寥。不知是神灵的佑护还是大自然的疏忽，在荒漠的褶皱里，有时会不可思议地生存着一片红柳丛。它们有着铁一样锈红的枝干，凤羽般纷披的碎叶，偶尔会开出穗样细密的花，对着高原的酷寒和缺氧微笑。这高原的精灵，是离太阳最近的绿树，百年才能长成小小的一蓬。我在藏区巡回医疗，骑马穿行于略带苍蓝色调的红柳丛中，竟以为它必与雪域永在。

一天，司务长布置任务——全体打柴去！我以为自己听错了，高原之上，哪里有柴？！原来是驱车上百公里，把红柳挖出来，当柴火烧。

我大惊，说把红柳挖了，高原上仅有的树不就绝了吗？

司务长回答，你要吃饭，对不对？饭要烧熟，对不对？烧熟要用柴火，对不对？柴火就是红柳，对不对？

我说，红柳不是柴火，它是活的，它有生命。做饭可以用汽油，可以用焦炭，为什么要用高原上唯一的绿色！

司务长说，拉一车汽油上山，路上就要耗掉两车汽油。焦炭运上来，一斤的价钱等于六斤白面。红柳是不要钱的，你算算这个账吧！

挖红柳的队伍带着铁锨、镐头和斧，浩浩荡荡地出发了。

红柳通常都是长在沙丘上的。一座结实的沙丘顶上，昂然立着一株红柳。它的根像巨大的章鱼的无数脚爪，缠附到沙丘逶迤的边缘。

我很奇怪，红柳为什么不找个背风的地方猫着呢？生存中也好少些艰辛。老兵说，你本末倒置了，不是红柳在沙丘上，是因为有了这红柳，才固住了流沙。随着红柳渐渐长大，流沙被固住的越来越多，最后便聚成了一座沙山。红柳的根有多广，那沙山就有多大。

啊，红柳如同冰山。露在沙上的部分只有十分之一，伟大的力量埋在地下。

红柳的枝叶算不得好柴薪，真正顽强的是红柳强大的根系，它们与沙子黏结得如同钢筋混凝土。一旦燃烧起来，持续而稳定地吐出熊熊的热量，好像把千万年来从太阳那里索得的光芒，压缩后爆裂开来。金红的火焰中，每一块红柳根都弥久地维持着盘根错节的形状，好像傲然不屈的英魂。

把红柳根从沙丘中掘出，蕴含着很可怕的工作量。红柳与土地生死相依，人们要先费几天的时间，将大半个沙山掏净。这样，红柳就枝丫遒劲地腾越在旷野之上，好似一副镂空的恐龙骨架。这时需请来最有气力的男子，用利斧将这活着的巨型根雕与大地最后的联系一一斩断。整个红柳丛就訇然倒下了。

一年年过去，易挖的红柳绝迹了，只剩那些最古老的树灵了。

掏挖沙山的工期越来越长，最健硕有力的小伙子，也折不断红柳苍老的手臂了。于是人们想出了高技术的法子——用炸药！

只需在红柳根部，挖一条深深的巷子，用架子把火药放进去，人伏得远远的，将长长的药捻点燃。深远的寂静之后，只听轰的一声，再幽深的树怪也尸骸散地了。

我们餐风宿露。今年可以看到去年被掘走红柳的沙丘，好像眼球摘除术的伤员，依然大睁着空洞的眼睑，怒向苍穹。这触目惊心的景象不会持续太久，待到第三年，那沙丘已烟消云散，好像此地从来不曾生存过什么千年古木，不曾堆聚过亿万颗沙砾。

听最近到过阿里的人讲，红柳林早已掘净烧光，连根须都烟消灰灭了。

有时深夜，我会突然想起那些高原上的“原住民”，它们的魂魄如今栖息在何处云端？会想到那些曾经被固住的黄沙，是否已飘撒在世界各处？从屋子顶上扬起的尘沙，常会飞得十分遥远。

红柳如同冰山。
露在沙上的部分
只有十分之一，
伟大的力量埋在地下。

绝望之后的曙光

我们五个女兵是 1969 年 4 月被分配到西藏阿里军分区的。阿里军分区 1968 年成立，我们是分区的第一批女兵。我是 1952 年 10 月出生的，当时是十六岁半。

过五一了，说有一辆大轿子车和一辆大解放车结伴上山，让我们 5 月 2 日 9 点到大门口集合。我们按照预定时间上车的时候，才发现探家回来的干部战士早就上了车，黑压压地把轿车的位子都坐满了。那时候还没有照顾女士的概念，他们都一言不发地盯着我们看。我是班长，看看车子最后一排还能挤进两个人，就叹了一口气说，三个人上解放车大厢板，两个人留在这辆车上。

从喀什到狮泉河，那时要走六天。六天的路程，山高水远。我坐在解放车的大厢板上，穿着大头鞋，裹着皮大衣，蜷缩成一团，听着缠有防滑链的车轮在雪地和碎石上碾过的细碎声响，觉得我以前在北京温暖的家中读书的日子是一个梦。到达狮泉河镇，迎接我们的阿里军分区卫生科的领导围着我们五个人转了好几圈，然后面面相觑、毫无表情地走了。

五个女兵站在荒凉的戈壁上，完全不得要领。我至今仍要感谢大脑缺氧和严重的高原反应带来的木讷和迟钝，让我们在这段不知道有多久的时间内，没有哭，没有叹息，也没有思索，一言不发。在这段思维空白的时间里，我看着远处的夕阳像一张金红色的巨饼，无声无息地缓缓降入峰峦之口，大地变得一片苍茫。

等卫生科的领导再次出现的时候，就很热情了，连连说着“欢迎你们”，接过了我们的背包和脸盆。

科长后来解释说，此前收到南疆军区的电文，说是给卫生科派去了五名卫生员，但并没有说明是女性。在我们之前，阿里军分区从来没有女兵，所以他们头脑中也没这根弦。接站时刻，突然发现来者是女孩子，遂大吃一惊，措手不及。他们原本是把我们分散安排在各个男兵宿舍的，一见之下情知不妥，赶紧回去倒腾房子。

我们五个都是 1969 年的兵，2 月入伍，在新兵连集训了两个月，并没有

经过任何医学训练，连最基本的肌肉神经在哪里都不知道，就开始上班了。

我的第一针是给一个叫作“黄金”的战士注射青霉素。扎完之后，黄金一股劲儿地感谢我，说一点都不疼。我自己知道这是为什么。因为用的劲过大，针头全部飞快地刺进肌肉，所以几乎不疼。缺点是这样进针十分鲁莽，如果针断在皮肉中，取出来就很困难。算这位“黄金”战友幸运，既不感觉到疼，也没有碰上断针这样的倒霉事，过了一关。

1970 年年底，要开始野营拉练了。我们都纷纷写决心书，报名参加拉练，要求到火线上去锻炼。繁忙的准备工作开始了，主要是给自己做一口锅，以便独立野炊的时候能吃得上饭。具体方法是先用锉刀把罐头盒锉开，这样才能最大限度地保存罐头盒盖子的完整，在做饭的时候少跑一点气。然后在罐头盒盖子(现在已经变成锅盖子了)上凿个小洞，在罐头盒锅体上也穿个小洞，两洞合一，用铁丝拧紧，简易小锅大功告成。

出发的前一天，我们把拉练需要携带的物品——比如枪支弹药、红十字包、干粮袋、帐篷雨衣、被褥行李等都背在身上，跳上磅秤一称，将近一百公斤。那时我的基本体重（穿上棉袄棉裤绒衣绒裤大头鞋，戴上皮帽子）大约是六十公斤。也就是说，负重在三十五公斤以上。

数九寒天，阿里高原最寒冷的日子。日日急行军，给我留下最深印象的是从噶尔昆沙到班卡的一段路。六十公里路，在海拔 5000 米以上的高山之巅，就是巨大的挑战了。上午还好，虽然气喘吁吁，总算不掉队地走了下来。中午吃饭的时间到了，要求各自起伙。我们先是把背上的冰取下来，砸成小块，放到“小锅”里，然后再找几块小石头，把“小锅”垫起来，算作灶台。再把干牛粪塞到石头的缝隙里，点火开始做饭。等到水开了，把干粮袋里的生米下锅，米熟了，就可以开饭了。

这个过程说起来简单，其实不易。单是在大风中划着火柴，就要费半天的功夫。我好不容易把牛粪点燃，瞬即又被大风吹熄，只得重点。几番折腾之后，冰融化成了点点滴滴的水，发出嗞嗞啦啦的响声。我赶快抓起一把生米下锅，罐头盒内又无声无息了。千呼万唤好不容易才把米煮开，我尝了一下，基本上可以吃了，却不料一不小心，支撑罐头盒的石头晃了一下，整个盒子倒扣下来，湮灭了牛粪火，所有的米粒也都撒在外头，白花花一地，马上冻结在石头上，没法吃了。我欲哭无泪，正在想着是不是重新煮米，出发的号声响了。

一座险峻的高山横在路上。到了傍晚的时候，只爬到半山，饥寒交迫，我只觉得自己再也坚持不下来了。心跳得好像要从嗓子里蹦出来，喉头咸腥，一张嘴仿佛会血溅大地。身上的所有感官，感受到的都是痛苦与折磨，这样的生命，我再也不想拥有了。我要结束生命，从此长眠，埋骨雪山……

我就像架机器似的向前向前，队伍中是不能容忍停滞不前的。完全没有了思想，没有了方向，只有挺进。周围是一片黑暗，我从来没有见过那样黏腻厚重的黑暗，头脑中也是一片黑暗，如同最深的海底，渺无希望。

大约到了凌晨 3 点钟的时候，我们终于抵达了班卡哨所。我们不停顿地行走了 24 个小时，气温是零下 38 摄氏度。

那天晚上（正确地讲应该说是黎明），我以为自己会蒙头大睡，不想脑筋却像冰雪一样清冷。我想，人在最艰苦的时候，常常会产生绝望，以为自己就此倒下，一了百了，但只要不懈地坚持，其实也没有什么了不起的，曙光会重新出现。

多年来，我的心中一直有一个坚定的信念：人在经历了痛苦和绝望之后，会得到一份新生的愉悦。

1980 年我转业回北京。户籍民警登记时问我：你一入伍就分到西藏阿里军分区，一直到转业，都是在这个单位工作吗？我说，是！我当兵十一年，只在一个单位工作过，那就是西藏阿里军分区。

在这段思维空白的时间里，
我看着远处的夕阳
像一张金红色的巨饼，
无声无息地缓缓降入峰峦之口，
大地变得一片苍茫。

泥沙俱下的生活

有年轻人问，对生活，你有没有产生过厌倦的情绪？

说心里话，我是一个从本质上对生命持悲观态度的人，但对生活，基本上没产生过厌倦情绪。这好像是矛盾的两极，骨子里其实相通。也许因为青年时代，在对世界的感知还混混沌沌的时候，我就毫无准备地抵达了海拔5000米的藏北高原。猝不及防中，灵魂经历了大的恐惧，大的悲哀。平定之后，也就有了对一般厌倦的定力。面对穷凶极恶的高寒缺氧、无穷无尽的冰川雪岭，你无法抗拒。人是多么渺小，生命是多么孤单。你有一千种可能性会死，比如雪崩，比如坠崖，比如高原肺水肿，比如急性心力衰竭，比如战死疆场，比如车祸枪伤……但你却在苦难的夹缝当中，仍然完整地活着。而且，只要你不打算立即结束自己，就得继续活下去。愁云惨淡、畏畏缩缩的是活，昂扬快乐、兴致勃勃的也是活。我盘算了一下，权衡利弊，觉得还是取后种活法比较适宜。不单是自我感觉稍愉快，而且让他人（起码是父母）也较为安宁。就像得过了剧烈的水痘，对类似的疾病就有了抗体，从那以后，一般的颓丧就无法击倒我了。我明白日常生活的核心，其实是如何善待每人仅此一次的生命。如果你珍惜生命，就不必因为小的苦恼而厌倦生活。因为泥沙俱下、并不完美的生活，正是组成宝贵生命的原材料。

他又问，你对自己的才能有没有过怀疑或是绝望?

我是一个“泛才能论”者——即认为每个人都必有自己独特的才能，赞成李白所说的“天生我材必有用”。只是这才能到底是什么，没人事先向我们交底，大家都蒙在鼓里。本人不一定清楚，家人朋友也未必明晰，全靠仔细寻找加上运气。有的人可能一下子就找到了；有的人费时一世一生；还有的人，干脆终身在暗中摸索，不得所终。飞速发展的现代科技，为我们提供了越来越多施展才能的领域。例如爱好音乐、爱好写作……都是比较传统的项目，热爱电脑、热爱基因工程……则是最近若干年才开发出来的新领域。有时想，擅长操纵计算机的才能，以前必定也悄悄存在着，但世上没这物件时，具有此类本领潜质的人，只好委屈地干着别的行当。他若是去学画画，技巧不一定高，就痛苦万分，觉得自己不成才。比尔·盖茨先生若是生长在唐朝，整个就算瞎了一代英雄。所以，寻找才能是一项相当艰巨重大的工程，切莫等闲视之。

人们通常把爱好当作才能，一般说来两相符合的概率很高，但并不像克隆羊那样惟妙惟肖。爱好这个东西，有的时候很能迷惑人。一门心思凭它引路，也会害人不浅。有时你爱的恰好是你所不具备特长的东西，就像病人热爱健康、矮个儿渴望长高一样。因为不具备，所以就更爱得痴迷，九死不悔。我判断人对自己的才能，产生深度的怀疑以致绝望，多半产生于这种“爱好不当”的旋涡之中。因此在大的怀疑和绝望之前，不妨先静下心来，冷静客观地分析一下，考察一下自己的才能，真正投影于何方。评估关头，最好先安稳地睡一觉，半夜时分醒来，万籁俱寂时，摒弃世俗和金钱的阴影，纯粹从人的天性出发，充满快乐地想一想。

为什么一定要强调充满快乐地去想呢？我以为，真正令才能充分发育的土壤，应该同时是我们分泌快乐的源泉。

他的最后一个问题是，你是怎样度过人生的低潮期的？

安静地等待。好好睡觉，像一只冬眠的熊。锻炼身体，坚信无论是承受更深的低潮或是迎接高潮，好的体魄都用得着。和知心的朋友谈天，基本上不发牢骚，主要是回忆快乐的时光。多读书，看一些传记。一来增长知识，顺带还可瞧瞧别人倒霉的时候是怎么挺过去的。趁机做家务，把平时忙碌顾不上的活儿都在此时干完。

真正令才能充分发育的土壤，
应该同时是我们分泌快乐的源泉。

你为什么而活着

我有过若干次讲演的经历，在北大和清华，在军营和监狱，在农村土坯搭建的课堂和美国最奢华的私立学校……面对从医学博士到纽约贫民窟的孩子等各色人群，我都会很直率地谈出对问题的想法。在我的记忆中，有一次的经历非常难忘。

那是一所很有名望的大学，约过我好几次了，说学生们期待和我进行讨论。我一直推辞，我从骨子里不喜欢演说。每逢答应一桩这样的公差，就要莫名地紧张好几天。但学校方面很执着，在第 N 次邀请的时候说，该校的学生思想之活跃甚至超过了北大，会对演讲者提出极为尖锐的问题，常常让人下不了台，有时演讲者简直是灰溜溜地离开学校。

听他们这样一讲，我的好奇心就被激励起来，我说我愿意接受挑战。于是，我们商定了一个日子。

那天，大学的礼堂挤得满满的，当我穿过密密的人群走向讲台的时候，心里涌起怪异的感觉，不知道今天将有怎样的场面出现。果然，从我一开始讲话，就不断地有条子递上来，不一会儿，就在手边积成了厚厚一堆，好像深秋时节被清洁工扫起的落叶。我一边讲课，一边充满了猜测，不知道树叶中潜伏着怎样的“思想炸弹”。讲演告一段落，进入回答问题阶段，我迫不及待地打开了堆积如山的纸条，一张张阅读。那一瞬，台下变得死寂，偌大的礼堂仿若空无一人。

我看完了纸条说，有一些表扬我的话，我就不念了。除此之外，纸条上提得最多的问题是——

人生有什么意义？请你务必说真话，因为我们已经听过太多言不由衷的假话了。

我念完这个纸条以后，台下响起了掌声。我说你们今天提出这个问题很好，我会讲真话。我在西藏阿里的雪山之上，面对着浩瀚的苍穹和壁立的冰川，如同一个茹毛饮血的原始人，反复地思索过这个问题。我相信，一个人在他年轻的时候，是会无数次地叩问自己——我的一生，到底要追索怎样的意义？

我想了无数个晚上和白天，终于得到了一个答案。今天，在这里，我将非常负责地对大家说，我思索的结果是：人生是没有任何意义的！

这句话说完，全场出现了短暂的寂静，如同旷野。但是，紧接着就响起了暴风雨般的掌声。

那是我在讲演中获得的最热烈的掌声。在以前，我从来不相信有什么“暴风雨”般的掌声这种话，觉得那只是一个拙劣的比喻。但这一次，我相信了。我赶快用手做了一个“暂停”的手势，但掌声还是绵延了若干时间。

我说：“大家先不要忙着给我鼓掌，我的话还没有说完。我说人生是没有意义的，这没错，但是——我们每一个人要为自己确立一个意义！

“是的，关于人生的意义的讨论，充斥在我们的周围。很多说法，由于熟悉和重复，已让我们从熟视无睹滑到了厌烦。可是，这不是问题的真谛。真谛是，别人强加给你的意义，无论它多么正确，如果它不曾进入你的心理结构，它就永远是身外之物。比如我们从小就被家长灌输过人生意义的答案。在此后漫长的岁月里，谆谆告诫的老师和各种类型的教育，也都不断地向我们批发人生意义的补充版。但是，有多少人把这种外在的框架，当成了自己内在的标杆，并为之下定了奋斗终生的决心？”

那一天结束讲演之后，我听到有同学说，他觉得最大的收获是听到有一个活生生的中年人亲口说，人生是没有意义的，你要为之确立一个意义。

其实，不单是中国的青年人在目标这个问题上飘忽不定，就是在美国的著名学府哈佛大学，也有很多人无法在青年时代就确立自己的目标。我看到一则材料，说某年哈佛的毕业生临出校门的时候，校方对他们做了一个有关人生目标的调查，结果是：百分之二十七的人完全没有目标；百分之六十的人目标模糊；百分之十的人有近期目标；只有百分之三的人有着清晰而长远的目标。

二十五年过去了，那百分之三的人不懈地朝着一个目标坚忍努力，成了社会的精英，而其余的人，成就要相差很多。

我之所以提到这个例子，是想说明在人生目标的确立上，无论中国还是外国的青年，都遭遇到了相当程度的朦胧或是混沌状态。有人会说，是啊，那又怎么样？我可以一边慢慢成长，一边寻找自己的人生意义啊。我平日也碰到很多青年朋友，诉说他们的种种苦难。我在耐心地听完那些折磨他们的烦心事之后，把他们乞求帮助的目光撇在一旁，我会问：“你的人生目标是什么呢？”

他们通常会很吃惊，好像怀疑我是否听懂了他们的愁苦，甚至恼怒我为什么对具体的问题视而不见，而盘问他们如此不着边际的空话。更有甚者，以为我根本就没有心思听他们说话，自己胡乱找了个话题来搪塞。

我会迎着他们疑虑的目光，说：“请回答我的这个问题，你为什么而活着呢？”

年轻人一般会很懊恼地说：“这个问题太大了，和我现在遇到的事没有一点关联。”我会说：“你错了。世上的万事万物都有关联。有人常常以为心理上的事只和单一的外界刺激有关，就事论事，其实心理和人生的大目标有着纲举目张的紧密接触。很多心理问题，实际上都是人生的大目标出现了混乱和偏移。”

举个例子。一个小伙子找到我，说他为自己说话很快而苦恼，他交了一个女朋友，感情很好。但女孩子不喜欢他说话太快。一听他口若悬河、滔滔不绝地说个没完，女孩就说自己快变成大头娃娃了。还说如果他不改掉这毛病，就不能把他引见给自己的妈妈，因为老人家最烦的就是说话爱吐唾沫星子的人。

“你说我怎么才能改掉说话太快的毛病？”他殷切地看着我，闹得我都觉得如果不帮他这个忙，简直就成了毁掉他一生爱情和事业的凶手。

我说：“你为什么要讲话那么快呢？”

他说：“如果慢了，我怕人家没有耐心听完我的话。您知道，现在的社会节奏那么快，你讲慢了，人家就跑了。”

我说：“如果按照你的这个观点发挥下去，社会节奏越来越快，你岂不是就得说绕口令了？你的准丈母娘就不是这样的人啊，她就喜欢说话速度慢一点并且注意礼仪的人啊。”

他说：“好吧，就算你说的这两种人都可以并存，但我还是觉得说话快一些，比较占便宜，可以在单位时间内传达更多的信息。”

我说：“那你的关键就是期待别人能准确地接受你的信息。你以为只有快速发送信息才是唯一的途径。你对自己的观点并不自信。”

他说：“正是这样。我生怕别人不听我的，我就快快地说，多多地说。”

当他这样说完之后，连自己也笑了起来。我说：“其实别人能否接受我们的观点，语速并不是最重要的。而且，你能告诉我，你为什么这样在意别人是否能接受你的观点吗？”

这个说话很快的男孩突然语塞起来，忸怩着说：“我把理想告诉你，你可不要笑话我。”

我连连保证绝不泄密。他说：“我的理想是当一个政治家。所有的政治家都很雄辩，你说对吧？”

我说："这咱们就接触到了问题的实质。要当一个政治家，第一要自信。他们的雄辩不是来自速度，而是来自信念。一个自信的人，不论说话快还是慢，他们对自我信念的坚守流露出来，会感染他人。我知道你有如此远大的理想，这很好。你要做的事，不是把话越说越快，而是积攒自己的力量，让自己的信念更加坚强。"

那一天的谈话到此为止。后来，这个男生告诉我，他讲话的速度慢了下来，也被批准见到了自己的准丈母娘，听说很受欢迎。

这边刚刚解决了一个说话快的问题，紧接着又来了一位女硕士，说自己的问题是讲话太慢，周围的人都认为她有很深的城府，不敢和她交朋友，以为在她那些缓慢吐出的话语背后，隐藏着怎样的阴谋。

"我试了很多方法，却无法让自己说话快起来，烦死了。"她慢吞吞地对我这样说，语速的确有一种压抑的迟缓，好像在话的背后还隐藏着另一句话。

我看她急迫的神情，知道她非常焦虑。

我说："你讲每一句话是否都要经过慎重的考虑？"

她说："是啊。如果不考虑，讲错了话，谁负得了这个责？"

我说：“你为什么特别怕讲错话？”

女硕士说：“因为我输不起。我家庭背景不好，家里有人犯了罪，周围的人都看不起我们；家里很穷，从小靠亲戚的施舍我才能坚持学业。我生怕一句话说差了，人家不高兴，就不给我学费了。所以，连问一句‘你吃了吗’这样中国最普通的话，我也要三思而后行。我怕人家说，你连自己的饭都吃不饱，也配来问别人吃饭的问题。”

听到这里，我说：“我明白了。你觉得自己的每一句话都可能引致他人的误解，给自己造成不良影响。”

女硕士连连说：“对对，就是这样的。”

我笑了，说：“你这一句话说得并不慢啊。”

她说：“那我是相信你不会误会我。”

我说：“这就对了。你说话速度慢，不是一个技术性的问题，是你不能相信别人。你是否准备一辈子都不相信任何人？如果是这样，我断定你的讲话速度是不会改变的。如果你从此相信他人，讲话的速度自然会比较适宜，既不会太慢，也不会太快，而是能收放自如。”

那个女生后来果然有了很大的进步，她的人际关系也有了改变。

今天我们从一个很大的目标谈起，结果要在一个很小的地方结束。我想说，一个人的心理是一座斗拱飞檐的宫殿，这座宫殿的基础就是我们对自己人生目标的规划和对世界、对他人的基本看法。一些看起来是技术和表面的问题，其实内里都和我们的基本人生观有着千丝万缕的联系。心理问题切不可头痛医头脚痛医脚，那样如同创可贴，只能暂时封住小伤口，却无法从根本上让我们的精神强健起来。

人生是没有意义的，
这没错，
但是——
我们每一个人
要为自己确立一个意义！

流露你的真表情

学医的时候，老师问过一道题：“人和动物在解剖形态上的最大区别是什么？”

当学生的争先恐后地发言，都想由自己说出那个正确的答案。这看起来并不是个很难的问题。

有人说：“是站立行走。”先生说：“不对。大猩猩也是可以站立的。”

有人说：“是懂得用火。”先生不悦道：“我问的是生理上的区别，并不是进化上的。”

更有同学答：“是劳动创造了人。”先生说：“你在社会学上也许可以得满分，但请听清我的问题。”

满室寂然。

先生见我们混沌不悟，自答道：“记住，是表情啊。地球上没有任何一种生物有人类这样丰富的表情肌。比如笑吧，一只狗再聪明也是不会笑的。人类的近亲猴子勉强算作会笑，但只能做出龇牙咧嘴一种表情。只有人类，才可以调动面部的所有肌群，调整出不同的笑容，比如微笑，比如嘲笑，比如冷笑，比如狂笑，以表达自身复杂的情感。”我在惊讶中记住了先生的话，以为是至理名言。

近些年来，我开始怀疑先生教了我一条谬误。

乘坐飞机，起飞之前，每次都有空姐为我们演示一遍空中遭遇紧急情形时，如何打开氧气面罩的操作。我乘坐飞机凡数十次，每一次都凝神细察，但从未看清过具体步骤。空姐满面笑容地屹立前舱，脸上很真诚，手上却很敷衍，好像在做一种太极功夫，点到为止，全然顾及不到这种急救措施对乘客是怎样的性命攸关。我分明看到了她们脸上悬挂的笑容和冷淡的心的分离，升起一种被愚弄的感觉。

我有一位相识许久的女友，原是个敢怒敢恨、敢涕泪滂沱、敢笑逐颜开的性情中人。几年不见，不知在哪里读了淑女规范言行的著作，同我谈话的时候身子仄仄地欠着，双膝款款地屈着，嘴角勾勒成一个精致的角度。粗一看，你以为她时时在微笑，细一看，你就捉摸不透她的真表情，心里不禁有些发毛。你若在背后叫她，她是不会立刻回了脸来看你，而是端端地将身体转了过来，从容地瞄着你，说骤然回头会使脖子上的肌肤提前衰老。

她是那样吝啬使用她的表情，虽然她给你一个温馨的外表，却没有丝毫的温度。我看着她，不由得想起儿时戴的大头娃娃面具。

遇到过一位哭哭啼啼的饭店服务员，说她一切按店方的要求去办，不想却被客人责难。那客人匆忙之中丢失了公文包，要她帮助寻找。客人焦急地述说着，她耐心地倾听着，正思谋着如何帮忙，客人竟勃然大怒了，吼着说：“我急得火烧眉毛，你竟然还在笑。你是在嘲笑我吗？”

“我那一刻绝没有笑。”服务员指天咒地对我说。

看她的眼神，我相信是真话。

“那么，你当时做了怎样一个表情呢？”我问，恍恍惚惚探到了一点头绪。

“喏，我就是这样的……”她侧过脸，把那刻的表情模拟给我。

那是一个职业女性训练有素的程式化的表情，眉梢扬着，嘴角翘着……

无论我多么同情她，我还是要说，这是一张空洞漠然的笑脸。

服务员的脸已经被长期的工作塑造成她自己也不能控制的状态。

表情肌不再表达人类的感情了，或者说它们只表达一种感情，那就是微笑。

我们的生活中曾经排斥过微笑，关于那个时代我们已经做了结论。于是我们呼吁微笑、引进微笑、培育微笑，微笑就泛滥起来。荧屏上著名和不著名的男女主持人无时无刻不在微笑，以至于使人不得不产生疑问，我们的生活中真有那么多值得微笑的事情吗？

微笑变得越来越商业化了。他对你微笑，并不表明他的善意，微笑只是金钱的等价物。他对你微笑，并不表明他的诚恳，微笑只是恶战的前奏。他对你微笑，并不说明他想帮助你，微笑只是一种谋略。他对你微笑，并不证明他对你的友谊，微笑只是麻痹你的一重帐幕……

这样的事见得太多之后，竟对微笑的本质怀疑起来。

亿万年的进化，我们的身体本身就成了一本书。

人的眉毛为什么要如此飞扬，轻松地直抵鬓角？那是因为此刻为鏖战的间隙，我们不必紧皱眉头思考，精神得以豁然舒展。

人的上眼睑肌为什么要如此松弛，使眼裂缩小，眼神迷离，目光不再聚焦？那是因为面对朋友，可以放松警惕敞开心扉，放松自己紧张的神经，不必目光炯炯。

人的口角为什么上挑，不再抿成森然一线？那是因为随时准备开启双唇，倾吐热情的话语，饮下甘甜的琼浆。

因为快乐和友情，从猿到人，演变出了美妙动人的微笑，这是人类无与伦比的财富。笑容像一只模型，把我们脸上的肌肉像羊群一般驯化了，让它们按照微笑的规则排列，随时以备我们心情的调遣。

假若不是服从心情的安排，只是表情肌机械的动作，那无异于噩梦中抽筋，除了遗留久久的酸痛，与快乐是毫无关联的。

记得小时候读过大文豪雨果的《笑面人》，一个苦孩子被施了刑罚，脸被固定成狂笑的模样。他痛苦不堪，因为他的任何表情，都只能使脸上狂笑的表情更为惨烈。

无时无刻不在笑——这是一种刑罚，它使“笑”这种人类最美丽、最优美的表情，蜕化为一种酷刑。

现实中自然没有这种刑罚了。但如果不表达自己的心愿，只是一味地微笑着，微笑像画皮一样黏附在我们的脸庞上，像破旧的门帘沉重地垂着，完全失掉了真诚善良的原始含义，那岂不是人类进化的大退步、大哀痛？

人类的表情肌除了表达笑容，还用以表达愤怒、悲哀、思索、惆怅以及绝望。它就像天空中的七色彩虹，相辅相成，所有的表情都是完整的人生所必需的，是生命的元素。

我们既然具备了流泪的本能，哀伤的时候就该听凭那些满含盐分的浊水淌出体外。目眦俱裂，不论是为红颜还是为功名，未必不是人生的大境界。额头没有一丝皱纹的美人，只怕血管里流动的都是冰。表情是心情的档案，如果永远只是空白，谁还愿把最重要的记录留在上面？

当然，我绝不是主张人人横眉冷对。经过漫长的隧道，我们终于笑起来了，这是一个大进步，但笑也是分阶段，也是有层次的。空洞而浅薄的笑如同盲目的恨和无缘无故的悲哀一样，都是情感的赝品。

有一句话叫作“笑比哭好”，我常常怀疑它。笑和哭都是人类的正常情绪反应，谁能说黛玉临终时的笑比哭好呢？

痛则大悲，喜则大笑，只要是从心底流出的对世界的真情感，都是生命之壁的摩崖石刻，经得起岁月风雨的打磨，值得我们久久珍爱。

亿万年的进化，
我们的身体本身
就成了一本书。

关于人生的沉思

世上有一种伪坦率，最需提防。

他把许多恶毒的计策，摊到桌面上来。他把你对他的疑点抢先说破，使你自觉心地龌龊，对他不起。他把事件的最坏可能一一预告，反倒让你觉得万无一失……

人们常常有一种善良的错觉，以为只有隐瞒才是欺骗。殊不知，最高明的骗术，正是在光天化日之下进行。

伪坦率是一种更高水准的虚伪，它利用的是一种人们对坦率的信任。

坦率其实不说明更多的问题，它只是把双方的意见公开出来，本身并不等同于真诚。

人生有无数的岔道，在分歧的路口，多半摆着诱惑。我们常常被物质的光怪陆离耀花了眼睛。

需要在漆黑的静夜想一想，想想我们与生俱来的理想，想想我们将要迈步的台阶，距我们最终的目标是近还是远？

眼睛当然是有用的。但有时闭上眼睛的时候，我们才能更好地倾听心灵的回答。

不负责任的表扬往往比批评还令人难堪。

因为他并没有注意到你的真正长处，仅仅是借此显示个人的风度。当他对你最有好感的时候，都这样疏忽大意，可见你在他心中的位置。

不实的批评，你还有权愤恨；对于不实的表扬，你只有悲哀。

我对赞同我的人，感悟的是他的善意。

我对反对我的人，考察的是他的智慧。

如果在赞同者那里看到的是逢迎，在反对者那里感觉的是愚昧，那么这两种人的意见我都不屑再听。任凭人们议论我的孤僻和不逊，自己并不在意。

懒散在通常的情形下，是不可取的。但懒散的状态有时会使我们浮想联翩，这时的懒散就不是无所用心的思想游缰，而是孕育新状态的热身运动。

有些人无时无刻不在显示他们的重要。高声说话，目光威严地扫射，很喧哗的笑声，不合时宜的服装和故意迟到，甚至不断在报刊上制造耸人听闻的噱头……

我总在这些做作的举动之中,发现一种属于恫吓的虚弱和勉力为之的疲倦。

生命是为自己而存在的。它是一种朴素而自然的事情，不是在众人之前的杂耍。

拒绝是没有错的，错误的是我们在拒绝前做出的判断。

我们不要害怕拒绝，我们只需更周密地决断。

比起赞同来，我更欣赏拒绝。

拒绝是一种删繁就简，拒绝是一种举重若轻。拒绝是一种大智若愚，拒绝是一种水落石出。

当利益像万花筒一般使你眼花缭乱之时，你会在混沌之中模糊了视线。尝试一下拒绝吧……

拒绝犹如断臂，带有旧情不再的痛楚。

拒绝犹如狂飙突进，孕育天马行空的独行。

拒绝有时是一首挽歌，回荡袅袅的哀伤。

拒绝更多是破釜沉舟的勇气，直面淋漓鲜血的惨淡人生。

在北京的名人故居有鲁迅、郭沫若、老舍、宋庆龄……

一位经商的朋友愤愤地说，为什么没有大商人的故居呢?

我想，除了从商这一行的规则难以令所有的人心悦诚服以外，人们对在他们的故居可看到什么，大概觉得乏味。也许可以看到文化，但何必看支流呢？既然源头存在。

所有的商品和文字相比，都是速朽的。

对于现世，人们注重物质。

对于久远，人们更注重精神。

一个人最少需要一种非功利的爱好。

比如爱钓鱼，并不是为了解馋。

爱书法，并不是为了卖钱。

爱跑步，并不是要创世界纪录。

爱跳舞，并不是为了上台表演……

它不仅仅是富裕的精力有所附丽，主要是精神有了种舒展自如的安置与发挥，感受到人生的美好真谛。

一个人的魅力，往往在他退休后看得更清楚。

属于职务的光环被岁月褪去，属于个人的精神光芒焕发出来。这个过程对有的人是苦闷，对有的人是新生。

我渴望衰老，因为生命的苦难。

我知道我生存一天，就要不懈地努力一天。取消所有责任的正当途径只有一条，这就是死亡。

衰老靠近死亡，所以我无所畏惧。

钻石是我们这个星球上最坚硬的物质。那么钻石是靠什么物质来切割打磨它的呢?

答案——靠另一颗钻石。

钻石自己敲打自己，是为了更完美。

人类也需要他人不断地敲打。

期望能给人勇气也易引起沮丧，关键在于期望的“值”。期望既不应太少也不能太多，但适中的量很难掌握。

两相比较，若是对自己，我以为还是期望得多一些为好，失败了虽易颓唐，但有时也会激起意料不到的勇气。若是对他人，期望得还是少一些为好，这样失望和伤害也会比较少。

“怕”好像历来是个贬义词。怕什么？别怕！天不要怕，地不要怕……好像不怕才是人生的大境界。

其实人的一生总要怕点什么，这就是中国古代说的“相克”。金木水火土，都有所怕的东西。要是不相克，也就没有了相生，宇宙不就乱了套？

惊奇是一种天然，而不是制造出来的。它是真情实感的火花。一块滚圆的鹅卵石，便不再会惊讶江河的波涛。惊奇蕴含着奋进的活力。

世界上有些事情，记住，永不要说。

你不说，就没有任何人知道。

你不知道我不知道，我们永远都不需要知道。不要把错误想得那么分明。不要去讨论那个过程，把它像标本一样在记忆中固定。有些事情不值得总结，忘记它的最好方法就是绝不回头。也许那事情很严重，但最大的改正是永不重复。

对于别人的拒绝，我们有的时候过分看重“理由”这个东西。其实理由并不重要，重要的是它所传递的那个真实而不易表达的目的。

如果我们摔倒了，却不知道是哪一块石头绊倒了我们，这难道不是比摔倒更为懊丧的事情吗?

忠厚是无用的别名。无用却不是忠厚的别名，同它意思近似的有——懒惰、低能、弱智以及弄巧成拙，等等。所以忠厚还可训练，无用却几乎是废物了。

人须怕法，那是众人行事的准则。人还须怕天，那是自然界运行的规律。怕是一个大的框架，在这个范畴里，我们可以自由活动。假如突破了它的边缘，就成了无法无天之徒，那是人类的废品。

了解一个人最大的缺点比了解一个人最大的优点更重要。因为忍耐比欣赏要艰难得多。

谣言也有一个大用处，当它飞扬的时候，警告某种灾难正在酝酿。

刚富的穷人和刚穷的富人，都比较触目惊心。前者是要做出富过一百年的样子，后者是要做出还将富一百年的样子。

人如果被人利用，一般认为是大不幸。但世上的物要是不能被人利用，这物就是废物，是要被抛弃的。人比物高等，更应该有利用的价值。

自己可以利用自己，别人就不能利用你，是否是一种自私?

不是能否被利用的问题，而是对方利用你的时候，你是否得到了应有的回报。这是不是带有浓烈的功利色彩？

所以，被人利用还不是人生的大不幸。人要是完全无法被人利用，才是最悲哀的。

凡声称自己很少被欺骗的人，也很少相信别人。

信任有时简直就是被欺骗的别名。

有没有两全其美的办法呢？只有一条，那就是智慧加上训练有素的直觉。

寡闻不一定必是坏事。现代社会信息爆炸，许多时髦的东西还是充耳不闻的好。付出的代价是被人讥笑为落伍，收获的果实是心境的清明。

当那些最勇敢、最智慧的人，攀到前所未有的高度时，迎接他们的是严寒与荒凉。

面对纷繁的星空和遥远的黑洞，你踏出高贵而孤独的脚步。

你极有可能走错，湮灭如灰尘。

传送带是不保留探索者的脚印的，它淡然地看着一位位先驱者扑倒，只为成功者留下位置。

宇宙用死亡限制人们的步伐。人类的每一个婴儿降生，都是历史的一次重新开始。智者离开时，卷走了他们没有诉诸文字的所有发现。

历史不记录回声。人的生命是长度固定的锁链，为了对抗死亡，为了在重复学习之余留出创造的空间，只有在每一个生命之环上负载更多的希冀与沉重，人类日益变得匆忙与紧张。

我知道了什么叫作崇高。它其实是一种发源于恐惧的感情，是一种战胜了恐惧之后的豪迈。

我会在没有人的暗夜，深深检讨自己的缺憾。但我不愿在众目睽睽之下，把自己像次品一般展览。

不要以为普通的小人物就没有尊严。不要以为女人的尊严感天生就薄弱于男人或人类的平均值。不要以为曾经失去过尊严的人就一定不再珍惜尊严。

崇高的侧面可以是平凡，但绝不是卑微。

智慧是划分区域的。从商的智慧是金色，从政的智慧是血色，爱情的智慧是无色，仇恨的智慧是黑色。没有谁的智慧是万能的，所以人们在一些领域绝顶聪明，在另一些领域混沌不堪。

眼睛当然是有用的。
但有时闭上眼睛的时候，
我们才能更好地倾听心灵的回答。

生命中的粗纤维

痛苦和磨难，是人生不可分割的一部分。

生命没有了苦难，那么它也就失去了框架。很多自杀的人，就是因为没有理会这种意义，一厢情愿地认为，生命是应该只有甘甜没有挫败的，特别是在恋爱早期，那种汹涌的荷尔蒙带来的欢愉，让人把激情当成了常态。

生命的常态，其实就是平稳和深邃，还有暗流。在最深刻的层面，我们不单与别人是分离的，与世界也是分离的，兀自踯躅前行。

每个人的生命中必定下雨，就像坏天气也是大自然的一部分。

某些日子势必黑暗又荒凉，就像你不可能总是吃细粮，那样你就会得大肠癌，你一定要吃粗纤维。坏天气、悲剧、死亡、生病，都是生命中的粗纤维，我们只有安然接纳。

真有些非常倒霉的人，叫你简直都不知道跟他说什么好。所有的语言都是多余的，真不知道命运为什么如此苛待于他。然而仍然不能放弃希望。放弃了，就真的一无所有了。

这时，我们需要的便是勇气，便是稳定地活着，没有丝毫的自欺，执掌着非常强大的安全感，对宇宙有一种敬畏和信赖。

心中没有希望，到哪里都不是理想的抛锚地，而只要生命还在，希望就能萌生。

生命的每一步都带着人们向死亡之境跌落。不要存在幻想，这才让你比较持久稳定，安然地居住在孤独中。

胸中如有千沟万壑、千军万马，只有接受这一事实，我们才能超越苦难与死亡，腾起在空中，看清生命的意义。

生命的常态，
其实就是平稳和深邃，
还有暗流。
在最深刻的层面，
我们不单与别人是分离的，
而且与世界也是分离的，
兀自踽踽前行。

等待你的第二颗糖

时间：很多年前的一个稍稍有点闷热的午后。

地点：美国得克萨斯州一个小镇小学的校园里。

氛围：空气中弥漫着苹果花的气味。

人物：这所小学中某个班的 8 名学生，他们是被随意挑出来的，并不是成绩特别好或是特别坏。总之，他们是普通的孩子，活泼好动，充满好奇。

故事就在漫不经心中开始了。老师领着他们，走进了校长室旁边一间很大的房子，房子有明晃晃的落地窗，看得见长尾巴的喜鹊和跳跃的小松鼠。

孩子们都很高兴，与众不同总是令人兴奋的，为什么没有挑中别的孩子呢？为什么仅仅是我们8个人呢？一定要发生点什么的，在这春天的午后。

但是，在相当长的时间内，什么事也没有发生。正当孩子们开始不安的时候,老师来了。老师不是单独的一个人,跟在她后面的是一个30多岁的男子，孩子们谁也不认识他。不过，这男人看起来很和气，他笑眯眯地走到8个孩子中间，给每个人发了一颗穿着美丽外衣的糖果。这男子说：“这颗糖果是我送给你们的，从现在开始，它就属于你们啦！”

一个孩子欢呼跳跃起来说：“那我就可以把它吃掉了？”

男人说：“当然啦！它是你的，你可以随时吃掉它，一点问题也没有。不过啊，一会儿我会出去一趟。如果谁能坚持着不吃掉这颗糖，而是等我回来以后再吃，你就会得到两颗同样的糖果作为奖励。”说完他和老师一起转身离开了。

漫长的等待开始了，尤其对小孩子来说，面对一颗诱人糖果的等待，简直可算是残酷折磨。那个谁也不认识的男人走出去好像很久了，谁知道他说的话算不算数呢？他到底还会不会回来呢？他回来以后，真的还会带回来同样好吃的糖果分给大家吗？

没有人回答孩子们的问题。许诺像一滴洇开的墨水，随着时间水域的扩大，越来越模糊了。只有那颗美丽的糖果，真真切切地横在每个孩子的面前，证明刚才那个男人确实出现过。时间一分一秒地过去，男人石沉大海，糖果在孩子们的眼里，变得越来越大了。

终于，有一个孩子忍不住了，他伸手剥掉了精美的糖纸，把糖一口放进了自己的嘴巴，并且不由自主地“吧嗒”出声来。就算他不出声，空气中立刻飘荡起来的美妙气味，也让别的孩子垂涎欲滴。既然每个人都有一颗糖，既然这颗糖本来就是自己的，既然已经有人开始吃了，并且如此好吃，我为什么不吃呢？

榜样的力量是无穷的。又有几个孩子忍不住了，他们抓起自己眼前的精美糖果，三下五除二剥开了糖果外衣，空中充溢着甜香，糖纸如彩蝶飘落在地。不过，并不是所有的孩子都吃了糖，仍有一半以上的孩子，拼命咽着口水，忍受着诱惑，控制着自己。等得地老天荒啊，那个陌生而和蔼的男人，终于回来了。而且他真的抱着一个糖罐，那些坚守着没有吃糖的孩子，每人又得到了两颗糖。

现在，局面发生了逆转。那些抵御住了诱惑并坚持等待的孩子，一共得到了 3 颗糖。那些早早地就把自己的那颗糖咽到肚子里去的孩子，只剩下了一张皱缩的糖纸。

这个等待的时间，有多久呢？ 40 分钟。40 分钟对于一个成人来说，算不了太久，但对于一个世事懵懂的孩子来说，几乎相当于数年。

这是心理学上一个经典的实验，名字叫作“延迟满足”。上面所说的过程，并不是实验的全部，而只是一个稍带悬念的开始。那个陌生的男人，是一位心理学家。他像影子一样，开始跟踪这 8 个孩子，时间长达整整 20 年。最后的研究成果证明，凡是能够抵御短暂的诱惑，达到“延迟满足”的学生，数学、语文的成绩，比那些熬不住、早早就吃了糖的学生，平均要高出 20 分。这还不算完，等到参加工作后，能够做到“延迟满足”的人，基本上不会在困难面前低头，他们比较坚韧，多能走出困境，获得成功。

这个实验证明，能够抵御唾手可得的利益，是一种优良的心理素质。通过努力得到许诺，并不是一件容易的事情。很多人等不住，被眼前的蝇头小利所诱惑，一叶障目，不见泰山，最后反倒是因小失大两手空空。

也许有人说，如果有人告知我，一定会有好的前程在远方等待，那么，我也是能等的。最怕的是你等了很久很久，却没有等到你的第二颗糖。

是的，当我第一次得知这个实验的时候，也心存疑惑。人生并没有一个和蔼的老者或是中年人，发给我们第一颗糖。也不曾许诺在遥远或是并不遥远的将来，一定会有第二颗糖，披着彩衣款款而来。生活充满了未知数，却并不都是甜蜜。

那么，这个实验的真髓是什么呢？

是忍耐和等待。在未知结果的情形下，安之若素的坚守。如果你早早知道了结果，那坚守的过程，更像是投资或是投机。因为你知道你的每一分钟都会有回报，骨子里是一种交换。对于这样成色不纯的忍耐，我的敬意就会打折扣。

真正的坚守，是没有人给予你任何承诺的，流逝的只是岁月，孑存的只是信念。一种苍凉中的无望守候，维系意志的只有心的一往无前。

人总是要信点什么的，这不是因为别人的要求，纯粹是自发的本能。如果你什么都不信，那你靠什么来规定自己本能之上的追索呢？你必得信点什么，最主要是坚信我们的生命是有意义的。这个意义不在于有没有外在的奖励，有没有别人的评价，只存乎我们一心，对生命的敬畏，对岁月的仰视。

今日正好是端午节。带着青苇的香和裹得绷胀的粽子，如同刚进城的乡下娃娃，壮硕而见棱见角地被端了上来。那五色的丝线，因淋了水，姹紫嫣红如蚂蚱的腿和公鸡的冠。遥想生命，虽然没有彩线的捆扎，没有丰润的糯软，没有绿的叶和红枣豆沙的甜馅，却依然是上天普赐的礼物，是值得珍惜着好好过下去的。也许我们始终等不到那第二颗糖，但等待依然是有意义的，因为无限的可能性存在于等待的分分秒秒中。

真正的坚守，
是没有人给予你任何承诺的，
流逝的只是岁月，
子存的只是信念。

你还能找到北斗吗

有一天，走进一间大大的办公室。它有多大呢？简直像个足球场。一排排的格子，好像非洲白蚁的巢穴。每个小格子里都有一台电脑，几乎所有的电脑都开着，一眼望去，仿佛一片片闪着不同光泽的鳞甲，颤抖着、忽闪着。我突然好奇，对大家说，我想看看你们的桌面。

这个桌面不是木头的桌面，而是计算机的屏幕。

微软公司配发的桌面，是一片绿色的原野，芳草茵茵，略有坡度和起伏，有如少女肩胛一般柔和的地平线，还有蓝天和白云。

这是哪里？恕我孤陋寡闻，我不知道。那一年到了冰岛，极目远眺，绿水青山，觉得有些像，然而，终不是。

据说，人类是发源于东非高原。那里水草丰美，有蜿蜒的河流，稀疏的林木，宽广的空间……想想那时人类的生存状况，能理解他们的选择。必要有流水，否则，在没有打井和储水设备的时候，谁来保障水的供给？只有河。

需要相对的开阔。早期的人类和凶猛的野兽比较起来，势单力孤。如果居所在密林中，真有什么野兽无声无息地接近营地，将是非常危险的局面。

要有林木。如果危险的对手不会爬树，从大猩猩进化来的古人类，攀缘的本领一定还不错，必要时爬到树上，或可躲过一劫。

不知他们那时，是否已经学会了刀耕火种？开阔的地形上，也许可以开一小片荒，种瓜种豆，聊补生计。

扯得远了，回到咱们的正题。

我觉得微软的这屏桌面实在很妙，它是远古人类生存环境的再现，看到它的时候，每一个细胞的记忆都被调动，人会情不自禁地安静下来，涌起稳定的愉悦。

不过，再好的东西，终日享受也有厌倦的时候。人是喜新厌旧的动物，这不是缺点，只是弱点。于是人们就各显其能，换上了个性化的桌面。感谢大家，让我在同一个时间内看到了丰富多彩的屏幕桌面。

后来，我就像有窥视癖的心理变态者一样，经常不动声色地悄悄端详别人的电脑。好在大家对电脑中的内容警惕性很高，但对桌面屏幕却采取了大大咧咧、任由参观的态度。

屏幕上什么景色最多？猜一猜。

大多数人都能猜对。屏幕上出现最多的景色是大自然，尤以绿色为多。草地或是森林，还有盛开的天真烂漫的花。

其次是海洋和蓝天。蓝得令人想下跪的大海，翻卷的浪花如羊群一般柔美。朝霞或晚霞，瑰丽如火。

还有很多蝴蝶、禽鸟、热带鱼的图片。

我本来以为会有人物图片，比如恋人啊、孩子啊。有一些，比例不高。还有一点，让人比较吃惊。把自己父母图片当作屏幕的，一个也没有（也许，一打开电脑，就看见父母殷切目光，实在是个压力。躲了吧）。

小小统计之后，我想说，人们是多么渴望在大自然当中遨游啊。

可是，这个简单的期望，并不容易满足。不信，你问问自己，你有多少天没有仰望过星空？还能找到北斗七星的位置吗？你有多少天没有到公园中玩耍，看到盛开的花朵，闻到芬芳了？你有多少天没有听到纯净的流水声，也就是干净的大海和深山的小溪发出的声响？

很多人都会说，很久了很久了。

把电脑屏幕上的大自然换成真的风景吧，迈开你的双腿！

不信，
你问问自己，
你有多少天
没有仰望过星空？
还能找到北斗七星的位置吗？

我们何时外柔内刚

在咨询室米黄色的沙发上，安坐着一位美丽的女性。她上身穿着宝蓝色的真丝绣花 V 领上衣，衣襟上一枚鹅黄水晶的水仙花状胸针熠熠发亮，下着一条乳白色的宽松长裤，有一种古典的恬静花香一般弥散出来。服饰反射着心灵的波光，常常从来访者的衣着中就窥到他内心的律动。但对这位女性，我着实有些摸不着头脑。她似乎是很能控制自己的情绪，安宁而胸有成竹，但眼神中有些很激烈的精神碎屑在闪烁。她为何而来？

您一定想不出我有什么问题。她轻轻地开了口。

我点点头。是的，我猜不出。心理医生是人不是神。我耐心地等待着她。我相信她来到我这儿，不是为了给我出个谜语来玩。

她看我不搭话，就接着说下去。“我心理挺正常的，说真的，我周围的人有了思想问题都找我呢！大伙儿都说我是半个心理医生。我看过很多心理学的书，对自己也有了解。”

她说到这儿，很注意地看着我。我点点头，表示相信她所说的一切。是的，我知道有很多这样的年轻人，他们渴望了解自己，也愿意帮助别人。但心理医生要经过严格的系统训练，并非只是看书就可以达到水准的。

我知道我基本上算是一个正常人，在某些人的眼中，我简直就是成功者。有一份薪水很高的工作，有一个爱我、我也爱他的老公，还有房子和车，基本上也算是快活，可是我不满足。我有一个问题——就是怎样才能做到外柔内刚?

我说，我看出你很苦恼，期望着改变，能把你的情况说得更详尽一些吗?有时，具体就是深入，细节就是症结。

宝蓝绸衣的女子说，我读过很多时尚杂志，知道怎样颔首微笑，怎样举手投足。你看我这举止打扮是不是很淑女？我说，是啊。

宝蓝绸衣女子说，可是这只是我的假象，在我的内心涌动着激烈的怒火。我看到办公室内的尔虞我诈，先是极力地隐忍。我想，我要用自己的善良和大度感染大家，用自己的微笑消弭裂痕。刚开始我收到了一定的成效，大家都说我是办公室的一缕春风。可惜时间长了，春风先是变成了秋风，后来干脆成了西北风。我再也保持不了淑女的风范。

开业务会，我会因为不同意见而勃然大怒，对我看不惯的人和事猛烈攻击，有的时候还会把矛头直接指向我的顶头上司，甚至直接顶撞老板。出外办事也是一样，人家都以为我是一个弱女子，但没想到我一出口，就像上了膛的机关枪，横扫一气。如果我始终是这样也就罢了，干脆做永远的怒目金刚也不失为一种风格。但是，每次发过脾气之后，我都会飞快地进入后悔的阶段，我仿佛被鬼魂附体，在那个特定的时辰就不是我了，而是另一个披着我的淑女之皮的人。我不喜欢她，可她又确确实实是我的一部分。

看得出这番叙述让她堕入了苦恼的深渊，她眼圈都红了。我递给她一张面巾纸，她把柔柔的纸平铺在脸上，并不像常人那般上下一通揩擦，而是很细致地在眼圈和面颊上按了按，怕毁了自己精致的妆容。待她恢复平静后，我说，那么你理想中的外柔内刚是怎样的呢？

宝蓝绸衣女子一下子活泼起来，说我给你讲个故事吧。那时我在国外，看到一家饭店冤枉了一位印度女子，明明道理在她这边，可饭店就是诬她偷拿了某盏贵重的台灯，要罚她的款。大庭广众之下，众目睽睽的，非常尴尬。要是我，哼，必得据理力争，大吵大闹，逼他们拿出证据，否则绝不甘休。那位女子身着艳丽的纱丽，长发披肩，不温不火，在整个两个小时的征伐中，脸上始终挂着温婉的笑容，但是在原则问题上却是丝毫不让。面对咄咄逼人的饭店侍卫的围攻，她不急不恼，连语音的分贝都没有丝毫的提高，她不曾从自己的立场上退让一分，也没有一个小动作丧失了风范，头发丝的每一次拂动都合乎礼仪。

那种表面上水波不兴、骨子里铮铮作响的风度，真是太有魅力啦！宝蓝绸衣女子的眼神充满了神往。

我说，我明白你的意思了，你很想具备这种收放自如的本领，该硬的时候坚如磐石，该软的时候绵若无骨。

她说，正是。我想了很多办法，真可谓机关算尽，可我还是做不到。最多只能做到外表看起来好像很镇静，其实内心躁动不安。

我说，当你有了什么不满意的时候，是不是很爱压抑着自己？宝蓝绸衣女子说，那当然了。什么叫老练，什么叫城府，指的就是这些啊。人小的时候天天盼着长大，长大的标准是什么？这不就是长大嘛！人小的时候，高兴啊懊恼啊，都写在脸上，这就是幼稚，是缺乏社会经验。当我们一天天成长起来，就学会了察言观色，学会了人前只说三分话，未可全抛一片心。风行社会的礼仪礼貌，更是把人包裹起来。我就是按着这个框子修炼的，可到了后来，我天天压抑着自己的真实情感，变成了一个面具。

我说，你说的这种苦恼我也深深地体验过。在阐述自己观点的时候，在和别人争辩的时候，当被领导误解的时候，当自己一番好意却被当成驴肝肺的时候，往往就火冒三丈，也顾不得平日克制而出的彬彬有礼了，也记不得保持风范了，一下子义愤填膺，嗓门也大了，脸也红了。

听我这么一说，宝蓝绸衣的女子笑起来说，原来世上也有同病相怜的人，我一下子心里好过了许多，只是后来您改变了吗？

我说，我尝试着改变。情绪是一点一滴积累起来的，我不再认为隐藏自己真实的感受是一项值得夸赞的本领。当然，成人不能像小孩子那样，把所有的喜怒哀乐都写在脸上，但我们的真实感受是我们到底是一个怎样的人的组成部分。如果我们爱自己，承认自己是有价值的，我们就有勇气接纳自己的真实情感，而不是笼统地把它们隐藏起来。一个小孩子是不懂得掩饰自己的内心的，所以有个褒义词叫作“赤子之心”。当人渐渐长大，在社会化的过程中，学会了把一部分情感埋在心中。在成长的同时，也不幸失去了和内心的接触。时间长了，有的人以为凡是表达情感就是软弱，要把情感隐蔽起来，这实在是人的一个悲剧。

我们的情感，很多时候是由我们的价值观和本能综合形成的。压抑情感就是压抑了我们心底的呼声。中国古代就知道，治水不能“堵”，只能疏导。对情绪也是一样，单纯的遮蔽只能让情绪在暗处像野火的灰烬一样，无声地蔓延，在一个意想不到的地方猛地蹿出凶猛的火苗。这个道理想通之后，我开始尊重自己的情绪，如果我发觉自己生气了，我不再单纯地否认自己的怒气，不再认为发怒是一件不体面的事情，也不再竭力用其他的事件分散自己的注意力。因为发自内心的愤怒在未被释放的情况下，不会像露水一样无声无息地渗透到地下销声匿迹，它们潜伏在我们心灵的一角，悄悄地发酵，膨胀着自己的体积，积攒着自己的压力，在某一个瞬间，就毫不留情地爆发出来。

如果我发觉自己生气了，就会很重视内心感受，我会问自己，我为什么而生气？找到原因之后，我会认真地对待自己的情绪，找到疏导和释放的最好方法，再不让它们有长大的机会。

举个小例子，有一段时间我一听到东北人说话的声音心中就烦，经常和东北人发生摩擦，不光在单位里，就是在公共汽车上或是商场里，也会和东北籍的乘客或是售货员争吵。终于有一天，我决定清扫自己这种恶劣的情绪。我挖开自己记忆的坟墓，抖出往事的尸骸。那还是我在西藏当兵的时候，一个东北人莫名其妙地把我骂了一顿，反驳的话就堵在我的喉咙口，但一想到自己是个小女兵，他是老兵，我该尊重和服从，吵架是很幼稚而不体面的表现，就硬憋着一言不发。那愤怒累积着，在几十年中变成了不可理喻的仇恨，后来竟到了只要听到东北口音就过敏反感，非要吵闹才可平息心中的阻塞，造成了很多不必要的误会。

我把我的故事对宝蓝绸衣的女子讲完了，她说，哦，我有了一些启发。外柔内刚的柔只是表象，只是技术，单纯地学习淑女风范，可以解决一时，却不能保证永远。这种皮毛的技巧，如果弄巧成拙也许会使积聚的情绪无法

宣泄，引起某种场合的失控。外柔需要内刚做基础，而内刚不是从天上掉下来的，是靠自我的不断探索。

我说你讲得真好，咱们都要继续修炼，当我们内心平和而坚定的时候，再有了一定表达的技巧，就可以外柔内刚了。

我们的情感，
很多时候是由我们的价值观
和本能综合形成的。
压抑情感
就是压抑了我们心底的呼声。

向一个小斑点致敬

总得有人在生命的中途谈谈死亡这件事吧！这不是一个轻松的题目，好在人生原本就不轻松，再加上一点分量也无妨。

常常写作和死亡有关的文章，有朋友管我叫“乌鸦嘴”。她说，你说点高兴的事好不好啊？这样就会有更多的人喜欢看你的书了。

我愿意更多的人喜欢我的书，但是让我不谈死亡，我做不到。我并不以死亡作为一个噱头，或是借此哗众取宠，实在是事关重大。

死亡不是随随便便就可以说的，因为它神圣和庄严。我们不能对自己最后的归宿掉以轻心。我们不能一生都圆满，结尾时却撕裂虚无。因为尊重生命的全过程，我希望在自己尚耳聪目明的时候，和愿意探索此道的朋友们，聊聊死亡。

我去过临终关怀医院，在死过无数人的床上，静静地躺了一阵子。我之所以说它是一阵子，没有给出一个确切的时间，是因为那段时间无法计量。我看到墙壁上有一个凸起的圆点，正好在我的右臂上方，我轻轻抬起右臂，就可以抚摸到那个圆斑。在昏黄的光线下，我用右手食指指肚，慢慢地扪向它，好像它是一只白色的瓢虫。

正是暮色四合的辰光，可以开灯也可以不开灯的时分，光线每一分钟都在暗淡下去，但还依稀可以看清室内所有的细节。我没有开灯，我觉得在自然光线下，躺在临终老人们的卧榻之上，可以更从容地感受到他们的生命渐行渐远的情境。

我以为那个斑点像硬甲虫的背壳，有轻微的弧度，但是，我错了。或许它原来的确是有一点隆起的，现在摸过去，在清凉的墙漆表面，它是光滑的，甚至有一点点油腻。这使得它在越来越浓厚的橘汁样的暗淡光线中，闪着白蜡样的光泽，甚至，它在蠕动。

那一瞬间，我吓了一跳。我觉得这个斑点是有生命的，在向我讲述着什么。它在讲什么呢？这个看起来像圆痔一样突起，实则却很平坦光润的斑点，有什么要我转述人间？

我凝视着它，并缓缓地用我的各个手指的指肚掠过它，稍稍用力，好像要把它压回到素墙里。实话实说，临终关怀医院的条件是比较简陋的，虽然可以满足一般的治疗和看护，病房的设备却说不上豪华。墙面不是用的那种叫作××丽的涂料，只是粉刷了最简单的乳胶漆。墙面也不很平，小的凹凸随处可见。我面前的这个小斑点，便是当初粉刷不均匀的孑遗。在比它稍高的地方还有好几处，只是要支起身体略略攀缘才可够得到。我伸长了手臂，把身体略抬起来，我成功地摸到了那几个圆斑点，它们与我身边的这个斑点可说是一奶同胞。

在我抚摸几个斑点的时候，一种奇怪的感觉像潮水一样舒缓升起，继而充斥全身。我一时没有搞清这是为什么，在几近浓黑的暗色中，斑点们好似猫头鹰的眼睛。

我尽量让自己把呼吸放慢，让血液流向大脑。终于，我明白了。斑点们并不像一眼看上去那样相似，甚至可以说它们有着原则性的不同。高处的那些斑点都是凸起来的，但我面前的这个不是。它是平坦的，如果说得更精细一些，它似乎还有一点凹陷。

这是为什么？答案只有一个。

我手指扪及的这个斑点，在它最初形成的时候，也是略微突起的，和它的那些难兄难弟一样，鼓出墙面。然而，它恰好位于濒死之人的手指可以触摸到的地方。这样，那些将要死去的人，在他们最后的时光中，会无数次地用手指去抚摸这个凸起来的小斑点。日复一日，这个小斑点一定成了他们的朋友，直到他们再也无法用自己枯槁的手指传达问候，直到他们的手指像铅坠一样永远地垂下……然后又会有新的人，躺在这张床上（顺便说一句，临终关怀医院的床位是很紧张的），重复这最后的游戏……

岁月磨去了这个小斑点的弧度，让它变得和周围一样平坦。假以时日，这个小斑点也许还会继续凹陷下去。某一天，也许成为一个小坑……

我不禁肃然起敬，向这个小斑点致敬！它给予了多少临终人成就感和欢愉的游戏感，我们已无从得知，但我相信那一定千真万确地滋生过，存在过。

人到了最后的关头，能够完成的，就是在身边咫尺之遥的范围内极简单的动作了。我由此想到，如果你有什么要说的话，一定要尽早说，不然就无人能听到。如果你有什么要做的事，要趁着血脉充盈之时赶快做，不要等到心有余而力不足。

那天，想到这里，我一骨碌从临终的床位上爬了起来，走出房门。我决定，在我有生之年，在我耳聪目明的时候，就开始为了临终和死亡的问题思索和呼吁。不然到了我奄奄一息的时候，即使有无限多的想法，也只有交付墙上的小坑洼。

那就不但是我的损失，也辜负了生命的整个过程。

我们不能对自己
最后的归宿掉以轻心。
我们不能一生都圆满，
结尾时却撕裂虚无。

别给人生留遗憾

年轻的朋友们，能有这样一个机会，和大家谈谈我的青年时代，谈谈我这一个人生有没有遗憾，谢谢给了我这样一个机会。关于“遗憾”，我查过词典，词典里有各式各样的解释，我最喜欢的一个解释就是——能够去满足的心愿，可是我们没有去完成，深感惋惜。我想跟大家说的第一件事，就是在我年轻的时候，真是有一件万分遗憾的事情，那件事情如果发生了，我今天根本就不可能站在这里和大家做这样的一番分享。

1969 年的时候，我不到十七岁，就穿上军装从北京出发到达新疆，我们坐上了大卡车，经过六天的奔波，翻越天山，到达了南疆的喀什，我的战友们都留在了新疆的喀什。我们五个女兵又继续坐上大卡车向藏北出发了，这一次，这个世界在我的面前，已经不是平坦的了，它好像完全变成了一个竖起来的世界，每一天的海拔，从3000米到4000米，从4000米到5000米，直到最后，翻越了6000米的界山达坂，它是新疆和西藏分界的山脉，进入了西藏阿里，我恍惚觉得这已经不再是地球了，它荒凉的程度，让我觉得这里是不是火星或者是月亮的背面。

我记得1971年的时候，我们要去野营拉练，时间正好是寒冬腊月。我们要背着行李包，要背着红十字箱，要背上手枪，要背上手榴弹，还有几天的干粮，一共是六十斤重。高原之上，寒冬腊月，滴水成冰，当时的温度已经是零下四十摄氏度。有一天，凌晨三点钟，就吹起了起床号，说我们今天要翻越无人区，无人区一共有一百二十华里，中间不可以有任何的停留，要一鼓作气地走过去，因为那里条件特别恶劣，而且没有水。

走啊走啊走啊走啊，走到下午两三点的时候吧，我觉得那个十字背包带，就全部嵌入到我的锁骨里面去了，一句话都说不出来。我觉得喉头不断地在发咸发苦，我想我要吐一口肯定是血，我想这样的苦难何时才能结束呢，我想我年轻的生命，为什么我所有的神经末梢，都用来忍受这种非人的痛苦。我当时就做了一个决定，今天此刻我一定要自杀，不活了，面对的这种苦难无法忍受。这样决定了以后，我就开始打算什么时间坠崖而亡。我就这样不断地在找，不断地在找合适的时机，终于我找到了一个特别适合的地方，往上看就是峭壁高耸，往下看是深不见底的悬崖，我想我只要松下手掉下去，我一定会死。但是在最后一刹那，我突然发现我后面的那个战友，他离得我太近了，我如果下去的话，一定会把他也带到悬崖之下，我在想我已经决定要死，可是我不应该拖累了别人。队伍在行进中，这样的好时机也是稍纵即逝，之后地势又变得比较平坦，我再想找这么一个地方，就不容易了。

这样走着走着天黑了，我们走到了目的地。一百二十里路就这样走过去了，背负着那六十斤的负重，也一两都不少地被我背到了目的地。我站在那个雪原之上，把自己的全身都摸了一遍，每一个指关节，自己的膝盖，包括我的双脚，我确信在经历了这样的苦难之后，我的身体上连一根头发都没有少。那一天给了我一个特别深刻的教育，那就是当我们常常以为自己顶不住的时候，并不是最后的时刻，而是我们的精神崩溃了。那你只要坚持精神的重整，坚持精神的出发，哪怕是万劫不复的情景，也依然可以去找到它的出口，也依然可以坚持过来。

我知道，年轻的朋友们，在我们的生活当中，会有各式各样的苦难。有的时候有的家长跟我说：您能告诉我一个方法吗，让我的孩子少受苦难？我说我能告诉你的，唯一可以确定的事情是，你的孩子必然遭受苦难。而且我们年轻的时候，我们的神经是那么敏感，我们的记忆是那么清晰，我们的感情是那么充沛，我们每一道伤都会流出热血。所以尽管有很多人告诉你们，年轻是一个人最美好的时代，我也想告诉你，年轻是我们痛苦的时候，我们会留下很多很多的遗憾。那么最大的遗憾，就是断然结束自己的生命，我想这是对生命的大不敬。而且以我个人的经历来讲，那一天我没有结束自己的生命，我坚持下来了，我才发现，原来那最不可战胜的，并不是我们的遭遇，而是我们内心的坚强。

日本有一位医生，他的工作就是专门照顾那些临终的病人。他和大约一千名临终的病人谈过以后，总结出了二十五条人生的遗憾，其中包括：没有吃到美食，没有回过自己的故乡，自己的孩子没有结婚，等等。

我和这位医生也深有同感，因为我曾经去过临终关怀医院，也陪伴着那些临终的人，走向他们生命的最后时刻，也跟他们有过很多倾心的交谈。我曾经到一间临终的病房，那是一位八十岁的老人，连他的儿女们都不再陪伴在他的身边了。他的儿女们都在外面，说他们不忍心看到那最后一刻，我说那我愿意进去陪伴他。我走进那个房间，深深地吸了一口气。我觉得在这个空气里有很多很多临终病人最后吐出的气息。然后我躺在那位老人的身边，摸着他的手，然后那个老人轻轻地跟我说了一句话，他说我觉得我这一辈子，怎么好像没活过啊。

我今天把这个故事和年轻的朋友们来分享，是想说，我们每一个人的生命都是一张单程的火车票，我们每一个人都没有拿到往返的那张票。所以生命从我们出生那天开始，它就像箭一样射向远方，我们能够在自己手里把持住的，就是我们此时此刻，这无比宝贵的生命。

我特别想说，我希望我们的理想服从于我们的价值观。在我们的心里，能够燃烧起熊熊火焰的，并且给我们的一生以指引和动力的，是我们对于自己认为最美好的那些价值的追求。

举个我个人的小例子，2008 年的时候，我终于用我的稿费买了一张船票开始去环球旅行。走啊走啊，走了没多远，才走到中国南海，就知道我们的汶川发生地震。船上有一千多个外国客人，只有我们六个中国人，可是我说，我们一定要为中国发起一场募捐。后来我们的团队里有人就说，那些外国人要是不给咱们捐钱，我们多么丢脸哪。我说，可是我们中国人要不为自个儿的祖国做点什么，那才是丢脸呢。我们说我们一定捐美元和欧元，这样的话，会让我们那个（捐款）数字变大，如果我们都捐人民币，人家会觉得是我们自己捐的，我们捐美元和欧元，但是当所有的钱都搅到一起的时候，船长对我说，里面有两千元人民币。

我们只有六个人的，这很容易查呀，吃饭的时候，我们就互相问：谁捐的人民币？我们不是说了要捐美元和欧元吗？最后我们六个人说，我们都没有捐人民币，后来我就跟船长说，这船上除我们以外还有中国人吗？船长说在深不见底的底舱有，不过他们永远不能到甲板上来的，那些工人里有你们中国人。我回到北京就把这个钱捐了，捐了以后，北川中学知道我回国了就打来电话，说希望让我到北川中学去当一次语文老师，因为我有一篇小散文，叫作《提醒幸福》，是收在全国统编教材初中二年级的课本里。

我不怕地震，可是我有点怕我写的这篇文章的题目，它叫《提醒幸福》。那样的大震之后，他们的老师有伤亡，他们的同学有很多很多再也不能回到教室里，我要去跟他们讲“提醒幸福”。我觉得在这种困难的情况下，幸福在哪里？但是那一次北川中学之行，给予了我巨大的教育。因为北川中学初中二年级的所有同学会聚在一起，他们告诉我说，他们是世界上最幸福的人。我说你们说自己是最幸福的人，谁能告诉我你们幸福在哪里，后来他们告诉我：那么多人死了我们还活着，这就是幸福。

我们在马路上看到，那么多的汽车后面，有的写着北京的京，有的写着广东的粤……他们说我们可以看到全中国所有省份的汽车，我们就觉得全国人民在帮助我们，大震才过去十几天，我们今天就可以恢复读书了，难道我们还不是世界上最幸福的人吗？我听了以后真的热泪盈眶，我才知道在生死面前，最宝贵的东西是什么，我们重新享有我们生命的时候，一定要把自己价值观中那些最重要的东西放在前面。

我下个月会出发到非洲去，我真的觉得那是我的一个愿望，如果我不抓紧实现它的话，我会越来越老，身体也会慢慢地有更多的问题，眼睛不再那样明亮，看不了非洲的动物，也许我的思维就不会那么敏捷。对于那样灿烂的文化和悠远的历史，我理解起来，回忆起来，可能就会有困难，然后还要翻山越岭，万一自己跑不动被狮子追上了，是不是也有点危险。

所以如果你有愿望，如果你真的还有力量去实现它，我觉得一定要即刻就出发，去完成自己的愿望，让自己更少地遗憾。人生是一个漫长的过程，年轻是多么美好，但是请你们记得，记得有很多的东西，当你不懂的时候，你年轻，当你懂得了以后，你已年老。

那么让我们的理想不要变成化石，让我们现在就行动起来，去实践我们的理想，让我们的人生少些遗憾。

生命从我们出生那天开始，
它就像箭一样射向远方，
我们能够在自己手里把持住的，
就是我们的此时此刻。

过去不等于未来

在新泽西州市郊的一座小镇上，一个由二十六个孩子组成的班级被安排在教学楼最里面一间光线昏暗的教室里。他们中所有的人都有过不光彩的历史：有人吸过毒、有人进过管教所、有一个女孩子甚至在一年之内堕过三次胎。家长拿他们没办法，老师和学校也几乎放弃了他们。

就在这个时候，一个叫菲拉的女教师担任了这个班的辅导老师。新学年开始的第一天，菲拉没有像以前的老师那样，首先对这些孩子进行一顿训斥，给他们一个下马威，而是为大家出了一道题：

有三个候选人，他们分别是——

A. 笃信巫医，有两个情妇，有多年的吸烟史，而且嗜酒如命；

B. 曾经两次被赶出办公室，每天要到中午才起床，每晚都要喝大约一公升的白兰地，而且曾经有过吸食鸦片的记录；

C. 曾是国家的战斗英雄，一直保持素食习惯，热爱艺术，偶尔喝点酒，年轻时从未做过违法的事。

菲拉给孩子们的问题是：

如果我告诉你们，在这三个人中，有一位会成为众人敬仰的伟人，你们认为会是谁？猜想一下，这三个人将来各自会有什么样的命运？

对于第一个问题，毋庸置疑，孩子们都选择了 C；对于第二个问题，大家的推论也几乎一致：A 和 B 的命运肯定不妙，要么成为罪犯，要么就是需要社会照顾的废物。而 C 呢，一定是一个品德高尚的人，注定会成为精英。

然而，菲拉的答案却让人大吃一惊。“孩子们，你们的结论也许符合一般的判断，但事实是，你们都错了。这三个人大家都很熟悉，他们是二战时期的三个著名人物——A 是富兰克林 · 罗斯福，他身残志坚，连任四届美国总统；B 是温斯顿 · 丘吉尔，英国历史上最著名的首相；C 的名字大家也很熟悉，他叫阿道夫 · 希特勒，一个夺去了几千万无辜生命的法西斯元首。”学生们都呆呆地瞅着菲拉，他们简直不相信自己的耳朵。

“孩子们，”菲拉接着说，“你们的人生才刚刚开始，以往的过错和耻辱只能代表过去，真正能代表一个人一生的，是他现在和将来的所作所为。

“每个人都不是完人，连伟人也有过错。从过去的阴影里走出来吧，从现在开始，努力做自己最想做的事情，你们都将成为了不起的优秀的人才……”

菲拉的这番话，改变了二十六个孩子一生的命运。如今这些孩子都已长大成人，他们中有的做了心理医生，有的做了法官，有的做了飞机驾驶员。

值得一提的是，当年班里那个个子最矮，也最爱捣乱的学生罗伯特·哈里森，后来成了华尔街上最年轻的基金经理人。

“原来我们都觉得自己已经无可救药，因为所有的人都这么认为。是菲拉老师第一次让我们觉醒：过去并不重要，我们还有可以把握的现在和将来。”孩子们长大后这样说。

有一位心理学家说过这样的话：你对孩子怎样描述，他们就怎样以你描述的样子成长。你说他是个无赖，他就会慢慢变得像个无赖；你说他聪明，他就可能真的变得十分聪明。

许多成人不断在用自己的偏见扼杀孩子的美质，他们自己却一点儿都不知道。

过去并不重要，
我们还有
可以把握的现在和将来。

击碎无所不在的尺

以最平凡的态度，做最不平凡的事情，这就是“平常心”的真谛了。

“平常心”这几个字，说的人多，真正明白的人没有那么多。因为“平常”，并不是听之任之，随波逐流，而是一种务实而踏实的人生态度，并不像我们想象的那样容易，是高度智慧的不经意表现，是坚强意志的莞尔一笑。

如果别人对你没有要求，其实是很惨的事情。你被放逐了，你会觉得无价值感，会丧失了归属感。所以，当别人对你有很高要求的时候，你不必沮丧。那正是他高看你的能力，以为你能够胜任。当然了，如果确实超出了你的范畴，你可以提出看法，但不必垂头丧气。

到处是尺。尺度要人命。身高是尺，因为它赫然列在征婚条件的前几行。体重是尺，因为它和很多人的自我形象密切相关。职务是尺，简直就是衡量你是否进步的唯一阶梯。排名是尺，无论在国际上还是在国内省内校内班内，都是你的资格和位置的标杆。然而，设立尺的那个人是谁？人们已经忘记。

把自己从尺度中救出来，是当务之急。

永远不要把别人的进步，当成衡量你自己有无能力的尺度。那是不自信的人惯用的方式。无论是对自己还是对别人，万勿期望太高。所以，同学聚会的时候，你尽管放松，我们因为过去的友谊而重逢，这并不是今日近况的比武场。

永远不要把别人的进步，
当成衡量你自己有无能力的尺度。

放弃并不等于失败

放弃争夺，并不是拱手让别人赢，只是舍去和远离。我不和你们赛跑，并不表示自己的失败，只是说明我们没有开始比赛。

人生似乎离不开比赛，但其实，人生根本就不是比赛，你和谁都不需要比。如果一定要找到对手，那就是死亡，但结局已经注定，所以，这也不是比赛，只是过程。承认在某些问题上的无能为力，你反而可以把更多的力量，投入真正可以取得成效的领域。

我年轻的时候，常常羞于说出自己已黔驴技穷。我总想挣扎，总以为凭着自己不懈的努力，可以扭转乾坤。现在，我这样坚持的时候越来越少了。我常常退却，因为我知道一己微弱，有时要暂时偃旗息鼓，但我不会放弃，不过是换了另外一种节奏的步伐。

放弃并不等于失败，因为你没有参加比赛，所以那个结果与你无干。但放弃也不等于成功，因为你缺席了，结果是躲避和退让。如果是一次，可以算作一个策略；如果常常如此，你就在实际上放弃了多彩的人生。

人的一生，不能不放弃。一次都不放弃的人生，是不现实的。起码，你最后一次是要放弃生命，你不想放弃也不行，有自然规律管着呢，在这之前，你还曾放弃过青春，放弃过健康，也可能放弃过理想，放弃过亲人……

不管你喜欢还是不喜欢，你必须放弃。

放弃是个强有力的席卷者，最后会将我们所有的一切都打包带走。所以，学会和放弃和平共处吧。你越早学会，越受益无穷。因为放弃不是失败，只是一个阶段。

随着年龄的增长，我们的生命越来越由我们的选择来塑造。你活得越久，你的选择就越多，你就越要小心地做出决定。但是，也不可事事都放弃，你不能总是这样，那是懦夫和懒汉的哲学。

一次都不放弃的人生，
是不现实的。

留一罐回忆的泡泡糖

回忆是个很奇妙的东西，如果是回忆幸福，那就好比一罐子泡泡糖；如果回忆苦闷，就是嚼了金鸡纳树皮（据说这种树皮极苦）。

负面的回忆一开始，就赶紧打住。因为每个人内心的能量，并不像我们想象的那般强大。

不要制造剑拔弩张的险情，考验我们饱经磨砺的灵魂。我们的情绪依循着单向的险情，由俭入奢易，由奢入俭难。

我们常常会说，等待时间吧。时间可以愈合一切，但时间并不能解决所有问题。没有处理过的负面回忆就像用冰雪掩埋的尸体，一旦表面的冰雪被风暴吹走或是消融，尸体就会重新栩栩如生地显现，打我们一个措手不及。

请你有意识地将这些回忆重新拾起，破碎的将它黏合，只看到反面的把正面也翻过来瞅一瞅，搞错了的重新恢复原状。最主要的是赋予它们不同的解释和意义，你的伤口才有可能真正愈合。而另外一些伤口，用羊肠线不能缝合，用止血钳不能锁闭，用皮肤不能覆盖，只能犹如鱼嘴般敞开着，直到墓土将它们掩埋。

但无论表面上我们如何伤痕累累，一蹶不振，破败不堪，我们依然是有价值的。这个价值与生俱来，谁也剥夺不走。除了你自己，没有任何人可以让你贬值。我们不能改变已经发生的事件，但可以改变这些事件对我们的影响。不要让过去破坏我们享受眼前美好快乐的能力。

生活中的痛苦就像盐，看你把它溶解在一个多大的容器中。如果放入一只袖珍的奶锅，完蛋了，你会被腌成酱菜。如果是海湾，那便云淡风轻了。

时间可以愈合一切，
但时间并不能解决所有问题。

发出声音永远是有用的

有一年，我应邀到一所中学演讲。中国北方的农村，露天操场，围坐着几千名学生，他们穿着翠蓝色校服，脸蛋呈现出一种深紫的玫瑰红色。冬天，很冷。

我从不曾在这样冷的地方讲过这么多的话。虽然我以前在西藏待过，经历过零下 40 摄氏度的严寒，但那时军人们急匆匆像木偶一般赶路，缄口不语，说话会让周身的热量非常快地流失。这一次，吸进冷风，呼出热气，在腊月的严寒中面对着一群眼巴巴的农村少年谈人生和理想，我口中吐冒一团团白烟，像老式的蒸汽火车头。

演讲完了，我说，谁有什么问题，可以写个纸条。这是演讲的惯例，我有什么地方说得不妥当，请大家指正。孩子们掏出纸笔，往手心哈一口热气，纷纷写起来。老师们很负责地在操场上穿行，收集字条。

我打开一张纸条。上面写着：我很生气，这个世界是不平等的。比如，我为什么是一个女孩呢？我的爸爸为什么是一个农民，而我同桌的爸爸却是县长？为什么我上学要走那么远的路，我的同桌却坐着小汽车？为什么我只有一支笔，他却有那么大的一个文具盒？

我看着那一排钩子一样的问号，心想这是一个充满了愤怒的女孩，如果她张嘴说话，一定像冲出了一股乙炔，空气都会燃起蓝白的火苗。

我大声地把她的条子念了出来。那一瞬，操场上很静很静，听得见遥远的天边，有一只小鸟在嘹亮地歌唱。我从台子上望下去，一双双乌溜溜的眼珠，在玫瑰红色的脸蛋上瞪得溜圆，还有人东张西望，估计他们在猜测纸条的主人。

据说孩子们在妈妈的肚子里就能体会到母亲的感情。很多女孩子从那个时候，就感受到了这个世界的不平等，因为你不是一个男孩，你不符合大家的期望。

这有什么办法吗？没有。起码在现阶段，没有办法改变你的性别。你只有认命。我在这里说的“命”，不是虚无缥缈的命运，而是指你与生俱来的一些不能改变的东西。比如你的性别，比如你的相貌，比如你的父母，比如你降生的时间地点……总之，在你出生以前就已经具备的这些东西，都不是你所能左右的。你只能安然接受。

不要相信对你说这个世界是平等的那些话，在现阶段，这只是一厢情愿。不过，你不必悲观丧气，其实，世界已经渐渐在向平等的灯塔航行。比如 100 年前，你能到学堂里来读书吗？你很可能裹着小脚，在屋里低眉顺眼地学做女红。县长的儿子，在那个时候，要叫作县太爷的公子了，你怎么可能和他成为同桌？

在争取平等的路上，我们已经出发了。记住，没有什么人承诺和担保你一生下来就享有阳光灿烂的平等。你去看看动物界，就知道平等是多么罕见了。平等是人们智慧的产物，是维持最大多数人安宁的策略。你明白了这件事情，就会少很多愤怒，多很多感恩。你已经享受了很多人奋斗的成果，你的回报，就是继续努力，而不是抱怨。

身为女子，你不要对这样的不平等安之若素。你可以发出声音。说了和没有说，在暂时的结果上可能是一样的，但长远的感受和影响是不一样的，对你性格的发展是不一样的。而且，只要你不断地说下去，事情也许就会有变化。记住，发出声音永远是有用的，因为它们可能会被听到并引发改变。

说实话，让一个受到忽视的女孩子很小就发出对于自己不公平待遇的呐喊，几乎是不可能的。但我思索再三，还是决定保留这个期望。因为今天的女孩，也可能变成明天的母亲。如若她们因循守旧，照样端起了不平等的衣钵；如若她们的女儿发出呼声，也许能触动她们内在的记忆，事情就有可能发生变化。当然了，如果女孩子长大了，到了公共场合，这一条就更要记住并择机实施。

记住，呐喊是必须的，就算这一辈子无人听见，回声也将激荡久远。

发出声音永远是有用的，
因为它们可能会被听到
并引发改变。

每只小狗都有一个目标

有一对夫妇有两个孩子，一个叫莎拉，一个叫克里斯汀。当孩子还小的时候，父母决定为她们养一只小狗。小狗抱回来以后，他们想请一位朋友帮忙训练这只小狗。他们搂着小狗来到朋友家，安然坐下。在第一次训练前，女驯狗师问："小狗的目标是什么？"夫妻俩面面相觑，很是意外，他们实在想不出狗还有什么另外的目标，嘟囔着说："一只小狗的目标？那当然就是当一只狗了。"女驯狗师极为严肃地摇了摇头说："每只小狗都得有一个目标。"

夫妇俩商量之后，为小狗确立了一个目标——白天和孩子们一道玩，夜里要能看家。后来，小狗被成功地训练成了孩子的好朋友和家中财产的守护神。

这对夫妇就是美国的前任副总统阿尔·戈尔和他的妻子迪帕。他们牢牢地记住了这句话——做一只狗要有目标。推而广之，做一个人也要有目标。

在现实生活中，却有太多太多的人，没有目标。其实寻找目标并不是一件太难的事，关键是你要知道天下有这样一件唯此唯大的事，然后尽早来做。正是你自己需要一个目标，而不是你的父母或是你的老师或是你的上级需要它。它的存在，和别人的关系都没有和你的关系那样密切。也就是说，它将是你最亲爱的伙伴，其血肉相连的程度，绝对超过了你和你的父母、你和你的妻子儿女、你和你的同伴及领导的关系。你可能丧失了所有的财产和所有的亲人，但只要你的目标还在，你就还有一个完整的系统存在，你就并不孤独和无望。

我们常常把别人的期待当成了自己的目标，在孩童的时候，这几乎是顺理成章的事情。但是，你会渐渐地长大，无论别人的期望是怎样美好，它也不属于你。除非有一天，你成功地在自己的心底移植了这个期望，这个期望生根发芽，长成了你的目标。那时，尽管所有的枝叶都和原本的母本一脉相承，但其实它已面目全非，它的灵魂完完全全只属于你，它被你的血脉所濡养。

我们常常把世俗的流转当成自己的目标。这一阵子崇尚钱，你就把挣钱当成了自己的目标。殊不知钱只是手段而非目标，有了钱之后，事情远远没有结束。把钱当成目标，就是把叶子当成了根。目标是终极的代名词，它悬挂在人生的瀚海之中，你向它航行，却永远不会抵达。你的快乐就在这跋涉的过程中流淌，而并非把目标攫为己有。从这个意义上说，钱不具备终极目标的资格。过一阵子流行美丽，你就把制造美丽、保存美丽当成了目标。殊不知，美丽的标准有所不同，美丽是可以变化的，目标却是相当恒定的。美丽之后你还要做什么？美丽会褪色，目标却永远鲜艳。

有人把快乐和幸福当成了终极目标，这也值得推敲。快乐并不只是单纯的快感，类乎饮食和繁殖的本能。科学家通过研究，发现最长远、最持久的快乐，来自你的自我价值的体现。而毫无疑问，自我价值从属于你的目标感，一个连目标都没有的人，何谈价值呢！

一棵树的目标也许是雕成大厦的栋梁，也许是撑一把绿伞送人阴凉。也许是化作无数张白纸传递知识，也许是制成一次性筷子让人大快朵颐……还有数不清的可能性，我们不是树，我们不可能穷尽也不可能明白树的心思。我们是人，我们可以为自己确立一个目标，这是做人的本分之一。

最长远、最持久的快乐，
来自你的自我价值的体现。

顽强比坚强更重要

人对自己的生活，肯定是要有规划的，但当新的事件发生的时候，你要有能力修改自己的计划。当然，我这里说的是比较短期的计划，而不是讲你的人生目标翻手为云、覆手为雨地变个不停。如果你不能放下已经规划好的生活，就无法迎接那些等待着你的新的生活。

走错了，能不能回到开始的那一点，重新开始？有的时候可以，大部分时候，不可以。因为你已经输掉了信任和时间。人不可能重新踏入同一条河流，更不要说同一个起点了。每一个变数都会影响发展的方向和进程，对此，我们要有充分的思想准备。

那些非常善于逃跑的人，第一次，跑就跑了吧。第二次，也容他再跑一次吧。但第三次，就不应该再放任自己或是他人了。总是放弃，断没有前进。

创造力充沛的人，通常要有一颗小孩子一样的心，充满了好奇感。好奇这个品质，在小孩子是天然，在大人就需要刻意保持。所说的刻意，不是让你处处装出大惊小怪的样子，而是一种发自内心的、探索这个世界的乐趣。这并不难，因为世界本来就充满了未知的领域，你只要不有意磨灭自己探索的眼光，好奇心就会像忠诚的宠物，寸步不离。

要有幽默感，幽默感的产生，来源于对自己的接纳，对人类境况的接受，而后就有了玩笑感。幽默应该是没有敌意的，有敌意的，那就叫作挖苦了。如果你不会幽默，这也没什么好自卑的，也不需要特意去学习。保持你原来的样子就好，不必太在意。

对一个成功的人说，其实顽强比坚强更重要。“坚”的意思是摧不垮的，但顽强，除了硬度这一条，还特别强调了千百次的概念。“顽”是什么意思？冥顽不化啊。相信自己，决不改变。

每一个变数都会影响发展的方向和进程。

像烟灰一样放松

有一位射击的朋友，极端地冷静。他常在非常危急的情势下，弹无虚发。我向他请教这其中的要领，他说，最大的诀窍是你要像烟灰一样放松。只有放松，全部潜在的能量才会释放出来，协同你达到完美。

我对他的话似懂非懂，但从此我开始注意以前忽略了的烟灰。烟灰非常松散，几乎是没有重量和形状的。它们懒洋洋地趴在那里，好像在冬眠。其实，在烟灰的内部，栖息着高度警觉和机敏的鸟群，任何一阵微风掠过，哪怕只是极轻淡的叹息，它们都会不失时机地腾空而起、驭风而行。它们的力量来自放松，来自一种飘扬的本能。本身没有结构，没有动力，甚至是微不足道的烟灰，却能够利用能量，飞向远方。

人们啊，需要常常提醒自己，像烟灰一样放松。放松不是无所事事，不是听天由命，不是随波逐流。放松是一种高度的自信，放松是一种磨炼之后的整合，放松是举重若轻、玉树临风。当你放松的时候，你所有的岁月和经验，你的勇气和智慧，便都厉兵秣马，集合于你内心，情绪就会安然从容，勇气就会源源不断。你不一定能胜利，但你能竭尽全力参与过程。

最大的诀窍是
你要像烟灰一样放松。

生命和死亡如影随形

我为什么要谈论死亡？这使我像猫头鹰一样被认作不祥。

有人语重心长地对我说，人间已经有够多的恐惧和害怕，为什么还要在不痒的地方开始搔扒？何苦呢？你这不是自寻烦恼吗？如果你想给人注入希望，为什么要用这种永恒不变的黑暗之事来袭扰我们本来就千疮百孔的意志？呜呼，我们还很年轻，为什么不把死亡留给那些垂死的人去想呢？最起码，也是给那些五十岁以上的人出的题目吧。

哦，我回答。生命和死亡是如此如影随形，它们并不是像阿拉伯数字，有一个稳定的排列顺序，在 19 之后才是 20。它们是随心所欲、不按牌理出牌的，没有一个必然的节奏。要死死记住，这世界上没有任何人可以并且有能力向你承诺：你可以无忧无虑地活到某个期限之后才来考虑这个问题。死亡可以在任何地点、任何时间、不打任何招呼地贸然现身。

嘿，这世上有一些最重要的事情，不管你喜欢不喜欢，它们在生命的海洋里坚定地存在着。在某些特定的时刻，毫无征兆地掀起滔天巨浪。很遗憾、很确定的是——死亡就在这张清单中。

对于一个你生命中如此重要的归宿，你不去想，如果不是懦弱，就是极大的荒疏了。

古罗马的哲学家塞内加冷冰冰又满怀热情地说过：“只有愿意并准备好结束生命的人，才能享受真正的人生滋味。”

我们是必死的动物，又因为我们是高等的动物，所以，我们千真万确地知道这一点。否认死亡，就是否认了你是一个真正有脑子的人。你把自己混同于一只鸡或是一条毛虫。在这里，我丝毫没有看不起鸡和毛虫的意思，只是明白人与它们是不同的物种。

奥运会开幕式、闭幕式的时候，人人都害怕天公不作美、降下雨滴。如果甘霖洒下，尽管对于干旱的北京来说是解了渴，但那些精心排练的无与伦比的美妙场景就会大打折扣。人们在不断逼问气象学家那天晚上究竟会不会下雨的同时，也热切地寄希望于我们的高科技，可以将雨云催落他乡。

开幕式的时候，我正在墨西哥湾上航海。当我回到家中，查找到开幕式的报纸，果然看到报道，那一天晚上阴云奔突，为了防止在鸟巢上空降雨，有关部门发射了催雨的火箭，将水汽提前搅散，让那传说中的雨降在了别处。于是，亿万人才看到了鸟巢璀璨晶莹的完美夜景，听到激越躁烈的击缶声震荡寰宇。可见，催化剂这种东西的魔力，在于将一桶必然要爆炸的火药提前引动，使火药变得无害而可以忍受。它在某种程度上可以化腐朽为神奇，保障了最重要的阶段完整无缺。

思考死亡就是这样一种精神的催化剂，可以把人从必死的恐惧中升华到更高的生存状态——那就是兴致勃勃地生活。对于死亡的觉察，如同手脚并用地攀爬了一座高山。山顶上，一览众山小，使人不由自主地远离了山脚、山腰处万千琐事的凝视，为生命提供辽远、开阔和完全不同的视角。

你如果听了上述这些话，还是对探讨这个问题心有余悸，那么，在我束手无策之前，容我给你开一张空白的心灵支票吧：对于死亡的思考，可以拯救你生命的很多时刻。对死亡的关切，有可能让你的生命有一种灿灿金光。虽然随着岁月流逝，身体会不断枯竭，但精神能越来越健硕。

只是这张支票兑现的具体日期和数额，要由你自己来填写。谁都不能代替谁思考。不知你内心的恐惧还会持续多久？

有个女子说，她以前有一个习惯，就是从来都不彻底地完成一件事情。

本子总是用不完的，要留下几张纸；喝水会把底儿留在杯子里，美其名曰“有水根儿（就是水碱）”，喝了要得肾结石的，这借口虽明知荒谬，也还是一再重复着，哪怕是喝瓶装的纯净水，也绝不喝干；因为怕离别，她总会提早从聚会的场所离开，总能找到各式各样的理由让自己抽身，甚至吃饭的时候，都不会吃完，留下一口，并认为这是礼貌；打扫房间，也不会彻底，留下一个角落，说等下一次再来清洁吧。从小长辈就觉得她这是偷懒，说过无数次，她就是不改。

大家看到这里，也许会说，这不过是很多人都有的小毛病，充其量也不过是个说不上好也说不上不好的习惯。当然了，如果事情仅仅停留在这个阶段，也许人们都还能容忍，但是，每个人行事的规律，无论大事小事，内里其实都是惊人地相似。

这女子工作以后，无法在任何一个单位待到两年以上，总是不断跳槽，有时有明确的原因，有时自己也说不明白，好像完全找不到充分的缘由，只是突然想走就走了。冲动一起，是那样难以克制，似乎在逃避、躲避什么可怕的东西，唯有中断，才是出路。再后来，她连自己的婚姻也坚持不下去了，厌倦、恐惧和平淡，让她最终选择了放弃。

不过，这世界上好的男人，比起好的工作，似乎要少。况且就算是工作，如果那个单位满员，你也无法插入。婚姻更是具有鲜明的排他性。鹊巢鸠占，鹊就回不来了。她的主动退场，很快就让别的虎视眈眈的女子填补了空白。

当她意识到自己的前夫是多么难得的时候，金瓯已缺，丧失了恢复原状的可能。

她是如此苦恼，如此憔悴。在庞杂纷嚣的混乱之下，我一时也一筹莫展。如同面对一张沾满了蛛网的条案，纵横交错，不知道哪里才是混乱的支点。

关于漫长的谈话过程，我在这里就不赘述了，感谢她的无比信任。我后来才知道，匍匐在她内心的蜘蛛是自幼年就潜藏下的恐惧。她在非常幼小的时候连续失去亲人，棺材前摇曳的烛火、血肉模糊的尸身，都让她对终结的恐惧变得如此根深蒂固。这恐惧化身为“不要把事情做到底”的潜意识，如同魔咒，贯穿了所有岁月。她给自己定了一条规则，也算是“潜规则”吧——只有逃避结束，才能对抗死亡。

说到底，我们对于死亡的恐惧是会化装的，会以各种各样我们匪夷所思的模样乔装打扮出现。惧怕死亡就如同一根粗壮的藤，蜿蜒盘曲结着不同的瓜。也许是人际关系的不和睦，也许是做事的极端完美主义，也许是关键时刻的优柔寡断，也许是婚姻和感情的破坏与纷扰……如果你无法长久地保持安宁的心智，经常出现无法描述的悲伤或烦躁，很可能就是在死亡这个问题上没有直面的勇气。总之，对死亡的恐惧如同百变妖魔，有万千种表现手法。原谅我带一点武断地说，每一个无以解释的焦虑之梦背后，都是死亡之魔起舞的广场。

对此，最好的方式，就是在源头上把这件事搞清楚，从此不怕死，把死亡视为一个成熟的过程，有勇气饮尽生命的最后一滴甘露，之后从容安详地赴死，变成细碎虚空的分子，与宇宙合为一体。在这之前，有滋有味地生活。

死亡的过程对每一个人来说，都是一项崭新的学习体验。为什么你一定要一直想着你老了、老了？为什么要一次又一次踮起脚来张望归途？

有朋友曾经这样气恼地问过我，她觉得我不断地谈论死亡必将到来，让她噤若寒蝉。她说，你的文字通常是安详和温暖的，但那些关于死亡的论述夹杂其中，就像一些粗粝的贝壳碎片，会刺破手心的皮肤，让人淌血。

我说，既然死亡是一个规律，为什么不能讨论？既然归途本来就存在，为什么不能张望？为了保持我整个生命的质量，为了当我发白齿稀之时仍然能保有尊严和快乐，我就要提前下手了。如果你不快，那么我很抱歉。不过请原谅，我还是要这样做。

对于死亡的觉察，
如同手脚并用地攀爬了一座高山。
山顶上，
一览众山小，
使人不由自主地远离了
山脚、山腰处万千琐事的凝视，
为生命提供
辽远、开阔和完全不同的视角。

你是否需要预知今生的苦难

那天晚上，比尔请客。

比尔是美国外交部的官员，负责接待并安排我们在纽约的活动。比尔衣着朴素，脸上永远是温和厚道的笑容。当我们从纽约火车站出来的时候，看到的就是这种笑容。他帮我们推着沉重的行囊，在人群中穿行。当他护送我们到各地访问的时候，脸上也是这样的笑容。当我要离开纽约，担心一大堆资料无法带走的时候，又是比尔温暖的笑容帮我解决了难题，他答应为我将资料海运回中国。

比尔请我们在一个中餐馆用饭。比尔说这是纽约最好的中餐馆之一。比尔在中餐桌上是有发言权的，因为比尔的妻子是一个香港女性。这的确是我在美国吃的最好的中餐之一。

席间，聊到一个有趣的话题：人是否需要预先知道今生的苦难？

同桌的一位朋友说，他认为如果有可能，他愿意预知一生的苦难。理由是，凡事预则立，不预则废。知道了有什么坏处呢？没有。并不会因为你的预知，就让你的灾难变得更多或者减少，那么，你多知道一点，就对自己的人生多了一份把握，该是好事。

闷头吃饭的比尔，突然大叫一声：NO！

这是我唯一一次，在比尔的脸上看到的不是笑容，而是愤怒和凄楚。

当然，比尔的愤怒不是针对那位朋友，比尔放下筷子，对我们说：

很多年前，我和我的妻子，在香港抽签请人算命。那人是一个和尚，他看了我妻子的签说，你会早死。又看了我的签说，你会老死。

你们知道“早死”和“老死”的区别吗？自从听了那和尚的话，我的妻子就对我说，比尔，我会比你先死。因为我是早早死去，而你是老死，你要活很大的年纪。我说，你不要相信这话，那个人是胡说的。我会和你白头偕老，如果有个人一定要先死去，那就是我，因为你比我年轻。但是前不久，我的妻子生了喉癌。那是因为她年幼的时候，家中很穷困，没有菜，就吃咸鱼。咸鱼很小，有很多刺，鱼刺刺伤了她的喉咙。久而久之，就生成了癌症。

妻子走了，留下我，等着我的“老死”。

比尔说得非常伤感。朋友们缄默了许久，寄托对比尔妻子的深切悼念。我听出了比尔的话后面的话。很多年来，关于“早死”和“老死”的戏语，就盘旋在他们的头顶。他们本能地畏惧这朵乌云，乌云尖利的牙齿，咬破了他们最快乐的时光。每当幸福莅临的时刻，惴惴不安也如约袭来。因为他们太珍惜幸福，就越发迅疾地想到了那不祥的预言。如果他们不知道那命运的安排，如果当年没有那老和尚的多此一举，比尔和他妻子的美好时光，也许会更纯粹、更光明。

我不知道我想的是否符合实际，我也不敢向比尔求证。我把此事写到这里，是想再次问自己也问他人：我们是否需要预知今生的苦难？

大多数人是取席间的那位朋友的观点，还是像比尔一样说“NO”？

我站在比尔一边。不单是从技术层面上讲，我们无法预知今生的苦难，无法预知今生的幸福。就是有人愿意告诉我，把我一生的苦难，用了不同的簿子，将它们分门别类地列出，苦难用黑墨水，幸福用红墨水，一一书写量化。或者是轻声细语地娓娓道来，苦难用叹息，幸福用轻轻的笑声。想来，我也会在这种簿子面前闭上眼睛，在这种命运的告诫面前堵起自己的耳朵。生命是我自己的东西，甚至可以说是我仅有的东西，我不希望别人说三道四。我注重的是过程，在这个过程中，我感到自己的价值。我们可以预知的只是自己应对苦难和幸福的态度。此时此地，这是我们能掌握的唯一。知道了又怎样？不知道又怎样？生命正是因为种种的不知道和种种的可能性，才变得绚烂多姿和魅力无穷。

生命正是因为种种的不知道
和种种的可能性，
才变得绚烂多姿和魅力无穷。

人可以最大限度地逼近真实

朋友给我讲过这样一个故事。

他祖父小的时候很聪明，也很有毅力，学业有成，正欲大展宏图之际，曾祖将他叫了去，拿出一个古匣，对他说："孩子，我有一件心事，终生未了。因为我得到它们的时候，一生的日子已经过了一半，剩下的时间不够我把它做完了。做学问，就要从年轻的时候着手，我要是交给你一件半成品，不如让你从头开始。"

原委是这样的。早年间，江南有一家富豪，酷爱藏书。他家有两册古时传下的医书，集无数医家心血之大成，为杏林一绝。富豪视若珍宝，秘不传人，藏在书楼里，难得一见。后来，富豪出门遇险，一位壮士从强盗手里救了他

的性命。富豪感恩不尽，欲以斗载的金银相谢。壮士说，财宝再多、再贵重，也是有价的。我救了你，你的命无价。富豪说，莫非壮士还要取了我的命去？壮士大笑说，我不是要你的命，是想用你的医书救普天下人的性命。富豪想了半天，说，我可以将医书借给你三天，但是三日后的正午，你必须完璧归赵。说罢，命人从嵯峨的木制书楼里，将饱含檀香气味的医书捧了出来。

壮士得了书后，快马加鞭急如星火地赶回家，请来乡下的诸位学子，连夜赶抄医书。书是孤本，时间又那样紧迫，荧荧灯火下，抄书人目眦尽裂，总算在规定时间之内依样画葫芦地描了下来。壮士把医书还了富豪，长出一口气，心想，从此以后便可以用这深锁在豪门的医学宝典造福于天下黎民了。

谁知，抄好的医书拿给医家一看，才知竟是不能用的。医家以人的性命为本，须严谨稳当。这种在匆忙之中由外行人抄下的医方，讹脱衍倒之处甚多，且错得离奇，漏得古怪，寻不出规律，谁敢用它在病人身上做试验呢？

壮士造福百姓之心不死，急急赶回富豪家，想晓以大义，再请富豪将医书出借一回，这一次，请行家高手来抄，定可以精当了。当他的马冷汗涔涔到达目的地时，迎接他的是冲天火光。富豪家因遭雷击燃起天火，藏书楼内所有的典籍已化为灰烬。

从此这两册抄录的医书，就像鸡肋，一代代流传了下来。没有人敢用上面的方剂，也没有人舍得丢弃它。书的纸张黄脆了，布面断裂了，后人就又精心地誊抄一遍。因为字句的文理不通，每一个抄写的人都依照自己的理解，将它订正改动一番，闹得愈加面目全非，几成天书。

曾祖的话说到这里，目光炯炯地看着祖父。祖父说，您手里拿的就是这两册书吗？

曾祖说，正是。

祖父说，您是要我把它们校勘出来？

曾祖说，我希望你能穷毕生的精力让它死而复生。但你只说对了一半，不是它们，是它。工程浩大，你这一辈子，是无法同时改正两本书的。现在，你就从中挑一本吧。留下的那本，只有留待我们的后代子孙再来辨析正误了。

祖父看着两本一模一样的宝蓝色布面古籍，费了斟酌，就像在两个陌生的美女之中挑选自己的终身伴侣，一时不知所措。

随意吧。它们难度相同，济世救人的功用也是一样的。曾祖父催促。

祖父随手点了上面的那一部书。他知道从这一刻起，这一个动作，就把自己的一生同一方未知的领域，同一个事业，同一种缘分，牢牢地粘在一起。

好吧。曾祖把祖父选定的甲册交到他手里，把乙册收了起来，不让祖父再翻，怕祖父三心二意，最终一事无成。

祖父没有辜负曾祖的期望，皓首穷经，用了整整半个世纪的时间，将甲书所有的错漏之处更正一新。册页上临摹不清的药材图谱，他亲自到深山老林一一核查。无法判定成分正误的方剂，他采集百草熬药炼成汤，以身试药，几次昏厥在地。为了一句不知出处的引言，他查阅无数典籍……那册医书就像是一盘古老石磨的轴心，天文地理，古今中外，凡是书中涉及的知识，祖父都用全部心血一一验证，直至确凿无疑。祖父的一生围绕着这册古医书旋转，从翩翩少年一直变作鬓发如雪。

按说祖父读了这许多医书，该能成为一代良医。但是，不。祖父的博学只为那一册医书服务，凡是验证正确的方剂，祖父就不再对它们有丝毫留恋，弃而转向新的领域探索。他只对未知事物和纠正谬误有兴趣，一生穷困艰窘，竟不曾用他验证过的神方医治过病人，获得过收益。

到了祖父垂垂老矣的时候，他终于将那册古书中的几百处谬误全部订正完了。祖父把眼睛从书上移开，目光苍茫，好像第一次发现自己已走到生命的尽头。

人们欢呼雀跃，毕竟从此这本伟大的济世良方可以造福无数百姓了。

但敬佩之情只持续了极短的一段时间。远方发掘了一座古墓，里面埋藏了许多保存完好的古书，其中正有甲书的原件。人们迫不及待地将祖父校勘过的甲书和原件相比较，结果是那样令人震惊。

祖父校勘过的甲书，同古书完全吻合。

也就是说，祖父凭借自己惊人的智慧和毅力，以广博的学识和缜密的思维，加之异乎寻常的直觉，像盲人摸象一般在黑暗中摸索，将甲书在漫长流传过程中产生的所有错误全改正过来了。

祖父用毕生的精力，创造了一个奇迹。

但这个奇迹，又在瞬忽之间烟消灰灭，毫无价值。古书已经出土，正本清源，祖父的一切努力都化为劳而无功的泡沫。人们只记得古书，没有人再忆起祖父和他苦苦寻觅的一生。

讲到这里，朋友久久地沉默着。

古墓里出土了乙医书的真书吗？我问。

没有。朋友答。

我深深地叹息说，如果你的祖父在当初选择的那一瞬间挑选了乙书，结果就完全不一样了啊。

朋友说，我在祖父最后的时光也问过他这个问题。祖父说，对我来讲，甲书乙书是一样的。我用一生的时间说明了一个道理，人只要全力以赴地钻研某个问题，就有可能最大限度地逼近它的真实。

祖父在上天给予的两个谜语之中随手挑选了一个。他证明了人的努力可以将千古之谜猜透。

这已经足够。

人只要全力以赴地钻研某个问题，
就有可能
最大限度地逼近它的真实。

如果你从不出错，这是一个悲剧

如果你从不出错，这是一个悲剧。一是自己太累，二是你周围的人会视你为怪物。让自己在无伤大雅的时候出一点小差错，不会暴露出你的无能，只会彰显出你的可爱。

太多的女人是完美主义者，比如她们不能忍受自己的饭菜咸了或是淡了，因此会耿耿于怀。比如她们不能接受自己好不容易挑选的百货，在另外一家卖场，居然看到了更便宜的价签。她们力求把最小的事也完成得完美无瑕。如果有了瑕疵，就会耿耿于怀、闷闷不乐，长久地沉浸在遗憾之中，小事都如此，大事可想见她们是如何锱铢必较、精益求精。结局是百密一疏，总有纰漏。这世上本没有十全十美之事，就算有，也未必次次都宠幸于你。于是此类女子，就无法享有片刻的彻底放松。

如果你意识到自己是一个完美主义者，如果你想改正，我教你一个小方法，那就是卖个破绽与你。早年间，看中国的旧式小说，两军交战，常常是武艺高强的那一方，却抵挡不过武艺稍差的那一方。文中会写道：“卖个破绽与他，拍马便走……”那之后，往往有一番密谋的周旋。卖个破绽，就是明显地示弱了。

有完美主义倾向的女子，刚开始改正这个毛病的时候，其实挺痛苦的。这就好比原本可以吃三碗饭，却吃了一碗就放下筷子，心里发虚。改正缺欠，不但需要意志顽强，也需要循序渐进。在一些不甚重要的事上，先放手，容忍缺憾和不足，这也是让自己从完美主义泥潭中拔出脚来的奠基石。

记住啊，示弱就是你破除自己完美魔咒的一个小裂口。示弱之后，你会发现，做一个不完美的人是需要勇气的，也是有乐趣的。因为，世界本来就是不完美的，我们不过是顺势而为。

所有的动力都来自内心的沸腾

一个人躺在地上，如果他不想起来，那么十个人也拉不起他来，即使起来了也马上会趴下。

所有的动力都来自内心的沸腾。如果你做不到一件事，无论是搞好关系，还是寻找爱人，还是减肥，都是因为你还没有真正想做。

这是一个很有意思的心理小游戏。来，纠集起十来个人，然后找一个人来扮演那个躺在地上的人，不用找体重特别沉的，那样容易影响咱们这个游戏的真实感。请这位朋友赖在地上，大家用尽全力把他拽起来……

我见过三十来个人都拉不起一个人的，我本来在上文中想写这个数字，但又怕大家觉得太夸张了，就写了十来个人，这是千真万确的。只要你不想起来，没有人能把你拉起来。心理上的问题也是一样，只要你没有想通，只要你不是真的心服口服，那么所有外界的努力都是劳而无功的。

女子当了妈妈，对待自己的孩子时，要记得这个游戏。他虽然小，也有自己的独立意志，你要把道理给他讲清楚，而且要让他明白这样做的目的是什么。有人会觉得孩子还小，没必要讲那么多。可是，成长是一个逐渐发生的过程，你不能在一颗幼小的心里，种下强权的种子，以理服人而不是以力服人，这是要从小就养成的习惯。

你举目四望，很容易就能发现：很多人的生理和生物上的需求得到了满足，但他们仍然不满意，奔突不止，躁动不安，缺少一种能使他变得生机勃勃的动力，缺乏稳定祥和。像这样缺乏主动性的生活，无论表面上多么风光，都是不值得羡慕的。

那种使自己变得生机勃勃的动力是什么呢？谁来回答你呢？谁来帮你寻找呢？谁为你一锤定音？没有别人，只有你自己。只有当理想的光芒照耀着我们，而且它和广大人群的福祉相连，我们才会有大的安宁和勇气。

你可曾体会种子的疼痛？那种挣开包裹自己的硬壳，顶出板结的土壤的苦难，对一粒柔弱的芽来说，可说是顶天立地的壮举。一个人觉醒时的力量，应该大于一颗种子啊！

有些人把梦想变成现实，有些人把现实变成了梦想。关键是，你的梦想是什么？你为你的梦想做了什么？

有梦想就不会寂寞，当你寂寞的时候，只要招招手，你的梦想就飞到了身边。剩下的事，就是琢磨怎样把梦想变成行动了。

有梦想就不会寂寞。

指纹间的菌落

那时我是一个年轻的实习医生。在外科做手术的时候，最害怕的是当一切消毒都已完成，正准备戴上手套，穿上洁白的手术衣，开始在病人身上动刀操练的时候，突然从你的身后，递过来一只透明的培养皿。护士长不苟言笑地指示道，你留个培养吧。这是一句医学术语，翻成大众的语言就是——用你已经消完毒的手指，在培养基上抹一下。然后护士长把密闭的培养皿送到检验科，在暖箱里孵化培养。待到若干时日之后，打开培养皿，观察有无菌落生长，以检查你在给病人手术前，是否彻底消毒了你的手指。如果你的手不干净，就会在手术时把细菌带进腹腔、胸腔或是颅脑，引起感染。严重时会危及病人的生命。

我很讨厌这种抽查。要是万一查出你手指带菌，多没面子！于是我消毒的时候就格外认真。外科医生的刷手过程，真应了一句西谚：在碱水里洗三次。先要用硬毛刷子蘸着肥皂水，一丝不苟地直刷到腋下，直到皮肤红到发痛，再用清水反复冲洗，恨不能把你的胳膊收拾得像一根搓掉了皮、马上准备凉拌的生藕。然后整个双臂浸泡在百分之七十五的酒精桶里，度过难熬的五分钟。最烦人的是胳膊从酒精桶里拔出后，为了保持消过毒的无菌状态，不能用任何布巾或是纸张擦拭湿淋淋的皮肤，只有在空气中等待它们渐渐晾干。平日我们打针的时候，只涂一小坨酒精，皮肤就感到辛凉无比。因为酒精在挥发的时候，带走了体内的热能，是一种强大的物理降温过程。现在我们的上肢大面积裸露着，假若是冬天，不一会儿就冻得牙齿鼓点一般叩个不停。

更严格的是，在所有过程中，双臂都要像受刑一般高举着，无论多么累，都不能垂下手腕，更严禁用手指接触任何异物。简言之，从消毒过程一开始，你的手就不是你的手了，它成了一件有独立使命的无菌工具。

我的同学是一位漂亮女孩，她的手很美，鸡蛋清一般柔嫩，但在猪毛刷子日复一日的残酷抚摸下，很快变得粗糙无光。由于酒精强烈的脱脂作用，手臂也像枯树干，失去了少女特有的润泽。“单看上肢，我都像一个老太婆了。”她愤愤地说。

以后的日子里，她洗手的时候开始偷工减料。比如该刷三遍，她一遍就草草过关。只要没人看见，她就把白皙的胳膊从酒精桶里解放出来，独自欣赏……有一天，我们正高擎双手，像俘虏兵投降一样傻站着，等着自己的臂膀风干时，她突然说，我的耳朵后边有点痒。

这是一件小事，但对于此时的我们来说，却是一件很难办的事。消过毒的手已被管制，我俩就像卸去双臂的木偶，无法接触自己的皮肤。按照惯例，只有呼唤护士，烦她代为搔痒。因手术尚未开始，护士还在别处忙，眼前一时无人。同学说痒得不行，忍不了。我说，要不咱们俩像山羊似的，脑袋抵着脑袋，互相蹭蹭？她说，我又不是额头痒，是脖子下面的凹处，哪里抵得着？我只好说，你就多想想邱少云吧。同学美丽的面孔在大口罩后面难受得扭歪了。突然，可能痒痛难熬，她电光石火地用消过毒的手，在自己耳朵后面抓了一把。

我惊愕得说不出话来，几乎不相信自己的眼睛。正在这时，护士长走了进来，向我和同学伸出了两个细菌培养皿……

其实事情到这个份上，还是可以挽救的。同学可以直率地向护士长申明情况，说自己的手已经污染，不能接受检验。然后再重复烦琐的洗手过程，她依旧可以正常参加手术。但她什么也没有说，哆哆嗦嗦地探出手指，在培养基上捺了一下……那天是一个开腹手术，整个过程我都恍惚不安，好像自己参与了某种阴谋。

病人术后并发了严重的感染，刀口溃烂腐败，高烧不止，医护人员陷入紧张的治疗和抢救。经过化验，致病菌强大而独特。它是从哪里来的呢？老医生不止一次面对病历自言自语。过了几天，手术者的细菌培养结果出来了，我的同学抹过的培养基上，呈现出茂密的细菌丛，留下指纹状的菌落阴影，正是引致病人感染的险恶品种。

那一刻，我的同学落下一串串眼泪。由于她的过失，病人承受了无妄之灾。她的手在搔痒的时候，沾染了病菌，又在手术过程中污染了腹腔，酿成他人巨大的痛苦。

病人的命总算挽救回来了，但这件事被我牢牢地记在心里，不敢忘怀。

随着年岁渐长，我从中悟出了许多年轻时忽略的道理。

首先是感染和腐败几乎是一种必然。牛奶放在那里，不加温不冷冻，随它去，就一定会变酸发臭。没有特殊的防腐措施，想在常温下保持牛奶的新鲜品质，是痴人说梦。铁会生锈，木头会腐烂，水面布满青苔，密闭的房屋长毛生霉，空气发出臭鸡蛋的味道……腐败几乎是无处不在，见缝下蛆。我那个同学只用手搔了一下耳后，千真万确，仅此一下，病菌潜伏到了她的手上，播种到手术刀口里，就引发了恶劣后果。细菌的生命力和感染力，真是不可思议地强大，任何侥幸心理都是万万要不得的。

其次是防感染和腐败的措施，只要认真执行，是一定有效的。凡是认真执行了刷手要诀的人，每次细菌培养就都是阴性，他们的手术后感染率几乎是零。感染和腐败不是不可战胜的，只要有了切实可行、行之有效的措施，严格地执行用鲜血换来的经验教训，腐败和感染就可以被制伏。

再次是同样的致病菌，每个人的抵抗力不同，结局也就有天壤之别。潜伏在同学耳朵旁的细菌，肯定已在她身上生存多时，相安无事。可是移植到了病人身上，就引发了骇人的后果，盖因彼此的身体素质不同，结果也就因人而异。同学是正常人，有良好的防御系统，所以病菌伤害不了她。但开刀的病人就不同了，自身抵抗力薄弱，雪上加霜，差点要了性命。当然我这样说，并不是要求病榻上的人要有运动健将一般的体魄，只是说加强自身的防御系统，是抵御病菌最有效的武器。一个人遭受细菌的感染不可避免，但有了足够的准备，即使敌人侵入，也可以在最短的时间内将其歼灭。

最后是要找到一个黄金般的点。应该说抗感染的杀菌药物是十分有效的，医生把致病的细菌培养出来，它就成了靶子。把各种抗菌药物，以不同的浓度加到培养皿里，观察哪种药物杀菌最有效，然后对症下药，把病菌最敏感的药物压下去，力争在最短的时间里，取得胜利。记得老医生总是很仔细地计算用药的剂量，根据病情，反复测算。我看得不耐烦，说搞这么复杂干什么，不是治病救人吗，当然剂量越大效果越好。老医生说，任何药物都是有毒性的，正是为了治病救人，才要找到一个最恰当的剂量，既干净彻底地消灭了病菌，又最大限度地保护、挽救病人，这是一门艺术。一个好医生的职责，就是要找到这个像黄金分割率一般宝贵的结合点……

我记住了他的话，但更深刻地领悟它，却是在年岁渐长，看到了许多医学领域以外的问题之后。

病菌和微生物向我们撒下天罗地网，由它们引致的感染与腐败，每日每时都在发生。和形形色色的腐败菌做斗争，也许将贯穿经济和政治生活的整个历史。我们将会有更优秀的医生，我们将会有更强大的药品，我们将会有更严格的消毒手段，但加强自身的抵抗力，永远是最重要的。在旷日持久的战斗中，不断地完善自己、修复自己，人类才会保持蓬勃的生命力，欣欣向荣。

不要总想表现得比实际情况要好

当你企图在两个不同的自我之间游走时，你在生活中的形象就变得复杂混乱，你面临的形势也更加琢磨不透，甚至你的身体也无所适从了。

我们总是希图表现得比我们实际的情况要好些。好比我们小的时候，如果有客人要来，我们会被父母要求：“你要乖一些啊！”等到客人走了，父母会说：“好了，现在你可以放松一下了。”这些都是很平常的话，却在不知不觉当中留存了一个印象——你要在某些特殊的场合和人物面前，努力表现得比你实际拥有的状况更好。

什么是更好呢？

就是按照世俗的标准，我们要更聪明、更好学、更勤劳、更大度、更幽默、更有责任感、更勇敢……还可以举出更多的“更”，总之，就是比你本人更完美。

这个主观动机可能并不是太坏。爱美之心，人皆有之嘛！

不过，这就形成了一个习惯。我们把一个不真实的自我呈现在别人面前，并以为这才是可爱的，才是有价值的。而那个真实的自我，则是上不得台面的残次品，是应该被掩藏和遮盖的。

这就是自我形象的分裂。我们不喜欢真实的自我，我们把一个乔装打扮的“假我”拿给大家看。当这个“假我”被人欢迎和夸赞的时候，我们一方面沾沾自喜，觉得自己成功地扮演了一个角色，而这个角色就是别人眼中的“我”。另外一方面，我们的自卑加重了，我们知道外界的评价都是给予那个不存在的“我”，真实的我反倒像灰姑娘一样，躲在角落里捡煤渣。长久下去，我们就变成了一个分裂的人。

这种现象比比皆是，比如我们常常听到女性朋友说，结婚以后，他的真面目暴露出来了，我几乎不敢相信现在的他和结婚前的他是同一个人。

也有的领导会说，这个人是我招聘的，当时看他十分勤快，想不到真的走上岗位以后，却非常懒惰，毫无工作的主动性。

以上这两个例子，最后是以离婚和炒鱿鱼作结。可见，伪装的自我，可以骗人一时，却不能矫饰久远，最后吃亏的还是你。

如果你觉得真实的自我还不够完善，那么最好的方法，是让自己渐渐变得完善起来，而不是敷衍、遮盖或欺骗。那样的话，自己很辛苦不说，离完美也越来越远。再有，天下的人都不是傻子，你装得了一时三刻，却没有办法永远生活在一个不属于你的光环之中。一旦被人家识破，你被减分更多。

我年轻的时候，心其实很累，因为总想表现得比自己真实的状态更好一些，便不由自主地要作假。明明不快乐，怕被人看出，以为是思想问题，就表现出欢天喜地的兴奋。对领导有意见，怕领导对自己看法不良，影响进步，就故意在领导面前格外卖力地工作。其实，那时彼此的不融洽，心知肚明。在会议上有不同意见，因为判断出自己是少数，就放弃主见随大流，默不作声……凡此种种，以为是老练的举措，都让我做人辛苦，不胜其烦。

后来，我终于明白了，要以自己的真实面目示人。没有必要取悦他人，没有必要委屈自己。这样做了以后，我本以为机会一定要少很多，因为抱定了破釜沉舟的决心，只求这一生做一个真实的自我，付出代价也认了。不想，却多了朋友，多了机缘。

思来想去，原来大家都更喜欢真实的东西。你真实了，自己安全了，也让他人觉得安全，机遇反倒萌生。从此，竭力真实。不但自己省力、省心，节省出的能量可以做更多的事情，而且成功的概率也高了起来。

以自己的真实面目示人。
没有必要取悦他人，
没有必要委屈自己。

抵制“但是”

但是——是我们常常用到的一个词。我们原来有一个领导，就因为太爱使唤这个词了，外号就叫“老但”。

“但是”的意思，主要是做连词，好像那把皮坎肩的碎皮子缀在一处的彩色丝线。多用在一句话的后半截，表示转折语气。

比方说：你这次的考试成绩不错，但是——不能骄傲自满。

比方说：这地方的风景挺优美的，但是——离城里太远了点。

比方说：这女孩身材相当好，但是皮肤太黑了些。

等等。

我不知道“但是”这个词刚发明的时候，是不是对它的前半部和后半部的分量一视同仁？也就是说，它只是一个公平的纽带，并不偏着谁向着谁。可惜在长期的运用过程中，“但是”这个词，成了类似音乐简谱中附点的标记，把后面半拍的节奏，挪到前面去了。当人们看到这个词的时候，无论在“但是”的前面，堆积了多少美好的说明，都像碰上盐酸的污垢，冒了些泡沫，就没了踪影。人们记住的总是“但是”后面的转折，如同好不容易爬上高坡，还没来得及喘口气，“但是”这个陡峭的下坡，不由分说把你掳住，一下就滑到了谷底。

于是，“但是”就几乎成了贬义的先兆。只要一出现，气氛就大变。它成了把人心捆成炸药包的细麻绳，成了马上有冷水泼面的前奏曲。“但是”让你打了个激灵，立马把“但是”前面的温暖忘了，只有抖擞起精神，准备迎击扑面而来的顿挫。

“但是”便在这种频频警戒的气氛中，削减了平凡的联结之意，增添了沮丧的灰色意味。

其实，所有的光明都有暗影，“但是”的本意不过是强调事情还有另一方面。可惜日积月累的负面暗示，使得“但是”这个预报一出现，就抹去了喜色，忽略了成绩，轻慢了进步，贬斥了攀升。

一位心理学专家讲学时说，她主张大家从此不用“但是”，而改用“同时”。

比如，我们形容天气的时候，早先是这样说：今天的太阳很好，但是风很大。

今后可以改成：今天的太阳很好，同时风很大。

当你最初看这两句话的时候，好像没有多大的分别。你不要急，轻声地多念几遍，那分量和语气的差异，就体味出来了。

但是风很大——会使人的情绪向糟糕那一面倾斜，注意力凝固在不利的因素上。觉着太阳好是件不值得太高兴的事情，风大才是关键。借助了“但是”的威力，风就把阳光打败了。

同时风很大——它更中性和客观，好似一个导游小姐，在指点我们注意了某一种情形之后，又把她手中的金属棒，向另一个方向示去。前言余音袅袅，后语也言之凿凿。不偏不倚，公允而平整。它使我们的心神安定，目光精准，两侧都观察得到，头脑中自有定夺。

一词之差，它的背后，是怎样看待世界和自身。

我们绝不文过饰非，也不夸大其词。好比是花和虫子，一并存在。我们的眼光降落在哪里？

降落在花丛中？降落在虫背上？

“但是”，是一面偏光镜，把我们的目光聚焦在虫子上。花园里花朵很美丽，“但是”把虫子的影子放大。

“同时”，是一个透明的水晶球，把我们均衡地分散在两方面。花园里花朵很美丽，“同时”，它也提示尚有虫子。

“但是”和“同时”，谁更持重和完整，更有利于我们对客观事物的评价和对主观判断的把持，想必会有公论。

如此讨论，仿佛和一个简单的连词过不去，有悖恕道。不过，这不单是如何连接上下两句话的问题，在词的背后隐伏着思维方式。

当我尝试着用“同时”代替“但是”以后，一天两天，似也看不出多大的变化。可时间长了，我发现自己多了勇气，因为我的精神得到了补给和呵护。我发现自己对人友善，因为我更明确地发现了他人的长处和优异。我发现自己较为敏捷地从跌倒的地上爬起，因为我看到了沟坎也看到了辙印。我发现自己多了宽容和慈悲，因为每当我意识到不足的时刻，都同时给自己鼓励。

图书在版编目（CIP）数据

孤独是灵魂的必修课 / 毕淑敏著 .—北京 : 北京联合出版公司 , 2018.5

ISBN 978-7-5596-1806-1

Ⅰ . ①孤… Ⅱ . ①毕… Ⅲ . ①散文集 – 中国 – 当代 Ⅳ . ① I267

中国版本图书馆 CIP 数据核字 (2018) 第 044745 号

孤独是灵魂的必修课

作　　者：毕淑敏
责任编辑：徐　樟
内文设计：沐希设计

北京联合出版公司出版
（北京市西城区德外大街 83 号楼 9 层 100088）
北京盛通印刷股份有限公司印刷 新华书店经销
字数：166 千字 700mm×980mm 1/32 印张：7.5
2018 年 5 月第 1 版 2018 年 5 月第 1 次印刷
ISBN 978-7-5596-1806-1
定价：46.00 元

生命因梦想而沸腾

毕淑敏 著

朗读者 毕淑敏

北京联合出版公司
Beijing United Publishing Co.,Ltd.

让我们昂起头，
对着我们
这颗美丽的星球上的无数生灵，
响亮地宣布——
我很重要。

目　录

Contents

我很重要

当我说出“我很重要”这句话的时候，颈项后面掠过一阵战栗。我知道这是把自己的额头裸露在弓箭之下了，心灵极容易被别人的批判洞伤。许多年来，没有人敢在光天化日之下表示自己“很重要”。我们从小受到的教育就是——“我不重要”。

作为一名普通士兵，与辉煌的胜利相比，我不重要。

作为一个单薄的个体，与浑厚的集体相比，我不重要。

作为一位奉献型的女性，与整个家庭相比，我不重要。

作为随处可见的人，与宝贵的物质相比，我们不重要。

我们——简明扼要地说，就是每一个单独的“我”——到底重要还是不重要?

我是由无数星辰日月、草木山川的精华汇聚而成的。只要计算一下我们一生吃进去多少谷物、饮下了多少清水，才凝聚成一具美轮美奂的躯体，我们一定会为那数字的庞大而惊讶。平日里，我们尚要珍惜一粒米、一叶菜，难道可以对亿万粒菽粟、亿万滴甘露濡养出的万物之灵，掉以丝毫的轻心吗?

当我在博物馆里看到北京猿人窄小的额和前凸的唇时，我为人类原始时期的粗糙而黯然。他们精心打制出的石器，用今天的目光来看不过是极简单的玩具。如今很幼小的孩童，就能熟练地操纵语言，我们才意识到已经在进化之路上前进了多远。我们的头颅就是一部历史，无数祖先进步的痕迹储存于脑海深处。我们是一株亿万年苍老树干上最新萌发的绿叶，不但属于自身，更属于土地。人类的精神之火，是连绵不断的链条，作为精致的一环，我们否认了自身的重要，就是推卸了一种神圣的承诺。

回溯我们诞生的过程，两组生命基因的嵌合，更是充满了人所不能把握的偶然性。我们每一个个体，都是机遇的产物。

常常遥想，如果是另一个男人和另一个女人，就绝不会有今天的我……

即使是这一个男人和这一个女人，如果换了一个时辰相爱，也不会有此刻的我……

即使是这一个男人和这一个女人在这一个时辰，由于一片小小落叶或是清脆鸟啼的打搅，依然可能不会有如此的我……

一种令人怅然以至于走入恐惧的想象，像雾霭一般不可避免地缓缓升起，模糊了我们的来路和去处，令人不得不断然打住思绪。

我们的生命，端坐于概率垒就的金字塔的顶端。面对大自然的鬼斧神工，我们还有权利和资格说我不重要吗？

对于我们的父母，我们永远是不可重复的孤本。无论他们有多少儿女，我们都是独特的一个。

假如我不存在了，他们就空留一份慈爱，在风中蛛丝般飘荡。

假如我生了病，他们的心就会皱缩成石块，无数次向上苍祈祷我的康复，甚至愿灾痛以十倍的烈度降临于他们自身，以换取我的平安。

我的每一滴成功，都如同经过放大镜，进入他们的瞳孔，摄入他们的心底。

假如我们先他们而去，他们的白发会从日出垂到日暮，他们的泪水会使太平洋为之涨潮。面对这无法承载的亲情，我们还敢说我不重要吗？

我们的记忆，同自己的伴侣紧密地缠绕在一处，像两种混淆于一碟的颜色，已无法分开。你原先是黄，我原先是蓝，我们共同的颜色是绿，绿得生机勃勃，绿得苍翠欲滴。失去了妻子的男人，胸口就缺少了生死攸关的肋骨，心房裸露着，随着每一阵轻风滴血。失去了丈夫的女人，就是齐崭崭折断的琴弦，每一根都在雨夜长久地自鸣……面对相濡以沫的同道，我们忍心说我不重要吗？

俯对我们的孩童，我们是至高至尊的唯一。我们是他们最初的宇宙，我们是深不可测的海洋。假如我们隐去，孩子就永失淳厚无双的血缘之爱，天倾东南，地陷西北，万劫不复。盘子破裂可以粘起，童年碎了，永不复原。伤口流血了，没有母亲的手为他包扎；面临抉择，没有父亲的智慧为他谋略……面对后代，我们有胆量说我不重要吗？

与朋友相处，多年的相知，使我们仅凭一个微蹙的眉尖、一次睫毛的抖动，就可以明了对方的心情。假如我不在了，就像计算机丢失了一份不曾复制的文件，他的记忆库里留下不可填补的黑洞。夜深人静时，手指在揿了几个电话键码后，骤然停住，那一串数字再也用不着默诵了。逢年过节时，她写下一沓沓的贺卡。轮到我的地址时，她闭上眼睛……许久之后，她将一张没有地址只有姓名的贺卡填好，在无人的风口将它焚化。

相交多年的密友，就如同沙漠中的古陶，摔碎一件就少一件，再也找不到一模一样的成品。面对这般友情，我们还好意思说我不重要吗？

我很重要。

我对于我的工作、我的事业，是不可或缺的主宰。我的独出心裁的创意，像鸽群一般在天空翱翔，只有我才捉得住它们的羽毛。我的设想像珍珠一般散落在海滩上，等待着我把它用金线串起。我的意志向前延伸，直到地平线消失的远方……没有人能替代我，就像我不能替代别人。我很重要。

我对自己小声说。我还不习惯嘹亮地宣布这一主张，我们在不重要中生活得太久了。我很重要。

我重复了一遍，声音放大了一点。我听到自己的心脏在这种呼唤中猛烈地跳动。我很重要。

我终于大声地对世界这样宣布。片刻之后，我听到山岳和江海传来回声。

是的，我很重要。我们每一个人都应该有勇气这样说。我们的地位可能很卑微，我们的身份可能很渺小，但这丝毫不意味着我们不重要。

重要并不是伟大的同义词，它是心灵对生命的允诺。

人们常常从成就事业的角度，断定我们是否重要。但我要说，只要我们在时刻努力着，为光明在奋斗着，我们就是无比重要地生活着。

让我们昂起头，对着我们这颗美丽的星球上的无数生灵，响亮地宣布——我很重要。

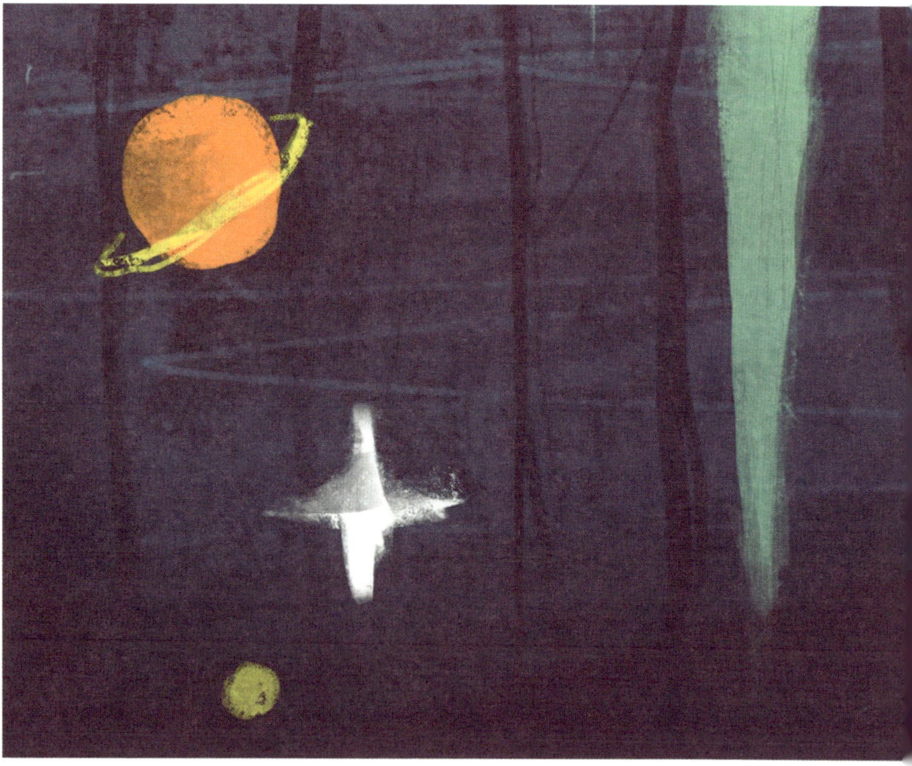

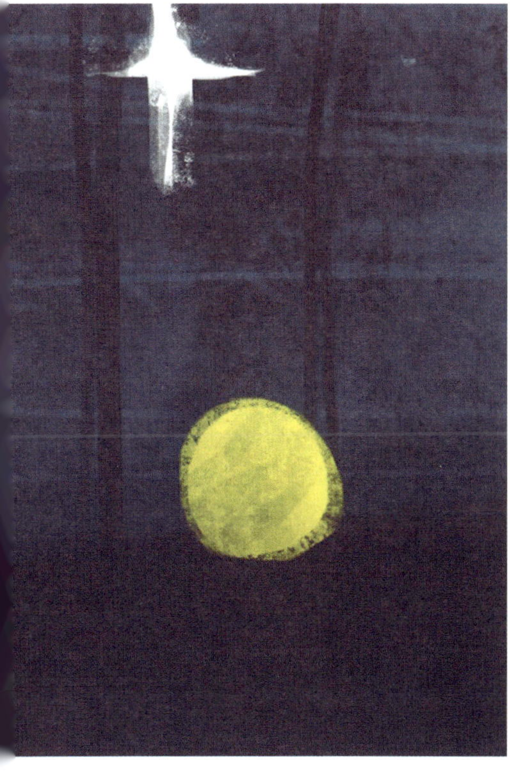

让我们昂起头，
对着我们
这颗美丽的星球上的无数生灵，
响亮地宣布——
我很重要。

我的五样

老师出了题目——写下“你生命中最宝贵的五样东西”，我拿着笔，面对一张白纸，周围一下静寂无声。万物好似压缩成超市货架上的物品，平铺直叙摆在那里，等待你的手挑选。货筐是那样小而致密，世上的林林总总，只有五样可以塞入。

也许是当过医生的缘故，在片刻的斟酌之后，我本能地挥笔写下：空气、水、太阳……

这当然是不错的。你不可能设想在一个没有空气和水的星球上，滋长出如此斑斓多彩的生命。但我很快发现自己陷入了困境——如果继续按照医学的逻辑推下去，马上就该写下心脏和气管，它们对于生命之泵也是绝不可缺的零件。

结果呢，我的小筐子立马就装满了，五项指标支出一净。想想那答案的雏形将是：我生命中最宝贵的东西——空气、水、阳光、气管、心脏……哈！充满了严谨的科学意味，飘着药品的味道。

可这样写下去，毛病大啦。测验的功能，是辅导我们分辨出什么是自己生命中最重要的因子，以致当我们面临人生的选择和丧失时，会有比较地镇定从容，妥帖地排出轻重缓急。而我的答案，抽象粗放，大而化之，缺乏甄别和实用性。

于是我决定在水、空气、阳光三种生命要素之后，写下对我个人更为独特和生死攸关的症结。

第四样，我写下了——鲜花。

真有些不好意思啊。挂着露滴的鲜花，是那样娇弱纤巧，我似乎和庄严的题目开了一个玩笑。但我真是如此挚爱它们，觉得它们不可或缺。绚烂的有刺的鲜花，象征着生活的美好和短暂的艰难，我愿有一束美丽的玫瑰，陪伴我到天涯。

我偷觑了一眼同学们的答案，不禁有些惶然。

有的人写的是“父母”。我顿时感到自己的不孝，是啊，对于我的生命来说，父母难道不是极为宝贵的因素吗？且不说没有他们哪来的我，就是一想到他们可能先我而去，等待我们的是生离死别，永无相见，心就极快地冰冷成坨。

有的人写的是“孩子”。一看之下，我忐忑不安，甚至觉得自己负罪在身。那个幼小的生命，与我血脉相承，我怎能在关键的时刻，将他遗漏？

有的人写的是“爱人”。我便更惭愧了。说真的，在刚才的抉择过程中，几乎将他忘了。或许在潜意识里，认为在未曾识得他之前，我的生命就已经存在许久。我们也曾有约，无论谁先走，剩下的那人都要一如既往地好好活着。既然当初不是同月同日生，将来也难得同月同日死，彼此已商定不是生命的必需，排名在外，也有几分理由吧。

正不知将手中的孤球抛向何处，老师一句话救了我。她说，这生命中最宝贵的东西，不必从逻辑上推敲是否成立，只要是你赞成的事物即可。于是我想到电脑。电脑在此处，并不只是单纯的工具，当是一种象征，代表我挚爱的劳动和神圣的职责。很快联想到电脑所受制约较多，比如停电或是病毒入侵，都会让我无所依傍。唯有朴素的笔，虽原始简陋，却可朝夕相伴、风雨兼程。

于是在洁白的纸上，留下了我生命中最宝贵的五样东西——水、阳光、空气、鲜花和笔（未按笔画为序，排名不分先后）。

同学们嘻嘻笑着，彼此交换答案。一看之后，却都不作声了。我吃惊地发现，每个人留在纸上的物件，万千气象，绝不雷同，有的简直让人瞠目结舌。比如某男士的“足球”，某女士的“巧克力”，在我就大不以为然。但老师再三提示，不要以自己的观点去衡量他人，于是不露声色。

接下来，老师说，好吧，每个人在你写下的五样当中，画去相对不那么重要的一样，只剩下四样。

权衡之后，我在五样中的“鲜花”一栏旁边，打了个小小的“×”字，表示在无奈的选择当中，将最先放弃清丽绝伦的花朵。

老师走过来看到了，说，不能只是在一旁做个小记号，放弃就意味着彻底地割舍，你必须得用笔把它全部删除。

依法办了，将笔尖重重刺下。当鲜花被墨笔腰斩的那一刻，顿觉四周惨失颜色，犹如 20 世纪初叶的黑白默片。我拢拢头发、咬咬牙，对自己说，与剩下的四样相比，带有奢侈和浪漫情调的鲜花，在重要性上毕竟逊了一筹，舍就舍了吧。虽然花香不再，所幸生命大致完整。

请将剩下的四样当中，再画去一样，仅剩三样。老师的声音很平和，却带有一种不容商榷的断然压力。

Goodnight…

我面对自己的纸，犯了难。阳光、水、空气和笔……删掉哪一样是好？思忖片刻，我提笔把“水”画去了。从医学知识上讲，没有了空气，人只能苟延残喘几分钟，没有了水，若干小时尚可坚持。两害相权取其轻吧。

也许女人真是水做的骨肉，“水”一被勾销，立觉喉咙苦涩，舌头肿痛，心也随之焦枯成灰，人好似成了金字塔里风干的法老。

我已经约略猜到了老师的程序，便有隐隐的痛楚弥漫开来。不断丧失的恐惧，化作乌云大兵压境。痛苦的抉择似一条苦难巷道，弯弯曲曲伸向远方。

果然，老师说，继续画去一项，只剩两样。这时教室内变得很寂静，好似荒凉的墓冢。每个人都在冥思苦想、举棋不定。我已顾不得探察别人的答案，面对着自己人生的白纸，愁肠百结。

笔、阳光、空气……何去何从？闭起眼睛一跺脚，我把“空气”画去了。刹那间好像有一双阴冷的鹰爪，丝丝入扣地扼住我的咽喉，顿觉手指发麻、眼冒金星，心如擂鼓、屏气凝息……

我曾在海拔五千多米的冰山上攀缘绝壁，被缺氧的滋味吓破了胆。隔绝了空气，生命便飘然而逝，成为一种哲学意义上的讨论。

好了，现在再画去一样，只剩下最后一样。老师的音调很温和，但执着坚定充满决绝。对已是万般无奈之中的我们，此语不啻惊雷。

教室内已经有轻轻的哭泣声。人啊，面临丧失，多么软弱苦楚。即使只是一种模拟，已使人肝肠寸断。

笔和阳光。它们在纸上势不两立地注视着我，陷我于深深的两难之中。

留下阳光吧——心灵深处在反复呼唤。妩媚温暖、明亮洁净，天地一片光明。玫瑰花会重新开放，空气和水将濡养而出，百禽鸣唱，欢歌笑语。曾经失去的一切，都会在不知不觉中悄然归来。纵使除了阳光什么也没有，也可以在沙滩上直直地晒太阳啊。

想到这里，心的每一个犄角，都金光灿烂起来。只是，我在哪里？在干什么？我仰起头来问天。

我看到自己孤独的身影，在海边寂寞地拉长缩短，百无聊赖，看日出日落，听潮涨潮落。那生命的存在，于我还有怎样的意义？

自问至此，水落石出。我慢而稳定地拿起笔，将纸上的“太阳”画掉了。

偌大一张纸，在反复勾勒的斑驳墨迹中，只残存下来一个字——“笔”。

这种充满痛苦和抉择的测验，像一个逐渐缩窄的闸孔，将激越的水流凝聚成最后的能量，冲刷着我们纷繁的取向。当那通道变得一夫当关，万夫莫开之时，生命的重中之重，就简洁而挺拔地凸显了。

感谢这一过程，让我清晰地得知什么是我生命中的真爱——就是我手中的这支笔啊。它怦怦跳动着，击打着我的掌心，犹如我的另一颗心脏，推动我的四肢百骸。

我安静下来，突然发现周围此时也很安静。人们在清醒地选择之后，明白了自己意志的支点，便像婴儿一般，单纯而明朗了。

我细心收起自己的那张白纸，一如收起一张既定的船票。知道了航向和终点，剩下的就是帆起桨落战胜风暴的努力了。

知道了航向和终点，
剩下的就是
帆起桨落战胜
风暴的努力了。

我羡慕你

我是从哪一天开始老的？不知道。就像从夏到秋，人们只觉得天气一天一天凉了，却说不出秋天究竟是哪一天来到的。生命的“立秋”是从哪一个生日开始的？不知道。青年的年龄上限不断提高，我有时觉得那都是上了年纪的人玩出的花样，为掩饰自己的衰老，便总说别人年轻。

不管怎么样，我觉得自己老了。当别人问我年龄的时候，支支吾吾地反问一句：“您看我有多大了？”佯装的镇定当中，希望别人说出的数字要较我实际年龄稍小一些。倘人家说得过小了，又暗暗怀疑那人是否在成心奚落。我开始越来越多地照镜子。小说中常说年轻的姑娘最爱照镜子，其实那是不正确的。年轻人不必照镜子，世人仰慕他们的目光就是镜子。真正开始细细端详自己容貌的是青春将逝的人们。

于是我把所有的精力放在孩子身上。记得一个秋天的早晨，刚下夜班的我，强打精神，带着儿子去公园。儿子在铺满鹅卵石的小路上走着。他踩着甬路旁镶着的花砖，一蹦一跳地向前跑，将我越甩越远。

“走中间的平路！”我大声地对他呼喊。“不！妈妈！我喜欢……”他头也不回地答道。

我蓦地站住了，这对话是那样熟悉。曾几何时，我也这样对自己的妈妈说过，我喜欢在不平坦的路上行走。这一切过去得多么快呀！从哪一天开始，我行动的步伐开始减慢，我越来越多地抱怨起路的不平了呢？

这是衰老确凿无疑的证据。岁月的长河不可逆转，我不会再年轻了。

“孩子，我羡慕你！”我吓了一跳。这是一句实实在在的声音，从我身后传来，她说得很缓慢，好像我的大脑变成一块电视屏幕，任何人都能读出上面的字迹。

我转过身。身后是一位老年妇女，周围再没有其他人。这么说，是她羡慕我。我仔细打量着她，头发花白，衣着普通。但她有一种气质，虽说身材瘦小，却有一种令人仰视的感觉。我疑虑地看着她。我不知道自己有什么值得人羡慕的地方——一个工厂里刚下夜班满脸疲惫之色的女人。

“是的。我羡慕你的年纪——你们的年纪。”她用手指轻轻点了点，将远处我儿子越来越小的身影也括了进去，“我愿意用我所获得过的一切，来换你现在的年纪。”

我至今不知道她是谁，不知道她曾经获得过的那一切，都是些什么。但我感谢她让我看到了自己拥有的财富。我们常常过多地把眼睛注视着别人，而自己则在不知不觉中失落着最宝贵的东西。

人的生命是一根链条，永远有比你年轻的孩子和比你年迈的老人。我们每个人都有自己的位置，它是一宗谁也掠夺不去的财宝。不要计较何时年轻、何时年老。只要我们生存一天，青春的财富就闪闪发光。能够遮蔽它的光芒的暗夜只有一种，那就是你自以为已经衰老。

年轻的朋友们，不要去羡慕别人。要记住人们在羡慕我们！

我们常常过多地
把眼睛注视着别人，
而自己则在不知不觉中
失落着最宝贵的东西。

生命的借记卡

我们每个人出生的时候，并非两手空空，而是捏了一张生命的借记卡。

阳世通行的银行卡分有钻石卡、白金卡等细则，生命的卡则一律平等，并不因为出身的高下和财富的多寡就对持卡人厚此薄彼。这张卡是风做的，是空气做的，透明、无形，却又无时无刻不在拂动着我们的羽毛。

在你的亲人还没有为你写下名字的时候，这张卡就已经毫不迟延地启动了业务。卡上存进了我们生命的总长度，它被分解成一分钟一分钟的时间，树木倾斜的阴影就是它轻轻的脚印了。

密码虽然在你的手里，但储藏在生命借记卡的这个数字，你虽是主人，却无从知道。这是一个永恒的秘密，不到借记卡归零的时候，你都在混沌中。也许，它很短暂呢，幸好我不知你不知，咱们才能无忧无虑地生活着，懵然向前，支出着我们的时间，不知道会在哪一个早上那卡突然就不翼而飞，生命戛然停止。

很多银行卡是可以透支的，甚至把透支当成一种福祉和诱饵，引领着我们超前消费，然而它也温柔地收取了不菲的利息。生命银行冷峻而傲慢，它可不搞这些花样，制度森严，铁面无私。你存在账面上的数字，只会一天天一刻刻义无反顾地减少，而绝不会增多。也许将来随着医学的进步，能把两张卡拼成一张卡，但现阶段绝无可能。

也许有人会说，现在发布的生命预期表，人的寿命已经到了七八十岁的高龄，想起来，很是令人神往呢。如果把这些年头折算成分分秒秒，一年 365 天，一天 24 小时，一小时 3600 秒……按照我们能活 80 年计算，卡上的时间共计是 2522880000 秒。

真是一个天文数字，一下子呼吸也畅快起来，腰杆子也挺起来，每个人出生的时候，都是时间的大富翁。不过，且慢。既然算账，就要考虑周全。借记卡有一个名为“缴费通”的业务，可以代缴代扣。生命也是有必要消费的。就在我们这一呼一吸之间，卡上的数字就要减掉若干秒了。首先，令人晦气的是——我们要把借记卡上大约 1/3 的数额支付给床板。床板是个哑巴，从来不会对你大叫大喊，可它索要最急，日日不息。

你当然可以欠着床板的账，它假装敦厚，不动声色。一年两年甚至十年八年，它不威逼你，是个温柔的黄世仁。它的阴险在长久的沉默之后渐渐显露，它不动声色、无声无息地报复你，让你面色干枯、发摇齿动、烦躁不安、歇斯底里……它会让你乖乖地把欠着它的钱加倍偿还，如果它不满意，还会把还账的你拒之门外。倘若你欠它的太多了，一怒之下，也许它会彻底撕毁你的借记卡，纷纷扬扬飘失一地，让杨白劳就此永远躺下。所以，两害相权取其轻吧，从长远计，你切不可以慢待了床板这个索债鬼，不管它多么笑容可掬，你每天都要按时还它时间。

你还要用大约 1/3 的时间来吃饭、排泄、运动、交通、打电话、接吻，到远方去旅游，听朋友讲过去的事情，当然也包括发脾气和生气，和上司吵架还有哭泣……当然你也可以将这些压缩到更少的时间，但你如果在这些方面太吝啬支出的话，你就变成了一架冰冷的机器，而不再是活生生的人。你的生命刨去了这样多的必须支出，你还剩下多少黄金时段?

唯有我们不知道生命的长短，生命才更凸显。也许，运动可以在我们的卡里增添一些跳动的数字？也许大病一场将剧烈减少我们的存款？不知道。那么，在不知道自己有多少银两的时候，精打细算就不但是本能，更是澄澈的智慧了。在不知道自己所要购买的愿景和器物有着怎样的高远和昂贵，就一掷千金毅然付出，那才是真正的猛士、视金钱如粪土了。

当我们最后驾鹤西去的时候，能带走的唯一物品，是我们空空如也的借记卡。当那个时候，我们回首查询借记卡上一项项的支出，能够莞尔一笑，觉得每一笔支出都事出有因不得不花，并将这笑容实实在在地保持到虚无缥缈间，也就是灵魂的勋章了。

其实，当你吐出最后的气息之时，你的借记卡就铿锵粉碎了。但是，且慢，也许在那之后，有人愿意收藏你的借记卡，犹如收藏一枚古钱。

唯有我们不知道生命的长短，
生命才更凸显。

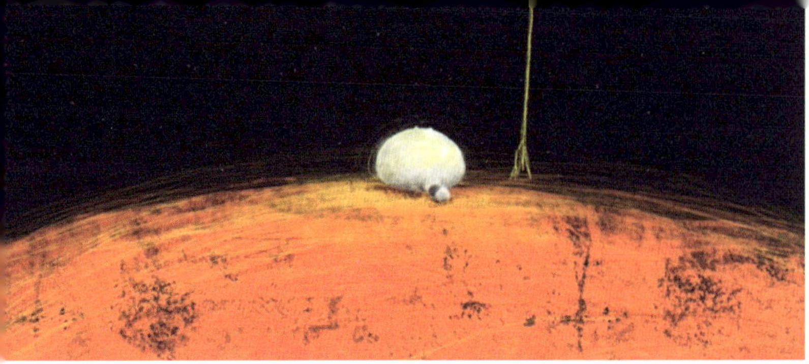

握紧你的右手

常常见女孩郑重地平伸着自己的双手，仿佛托举着一条透明的哈达。看手相的人便说：男左女右。女孩把左手背在身后，把右手手掌对准湛蓝的天。

常常想：世上可真有命运这种东西？它是物质还是精神？难道说我们的一生都早早地被一种符咒规定，谁都无力更改？我们的手难道真是激光唱盘，所有的祸福都像音符微缩其中？

当我沮丧的时候，当我彷徨的时候，当我孤独寂寞悲凉的时候，我曾格外地相信命运，相信命运的不公平。

当我快乐的时候，当我幸福的时候，当我成功优越欣喜的时候，我格外地相信自己，相信只有耕耘才有收成。

渐渐地，我终于发现命运是我怯懦时的盾牌，当我叫嚷命运不公最响的时候，正是我预备逃遁的前奏。命运像一只筐，我把对自己的姑息、原谅以及所有的延宕都一股脑儿地塞进去。然后蒙一块宿命的轻纱。我背着它慢慢地向前走，心中有一份心安理得的坦然。

有时候也诧异自己的手。手心叶脉般的纹路还是那样琐细，但这只手做过的事情，却已有了几番变迁。

在喜马拉雅山、冈底斯山、喀喇昆仑山三山交会的高原上我当过卫生员，在机器轰鸣、铜水飞溅的重工业厂区里我做过主治医师。今天，当我用我的笔杆写我对这个世界的想法时，我觉得是用我的手把我的心制成薄薄的切片，置于真和善的天平之上……

高原呼啸的风雪，卷走了我一生中最好的年华，并以浓重的阴影，倾泻于行程中的每一处驿站。

岁月送给我苦难，也随赠我清醒与冷静。我如今对命运的看法，恰恰与少年时相反。

当我快乐、当我幸福、当我成功、当我优越、当我欣喜的时候，当一切美好辉煌的时刻，我要提醒我自己——这是命运的光环笼罩了我。在这个环里，居住着机遇，居住着偶然性，居住着所有帮助过我的人。

而当我挫折和悲哀的时候，我便镇静地走出那个怨天尤人的我，像孙悟空的分身术一样，跳起来，站在云头上，注视着那个不幸的人，于是我清楚地看到了她的软弱、她的怯懦、她的虚荣以及她的愚昧……

年近不惑，我对命运已心平气和。

小时候是个女孩儿，大起来成为女人，总觉得做个女人要比男人难，大约以后成了老婆婆，也要比老爷爷累。

生活中就像没有无缘无故的爱一样，也没有无缘无故的幸运。对于女人，无端的幸运往往更像一场阴谋、一个陷阱的开始。我不相信命运，我只相信我的手。

因为它不属于冥冥之中任何未知的力量，而只属于我的心。我可以支配它，去干我想干的任何一件事情。我不相信手掌的纹路，但我相信手掌加上手指的力量。

蓝天下的女孩儿，在你纤细的右手里，有一粒金苹果的种子。所有的人都看不见它，唯有你清楚地知道它将你的手心炙得发疼。

那是你的梦想，你的期望！

女孩，握紧你的右手，千万别让它飞走！相信自己的手，相信它会在你的手里，长成一棵会唱歌的金苹果树。

岁月送给我苦难，
也随赠我清醒与冷静。
我如今对命运的看法，
恰恰与少年时相反。

到西藏去

小小的年纪，告别了父母，到一个遥远而陌生的地方去，本应该是很伤心的。妈妈到火车站送我的时候，险些哭了。但我心中充满了快乐，到西部去，到高原去，真是一次空前的冒险啊！

从北京坐上火车，一直向西向西。窗外的景色，由密集的村落演变成空旷的荒野。气候越来越干燥，人烟越来越稀少，绿色逐渐被荒凉的戈壁滩所代替。三天三夜之后，我们这群女孩子到达了新疆的乌鲁木齐。在这里要进行最后的体检，才能决定谁可以到海拔五千米以上的西藏去。

我的身体一向很好，但这次医生说我的小便化验不正常，要是过几天复查还不合格的话，就要把我退回北京。

这不是“出师未捷身先死”吗？我的探险还没有开始，难道就要这么狼狈地打道回府啦？

我一定要想出一个办法！

我的目光停留在一个同我最要好的女孩子身上。

我悄悄地把她扯到一个僻静的地方，对着她的耳朵说，你说，我们是不是好朋友啊？

她说，当然是啦。你怎么想起问这个不成问题的问题？

我说，既然是好朋友，我向你借一样东西，你一定是借的啦？

她一扭头嚷起来，什么东西呀？咱们的东西都是统一发的，我有的，你都有啊！

我一把捂住她的嘴说，干吗这么大声？是不是太小气不想借给我？实话说吧，我跟你借的这样东西，对你是一点用处都没有的，但对我的好处就大了！

她说，那是什么宝贝呀？

我说，是尿啊！

我把我的打算告诉她，复查的时候把她的尿当成我的标本送上去。她刚开始吓了一跳，然后，很犹豫地说，这不是骗人吗？我说，要是我复查不合格，到不了西藏，被退回北京，我们俩就再也见不到面了，更甭提做朋友了。她想了想，答应了。

好不容易挨到了复查的那一天，没想到是通知我一个人单独到医院的检查科去。在卫生间里，我拈着盛标本的小瓶子，急得直掉泪。我真想到水龙头那儿，接一点自来水送上去，或者干脆把眼泪送上去化验，那就绝对没问题了。可是，我不敢。你想啊，化验员用的是显微镜，还不一下子就发现我的花招了？万般无奈之下，只好把自己的“标本”交上去了。

等待结果的日子，我和我的好朋友都充满了悲哀，以为我们必定会分手了。

不可思议的是，这一次的化验结果完全正常。

我终于和我的好朋友一道，踏上了遥远的奔赴西藏的道路。

我们告别了乌鲁木齐，在广阔的戈壁滩与高原上坐了整整十二天的汽车，到达了白雪皑皑的世界屋脊。我在那里待了十年。

后来，我把这一段有惊无险的遭遇和我的计谋，讲给一位老医生听，口气中充满了得意。没想到，他皱着眉说，幸好你本身的体检合格了。要知道，西藏高原缺氧，氧气只有海平面的一半。要是你的小便有问题，就说明你的肾脏有问题，要是你的肾脏真的有病，又用别人的标本蒙混过关，那是很危险的。

我承认他的话很对，但也仍旧很佩服当年那两个十几岁的少女，我们为了友谊和理想，真是很勇敢呢！而且不服气地想，西藏人的肾脏，就个个都是铁打的了？我在高原见过不少肾脏有病的人，活得也很快乐啊！

我们告别了乌鲁木齐，
在广阔的戈壁滩与高原上
坐了整整十二天的汽车，
到达了白雪皑皑的世界屋脊。
我在那里待了十年。

绿色皮诺曹

我从小就很想当兵，最主要的动机是喜欢绿色。小时候，每逢妈妈要给我买衣服，我就大叫，要绿的。妈妈生起气来，说，你也不看看自己，毛衣、毛裤、围巾、手套都是绿色，再套上一件绿外衣，活像一只青蛙！我低头一瞧，说，哪怕就是像只绿豆蝇，我也还要绿衣服。

当兵多好啊！从此，可以名正言顺地一年到头穿绿衣服，再也没人说你一句闲话。可那时候要当女兵也挺难的，想当的人太多了，僧多粥少。听说男兵和女兵的比例是千分之二点五，也就是说，征一千名男兵，才要两个半女兵，女兵简直像空气中的惰性气体。身体检查严格极了，差不多和当女飞行员同等标准。幸好我那时身高一百七十厘米，两眼裸视力二点零还有富余，心、肝、脾、肺、肾全像刚从工厂造出来一样合格，属于特等甲级身体，经过了一轮又一轮的淘汰，我终于过五关斩六将，拿到了入伍通知书。

我几乎不相信自己的好运气，连连问妈妈，您说，事情到了这个份儿上，还会有令人悲痛的变化吗？

妈妈说，不会吧。你就把通知书放在枕头底下，安心睡个好觉。

我说，没穿上绿军装之前，我可放心不下。

妈妈说，要变，你穿上军装还会让你脱下，担心也没有用。解放军应该是说话算话的。

发军装的时候，穿着五颜六色家常衣服的新兵，排成一队，依次从司务长面前走过。司务长像大商场的成衣售货员，眯起眼睛打量着走过的小伙子和小姑娘，大声地说，帽子二号……军装三号……蹲在一旁的上士，就像老鹰抓小鸡一样，手疾眼快地取出相应号码的衣物，把衬衣铺在最下面，其余所有东西都堆在上面，一时间好似平地起了一座绿色的小山，然后麻利地把衬衣的两条袖子抻出来，把它们打个结，怀抱里就塞满了崭新的衣物。领了军装的人，就快乐地抱着这个绿色的半截人，走进一间密闭的小屋。再走出来的时候，就是一个英姿勃勃的兵了。

好不容易轮到我的时候，司务长目测了一下，自言自语说，这个兵啊，长得不合尺寸。穿一号的小，穿特号的又大……

我赶紧说，您甭为难。我要特号的。

司务长说，咦？女孩子都愿意穿得比较秀气，你这个兵倒奇怪。发给你特号的军装，到时候裤腿踩到脚底下，窝窝囊囊，一不留神摔个大马趴，可别怪我。

我忙说，不怪不怪，绝不找你。我妈说过，衣服是会缩水的，当然是大点好了。裤腿长了可以裁，要是短了，就得自己找布接，多不合算！

司务长说，看不出来，你小小年纪，还挺会过日子的。好吧，依你，给特号。

我欢天喜地地去换军装，一试之下，特号军装果然名不虚传，上衣还凑合，裤子好像是给跳高运动员预备的，腿长无比。我把裤脚挽起来两折，自觉比较利索了，抱着旧衣服正准备从更衣小屋往外走，先换好军装的一个女孩端详着我说，你像个打鱼的。

我看了她一眼，屋里光线不好，看不清眉眼，只觉得军装好像是特地比量她的身材做的，妥帖极了。我愤愤地说，你的意思是我不像一个兵？

她轻轻笑笑，露出雪白的牙说，你还是像一个兵的，只不过是个邋遢兵。

她的口气很老练，虽然军装同我一样没钉领章，军龄倒好像已有一百年。我没好气儿地说，兵工厂的人太没有节约观念了，裤子做得这么大，使人穿上像皮诺曹。

她说，皮诺曹是谁？是咱们一块儿当女兵的吗？我叫小如，你叫什么？

我说，你就叫我小毕好了。咱们就甭理那个姓皮的家伙了，反正三言两语也说不清它的来历，还是讨论这条讨厌的裤子吧。我想把它剪掉一截，哪儿有剪刀？

小如说，剪了不好。一剪子下去倒是痛快，以后要是觉得短了，或者你再长个儿了，就没法补救了。不到万不得已，还是别干一锤子买卖的事。

我不耐烦了，说，你倒是想得蛮周到，可大道理以后慢慢说，现在要解决的问题是，我怎么走出这间房子？

小如笑起来，说，真是个急性子。一条裤子少说要穿一年，可你连这么几分钟时间都不愿等，活该你像那个姓皮的。

想起木偶皮诺曹的狼狈样，我只好安静下来，听小如的主意。

小如不说话，往外走。我说，你干吗去？

她说，我去找司务长借针线。

我忙拦住说，使不得。

小如说，为什么呢？

我苦着脸说，你不知道，我刚才跟司务长夸了口的，说军装大了和他没关系。现在你去求他，不是太丢我的面子吗！

小如说，你就放心好了。

我竖起耳朵听外面小如和司务长的对话。小如说话的声调带一点乡下口音，但是很甜，好像那种高高地长在地里的玉米秸，清凉而柔韧。她说，司务长，借我一根细细的针、一条长长的线，好吗？

硬邦邦的司务长好像被糖醋过了，声音变得软绵绵，说，针啊，有，只不过又粗又大，你就凑合着使吧，留神别扎了手。只是你要针、线干什么？

缝衣服啊。

缝什么衣服？司务长立刻警觉起来。

缝你发给我们的衣服啊。小如很机智地回答。

我发给你们的军装都是新的，哪里用得着缝？莫不是有什么破损的地方，你拿来，我给你换，然后再找被服厂的人理论。司务长很负责地说。

小如笑笑，说，没那么严重，我只不过是想把军装改一改。

司务长如临大敌，严肃起来，说，你是新兵，我是老兵，必要的规矩要告诉你。军装是不能任意改的，大家是个统一的整体。

小如不理这一套，说，军装太肥了，你总不能让我们一甩袖子，就像舞台上唱戏的青衣啊。

司务长嘿嘿笑着说，袖子改得太瘦了，打靶的时候弯不过肘子来，小心吃鸭蛋。

小如说，鸭蛋多了就腌起来呗，腌得蛋黄流红油，就着馒头吃，香死个人！

司务长说不过小如，就把针、线给了小如。小如进了屋，拿过我的军裤，开始飞针走线，一会儿就把裤腿改得熨熨帖帖。我穿上后，举手投足，再不拖泥带水。

我说，小如，谢谢你。

小如说，不必谢，我们乡下的女孩子，从小就要学会使针线，要不长大了，没人娶你做老婆。

我说，哎呀呀，像你这样的一手好活计，岂不是说媒的要挤破门！像我这样的，只好像个坏橘子一般，剩在筐里没人要了。

小如说，小声点，这种玩笑还是少开的好。你知道吗？当兵的时候是不准谈恋爱的。

我连忙闭了嘴，要晓得为穿上这套绿军装，我是多么费尽心机，哪能稀里糊涂地就叫人打发回家了。

等我们走出密闭的小屋时，司务长看了看我的裤子，叹了口气说，你是特号的身子一号的腿。

我听了怒火中烧，这意思不就是我身子长腿短吗？哪个女孩子爱听这种话！我狠狠地瞪了他一眼，可惜司务长正瞧着别的地方，对我的愤怒没反应。不管怎么说，从今天开始，我成为一个真正的兵了。

从今天开始，
我成为一个真正的兵了。

白云剪裁的衣裳

河莲个儿矮，像个敦实的土丘。司务长低估了她的胖，给了一套正二号的军装。河莲勉强把自己装了进去，觉得憋得慌，大叫起来，说上衣的第二颗扣子压迫了心脏，喘不过气来。司务长只好给她去换负号军装。

军装的型号挺奇怪，号数越大的尺寸越小。比如正五号军装，中学生都能穿，但要是正一号，就得一米八以上的个头才撑得起来。当然，这讲的是标准身材，要是你长得比较圆滚，就得穿负号军装。负号的意思，是长度同正号一样，宽窄要肥出许多。女孩子一般都很忌讳负号。你想啊，军装为了行军打仗的方便，本来就宽宽大大，再一“负”，就更没款没型了。但河莲是个敢想敢说的女孩，她才不会为了别人的眼睛，让自己的心肺受委屈。

正号军装是大路货，后勤部门保证供应。负号属于稀少品种，司务长颇费了一番心思，恨不能跟后勤部门说河莲胖得像个孕妇，才算领来一套负二号的军装。

试穿之后，河莲大为满意。不仅她的心脏跳动正常，这套军装还有许多妙不可言的好处。一般军装都是军绿色，好像夏天的松树林，这种独特的颜色有一个雄赳赳的名字，叫作“国防绿”。河莲的负号却是安宁的黄绿色，好像秋风扫过的草原，温暖而朴素。普通的军装都是平纹布，河莲的军装却是“人字呢”的。虽说它不是真正的呢子，只是布的纹路互相交叉，好像一行行一排排细密的“人”字，故而得了这样一个考究的名字，但看起来要比平纹布挺括得多。最最重要的是，河莲的军装是四个兜的！

没有当过兵的人，不知道衣兜的重要性。它除了装东西之外，更是一个标志。战士服只在胸前有两个口袋，提升了干部，才能穿有四个口袋的上衣。口袋因此成了某种地位的象征。不过女兵喜欢四个兜的军装，倒不是势利的缘故。因为胸高，随身又总有些小零碎儿，比如手绢、钢笔什么的要经常带着，若军装下摆没有兜，只得都塞在胸前，鼓鼓囊囊，像藏了一窝鸽子，显得很不利落。

负号有这么多优越性，大家都去找司务长要求换军装。司务长火了，说没见过这么难缠的兵！婆婆妈妈的，谁要是不想干了，就向后转，回家去，爱穿什么穿什么！

话说到如此凶狠的份儿上，我们只好乖乖地穿正号军装。河莲独自乐了没几天，发现人字呢也有弊病。洗衣的时候，刚把军装泡在脸盆里，就有浑黄的汤沁出来。刚开始，河莲以为军装格外脏，就拼命搓，搓得两个手掌像胡萝卜一样。洗了几水之后，正号军装还像葱叶一般绿，河莲的负号军装已泛出菜心般的黄。

一天，果平大惊小怪地喊起来，河莲，要是敌机轰炸，第一个阵亡的肯定是你!

我们大吃一惊，不知果平为何发此恶毒咒语。

果平说，你们想啊，我们都有绿色伪装，只有河莲的军装像经了霜的野草，还不一下就被发现了？

河莲脑子快，立即反驳说，依我看，还不知谁第一个为国捐躯呢！没准儿正是你们这些国防绿。

所有穿正号军装的都不干了，定要河莲说个清楚。

河莲不慌不忙地说，要是春夏季节开仗，大地一片翠绿，自然你们的军装是最好的保护色。可要是秋天呢？丰收在望，落叶满地，到处都是金黄，肯定是我的军装伪装性更好。

大家你看看我、我看看你，不得不承认河莲的话有几分道理，只好自我解嘲道，反正我们也不是敌人的参谋长，谁知道仗哪会儿打？要是春夏开战，河莲你就留在后方做饭。要是秋天开战，河莲你就一个人打冲锋。

河莲也不理我们，只是更起劲儿地洗军装，盆子里倒进一大堆洗衣粉，激起的泡沫，好像有一百只大螃蟹愤怒地吞云吐雾。她还专拣大太阳当头的日子，在外面晒军装。这样，没用多长时间，负号军装不断褪色，最后简直变成白的了。

古代有句俗话叫：男要俏，一身皂；女要俏，一身孝。

关于“皂”到底是什么色，我们争论了好长时间，基本上统一了意见，认定是一种近乎月亮和蓝天混合在一起的颜色。关于“孝”，倒是没有什么争论的，就是医院里没有染上血的棉花颜色了。河莲在黎明的晨光里，背对着太阳走向我们的时候，白衣白裤，好像云彩剪裁做成的军装。

正号们充满嫉妒之心，果平甚至痛下决心，要在一年之内，把自己吃成一个大胖子，明年就可名正言顺地领人字呢负二号了。

看着果平像北京填鸭似的大吃特吃，小如提醒她，人字呢因为染料不过关，属淘汰产品，已经不生产了。河莲领的是库底子，谁知明年会怎样？若是你辛辛苦苦吃成相扑手模样，明年的负号已变成国防绿，你岂不白胖了一回？

果平这才放慢了胡吃海塞的速度。

我问河莲，你把军装洗得这样白，是否准备冬天打仗的时候，一个人趴在雪地上，狙击敌人？你不要闹个人英雄主义，要知道，冬天的伪装并不难办，只要每个人披上一条白床单，任你火眼金睛也发现不了埋伏。

河莲说，你以为我是孤胆英雄？你不穿这军装，不知它的毛病。特别不经脏，刚穿一两天，袖口就黑得像套了一圈猴皮筋，抹了机油似的，所以，我就老得洗。

练习匍匐前进，连长一个鱼跃，趴到草丛中，泥土四溅。女孩子虽然酷爱干净，但连长这般身先士卒，也就只好奋不顾身地扑过去，手脚并用，在粗糙的草叶上敏捷地爬行。草汁和着汗水涂抹在脸上，人好像流了绿色的血。

所有的人都趴下了，唯有河莲笔直地站在那里。

你为什么不卧倒？连长的好奇更大于震怒，在他当兵若干年的历史中，还从未看到过一个面对命令敢于不趴下的士兵。

我的军装颜色浅，趴在这样的泥土里，再也洗不干净了。河莲理直气壮。

是衣服重要还是胜利重要？如果在战场上，你不卧倒，衣服可能始终干净，但你的小命就没有啦！连长声色俱厉。

我是傻子吗？到了打仗的时候，我自然知道生命比衣服更重要。炮声一响，我就像邱少云一样趴在地上，纹丝不动。河莲才不吃他那一套，有板有眼地回答。我们都忍不住笑起来。

连长大怒，认为河莲没有战斗观念，目无上级，给了她一个队前警告。看得出，河莲非常不服，但是有什么办法呢？一个小兵，而且是个新兵，哪里有你说话的份儿！我们顿生兔死狐悲之心，希望自己快快地老起来，满脸皱纹，穿破十套军装，就有了倚老卖老的资格。比如我们的班长，都是通信部队来的老兵，她们可以自由自在地打闹和嗑瓜子，连长皱皱眉，一声也不敢吭。

由于不断地卧倒，草绿色军装很快变成灰黑，勤快的人隔两天洗一回，使它勉强保持着军装的本色。我是个懒虫，心想反正洗了也是脏，不洗也是脏，索性由它脏着好了。好在也不是我一个人不成嘴脸，大家基本上都是暗无天日。

一天连长看到我，咧着嘴说，我从来没有看到过像你这么脏的女兵。

我说，这是节约啊。

连长很奇怪，说，脏军装比干净的军装更耐磨吗？我当了这么多年兵，从没听说过。

我说，每天都洗军装，要用掉多少洗衣粉和肥皂？多少时间？多少力气？搭在铁丝上，水珠会让铁丝生锈，日子久了，铁丝还可能会被压断……只要不洗军装，这些岂不都省了？

连长第一次听到这种逻辑，气得咻咻喘，可一时也没话好说。但他似乎怀恨在心，在紧接下来的射击训练中，故意不指导我和河莲。别人托着枪练习瞄准，连长会耐心地趴在旁边，从瞄准镜中观察他们的动作是否符合要领，矫正他们有毛病的动作。走到我和河莲身旁，他总是淡淡地说，你们俩还需要辅导啊？都是见过世面的老兵了，一个知道战斗英雄邱少云，一个是节约模范，到了靶场上，打个优秀是没说的了。

我和河莲苦着脸。多倒霉啊，刚当新兵，就和顶头上司结下冤仇。我使劲儿打了一下军装的下襟，好像它是一个有生命的小动物。所有的麻烦，都是军装惹出来的。当然啦，结果是除了军装冒出一股尘土以外，疼的还是我的手和肚子。

晚饭后，河莲和我坐在葡萄架下商量，连长这么恨我们，怎么办呢？要不然，我从此不洗军装，尽快把白军装穿成黑的，连长是不是就会笑口常开？河莲手托着腮帮，好像牙疼般地说。

我没好气儿地答，做梦吧！我的军装倒是黑的，可连长还不是耿耿于怀？关键是我们顶撞了他。俗话说，连长连长，半个皇上。咱们再怎么赔笑脸，也没法挽回影响啦。

河莲倔强地说，你猜，连长现在最希望我们干什么？

我把葡萄藤卷曲的须子含在嘴里嚼着，苦涩的清水像小水枪一样滋在舌头上，酸得人打寒战。我说，他最巴望着咱俩在射击场上吃鸭蛋吧。

河莲说，英雄所见略同。我们现在只有用行动证实自己是个好兵。要不，就会被人指着脊梁骨耻笑。

人们多以为爱可以给人以力量，其实，憋着一口气的劲头更是大得可怕。我和河莲从此抓紧一切时间练习瞄准，每天趴在地上，胳膊肘磨破了皮，脖子上永远淌着几条透明的蚯蚓。口中念念有词，把射击要领背得像父母的名字一样熟，看到任何物体，想的都是“三点成一线”的口诀。至于军装，再不去理它，脏得简直没法提，活似两个卖炭翁。

连长还是不理我们。好在射击要领也不是他的专利，班长和其他人也可以指导我们。再有什么不明白的，我和河莲就自己揣摩，争取自学成才。

实弹射击的时候到了。靶场上的气氛很森严，掩体里等待报靶的士兵戴着亮闪闪的钢盔，在远处神出鬼没。二百米开外的半身胸环靶，在阳光下好似幻影。我不由得紧张，手心像攥了两把糨糊，黏黏糊糊。我看看河莲，她倒一副胸有成竹的模样。我也定了心，心想到了这个关头，你腿肚子发软，只会把事情弄得更糟，索性豁出去拼了。

枪声响起来。我的第一感觉，是它绝没有想象中的响亮，只相当于一个中等二踢脚崩出的动静。对真枪实弹声音的失望，使我的心很快宁静下来。偷眼看看连长，他似乎比我们还要紧张，目光炯炯地注视着一个个进入射位的女兵。每逢射手扣扳机的时候，他颊上的肌肉就会跳动一下，令人猜到他是牙关紧咬。

我打了个“良好”。说不上很理想，但我已竭尽全力。河莲平时的眼神不怎么好，没想到九发子弹竟打出了八十六环的优秀成绩，特别是她前八发子弹，居然是发发命中十环，简直是个神枪手。唯一美中不足的是，最后一枪，不知是何差池，江郎才尽，只中了六环。

不管怎么说，河莲为自己大大地挣回了面子。当连长向她走来的时候，我们就直直地盯着连长，看他对这个自己不喜欢但创造出优异成绩的刺儿头兵，会有如何反应。

连长仿佛什么事也不曾发生过的样子，对河莲说，要是你最后一枪打得再从容些，就能得满环，也许我会为你报个功呢。可惜了。

河莲刚查完自己的靶纸，不服气地说，我这最后一枪，端端正正地打到了敌人的脑袋瓜上。我看这报靶的环数定得不科学。若打到右胸偏上的位置，按规定就是八环，可谁都知道，那地方离心脏远着呢，并不一定会置人于死地。我的这个六环，正中人的太阳穴，明摆着，一枪就能取了人性命。

我们一听，都觉得河莲说得有理，且看连长如何答对。

连长微微一笑说，河莲，没想到，你还有一套打不准的理论。可是我问你，瞄准的时候，你瞄的是敌人的脑袋还是敌人的胸脯？

河莲说，连长你这个问题难不倒我。瞄准的要领是准星、缺口和胸环靶的下沿正中呈一条直线，当然是胸脯了……

连长用一个坚决的手势，制止了河莲略带卖弄的背诵。他可不想听一个新兵，把自己烂熟于心的拿手好戏再演练一遍。好了，你既然瞄准的是敌人的胸脯，结果子弹却打到了头上，就算敌人躺倒了，也是瞎猫碰到了死耗子，没什么可吹的。很可能下次你瞄的是敌人的天灵盖，打到的却是脚指头。连长说。

大家笑起来。我真替河莲抱不平，但连长的话驳不倒。可怜河莲本是功高盖世的英豪，此刻倒成了大家的笑料。

实弹训练结束后，有两天的休整。我和河莲把自己的军装都洗了，天哪，水黑如墨，沉淀了半盆的泥沙。看见我泼水的人直嚷：快去叫老农！这样的肥水，可以浇两亩好地。

我们耐心地等着太阳把湿军装晒干。洁净的军装重新穿在身上的时候，令人有一种脱胎换骨的感觉。我们俩你看看我、我看看你，好像不认识似的。我的军装绿如橄榄，河莲的军装恢复了白云的颜色。

连长走过来说，现在这个样子嘛，我这个当连长的面子上也有光。不管怎么说，你俩是我带过的最邋遢、最不听话的新兵了。不过，幸好还不算太笨。

人们多以为爱可以给人以力量，
其实，
憋着一口气的劲头更是大得可怕。

灵魂飞翔的地方

高原上的卫生员没有正规的课堂，几乎像小木匠学徒一样，由老医生手把手地教。医学这门学问，不太适合自学。你没法在病人身上做试验，基本上不允许反复失败。你付出的是时间，就算辛苦点不在乎，但病人付出的是血和生命，没法一而再，再而三地让你演习。

为病人做臀部肌肉注射时，老医生总是叮嘱："小心啊，千万别把药打到坐骨神经上，万一打错了，病人就会一辈子下肢瘫痪！"

想想吧，多可怕！你随意挥洒，几秒钟的一个动作，就让一个人永远站不起来了，吓不吓人？但这根绞索似的坐骨神经究竟在什么地方，谁知道？你去问老医生，他会说，书上写着呢，自己看去吧！可你翻开书一看，那张人体解剖图上，蛛网似的血管神经，画了几十上百条，好像一张军用地图。坐骨神经只是细细一根，从肌肉中央穿过。臀部——活人身体里这个每天牢牢坐在凳子上的大部位，在书上缩成了乒乓球般的一个简图，埋伏在其中的纤弱神经，头发丝一般，无法想象它的真实模样。更不用说在解剖图谱的下方，还一本正经地注释着：神经走向可有变异，本书仅供参考。

简直让你没法相信它。

老医生还形容说，万一把针戳到坐骨神经上，你会有竹签子扎在粉条上的感觉，这时候悬崖勒马，虽说有损失，还来得及弥补。所以，每次打针的时候，都要高度警惕。

我们紧追着问，那粉条是粗的还是细的？绿豆粉还是红薯粉？竹签子是毛衣针那样的，还是穿糖葫芦那种竹棍？

老医生拉下脸来，说你们这帮女孩子怎么这么啰唆，不知道，不知道！医生的嘴、护士的腿，这种事问老护士去！

老护士的态度倒是不错，可惜只有他一个人碰到过类似的危险情况。他说，注射的时候，碰到病人像弹簧一般跳了起来，结果针头断在肉里面，幸好针只扎进去了一半，根部还像刺一样露在屁股外面。忙过来了几个人，把病人像犯人一样按住，赶快用止血钳揪着针尾，好歹把针拔了出来。他抚着胸口说，那一回，吓得我真魂出窍了。

我们很感兴趣地问，是扎在坐骨神经上了吗？

老护士说，谁知道？也许是扎在病人的脑神经上了，要不他怎么会大叫一声蹦起来？

我们锲而不舍地追问，有竹签子扎粉条的感觉吗？

老护士心有余悸地说，忘啦！忘啦！哪儿有那么复杂精细！不过，从那以后，我看见屁股就害怕，打针的时候，尽量往臀部的上方和外方打，那里似乎离坐骨神经最远。

我们趴在图谱上对照，发现老护士说的是一条真理。坐骨神经长得再怎么变异，也不会长到臀部的上外方去。那里像马路上的安全岛，是一个保险地带。

我们照方办理，而且不断发扬光大。直到有一天，老医生对我们说，我给病人开的医嘱是臀部肌肉注射，可你们把针戳到病人的腰眼上了。

我们引经据典地说，那儿没有坐骨神经。

老医生严厉起来，说，那儿有肋间神经！

我们也气起来，说，这神经那神经，谁知道神经是个啥玩意儿？总有一天，大家非要发神经！

老医生就愣在那儿，自己先发起神经来。

再比如说学习眼睛，老医生在墙上挂了一张彩色图，说是眼球的横剖面。就是说，用一把又薄又快的刀片，沿着眼球的横轴，向着颅骨方位切下，然后绘出图来。图倒是挺好看的，花花绿绿，最上面是一座弯弯的拱桥，好像苏州园林建筑。据说那就是虹膜。不过，拱桥下面可没有小巧的木船和长长的流水，是一团电线似的黄斑，按照图上的标志，那是视网膜最灵敏的区域。

我隔着眼皮按了按很有弹性的眼珠，对照着这张神秘莫测的图，实在想不通，滴溜溜圆的眼睛，怎么变成了一座五彩的拱桥。

我同老医生谈了自己的感想，他吹胡子瞪眼地说，你的几何一定不好，没有空间想象力。

我说，那你别让我当卫生员好了，我正不想干这个呢！爬电线杆子不需要空间想象力，本来就在空间里。

老医生被我呛得没话说，若有所思。

有一天，老医生对我们说，你们愿不愿意上一堂人世间最真实的解剖课？

我们齐叫，当然愿意。

老医生说，那就要不怕吃苦，不怕受累，不怕爬山，不怕血……

果平说，那是上课还是打仗？怎么比拉练还艰难？

老医生说，算你猜得对。我们就是要到高高的山上去解剖。说穿了，是一种简易的天葬。

天葬是当地兄弟民族的风俗，人死了，请天葬师把尸体背上专门的天葬台，用特制的工具，把肉身分解成无数小块儿，飞翔的兀鹰就把分散的人体，噙向高渺的天空……

我们说，你会天葬吗？

老医生说，我不会。现在情况特殊，天葬师都找不到了，无法实施正规的天葬，我可以通过解剖，达到和天葬同样的效果。我已经和病人的家属商量好了，由我安葬他们逝去的亲人，尽量达到天葬的效果，他们同意了。

我们战战兢兢地说，什么时间？

老医生一字千钧，说，明天。你们除了可以看到坐骨神经和眼球的构造，还可以看到真正的恶性肿瘤。

那一天晚上，我们都睡得很不安宁，总像有一双铺天盖地的灰色翅膀，毛茸茸地抚摩着我们的头顶。

早上起来，小如穿上高筒毡靴，戴着口罩，佩着风镜，从头武装到脚。河莲笑她，你这是上解剖课，还是去疫区作战？

小如说，这样，我的胆子就会大一些。

死者是一个牧羊人，得的病是肝癌。病故后，家属本着对解放军的高度信任，把亲人的遗体托付给金珠玛米，由医生安排。家中活着的人，就赶着羊群向远方走去。老医生拿出一副担架，对我们说，把尸体抬到上面去。

我们七手八脚地行动起来。逝者是一个五十岁上下的汉子，瘦骨嶙峋。我们把他从太平间请出来，安放在担架上，再把担架抬进解放牌大卡车车厢。

司机也是第一次执行这种奇特任务，说，开哪儿去？

老医生说，很简单，开到最高的山上去。

司机说，那可办不到。咱们这里最高的地方是喜马拉雅山，爬上去的人都是登山英雄，汽车绝对上不了。

老医生说，我的意思是把车开到附近公路能够到达的最高海拔。

司机说，明白了。反正我就一直往前开，开到汽车不能走的地方，我就停下来。

担架蒙着白单子，很圣洁的样子。解放车车厢里的地方不算小，但中央摆了一副担架，剩下的地方也就不很宽敞了。我们拼命想离担架远一些，挤到大厢四角。但甭管怎么躲，与死人的距离也超不过两尺。我昨天还给这汉子化验过血，和他说着话，此刻他却静静地躺在那里，再不会呼吸。随着车轮的每一次颠簸，他像一段木头，在白单子底下自由滚动。

汽车在蜿蜒的公路上盘旋，离山顶还有很远，路已到尽头。司机把车停下来说，四个轮子没办法了，剩下的路就靠你们的两个轮子了。我在这里等你们。

我们把担架抬下来，望着白云缭绕的山顶发愁。老医生说，两个人一组，共需四个人，你们还剩一人做替补，谁累了就换一下。我在前面做向导。好了，现在报名，你抬前架还是后架?

看着平放在地上的担架，我想想说，我抬后面吧。

这实在是利己的想法。想想吧，如果抬前架，一个死人头颅就在你身后不到半尺的地方，沉默地跟随着你，是不是有汗毛竖起的感觉?在后面虽然离死人的距离是一样的，但你的目光可以随时观察他的动作，心里毕竟安宁多了。

小如赶紧说，我和小毕在一起。

河莲勇敢，痛快地说，我抬前面。

还剩下小鹿和果平。果平说，小鹿你就当后备队吧，我和河莲并肩战斗。

分工已毕，小小的队伍开始向山头挺进。老医生走在最前面，负有重大使命，需决定哪座峰峦才是这白布下的灵魂最后的安歇之地。

在高海拔的地方，徒步行走都很吃力，更甭说抬着担架。幸好病人极瘦，我们攀登时费力稍轻。我们艰难地高擎担架，在交错的山岩上竭力保持平衡。尸体冰凉的脚趾，因为每一次的颠簸，隔着被单颤动不止。坚硬的指甲像啄木鸟的长嘴，不时敲着我和小如的面颊。小如拼命躲闪，连累得担架也歪了，死者的身体发生倾斜，她那个方向被啄得更多。倒是我这边听天由命，比较从容。

我们不敢有片刻的大意，紧盯着前面人的步伐。河莲和果平往东我也往东，她们往西我也往西。若是配合不默契，一失手，肝癌牧羊人就会从担架上滑下来，稳稳坐在我和小如的肩膀上。

山好高啊！河莲仰头望望说，我的天！再这样爬下去，你们干脆把我就地给天葬算了。

果平也说，真想和担架上躺着的人换换位置哦。

小鹿说，我替换你们。

小如说，你也不是三头六臂，能把我们都换了吗？

我身为班长，在关键时刻得为民请命。抑制着喉头血的腥甜，对走在前头的老医生说，秃鹫已经在天上绕圈子了，再不把死人放下，会把我们都当成祭品的。

老医生沉着地说，你太看不起这些翱翔的喜马拉雅鹰了。鹰眼会在十公里以外，把死人和活人像白天和黑夜一般截然分开。只有到了最高的山上，才能让死者的灵魂飞翔。我们既然受人之托，切不可偷工减料。

只好继续爬啊爬……终于，到了高高的山上，一伸手就可以摸到天的眉毛。我们“嘭”一声把担架放下，牧羊人差点从担架上跳起来。老医生把白单子掀开，把牧羊人铺在山顶的沙石上，如一块门板样周正，锋利的手术刀口流利地反射着阳光，簌然划下……他像拎土豆一般把布满肿瘤的肝脏提出腹腔，仔细地用皮尺量它的周径，用刀柄敲着肿物，倾听它核心处混沌的声响，一边惋惜地叹道，忘了把炊事班的秤拿来，这么大的癌块儿，罕见啊……

喜马拉雅鹰在我们头顶上愤怒地盘旋着，巨大的翅膀呼啸而过，扇起阳光的温热、峡谷的阴冷。牧羊人安然的面庞上，耳垂还留着我昨日化验时打下的针眼儿，粘着我贴上去的棉丝。因为病的折磨，他干枯得像一张纸。记得当时我把刺血针调到最轻薄的一挡，还是几乎将他的耳朵打穿。他的凝血机制已彻底崩溃，稀薄的血液像红线一般无休止地流淌……我使劲儿用棉球堵也无用，枕巾成了湿淋淋的红布。牧羊人看出我的无措，安宁地说，我身上红水很多，你尽管用小玻璃瓶灌去好了，我已用不着它……

注视着生命的短暂与无常，我在这一瞬，痛下决心，从此一生努力，珍爱生命。大家神情肃穆，也都和我一样，在惨烈的真实面前，感到生命的偶然与可贵。

好了，现在，我把坐骨神经解剖出来给你们看。老医生说着，将牧羊人翻转，把一根粗大的白色神经纤维从肉体里剔了出来。

看清楚了吗？他问。

看清楚了。我们连连点头。

还要看什么？老医生像一个服务态度很好的售货员，殷勤地招呼着顾客。

不，我们什么都不看了。我们异口同声地说。

好像我还记得，你们之中有谁说过，她不明白眼球的解剖？我现在可以演示给你们看。老医生说着，又把牧羊人翻过来。

我大叫道，是我说的。可是我现在已经明白了，非常清楚，我不需要您演示了。我们想回家。

是的。现在最想干的一件事，就是回家。我们迫不及待地说。

老医生狐疑地看着我们说，这个机会可是千载难逢。不过，既然你们全都懂了，我就不给你们详细讲了。现在，请你们慢慢往山下走吧。

我们说，你呢？

他说，我要留在这里，把牧羊人分成许多部分，让喜马拉雅鹰把他带到云中去。那是他们信仰的灵魂居住的地方。

我们说，你害怕吗？

老医生很沉着地说，为什么要害怕呢？我这是在做善事啊。包括让你们看这些解剖的场面，你们一定觉得很残酷，其实，一个好的医生，必须精确地了解人体的构造，这才是对生命的爱护。不然，你看起来好像很仁慈，因为稀里糊涂一知半解，就会给人看错了病，耽误了病情，那才是最大的残忍呢。

我们除了点头，再说不出别的话。

我下决心问道，人的眼睛和别的动物的眼睛，是一样的吗？

老医生说，从理论上讲，哺乳动物的眼睛结构都是一样的。这话什么意思？

我说，哦，没什么意思。随便问问。

听了老医生的话，我虽然从道理上明白了，在尸体上学习解剖，是正义、正当的事业，但我还是无法在牧羊人的眼球上，进行学习研究。他曾经那么信任地注视过我，用的就是这双眼睛，我不忍心看到它破碎。还是以后找机会，在一只牛眼上学习吧。

我们走了，不敢往身后看。巨大的鹰群从我们头顶俯冲而下，好像巨型轰炸机。

小鹿对我说，你知道我今天最大的感想是什么吗？

我说，你看着我们累得不行，自己却躲了清闲，一定在暗中偷偷乐吧？

小鹿说，班长，别开玩笑。也许因为你们一直是在负重行军，所以就来不及想更多的事情。我空着手走路，想得就格外多些。

小鹿附在我的耳边悄声说，我想的是，生命真好，活着真好，年轻真好。

生命真好，
活着真好，
年轻真好。

碗里的小太阳

我不吃羊肉，总觉得那肉里有一股青草味儿。小的时候，跟父母到北京的东来顺馆子里吃过一顿涮羊肉，回来后全身起了风疹。医生说是过敏，让我终生忌食羊肉。

到了西藏，羊肉就成了主要菜肴。做法很粗犷，用斧子将整只羊劈成碗口大的坨子，连骨头带肉丢进高压锅，再塞入一块酱油膏，撒点作料，盖上锅盖急火猛攻。一个小时后，一道名为“大块羊肉”的高原菜就算烧好了。大家就拎着饭碗来打菜。

我对同屋的果平说，你把我的那份儿菜打走好了。

果平说，那你吃什么呀？

我说，吃咸菜呀，我是宁肯吃咸菜也不吃羊肉的。

果平说，你好傻啊，会写美丽的“美”字吗？

我说，会写呀！说完，就用勺子把儿在手心上写了一个大大的“美”字给她看。

果平说，原来你还挺聪明的呀！那你为什么不吃羊肉呢？什么叫“美”？“大”“羊”两个字摞起来就是“美”啊，西藏的羊多大啊！

我便如实相告，吃羊肉过敏。

于是，在吃羊肉的日子里，只有我一个人孤零零地吃咸菜。时间长了，被炊事班班长发现，他说，老吃咸菜怎么行？长久下去会得病的。

我说，那好啊，你给我做猪肉。可那些猪肉都是从平原运来的，数量不多，都让我吃了，就太对不起大家了。几次小灶以后，我对炊事班班长说，我还是吃咸菜吧，这样心安。

炊事班班长见我很坚决，就说，要不这样吧，你跟我到食堂的库房里挑

一挑，看你喜欢吃什么，就拿点什么，反正每个人都有一份儿伙食费，你不吃羊肉就吃别的好了。

我第一次走进库房。哇，好丰富！一箱箱的奶粉、成麻袋的红糖和白糖，还有花生米、葡萄干、脱水菜、压缩饼干……真够琳琅满目的。可惜都是干菜、坚果类，根本引不起人的食欲。

就没有蔬菜吗？比如红红的萝卜、绿绿的黄瓜？我实在太渴望吃青菜了，明知没有多少希望，还是试探着问。

有啊。炊事班长很肯定地说，随手拈出一筒罐头。三下五除二，打开来，倒真是有红红的萝卜、绿绿的黄瓜，只是它们强烈地冒出一股酸气。原来这是酸菜罐头。

吃了几次酸菜罐头，我就腻了。我跟在炊事班班长的屁股后面转，突然发现一只神秘的小麻袋，袋口的线绳扎得紧紧的，灰头灰脑地缩在墙角。

那是什么？可不可以吃？我问。

吃不得。那是一种虫子干儿，有怪味道。炊事班班长说。

我好奇地解开绳子，出现在眼前的是满满的一麻袋红澄澄橙膨胀的——大海米！

噢！我今天就吃这种虫子干儿了！我快活地大叫着，要知道我们自打到了西藏，还没尝过海味儿呢！我顺手抓了一把海米填进嘴里，嚼得咯咯响，鲜香满口。

炊事班班长吃惊地瞪着我，因为，他自小生活在西北的山区，从没见过海里的生物。

但连续吃了几次海米之后，我又腻了。这一回，我长了经验，不让炊事班班长当向导，自己在库房里转呀转，想再发掘出点不同凡响的食品。

果然，我又找到一只奇怪的麻袋。看起来鼓鼓囊囊，拎一下却很轻。打开一看，原来是又大又圆的山西红枣。

我立刻用随身带的饭盆舀了半盆，连蹦带跳地跑出库房，对等在外面的炊事班班长说，我今天就吃这个喽！

炊事班班长说，这个当零食吃可以，当正经菜可不行。

我说，能行能行，又能当菜又能当饭，说着就跑远了。

以后，我和我的朋友们就热切地盼着吃羊肉的日子。我进库房用来盛红枣的器皿越来越大，最后，简直变成了一只小脸盆。炊事班班长吃惊地说，你一个女孩子，一顿吃得了这么多的红枣吗？小心别闹肚子。

我说，当然吃得了，你就放心吧。

他不知道，每次都是我们全屋的女孩子一块儿吃红枣。在那些最严寒的日子里，我们团团地围坐在火炉旁，把红枣洗净，撒上白糖，放在小锅里，慢慢地煮。

在呼啸的风雪声里，红枣渐渐地膨胀起来，好像一轮轮暖洋洋的小太阳，把我们的脸都映得红艳艳的。

女孩子吃红枣，是很补身体的。

在呼啸的风雪声里，
红枣渐渐地膨胀起来，
好像一轮轮暖洋洋的小太阳。

雪线上的蛋花汤

鸡蛋在昆仑山上是很稀罕的东西。

你想啊，海拔五千多米，多么品种优良的母鸡也活不了。从平原到高原几千公里的路程，汽车一路上“跳迪斯科舞”，鸡蛋就是铁皮的，也会被颠出缝。

于是，军需部门就给我们运鸡蛋的代用品。其一是蛋黄粉，色泽像金皇后玉米面一样灿烂。掺上水，用油一煎，就成了金闪闪的蛋黄饼。可惜好看不好吃，根本没有鸡蛋味儿，曾噎得人直翻白眼儿。

用鸡蛋黄养鱼都养不活，人要一天吃这个，能得黄疸病！有人说。

食堂若吃蛋黄粉，准得剩一大盆，像漫天的迎春花。

其二是一种有清有黄的冻蛋，是把整个鸡蛋打进铁桶，速冻而成：说起来倒是全须全尾的原装，吃到嘴里，却比鲜蛋差得远。好像鸡蛋的魅力是一种很温暖的东西，一冻就丢了。

其三就是鸡蛋罐头了，圆圆滚滚的球体卧在玻璃罐里，随浑黄的液体浮动。除了形状上还保持着基本轮廓，很难使人想到它是母鸡的产品。

于是，我们这些远离家乡的年轻军人，就像思念绿色一样，思念白色的温暖的有着粗糙外壳的真正的鸡蛋。

有一年过节，炊事班班长很神秘地叫我，喂，你是女娃，有个事要问你。

炊事班班长很能吃苦，做饭的手艺可不敢恭维。

什么事？你说好了。我心不在焉地应道。

喏，你看，他伸出蜷得像个鸟窝似的手掌——我看到在他皲裂的手指圈起的半圆形凹体中，有一个粉红色的鸡蛋。

是真的吗？我惊喜地问。

当然是真的！要是有只老母鸡，也许能孵出鸡娃来！炊事班长得意地说。

这肯定不行。就算它原来是一颗有生命的种子，跋涉冰峰雪岭时也早冻死了。我顾不上反驳炊事班长，只一个劲儿地问，它为什么没被颠破呢?

炊事班长不乐意了，说，瞧你这个样，好像巴不得它破了！这是我老乡特地从家乡带来的，一路上抱着纸盒，连个盹都没舍得打。

我说，这真是一个经历了长途拉练的鸡蛋。

炊事班长说，别废话，知道叫你来干什么吗?

我说，把这个鸡蛋送给我。

想得美！炊事班长晃着他的方脑袋说，老乡一共送我三个鸡蛋，三个鸡蛋够谁吃的？今天过节，我想用这三个鸡蛋给大伙儿做一锅真正的鸡蛋汤。你是城里人，你喝过那种片片缕缕像米汤似的鸡蛋汤吧？咱就做那样的。

喝过。我说。

那好，你就给咱做。炊事班长说着，把我推到锅前。

在呼呼的热水面前，我可傻了眼。不错，我是喝过那漂浮如丝带的甩袖汤，但我根本就不知道它是怎么做出来的！可我又不好意思对向我寄予了无限期望的炊事班长说“我不会”。在炊事班长的方头颅里，既是城里人，又是女人，就该天生会做鸡蛋汤。

嘿！有什么了不起的！鸡蛋汤鸡蛋汤，顾名思义，把鸡蛋倒进水里就成汤！我痛下决心。

打蛋！我命令道。

炊事班长乖乖地拿出个大铝盆（可以当行军锅的那种，比一般脸盆要大和深），把三个鸡蛋打进去，用手指把蛋壳内的每一滴黏液都刮净。

三个鸡蛋像三颗金蚕豆，在空旷的盆底滚来滚去。没有了外壳的鸡蛋，更小更少。

一大锅水开了，冒着汹涌的白汽。我端起盆，正想把搅匀的蛋液倒进去，突然觉得它们太单薄了。

加水。我说。

往哪里加水？炊事班长谦虚地问。

当然是往……鸡蛋里加水了。我胸有成竹地说。

加多少？炊事班长小心翼翼地请教。

就加……一大勺吧！我指挥若定。

现在盆里的景象好看多了，黄澄澄的半盆，再没有捉襟见肘的窘迫。好了，现在就把鸡蛋液倒进锅里，并且一个劲儿地用筷子搅拌。一会儿，我们就会有香喷喷的真正的鸡蛋汤喝了。我有条不紊地吩咐着。

牛高马大的炊事班长乖乖地听着指挥，三个珍贵的鸡蛋和一大勺凉水倾倒进沸锅……一时间，锅里锅外都很安静。

一个人只能喝一碗，多了就不够了。今天你辛苦，就给你喝两碗吧。炊事班长思谋着。

鸡蛋是你的，你本该多吃多占点。我说。

想象中的鸡蛋汤该有仙女水袖般飘逸的蛋花，该有糯米般甜蜜的蛋丝，该有……

满满一大锅水再次开了。

锅里什么也没有，只是云雾般地混浊。那三个鸡蛋神秘地失踪了，融化在一大锅雪水中。

我和炊事班长面面相觑，目光在询问，鸡蛋呢？万里迢迢从家乡带来的鸡蛋哪儿去了？！

喝汤的时候，我对大家说，今天这汤是鸡蛋汤，真正的鸡蛋汤！

同伴们莞尔一笑，说，是吗？做梦吧！

是真的！我亲眼看见三个鸡蛋的，它们就在这汤里，我不骗你们！我急得都要哭了。

大家还是半信半疑，因为，汤里实在是看不到鸡蛋的影子。

不信，你们问炊事班长。我使出最后的“撒手锏”。

大家把脸转向炊事班长。炊事班长抚着他的大方脑袋，什么话也没说。

于是，大家一哄而散，没有人相信我关于鸡蛋汤的神话。

炊事班长，你为什么不说？为什么不说？我气愤地质问他。

大家没看见鸡蛋，你叫我说什么？炊事班长心平气和地说。

那一天，我喝了好多鸡蛋汤，一边喝一边想，鸡蛋藏到哪儿去了呢？

这个问题我一直想了好多年。我想，假如我不在鸡蛋里掺水，事情也许会好得多。当然，如果锅不是那么大，如果我们有许多鸡蛋，我们就一定会喝上美味的鸡蛋汤了。

鸡蛋在昆仑山上是很稀罕的东西。

信使

我十七岁的生日，是在藏北高原过的。那天，正好是军邮车上山的日子，这个生日便像美丽的项圈，久久地悬挂在我的胸前。

喜马拉雅山、冈底斯山、喀喇昆仑山，像三柄巨大的棱锥，将我所在的部队托举到了离海平面五千多米的高度。我的生日在十月，这正是平原上麦秸垛金黄而干燥的时光，昆仑山却已万里雪飘。就要封山了，封山是冰雪发出的禁令，我们将与世隔绝到春天。

战友们把水果罐头汁倾倒在茶褐色的刷牙缸里，彼此碰得山响，向我祝贺。对于每月只有一筒半罐头的我们来说，这是一场盛大的庆典。

但心中总有淡淡的悲愁——我想家。

一位白发苍苍的老医生对我说，也许军邮车今天会来的。

你骗人！我大叫。有时候猛烈地指责别人说谎，其实是太渴望那消息真实。

军邮车大约每月从新疆喀什开上昆仑山一次，日子并不准，仿佛一只来去无踪的青鸟。老医生戍边多年，他的话有时像符咒一样灵验。“每年封山前上山的最后一辆车，总是军邮车。山下的人都知道我们的心。”他晃着满头的白发，像一丛银针。

那天夜里，军邮车像破冰船一样，跋涉五天，英勇地到了，整个军营为之沸腾。我们真想欢呼，但军人只有打了胜仗才允许欢呼，于是我们屏住气盯着一处房舍。房舍门口站着两个威武的士兵。因为曾有一次，迫不及待的边防军人跑去抢信，从此在军邮车到来的日子，分拣信件的房间便加站双岗。

各单位取信的人站在房外，一取到信就像古代的驿马接到加急文书，拔腿就跑，去把信件送给望眼欲穿的人们。

在高原上奔跑，不是一件轻松的事。这活儿一般都分给腰细腿长的年轻人，但白发苍苍的老医生执拗地要做这件事。知情的人私下里说，他家中有很老的双亲、很弱的妻子、很小的孩儿，想信比别人更甚。

老医生说，有一年封山的时间格外长。半年后军邮车首次上山，信件一直摞到分拣人的胸前。他们在信海中游走，呼吸都很困难。

老医生抱着一大摞信，我们扑上去抢。那时候干部去干校，知青接受再教育，妻离子散的多，信件也格外多。每个人都像蜘蛛一样，吐出思念思索的长丝，织一张自己的情感信息之网。

霎时老医生手中就空了，接下来是唰唰地撕信，信皮的断屑萧萧而下。

我最先看的是父母的信。仿佛有一只温暖而柔软的手，从洁白的笺纸中探出来，抚摩着我额前飘动的乌发，心便不再凄然。

再看同学和朋友的信。我的同桌此刻在遥远的西双版纳，信中夹了一朵花的标本。她说这是景洪最美丽的花，有沁人肺腑的香气。夹花的那页信纸留有大片紫色的痕液，想象得出花盛开时的娇嫩。我低头嗅那被花汁浸泡过的地方，哪儿有什么香气，有的只是纯正而凛冽的冰雪气息缭绕其中。

我连夜回信。平常日子，营区是柴油发电机供电，每晚只亮两个小时，然后就像木偶人似的眨几下眼睛，熄灭了。军邮车一来，首长便传令延长发

电时间，以利于拣信和回信。首长其实也很盼信到来。

同屋的女兵嘤嘤地哭了起来。她的小侄子病了。我们都放下笔去劝她。然而，女孩子常常是这样：越劝哭得越欢畅。

老医生悠长地叹了一口气，告诉离得这么远的一个小姑娘，孩子的病就能好了吗？我家里人是从不这样的。

不一会儿，女兵停止了哭泣，因为从老医生送来的第二批信中，她得知小侄子的病已经见好，老医生说，把信全拆开，码饼干似的排好，从最后面的看起，前面的只能作参考。

这自然是至理名言。这么办，时间长了，我们也发现了弱点。好比一本荡气回肠的小说，快刀斩乱麻先看了结尾，再回过头去细细咀嚼，便少了许多悬念和曲折。

那一次军邮车上山，老医生没有收到一封信。按照他们家的逻辑，没有信来也许就是出事了。他的忧

郁持续了整个冬天。

在这海拔五千米的高原营地，每逢有人下山，就会挨门挨户地问，我要走了，要不要带信？哪怕是平日最自私的人，在这件事上也绝对平和而周到，这是高原的风俗。

有时候突然写好一封信，又不知谁能带走，就在吃饭人多时喊，谁能下山，告我一声。一次，一个素不相识的人对我说，我知道你父亲的名字。你看过我的档案？我问。不是。几年前我为你代发过家信。我已经完全记不得是托什么人又转到他手中的，于是赶忙表示迟到的谢意。

在我十七岁生日过去半年的时候，收到了西双版纳同学的回信，那朵花怎么是紫色的呢？它是雪白的呀！而且，绝不可能没有香气！

信是老医生送来的。这是开山后的第一次通邮，他也很快乐，他的家里寄来了平安信。有时候他又突然疑惑，说他家会不会有什么事瞒了不肯告诉他。我们都说不会不会，你是家里的顶梁柱，他们离了你，根本就办不了事，怎么会瞒你！他也觉得很有道理，心宽许多。

终于，轮到他探家了。很早就告诉我们：他下山时专门预备一个提包，为大家装信。我便对着昆仑山皑皑的冰雪，咬着笔杆，从从容容地写了大约三十封信，每一封都竭尽我的才能。

我双手捧着这摞信，郑重地交给老医生。他的白发在雪峰的映衬下，晃动得像一盆水中的粉丝，你放心好了！我到了山下第一件事就是为大家发信。假如回信快的话，下次军邮车上来，你们也许就能收到回信了。

他走了。军邮车像候鸟，飞来一次又一次，但那三十封信一封也不见回音。原来他下山乘坐的车翻了，这在高原是很平常的事。熊熊烈火吞噬了他银发苍苍的头颅，那个装满信件的旅行包，顷刻间化为青烟。

那三十封信，只有给父母的那封，我重写了托人发出。给其他人的，便再也提不起兴致重写。只要抓起笔，老医生的白发就在眼前灼目地闪动，眼珠便发酸。大团大团的冰雪，在我胸中凝结。

后来，在老医生的追悼会上，我才知道他的生辰，远没有我想象的那样老。满头灿然的白发，是昆仑山馈赠他的不能拒绝的礼物。

他死了以后，军邮车还带来过他的家信。我第一次注意了一下地址：是广西一个很偏远的小城。又在地图上仔细寻找，那地方在北回归线以南，属于热带，该是非常炎热的。老医生的家乡，距离昆仑山大约有一万五千里。那封迟到的信，边缘已经磨损，好像烙熟又蒸了几遭的馅饼，几处裂口的地方，被薄而坚韧的透明纸粘贴过，上面打着蓝色的印章：“邮件已破，军邮代封。”

不知这是不是封报平安的家信……

就要封山了，
封山是冰雪发出的禁令，
我们将与世隔绝到春天。

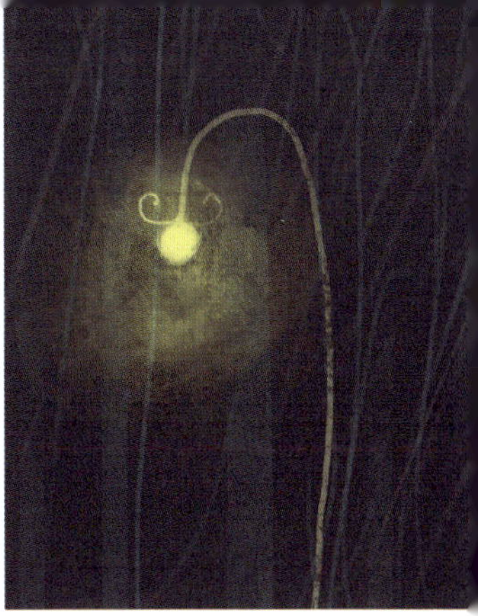

制花圈

我是特意用“制”花圈这个词，而不用通常的“做”花圈。因为“制”的规模大，有流水作业大生产的味道。

二十多年前，我在藏北高原当兵。高寒、缺氧、病痛……一把把利刃悬挂在半空，时不时地抚摩一下我们年轻的头颅。一般是用冷飕飕的刀背，偶尔也试试刀锋。

于是就常有生命骤然折断，滚烫的血沁入冰雪，高原的温度因此有微弱的升高。

凡有部队的地方就有陵园。每逢清明和突然牺牲将士的时候，我们就要赶制花圈。因为我们是女兵，花圈就要扎得格外美丽。当我们最初扎花圈的时候，觉得像做手工一样有趣。

做花圈先要有架子。若在平原，竹子、藤条、木棍……都是上好的材料。但对于高原，这些平常物都是奢侈品。男兵用钢筋焊出一人多高的巨环，中间用钢丝攀出蛛网似的细格。花圈的骨骼就挺立起来了。

我们在乒乓球案子上做花。五颜六色的花纸堆积如山，刚开始的时候，似乎有些节日的气氛。女孩们分成几组，有的把纸裁成大小不等的方块，有的剪出形状各异的花瓣，有的用糨糊粘绿叶……有条不紊，各显神通。

忙了一阵子之后，所需的花朵基本上备齐了。屋里花红柳绿的，对我们习惯了莹白冰雪颜色的眼睛来说，真是享受。

该往黝黑的钢环上绑花了。一圈红的、一圈蓝的……白花最多，像高原上万古不化的寒冰。

花圈渐渐成形，女孩子们的嬉笑声渐渐沉寂。一朵朵的花是艳丽的，一圈圈的花就有了某种庄严。当一个个硕大的花环肃穆而凝重地矗立在我们面前时，一种被悲哀压榨的痛苦，像鸟一样降临在我们心头。

这是献给一个或一组年轻生命的祭品。

每次制花圈，都要整整干上一天。先给司令部做，再给政治部做，然后还有后勤部……人们认为女孩天生与花有缘，殊不知这凄冷的花卉，令人黯然神伤。

有一天下午，我们为一位牺牲在边境线上的战友赶制花圈。因为第二天就要下葬，一直干到凌晨三点。倦意袭来，绑花时钢丝不停地扎手，有鲜血像红豆似的渗出。马上就要完工时，桌上的电话铃猛然响了。我揉着眼睛问，什么事啊?

对方低沉着嗓音说，刚才夜间紧急集合时，一个战士翻身跃起，突然倒在地上死去了。请你们再赶制一副花圈。

那一瞬，我痛彻骨髓。那个不认识的男孩啊！当我们开始制那副花圈的时候，你还活着。当我们制完那副花圈的时候，就要为你制花圈了。

那一夜，女兵们彻夜无眠。当雪山上的朝阳莅临军营，大卡车把我们的产品运至墓地。

摄影干事们很忙。他们用最好的角度把墓前的花圈照下来，寄往内地的某处小村。那些牺牲了的士兵的父母，永远无法到达高原。他们会在无数个月夜，看着相片上的一丘黄土和伟岸辉煌的花圈，潸然泪下。

高寒、缺氧、病痛……
一把把利刃悬挂在半空，
时不时地抚摩一下我们年轻的头颅。
一般是用冷飕飕的刀背，
偶尔也试试刀锋。

葵花之最

二十年前的那个春天，我是在昆仑山上度过的。

昆仑山其实只有一个季节——冬天，春节过后那段漫长而寒冷的日子被称为春天，这是我们这帮小女兵从平原家中带来的习惯。

快到五一了，冰封的道路渐渐开通，春节慰问品运到了。五颜六色来自五湖四海的慰问袋最受欢迎。小伙子们希望从绣着花的漂亮布袋里，摸出一双精致的鞋垫，做一个浪漫的梦。姑娘们没有这份心思，只想找点稀罕的吃食，打打牙祭。整整一个冬天，除了脱水菜和军用罐头，没有见过绿色。可惜，关山重重，山路迢迢，花生走了油，瓜子变哈喇，沙枣颠成粉末，面粉烙的小馃子像出土文物……

突然闻到一股奇异的清香。

那是一个绣着黄色“八一”和红色五星的小白口袋。针脚毛茸茸的，绣活手艺不高，想必出自一个笨手笨脚的胖姑娘。

打开一看，是一袋葵花子。颗颗像小炮弹一样结实，饱满得可爱。我们每人抢了一把，一尝，竟是生的。葵花子中埋着一封信。

“敬爱的解放军叔叔们……”

信是从广东省湛江市第二小学发出的。

我们趴在地图上找。嗯，湛江，好远！那里是亚热带，一个很热的地方。

孩子们请求解放军叔叔们，把他们精心挑选出的葵花种子，种在祖国的边防线上。

我们把手中的葵花子放回布袋。那清香，是阳光、土地和绿色植物的芬芳。

昆仑山咆哮的暴风雪，伴随我们进行讨论。

为什么只写给解放军叔叔？边防线上也有解放军阿姨呀。

在国境线上种葵花，多美妙的想法！每当葵花开放的时候，我们将有一条金色的国境线。

这根本不可能！昆仑山是世界第三极，雪线上连草都不长，还能开葵花？！

我们都默不作声了，只听见屋外风在嘶鸣。

大家决定由我给孩子们回一封信，就说葵花子是解放军阿姨们收到的，只是这里很冷很冷……

昆仑山的“夏天”到了。

信早已写好，却始终没有发出。我们大着胆子，把葵花子种在院子里。

人们都说活不了，却天天跑来看，松土施肥。

葵花发芽了。先探出两片嫩黄的叶子，像试探风向的小手掌，肥厚而天真。然后舒展腰肢，前仰后合生机盎然地长大起来。

昆仑山默默地认可了这些来自亚热带的绿色幼苗，就像它认可了我们一样。

然而，我们高兴得太早了。不知道该算是上个冬天最迟还是下个冬天最早的一股冷风，冻死了绝大部分葵花。

奇迹般地保存下一棵幼苗。它并不是最强壮的，也许因为近旁有一块大石头。受到启发，我们用石头为葵花围起一圈不透风的篱笆。

现在，我们每天趴在石头围墙上看葵花，不知道的人，会以为里面养着活蹦乱跳的小生灵。

这棵幸运的葵花，一往情深地看着太阳，勇敢地展开桃形的枝叶，茎上纤巧的绒毛，像蜜蜂翅膀一样，在寒风中抖个不停。也许它感到了昆仑山喜怒无常的威严，急匆匆地压缩自己生命的历程，才长到一尺高，就萌出了纽扣大的花蕾，压得最高处的茎叶微微下垂，好像惭愧自己为什么不长得更高一些。

那一年没有秋天。寒凝一切的风雪，毫无先兆地骤然降临。早上起来，天地一片苍茫，我们几乎是跌跌撞撞地扑向葵花。

石围墙也被飓风吹得四散飘去，向日葵却凝然不动地站立在那里，在冰雕玉琢的莹白之中，保持着凄清的翠绿。叶片傲然舒展，像一面面玻璃做的旗，发出环佩般的叮当之声。最不可思议的是，在它生命的最后一刻，居然绽开了一朵明艳的花。那花盘只有五分硬币那么大，薄而平整，冰雪凝冻其上，像一块光滑的表蒙子，刚分裂出的葵花子还未成熟，像丝丝柳絮一样优雅地弯曲着，沁出极轻淡的紫色。最令人惊奇的是花盘四周弹射出密集的黄色花瓣，箭头一般怒放着，像一颗永不泯灭的星。

向日葵身上的冰花越结越厚，最后凝固成一方柱形的冰晶。

广东省湛江市第二小学当年的孩子们，但愿不要看到我这篇小文。愿他们心中永存一条盛开葵花的金色国境线。

假如有一天，我能重回昆仑山。在两座最高的山峰中间，有一块只有我们才知道的地方。在深深的永冻土层之下，有一方冰清玉洁的水晶，水晶中有一朵美丽绝伦的花，宛若雏菊半仰着脸，灿然微笑着……

我不知道它是不是世界上最小的葵花，但我知道它是世界上最高的葵花。

我不知道
它是不是世界上最小的葵花，
但我知道
它是世界上最高的葵花。

黑白拂尘

抵达阿里，我们受到了热烈的欢迎。头几天，领导照顾我们，说是不安排工作，让安心休息以适应高原。我们住在医院最暖和的房子里，清闲得像一群公主。

一天早上，我走出房门，突然看到一个奇怪的庞然大物卧在雪地上，目光炯炯地面对着我。它眼若铜铃，身披长毛，威风凛凛地凝视远方，丝毫也不把寒冷放在心上，好像身下不是皑皑的白雪，而是温暖的丝绵。它一动也不动，仿佛一堵古老残破的褐色城墙。长而弯曲的犄角，散发着不可抗拒的威严。

天哪！这是什么？我小声喊道。原本是想大叫的，只是突然想到若是一下子惊动了这猛兽，它还不得用舌头把我卷上天空，然后掉下来摔成一摊肉泥！声音就在喉咙里飞快地缩小，最后成了恐惧的嘟囔。

声音虽弱，但受了惊吓的慌张劲儿还是成色十足。河莲一边用牙刷捅着腮帮子，一边吐着泡沫从屋里走出来说，一大清早，你瞎叫什么呀？好像撞见了鬼？

我战战兢兢地指给她看，说，比鬼可怕多了。鬼是轻飘飘的，可它比一百个鬼都有劲儿！

河莲顺着我的手指看去，眼光触到怪物，大叫了一声，哎哟，我的妈呀，肯定是牛魔王闯到咱们家来啦！说罢，吐着牙膏沫子逃向别处。

本来我想河莲会给我壮个胆，没想到她临阵脱逃。我偷着瞅了一眼怪物，只见它的大眼睛很温驯地瞄着我们的小屋，并没有露出恼火的神色。过了半天，它沉重地眨了一下眼皮，就又悠然自得地注视远方去了。

我屏住气，悄悄地走近它。只见它浑身上下都是尺把长的棕黑毛，好像裹着一件硕大的蓑衣，连海碗大的蹄子上方也长满了毛，像毛靴一样把自己保护得严严实实，难怪它对严寒无动于衷，没准儿觉得像乘凉一般舒服呢。连它的尾巴也不同寻常，不似水牛、黄牛的，只是小小的一绺儿，在屁股后面抽抽打打地赶蚊蝇，好像苍蝇拍一样。这家伙的尾巴是蓬蓬松松的一大把，好像一只同样颜色的小松鼠顽皮地蹲在它身后。我正看得带劲儿，它突然不耐烦起来，挺起胸膛，大大地张开嘴巴，我看到雪白的牙齿和红红的舌头，一股淡黄色的热气喷涌而出，好像它的嘴巴是一个即将爆发的火山口……

更可怕的事还在后面，从它粗大得像水桶一般的喉咙里，发出了震撼山峦的吼叫。

我被这叫声吓呆了，不仅仅是因为它的声音大，像它这么大的体积，吼声震天是意料中的事。令人惊异的是它的叫声太像猪了，好像宇宙间有一大群猪八戒，接受了统一的口令，齐声高歌。

我看着发出猪叫的怪物，它也很得意地看着我，好像在说，对，就是我在叫。怎么样啊？真正的猪也没我叫得像吧？

震耳欲聋的猪叫声把老蓝给引出来了。老蓝是医院里最老的医生，有一种爷爷的风度。他一看我和怪物对峙的局面，忙打了一声奇怪的呼哨。那怪物好像听到了同伴的召唤，慢慢爬起来，恋恋不舍地看了我们一眼，向远处的深山走去。

老蓝说，你这个女娃胆忒大，知道它是什么吗？

我说，知道。它是野猪。

老蓝说，错啦！它要是野猪，你还能安安生生地在这儿跟我耍贫嘴？它是牦牛！

我说，野牦牛？

老蓝说，它是家牦牛，你没看它挺和气的，我一发出牧人的信号，它就找自己的伙伴去了。野牦牛的脾气要比它大得多，一不高兴，就会用犄角把你的肚子顶出两个透明的窟窿。

我说，老蓝你没搞错吧？它的叫声分明是猪啊。我小的时候，在我姥姥家住过，猪圈就在窗户根底下，每天不是公鸡打鸣报告天亮，而是猪像闹钟一样准时把我叫醒。我可以证明，我们平常说猪是懒惰的动物，真是冤枉了它。猪是很勤快的，起得可早了……

老蓝不耐烦地打断了我的啰唆，说我在西藏喝过的雪水，比你过的河都多。你看见过长角的猪吗？

我一下子傻了眼。是啊，古今中外，还真没听说过猪长角。

老蓝说，牦牛是一种特殊的牛，老在寒冷的高原住着，它们身上的毛就越长越长，恨不能拖拉到地上，变成一件毛大氅。它的叫声像猪，老乡就给它起了一个好听的小名，叫作“猪声牛”，其实，它和猪没有一点关系，是地地道道的牛科反刍动物。别看牦牛长得挺吓人，其实，它的脾气最好，而且特别能吃苦耐劳。早年间西藏没有公路不通汽车的时候，牦牛就是最主要的运输工具，被人赞为“高原之舟”，和骆驼属一个级别的。牦牛奶也很好喝，颜色是淡黄的，营养价值特别高。牦牛的肉也很好吃，因为它经常跋山涉水的，瘦肉多，一点也不腻。它的毛非常结实，细的可以用来纺线织牦牛绒的衣服，暖和极了。粗的毛可以搓绳子、擀毡、制帐篷……牦牛简直浑身都是宝。对了，它的油更是好东西，能打出上好的酥油茶，那个香啊……还有牦牛血，提神壮胆……

老蓝说得得意起来，有滋有味地咂摸着，好像酥油茶抹了一嘴唇。

我刚开始听得很起劲儿，到了后来，忍不住说，老蓝，你怎么老说吃牦牛的事啊，都是高原上的生物，多不容易啊，为什么不让牦牛越养越多，漫山遍野？

老蓝说，你这个女娃的想法怪。牦牛养得太多了，你让它们吃什么？高原上只有很少的地方能长草，牦牛的舌头一舔过去，地上就秃了。

想想也是，我只好为牦牛的命运叹了一口气。

这时河莲走来，说，那个可怕的家伙跑了？

我说，河莲，如果发生了战争，我断定你是个叛徒。

河莲说，你可冤枉了我！你以为老蓝是自发来的吗？那是我呼叫来的援军，我陪着你死守有什么用？还是老高原有办法。这是机动灵活的战略战术啊！

老蓝趁我们俩斗嘴的工夫，回到自己的房间。当他再次出现的时候，手里多了一柄雪白的拂尘。它长丝垂地，根根都像精心锻造的银线笔直刚硬，拂动晨风，令人有飘飘欲仙之感。

我和河莲看傻了，觉得老蓝一下子成了观音菩萨的化身，手持拂尘，仙风道骨，超然脱俗。

老蓝当然还是那个倔老头儿的模样，关键是他手中的那柄拂尘，像精彩的道具，让老蓝摇身一变，使人耳目一新。

您这个东西是干什么用的？河莲问。

老蓝得意地一挥拂尘，轻盈地旋转了一下，原先聚在一起的银丝，就像一把白绸伞，缓缓地张开了翅膀，绽成一朵白莲花，在初升的太阳照耀下，晶莹剔透，神奇极了。

我和河莲还没来得及表达惊叹，老蓝就把这美丽的白伞高高举起，重重地抽在自己身上，于是，一股黄烟从老蓝油脂麻花的棉袄上腾起，好像在他身上爆炸了一颗手榴弹。高原上的风沙大，大家都是“满面尘灰烟火色”，军装更成了沙尘的大本营。这柄拂尘好像鸡毛掸子，把灰沙从军装布丝的缝隙里驱赶出来，抖在空气中，化成呛人的气流，随着寒风远去。老蓝用短短的胳膊挥着长长的银丝，围着自己圆柱形的身体，反复抽打着，直到把浑身打扫得如同河滩上一块干净的鹅卵石。

老蓝表演结束后，看着我们说，怎么样?

这是从哪儿搞来的？河莲不理老蓝的问话，追问感兴趣的话题。

老蓝说，是牦牛的尾巴啊。

我和河莲惊得几乎跳起来，说，牦牛的尾巴能做拂尘?

老蓝说，正是。你们不是亲眼见了吗!

我们又问，哪里有白牦牛啊?

老蓝得意起来，说，白牦牛就像白蛇、白猿一样，非常稀少。我在西藏多年，只碰见过一头白牦牛，浑身上下像是雪捏的。

你就把它的尾巴活活给割下来了？我战战兢兢地说。

不是我给割下来的。是我让牧民在这头牦牛老死的时候，把它的尾巴给我留下来，做个纪念。老蓝很认真地更正。

我从老蓝手里接过牦牛尾巴做成的拂尘，它仿佛有神奇的法力，扑打出那么多的灰尘，自己还是洁白如雪。想到它曾是一头巨大生物的尾巴，每一根银丝都好像具有灵性，在阳光下抖得像琴弦，我不禁肃然起敬。

我央告老蓝，你去对牧民说说，让他们也送我一条牦牛尾巴。

老蓝说，一个女娃，勤洗着点军装，身上哪有那么多土？实在脏了，找条手巾拍打拍打就是。一头牦牛只有一条尾巴，拂尘，难搞着呢。

我说，我不是要拿它掸土，是要把它挂在墙上。

老蓝说，干啥？当画？

我说，留个纪念。以后我回了家，会指着它对别人说，知道这是什么吗？它是牦牛啊！一个尾巴就这样震撼人心，要是整个现出原形，庞大得会让你腿肚子朝前。

老蓝说，你这么一说，我这个白牦牛尾巴也不用它掸土了。牦牛毛虽然很结实，也是掉一根少一根。掸土时再精心，也免不了伤了它。从今往后，我就把这牦牛尾巴当宝贝藏起来。探亲的时候拿出来，人家还以为我是从南海观音那儿借来的呢！

河莲一撇嘴说，谁那么傻！仔细闻闻，您这个掸子，牛毛味儿大着呢！

老蓝听了，真就把牦牛尾巴托到鼻子跟前，像猎犬那样闻个不止。我和河莲哈哈大笑起来，因为雪白长须挂在他的下巴上，太像唱戏的老生了。

老蓝说，嗯，是有点膻气。怪我当时洗得不干净。

河莲凑过去说，老蓝，我给你再洗洗怎么样？用我洗头发使的胰子，保证让您的牦牛尾巴从此香得跟茉莉花似的。

老蓝摆手说，那倒不必，东西还是天然味儿的好。你这个女娃心眼儿多，手脚勤快。不过，我看你是个无利不起早的人，说吧，有什么要求我办的事？

河莲说，老蓝你真是火眼金睛，怎么一下就把我看穿了呢？我要办的事一点也不复杂，就是你给小毕搞牦牛尾巴的时候，顺便给我也剁下一绺儿。

我说，河莲，你怎么抢我的？

河莲说，不是抢，是分个二分之一到三分之一的，无伤大雅。

我说，我的牦牛尾巴被你砍去一半，只剩下电话线粗细的一小撮儿，成什么样子？人家没准儿以为是马尾巴呢！

河莲说，那就叫老蓝多给我们弄些就是了。

老蓝气得说，谁答应你们啦？还闹起分赃不均！

我们又赶快哄他说，咱们换工吧。你若是给我们搞来了牦牛尾巴，我们就给你洗军装。

老蓝脸色像夏天的雪山，有了一丝暖气，说，那好吧。一根牦牛尾巴合一件军装。

我和河莲大惊失色，说老蓝你太黑！一柄拂尘少说也有几千根牦牛毛，这样洗下去，十个手指头还不搓得露出骨头来！

老蓝微笑着说，我的意思是，我给你们每人一柄拂尘，你们只需为我洗一件军装即可。

我很惭愧，觉得自己以小人之心度君子之腹。河莲到底深谋远虑，说您让我们洗的那件衣服，该不会是皮大衣吧？

老蓝说，普通的外衣，就是脖领上的油泥稍厚了些。

事情就这么说定了。老蓝是个说话算话的人，当我们催他把外衣赶快送来时，他总是不好意思地说，牦牛尾巴还没搞到，还是以物易物好，我不喜欢拖欠。

一天，老蓝提着麻袋来了，往地上一倒，一团黑白夹杂的毛发滚到地上。河莲说，天哪，简直像谋杀案里的人头。

老蓝说，这就是牦牛尾巴，剩下的事我就不管了，你们俩自己分吧，互相谦让着点，别打起来。

河莲说，老蓝你没有搞错吧，这团毛黑白相间像围棋子似的，是牦牛尾还是荷兰黑白花的奶牛尾巴？

老蓝说，你想得美！娇气的荷兰奶牛若还能在这海拔五千米的高原活着，挤出的就不是牛奶，而是牛骨髓了。这是地地道道的牦牛尾。

河莲说，那为什么不是白的？

老蓝说，我不是跟你们讲过了吗，纯白牦牛极其少见，这种黑白相间的也不多，算稀有品种呢。最大路的货是褐色的，还有黑的，没掸灰呢就显出脏，不好看。

我们只得谢谢他，然后自己开始洗涤和分割牦牛尾巴。

先用清水泡，再用碱水反复搓洗，最后用洗发膏加工，在阳光下晾干。直到抖开时每一根尾丝都滑如琴弦，柔顺地搭在我们的胳膊上，像一道奇特的瀑布。

河莲说，它黑的黑、白的白，好似中老年人的头发。虽说是珍稀品种，终是不大好看。我想，咱们能不能把黑白两色分开，一个人专要黑的，另一人专要白的。要知道有一句谚语说，单纯就是美。

我晓得河莲是很有谋略的，赶忙先下手为强说，那我要白的，你要黑的。

河莲说，我想出的主意，却被你占了先。好吧，谁让我年纪比你大呢，让你一回吧。

我们于是找来外科专用的有齿镊子，一根根地从牦牛尾皮上往下拽毛。河莲把黑色的归成一堆，我把白色的拢在一起。尾毛长得很牢实，像一根根长针扎进皮里，拔起来挺费力气的。但是一想起我们每人将有一把纯色的拂尘，我们干得还是很起劲儿，一边干一边聊天。

你说人的头发，除了黑的、白的以外，还有灰白的。牦牛尾毛要么油黑，要么雪白，怎么就没个中间色的呢？我说。

人的头发从黑变白，是渐渐老了呗。这头黑、白相间的牦牛，是天生的，所以不变灰。河莲解释。

我说，这头牦牛并不老，就死了。想起这个，我心里有点难过。

河莲说，牦牛死了，尾巴留给我们。它的尾巴那么美丽地活着，它就没死。

我说，人死了以后，也该有点美丽的东西留在世上啊。

河莲说，是啊。我们一定要给人间留点什么，才不算白活过。

正说着，我突然发现了一个致命的问题——牦牛毛拔下来以后，我们有什么法子，再把它做成一柄拂尘？

普通的拂尘制作工艺很简单，把长着牛毛的尾皮，直接钉在一根木柄上，在木柄上画点花草，再涂上一层清漆，就大功告成了。可是脱离了皮的毛，怎么钉在木柄上？

也许在特殊的工厂里，可以把单根的毛发，用强力的胶水粘到布或皮革上。但在荒凉的高原，我们没有任何办法！

河莲捶胸顿足，懊悔自己智者千虑，有此一失。不过，她很快恢复了镇静，说，事已至此，我们只有一个办法。

我忙问，什么办法？

她一字一句地说，把所有揪下的尾毛，都扔了。

我说，这算什么办法呢？

河莲说，而且永远不对别人说。咱们实在太蠢了。

我们沿着狮泉河走，把撕下的牛尾毛，挽成两个大大的毛圈，抛进清澈的河水。它们像两位黑发与白发美女的遗物，打着旋儿漂荡着，半个环浸入水里，半个环挂满阳光和风，好像水下有两只巨手托举着它们，缓缓地浮沉，漂向远方。

由于失误，剩下的牦牛尾巴再裁成两份，就比较单薄了。我们只有在木柄上多下功夫，精心打磨，请了画画最好的人，为我们各画了一幅雪山风景。别人见了，都说我们的牦牛拂尘，小是小了一点，但十分精致。

心情总算好起来。河莲突然又叫道，糟了！

我摸着胸口说，河莲你别一惊一乍的，我算叫你吓怕了。又有什么糟糕事？

河莲说，我们俩的牦牛尾巴是来自同一条牦牛，不但颜色是一样的，连毛发的根数都几乎相等，木柄也是同一个人画的，除了咱们两个以外，别人怎么能分清哪个是你的、哪个是我的？

我说，哈！这算什么事啊。你忘了咱们俩有一个巨大的区别了？

河莲说，是什么？

我说，你家在南方，我家在北方，我们以后把牛尾拂尘挂在自己家的墙上，隔了十万八千里，哪里会弄混！

河莲说，我真是糊涂了。这世上是没有两头一模一样的牦牛的，像我们俩这种黑、白相间的拂尘，注定也只有这两柄。以后，无论我们到了什么地方，都会记得这头牦牛，都会记得我们一起度过的时光。

这世上
是没有两头一模一样的牦牛的，
像我们俩这种黑、白相间的拂尘，
注定也只有这两柄。

走，到阿里去

新兵训练要结束了，分配就在眼前。大家心里都关心这事，可表面上显得很淡漠，没心没肺地打打闹闹。因为你要是特别表现出对去向的关注，别人会觉得你挑肥拣瘦，思想有问题。领导知道了，没准儿会特地把你分到一个倒霉的单位，制裁一下你呢。

我对这事想得比较简单，希望做一个通信兵。女兵基本上只有两个工种可挑——卫生员和电话员。卫生员要给病人端屎端尿，我一想就心中作呕。要是当着病人的面吐起来，是多么尴尬的事！通信兵就比较安稳，每天打交道的无非是塞绳和电线，都是不会说话的哑巴，当然省心了。

墙上有一幅油画，叫《我是海燕》，一个英姿勃勃的女兵，在漫天风雨中攀上高耸的电线杆，维修线路。狂风卷起她漆黑的短发，因为淋了水，橡胶雨衣显出乌鸦羽毛一般油亮的光泽，随风飘荡……她高喊着“我是海燕”，这既是一句线路修复之后的联络用语，也充满了勇敢的象征意味，使我年轻的心激荡万分。油画的技术如何，我不知道，但暴风雨中的女通信兵成了我的青春偶像。我想，要是我当通信兵，力争比她干得还棒。打仗时，我会用两手把线路接通，让进攻的命令通过我的身体传达到火线，立个功给大家看。

在树林里，小如悄悄凑近我的耳朵说，这次有五个名额，分到阿里去。

我从这一句话里听出了两个问题：阿里是哪儿？你从谁那儿听说的？

小如拢拢耷拉到眼前的头发说，阿里是西藏的一个地方，听说海拔有五千多米呢，高寒缺氧，还有好多地方根本就没有人去过，号称“无人区”。

我吓得抽了一口凉气说，既然是无人区，要我们去干什么？

小如说，普通人当然没有了，但有国防军啊。听说那里以前从来没有女兵，这次是头一回。

我说，你的情报还挺详细，哪儿来的？道听途说还是你自己编的？

小如说，你还挺高看我的，这样机密的消息，我就是蒙着头想它个三天三夜，也编不出。是连长告诉我的。

我大吃一惊，说看连长那个严肃样，恨不能把我们都当成射击胸靶，怎会把兵家大事透露给你？

小如说，这事对你我是大事，对连长来说，不过小菜一碟。经他的手，把多少新兵送往四面八方啊。这是我给他洗军装的时候，随口问来的。

我的疑问更大了，说，小如，你再说一遍，你给谁洗军装？

给连长啊。小如清清楚楚地重复。

你为什么要给连长洗军装呢？他难道是个残疾人，自己没有手吗？我很纳闷，惊奇中又很不以为然，看不起她巴结领导。

小如坦然地说，每天训练回来，一身泥一身土的，谁像你似的，那么懒，帽子脏得像炸油饼的锅盖也不洗。我可天天要洗的，要不睡不着觉。好几次遇到连长，他一个男人家，洗衣的时候笨手笨脚，肥皂泡溢了一地。帮一下呗，顺手的活儿。在家的时候，我也净帮着我哥。

我大笑起来，原来你把连长当成了哥，他就向你透露军情。

小如说，没事闲聊呗，话赶话地就说到那儿了。

我说，请继续刺探下去，特别是通信兵和卫生兵的比例问题。

小如说，你干吗特别关心这个呢？我说，我讨厌卫生员这个行当，一天到晚遇见的不是病人就是死人，反正都是些没有笑容的脸，晦气啊。而且从根本上来说，我是一个缺乏同情心的人，所以，我不想穿白大褂。

小如反驳我说，当个医生多好！治好了一个病人，人家全家都感谢你，会记你一辈子的。

我说，你怎么光想好事？就不想想，若给人家治死了，全家都恨你，也许到海枯石烂。

小如说，为什么光想坏事？再说，你就不会把本事练得精点，别把人家给治死吗？

我说，天有不测风云啊。再说，人总是要死的，这是伟人说的……

我俩正拌嘴，果平跑过来说，你们躲在犄角旮旯，是不是正说我的坏话呢？背人没好事。

我们大叫冤枉。果平嘻嘻一笑说，既然不是说我的坏话，就把正说的话告诉我吧。要不我不信。

我看着小如。消息的主要来源是小如，不能喧宾夺主。小如是个好脾气，虽然她不想把消息散布得尽人皆知，但考虑到友谊至上，还是把所有的情报都告诉了果平。

我以为果平会激动得捶胸顿足，没想到她一撇嘴说，就这个啊，早嚷破天了。

我这才明白，有些消息的传播，是不需要“海燕”的。

果平接着说，连分配中卫生兵和通信兵的比例是九比一，也已是公开的秘密。

好像有千吨陨铁自九天坠下，正好砸到我的头上。我揪着果平说，你这话当真?

果平说，向毛主席保证!

这是一句极有威力的誓言，我再也无法怀疑它的准确性。

小如沉静地说，看来，只有极少数的幸运儿才能当上海燕，绝大多数都是小白鸽啦。

小白鸽是小说《林海雪原》中女卫生员的爱称。果平说，悲痛欲绝！我本来想若是一半对一半的比例，不哼不哈地等着，也许就会分我到通信站。没想到，事实这般残酷！

完啦！我彻底绝望，近在咫尺就有竞争者。我简直想变成老鹰，把小白鸽抓走几只。

河莲走过来说，这次分配最艰苦的地方是阿里。越是艰苦越光荣，我想写一份血书，你们谁与我同甘共苦？

果平说，哈！我只是在小说和电影里才看到血书什么的，没想到，真有人打算这么做！太棒了，我的血和你流在一起！

现在果平和河莲成一伙的了，神采飞扬地看着我和小如。

小如描绘的阿里，令我心惊胆战。要是分到我头上，那是没法的事，军人以服从命令为天职。可我不打算主动争取，那里离家太远了。再说，我的理想是当一个通信兵，阿里要的都是卫生员。我要写了血书，就从根上绝了成为海燕的希望。

不想宁静的小如抢先说道，我写血书。

一下子局面成了三比一，我变成失道寡助的少数派，心里不由得有一点慌。想想海燕飞舞的雨衣，我咬着牙坚持道，你们要写就写好了，反正我是不写的。

果平和河莲有些失望，但她们毕竟人多势众，便不理我，一齐商量血书的操作规程。因为以往只是听人家说，真到了自己演练的时候，才发现有许多具体的步骤很朦胧。比如用什么部位的血呢？当然是用手指头上的血来得方便，可是“十指连心”，一想到要把好好的手指头扎一个洞，挤出血来，大家都直抽冷气。

我在一旁待着，有些尴尬，走不好，继续留下，好像也不伦不类。我胡乱找个由头要溜，小如却拼命扯我的袖子，要不是军装缝得格外结实，简直要揪出个窟窿。

我说，你到底要干吗，跟抓壮丁似的。

小如说，上厕所啊。咱们俩一起去吧。

我们的厕所离得很远，大概总有几百米的距离，这样，每次方便就有了散步的性质。两个好朋友一边走一边说，讲到开心处，有时真希望厕所修得更远一些，或者多喝几杯水，制造出更多上厕所的机会。

就算我和她们成了血书和非血书两个阵营，也不能拒绝要同你一道上厕所的朋友吧?

我和小如默默地往前走。

小如说，你真的打定主意不写血书了?

我说，是。

小如说，其实也没什么，不过就是疼一下子。别人都能忍过去，偏你就不行?

我说，也不光是个疼的事，大不了就像得一回肠炎，再说得邪乎点，就算悲惨地拉了一场痢疾，一咬牙一跺脚也就过去了。

小如笑起来说，我看，你对医学还懂点门道。

我说，我一辈子就得过这么两种病，疼痛如绞，记忆犹新。

在靠近厕所的地方，小如停下脚步，板着脸说，既然你不怕，我看你还是写血书的好。

看着她的严肃样，我很惊诧，因为她平时总是笑眯眯的，姐姐一般温柔和气，这是怎么啦？

小如看出了我的心思，小声解释道，我听连长说，他就是要用敢不敢主动要求去阿里来考验一些人。要是你主动要求了，也许就不让你去了，会特地按照你的爱好，分你一个想去的地方。要是你缩手缩脚地不表态，往后躲，就偏让你去。

我好似被人兜头灌了一脖子的冷水，脊梁骨变成一根又硬又直的鱼刺，梗在那里，回不过弯儿。原想革命大家庭温暖和谐，不想还有阴谋埋伏在里面。

我一急，结巴起来，说，河莲她们……都是……知道了，才故意……是吗？

小如说，我不知道，也不愿瞎猜。估计她们不明白这里的奥妙，真是一腔热血。你想啊，连长是多么精明的一个人，哪里能让大家都摸了他的底牌，那他的试验还有什么意义呢？

我稍微缓过一点神来，淡淡地说，热血也好，冷血也好，反正我是不打算写血书的。

小如说，我把话都说到了这个份儿上，看在咱俩是好朋友，才把这天大的秘密告诉你，你怎么就这样不开窍！

我说，小如，你是一番好意，我领情了。我要是不知道这个底细，也许你劝劝我，我也会写的。可我既然知道了，我是说什么也不写的。我不想当卫生员，我不愿去阿里，我也不做这种装样子的事。

小如急了，说，你怎么这么固执呢？大家都写了，就你一个人不写，不就显得你太落后了吗？你写了吧！连长私下问过我愿到哪里去，说他可以照顾我。我反正只是想当个医生，这回学医的名额多得很，我也不需要他特别为我做安排，我求求他，让他分你去当海燕。

我一把捂住小如的嘴说，你别侮辱了我心中的海燕。

小如气得眼眶里注满了泪水，说，小毕，你这样不懂别人的心，我是为了你好！

我说，小如，你的这份情谊，我会永远记得。只是我不能违背自己的心愿做事，你该理解我。

往回走的路上，我们一句话都不再说了，因为所有的话都已经说完。我们看着远方，那里有很多云彩，像棉花垛一般笔直地堆积着，渐渐地高入遥远的天际，在云的边缘，就形成了峭壁一般险峻的裂隙。云像马群一般飞腾着向我们扑过来，粗大的雨滴像被击中的鸟一样，从乌云里降落下来，砸到我们的帽子上，留下一个个深绿色的斑点。

快回去吧。我对小如说。

这儿的雨和内地的雨不一样。我家乡的雨，很细很小，牛毛一般。你要是不留意，好像觉不出来似的。但它的后劲儿很大，你在雨中走一会儿，全身的衣服都会湿透，阴冷会一直沁到骨头缝里。这儿，雨来得很猛，可是这一颗雨滴和那一颗雨滴之间，隔得很远，简直能跑一只骆驼呢！小如说。

我不知她为什么要说这些关于雨的没什么意思的话。从领新军装那天起，我们就是要好的朋友。但我拒绝了她最后的忠告，分手就在眼前。可能她不愿伤感，才故意找个轻松的话题吧。

整个连队掀起了如火如荼的写血书运动。我本想离这件事远一点，后来才发现完全躲不开。这个屋子的人在写，那个屋子的人也在写，你总不能老是待在操场上像长跑运动员一般乱转吧。这是一件让人可以充分发挥想象力的事，大家八仙过海，各显其能。手指上的血量很少，再加上很快就凝固了，根本就没法写字。后来就有人割腕取血，血虽然多，但那女孩子脸色苍白，一副快要晕过去的样子，把老兵班长吓得不轻，坚决制止了此类盲动行为。后来不知是谁，发明了一种节约而科学的方法，用少量的血，掺上一部分红颜色，再兑上水，就调成了一种美丽的樱红色，写出字来艳若桃花。

我东跑西颠，把大家的发明创造互通有无，像个联络员。

终于到了最后分配的日子，不想，连长陷入了困境。因为写血书的人太多了，也闹不清谁是最勇敢、最忠诚、最大无畏的。连长不愧足智多谋，他把堆积如山的血书放在墙角，开始实施新的选择方案。

那是一个晴朗的日子，扎着武装带的连长，像一株笔直的白杨站在操场中央，对所有的女兵大声发布命令——面向我，按个子高低，成一路横队集合！

我们都愣了一秒钟。这是一道古怪的命令，想想吧，一个连两百多人呢，平常都是成几路横队或几路纵队集合，方方正正才像队伍。就算连长萌发新招，编成一路纵队也够标新立异了。现在可好，一路横队，士兵像鲫鱼似的一个挨一个要排出多远！还要按个子高矮，真是复杂啊。

但命令，谁敢不服从？片刻犹豫之后，大家都开始迅速寻找自己应该站的位置。其中又发生许多混乱，女兵招收时对身高要求很严格，个头集中在一米六到一米七之间，同样身高的人，少说也有十几个，实在难分上下。于是彼此推推搡搡，各不相让。还有的人，入伍时测的身高，这一两个月过去了，部队的伙食好，又蹿起一截，按照旧印象排队，显然比旁人高出个脑袋尖儿，就得重新调换地方。还有的人因为胖瘦不同，引起视觉上的误差，非得背靠背地比了高矮，才能分出伯仲，难度不亚于一道数学题。

操场上吵嚷得像个蛤蟆坑，要是往日，连长早火了，非大声呵斥不可。但今天他竟是出奇的好脾气，由着女孩们颠来倒去地比量，直到每个人找好了自己的位置。

队伍排得实在惭愧，因为太长，形成了一个大大的“S”形，好像一道漫长的绿色篱笆，被大风吹过，前拱后弯。依连长往常的性子，必得让解散了，重新集结。但这一回，连长的容忍度极好，犀利的目光像梳子，从队头刮到队尾，又从队尾刮到队头，仍是什么话也没有说。

我偷着往四处瞧了瞧，好朋友都彼此隔得很远，大家是一片茫然，不知道连长玩的什么把戏。

连长调整了一下自己的位置，主要是大踏步地向后面退去，然后立定。他像一个等边三角形的顶点，在远远的地方，严峻地注视着我们。他那双猎鹰般的眼睛，睁得很大。

待他看到队伍自发地调整为笔直以后，温和地发布了第一道口令：单双数，报数！

每个女孩子都竭尽全力把数字报得很响，记得我是“二”。说句实在话，我不喜欢“二”，比较爱好的是“一”。报“一”的时候，嘴咧得很开，音波清脆嘹亮，好像时刻在微笑。报“二”就不同了，上下唇基本不动，喉咙里发出古怪的一声，好像吃多了白薯，打嗝似的。想想看吧，古代的故事里，老大总是勤劳勇敢的，老二多半又懒又馋。

唯一可以安慰自己的是，我听到河莲、小如和果平，报的数也都是偶数。人嘛，只要有和自己同命运的好朋友，就有了安慰。

大家注意，听我的口令，偶数——向前——一步——走！连长拖长了嗓门儿，发布新的口令。

于是，大约有一百个女孩向前迈出一步。这样，操场上就有了两条彼此等长的队伍，像一个巨大的等号。

大家都不知道连长葫芦里到底卖的什么药，充满人的操场显出了异样的安静，好像一片旷野。

连长又让我们继续报数。他稍微变了一下方式，不再是把我们分成一、二两组，而是让大家一五一十地报，然后命令逢五逢十的人向前迈一大步，好像农村赶集时挑选的日子。这时迈出向前的人显著少了，好像间过苗的庄稼，又被田鼠吃了一些秧苗，隔好远才稀稀拉拉地有一个人。

人们越发莫名其妙，连长当然不作任何解释。他按照自己的预定方针，继续发布命令，让站在队伍最前列的那排人，按一定规律报数，然后命令逢到某个特定号码的人向前迈步……几番操作下来，剩下的人越来越少，大家的好奇心也越来越强烈了。

现在，站在最前列的只有五个女孩子了。我很想看看都是谁，可是不行。连长的目光像探照灯一样盯着我们，只要你稍微拧一下脖子，立刻就会被他发现。

连长走到我们面前，对着我们五个人，也对着操场上所有的女兵说，现在我宣布，站在最前列的这五名，光荣地被选为第一批奔赴西藏阿里的女战士。这是她们的光荣，也是我们所有人的荣耀。让我们以热烈的掌声，欢送她们走上共和国最高的国土……

掌声暴风雨般地响起来，缠绕我们许久的问号，就被连长用这样宿命的方式，三下五除二地解决了。

连长接着用毫无感情色彩的语调，念出其余人的分配名单，对谁都是一视同仁。

直到这时，我才有胆量偷偷斜了旁边一眼，哈！果平、小如、河莲都和我并排站着，还有一个瘦弱的小姑娘，站在队伍的尾巴上，她叫苏鹿鹿。

和朋友们在一起的狂喜，冲散了我不愿当卫生员的愁云。况且，我也想通了，即使我不被分配到西藏去，也很难保证能当上海燕。听天由命吧，也许我的命里注定，必须要在工作中见到许多呻吟的人。不管怎么说，就算上班的时候愁眉苦脸，下班以后可以和伙伴们开心一乐，也该知足啊。

解散以后，大家立刻把我们几个围起来，充满好奇之情，好像此刻的我们已和大家有了显著的不同。

我大叫，不要这样对我们虎视眈眈好不好？好像我们不是要到阿里去，是从阿里已经绕回一圈似的。

大家就笑起来说，毕竟你们是要到那么遥远的一个地方，仿佛去另一个星球。到了那里，千万记得要给我们写信啊。

我说，你们那么多人，我怎么写得过来？等我以后当了作家，写一本书，你们大家传着看吧。

大家就笑个不停，说这个家伙多么会吹牛啊。

连长走过来，大家的笑声立刻消失了，等着听他的指示。连长不看大家，单对我们五个说，现在，你们已经是西藏阿里边防部队医院的战士了，我们已经用电报通知了那里，那边工作很忙，要求你们立即上山。

我小声嘟囔了一声，为什么不用电话呢，那可比电报要快得多啊。

连长看着我，说，那里不通电话。我们只能用最简练的词句，把最多的内容用无线电波传递上去。

大家都不由自主地吐了吐舌头。连长并不理睬我们的惊讶，也不看大家，只是对着我们五个人说，上山的路途艰难而遥远，你们要做好充分的思想准备。为了领导方便，你们要选出一个班长来。

大家面面相觑。自当兵以来，凡事都是领导指定，今日为何民主起来？

河莲最先说出我们的心里话，选什么？连长看着谁合适，就让谁当呗！

一向说一不二的连长破天荒地缓缓说道，从现在开始，我已不再是你们的连长，你们已经完成了新兵的训练课目，就要走上工作岗位。希望你们能够记住这一段岁月，它是你们军旅生涯的开端。

大家的鼻子就有些酸，感觉到分手就在眼前。想想连长虽说严厉、偏心，但也有可敬可爱的地方。比如这一次分配，就并没有利用自己手中的权力做什么特意安排。他宁可用一种概率的方法来决定大家的命运。

我们伤感了一会儿，才发觉班长的人选问题并没有随着心情的变化而解决。小如最先打破沉寂，说，我看就选小毕吧。

我吓得大喊，不同意！不同意！

大家齐刷刷地问我，为什么？

我说，谁不知道班长是军队里最小的官啊，当不当的，实在也说明不了是否进步。可吃苦在前，享受在后，身先士卒是第一位的。我这个人，从骨子里就比较怕苦怕累，要是有别人给我做了榜样，带领着我向前，基本上还算一个服从命令的兵。要是想让我冲锋在前起到某种表率的作用，实事求是地说，我做不到。

大伙看我这副不堪重任的样子，也就不勉强我。但总得有个班长啊，连长等得不耐烦了，直搓手掌。我说，我提个人，你们可不能说我有私心。好不好？

大家说，真啰唆。没人议论你，快提吧。

我说，刚才小如提名我当班长，现在我再提她，好像有点互相吹捧的意思。我可真的是出于公心地认为，小如是班长的合适人选。她温柔细心，组织纪律性强，关心爱护同志，还爱给别人洗衣服……

大家笑起来，说同意同意，就小如啦！

连长大手一挥，宣布说，奔赴西藏阿里的女兵班现在组建完成，还是由小毕担任临时班长。

走，到阿里去！我们五个女孩手拉起手。

走，到阿里去！

在雪原与星空之间

拉练的夜晚，我们在雪原与星空之间露营。

两顶雨布搭的帐篷很窄小，像田野中看秋的农人用玉米秸支的小窝棚。我和小鹿头脚相对，用体温暖和着对方。刚躺下的时候，根本睡不着。平日柔软的被子，此刻变得铁板一样冷硬，被头像锐利的铁锨头，直砍我们的脖子。棉絮好像变成了冰屑，又沉又冷地压在身上。

这是怎么回事？被子被施了妖法？小鹿在对面瓮声瓮气地说。

我本想看看她，但沉重的负担使我没法抬起头来。为了保暖，我们把所有的物品，比如十字包、干粮袋、皮大衣，包括毛皮鞋，都堆在被子上面，像一座拱起的绿色坟堆。此刻，要是有一双眼睛从帐篷外窥视我们，一定以为这是军需品仓库。

我说，被子又不是暖气，自己不会产生热度。它像个水银瓶胆，装进开水它就热，放根冰棍它就凉。我们在零下几十摄氏度的气候里行军，被子的温度当然也是零下了。不能着急，得靠自己身体的暖气，把被子焐热，才会觉得暖和。

小鹿说，只怕到了明天早上，我们还像两条冻带鱼一样，舒展不开手脚。

我说，反正也睡不着，咱们就说说在高原露营的好处吧。

小鹿说，有什么好处？硬要说，第一个好处就是让你不但不困，而且精神抖擞。

此话千真万确。不管你行军多么疲劳，在越来越深的午夜中，寒冷的空气好像不是吸入肺里，而是进了胃，化作无数薄荷糖，让你从里往外透出绿色的清醒，神志警觉无比。

我说，可惜这是以第二天的疲倦为代价，要不然，真该推荐所有的科学家都到高原来工作，人类的伟大发明一定会成倍增加。

小鹿说，第二个好处是空气新鲜。城里的空气被人的鼻子滤过千百遍了。这里的空气从没有人呼吸过，就像从没污染过的泉水。你说是不是世界一绝？

我说，空气倒是很新鲜，只是它里面的氧气含量很少。这就像一种外表很美丽的果子，里面的果仁却又瘦又小。营养太少，中看不中用。

小鹿说，这话可不对。你敢说这里的空气不中用？那你把头钻进被子里，再捏住鼻子。要是你能支撑三分钟以上，明天我帮你背手枪。

我说，我当然不敢把头埋进被子，你的脚太臭了。至于手枪，你别卖假人情。你知道规定是人不离枪、枪不离人的。

小鹿说，谁的脚要是在这种滴水成冰的时候，还能出汗，一定是赤脚大仙托生的。不信你试试！百见不如一闻。

我不想扫小鹿的兴，就把头缩进被子，但根本不喘气，然后很快地探出头来，说，喔，真的没什么味儿了。

小鹿很高兴，说露营的第三个好处是，可以增长你的天文学知识。你看，天上的星星亮得像猫眼！

我们的雨布虽然薄，但没破洞。只有从两侧的缝隙中，观察星空。铁锹做的帐篷杆和雨布的边缘构成的间隙，很不规则，像是一幅抽象图案。

我说，根本看不到天空的全貌。从我这个角度，北斗七星只能看到一个勺子把儿，牛郎只挑了一个孩子，那个丢了。

小鹿说，你以为我这儿完整吗？银河基本断流，蟹状星云变成了对虾的模样。

我说，哎哟，真了不起，还知道星云。

小鹿说，我妈妈最喜欢天文了，从小就教我。

于是，我们半天都不说话。最后还是小鹿打破了沉默，说我们别说妈妈，那样说一会儿就会流泪的。还是说星星吧。

我赶快拥护，说，就形容自己看到的天和星星的模样吧。

小鹿赶快说，好。

想念亲人就像大海中危险的台风眼，我们思维的小船要赶快掉转航向，飞速离开。

我摇头晃脑端详了半天说，从我这个角度看天空，它的轮廓像一棵宝蓝色的树冠，树上结着许多银色的榛子。

小鹿说，从我这边看哪，天空的形状像一件天蓝色的礼服，那几颗最明亮的星星，就是礼服上的银扣子。

我调整了一下姿势，又说，从我的铁锹把儿侧面看过去，天像一扇敞开的钢蓝色大门，星星就是门上凸起的门钉。

小鹿也扭了身子说，我有一个比喻，你可不要笑我。你答应了，我就说。

我说，只要风和雪不笑你，我才不管呢。

小鹿说，从我这儿看上去，天空像极了一头蓝色的奶牛。那些凸起的星星，就像奶牛的乳头，它们离我们这么近，好像一伸手就可以摸着。用嘴吸一吸，就会有蓝色的乳汁流出来。

我笑起来，说，小鹿，你是不是饿了或是渴了？

小鹿说，你一提醒，我才想起雪原上露营的最大好处，那就是你随时都有冰激凌吃。

小鹿说着，伸手到褥子下面去抓，我听到类似野兽爪子搔扒的声音，再以后是积雪被挤压的声音，最后是小鹿咯吱咯吱的嚼雪声和牙帮骨大肆打架的声音。

我们的身下，枕着一尺厚的白雪。领导宣布在这里露营以后，我埋头用铁锹拼命挖雪，一会儿就在身边堆起一座小雪山。领导走过来说，你这是干什么？

我说，把雪挖走，才能把铁锹埋进土里当支柱，把帐篷支起来。

领导说，你这个傻女子。雪下面是冰，睡在冰地上，明天你的关节就像多年的螺丝钉淋了水，非得锈死不可。

我说，冰和雪还不一样吗？

领导说，当然不一样了。雪是新下的，并不算冷。你没听俗话说过，下雪不冷化雪冷吗？雪底下的永冻冰层，那才是最可怕的。睡在雪地上，就像睡在棉花包里，很暖和的。

我半信半疑，但实在没有力气把所有的冰雪都挖走，清理出足够大的面积安营扎寨，只好睡在雪上。这会儿看小鹿吃得很香，不由得也从身下掏一把雪吃。为了预防小鹿汗脚的污染，特地选了我脑袋这侧的积雪。

海拔绝高地带纯正无瑕的积雪，有一种蜂蜜的味道。刚入口的时候，粗大的颗粒贴在舌头上，冰糖一般坚硬。要过好半天，才一丝丝融化，变成微甜的温水，让人吃了没够。

一时间我们不作声，吭哧吭哧地吃雪，好像一种南极嗜雪的小野兽。我说，小鹿，你把床腿咽进去半截了。

小鹿说，你还说我，你把床头整个装进胃里了。

我们互相开着玩笑，没想到才一会儿，我和小鹿的身体就都像钟摆一样哆嗦起来，好像有一双巨手在疯狂地摇撼着我们，这才感到雪的力量。

小鹿……我们……不能再……吃下去了，会……冻死。我抖着嘴唇说。

小鹿回答我，好……我不吃了……我发现，雪是越吃越渴……

我们把自己缩成小小的一团，借以保存最后的热量。许久，许久，才慢慢缓过劲儿来，被雪凝结的内脏有了一点暖气。

我有点困了。小鹿说。

困了就睡呗。我说，觉得自己的睫毛也往一起粘。

可是我很害怕。小鹿说。

怕什么？我们的枕头下面有手枪。真要遭到袭击，无论是鬼还是野兽，先给它一枪再说。周围都是帐篷，会有人帮助我们的。我睡意蒙眬地说。

小鹿说，我不是怕那些，是怕明早我们起来，会漂浮在水上。

我说，怎么会？难道会发山洪？

小鹿说，你是不是感到现在比刚才暖和了？

我说，是啊。刚才我就觉得暖和些了，所以才敢吃雪。吃了雪，就又凉了半天。现在好像又缓过劲儿来了。

小鹿说，这样不停地暖和下去，还不得把我们身下的雪都焐化了？明天我们会在汪洋中醒来。

我说，别管那些了，反正我会游泳。

小鹿说，我不会。

我说，我会救你的。你知道在水中救人的第一个步骤是什么吗？

小鹿说，让我浮出水面，先喘一口气。

我说，不对。是一拳把你砸晕，叫你软得像面条鱼。你这样的胆小鬼，肯定会把救你的人死死缠住，结果是大家同归于尽。把你打晕后，才可以从容救你。

小鹿说，求求你，高抬贵手，还是不要把我砸晕。我这个人本来脑子就笨，要是你的手劲儿掌握不准，一下过了头，还不得把我打成脑震荡，那岂不是更傻了？我保证在你救我的时候，不会下毒手玉石俱焚。

我说，哼，现在说得好听，到时候就保不齐了……

小鹿说，我们是同吃一床雪的朋友，哪儿会呢……

我们各自抱着对方的脚，昏昏睡去。

起床号把我们唤醒的时候，已是高原上另一个风雪弥漫的黎明。我们赶忙跳起，收拾行装。待到我们把被褥收起，把帐篷捆好，才来得及打量一眼昨晚上送我们一夜安眠的雪床。

咳！伤心极了，我们太高估了人体微薄的热量。雪地上不但没有任何发洪水的迹象，就连我们躺卧的痕迹也非常浅淡，只有一个轻轻的压痕，好像不是两个全副武装的活人曾在此一眠，而是两片大树叶落在这里，又被风卷走了。只是在人形痕迹的两端，有几个不规则的凹陷，好像某种动物遗下的爪痕。

那是我们半夜吃雪的遗址。

海拔绝高地带
纯正无瑕的积雪，
有一种蜂蜜的味道。

冰川上有毒蛇咝咝声

在高原上，爬山是家常便饭。就像你住在六楼，怎么能不爬楼梯呢？在拉练的日子，攀登更是必备的功课，几乎每天都要爬山。

爬山的实质，是人和地心引力做不懈的斗争。你用自身的体力，挣脱大地对你的控制，使自己向着太阳升去。如果你背的东西比较多，或者比较胖，那就更倒霉了，你不但得付出和别人一样的努力，还得加倍拼搏。因为那些东西和你多长出来的分量，都像秤砣一般拖着你的腿，逼你后退，你必须像扶老携幼的壮士，带着这些重量一道攀上高峰。

爬山的时候，喉咙会一阵阵地发出腥甜的味道，好像有一条流着血的小鱼卡在那里。按说，这很没道理，因为爬山时最辛苦的是手和脚。手要紧紧地扒住裸露的山岩，无论多么尖锐的石缝，为了有稳固的支点，你都必须把手指插进去，好像在坚硬的墙壁上钉入十根铁条。脚像螃蟹的爪子，要么尽量向两侧伸展，以扩大身体和山石接触的面积，一旦发生下滑，可以最大限度地增加摩擦力；要么利用脚骨的斜面，把它变成没有知觉的木橛子，深深插入岩缝，就像在巨幅画像下钉两根巨钉，才能保证悬挂着的身体突然坠下时可挽救危局。至于躯干，恨不能生出壁虎似的吸盘，牢牢粘在悬崖上。爬山使人体的各部分紧急动员，所有功能都充分调动起来，肌肉高度紧张，神经分外敏感。此刻的每一瞬间，都执掌着人的生生死死。

说起来，喉咙也很要紧，因为它是气道。爬山需要消耗大量的空气，就像前方在打仗，公路上运输的弹药物品就格外多。要是供不上气，手脚必得瘫痪。偏偏高原上稀少的就是空气，喉咙就得拼命工作，那种甜腥的感觉，一定是喉咙的某条微血管崩裂了，沁出鲜血。

一天，行军路上遇到一座险峻的高峰。尖兵报告说，曲折的冰崖阻住通路，攀登极为困难。领导给我们每人发了一条登山绳，让死死系在腰上。

干什么用的？这绳子看起来还挺结实。小鹿说。

这是结组绳。你们三个人把它系好，就成了一个结绳组。领导指指小鹿、我和河莲。

什么叫结绳组？小鹿还问。

小鹿，你怎么这么笨？结绳组，顾名思义，就是用绳子把咱们三个结成了一组。从今以后登山时生死与共。要活大家一块儿笑，要死一起成烈士。河莲快人快语。

领导点头不语，看来河莲解释得不错。

那咱们就成了刘、关、张桃园三结义，恨不同日同时生，但求同日同时死啦！小鹿兴奋得两眼放光。

领导不爱听，说，这只是万一时的紧急处置措施，不要动不动就说死的事，你们还年轻。

河莲思忖着说，要是小鹿掉下去了，还比较好救。她反正分量轻，一把就拽住了。要是小毕嘛，就有点危险，那么重。她要是万一失脚，只怕一个人会把我们两个都拖入深渊，同归于尽。

我说，不就是因为我的吨位比较大，你们就这么害怕吗？好啦，我好汉做事好汉当，要是出现了可怕的事情，一定不会连累你们。我会自动把结组绳解开，和你们脱钩，一个人滑下去好了。

领导说，不许乱讲。真到了那种时候，更要同心协力，两个人的力量怎么也比一个人强。团结就是力量嘛！

河莲说，我和小鹿这就在腰里装些石头，提高自重，救小毕的时候把握大些。

我说，不定谁救谁呢！

大家说笑了一会儿，一根绳子让我们格外地亲近起来。

拉练已经进行了许久，我们对爬山也司空见惯。因为第一天行军就出现险情，领导调整了女兵背负的重量，让军马代我们驮一些装备。在后面的行军里，我们基本上可以保证不掉队了。我们自觉已是老兵，对山也有些满不在乎起来。

等到那座陡峭的冰峰矗立眼前，我们才知道，自己又一次低估了山的庄严和伟大。

它横空出世，好像盘古开天辟地时丢下的一根冰棍，高耸入云，经过亿万年冰雪的滋润，长得庞大无比，晶莹剔透。人踏在上面，像一只甲虫爬过，不留一丝痕迹。

队伍拉开距离，开始攀登。小鹿在最前面，我居中，河莲殿后。结组绳松弛地连接着我们，像一根保险索。在通常的时候，它并不影响我们的动作，只是无声地跟随着我们，好像听话的小狗。

爬山这件事，在没有出现险情的时候，基本上是你一个人单独挑战大自然。你和大山徒手格斗，每向上前进一尺，都是一个新的回合。你一步一步升高，山就一步一步退却。但山可不是好惹的，嫌你惊扰了它绵延千万年的安静，抽冷子就会给你一点颜色，让你措手不及。要是处置不力，也许就会在瞬息间，以生命作为疏忽的代价。

我仰望山顶，上面有松软的冰雪，看起来离我们很近。我想，顶峰上的雪和别处的雪，一定有很大不同。要不然，它们为什么会落在山顶，而不是在山腰呢？就像深海和浅海的鱼是不一样的，高山上的雪更神秘。我一定要尝尝山顶上的雪。

我们爬啊爬，谁也不说话。不是不想说，是不能说。因为一说话，分散注意力，容易发生意外。还有一个原因，雪像音乐厅里特制的墙壁一样，有很好的吸音效果，让你的声音像蒙在棉絮里呻吟一样，传不远，说起来很吃力。但是冰多的地方，又当别论。平滑的冰是音响良好的反射体，相当于大理石板，会使你的声音发出清澈的回音。我们此刻能发出的最大声音，是不停的喘息声。

爬啊爬，距离山顶好像只有五十米的距离了。我们费尽千辛万苦爬过这段距离，发现山顶还骄傲地耸立在五十米之外，漠然地俯视着我们。高原上稀薄的空气发生折射，使距离感变得虚无缥缈，引人错觉。我们并不懊丧，只是坚忍地向前，向上……爬山很能锻炼人的耐力，在攀登的队伍中，你像一支射出的箭，只能一往无前地努力挺进，绝无后退的可能。

我看见有一些鲜红色的小珠子，从我的嘴边滚落。我知道那是我把嘴唇咬破了，鲜血流了出来，马上又被严寒冻成固体。我一直不由自主地咬着嘴唇，好像那样就可以使自己积聚力量，保持高度的警觉，提高对付突然危险的能力。

在攀登中，人的思想变得很单一，就是抓牢山岩，不要被山甩下来。这样爬得久了，容易想别的事情。我想，祖先创造“爬”这个字，真是英明。它原本一定是预备形容野兽用的，爪和巴，表示所有的爪子，都紧紧地巴在地上，才能完成这个动作。我想，我的二十根脚趾和手指，都是大功臣。假如没有它们劳苦功高地揪住山的毫毛，我一定像块圆圆的鹅卵石，叽里咕噜地滚到山涧里去了……

在我们就要到达山顶之前，我突然听到一种奇怪至极的“咝咝”声，好像毒蛇的舌头在搅拌空气。当然，这是绝不可能的，阿里高原因为酷寒，是没有蛇的。就算有蛇，也绝不可能在冰天雪地里生存。恐怖的声音到底来自何方？没容我思索，腰间仿佛挨了致命的一击，猛地抽紧，勒得我喘不过气，一股螺旋般的下坠力量，像龙卷风一样吸住了我，裹着我迅猛地向山底滑去。

我在极端的恐惧中明白了——那毒蛇般的声音，是结组绳快速收紧、摩擦冰面的响声。河莲遇到了巨大的危险，正在滑向深渊。随即我看到小鹿在我的上方，也被绳揪动，开始了危险的下滑。

这就是结组绳的力量。它把我们三个联成一个统一的生死与共的集体。要么共赴深渊，要么同挽狂澜。

稳住！一定要稳住！我听见河莲在喊，小鹿在喊，我也在喊……其实，那一瞬什么声音也没有，只是我们生命的本能在发出共鸣。我们被惯性拖着向下滑，就像坐滑梯，越到后面力量越大。当务之急是拦住我们的身体，阻止致命的下滑。

我们每个人都像八脚章鱼一般，拼命扩大自己与山体接触的面积，以增加摩擦力。见到任何一条岩缝，都毫不犹豫地把手脚插进去，鲜血直流却毫无知觉。脚蹬掉一块又一块石头和冰块，听它们发出震耳欲聋的轰鸣声。七手八脚飞快地做着霹雳舞中类似擦窗户的动作，由于极度奋力，动作扭曲得可怕。我们甚至把脸也紧紧地贴在冰面上，利用凸起的鼻子和眉毛，使身体滑动的速度减慢……

终于，恐怖悲惨的下滑停止了。河莲被一块冰凌阻挡在半山，我们从死神手里赢回了关键的一局。

我们彼此看了看，脸色都像铁一般，冰冷坚硬。擦破的地方并没有鲜血流出，它们被冻住了，成了淡红色的冰。哈！我们还活着！这是多么值得庆贺的事情啊！我们揉揉脸上冻僵的肌肉，彼此做个鬼脸。我抖了一下结组绳，沾满冰凌的绳子发出嘣嘣的声响，好像一根巨大的琴弦，也在为我们高兴地叹息。

剩下的事，就是继续攀登。经历了一次生与死的模拟演习，我们更小心地珍惜生的权利。

爬啊爬……我几乎已经不去想顶峰的事了，只是机械地爬……突然，眼前一亮。整整几个小时，我的眼帘里除了冰雪还是冰雪，我们已经忘记了世界上还有其他的颜色。一片极大的蔚蓝色，像大鸟的羽毛，无声地将我覆盖。阳光温暖地抚摩着我的额头，把一种让人流泪的关怀，从九天之上无边无际地倾倒下来。

啊，顶峰到了！

顶峰是很小的一块地方，眼前一片凄凉的空寂，什么也没有。不，不对，这里有太阳和风。太阳在比你更高的地方，孤单地悬挂着，等着你来做伴。风几乎是和你一般高矮，掠着你的肩膀和头发飞过，好像要把你征服山的消息带到远方。我捏了一小撮儿雪，没敢取太多。我想山顶上的雪，必有一种神圣的魔力，我应该给其他登上山顶的人留一些。伸出舌头舔了一下，遗憾得很，山顶的雪和别的地方的雪，味道是一样的。如果一定要找出它有什么不同，那就是有一点咸、有一点甜，那是我咽喉的血混到里面了。

我站在山顶的时候，小鹿在下山的路上，河莲在上山的路上，结组绳像金字塔的两条边长，山顶暂时成为它的制高点。我轻轻抽了抽绳子，她们都感觉到了，给了我一个回应。

我感觉到这是我们的生命之绳。山是不能征服的，我们爬上了山，我们又迅速地离开了山。我们只是山的匆匆过客。当我们还不曾来到这个世界的时候，山就存在了。在我们已经不存在的将来，山依然存在。和山相比，我们是那样渺小，可人也是很伟大的，以我们渺小的身躯，由于努力和团结，我们终于也有一瞬，站得比山更高，群山匍匐在我们脚下。

我又向四周张望了一下，然后下山。不知为什么，登上山以后，人很容易感到心里空荡荡的，好像把一种很宝贵的东西安放在雪山之巅了。

我们默默地下着山，不断地对付着险情。俗话说，上山容易下山难。上山的时候，容易避开危险。下山则不然，脚心也没长眼睛，一不小心就出问题，有几次我失足下滑，要不是结组绳帮助，也许就会像在幼儿园滑滑梯一样，一直滑到雪山的肚子里，再也不见天日。

下了山，重新回到坚实的土地上，我们把结组绳解开，回头仰望高山，几乎不相信我们用自己的双脚，把它一尺尺量过。但结组绳上的冰雪可以做证，我们以集体的力量，曾经到达过怎样的高度。

我们已经忘记了世界上还有其他的颜色，
一片极大的蔚蓝色，
像大鸟的羽毛，
无声地将我覆盖。
阳光温暖地抚摩着我的额头，
把一种让人流泪的关怀，
从九天之上无边无际地倾倒下来。

闭合星云之眼

青年时代，我曾经有一段时间是一个悲观主义者，这也许是和我在西藏高原的经历有关。高原太辽阔了，人力太渺小了。雪峰太久远了，人生太短暂了。有时真是生出无尽的悲哀，觉得奋斗有什么用呢？百年之后，不还是一抔黄土？一个人的力量太微薄了，太平洋不会因为一杯沸水的倾倒而升高温度，这杯水却永远地消失了。

后来，我知道这种看世界的角度，被哲学家称为“银河”或“星云之眼”。从这个位置来看，我们和目所能及的所有生物都是微不足道，一切奋斗都显得荒凉和愚蠢，结局和发展都充满了不可言说的荒谬。一个人，和一只蚂蚁、一条蛆虫没有任何分别。从星云和银河的角度来看，人类轻渺如烟、无足挂齿。

这只眼振振有词，在逻辑上几乎是无懈可击的。你若真要遵循了这只眼的视角，会从根本上使生命枯萎凋落。

一些好高骛远的人，在遭受失败的时候，会拾起这只眼为自己开脱。因为所有的努力和不努力都混为一谈，他的失败也就顺理成章。一些胸无大志的人，在沉沦和荒靡的时刻，会躲在这只眼后面为自己寻找借口。因为一切都在虚无中，他的荒废光阴也就有了理论支点。一些游戏人生放弃光明的人，在黑暗中也眨巴着这只眼，似乎一切都是梦，清醒和昏迷并无分别。

你不要小看了这看似遥远而又神秘的星云之眼，如果你长期用这只眼注视世界，就会不由自主地灰心丧志。持久地沉浸其中，还有可能放弃生命。当我们从生活中抽离，成为袖手旁观的旁观者时，所有世俗的欢快和目标，就变得轻如鸿毛。

闭合星云之眼吧。因为那不是你的位置，那是神的位置。摒弃那高处不胜寒的孤寂，回到充满生机又复杂多变的人间吧。僭越是危险的，我们今生为人，是一种福气。珍惜我们明察秋毫的双眼，可以仰视星空，却不要让自己轻飘飘地飞起来，到达星云的高度。那里，据说很冷，很黑，很荒凉。

那些让我们感到有内涵、有勇气、有坚持力的人，我坚信他们是有理想的。人很怪，只有理想这种东西，才能够提供源源不断的动力。

珍惜我们明察秋毫的双眼，
可以仰视星空，
却不要让自己轻飘飘地飞起来，
到达星云的高度。
那里，
据说很冷，很黑，很荒凉。

机遇是心灵的阅兵

在各行各业取得成功的人们，在拥有才情之外，一定还拥有强大的心灵。成功比试的不仅仅是才能，更重要的是韧性。即使没有公认的成功，也要有品尝幸福的能力，这就更取决于心灵的健全，而不仅仅是才能的显赫了。

才能这个东西，比较有办法弥补。只要不是那些需要才思铺天盖地、喷如泉涌的事业，就可以用外力来加以补充。大家都知道“勤能补拙”的道理，都知道“笨鸟先飞”的故事，都记得“磨刀不误砍柴工”的诀窍，都会说“百分之一的才能，百分之九十九的汗水”之类的格言，这些都是补偿之法。

不过，世上的成功，除了才能之外，还有机遇。有人以为机遇是一种看不见摸不着的小概率事件，基本上和被闪电劈着差不多，这是误解。

机遇的降临，看起来好像取决于那个执掌机遇的人，领受者不过是被动地承接。其实不然。我们常常听到一个人不是为了名利而帮助别人，却不料那个被帮助的人将一个绝好的机会，赐予了帮助者。我们在羡慕该人轻而易举获得好运的时候，多半忘了他也许曾经这样帮助过很多人，绝大多数都无声无息地湮灭了，只有这一次金光灼灼。

有的人会不遗余力地学习各种知识。这些知识，分散开来，都是普通的学问和技能，无甚出奇。但是当它们密集地集中到一个人身上的时候，就显出了某种非同凡响的优势。

我认识一个小伙子，他学习了驾驶、学习了烹饪、学习了英语、学习了会计，最后，还学习了擒拿格斗。怎么样？分门别类地看，都很平凡吧？可你想一想，一个会计，还会武功，英语熟练，开车又稳当，还做得一手好饭……他找到一个给某成功人士当贴身秘书的好工作，是不是顺理成章的事？

机遇其实是对人的心理素质的一次大阅兵。

你能不能抱定了前进的目标，持之以恒，在看不到希望的时候，不气馁、不逃避，依然顽强地努力，乐观地积攒自己的力量和本领？

如果你真的能做到这些，机遇降临的概率就越来越大了。

在各行各业取得成功的人们，
在拥有才情之外，
一定还拥有强大的心灵。
成功比试的不仅仅是才能，
更重要的是韧性。

你是百分之三吗

如果有一天，你说，这份工作给予我高峰体验，让我得到了很大的乐趣，更不可思议的是，还让我得到了金钱。那么，恭喜你。你把自己的兴趣和对公众的服务结合到了一起。据说，能够做到这一点的人，只占整个人口的百分之三。

不要小看了工作。工作是让我们觉得生命有意义的重要组成部分。如果你只把工作当成赚钱的工具，那么，你就丧失了人生极大的乐趣。一份喜爱的工作，让我们具体有了使命感，给了我们身份，是我们应答社会召唤的方式。我们的潜能得以在一个公众的平台上发挥，我们回报了社会，我们的内心收获了满足。

每样工作都有快乐，同理，每样工作也都有苦恼。现在的问题是——这快乐是否相宜于你？快乐也是有质量高下、持续长久之分的。有的快乐，只是好奇，当你知晓了其中的秘密，快乐就转变成了厌倦。有的快乐，却如醇酒，时间越长，你越能感知到醉人的芳香。谈到苦恼，这可要认真琢磨一番。相比之下，苦恼比快乐更重要，因为这是你的底线。你是否可以接纳持之以恒的苦恼？你对苦恼的容忍程度到底怎样？你能容忍的时间是多久？你能为此做出多少改变呢？

人格对职业的影响力，远远不及兴趣。你要尽量拓展对某一行业的了解，它是什么？它做什么？它的行规是什么？这不是一项简单的功课，要知道，现在有超过两万种的职业在地球上开展。每一个行业都有行规，你如果不了解行规，贸然入行，很可能受不了。你不懂得游戏规则，游戏就会给人焦虑和压力。

行业里也有许多“潜规则”，你可曾知晓？我知道有一些“潜规则”是上不得台面的，但多少年来，它们一直在那个行业的激流之下存在着。如果你要接受这个行业，你就要了解它的全部：桌面上的和桌面下的。如果你有精神的需要，就要远离某种“潜规则”。你不可能一边控诉着，一边利用着，那你本人也成了潜在水面下的生物。

当你尝试着做一件充满了创造性的工作，应当更相信你无微不至的直觉，不必掺杂过多的理智。因为理智通常是通过已有的经验来做判断，但这一次，

过多的理智会充当刺客。

由于工作价值与生命意义的联系陷落和崩裂，现代的人们常常伸手不见五指地迷茫。工作占去了青葱岁月豆蔻年华，投入心血，殚精竭虑。当我们不再能从工作中找到快乐和意义的时候，负面的力量会来得如此之大，决然超过了你的预期。然而工作里越是找不到幸福感，我们越是要去寻找它。这就形成了最凶险的悖论。

听过这样一句名言:“世界上最幸运的人,是找到一份作工,他不用工作。”这话语有一点点拗口，说白了，就是你能把工作变成玩耍的一部分。在你工作的时候，完全不觉得这是被迫的事情，而是发自内心的喜爱。

工作就是爱自己、爱社会，是混合着生活素质和成就感的一杯鸡尾酒。如果你仅仅把工作变成了养家糊口的营生，那就不但对不起自己，也对不起工作。

工作是可以换的，但事业不会。事业给生涯一个方向。事业是持续的，是和人生观、价值观挂在一起的。生涯更是一个宽广的概念。这就是工作和事业的不同。如果你能把工作和事业熔炼在一起，那就是天人合一了。

所有的工作，都有它的神圣性，都有喜欢它的人存在。要力争把你的工作变成你的兴趣所在，这是一种纯美的境界。你做这件事，这件事让你快乐，让别人感到有帮助，人家还付酬金给你，你说这是不是多方共赢、皆大欢喜呢？这样的事，从天上掉下来的时候固然是有的，但肯定概率极低。所以，你要用心去寻找，以求达到幸福的高峰——有点像结婚。

工作是可以换的，
但事业不会。
事业给生涯一个方向。

比树更长久的

人们对于生命比自己更长久的物件，通常报以恭敬和仰慕。对于活得比自己短暂的东西，则多轻视和俯视。前者比如星空，比如河海，比如久远的庙宇和沙埋的古物。后者比如朝露，比如秋霜，比如瞬息即逝的流萤和轻风。甚至是对于动物和植物，也是比较尊崇那些寿命高渺的巨松和老龟，而轻慢浮游的孑孓和不知寒冬的秋虫。在这种厚此薄彼的好恶中，折射着人间对时间的敬畏和对死亡的慑服。

妈妈说过，人是活不过一棵树的。所以我从小就决定种几棵树，当我死了以后，这些树还活着，替我晒太阳和给人阴凉，包括也养活几条虫子，让鸟在累的时候填饱肚子，然后歇脚和唱歌。我当少先队员的时候，种过白蜡和柳树。后来植树节的时候，又种过杨树和松树。当我在乡下有了几间小屋，有了一块属于自己的小园子之后，我种了玫瑰和玉兰，种了法桐和迎春。有一天，我在路上走，看到一节干枯的树桩，所有的枝都被锯掉了，树根仅剩一些凌乱的须，仿佛一只倒竖的鸡毛掸子。我问老乡，这是什么？老乡说，柴火。我说我知道它现在是柴火，想知道它以前是什么。老乡说，苹果树。我说，它能结苹果吗？老乡说，结过。我不禁愤然道，为什么要把开花结果的树伐掉？老乡说，修路。

公路横穿果园，苹果树只好让路。人们把细的枝条锯下填了灶坑，剩下这拖泥带土的根，连生火的价值都打了折扣，弃在一边。

我说，我要是把这树根拿回去栽起来，它会活吗？老乡说，不知道。树的心事，谁知道呢？我惊，说树也会想心事吗？老乡很肯定地说，会。如果它想活，它就会活。

我把鸡毛掸子种在了园子里。挖了一个很大的坑，浇了很多的水。先生说，根须已经折断了大部，根本就用不了这么大的坑，又不是要埋一个人。水也太多了，好像不是种树，是蓄洪。我说，坑就是它的家，水就是它的粮食。我希望它有一份好心情。

种下苹果树之后的两个月，我一直四处忙，没时间到乡下去。当我再一次推开园子的小门，看到苹果树的时候，惊艳绝倒。苹果树抽出几十枝长长短短的枝条，绿叶盈盈，在微风中如同千手观音一般舞着，曼妙多姿。

我绕着苹果树转了又转，骇然于生命的强韧。甚至不敢去抚摩它紫青色的树干，唯恐惊扰了这欣欣向荣的轮回。此刻的苹果树在我眼中，非但有了心情，简直是有了灵性。

人们对于生命比自己更长久的物件，
通常报以恭敬和仰慕。
对于活得比自己短暂的东西，
则多轻视和俯视。
前者比如星空，
比如河海，
比如久远的庙宇和沙埋的古物。
后者比如朝露，
比如秋霜，
比如瞬息即逝的流萤和轻风。

莺鸟与铁星

在南太平洋的岛屿中，飞翔着一种有着动听鸣叫的美丽小鸟，叫作莺鸟，它们长着形色各异的喙。岛屿上物产丰富的日子，莺鸟们靠吃多种草籽为生，活得优哉游哉。

但是，饥馑来了。干旱袭击了岛屿，整个大地好像是刚刚凝固的炽热火山，赤红的土地，看不到一丝绿色。

科学家找到一些从前研究过的莺鸟，它们的腿上拴着铁环。观测结果，发现莺鸟们的体重大减，挣扎在死亡线上。原因是食物奇缺，能吃的都吃光了，唯一剩下的是一种叫作蒺藜的草籽。它浑身是锋利的硬刺，锐不可当。在深深的内核里隐藏的种仁，好像美味的巧克力封死在铁匣中。

蒺藜还有一个名字叫作铁星，象征着难以攻克。拉丁文的意思是“挤压和疼痛”。

莺鸟用自己柔弱的喙，啄开一粒铁星，先要把它顶在地上，又咬又扭，然后顶住岩石，上喙发力，下喙挤压，直到精疲力竭才能把外壳拧掉，吃到活命的粮草。

岛上开始了残酷的生存之战。没有刀光剑影，唯一的声音就是嗑碎蒺藜的噼啪声。很多莺鸟饿死了，有些顽强地生存了下来。科学家想，生和死的区别在哪里呢？

经过详尽研究，喙长 11 毫米的莺鸟，就能够嗑开铁星，而喙长 10.5 毫米的莺鸟，就望“星”兴叹了，无论如何都叩不开生命森严的大门。

0.5 毫米之差，就决定了莺鸟的生死存亡。在丰衣足食的时候，一切都被温柔地遮盖了，但月亮并不总是圆的，事物的规律跌宕起伏。

我猜想，那些饿死的莺鸟在最后时分，倘能思索，一定万分后悔自己为什么没能生就一枚长长的利喙！短喙的莺鸟，是天生的，它们遭到了大自然无情的淘汰。但人类的喙——我们思维的强度，历练的经验，广博的智慧，强健的体力，合作的风采，幽默的神韵……却是可以在日复一日的积累中，渐渐地磨炼增长，成为我们渡过困厄的支柱。

在丰衣足食的时候，
一切都被温柔地遮盖了，
但月亮并不总是圆的，
事物的规律跌宕起伏。

布雷迪的猴子

当心理医生的朋友给我讲过一个故事——布雷迪的猴子。

布雷迪不是一座山，也不是一片茂密的原始森林，而是一位科学家的名字。

那是一个晴朗的日子，两只猴子各自坐在它们的椅子上，像平常一样开始了生活。但宁静仅仅维持了片刻，20 秒钟后，它们猛地同时遭到一次电击。这当然是不愉快的感受了，猴子们惊叫起来。

被仪器操纵的电源，毫不理睬猴子们的愤怒，均匀恒定地释放电流，每 20 秒钟准时击发一次。猴子们被紧紧地缚在约束椅上，藏没处藏，躲没处躲，只得逆来顺受。

但猴子不愧为灵长目动物，开始转动脑筋。很快，它们发现各自的椅子上都有一根压杆。

甲猴在电击即将来临的时候揿动压杆，电击就被神奇地取消了，它俩也就一同逃脱了一次痛苦的体验。

乙猴也照样揿动压杆。很可惜，它手边的这件货色是摆样子的，压与不压，对电击没有任何影响。也就是说，乙猴在频频到来的打击面前束手无策。

实验继续着。甲猴明白自己可以操纵命运，它紧张地估算着时间，在打击即将到来的前夕不失时机地揿动压杆，以避免灾难。当然，它有时成功，有时失败。成功的时候，它俩就有了短暂的休息；失败的时候，它们就一道忍受电流的折磨。

时间艰涩地流淌着，实验结果出来了。在同等频率、同等强度电流的打击下，那只不停揿动压杆、疲于奔命的甲猴，由于沉重的心理负担，得了胃溃疡。那只听天由命、无能为力的乙猴，安然无恙……

假若是你，愿做布雷迪实验里的哪一只猴子？朋友问。

我说，我是人，我不是猴子。

朋友说，这只是一个比方。其实，旋转的现代社会和这个实验有很多相同之处，频繁的刺激接踵而来，人们生活在目不暇接的紧张打击之中。大家拼命地在预防伤害，采取种种未雨绸缪的手段。殊不知，某些伤害正是在预防中发生，人为的干预常常弄巧成拙，适得其反……所以，人们有时需要无奈，需要阿Q，需要随波逐流，需要无动于衷、听其自然……

我说，我对于这个心理学经典的实验没有发言权。如果布雷迪先生只是借此证明强大的心理压力可以致病，无疑是正确的。

停了一会儿，我对她说，你刚才问，假如是我，会在猴子中做怎样的选择？经过考虑，我可以回答你——我愿意做那只得了胃溃疡而仍在不断揿动压杆的猴子。

朋友惊讶地笑了，说为什么。她问过许多人，他们都愿做那只无助然而健康的猴子。

我说，那只无助的猴子健康吗？每隔20秒钟准时到来的电击，是无法逃脱的、不以个人意志为转移的恶性刺激，日复一日，终有一天会瓦解意志和身体，让它精神失常或者干脆得上癌症。

它暂时还没有生病，那是因为它的同伴不断地揿动压杆，为它挡去了许多次打击。在别人的护翼下生活，把自己的幸运建筑在他人的辛苦与危险中，我无法安心与习惯。

再说说那只无法逃避责任的甲猴，既然发现了可以取消一次电击的办法，它继续摸索下去，也许能寻找出更有效的法子，求得更长久的平安。压下去，拖延时间，也许那放电的机器会烧坏，通电的线路会折断，椅子会倒塌，地震会爆发……形形色色的意外都可能发生，只要坚持下去就有希望。

一百种可能性在远方闪光，避免一次电击，就积累了一次经验。也许实践会使它渐渐熟练起来，心情不再紧张、悲苦，把揿动压杆只当成简单的游戏……不管怎么说，行动比单纯地等待更有力量。一味地顺从与观望，办法绝不会从天上掉下来。

不管怎么说，
行动比单纯地等待更有力量。
一味地顺从与观望，
办法绝不会从天上掉下来。

魔术师的铁钉

有一位非常有名的魔术师，当记者问起他成功的秘诀时，他带着记者，来到他平日演出的宏大剧场门口。记者以为他会走进富丽堂皇的大门，没想到，他领着记者来到了马路对面的一个下水道口。

你躺在这里，假设自己是在冬天的夜晚饥寒交迫，试试你能看到些什么？魔术师很和气地说。

记者屈身躺在地上，他闻到了下水道发出的恶臭，他看到了香喷喷的饭店和华美的商场，还看到无数的人腿在向着剧场走动。另外，有一截突出的窗台就在头顶侧方悬着，如同丑陋的屋檐。他边看边报告着，魔术师说，很好，你看得很全面。只是，在窗台的水泥上，请你看得再仔细一点。你还可以有

所发现。

在魔术师的一再提示下，记者看到了窗台的下方，有一行模糊的字迹。他拼命瞪大眼睛，才辨识出那是魔术师的名字。

魔术师说，很多年前，我是一个乡下来的孩子。冬天，我蜷着身子躺在这里。你知道下水道口尽管恶臭，但比较暖和，是从来不会结冰的。我看到了满天的星斗，知道明天更冷。我看到了食品和衣物，但我身无分文。我还看到了无数的人到对面的剧场去看演出。我萌生了一个梦想，有一天，我也要到这座辉煌的剧院里去，不是去看演出，是让别人看我的演出。这样想了之后，我就从地上捡起一根铁钉，用冻僵的手指，把自己的名字刻在水泥窗台上了……你问我为什么会成功，就这么简单。我用一根生锈的铁钉，把我的梦想刻在这里，每当我没有信心的时候，我就来到这里。当我离开的时候，勇气就重新灌满了胸膛。

分手的时候，记者对魔术师说，能否让我看看您那神奇的铁钉？魔术师说，可以。说完，他随手从地上捡起一根铁钉，说，喏，就是它了。铁钉并不重要，重要的是亲手刻下你的名字。

我用一根生锈的铁钉，
把我的梦想刻在这里，
每当我没有信心的时候，
我就来到这里。
当我离开的时候，
勇气就重新灌满了胸膛。

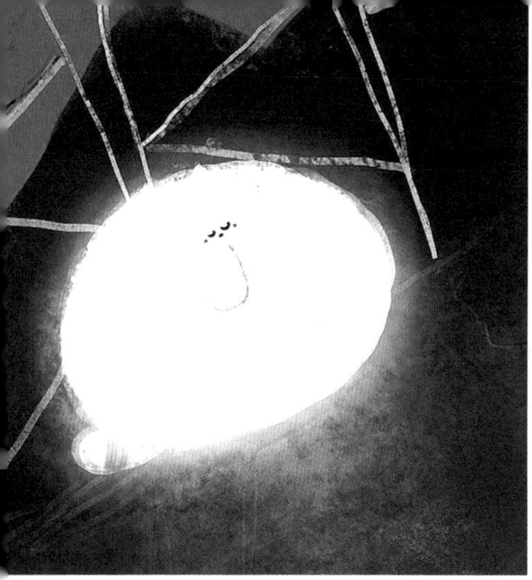

仇人的显微镜

人一生，会听到很多评价和意见，你不想听也不行。意见的来源，是个有趣的问题。

说到意见的来源，最简单的可以分成两大类。一大类来自爱你的人，因为希望你进步，希望你好，希望你幸福，所以他们会指出你的不足。通常我们对这类意见，要么是重视过度，要么是过度不重视。前者是因为亲人在我们眼中就是人间的上帝，句句是真理。后者也因为和凡间的上帝相处得太久了，反倒觉得老生常谈，把它当成了耳旁风。还有一大类意见，来自恨你的人。我说的这个“恨”，不是血海深仇，不是国恨家仇。在此文中，它统指对你印象不好的人、和你不对付的人、和你有过节且巴望着你倒霉的人。按时下年轻人的话讲，就是和你相克，也许是血型不符，也许是星座不合。那些和你暗中戗着碴儿的龌龊人，恕我简称为你的“仇人”。

对待仇人的意见，有一句很经典的话，叫作“走自己的路，让别人说去吧”。这虽是一剂良药，但缺点是起效较慢。很多人试验过这法，有时好几个月甚至好几年之后，才能渐渐在想起仇人们的冷语时心境淡然。还有一个前提——你已经找到了一条路，正在走着，方向感明确，有主心骨，步履轻快。说这话的时候底气才较充足。倘若正在彷徨和苦闷中，雨雾迷蒙，路还不知在何方，或者干脆在路边崴了脚或被野兽啃伤了，创口流着血，那这句经典就稍嫌隔靴搔痒，有点近似精神胜利法了。

面对仇人的攻伐，如何是好？

仇人的话，杀伤力之所以大，是因为那其中常常是有几分真实的。完全的谎话，其实倒并不可怕，因为除了极为弱智的人，一般都可识破。古语说“谣言止于智者”，现在资讯发达，人也吃了很多深海鱼油，智者可能比古时还要多些，所以对完全胡说八道的东西倒不必太过担心。如果仇人的话是完全的真实，我看是应该感激的，请你低下自己的头。这不是认输或领认了侮辱，而是真心实意地表达对真实的敬畏。只要他说得对，不必介意他的人品，只需看重他的意见。仇人的真知灼见，也许会让你因此得到终生受用的教诲，他在无意中就送了一个大礼给你，他就成了你的恩人。这就是很多人常常说，我最感激的是那些侮辱、攻击、放弃我的人，他们让我懂得了如何做人，才有了今天的成就云云……每逢我听到这种话，总觉得略微矫情了些。我不会感谢那些本来想侮辱我的人，他们不应该因为仇视和狭隘受到感激。仇恨和狭隘，常常是可以置人于死地的，你没有死，是因为你救了自己。你应该感谢的只有一个人，那就是你自己啊。

即使你从仇人喷涌而来的污泥浊水中，荡涤出了金沙，你也可以依然保持你的仇恨，如同保持你脊骨的硬度，但这并不妨碍你思忖他们的意见。因为只有仇人，才会深深研究你的要害。因为他恨你，所以他时刻盯着你，对你观察得格外细致，思索得格外刻毒。试想一下，如果我们用显微镜看事物，那普天之下就没有一处洁净的地方了，到处都是繁殖的细菌、蠕动的螨虫……

然而，依然有阳光。

你的仇人，就是瞄准你的显微镜。

你的仇人，
就是瞄准你的显微镜。

没有一棵小草自惭形秽

被人邀请去看一棵树，一棵古老的树。大约有五千年的历史，已被唐朝的地震弯折了腰，半匍匐着，依然不倒，享受着人们尊敬的注视。

我混在人群只能直着脖子虔诚地仰望着古树顶端稀疏的绿叶，一边想，人和树相比是多么渺小啊。人生出来，肯定是比一粒树种要大很多倍，但人没法长得如树般伟岸。在树小的时候，人是很容易就把树枝、树干折断，甚至把树连根拔起，树就结束了生命。就算是小树长成了大树，归宿也是被人伐了去，修成各种各样实用的物件。

长得好的树，花纹美丽木质出众，也像美女一样，红颜薄命，被人劫掠的可能性更大，于是很多珍贵的树种濒临灭绝。在这一点上，树是不如人的。

美女可以人造，树却不可以人造的。

树比人活得长久，只要假以天年，人是绝对活不过一棵树的。树并不以此傲人，爷爷种下的树，照样以硕硕果实报答那人的孙子或是其他人的后代。

通常情况下，树是绝对不伤人的。即使如前几天报上所载，一些村民在树下避雨，遭了雷击致死，那元凶也不是树，而是闪电，树也是受害者。人却是绝对伤树的，地球上森林数量的锐减就是明证，人成了树的天敌。

树比人坚忍。在人不能居住的地方，树却裸身生长着，不需要炉火或是空调的保护。树会帮助人的，在饥馑的时候，人可以扒树的皮来充饥。

很多书籍记载过这棵古树，若是在树群里评选名人的话，这棵古树一定是名列前茅。很多诗人、词人咏颂过这棵古树，如果树把那些词句当作叶子一般披挂起来，一定不堪重负。唐朝的地震不曾把它压倒，这些赞美会让它扑在地上。

树的寿命是如此长久，在我们死后很多年，这棵古树还会枝叶繁茂地生长着。一想到这一点，无边的嫉妒就转成深深的自卑。作为一个人活不了那么久远，伤感让我低下头来，于是我就看到了一棵小草，一棵长在古树之旁的小草。只有细长的两三片叶子，纤细得如同婴儿的睫毛。树叶缝隙的阳光打在草叶的儿丝脉络上，再落到地上，阳光变得如绿纱一样飘浮了。

这样一株柔弱的小草，在这样一棵神圣的树底下，一定该俯首称臣、毕恭毕敬了吧？我竭力想从小草身上找出低眉顺眼的谦卑，最后却以失望告终。这棵不知名的小草，毫无疑问是非常渺小的。就寿命计算，假设一岁一枯荣，老树很可能见过小草五千辈以前的祖先。就体量计算，老树抵得过千百万小草集合而成的大军。就价值来说，人们千里万里路地赶了来，只为瞻仰老树，我敢肯定没有一个人是为了探望小草。

既然我作为一个人，都在古树面前自惭形秽了，小草你怎能不顶礼膜拜？我这样想着，就蹲下来看着小草。在这样一棵历史久远、声名卓著的古树旁边为邻，你岂不要羞愧死了？

小草昂然立着，我向它吐了一口气，它就被吹得蜷曲了身子，但我气息一尽，它就像弹簧般伸展了叶脉，快乐地抖动着，我向它吐了一口气，它还是在弯曲之后怡然挺立。我悲哀地发现，不停地吹下去，我有气绝倒地的一刻，小草却安然。草是卑微的，但卑微并非指向羞惭。在庄严大树身旁，一棵微不足道的小草都可以毫不自惭形秽地生活着，何况我们万物灵长的人类！

草是卑微的，
但卑微并非指向羞惭。
在庄严大树身旁，
一棵微不足道的小草
都可以毫不自惭形秽地生活着，
何况我们万物灵长的人类！

你不能要求没有风暴的海洋

痛苦和磨难是人生不可分割的一部分。只有接受这一事实，我们才能超越它，更加看清生命的意义。

你说你不要这些苦难，那么生命也就失去了框架。很多自杀的人，就是因为没有领会这种意义，一厢情愿地认为生命是应该只有甘甜没有挫败的。特别是在恋爱早期，那种汹涌的荷尔蒙带来的欢愉，让人把激情当成了常态。生命的常态，其实就是平稳和深邃，还有暗流。在最深刻的层面，我们不但与别人是分离的，而且与世界也是分离的，兀自踟蹰前行。

生命的每一步都带着人们向死亡之境跌落，不要存在幻想，这才让你比较持久稳定，安然地居住在孤独中，胸中如有千沟万壑、千军万马。只有接受这一事实，我们才能超越死亡，腾起在空中，看清生命的意义。

有一次，到沙漠中间的一个城市去，临行之前和当地的朋友联络。她不停地说，毕老师，你可要做好准备啊，我们这里经常是黄沙蔽日。不过，这几天天气很不错，只是不知道它能不能坚持到你到来的那一天。

我有点纳闷。虽然人们常常说，“您的到来带来了好天气”，或者说，“天气也在欢迎您呢”，谁都知道，这是典型的客套。个体的人是多么渺小啊，我们哪里能影响到天气！

不过这位朋友反复地提到天气，还是让我产生了好奇。我说，不管好天气还是坏天气，我们都不能挑选。天气是你们那里的一部分，

就是黄沙蔽日，也是你们的特色啊。

说者无意，听者有心。后来，这位朋友对我说，她听了我的话，就放下心来。我很奇怪，因为自觉这番话里，并没有多少劝人安心的含义啊。她说，我们这里天气多变，经常有朋友一下飞机就抱怨，闹得主客都很尴尬。

我说，坏天气也是大自然的一部分，就像每个人的生命中都必定会下雨，某些日子势必黑暗又荒凉。就像你不可能总是吃细粮，那样你就会得大肠癌。你一定要吃粗纤维。坏天气、悲剧、死亡、生病，都是生命中的粗纤维，我们只有安然接纳。

你不可能要求一个没有风暴的海洋。那不是海，是泥潭。

痛苦和磨难
是人生不可分割的一部分。
只有接受这一事实，
我们才能超越它，
更加看清生命的意义。

一个人就是一支骑兵

我曾行进在漫天皆白的冰雪中，在一支骑兵的中段靠后部分，那时还不到17岁，在藏北边防线上。无比艰难的跋涉中，我往前看，是英勇攀缘的战友；向后看，也是英勇攀缘的战友。我明白自己是队列中的一员，只能做一件事，攀缘。那时的我很懦弱，高寒与缺氧像两把冰锥，楔入我的前胸后背。极端的苦乏，让我想到唯一解脱的方法就是自杀。我用仅存的气力做告别人世的准备，可是因为我在连绵不绝的队列中，队列的节奏感和完整性，让我找不到机会对自己下手，就这样拽着马尾翻过雪山，被迫保全了性命。

之后，我对军队生出一种敬畏和崇拜。

军队是有头有尾的，也有心脏。司令部就是军队的指挥中枢，而司令员就是至高无上的王。无论情况怎样危急，无论条件怎样恶劣，无论事态多么复杂，无论困难怎样重峦叠嶂，指挥机关总是镇定和胸有成竹的。它冷静而清醒，不出昏着儿，不忘乎所以。胜不骄、败不馁，紧张地运筹帷幄。我私下里曾想，司令员永远是不可战胜的吗？他可有孤单无能的时刻？一次，司令员病了，卫生科长派我去给他输液。司令员虚弱地躺在白色被子里，须发杂乱，同寻常庄户老汉并无太大的区别。他的萎靡让在一旁看护他的我，有了发问的勇气。

趁他神志稍清，我说，司令员，你可有胆小的时候？

他看着输液瓶里眼泪般溅落的药水说，有。

我说，什么时候？

他说，就是现在。我不知道我还要躺多久，才能站起来指挥我的队伍。

在那时的我看来，这个回答同没回答差不多。

一支军队是有政委、有政治部的，他看起来有些儒雅气，虽说也佩着枪，杀气却不浓重。但你不可小觑，他坚硬如铁又心细如发。他的勇气是深藏不露的，永远知道最初的方向和最后的目的地。知道我们何时软弱，他会给予激励；知道我们何时轻敌，他会给予警示；知道我们何时灰心丧气举步不前，他会给予鞭策……政委经验丰富，处事老到，表面上不动声色，内里洞若观火。说起来我对于政委的好感，还来源于一份血缘。我的父亲曾是一位师政委，这使得我近水楼台先得月地敢于探询政委的内心世界。

您是什么时候变得像一个政委的？我问父亲。

这句话有很大的语病，如果问别的政委，可能会被批评。好在他是我的父亲，原谅我的好奇和冒犯。

他说，嗯，政委是慢慢变成的。

我说，具体是什么时候呢？比如是您30多岁？ 40多岁？还是更老的时候？

他说，很难找到一个具体的时间，总之变化是逐渐发生的。你先要做自己的政委，然后才能做大家的政委。

这句话，我也不大懂。当时认为主要区别在于——当自己的政委不用任命，而成为一支军队的政委，是需要更高机构任命的。直到很久以后我才醒悟，一个当不好自己政委的人，不配给更多将士当政委。

说完了一支军队的司令员和政委，就要说后勤部长了。通常我们想起后

勤部长，总伴着食堂的烟火气。后勤部掌管的就是粮草之事，虽说有“兵马未动，粮草先行”的古话罩着，但比较起来，后勤部的重要性还是稍逊一筹。比如破釜沉舟，砸坏的都是属于后勤部的设备，可见对于打胜仗来说，后勤部是可以暂时割舍的。起码离开几小时或是一天，没有太大的风险。

我一回忆起当年阿里军分区的后勤部长就想笑，他有点邋里邋遢，帽檐总是捋不直，好像被特意发了一个伪劣品。我们是新兵，帽檐笔直。后来才明白，只有极老的兵，才敢藐视军纪。发夏装的时候，他说，这几个女娃娃怎么能在雪山上穿单衣呢？快给基地打报告，把她们的夏装换成冬装，才不会落下病。

那时候的藏北高原比现在要冷。在一个风和日丽的冬日，我随手拿了温度计到室外去测，得到的数据是零下 38 摄氏度。我有 365 天都没有脱下过棉裤的记录，膝关节还是如小虫噬咬。男兵的夏装和冬装式样相同，只是一个瘦些一个宽松些。男兵领夏装的时候故意放大一号，就可以把夏装罩在棉衣、棉裤外。女式军服夏装有掐腰和小翻领，想要把它套在棉袄、棉裤之外简直是痴心妄想。

那时年轻的我们，其实很想在严寒的风雪中，穿半开领的夏装窈窕过市，让众多的男性士兵侧目。至于久远的损害，我们完全顾及不到。后勤部长铁嘴断金，一句话毁了少女们扮俏的梦想。那时我们是愤愤的，便私下里骂他军阀作风。后勤部长似乎能掐会算，他说，你们现在骂我，将来会感激我，傻娃娃啊。女式夏装在严寒的高原，的确是没有用武之地的鸡肋。勉强穿戴，关节炎、气管炎一定会缠上我们。现在我已年逾花甲，还未曾骨折且没有大关节的红肿热痛，这和后勤部长的“军阀”作风密切相关。

以上是我对一支作战军队基本配置的了解。

也许你要说，哦，你忘了，还有武器。

是的，军队不能没有武器，骑兵不能没有马。但这对骁勇的军队来讲，并不是最重要的。

那时我有一支步枪，我练到闭着眼睛能在几分钟之内迅速拆解组装，也用它打出了优秀的成绩。我一直以为配给我这种小兵的枪，一定是无名鼠辈。直到我退役很多年之后，才知道它是大名鼎鼎的 AK-47 的一个版本。枪械是不断改进的，武器是不断发展的，然而如果没有人来操控，枪就是钢铁的生冷拼装，无人机也不过是求婚时的玩具。虽然由于级别的不同，枪和无人机的性能也会有天壤之别，但骨子里，它们是没有生命的。马是骑兵的伴侣，但马服从人。

一个人就是一支骑兵，你要有勇气。你能掌握什么技术，这并不是最关键的。普天下的本领千千万，归根结底，都是枪和无人机的远房亲戚。

你之所以成为你，是因为你有你的司令员和政委，你有你的后勤部长，你是你自己的小兵，又是你自己的统帅。

你要知道这支军队向何处去。你要在这支军队沮丧的时候给它打气。你要在这支军队迷路的时候，做它永不失灵的 GPS。你要在这支军队忘乎所以的时候，适时地给它兜头一盆冷水。你要在这支军队重伤的时候，给它输血，给它包扎。你要在这支军队畏葸不前的时候，擂响战鼓。你要在它恬然酣睡的时候吹起冲锋号。你要给它以休养生息的机会，你要让它安然和健康，你要知道什么对它是真正的好，并要不懈地坚持。你要知道什么是可能伤害它的陷阱，早早地发出警报远离可能的危险。你要冷静要镇定要充满激情又能适可而止，你要令行禁止、健步如飞，你要能帮它找到最相宜的伴侣……

想到虽是独自一人，但身后有一支军队。车辚辚，马萧萧，罡风浩荡，旌旗猎猎，号角长鸣，司、政、后一应俱全、指挥若定，真是令人豪情万丈的事情。

一个人就是一支骑兵，
你要有勇气。

你站在金字塔的第几层

美国心理学家马斯洛有一段名言："如果你有意地避重就轻，去做比你尽力所能做到的更小的事情，那么我警告你，在你今后的日子里，你将是很不幸的。因为你总是要逃避那些和你的能力相联系的各种机会和可能性。"每逢读到此，我总是心怀战栗地感动。

一个人就像是一粒种子，天生就有发芽的欲望。只要是一颗健康的种子，哪怕是在地下埋藏千年，哪怕是到太空遨游过一圈，哪怕被冰雪封盖，哪怕经过了鸟禽消化液的浸泡，哪怕被风刀霜剑连续斩杀……只要那宝贵的胚芽还在，一到时机成熟，它就会在阳光下探出头来，绽开勃勃的生机。

现代心理学有很多精彩的论证，这些论证不能像实证的物理、化学，拿出若干铁一般的证据，心理学的很多假说建立在对人的行为的推断和研究之上，被千千万万的人所证实。

马斯洛先生所创建的人的基本需要的“金字塔”理论，就是这样一个伟大的学说。他研究了很多人的行为和动机，特别是那些自我实现程度很高的人，之后得出了一个结论。简言之，就是在我们人类的精神内核中存在着一个内在需要的金字塔，分成了五个台阶。

在第一个台阶上，是我们的温饱需要——最基本的生存之道。饥肠辘辘，你今晚吃什么饭？是人的第一考虑。寒冬腊月，你今夜睡在哪里？是火车站的长凳还是马路上的水泥管？这都是头等大事。

当这个需要满足之后，紧接着就是安全的需要了。你有了吃、有了住，你今天的生命有了保障，可是如果你被其他的人或动物或自然界的恶劣条件所侵犯，你远期的生命就陷在水深火热之中了。因此，一旦温饱不成问题，人马上就考虑安全系数。这一点，如果你不相信，尽可以放眼看去，马上能看到富人区森严的安保设施和世上风行的形形色色的自卫器械。当你从一个熟识的环境换到一个新环境，那种不安和紧张，与陌生人交谈时的畏葸和不自在，如此等等，都从另一方面证实了安全对人的重要性。

现在我们已经到了金字塔的第三台阶。在这个台阶上大大地写着“爱”。这不仅是男女之爱、亲子之爱、手足之爱……这些源于血缘和繁衍的爱意，

还有同伴之爱、集体之爱、祖国之爱、民族之爱、文化之爱……总之，这里所提到的“爱”，有着宽泛的含义，但它是那样不可或缺，是人类精神活动的高级需要。我们常常说，一个不懂得爱的人是灰暗和孤独的。也就是说，人的精神需要如果不能完成这种超越和提升，就是包含瑕疵的半成品。

爱之高处，就是尊严感了。人是一种特殊的动物，人是有尊严感的。一只虫子可以没有尊严，一株树木可以没有尊严，但是一个人不是这样。如果丧失了尊严感，那就不是一个完整的人了。中国的古话里有“不食嗟来之食”，有“士可杀不可辱”，有“君子一言，驷马难追”，等等，讲的都是尊严的问题。

在金字塔的最高点，屹立着自我价值的体现和追求。什么是自我价值的最高体现——那就是充满了创造性的劳动。我以为劳动是有高下之分的，不是指在价值层面上，而是指在带给人的由衷喜悦程度上。你可以想象并同意，一个科学家在得不到任何报酬的情形下，不倦地研究某一个与现实相隔十万八千里的学术问题，比如“哥德巴赫猜想”，为自己换不到一块窝窝头，但毫无疑问陈景润乐在其中；你基本上不能同意一位老农在得知三年没有人收购麦子的情况下，除了自己够吃之外还会不辞劳苦地广撒麦种。在前者，创造性的劳动里面蕴含着极大的挑战和快乐；在后者，则充斥着重复性劳动的艰辛和疲惫。

人类精神需要的金字塔，在某种意义上来讲，是一种铁律，几乎是不可逃避的。当然，我们不能想象一个人在自己的温饱都得不到保障的时候，能够像斯蒂芬·霍金那样去研究宇宙大爆炸这样的问题。这也就是鲁迅先生所说的：年轻人，一是要生存，二是要发展。有一个顺序，有孰先孰后的问题。在解决了温饱和安全这些最基本的生存需要之后，你必定要不满足，你必定要有新的追求。人类精神发育的法则，你是绕不过去的。你吃得饱了，你睡得暖了，你有大房子了，你安居乐业了，你很有安全的保障了……可是，我敢说，在心底最深邃的地方，你有火焰一样的躁动，你如果无法满足它，你就没有恒久的快乐。

让我们回到本文开端所引用的马斯洛的那段话。你以为你逃避了风险，你以为你躲避了责任，你以为你成功地掩饰了自己的才华，你以为你心甘情愿地收敛包裹自己，你就可以在人们的艳羡之中安安稳稳地过一生了吗？我相信，你可以用奢华的装备和风流倜傥的举止成功地欺骗几乎所有的人，包括和你至亲至爱之人，但是，每每月朗星稀之时，你永远欺骗不了的一个人，就会在你独处的时候顽强地站在你的面前，拷问你、鞭挞你、谴责你、纠正你……这个人不是别人，正是你自己！由于每一个人都是那样与众不同，由于你所具有的内在生命力一直在熊熊燃烧，所以，当你完成了自己人生的台阶之后，你就要向上攀登。你只有在这种不倦的探索中才能丰富自己的人生，才能得到生命的欢愉，才能感觉到自己内在的充实和价值。

人是追求创造性快乐的动物，如同飞越大洋的候鸟脑内的罗盘，掌控着我们的一系列选择和决定。你一生将成为怎样的人？在你的价值体系里是怎样的顺序？这些看起来很浩大、很空茫的标准，实际上很细致地决定着我们工作、学习、生活的各个层面。

记得我在北大讲演的时候，有同学递上来一张字条，上面写着："我智商很高，从小到大一直是班干部，考上北大更证明了我的实力。只要我愿意，继续读硕士和博士都不成问题。你说，我选择金钱作为我一生奋斗的目标，你看怎样？"我把这张字条念了。我说，我很感谢这位同学对我的信任，人生的价值是多元的，以金钱为自己终生的奋斗目标，也大有人在。但我以为，金钱只是手段，在它之后，还有更为深远的目标在导引着你。如果你唯钱是图，那么，你的周围将没有真正的朋友。因为古往今来，已经无数次地证明了，在金钱的旗帜下会聚拢来很多无耻小人。同时，你很可能得不到真正的爱情。因为爱情可以被金钱出卖，却不可被金钱所购买。那个爱上你的人，有可能不是爱你本人，而是爱上了你的信用卡。如果你把金钱当成了证明你的自我价值的工具，我要说，除了单一和狭隘，还有一种盲从，你用世俗的标准代替了内在的准星。

我翻阅了几期《华融之声》，看到华融人的志气和理想。谈到从工商银行调到华融来的理由，最主要的是期望自己的能力得到更好的发展。我觉得这是很好的理由，是内心和外在的统一，是朝着自我实现路上的迈进。当然了，自我实现的路，绝不会是一帆风顺的。我们常常会遭遇到挫折和失败，但人生的价值并不在于永远是胜利和成功，而在于这个过程当中我们得到了独一无二的属于自己的体验。在生存之道解决之后，在工作中得到乐趣，就是一个极好的选择。要知道，我们每个人，一生用于工作的时间大于七万小时。

可不要小瞧了这七万多小时，如果你是在快乐和创造中，你是在寻找自我价值的挑战中，你的人生就会过得很充实。如果你只是为了更多的钱、更宽敞的房子、更多的应酬和名声上的虚荣，你将在七万多小时甚至更多的时间里委屈着自己，扼杀着自己，毁灭着自己的自由。

我在美国印第安人的保留地遇到一位印第安族的心理学家。她说，在我们古老的印第安人那里，有一个风俗，即使自己的温饱没有解决，我们也会用自己的食物拯救他人。因为，对我们来说，帮助别人是精神的传统。我并不是要挑战马斯洛，我只是说，精神有时比肉体更重要。

这是那位印第安族心理学家最后留给我的话。

如果你有意地避重就轻，
去做比你尽力所能做到的更小的事情，
那么我警告你，
在你今后的日子里，
你将是很不幸的。
因为你总是要逃避
那些和你的能力相联系的
各种机会和可能性。

你的身体里必有一颗成功的种子

你一定要相信，在你的身体里，有一颗种子，焦灼地盼望着阳光。至于它到底是一颗什么种子，在没有发芽之前，谁也不知道。

你的责任就是给它浇水，保护它不被鸟雀啄食，不因为干渴而失去生机。不会被人偷走，也不会在你饥肠辘辘的时刻，被你把它炒熟了充饥。如果那样做了，你虽可一时果腹，却丧失了长久发展的原动力。

那颗种子可能藏在你的耳朵里，你就有灵敏的听觉。可能藏在你的手指甲里，你就有非凡的触觉。也可能在你的眸子里，也可能在你的肌肉中。当然了，更可能在你的大脑中、心脏里、双手中……

每个人在属于个人的成长经历中，早已获得了解决问题的丰富宝藏。请信任我们的潜意识，它必定能在正确的时机产生恰当的回应。告诉你一句悄悄话——有时候，信息也将以非语言的方式揭露真相。

找找吧。一定找得到！

身体里绝对有不少于一百种的功能，能保证你在浑然不觉中完成种种复杂的运作。但你不要以为功能们会一直老老实实地待在那里，它们是勤勤恳恳的，却不是任劳任怨的。

如果你一直视它们的存在为理所当然，从来不照料它们，不维护和激励它们，或是过度使用，或置若罔闻，那么，它们不是反抗就是消极怠工，也许集体突围，无声无息地溜走了，让你误以为它们从来不曾居住在你的身体里。要知道，一辈子无意识地随波逐流，会导致你各种功能的退化。

成功并不像想象的那样难。因为我们不敢做，它才变得难起来。

你一定要相信，
在你的身体里，
有一颗种子，
焦灼地盼望着阳光。
至于它到底是一颗什么种子，
在没有发芽之前，
谁也不知道。

图书在版编目（CIP）数据

生命因梦想而沸腾 / 毕淑敏著 .—北京 : 北京联合出版公司 , 2017.12 (2018.4重印)

ISBN 978-7-5596-1261-8

Ⅰ . ①生… Ⅱ . ①毕… Ⅲ . ①散文集 – 中国 – 当代
Ⅳ . ① I267

中国版本图书馆 CIP 数据核字 (2017) 第 281815 号

生命因梦想而沸腾

作　　者: 毕淑敏
责任编辑: 杨　青　高霁月
内文设计: 沐希设计

北京联合出版公司出版
(北京市西城区德外大街 83 号楼 9 层 100088)
北京盛通印刷股份有限公司印刷 新华书店经销
字数: 166 千字　700mm×980mm　1/32　印张: 7.5
2018 年 1 月第 1 版 2018 年 4 月第 2 次印刷
ISBN 978-7-5596-1261-8
定价: 46.00 元

STOP

旅行是为了抵达内心和远方

毕淑敏 著

毕淑敏

朗读者

北京联合出版公司
Beijing United Publishing Co.,Ltd.

生命本是宇宙中一瓣
微薄的睡莲，
终有偃旗息鼓闭合的那一天。
出发时，
悄声提醒，
背囊里务必记得
安放下你的灵魂。

ПОЧТА РОССИИ
02 01 89 11
МОСКВА

目　录

Contents

带上灵魂去旅行

人的知识永远是不完备的，他无法知道一个地区或是一个时代是否就是空间和时间的全部。从这个意义上讲，我们每个人都是井底之蛙，所不同的只是栖息的这口井的直径大小而已。每个人也都是可怜的夏虫，不可语冰。于是，我们天生需要旅行。生为夏虫是我们的宿命，但不是我们的过错。在夏虫短暂的生涯中，我们可以和命运做一个商量，尽可能地把这口井的口径掘得大一些，把时间和地理的尺度拉得伸展一些。就算最终不可能看到冰，夏虫也力所能及地面对无瑕的水和渐渐刺骨的秋风，想象一下冰的透明清澈与痛彻心扉的寒冻。

旅行，首先是一场体能的马拉松，你需要提前做很多准备。先说说身体方面。依我片面的经验，旅行的要紧物件有三种。

第一，当然是时间。人们常常以为旅行最重要的前提是钱，于是就把攒钱当成旅行的先决条件。其实，没有钱或是只有少量的钱，也可以旅行。关于这一点，只要你耐心搜集，就会找到很多省钱的秘诀。如果把一个人比作一辆车，驱动我们前行的汽油，并不是金钱，而是时间。这个道理极其简单，你的时间消耗完了，你任何事都干不成了，还奢谈什么呢？或者说，那时的旅行只有一个方向，就是地心了。

第二，是放下忧愁。忧愁是旅行的致命杀手，人无远虑，乃可出行。忧愁是有分量的，一两忧愁可以化作万只秤砣，绊得你跌跌撞撞、鼻青脸肿。最常见的忧愁来自这样的思维：把这笔旅游的钱省下来可以买多少斤米多少篓菜，过多长时间丰衣足食的家常日子。将满足口腹之欲的时间当作计量单位，是曾经有用现在却不必坚守的习惯。很多中国人一遇到新奇又需要破费的事，马上把它折算成米面开销，用粮食做万变不离其宗的度量衡。积谷防饥本是美德，可什么事都提到危及生命安全的高度来考虑，活着就成了负担。谁若一意孤行去旅行，就咒你将来基本的生存都要打折，食不果腹、衣不蔽体、流落街头……别怪我说得凄惶，如果你打算来一次比较破费的旅行，你一定会听到这一类的谆谆告诫。迅疾地把诸事折合成大米的计算公式，来自温饱没有满足的农耕时代遗留下来的精神创伤。如果你一定要把所有的钱都攒起来用于防患于未然，这是你的自由，别人无法干涉。可你要明白，身体的生理机能满足之后，就不必一味地再纠结于脏腑。总是由着身体自言自语地说那些饥饱的事，你就灭掉了自己去看世界的可能性，一辈子只能在肚子画出的半径中度过。这样的人生，在温饱还没有解决的往昔，是不得已而为之，甚至可能成为能优先活下来的王牌。在今天，就有时过境迁、过于迂腐之感了。

第三，是活在身体的此时此刻。此话怎讲？当下身体不错，就可以出发，抬腿走就是，不必终日琢磨以后心力衰竭和罹患癌症的剧痛。我琢磨着自己还有能力挣出些许以后治病的费用，我相信国家的社会保障机制会越来越好。我捏捏自己的胳膊腿，觉得它们尚能禁得住摔打，目前爬高上梯、风餐露宿不在话下。若我以后真是得了多少万人民币也医不好的重症，从容赴死就是了，临死前想想自己身手矫健、耳聪目明时，也曾有过一番随心所欲的游历，奄奄一息时的情绪，也许是自豪。

我是渐渐老迈的汽车，油料所剩已然不多。我要精打细算，小心翼翼地驱动它赶路。生命本是宇宙中一瓣微薄的睡莲，终有偃旗息鼓闭合的那一天。在这之前，我一定要抓紧时间，去看看这四野无序的大地，去会一会英辈们留下的伟绩和废墟。

终于决定迈开脚步了。很多人有个习惯，出远门之前，先拿出纸笔，把自己要带的东西都一一列出。旅游秘籍中，传授这种清单的俯拾即是。到寒带，你要带上皮手套、雪地靴，到热带，你要带上防晒霜、太阳镜、驱蚊油。就算是不寒不热的福地，你也要带上手电筒、小檗碱加上使领馆的电话号码……

所有这些，都十分必要。可有一样东西，无论你到哪里，都不可须臾离开，那就是——你可记得带上自己的灵魂？

据说古老的印第安人有个习惯，当他们的身体移动得太快的时候，会停下脚步，安营扎寨，耐心等待自己的灵魂前来追赶。有人说是三天一停，有人说是七天一停，总之，人不能一味地走下去，要驻扎在行程的空隙中，和灵魂会合。灵魂似乎是个身负重担或是手脚不利落的弱者，慢吞吞地经常掉队。你走得快了，它就跟不上趟儿。我觉得此说法最有意义的内容，是证明在旅行中，我们的身体和灵魂是不同步的，是分离分裂的。而一次绝佳的旅行，自然是身体和灵魂高度协调一致，生死相依。

好的旅行应该如同呼吸一样自然，旅行的本质是学习，而学习是人类的本能。身为医生，我知道人一生必得不断地学习。我不当医生了，这个习惯却如同得过天花，在心中留下斑驳的痕迹。旅行让我知道在我之前活过的那些人，他们可曾想到过什么、做过什么。旅行也让我知道，在我没有降生的那些岁月，大自然盛大的恩典和严酷的惩罚。旅行中我知道了人不可以骄傲，天地何其寂寥，峰峦何其高耸，海洋何其阔大。旅行中我也知晓了死亡原不必悲伤，因为你其实并没有消失，只不过以另外的方式循环往复。

凡此种种，都不是单纯的身体移动就能解决的问题，只能留给旅行中的灵魂来做完功课。出发时，悄声提醒，背囊里务必记得安放下你的灵魂。它轻到没有一丝重量，也不占一寸地方，但重要性远胜过 GPS。饥饿时，它是你的面包，危机时，它助你涉险过关。你欢歌笑语时，它也无声扮出欢颜。你捶胸顿足时，它也滴泪悲愤……灵魂就算不能像烛火一样照耀着我们的行程，起码也要同甘共苦地跟在后面，不离不弃，不能干三天停一天地磨洋工。否则，我们就是一具飘飘荡荡的躯壳在蹒跚，敲一敲，发出空洞的回音，仿佛千年前枯萎的胡杨。

灵魂就算不能
像烛火一样照耀着我们的行程，
起码也要
同甘共苦地跟在后面，
不离不弃。

旅行是一味草药

她是一个抑郁症患者，吃了很多药，总是刚开始的时候有效，后来就渐渐失效。神经科的医生对她说：“你在吃药的同时，还要进行心理治疗。”于是，她找到了我。

在进行过一段治疗未见明显效果之后，我对她说：“你要去运动。”

她是一位女白领，因病已经很久没有工作了。她漠然地说：“我从小就不参加任何运动，现在我都病成这样了，哪里还有心思去运动呢？”

我思忖着说：“你去旅游吧。”

她说："一点儿兴趣也没有。"

我说："既然想治病，就要听医生的。你必须出发。"

她终于艰难地决定试试，问："到哪里去呢？"

我说："你想到哪里去呢？"

那时正是盛夏，天气极端炎热，闷得人恨不得将胸膛撕个口子透透气。我说："我建议你到三亚去。"

她说："北方已经热成这个样子了，海南多不舒服啊。"

我说："听我的吧。"

过了两天，她打电话说正在旅行社报名，有三星级、四星级、五星级的团，到底参加哪一个呢？

"参加最便宜的团。"我说。

她在电话那头说："毕老师，不要为我考虑省钱的事儿。无论哪种团，都比旺季要便宜三分之一。现在是淡季，又闷又热，马上还要来台风，几乎没有人到海南旅游。来报名的都是一些底层民众和大学生，图的就是便宜。”

我说：“这太好了。”

她不解地问：“好在哪里呢？”

我说：“好在有台风啊。”

她说：“很多人听说有台风就退团了，您却说好，真是不明白。不过，反正我是无所谓的，连死都不怕了，还怕台风吗？我这就报名。”

我说：“回来之后，你就报名去西北大漠。”

她说：“就不歇歇吗？”

我说：“不用，你支撑得了。”

等到她一个月后从海南和西北回来，简直像换了一个人，语速快了一倍，两眼炯炯有神。她拿出一个椰子壳做成的披头散发的小娃娃，说是送给我的礼物。

她微笑着说：“我知道心理医生是不能收受来访者礼物的，所以那些比较贵重的东西，我就不送您了。这个椰子壳娃娃只要两块钱，您收下吧，以后您看到她，就像看到了我。我觉得自己已经好了，以后就不再常常上您这里来了，希望我再也不会和您见面。这对一般人来说是伤感的事情，但对我来说是快乐的事情。您作为心理医生，是不是也不愿意再看到您的来访者啊？如果他们永远不再来，您是不是特别高兴啊？”

这番话讲得多好，我感觉她已经走出了生命的幽暗巷道，看到了曙光。我收下了那个嘻嘻笑着的椰子壳娃娃，说：“有一个小小的纠正，我虽然希望永远不在诊所里再看到你，但我希望确切地知道你在这个世界上好好地生活着。”

她说：“会的。从这次旅游中，我深深感受到生活的美好。以后，若是一发现自己有复发的苗头，我马上就报名参加一个旅行团。记得我上次同您说过，我还没有去过欧洲呢。”

我说：“如果是单纯的旅行，你可以到欧洲去。如果真的像你所说的，要把自己抑郁的症状在第一时间反击回去，那么欧洲可能不是一个最好的选择。”

她有些不解。

我说：“请你告诉我，这次旅行，让你印象最深刻的是什么？”

“台风。”她说，“我以前只是听说过台风，并没有亲眼见过。狂风暴雨，惊涛骇浪，太可怕了。有好几次，我真的觉得自己要死了。我以为自己是不怕死的，但在大自然的暴虐威力下，我开始珍惜自己的生命。”

我说：“还有什么？”

她愣了一下，说：“肮脏。您让我报的是比较低档的旅游团，住宿和饮食的卫生状况都比较差，又正是炎热的夏季，那么多苍蝇……在西北，我看到的苍凉大漠，倒是不脏，可那是多么干旱和枯燥的所在啊。”

我说：“还有呢？”

她突然有点儿不好意思，说：“抢着吃饭。旅游团吃饭是十人一桌，每天都是在低档小饭馆吃团餐，我不敢说人家一定克扣了伙食费，但几乎每顿都吃不饱是千真万确的。每天吃饭的时候，先上一大盆米饭，让大家把肚子填个半饱，然后才上菜。盛菜的盘子很小，根本就不够吃，九双筷子蜂拥而上，每人只夹了几下，盘子就见了底儿……我哪里见过这阵势啊！拿着筷子还在那里等着你谦我让呢，还没动手，桌上就只剩下残汤剩饭了。”

我说：“这就是最基本的生存法则。”

她说：“是啊，我只好抖擞精神，加入生龙活虎的吃饭大军里去了。三顿饭之后，我就毫不示弱地争抢了；三天之后，我简直变成了一个饕餮之徒。然后，我的心情就在不知不觉中发生了变化，我会在听到海鸥的叫声时露出微笑，您知道，我已经许久不会微笑了，因为我找不到微笑的理由。现在我知道了，微笑不需要多么惊天动地的理由，只要感受到清风朗月、大自然的生机，就可嫣然一笑。”

话说到这份上，真让我觉得她不虚此行。到此刻，我几乎确信，她渐渐走出了抑郁症的阴影。

她兴致勃勃地说：“大约在旅游两星期之后，我感觉到了自己体内油然而生的变化。我不再那样百无聊赖

了，也不再对任何事情都没有兴趣了。我要感谢海南、感谢西北，这是我的再生之地。请您告诉我，当初您为什么一定要我到海南去，而且要报一个低档团，要迎着台风出发呢？”

我说：“我想让你到一个和现实生活有很大反差的地方，五官和四肢就会开动起来，古老的生存法则就开始起作用。你看到新的景物，听到新的声音，闻到不同的气味，连空气的冷暖都是不同的，机体就会被动员起来，不再像破抹布一样萎靡不振。特别是遇到台风这样极端的天气，挑战就更猛烈。抢着吃饭的体验，对很多人来说已经非常陌生。人生理上古老的动力是很有激情的，会调动起身体的内分泌系统开始工作，而不是先前的一潭死水、一盘散沙。”

从那以后，我再没有见过她。我祝福并相信她在这个世界上的某个地方，快乐地生活着、旅行着。

现在我知道了，
微笑不需要多么
惊天动地的理由，
只要感受到清风朗月、
大自然的生机，
就可嫣然一笑。

给你一颗光芒之海

到伊朗旅行。还没出发，同行女友就说咱们一定要挑个好日子。我纳闷，说你是要避开什么特定的时辰吗？朋友说，伊朗有个珍宝博物馆，是一定要看的。它每星期只开放两天，每次只有很短的几小时。如果我们碰到它闭馆，就太遗憾了。

于是我们的出发和返程，都是按照伊朗珍宝博物馆的时间而设定。这样哪怕是出了意外情况，也有双保险。女人都喜爱珠宝，纵是无法拥有，看一看也是好的呀！

博物馆在德黑兰市的菲尔杜西街，因为在闹市区了，所以门口不可以停车，我们从很远的地方就下了车，步行过去。翻译是位资深的伊朗学者，对波斯历史颇有研究。他开玩笑地说，一会儿各位出来的时候，眼睛也许会闪耀黄金和钻石般的光芒。

珍宝馆在伊朗中央银行地下室，或者更确切地说它就是金库，里面储藏着波斯帝国历代的王座、王冠、宝剑、珠宝、首饰等宫廷用品。翻译说，这些价值连城的宝贝，本来是属于国王他们家的，1938年，当时在位的礼萨·汗国王,把王室的藏品交给了伊朗国家银行,作为发行纸币的担保。1960年年底，这个馆开始对公众开放。

珍宝馆先声夺人，不同凡响。我说的不是它的藏品，这时候我们还没来得及进馆呢，我说的是它的森严。在通往珍宝馆的路上，我们连续接受了三道安检。且不说书包、照相机等不能带进去，就连手机也要掏出来交付安全人员托管，真正做到身无他物，“裸着”进馆了。

悠长的台阶，走得人心惊肉跳。一步步走向地心，灯光幽暗，有一种洞穴探宝的感觉。珍宝馆内昏晦如夜，刚进去一瞬间你判断不出它的面积，好像广阔无边，也好像只有几间屋子大小。在暗淡的底色当中，一处处闪亮的岛屿，即防弹玻璃构成的陈列柜，就是那些惊世骇俗的珠宝栖息之地。首先映入眼帘的是巴列维国王的王冠，翻译告诉我们其上镶有3380颗钻石，共重2000余克拉。

翻译悄声向我们普及钻石的知识。由于钻石的珍贵和细小，重量就不能大刀阔斧地计量，改用了谨小慎微的“克拉”。这个标准是古希腊人最先制定的，他们所用的砝码，是生长在爱琴海岸边的角豆树种子。这种种子很小很轻，每颗的重量都基本相同。1 克拉是 200 毫克，也就是 0.2 克。5 克拉相当于 1 克。

我在以色列耶路撒冷城见过这种植物，类乎皂角树。它的种子被称为克拉豆，比绿豆稍大一点点，但没有绿豆那样丰满，呈扁平的椭圆形，浅淡的咖啡色，摸起来有轻的油腻润滑感。摆在手心上几颗仔细比较，果然难兄难弟的，万分相似。世界上已经发现的最大钻石，名叫“库利南”，重达 3106 克拉，有莽汉的拳头那么大，我国的“常林钻石”，重 158 克拉，似青皮小桃那么大。

重量在 1 克拉以下的钻石，只能用更微小的计量单位，叫作“分”。1 克拉等于 100 分，也就是 200 毫克。常见某个女子被富豪迎娶，大秀特秀她的钻戒，重量是几克拉，引得人们尖叫。

巴列维国王王冠上 2000 多克拉钻石，共计 400 多克，大约合咱们的 1 市斤了。国王头戴这么重的王冠，是不是容易得颈椎病呢？我们在这厢刚被钻石闪得目光迷离，转过身去再被巨大的刻花金板晃得头晕眼花。金板足足有 20 千克重，上面有用钻石镶嵌的文字，说这是犹太教民在礼萨・汗国王加冕时的进献。旋即更是惊讶不已。一个 37 千克重的纯金地球仪，劈面而来。这个黄金球上覆盖着密密麻麻的宝石，有 5 万多颗，总重量高达 1.82

万克拉。

它是先用纯金铸了个模拟地球的大球，再用宝石显示地球上的海洋和各国的具体位置。海洋用的是绿色宝石，估计是祖母绿。我私下里觉得海洋区域应该用蓝宝石，工匠之所以不这样安排的原因，我绝不敢推论是因为蓝宝石数量不够多，而用绿宝石替代。最大的可能是祖母绿比蓝宝石更为豪华奢靡。或者是因为从波斯湾看到的海水多呈绿色，故如此设计。

这架地球仪的制造，起因是1848年纳赛尔·丁国王继位后，觉得王室无数零散宝石不便于保存，遂生出一个主意，让工匠们制造珠宝地球仪。这一工程费时多年，至1869年完工。世界各国的位置，用红宝石表示，伊朗、法国、英国和东南亚用钻石来表示。我仔细看了看中国的位置，似乎是以碎钻标出来的（隔着防弹玻璃，不知道判断是否准确。说错了，请恕我不是珠宝专家）。不知道这种区别，是表示和这些国家比较亲善，还是率性为之。苛刻要求，该地球仪上中国大陆的海岸线标得不够细致，略显陡直。

另外一个吸引眼球的珠宝，是象征着伊朗王权、镶满珠宝的“孔雀宝座”。它是一把孔雀开屏形状的金交椅，和咱们的皇帝宝座——康熙御制五屏式黄地填漆云龙纹宝座，有得一拼。孔雀宝座上，也是镶满了钻石，据说有两万多颗。

目瞪口呆之时，翻译说，所有熠熠生辉的宝贝，在镇馆之宝“光芒之海”

面前，还是相形见绌了。来，请跟我走！

“光芒之海”落落寡合地独立陈放在地中央，可能是为了人们可以从四面八方围观它的风采。它的颜色是极清淡的浅粉。打个比方吧，好像满天飘洒坠落的樱花，被取来了一瓣，轻轻地放在白丝帕中，拧出了一小滴汁液。然后将这极微小的一滴粉色汁液，放入一大盆矿泉水中，然后放到北极，经过周天寒彻的冷冻，成为一块无瑕的冰。小心翼翼地敲下一块儿，就成了钻石。它清冷寒澈，极浅淡的樱红色，散射着柔和无比的光芒，好像一朵花在害羞地沉思。

“光芒之海”的重量是 182 克拉。它的具体尺寸是：长 15 英寸，宽 1 英寸，厚 0.375 英寸。（1 英寸等于 2.54 厘米）整个钻石呈现出令人心痛的美丽。它是世界上最大的业已琢磨的钻石之一，还有一块与之比肩的钻石，名叫“光明之山”，史称“柯伊诺尔”。“光明之山”也是稀有的艳钻，呈淡蓝灰色。重量比“光芒之海”轻一些，为 105.6 克拉。因为发现的时间比“光芒之海”早，咱就称它为哥哥吧。

这两颗赫赫有名的兄妹艳钻，原来同属于印度的莫卧尔王朝，如今天各一方。哥哥“光明之山”几经转手，现为英国王室所有。2002 年 4 月 9 日，在伦敦威斯敏斯特教堂举行的王太后葬礼上，“光明之山”被放置在王太后的棺木上，举世目睹了这一宝物。妹妹孤寂地留在伊朗的金库里，供万人瞻仰。

待我们翻过来掉过去瞧了个够，翻译微笑着问，你们可知道钻石究竟是什么东西？大家说,知道。就是金刚石嘛！翻译说,把金刚石和钻石混为一谈，这种说法不准确，钻石是金刚石精加工而成的产品，它们之间的关系，如同麦子和馒头。麦穗要经过寒暑和碾磨，还有蒸煮，才能成为食品？钻石是金刚石变化而成的，这条道路十分艰难。先说金刚石，它之所以宝贵，是因为在世界天然矿物中，它是最坚硬的晶体。测定矿物硬度最常用的标准，是德国科学家莫氏（Friedrich Mohs）定的，共分10级。金刚石就矗立在冠军的宝座上，它的硬度是10。咱们常见的铁，硬度只有4。纯铜就更软了，只有3。

因为无与伦比的坚硬，很多人想当然地以为钻石的成分一定很复杂，其实它是最简单的宝石，只有碳元素这独一味组成。说起这碳元素的底子，实在是平常之物。比如能燃烧的煤块、书写时乌黑易断的铅笔芯、还有入口即化的白砂糖，其主要成分都是碳原子啊。

大家笑起来说，知道，钻石和咱平日吃的大米饭，是未出五服的近亲。翻译说，人们常常以为复杂才有力量，神秘才不平凡。却不料身为宝石之王的钻石，单一到了不可思议。那么，为什么煤炭和馒头，并没有成就伟业？是什么使普通的碳元素，变成了光艳闪烁的珠宝呢？翻译接着强调，所有的秘密在于原子之间的连接。每一粒金刚石，都是碳原子忍受过极高的温度和极大的压力之后才形成的。如果压力不够高或是温度不够高，或者虽然有过高压、高温，但时间不够长，碳的结晶连接便杂乱无章，只能形成黑油油的石墨。告诉你们一个检验真假钻石简便易行的方法。先找来一支石墨芯的铅笔，再把钻石用水湿润，然后用铅笔轻轻地画一道。如果是真钻石，晶面上不留任何痕迹。如果是玻璃、水晶等物件，就会在表面上留下黑痕。

我们听后大不解，问这钻石也有灵性吗？认出和石墨本是同根生的兄弟，所以一见面就亲热得不分彼此吗？

翻译说，它们的化学成分是一样的，只是排列不同。就像一滴水落进了大海，水和水就大团圆了，你分得出这一滴水和那一滴水的界限吗？虽然在理论上说，只要有了一定的压力和温度，钻石可形成于地球的各个历史阶段，但目前开采出来的钻石，历史都极其古老。几乎全部形成于距今 33 亿年前或是 12 亿 ~17 亿年这两个时期。来自南非的钻石辈分就更大了，大约在 45 亿年前。那时地球刚刚诞生不久，钻石便已开始在地球深部结晶。

古老而单纯的金刚石一经形成，在自然界就没有任何力量能让它们磨损和消失。像“光芒之海”这种极其稀少的艳钻，身世更为不凡。它们主要是由于火山爆发才显露人间。地球深处的岩石由于火山活动，被带到地表或地球浅部，经过风吹雨打而风化、破碎，在水流冲刷下，破碎的原岩连同钻石被带到河床，甚至海岸地带沉积下来，在某一天被某人幸运地发现，从此崭露头角。

好的钻石，同时具备美丽、耐久和稀少这三大要素，集人世间最高的硬度、

极强的折射率和色散度于一体，于是理所当然地成了宝石的王者。而一颗美轮美奂的钻石，除了大自然的恩宠之外，还有无数人的汗水掺杂其中。从它的开采、分选、加工、分级、销售，到最后卖到购买者手中，涉及两百多万人的劳作。

如此说来，一枚钻戒的晶莹，每一道折射的光线，都凝聚了数不清的心血。钻石是天地和人间的合谋，所以才升华得如此美艳。沧海桑田千变万化中，唯有钻石坚定地保持原始而单纯的透明，雄视天下。面对如此的繁复和悠久，你不由得对钻石蕴藉的时间和品质肃然起敬。

走出珍宝馆，在明亮的阳光下，我们有一刻悄然无声。翻译最先打破了沉默，说，请大家互相对视一眼，看看彼此眼珠上是不是还有宝石的光斑存在？明知他是开玩笑，我们还是不由自主地互相瞄了起来，然后才算微笑着回到了人间。翻译说，我领着很多人参观过珠宝博物馆，出来之后大家都会沉默。这挺有意思，我一直没想出来这是为什么。也许是因为看完之后和没看之前，对财富的认识起了变化。

我说，你认为这是什么变化呢？翻译说，会觉得这些旷世珠宝，不应该属于任何人，只能是属于整个人类。它们曾是大自然的杰作，不应该被任何人据为己有。国王不行，其他人也不行。我频频点头，问他也问大家，那么，在所有的珠宝中，你最喜欢哪一枚？或者说是哪一“珠宝组团”呢？

面对汪洋大海般的珠宝库，我一时词穷，不知道如何称呼，自创了“珠宝组团”这词。大家纷纷作答。有人说是珠宝地球仪，让人从感官上就觉出地球珍贵乃无价之宝；有人说是孔雀开屏形状的国王座椅，威严中透出奢靡，不可一世；有人说是那堆积如山的零散宝石和珍珠，因为它们还未曾雕琢，或许能制造成最瑰丽的成品，最美的可能性蕴含其中。

翻译说，我最喜欢“光芒之海”。现在作为纪念，我送大家每人一颗“光芒之海”。我们大笑，说别逗乐了，你送不起的。“光芒之海”价值连城，或者说根本就是无价之宝。这颗钻石曾引发波斯王国和印度的血雨腥风，岂是你可以拱手相送的？再说啦，送每人一颗，你好大的口气！好像这“光芒之海”可以批发似的，谁不知道，“光芒之海”是倾城倾国的孤品啊！

翻译收敛起笑容说，每次参观后，我都会对大家说，送你一颗“光芒之海”。不错，粉红艳钻“光芒之海”，这世上只有一颗，我们没法子也不应该将它攫为已有。不过，每个人都可以藏有一颗心灵的“光芒之海”。你可以像它那样高贵而尊严，天下独霸，唯此为大。没有人能够重复你，你拥有无与伦比的价值。你可以始终如一的像它那样清澈如水，无论深陷怎样的泥沼，抹上多少血腥，依然洁身自好，单纯如一，不计人间宠辱。还要说说它的颜色，如最浅的碧桃花落入流动的溪水中，疏淡静雅，内敛安宁。真正的爱，正是以这种颜色、这种状态为最佳。不浓烈，但持久。不汹涌澎湃，但永不停息地流动。

它简单到只用一个“爱”字就可以全然概括，如钻石的组成成分，唯碳一味那般单纯。心灵的连接应该做到如此紧密，就像钻石无坚不摧，永不弯曲。最后一条，我喜欢它的名字——“光芒之海”……想想看，数不清的金色线条汇聚成海，那是多大的能量和多么持之以恒的温暖啊！

在德黑兰熙熙攘攘的大街上，我们不由自主地把手掌微微地拳了起来。每个人的手心，都握住了一颗“光芒之海”。

我喜欢
它的名字——『光芒之海』。
不浓烈，
但持久。
不汹涌澎湃，
但永不停息地流动。

北纬 66 度

北纬 66 度 33 分是地球上假设的一条线，一条非常重要的线。为什么这样说？因为这是北极圈的标志。在这个纬度之上，就进入了广袤荒凉的北极。

冰岛的国土有很大部分在北极圈以内，我们问有何特产值得一买？当地导游是入了籍的华人，咂着嘴说：“冰岛的物价很贵，日用品基本上都是从欧洲运来的，除了鱼类制品和蓝湖的火山泥化妆品，别的就不必买了。如果你们一定要买点东西做纪念，就买冰岛各式各样的钥匙链吧，虽然也不便宜，但毕竟还能承受得了。”

我在冰岛看中了一样东西，叫作“高山之巅”。它像一听可口可乐，铝质小罐，密封，很轻。拿在手里，好像是空的。弹一弹，声音虚怀若谷，还真是空的。其实它千真万确就是空的，如果我们回到“空”的本意上来。原来，罐子里盛装的是冰岛高山之巅的空气。还有的罐子里装的是冰川之上的空气，想必更寒冷清洌一些吧。

计算了一下价钱，每罐空气约合人民币70元，不知道拉开罐盖大口吸入，能不能保持一分钟。从实用的角度来看，价值几乎是零，但按照我的喜好，会买下来。我一厢情愿地认为，人到过一些地方，由此所产生的思绪需要附着在一些物件上面，就像人的肌肉要长在骨骼的关节之上，才能伸屈自如。没有了可以伸缩的基点，记忆岂不变成了一堆肉馅？买不买呢？迟疑不决，因为我是一个怕老公的人。

早年间，还没有豪华到赴国外旅游，只在国内转悠。我买回一些当地的小玩意儿，摆在书橱里，常常拿出来观赏。时间一长，也就渐渐疏淡了。一次，突然想起在桂林买下的竹制漓江小舟和鱼鹰模型不见了，就问先生。

先生狡黠地一笑说：“你还记得那东西啊？”

我说：“当然记得了。坦白吧，你到底把它们弄到哪里去了？”

先生交代：“春节的时候，我看它们灰尘满面，想擦一擦。不料那只黝黑的鱼鹰刚一沾抹布，就瘫成一堆泥，原来是臭焦油捏的。鱼鹰怕水，失了形状。竹制的小舟也因为烧了暖气，干燥得裂了口，只好一并丢掉。本想马上就告诉你，后来转念，倒要试试你需要多久才会想起它们，才会发觉它们其实已不在。这不，已经快到中秋节了，你才念叨它们，可见没多少感情了。屋里就这么大点空间，以后你走的地方越来越多，照这个样子买下去，咱家就成地摊了。

我哑口无言。买东西的钱是一次性支出，就算昂贵，也是有限的。但日久天长地摆放和擦拭，是持之以恒地占据和劳作。我主张简单生活，不愿麻烦他人。既然自己不能承担起打扫纪念物的责任，家又是公共空间，就只能节制和收敛了。于是决定除了万分必要，我不再购买没有实用价值的纪念品。

罐装冰岛的空气，就忍痛割爱了。

我没有买冰岛的钥匙链。我已退休，只有一把家门的钥匙，不必这样烦琐。我没有买冰岛的鱼制品，路途迢迢恐生腐臭。我也没有买冰岛蓝湖的火山泥润肤品，东方人的体质可能水土不服。

一日，气温骤降。来自北极的冷酷寒气刺入每一个毛孔，我们瑟瑟发抖，将所有的御寒服装披挂在身。有的人干脆把一双双连裤袜重复套上，腿粗如象，增强保温能力。

当我们蜷成一团尽量缩小散热体积之时，导游小伙子面色红润，手舞足蹈，毫不惧冷。我们就说，到底年轻。又说，一定是冰岛的生猛海鲜吃多了，火力壮。

导游揪着自己的衣服说：“你们说的其实不是，全凭它。”

一件淡蓝色的夹克，毛茸茸的，样式不错，但也说不上多么时髦，初看和咱们的腈纶粒绒服装没有太大的差别。导游示意我可以用手摸摸。接触了实物，立即就分出高下。导游的夹克非常细软，料子柔若无骨，丝般顺滑。

我说：“这叫什么东西？”

导游说：“北纬66度。”

我说：“不是问牌子，是问材料。”

导游说：“这我也不大清楚，冰岛本地人称它为羊羔绒，是一种合成纤维面料，保暖性能非常好，我叫它火龙衣。你知道咱们中国的民间故事中有一种衣服，寒冬腊月天能把人热得满头大汗，就是它了。”

我疑惑地说：“不是吧？故事里的火龙衣可不是一件真的衣服，是指穷苦人不停地干活，用汗水抵挡严寒。火龙衣是编出来骗地主老财的。”

导游笑道：“可能出国的时间长了，我记不大清楚了。我说的火龙衣，

完全是肯定的意思，是赞它抗寒性特别好。在冰岛以外的地方，我还真没看见过这种衣服，也许别的地方没有这里冷，不需要开发这种抗寒衣料吧？你若问冰岛有什么特产，这‘北纬 66 度’就是当地的名牌了。”

所言不虚。在所有的旅游商店里，都悬挂和摆放着各种颜色和款式的“北纬66度”，令人目不暇接。特别是那些童装，雪白粉紫、青翠碧蓝、金红鹅黄……看一路，连眼光都暖起来。柔和轻盈，似乎只能穿戴在天使身上。

我痛下决心，对导游说：“我要买一件‘北纬 66 度’。”

导游说：“买吧，你回国后一定觉得物有所值。买哪件，我帮你参谋。”

我说：“不好意思，我不想在旅游店里买。到冰岛人日常买东西的商店去，可以吗？”

我打了两个算盘，一是物价会比较便宜，二是我想看看当地居民购物的场所。如果你想了解一个地方的风土人情和百姓们的生活状况，商店是一定要去的。看看柴米酱醋盐的标价，比什么官方介绍都更入木三分。

导游答应了，带我们进了冰岛首都雷克雅未克最大的商场。购物条件非常好，明亮、温暖、宽敞，和北欧的其他国家差不多，唯一不同的是物价更贵。大致浏览一圈之后，我一头扎进了“北纬 66 度”的专柜。挑来拣去，为先生选中了一件夹克衫，藏蓝色，样式很大众化。

回到家中，我献宝似的拿出“北纬 66 度”，先生试穿之后，非常合适，颜色也正是他所喜爱的。闻听了价钱之后，他山河变色道：“太贵了。以这个钱数，到小商品批发市场，最少可以买到十件。”

我相信他说的是实话，也不分辩，只是默默地等待着。冬天到了，北风起了。北京的三九时节，很有几天北风萧萧。我请他穿起“北纬 66 度”。第一天回来，先生就说：“这个衣服是值这个钱的。”

我不语，以德报怨。

说起旅游购物，还有几件小事留在记忆中。

芬兰首都赫尔辛基，是个美丽的以白色为基调的城市。导游介绍道，如果两个人手拉着手，并且平伸着臂膀，在人行道上前行 500 米，不会被人从对面走过来打断。这说法乍一听有点费解，想想方才明白。两人并排平伸胳膊携手，体宽再加上双臂展幅占地就在 3 米之上，走了许久还碰不到人，说明赫尔辛基道路宽阔，行人寥寥。

赫尔辛基空气极其清新，据说可吸入颗粒物的含量是“0”。我问导游，此地有什么好东西？那是一个中国国籍的小姑娘，说，这里好东西多了，只是道路宽阔和空气新鲜，带不走。剩下的最好的东西，我看是诺基亚手机和驯鹿皮。

诺基亚手机的总部设在芬兰，我们观看过那座几乎完全是由玻璃幕墙构建的大楼，听说里面的会议室都是以城市名字命名的，你可能上午在柏林开会，下午就到伦敦相聚。我说，手机我有一部老式的海尔已足够，驯鹿皮我倒是很有兴趣。

喜欢那个喜气洋洋的老头，戴着垂肩的红软帽，裹着窝窝囊囊的红皮袍，脚蹬结结实实的长筒靴，满头银发和垂到腰际的胡子好像在比赛谁的更白更亮。最重要的是，他不辞劳苦地扛着无数个红袋子，里面塞满了送给人们的礼物。

这个老汉就是大名鼎鼎的圣诞老人。在白雪皑皑的冬夜，这个上夜班的老爷爷，拜访千家万户，送去祝福和快乐。

老人岁数大了，扛着大包袱走路太辛苦，速度也慢，会让渴求礼物的小孩子们等到很晚。天黑雪滑，他老眼昏花又没有驾照，肯定是开不成车。礼物又多又沉，没办法骑自行车，用什么代步？

圣诞老人爬上了雪橇。谁来拉雪橇啊？九只驯鹿！

我很小的时候，听到了这个故事，对圣诞老人的感情倒还一般，只知道他是个外国人。那时候，中国人对所有的外国人，除了苏联人之外，都有疏离之感。唯有对那九只拉着雪橇的驯鹿充满神往。想想吧，在漆黑的雪夜里，只有从林间隙透过的点点星光，九只浑身布满美丽斑点的长角驯鹿，眼睛里充满安详和赶路的兴奋，宽大的蹄子在冰雪上渺无痕迹地掠过，皮毛被掠起的风吹得纷披而下，像一道褐色的闪电擦过雪原……

关于驯鹿，我们还知道些什么?

导游是个美丽的中国女留学生，名叫佳佳。佳佳以前在国内的时候，曾看过我的作品，接机的时候认出我，因此我们十分友善。她告诉我说，“驯鹿”一词源于印第安语，意思为掘地觅食的动物。驯鹿是异常勇敢的生灵，生活在北极圈附近，雌鹿体重可达150多千克，雄鹿较小，为90千克左右。雄、雌鹿都生有一对树枝状的犄角，可达1.8米，每年更换一次，旧角刚刚脱落，新的就开始生长。驯鹿中不但雄鹿有鹿角，雌鹿也长鹿角，为什么会如此?这是由客观生存条件决定的。北极气候严寒，植被稀疏。怀孕的母鹿为了抢到更多的地衣、草根、苔藓等食物，需要跟强壮的同伴们争抢，只能巾帼不让须眉地长出角来。

阿拉斯加冰原地区冬季气温可降至零下60摄氏度，为了抵御寒冷，驯鹿不仅全身覆盖皮毛，连嘴、鼻部都长有浓密的须毛。

驯鹿虽然温驯善良，却并非人工驯养出来的，由北欧拉普人管理的驯鹿是大范围圈养的。

驯鹿毛很有特点。长毛中空，充满了空气，不仅保暖，游泳时也增加了浮力。贴身的绒毛厚密而柔软，就像是穿了一身双层的皮袄。

驯鹿群每年都要进行一次长达数百千米的大迁徙，遇山翻山，逢水涉水，勇往直前，前仆后继，万死不辞。春天一到，它们便离开赖以越冬的亚北极森林和草原，沿着几百年不变的既定路线往北进发。

北极圈西部一带生活着 50 多万只驯鹿，庞大的种群里每年春季都会有数万只母鹿即将临产。地衣、草根等食物所含养分较少，数量也很有限，根本无法满足孕鹿所需的营养。为了确保自己的孩子出生在食物充足的地方，让亲爱的孩子身强体壮，在返乡的路途中能够存活，勇敢的孕鹿一刻也不敢耽搁，在白昼稍见增长的 2 月初，就最先踏上迁移的征途。

总是由雌鹿打头，雄鹿紧随其后，浩浩荡荡，长驱直入，日夜兼程，边走边吃，匀速前进，秩序井然。

驯鹿们沿途脱掉厚厚的冬装，生长出新的薄薄的长毛。绒毛掉在地上，正好成了天然的路标。年复一年，不知已经走了多少个世纪。

它们从阿拉斯加东部的苏瓦半岛出发，平原的尽头，宽阔的库珀河横亘在驯鹿的面前。这是驯鹿们需要逾越的第一道天然屏障。正常情况下，驯鹿们可以趁着结冰期过河，如果春天提早来临，河面出现大规模破冰，融冰使河水暴涨，它们只能冒险。大多数母鹿都有察觉冰层厚薄的本领，会谨慎地挑选一条安全路线。年轻母鹿缺乏过河经验，有的会掉入冰河。尽管驯鹿善于游泳，可是冰河的温度很低，游累的母鹿会爬上浮冰歇息。浮冰顺流而下，可能将疲乏的母鹿带离群体，也可能让其迷失方向，最后溺死。

逃过冰河之劫的母鹿们以为可以暂时喘息一下，没有留意身边还有另一个会走动的危险——它们的天敌大灰熊结束冬眠了，正需要填饱空了一冬的肚子。牺牲了几个大意的同伴之后，其余的孕鹿开始翻山越岭，进入另一阶段的征程。野狼在这里成群出没，危险无时不在。

天气变暖了，苔原地区进入产期的动物不只是驯鹿，南方野狼也快要当妈妈了。对于驯鹿来说，野狼捕食量大增当然不是好消息。要想到达目的地还要翻过布鲁克斯山脉，越过尤塔卡河，可是孕鹿顾不了这些，它们马上就要临盆了。

幼鹿出生后几个小时就会直立、行走，一天之内奔跑的速度就会超过人，在很短的时间内就会自己觅食。拥有如此迅速的生长速度，是大自然赋予幼鹿的独特本领，它们必须尽快强壮起来，跟着妈妈一起跨越尤塔卡河。

6月苔原地区进入了短暂的夏天，到处都是绿油油的青草和盛开的野花，在各种维生素和氮、磷脂的滋养下，幼鹿很快就会强壮起来。

最后一批来此的驯鹿一个月后才能享受到这些。跟先出生的幼鹿相比，落在后面的孕鹿生出的幼鹿就要弱小得多。

水面宽阔，有经验的母驯鹿知道幼鹿过河危险性很高，会挑选水流和缓的地方让幼鹿下水。相反，有些年轻的、急脾气的母鹿会带小鹿逆流而上，致使幼鹿还未上岸就已筋疲力尽。湿淋淋的幼鹿无力上岸，母鹿再焦急也帮不上忙。体力差的幼鹿就此丧生，就算侥幸上岸，绵延数里长的驯鹿群已经走远，这些幼鹿很可能落入大灰熊或者野狼的口中。

7月苔原雨水较多，地面上积存了很多水洼，滋生了大量蚊蝇。此时的驯鹿已经长出了新的鹿茸。初生的鹿茸表面十分脆弱，里面含有大量血液，是蚊蝇围攻的主要目标。每天，每只驯鹿都会为此损耗一定的鲜血。

苍蝇最喜欢将蝇蛆生在驯鹿的鼻孔中，而蝇蛆将在其鼻孔中寄生。为了驱赶身上的蚊蝇，驯鹿不得不重新爬上布鲁克斯山脉，让山风帮忙。

8月下旬，北极圈的头一阵冷风袭来。驯鹿深知这一讯号的含义：几周后大雪就会来临。雪困之前，它们必须离开，漫长的迁移之旅又开始了。

驯鹿肉是上好的食品，跟牛肉的味道差不多。皮可以用来缝制衣服、制作帐篷和皮船。骨头则可做成刀子、挂钩、标枪尖和雪橇架等，还可以雕刻成工艺品。

感谢佳佳的这番介绍，让我们对驯鹿多了一些了解，更多了敬佩。人是需要敬佩一些动物的，为它们所具备而我们业已丧失的智慧和勇气。

敬佩演变成了尽快购买驯鹿皮毛的欲望。佳佳说："咱们就到南码头吧。"

位于市中心参议院广场上的赫尔辛基大教堂及其周围淡黄色的新古典主义风格的建筑，是赫尔辛基最著名的建筑群。在大教堂附近，就是南码头。那里是停泊大型国际游轮的港口，北侧建有总统府。总统府建于1814年，原是沙皇的行宫，1917年，芬兰独立后成为总统府。总统府西侧的赫尔辛基市政厅大楼建于1830年，外观至今仍保持着原来的风貌。南码头广场上有常年开设的自由市场。虽然是露天的，却找不出丝毫的杂乱与匆忙，处处洁净而整齐。在色彩缤纷的小棚子底下，贩卖着花草、蔬果、食物、玛瑙、水晶、琥珀、芬兰刀具等，色彩纷呈。当然最多的是新鲜鱼类，鱼鳞闪着紧致而幽蓝的光，瓷白色的鱼眼炯炯有神地看着你。

找到一个出售皮毛的摊位，驯鹿皮堆满柜台。摊主是个小伙子，态度友善。我问佳佳："什么样的驯鹿皮算是好的呢？"

她说："您是打算铺沙发还是挂在墙上？"

我想这么清丽的驯鹿皮，若是垫在屁股底下，暴殄天物了，就回答："挂在墙上。"

佳佳又问："你喜欢什么颜色？"

我说："有分别吗？"

姑娘说："白色的驯鹿皮最美丽，但很稀少，价钱昂贵。比较大众化的是咖啡色有白色斑点的那种，给圣诞老人拉雪橇的驯鹿，就是咖啡色的。"

我说："那就要咖啡色。"一是因为囊中并不宽裕，想那罕见的白色驯鹿皮，可能消费不起；二是我想看到真正拉过圣诞雪橇的那种驯鹿。

驯鹿皮比常见的羊皮要大，毛也要长一些，稍显粗硬，但很有弹性。在浅褐色的底子上，有椭圆形的白色斑点，好像没有融化的大朵雪花。驯鹿皮保温性能特别好，芬兰人冬天坐在河边砸开冰洞钓鱼，屁股底下垫一张驯鹿皮，根本不会受寒得老寒腿什么的。听说驯鹿奇特地实行着双重体温，小腿以下的温度要比躯干低 10 摄氏度左右。蹄子和腿经常埋在冰雪里，降低温度就有利于体温的保持……多神奇！

我像扯旗那样撑开驯鹿皮，一张张翻看，想找到最有特色的皮毛挂在自己家中。驯鹿的花纹气象万千，绝无重复。我把预备精选的皮张放在一旁，佳佳便把它们翻转过来，审视背后的质地。我说："看后不看前，为什么？"佳佳说："挑选驯鹿皮，毛色花纹固然重要，也要注意皮子的内在质量。每只驯鹿生前的营养状况不一样，受过蚊虻叮咬或受过伤，就会在皮肤上留下小黑点，皮毛寿命就会受影响。只有那些最健壮的驯鹿皮毛，才光彩照人。"

感谢佳佳教诲，我淘到了一张美丽的驯鹿皮。接下来的步骤就是谈价钱了。佳佳向笑眯眯地看着我们挑皮子的芬兰小伙子询了价，每张 60 欧元。

大约合人民币 600 元。我小声问佳佳："能不能便宜一点呢？"佳佳吐吐小舌头说："估计不成，他们通常是不还价的。"佳佳虽然这样说了，但还是又问了一遍。小伙子很友善但是很坚决地拒绝了。

几位同行伙伴走了过来，看到驯鹿皮也很喜欢，就对佳佳说："我们也要买，多买几张是不是可以便宜些呢？"

佳佳又一番紧锣密鼓地交涉，无功而返。小伙子笑眯眯地回绝了我们批发的建议。于是，我们每人都以 60 欧元的价钱买下了驯鹿皮。佳佳说："小伙子说，他的驯鹿皮是最便宜的。"后来到了其他地方，看到售卖驯鹿皮的商店，价格在 70~90 欧元，也有卖到 100 欧元的，看来南码头的芬兰小伙子说得很实在。

说了两次在国外购物的经历，也说一件在咱们国内买东西的事吧。那天和女编辑邓邓在江南的一条古街上漫步。下着小雨，滴水的瓦檐和彤亮的灯笼，让人恍惚回到了唐朝。我把这感觉说给邓邓听，邓邓说这也太古老了。我说：“那就相当于回到了清朝，反正封建社会几千年，差别不大。”我和邓邓一边说笑着，一边在古街上缓缓地踱步，看到店铺就走进去，相中了就买，相不中就飞快地出了铺子，再拐进对面的店。几番下来，邓邓说：“不能像一根针似的，来回乱穿，这样很可能把一些最好的店铺闪过去了。咱们去时只看左边，回时再看右面的店，好不好？这样就一家都不会放空过了。”我说：“好，好。”

我们检阅般地一家家店铺浏览过去，看了山货店，又看茶叶店，看了古玩店，又看首饰店……有一种店，我和邓邓都不看，这就是砚台店。倒不是我们不喜欢，只是从街面就可以觑到那砚台价签上令人眼晕的零，价格成千上万。自忖没有那个经济实力，看也白看，自觉地绕着走。

该看的都看了，手中也渐渐大包小包地沉重起来。往回走的时候，同类的店就没有心思细看了。

邓邓说：“咱们也进砚台店看看吧。”

我说：“看了也买不起，人家老板会烦的。”

邓邓说："咱们脸上又没有写着字，老板怎能知道咱们到底买还是不买。此地是中国名砚的产地，砚台店就好似博物馆，咱们不妨欣赏一下。"

邓邓人长得漂亮，衣着也考究，举手投足间有一股书卷气，看起来像是个买得起砚台的人。进得门，有个小伙计模样的人走过来，说："小姐要买砚台啊？"

邓邓说："先看看。你们的好砚台都在哪里啊？"

我在一旁暗笑，心想如果是个行家，还要问伙计什么是好砚台吗？

邓邓不笑，一本正经地看着小伙计，等着下文。雨渐渐大了，天色也晚了，进店来的客人不多。小伙计看邓邓仪态万方的样子，也乐得做介绍。他先从砚台的石头产地说起，再说到这里出的砚台源远流长，曾送给过多少国家作为礼物……

我和邓邓似懂非懂，小伙计大方地批准我们可以摸摸名砚。战战兢兢地用手触了石面，果然如同婴孩的肌肤一样滑腻温凉。再看四周星罗棋布的砚台，不知将目光聚焦在哪一方上最好。几块硕大无朋的砚台，几乎有伞盖大小，不知要研磨多久，才能让清水变黑。

在店里徘徊了约半小时，受益匪浅。感谢诲人不倦的小伙子，让我们迅速从砚盲变得稍通常识。

邓邓倒背着手，巡视了一番后，对小伙计说："把你们最好的砚台拿出来让我们看看。"

小伙计一时语塞，说："好砚台都在这里了，您不是都看到了吗？"

邓邓说："就这些啊？总还有些更好的吧？比如镇店之宝什么的，拿出来吧！"

小伙计非常为难地说："能让你们看的，你们都看到了。"

我悄悄扯扯邓邓，说："你这语气有点像女皇，逼着人家把最好的东西贡出来。你买得起吗？"

邓邓在暗影里悄声说："买肯定是买不起，但买不起就不能看看吗？"

我们俩正说着悄悄话，一老者不知从何方突现，朗声说："谁想看我的镇店之宝啊？"

老者一身青布裤褂，盘扣直锁到颌下，在夏天的夜晚，显得很严谨。墨汁一样清亮的双眸，打量着我们。

邓邓说："您是老板吧？"

老者说："我是。请问你们是什么人？"

邓邓说："我们也是舞文弄墨的人。不过，我们舞的文字出自电脑，用的墨是喷墨打出来的，和传统有些隔阂了，今天到贵店补补课。"

老板笑着说："我已经听了一会儿你们的谈话，看你们不像是当官、做生意的人，就让你们看看我的宝贝吧！"说完示意小伙计从隐秘处端出一个蓝印花布包裹。他郑重地一层层打开蓝印花布，闹得我们也紧张起来，屏着气，好像那里面睡着一个活物。

打开最后一层蓝印花布，露出一个雪亮的盒子。说它是雪亮的，是因为在第一时间我们都被盒子本身反射的光芒耀花了眼，一时分辨不出它的具体色泽。待眼睛慢慢习惯了这种光芒，才看出那盒子是木质的，漆着赭色的漆。

打开木匣，一方漆黑的砚台露出来，黑得好像藏北的夜。砚台上有一片狭长的金晕，像被艺术家勾勒成了奋笔疾书的王羲之。砚身上密集的金星，像被艺术家勾勒成了《兰亭序》的全文，还有曲水流觞的荡漾波纹……

这真是一方奇砚，把石材的天然肌理和悠长的历史天衣无缝地凿在了一起，让人惊讶得说不出话来。

老者说：“金晕金星，其实就是硫化物的颗粒，它们入到墨里，墨就含了硫，用这种墨汁书写的字迹、画下的山水，千年不蛀。”

我想：“如今多少文字稍纵即逝，谁还曾想过流传千年？”

老者说：“这方砚台，集中了四位艺术家的毕生智慧。”

我们问：“哪四位呢？”

老者说：“先要有一位设计家，他面对着一块石材昼夜苦思冥想，石头都是有形状的，石头都是有色彩的，一定有一个最佳的设计藏在这方不言不语的石材之中，设计家的任务就是把它找出来。一旦找出来了，你就觉得事情太简单了，它原本就存在那里，只是在等待。好的设计有了，然后要有一位好的雕刻家。他要把设计变成立体的图案，这个过程要千百倍的小心，因为不能出差错。刀偏了，石材就毁了，雕刻大师噤若寒蝉，如履薄冰。好马还要配好鞍，好砚要有一个好匣子。买椟还珠固然是不对的，但也说明那个盒子实在巧夺天工。木匠要找到最好的红木，然后用最古老的工艺将它打磨成砚台的衣裳。这一步完成之后，还要请漆匠来油。这个匣子用的是传统的大漆，漆艺是从商代流传下来的。大漆来自漆树的汁液，也叫中国漆或是金漆。我们用的这种漆，一棵漆树一年只能产一两。大漆很难干，而且要漆很多层，大师就慢慢地漆慢慢地等，干了一层再漆一层，一共 40 多层……”

我们静静地听着，找不到话来回应。老者讲完了制作工艺，说：“摸摸这个匣子的底下吧。”

我们遵嘱用手指肚摩挲了一下木匣的腹部。那是一个很小的间隙，如果不掉转砚盒，根本看不到。

老者说：“怎么样？”

我们用食指和拇指打榧子般地拧动了好几下，一片茫然，不解地说：“好像没有什么不同。”

老者说：“这就对了，就是没有任何不同。在人看得到和看不到的地方，做工雕刻和油漆的精细都是一样的，这才是中国匠人的传统。”

夜色深沉起来，雨也更大了。时候不早，我们打扰了许久，也该告辞了。邓邓说：“我问您最后一个问题。”

老者说：“请讲。”

邓邓说：“磨墨是很慢的，现在生活节奏这么快，也有了现成的‘一得阁’墨汁这样的代用品，谁还会用砚台研墨呢？砚台会不会走向凋亡？”

眉清目秀的邓邓微笑着提了个充满火药味的问题。老者稍顿了一顿，说：“你说得不错，作为一种书写工具，用砚台研墨的人是越来越少了，但是作为一种文化传承，它是不会凋亡的。你刚才说研墨很慢，我觉得好就好在这个‘慢’字上面。要那么快干什么？慢慢地磨墨、慢慢地想、慢慢地酝酿情绪、慢慢地琢磨还有什么更好的表现方式，一圈圈地磨着墨，思绪也就慢慢地分泌出来深入下去，看着清水渐渐地变得像糯米粥一样稠厚，火候就快到了。磨墨本身就是艺术创造的热身……”

还想听老人讲下去，然而，终究是要告辞了。

临出门的时候，我问老者：“您说如果我们是当官或者是做生意的人，就不让我们看您的镇店之宝，能告知为什么吗？”

老者微笑道：“如果是个当官的人，看到了这么好的砚台，就会想买了送给上面的人。虽然我的钱不会少挣，可就委屈了这方砚台。如果是做生意的人附庸风雅，也让这方砚台沾染了世俗之气。知道你们买不起，所以才让你们看了。”

我们就这样离开了砚台店。

看到这里，你也许会说，不是要讲在国内购物的事情吗？闹了半天，并没有买砚台啊！

是的，这是一次没有购物的行程。我以前的经验是买下一样东西，看到那样东西的时候，就会睹物思人，这一次，却是没有买到东西，也会思人。

要那么快干什么？

慢慢地磨墨，

慢慢地想，

慢慢地酝酿情绪，

慢慢地琢磨还有什么更好的表现方式，

一圈圈地磨着墨，

思绪也就慢慢地分泌出来深入下去，

看着清水渐渐地

变得像糯米粥一样稠厚，

火候就快到了。

海盗的诗

关于冰岛，所知是那样稀薄。

去之前了解就很少，仅有的印象是来自一本有关北欧旅游的书籍。和丹麦、瑞典、挪威、芬兰比起来，冰岛所占的篇幅最少。冰岛人自嘲地说，北欧是五国，但人们常常脱口而出“北欧四国”，连近邻都把冰岛疏忘了。

飞机在冰岛机场降落时，我们还穿着从丹麦哥本哈根起飞时的短裤长裙。机翼下工作人员鲜艳的羽绒服，毫不留情地昭示着此地的寒冷。一下飞机，我们忙不迭地在候机厅里把所有的衣服都套在了身上。

其实冰岛给我们的见面礼并不准确，那只是因为来自北极的寒风突然掠过。

“冰岛”这个名字让人很容易产生错觉，好像是万古不化的永冻之地。实际上，冰岛是一片冰与火的交汇地带，有丰富的地热，是火山在冰川下爆发的岛国。冰岛的地形很特殊，在这个10.3万平方千米的岛上，有200多座火山，其中30多座（“40多座”更为准确）为活火山。全岛四分之三为海拔400米以上的高原，八分之一为冰川，除此之外，岛上还有大量热泉、间歇泉、冰帽、苔原、冰原、雪峰、火山岩荒漠、瀑布及火山口，是世界上独一无二的地域环境。放眼看去，土地被狰狞的火山熔岩覆盖，仿佛到了月亮背面。

在冰岛的日子始终处在惊奇和快乐之中。回家之后，到一家著名的图书大厦，央求小姐帮我查找关于冰岛的图书（店内的图书查询系统外人不可独自操作）。

电脑运行一番之后，售书小姐告诉我，有关冰岛的书籍只有小说集《冰岛渔夫》，还有一些有关冰岛建筑的图片，收在北欧建筑的合集中，此外就是我已经买过的观光手册。关闭查询系统时，小姐很好心地补充了一句：“《冰岛渔夫》只剩下两本了，你赶快买吧。”

我当即把一位“冰岛渔夫”请回了家，当晚一口气看完。书是好书，关于海洋的描写堪称一绝，只可惜这书既不是冰岛人写的，写的也不是冰岛人。所谓的“冰岛渔夫”，指的不过是在靠近北极海面打鱼的法国人。

在相当长的一段时间内，我见面就问别人有没有关于冰岛的文学作品。

我固执地以为，要想真正熟悉一个民族和地域，要去读本土的人写的小说和诗。比如，想要了解 18—19 世纪的俄国和法国，你是看一些当时国民生产总值的数字，还是读托尔斯泰和巴尔扎克呢？想必除了专门的研究家和学者，都会选择后者。

我不是专家，只能走俗人这条路。

百般失望之后，终于有一个朋友告诉我，她的朋友有一本繁体字版的冰岛诗集，据说这是冰岛古诗唯一的中文译本。我欣喜若狂地借来，指天画地答应一定完璧归赵，又是一口气读完。也许真正的诗人会笑我这种不求甚解的方法，但我饥不择食，先睹为快。

为什么对冰岛的文字这般感兴趣？因为冰岛是海盗们开辟的疆土。他们大多喜好冒险，勇猛顽强，冲动起来不计后果。

那么，这些海盗究竟写下了怎样的诗歌？想象中，是横刀跃马、劈风斩浪的虎啸龙吟。

北欧的古代文学经典，据说是汗牛充栋。为什么用了“据说”这个词，好像很不肯定似的？不是怀疑北欧有没有那么多的经典，而是我们看到的实在太少，译成中文的更是寥若晨星。

为什么北欧古代的文学经典译成汉语的那样少呢？大概因为那些文章都是用非常艰涩难懂的古冰岛文字写成的。

现代冰岛文字实系北欧挪威、瑞典、丹麦的古文，也近似于许多西欧国家的古代文字，如古德文、古英文、古荷兰文，等等。一千多年以来，北欧和西欧许多国家的语言和文字都发生了翻天覆地的变化，但冰岛文就像苍老的恐龙，仍在火山岩堆积的大地上穿行。

我手中这部著名的诗集，冰岛文的译名是《高者之言》。高者是谁呢？是北欧神话中的主神奥丁，相当于希腊神话中的宙斯或是罗马神话中的朱庇特，也约略相当于咱们神话中的玉皇大帝。诗集的中译名叫作《海寇诗经》。

海寇就是海盗。

什么是海盗呢？一提到“盗”，我们就会非常鄙夷，但在古希腊那个遥远的年代，欧洲人通常把下海寻求生计的男子称为“海盗”，并把当海盗同从事游牧、农作、捕鱼、狩猎并列为五种基本谋生手段。“海盗”一词在当时并无什么贬义，海盗活动也不被认为可耻，《荷马史诗》中对此有十分明确的记载。

《海寇诗经》形成于公元700—900年，相当于我们的唐朝，是当年北欧海盗在漫长而艰险的大海航行中奉为座右铭的精神食粮。在漫漫无际的大海上，正是这些箴言教导给海盗们带来了勇气和智慧，鼓舞着他们冲破重重险阻、层层骇浪，去寻求一个又一个新大陆。

这些诗于是被称为“冰诗”，反映了海盗们的人生观和宇宙观。好了，说了这么多题外话，还是直接录下难得的“冰诗”吧：

浅薄受人讥，
智慧得人敬。
居家万事易，
出门知重轻。
相处世人中，
多智多光明。

这首诗的名字叫作《见世面》。看来，当年的海盗们是把见世面当成人生的必修课了。

嘉宾若进门，
排座不可轻。
位置偏而远，
不乐怀闷情。
上座促膝谈，
主雅客来勤。

这首诗的名字叫作《如何待客》。本以为海盗们是不懂礼貌的窃匪，不曾想还是如此注重礼节的雅盗。或者说也许海盗们在实践中执行起来会走样，但起码在教育中还是一丝不苟的。

再如：

求知诗

知识是海洋，
宴席亦课堂。
用耳细听取，
用眼学榜样。
君子慎言语，
聆教乃有方。
智者天下行，
钱财存脑中。
愚者行囊重，
困时无所用。
穷汉有头脑，
力量胜富翁。

看来，海盗们还是非常尊重知识并且热爱学习的。想来也是，做一个优异的海盗不是一件容易的事情。在许多国家，把“维京人”当作“海盗”的代名词。一千多年前，维京人驾驶着他们的龙头船，手持矛、剑、战斧等各种武器，以山呼海啸般的猛烈攻势，从英格兰到苏格兰、爱尔兰、比利时、荷兰、意大利、西班牙、葡萄牙、法国、俄罗斯，直至君士坦丁堡的广大地域。维京人体格高大英俊，通常满面虬髯，胆识过人。他们常年漂流在海上，波涛汹涌，气候恶劣，险象环生，如果他们没有广博的关于天文、地理、气候、人文等方面的知识，大海就成了他们最天然的坟场。所以，在贪财、勇猛、喜欢冒险的天性之外，在他们的血液里非常强烈的征服嗜好之中，也一定注入了对科学知识滚烫的渴求。

很喜欢这样一首诗：

独立

人生幸福事，
受人宠与赞。
人生不幸事，
处处得依赖。
为人不独立，
沦为小奴才。

有一首诗名叫《不良之举》：

赴宴总唠叨，
话多头脑贫。
瞪眼呈傻态，
说话语不清。
酒盈蠢相露，
枉做文明人。

以不良之举作为原材料入诗比较少见，北欧海盗大大方方地咏叹起来，透露出他们原本就是不拘常态自成体系的人。特别是被翻译成了咱们的五言绝句式样，看着有趣。

有一首诗，名为《永恒的友谊》，录在这里，和大家共享：

宝剑酬壮士，
霓裳赠佳人。
华服显友谊，
乡里美言频。
礼尚来而往，
至情万年春。

有一首诗，名字叫《知道命运》：

天才多早夭，
聪明适中好。
命运顺自然，
强求是徒劳。
内心明事理，
安然到老耄。

有一首诗实在聪慧，叫作《三人知，全民知》：

巧妙应答问，
人视为聪明。
秘密若分享，
最多只一人。
泄露三人知，
绝密传全民。

此诗高明之处就在于——当我们强调保密的时候，一般是主张“一个都不告诉”。这在理论上当然对于保守秘密是最上策的了，但可惜的是极少有人能做得到。秘密在适宜的温度下，有时会像发酵的面团，如果找不到一个适当的出口，它们会把盛面的盆子掀翻，面粉撒了一地。秘密的力量之大，超乎我们的想象。所以，尽管有那么多的指天盟誓，还是差不多有同样数目的泄露和背叛。寻找一个情感的出口，告知一个朋友，就不会把享有重大秘密的人憋炸了，这是很有策略的方法。

人各有所长

瘸子善骑马，
独臂能牧羊。
聋子勇于战，
眼盲有思想。
身死悲无用，
残者却无妨。

名誉

人死万事空，
唯名传四方。
万灵谁无死，
长生求无望。
存世流美誉，
不朽万年长。

好了，原谅我暂且引用到这里。也许朋友们会发问，这些古冰诗为什么大多是五言六句啊？有没有其他的格式呢？据翻译者王超先生在冰岛首都雷克雅未克所写，《海寇诗经》的韵律是按照北欧古代诗歌的韵律所写成的。每节诗由六行组成，前两行诗以押头韵的方式连在一起。

那什么叫押头韵呢？就是指后一行诗重复前一行诗中的重音节的元音或辅音。若大声朗读起来，诗句余音袅袅，就像有回音似的。译者特别指出，北欧古诗的韵律，若能大声朗诵，就能更好地体会到它的奥妙，清脆悦耳。因为押了头韵之后，回音的效果跌宕起伏，极富节奏感。押了头韵之后，重音节和非押韵的重音节形成了抑扬顿挫的效果。

可惜我们不懂古冰岛的原文，也未曾有幸听到人这样吟诵《海寇诗经》，只能在这里以文字来揣摩海寇们的智慧和风采了。

最后，让我以一首海盗们吟咏智慧的诗来作为本文的结束：

论智慧

以火点他火，
两柴共燃烧。
以智启人智，
相磋出高招。

故步知识浅，

谦虚心智昭。

想不到吧？海盗们的诗竟然是这般温文尔雅、笑容可掬，既不像英雄史诗，也不像神话传奇，而是充满了谆谆教诲，甚至有些像处世格言。也许，由于他们攻城略地，在行动上自有取之不尽的彪悍与残酷，轮到诉诸文字流传千古的时候，反倒是波澜不惊的从容和安宁了。这在心理学上叫作“补偿”。温和的民族诗歌中多愤懑和幽怨，真正的勇士们反倒全力彰显柔和。

不同国度和时空的智慧共同燃烧，这就是旅游和阅读的快意了。旅游使我们虚心，阅读使我们安静。行路和读书的美丽可杂糅于一处，即使是在地老天荒的冰岛，即使是在海盗们的诗行中。

行路和读书的美丽
可杂糅于一处，
即使是在
地老天荒的冰岛，
即使是在
海盗们的诗行中。

玛瑙人

中国人对宝石，有一种与生俱来的向往与神秘感。在我们的正史、野史、诗词、传说中，它像一块巨大的黑丝绒，其上缀着无数星光闪烁的宝石：和氏璧、隋侯珠、杜十娘的百宝箱、水晶宫的白玉床……最珍奇的是那块来无影去无踪的通灵宝玉——假如没有它，中国文学史上最伟大的著作将无处落笔。

俗话说，玉不琢不成器。这话说得太滥，我们已经习惯于径直地去理解它的引申义，反倒忽略了它本身所描述的过程。琢玉是很残酷的——在一块成功的饰物之后，壅着一堆碎屑。在许多年代里，它们只是彩色的垃圾。

3 月的桂林，烟雨如画。在参观了广西宝石研究所璀璨的宝石之后，主人热情相邀："再去看看我们的宝石画吧！"

知道漆画、铁画、羽毛画、麦秸画，竟不知道天下还有宝石画！

很小的一间房屋，普通的两张台案。见不到什么绘画器具，只有几十只素白的碗碟摆在桌上，盛得鼓尖，好像好客的乡下人摆下的丰盛宴席。

碟子里的菜可不能吃哟！每只碗里，盛一种宝石的碎屑，翡翠、密玉、红蓝宝石、紫晶、碧玺、蔷薇石……粗粝的如同火柴头大小，细腻的就是彩色的富强粉了。

因为那份毫不混淆的纯粹、那份无可挑剔的晶莹，宝石的粉末成了一种绵里藏针的绮丽之物。

凝固鸽血一般的红、南极洲冰下海水一般的蓝、大漠一般焦灼的黄、原始森林初生嫩叶的绿、若有若无的轻粉、袅袅婷婷的弱紫……目光在五颜六色中沐浴，我疑心自己的眸子要被染成彩虹。

所有的语言都显出一种笨拙，所有的比喻都像窄小的床单，覆盖不了宝石给我们的感觉。词汇被宝石吓住了。我们已习惯说，雨后的天空蓝得像一块宝石，待我们看到真正的蓝宝石时，再湛蓝的晴空也无法达到那种晶莹。在真正的宝石面前，只能悄然不语，凭借心中久久的惊讶，记住它的神秘。

几乎是世界上最小的加工厂了，只有两名艺人，都是年轻的女子，在默默地作画，仿佛怕惊动玉石的精灵。

宝石画其实是以宝石粉末颗粒为笔锋，以石为墨，将天然色泽和花纹各异的宝石碎屑粘贴镶嵌在麻布或瓷盘上，形成一幅幅独特而诡谲的画面。

最初的构图是用透明的胶水勾勒而出的。一位艺人拿着牙膏似的胶管在画布上蜿蜒，有轻微的醇味在空气中游蛇似的窜动。胶似干未干之时，她纤巧的手指捻一撮极渺细的蓝宝石粉末，像抚摸婴儿面颊似的在布的上空一抹，一条波光粼粼的漓江便晃动起来。

另一位艺人在点染黛玉。腮上涂了胶，像是终日洗面的泪痕。芙蓉石粉撒上去，这娇美聪慧的女儿便有了永不消退的红颜。

椰子树婆娑摇曳的叶片，是用翡翠镶嵌而成，春夏秋冬长绿；史湘云的石榴裙，是用真正的石榴石拼接连缀，日晒水洗不旧不残。

画出漓江的女艺人，像烹调大师一样忙碌着，从碗碟中拈出原料。灰蓝色的贵翠铺出一片宁静的土地，阿富汗的青金石叠出桂林骄傲的象鼻山……最后用棕黄色的虎睛石粘出一叶小舟……

“您说，这象鼻山上是不是还该有点什么？”

女艺人问。她并不回头看我，只是看画，一会儿凑下身去端详，一会儿又端起画布，像火车铁轨似的伸直双臂，脖子尽量往后仰，拉开距离打量……

“空荡荡的山，终是有点冷清……”我思忖着说。

她点点头，捏起一把女人修眉毛的小镊子，像挑食的孩子，在碟子里急促翻拣起来。好容易挑中一粒宝石，往画布上一比量，“啪”地丢回碗中，发出清脆声响，仿佛两粒子弹相撞。

终于，女艺人夹起一粒粟米大的黑玛瑙，把它精细地黏结在象鼻山的山洞里，又挑选了一粒更小巧的红宝石，挤在一旁。

噢，好一对亲热的情侣！这一幅宝石画，因有了这一双依偎的彩粒，漾起了浓浓的春意。

女艺人们作画是没有底稿的，全凭目光在宝石堆里搜寻，看到个什么，想到个什么，就画出个什么。由于天然宝石原料的可遇而不可求，每一幅创作都是孤本。

“你们总共画了多少幅？”

“上千幅了。”她俩说。

"那怎么周围一幅成品都不见？"我巡视一圈，除了一台远红外取暖器，别无他物。

"都叫人买走了啊！粘好一幅，拿走一幅，有时站在一边催，催得你心慌……有一次，我俩一起画了幅大型花卉，好富丽呀！因为太贵，暂且没人买，我俩好喜欢，天天看，都不敢相信是自己粘起来的……可惜呀，还没喜欢够，只看了七天，就被外国人买走了……该买个照相机把它照下来……"两人抢着说。

她们俩的美术都是自学的，然而天分极高，作品销往港台地区，很受欢迎。我同她们聊着天，很融洽。

"我的一个纸包，你看到没有？"画黛玉的女子对画漓江的女子说。

"没有啊！别着急，我帮你慢慢找。"

两个女子便在碗碗碟碟中翻拣，似乎把我忘了。

"我那日在玛瑙碗里发现一块黑色的，像极了一个女人的胸，我就把它留出来。过了些日子，又看到一块羽毛条纹的白玛瑙，像一条裙子，就是跳芭蕾舞短而泡起的那种……后来又寻到了淡红玛瑙的胳膊和腿……我把它们都藏在一个纸包里，很小心地收起，怎么会没有了呢？"画黛玉的女子把白碟子敲得仿佛要碎掉。

粘漓江的女子不作声，细细寻觅，轻声说：“找到啦！你怎么就不看看眼底下！”

“我们画个玛瑙人送给你！”两人说。

我深深感谢这份温馨的情意，只是定睛看去，心中又暗暗失望：这哪里是美丽的玛瑙人啊？只是一堆零碎的半透明小石片！

这就像是哪吒的莲花身，看看每一截儿都不像，合起来就是那个人了。画黛玉的女子在一张白纸上随笔勾了个图，果然是翩翩欲飞的舞蹈形象。

“我给你胶，你回去照这个样子一粘就画出来了。”她说。

“我可是个笨手笨脚的人……”我没把握地说，心中半信半疑，“这把碎屑真能变成那般婀娜吗？”

“我帮你粘起来吧。”画漓江的女子说。

她找来一块白布，敷在一块纸板上，一个简单的画框便出来了。她灵巧地抹着胶，把碎玛瑙按在上面……她的指尖仿佛有魔力，那个舞女轻盈地飘落在画布上：起伏的胸、雪白的裙、挺拔的腿、高昂的头……尤其是她的双臂，像展开的翅膀，仿佛在向苍天祈求着某种祝福……

“好吗？”她俩歪着头问我。

“好，极好。”我由衷地说，惊讶于这两个山野中的姑娘对于石头的想象力。

“好像……单薄了些，她张着两只手，像在求什么，求什么呢？什么……”画黛玉的女子自言自语。

她俩便一齐静默了，你望着我，我望着你，彼此的瞳孔里却都没有对方的影像，一片空茫。

我不敢插言，怕打破了她们的想象。

“让她祈求月亮吧。”画漓江的女子怯怯地说，好像怕惊飞一只鸟。

“好！就找一颗紫月亮！”画黛玉的女子叫着，把盛满紫牙乌宝石的碟子搅得翻江倒海。

“紫月亮？”我轻轻地讶异！

“对！紫月亮！在最晴朗的夜晚，你久久地盯着月亮看，直到眼睛酸了都不要眨，就会看到月亮透出紫色……”画漓江的女子说。

她俩配合得真默契。我想，是宝石给了她们相通的灵犀。

“那么是初月、残月，还是满月呢？”画黛玉的女子问。

“满月！是满月！”我们三个几乎一块儿喊出。无论从画面的构图重心，还是从玛瑙人企盼的虔诚，那里都只能悬挂一轮满月。

我们像秋风扫落叶一般寻觅每一个角落，把宝石的盆盆碗碗翻得一片狼藉。我们终于找到了两个备选月亮，一个是滴溜溜圆的紫牙乌，规整的形状仿佛用圆规画过，圆得不可思议；一个是锆石的，好像浸在水中，略椭了一些，然而极其晶莹透亮。

紫色的月亮啊，哪一轮更圆？哪一轮更亮？

她俩费了斟酌，反复商量，几乎吵了起来，又征求我的看法。我说了，她们却又不听。

最后，终于照画黛玉的女子的意见办了：在玛瑙人的上方，粘了一轮皓月——用真正的锆石所剪裁的月亮。

“月亮可以不圆，但月亮必须要亮。”她说。

“谢谢你们！”我发自肺腑地说，“回到北京以后，我一定把玛瑙人挂在桌前。祝你们画出更多更好的宝石画。”

“我们一定要画得更好，只是，不可能画得更多。”她们说着，打开远红外取暖器，烤自己颀长而冰冷的手指。桂林的3月，阴雨连绵，空气中有一种潜移默化的寒意。

“为什么呢？”我不解。

“因为宝石是很稀少的。选料要很严格，颜色、质地、花纹都是天然的，要把它们搭配在一起，显出一种美，是马虎不得的……”她俩对我说。

手指烤热了，她们又在冰冷的宝石粉屑中翻拣……

此刻，玛瑙人正立在我的案头，仿佛在向皎洁的月亮祈求什么……每当我写作困顿的时候、慵懒的时候、敷衍的时候、畏葸的时候，我就想起两个创造它的普通女工。

我便振作起来，不敢懈怠。

月亮可以不圆，
但月亮必须要亮。

山妖的阶梯

快到挪威边界了，导游莉雅说，可以买一些山妖带回国。我说山妖是什么？莉雅说，你马上就能见到了。进得店中，只见无数个怪模怪样的玩具龇牙咧嘴地瞅着你，好似一头扎进了外国的花果山。

莉雅说，北欧人喜爱的神话人物“Troll”，俗名就叫山妖。山妖的长相实在不敢恭维，披头散发，青面獠牙，个子都很矮，红蒜头鼻，尖耳朵，大肚皮，牙齿参差不齐，手指和脚趾都只有八个。有的两个头，有的三个头，头上长着青苔和树木，甚至还会长出一些小山妖。有的干脆只有一只眼睛。全身披满破烂的长毛，还长着像牛一样的尾巴。最惊人的是比大象还长的鼻子，据说是熬粥时用来当勺子用的。

我对莉雅说："山妖这么难看，一定也很凶恶。"莉雅说："不。山妖虽丑陋，但心地很善良，天性活泼，常受到小孩愚弄，智商好像不太高。有时也会搞出些恶作剧，谁要是得罪了山妖，他就会报复或戏弄你。如果和山妖和睦相处，就会得到善报。"

山妖也有软肋，就是只能昼伏夜出，见不得太阳。他们如果贪玩，忘了在天亮前躲起来，就会被阳光化为空气或山石。山妖精于手艺，能制作各种武器和家庭用品，并在上面刻符咒，人们若错用他们的家什，就会遭殃。

说了这么半天，你是否能想象出山妖的模样？如果还感觉困难，我就给你打个比方（这个比方没有向专家求证过，如果错了，责任自负）。我觉得白雪公主故事中的七个小矮人，就是山妖一族。你看，他们居住在密林中，有自己专用的锅碗瓢勺和小床，不喜欢外人闯入和打扰，心地善良，乐于助人。这些岂不都暗合了山妖的秉性？

据说山妖是挪威最早的原住民。他们有家庭，分部落，甚至还有自己的国王。森林小湖的山妖叫"纳啃"，居住在瀑布和磨坊中的山妖多才多艺，擅长拉小提琴，名叫"弗色格里门"（"丑陋的瀑布人"）。这个山妖还是个教授，听说一个挪威小提琴家曾拜师其门下。一般的山妖身材矮小，但在北方的海里，有一种叫"德捞根"的庞大山妖，十分恐怖。山妖安贫乐道，像柴堆、菜园、仓库、马厩和牛棚，都是他们安居乐业的地方。

在哈丁格高原，我们的汽车穿行于白雪皑皑的山峰，地面上蹲踞着乱石，听说都是山妖的化身。山路旁，错错落落地插了些粉红色的小球，这是当地百姓供给山妖的玩具。

传说山妖很喜欢喝粥，长鼻子可当搅拌器用。我和山妖有同感，是喝粥爱好者，只不过对以鼻当勺略有微词。如果伤风感冒了，涕泪交加，恐不相宜。我把这顾虑同莉雅讲了，莉雅说：“估计山妖是半人半神之体，并不罹患寻常的病痛。”

山妖也有很多法力，可以化成美女，如同《聊斋志异》中的狐狸精，引诱年轻的男子进山。不过，识别他们，也有法宝。山妖是有破绽的，如果你去北欧旅游，在人烟稀少的地方碰到曼妙的姑娘，一定要留意她身后是否有毛茸茸的尾巴。进山的女子也不可大意，有些雄山妖也会劫持漂亮的姑娘进山洞，从此音讯渺茫。

挪威戏剧大师易卜生的名作《培尔·金特》里，便有主人公遭山妖戏弄的场景——培尔无意间闯入山妖的洞窟，因拒绝与妖女成婚，遭众妖凌辱与折磨，差点丧命，幸而传来黎明的钟声，妖魔才星散而去。

山妖也分成三六九等。他们生性慵懒，但循规蹈矩；他们反应木讷，但天真善良；他们离群索居，偏又呼朋唤友；他们远离人，又和人有着千丝万缕的联系……因为山妖是名副其实的草根阶层，所以才受到百姓的广泛喜爱。

据专家考证，挪威利勒哈默尔市区北边的自然公园，是山妖的家乡，而在举世闻名的盖伦格峡湾，还有令人毛骨悚然的“山妖的阶梯”。

我很喜欢“山妖的阶梯”这个名字，缠着莉雅问可否绕道一看？莉雅说那就是极险的悬崖公路，位于鲁姆斯达尔山谷，一弯又一弯，近乎垂直地从山顶盘旋而下。十二道山弯像是一条极细的铂金链“挂”在山间。因正在维修，我们无法抵达。看我失望，她说，今天的山路其状之险，也相当于“山妖的阶梯”了。

莉雅所言不虚。山路狭窄，雪峰林立，以我曾在西藏阿里攀山越岭的经验，也不得不惊叹这行程的陡峻。跋涉数小时后登到顶峰，俯瞰峡湾景致。挪威峡湾是被联合国教科文组织列为世界游览者评价第一的旅游之地。清冽似冰的山风把衣衫吹得鼓胀如帆，刀削斧劈的孤悬绝壁之下，一泓碧蓝的海水，宛若仙境，美到令人眩晕。你会仰天长叹，相信此处绝非常人的居所，只能是山妖出没的属地。

生当做瀑布

“峡湾”是个词，是个专有名词。这名词在词典里的解释是——对不起，没有。我查的是《现代汉语词典》，手头最方便处摆放的就是这部词典，通常都不会让我失望。但这一次，例外。

只得分开来查。关于“峡”，它说是“两山夹水的地方（多用于地名）”。然后再来查“湾”，说是“水流弯曲的地方”。

现在，你把这两个字拼在一起，“峡湾”的意思就是：两山夹水的弯曲的地方。

现在，你明白“峡湾”的意思了吗？

我估计你还是不明白。因为两山夹水可以是长江三峡，但峡湾不是三峡。夹水的弯曲的地方，可以是漓江，但峡湾不是漓江。

峡湾究竟是什么东西呢？或者更准确地说，它不是一个什么东西，而是一个什么地貌呢？

用一句通俗的话来讲，峡湾就是海水构成的山谷。

中国的地势是左高右低，按照上北下南左西右东的标识，中国的西部高东部低，靠近大海的地势，是平坦而中庸的。这样，我们中国人就以自己的亲身体验，认为海岸线是平原和大海的渐次衔接，是一个和平过渡的交班。但这有点一孔之见，在地球的其他地方，并不都是这样。

挪威的峡湾被幽深碧蓝的海水充溢着，但源头并不是海水，而是高山上的冰川。由于气候变换，冰川时代结束，大地回暖。昔日不可一世的冰川开始融化，向大海缓缓滑去，这个过程看似缓慢柔润，实则蕴含着强大而持久的力量，犹如锋刀的切割。冰川美人把潺潺溪流当作微型利剑，日复一日潜移默化地将高山雄健的肌体划得遍体鳞伤。终于，高山成壑，大地分裂。成功地复仇之后，冰川之水义无反顾地向大海奔去，山麓荷满支离破碎的皱纹，在那里仰天叹息。海水不失时机地乘虚而入，它其实是爱戴和敬仰高山的，用深邃咸涩的泪水把峡谷填平。

这就是峡湾了。刚开始以为，峡湾不如叫作陆海壑，这样比较清晰一点。但是，会不会有人以为陆海壑是海中的陆地呢？那就又说不清了。还是叫峡湾吧，去过的人多了，其义自明。

美国有本《国家地理》杂志，大名鼎鼎。中国人知道这本刊物，不少是来自《廊桥遗梦》故事里那位男主角罗伯特・金凯，这位漂泊四海、孤独、充满激情的摄影记者就常常在这本杂志上发表作品。该杂志独出心裁，组成了一个庞大的专家组，囊括了生态学、地理学、城市与地区发展、旅游介绍与摄影、文化自然遗产保护、考古学和可持续旅游领域的各界人士。专家们根据六项标准加之亲自体验审查，对世界各地 115 个旅游目的地进行了评选。这六项评选标准是什么呢？

1. 生态与环境质量；

2. 社会与文化完整性；

3. 历史建筑与文化古迹质量；

4. 美学与吸引力质量；

5. 旅游管理质量；

6. 未来前景。

一番讨论之后，专家组列出了全世界 50 个世界最佳旅游目的地。在这张清单上，排第一位的就是挪威峡湾。

在中国乃至亚洲大陆并没有峡湾，除新西兰、智利等国偶有所见外，世界上 80% 的峡湾在欧洲，而欧洲的峡湾主要在北欧，北欧的峡湾则主要在挪威。峡湾的英文名是“Fiord”，有时特指的就是挪威的峡湾。

挪威南部的大西洋海岸线呈不寻常的曲折，多条宽阔的“海流”蜿蜒伸展到内陆达 150 千米以上。峡湾的水非常深，一般都在几百米，最深达到 1200 米！两岸的山峰动辄也是千米高，万丈绝壁紧紧钳住一泓蓝水，这水还会随着潮汐一呼一吸，是不是有一种诡异的壮观？

峡湾里瀑布之多到了令人眼花缭乱的程度，可以说千米之内必有瀑布，常常是一眼望去，三四道瀑布同时跌落九天，细者如银丝，粗者如白绫。从北部的瓦朗厄尔峡湾到南部的奥斯陆峡湾，车行之处，无数大小瀑布如万马奔腾。一道接一道，呼啸着、喧哗着溅入峡湾，构成烟雨迷蒙、彩虹飞架的仙境。

旅途中，不由得想到，如果我是水，做哪里的一滴水呢？做藏北高原狮泉河的一滴水吗？那里太冷了。做大海中的一滴水吗？海啸壁起的时候，杀人夺命，罪孽深重。做黄河中的一滴水吗？虽然历史久远，但是携带泥沙太过劳累，不得休息。做南极的一滴水吗？虽然洁净，但万古不化的寂寞也令人怅然。

思前想后，最后做了一个决定——生当做瀑布。瀑布的前身是小溪，无拘无束地跳跃和畅流。小溪们汇聚在一起，就长了能耐和勇气。人多力量大，水丰好办事，同心协力找到腾空而下的山岩，嘻嘻哈哈地纵身一跃，快乐地自高处跌下。水珠们拿着大顶叠着罗汉，倒栽葱地撞向深处，被风扯出透明的旗帜，在飞翔中快乐地撒欢。

瀑布没遮拦地降到了谷底，反倒安静了，变成了一汪小小的泉。如果有幸在挪威做了瀑布，通常不会走太远的行程，就被峡湾收编了去，成为海的一部分。

我是一个很爱吃巧克力的人。在瑞士的时候，导游的一句话让我来了兴趣。导游说："世界上哪里的巧克力最好吃呢？是瑞士。为什么呢？因为巧克力主要是由可可脂和牛奶构成的。"

我觉得这几乎是一句废话，等于说你知道今天的天气为什么好吗？因为今天是星期三，明天是星期四，所以天气好。不解决任何问题，疑团继续存在。

瑞士是一个面积只有 4.1 万平方千米的小国，山高水险并且冬季严寒，全国不生长一棵可可树，瑞士也从未有过殖民地，和可可生产地如非洲、南美洲等没有任何直接关联。这就是说，瑞士生产巧克力，几乎就是先天不足。然而，为什么瑞士是世界上巧克力的第一生产大国，享誉全球呢？

巧克力的所有制造方法都是在瑞士发明的，瑞士人使巧克力的制造流程和方法达到了几乎完美的地步。最可贵的是瑞士人并没有让巧克力长久地保持高昂的身价，而是毫不犹豫地把它从奢侈品的皇冠上拉到了平民的椅子上，成了大众化的消费品。1819 年，500 克巧克力的价钱高达 6 瑞士法郎，这在当时相当于一个普通工人三天的工资。1826 年，建立了一家巧克力工厂，所有机器设备的动力都来自水力，大大提高了效率，每个工人每天可生产 25~30 千克巧克力，降低了成本。1830 年，勒拉赫和自己的儿子们在洛桑建立了一家工厂，并发明了欧洲榛果巧克力。一位屠户的儿子把巧克力与牛奶混合在一起，从此结束了巧克力带有苦味的历史，产品有了一个质的飞跃。同时，他发现 Henri Nestle（亨利·内斯特莱，雀巢公司创建者）最新发明的炼乳方法非常好，遂用来制造出了美味的牛奶巧克力。

1879 年，鲁道夫·林特在伯尔尼大教堂下的阿尔河旁建立了自己的巧克力工厂。他发明了一种被称作“Conchieren”的工艺，在较硬的巧克力泥中加入可可脂，使瑞士巧克力有了今天高贵、精美的味道。

瑞士是世界上巧克力消费最高的国家，最高纪录为 2001 年人均消费巧克力 12.3 千克。以我当过医生的经验，真觉得这么多巧克力的摄入，恐怕容易引起血糖、血脂的增高吧。

瑞士商店里的巧克力琳琅满目，品种有几百种之多，售价也很便宜，一块简装的没有华丽外壳的 100 克的巧克力，只相当于人民币几元钱，吃到嘴里，甜香软滑，非同一般。

说了这么半天，还是没有把瑞士巧克力天下第一的秘密揭露出来。其实，谜底很简单。导游指着车窗外说，因为瑞士有最好的奶牛，最好的奶牛挤出最好的牛奶，最好的牛奶就做出了最好吃的巧克力。

在阿尔卑斯山麓，有无边的草场和自由自在的奶牛。瑞士奶牛不是黑白花的，通常是红白花或是黄白花的。它们体形硕大，乳房饱满，无忧无虑地吃着草，好像生活在远古时代。导游说：“你们注意到牧草了吗？”我瞅了半天，说看不出有什么特别的，只是这里没有污染，好像格外嫩绿。导游不满意地说：“你没发现牧草的品种不一样吗？瑞士精心研究牧草，培养优良品种，有时候要花费五六年的时间，才能选定某种优质牧草的种子，播撒在草地上，才会长出富有营养的牧草。吃着这种牧草长大的奶牛，才有可能挤出芬芳浓郁的牛奶，然后，才能保持世界第一口味独特的巧克力啊！”

原来，巧克力的生产线是从牧草开始的，多么长远的谋略啊！

山色越发深了。车停下来休息，在欧洲，司机的工作时间是固定的，每两小时必须休息，不得违背。车上有类似飞机上的黑匣子装置，只要汽车一发动，它就开始记录，包括测算司机每天的驾驶时间和休息的频率，以防疲劳驾驶。

此处景色优美，奶牛们三五成群，在牧场上优哉优哉地闲逛着，看到游客们，也不躲避，睁着好奇的大眼睛，好像在猜测这些人的来历。

有人充满善意地走过去，企图近距离地接触奶牛，和奶牛合影，可能也想抚摩一把牛背什么的。导游赶紧招呼大家，说这万万使不得。

导游说：“近几年来，在瑞士牛和人之间发生事故的比例，比过去多了许多。究其原因，可能是由于新的养殖方式造成的。”

过去奶牛受到人的照料比较多，现在，它们更多的时间是在牧场上散养，跟牧民接触的时间很少，已经不习惯跟人靠得很近。也就是说，在某种情况下，这些奶牛部分地恢复了野牛的天性，桀骜不驯。你别看它们好像长得很温驯，其实发起脾气来也是很彪悍的。即便是一头样子乖巧的小牛，也不可以随便触摸，否则，你就有可能被它追得到处乱跑，或者全身负伤。

再者，旅行者来自四面八方，没有和奶牛打交道的经验。看到奶牛生气了，他们也跟着惊慌失措，不知道如何是好。有些人本能地立即转过身撒丫子就逃，但这其实是最危险的举动，会刺激奶牛进一步发作。正确的做法是保持安静，慢慢地蹑手蹑脚地远离奶牛。

多出悲剧之后，瑞士徒步旅行协会发出郑重建议：别去打搅奶牛，更不要想着去触摸它们，可爱的小牛也很危险。不要试着去吓唬它们，不要死死地盯着它们看，也不要当着它们的面舞动棍子。万一发生极端的情况，你就瞄准它们的屁股来一下。

听导游这么一说，我们个个视牛如虎，再也不敢靠近。导游稍稍缓和了口气说，如果你实在太喜欢奶牛了，在离它们 20 米的地方看看还是可以的。

就这样，我虽然非常喜欢奶牛，但是没有留下一张和奶牛合影的照片，因为我在距它们 25 米之外。

山路越来越险，真不知道深山里的牛奶如何新鲜地卖出去。看来我的担心不是多余的，这个问题也逼着牧人们开动脑筋。一个名叫保罗·韦勒的牧人，每年都为他的奶酪销售犯愁。他的牧场使用太阳能，木材是用直升机空运来的，设备一流。奶酪则是牧场主按照传统方法制作的，质量绝对优等。可是因为交通不便利，他的产品就是销不出去。

头脑灵活的牧人想到了出租奶牛。他在网上刊登了奶牛的照片，一头奶牛整个夏天租赁费用为 380 瑞士法郎，估计可产 70~120 千克奶酪，租赁人在 9 月就可以来牧场收取奶酪——可以将其带走出售，也可以馈赠亲友。

多么聪明的牧人！保罗的计划大获成功，15 头奶牛在网上被租赁一空。保罗还计划扩大服务范围，将周围几个牧场的奶牛通通在网上租赁出去。

真佩服保罗的好脑子，当然也佩服保罗的照相技术。想来他毕竟是主人，聪明的奶牛认得他，乖乖地让他照相，并且把自己的照片贴到互联网上，供人们评头论足。

离开瑞士的时候，有的人买了表，瑞士的手表当然是天下第一。我也买了瑞士天下第一的东西，这就是瑞士的巧克力。特别挑选了“三角”牌巧克力，因为喜欢包装上的图案——高耸的阿尔卑斯山。据说这个牌子的巧克力特意制成三角形状，就是为了纪念欧洲最高峰的身姿。也是为了立此存照，想到那些幸福的、自由自在的、偶尔发发小脾气的奶牛，它们分泌的精华就存贮在这块巧克力中。

后来，我又到过一个欠发达的国家，看到田里的耕牛目光惨淡、骨瘦如柴。它们的脊梁如悬崖般锐利，如果有什么人胆敢骑到它背上的话，牛肯定会在第一时间被压垮倒地，那个人的尾骨也会被牛背切出伤口。从此我对“骨瘦如柴”这个词，有了形象化的记忆。那不仅是菲薄的瘦，更是生命的干涸和死亡的引燃。

写了半天，把挪威和瑞士这两个国家生拉硬拽到一处，真是没有太多的道理。也许，连接这些文字的，就是游丝般飘荡的思绪吧。如果我是一滴水，纵是一滴普通的水，也希冀跌宕起伏和波澜壮阔，也渴望游弋和携手，那就做一次瀑布吧。如果我下辈子变成一头牛，就到人迹罕至的山里去，吃的是优质的草，挤出优质的奶。不要被人打扰，不要留下影子，百无遮拦、自由自在地在山坡上踱来踱去，为人间的香甜贡献一点力量。

瀑布的前身是小溪，
无拘无束地跳跃和畅流。
小溪们汇聚在一起，
就长了能耐和勇气。

在北欧游轮上

从芬兰到瑞典，我们乘坐的是“维京”号游轮。也许是因为“泰坦尼克号”留下的印象太深刻了，我上船的第一个动作就是鬼鬼祟祟地瞟着船的两舷，想数数救生艇的数目够不够。其实数也是瞎数，谁知道船上有多少人呢？

到了吃晚饭的时候，就大概知道有多少人了。晚饭被安排在9点半，即使此刻是北欧的白夜期间，太阳下班很迟，这个时辰吃饭也是相当晚了。导游跑去联系，企图把我们的吃饭时间提前，未果。游轮方面的答复是：食客众多，只能分期分批地享用大餐，已经安排在这个时间，无法更改。

入乡随俗吧。

时辰到，进了餐厅，真是蔚为壮观的饕餮大军。自助餐形式，几百个不锈钢的食槽彻头彻尾地敞开心扉，各色食品竭尽全力讨好你的视觉、嗅觉，透过它们和你腹中的肠胃打招呼。无数人端着盘子，在美味之中遨游，如同饥饿的鲨鱼。

餐厅位于整艘游轮的正前甲板处，四周都是玻璃，可以把它想象成行进中的水晶宫，游客们就在这座劈风斩浪的宫殿里，有惊无险地大快朵颐。

得知我们能够在“维京”号游轮上享受美食，送我们上船的芬兰导游不无羡慕地说，我到芬兰7年了，还没有乘过游轮。据说，船上的大餐会让你一辈子难忘。

中国人吃饭好扎堆，有了美景，有了美味，当然要有佳客，说说笑笑当佐料，才有滋有味地惬意。伙伴们很快就发现这愿望成了窗外波罗的海的一朵泡沫。餐厅能接待的人数有限，一批人抹着嘴巴走出，另一批人才能鱼贯而入。吃完的人散居在各处，腾出的位置也星罗棋布。这直接导致了我们虽然获准进入餐厅，但并没有现成的位置候着，全靠见缝插针。

没有那么大的缝隙，可以一下子插入这么多“中国针”，只能化整为零分而治之了。

我端着盘子在熙熙攘攘的人群中寻找座位。一处偏僻的位置，一张两人小桌，一个黄种人在独自进餐。男性，个子不高，大约30岁的年纪，服饰整洁。我猜他是一个日本人，也可能是韩国人。说实话，哪怕有一线希望，我也不愿意和一个日本人同桌进餐，但环顾左右，桌满为患，再咽着口水四处游逛，有点像丐帮。

我用汉语说，这里有人吗？

没指望他能听懂。在海外旅行的经历，我有一个收获。你不会说当地语言也无大碍，大胆地自说母语好了。反正人们萍水相逢之时，能够交流的信息是有限的，配合着手势和表情，大致也能猜个八九不离十。千万不能紧闭双唇什么也不说，那才是真正的闭目塞听、一头雾水。

我相信以我端着盘子没着没落的样子，他一定能明白我的意思，摇头或是点头就可答复。没想到，他非常清晰地用标准普通话回答我说，没有人，你可以坐。

我大喜过望。不单是因为有了座位，更是因为在这里遇到了同乡。我如释重负地放下盘碟，说，中国人？

他略微迟疑了一下，说，冰岛人。

我大吃一惊，说，你一个冰岛人，居然把汉语说得这么好啊！

他微笑了一下说，我以前是中国人，十几年前加入了冰岛国籍。

原来是这样。我说，那你就是冰籍华人了。怎么称呼你呢?

他说，你就叫我阿博好了。

我坐在阿博对面，开始吃我很晚的晚餐。动了刀叉之后，才发现这顿大餐并不像想象中那样诱人。不怪游轮上厨子手艺不精，是我失算。单凭目测一见钟情，拣来的食物多半口味诡异。比如一种美若珊瑚的红豆子，每一颗都像宝石放射光芒，我以为是外籍的红豆沙，舀了偌大一勺，吃到嘴里方品出拌了羊油和蜂蜜。平素我不吃羊肉。

炸鸡、蔓越莓、番红花鳕鱼、牛蒡扒、惠灵顿牛排、迷迭香、酸辣墨鱼、酪梨、红酒烤肉……你很难猜出色彩艳丽的食物中蕴含着怎样陌生的原料和味道。拣到盘子里就都是菜，不得不通通吃掉，以防服务生对中国人有微词。只是照单全收很辛苦，吃相也不轻松。

阿博看出我的窘态，慢慢地等我吃完，说，我和你一道再去添些食物。我知道有一些东西比较合东方人的口味。

有了阿博做向导，在食物摊中游弋，好比有了指南针，东西好吃多了，起码入口不再龇牙咧嘴。

阿博说，客人来自四面八方，游轮上各种口味的饭菜都有。

我说，没有看到中国饭啊！

阿博说，他们主要还是接待欧洲人，当然以西餐为主。以后中国人来得多了，他们也会做中餐的。

我说，你当年怎么想起到冰岛呢？

阿博说，我很想到海外留学，成绩不是很好。美国的学校考不上，英国学费又太贵了，就到冰岛来了。在冰岛学习冰岛语，有奖学金，就这么简单。

我说，你喜欢冰岛吗？

他说，喜欢，不然我不会入籍。

我说，冰岛有什么好，这样吸引你？

阿博说，第一是我喜欢冰岛的水。冰岛是个资源非常丰富的国家，特别是水，简直是取之不尽，用之不竭。冰岛人口很少，又有广大的冰川，简直就是一个大水库。第二是我喜欢冰岛的风光，像月亮一样。

我有点搞不明白，就问他什么叫像月亮一样，是又大又圆的意思吗?

阿博说，我说冰岛像月亮，是指它的美丽和寒冷，还有荒凉。当然了，还有各种宝藏和让人充满了想象的寥廓空间。

我说，哦，明白了。第三点呢?

阿博说，第三是我喜欢冰岛的姑娘。她们热情豪放，敢爱敢当。如果喜欢你，就狂热似火地和你相爱。不喜欢了，就恩断义绝地同你分手，绝不拖泥带水。如果是你不同意了，就直截了当地告诉她，她也不会哭哭啼啼缠着你不放。如果有了孩子，就跟你算清抚养账目，然后痛痛快快地奔自己的前程去了，再不会寻死觅活地找你麻烦。只是冰岛的法律很保护女子和孩子的利益，就算你是个富豪，如果离上几次婚，也就成了穷光蛋。

我说，看你对冰岛女子这样倾心，想必一定是娶了当地姑娘。

阿博说，曾经有过这样的想法。冰岛出美女，那里的女孩子也很阳光。她是我在一次圣诞节的聚会上遇到的，名叫黛比。我们一见倾心。那一天，正是北极圈内最黑暗的时分，天上出现了美丽的极光，是淡绿色的，横跨整个天穹，好像一匹无与伦比的绸缎，妖娆得令人恐怖。好在两个人在一起，什么都不怕了。那天我们喝了很多酒，分手的时候，彼此恋恋不舍。黛比说，咱们到乡下去吧。我说，这样寒冷，到乡下去岂不要冻死?黛比说，你跟我来，会把你热死。我就和黛比上了路。前几天刚刚下过一场暴风雪，公路上的雪虽然被铲雪机清除了，但两侧的积雪有好几米高，穿行在雪巷中，好像童话世界。我随着黛比到了冰岛首都雷克雅未克郊外的一座别墅。房子几乎被皑皑冰雪掩埋，只有房顶高耸的壁炉烟囱，证明这里曾有人居住。

冰岛的富人通常在郊外都有这样的住所，主要是在夏天时分来游玩，到了冬天，就人迹罕至了。我说，黛比，你有钥匙吗？

黛比说，这是我亲戚家的房子，我有钥匙，但是没带。

我说，这不和没有钥匙是一样吗？黛比说，当然不一样。我有钥匙，说明我有支配这套房屋的权利。我说，权利是一回事，我们进不去，这就是另外一回事了。

黛比说，谁说我们进不去呢？

我说，没有钥匙，你怎么进去呢？

黛比说，这太简单了。说着，黛比走到窗户跟前，扒开积雪，用靴子猛地扫了过去，玻璃应声而碎。黛比矫健地跳了进去，然后从里面把房门打开。我大吃一惊，说，你近乎强盗了。黛比笑起来，说，维京人的祖先就是海盗。

那一次，我和黛比在乡下的别墅待了三天三夜。屋内储备有很多罐头食品，还有饮用水，我们吃穿不愁。取暖和洗澡也没有问题，设备很齐全。窗外是极其寒冷清澈的星空，身边是极其温暖柔软的姑娘，那种感觉真是欲仙欲死。三天以后，我们回到都市。黛比对我说，咱们到此为止吧。

我大吃一惊，说，为什么，我们才刚刚开始。黛比说，我有男朋友，只是这一阶段他不在。现在他就要回来了，我们就结束了，这就是一切。谢谢你给予我的美好感受。说完，她就翩然而去。

我知道这对黛比很正常，但我却难以接受，久久伤感。后来，我决定还是找一个中国的传统女性做妻子。文化这个东西，像胃一样换不掉的。我不希望我的女儿在 14 岁的时候就把男孩子领回家。不希望我一推门看到他们在床上做爱，我还要心平气和地说，对不起，打扰你们了，然后镇定地转身离开。我做不到……

阿博举起一杯酒，我用手中的矿泉水和他碰碰杯，预祝他早日找到中意的中国新娘。

吃罢晚饭，已近深夜。我到船上的免税商店转了转，里面也是熙熙攘攘、热气腾腾，人们提着装满酒和化妆品的袋子兴高采烈。还有很多娱乐设施，因为疲倦，听说人也很多，我就没去浏览。

这艘游轮就叫作“维京”号。维京人是日耳曼人生活在斯堪的纳维亚半岛地区的一支，也称诺狄人（“Nordic”的音译，意译为“北方人”），至今德语中“北”仍和此发音近似。维京人人口不多，却是欧洲历史上影响很大的一个种族。他们的足迹北达格陵兰、冰岛以及俄罗斯腹地，南及地中海南岸温暖的亚历山大港和耶路撒冷，西抵不列颠、爱尔兰，东达北美洲东北部。他们在这些地方耕种、放牧、交易，凭借着当时欧洲最出色的航海技术，到处拓殖和贸易，在今瑞典、丹麦、挪威等地安营扎寨。连远在加拿大的圣劳伦斯湾也曾是维京人的殖民地。近东的拜占庭有精锐的维京人雇佣军团，英格兰、爱尔兰、法兰西都有他们的占领区和政权。现代英语中最常用的词汇中有900多个来自维京语。英国东北部的600多座村庄至今还沿用维京地名。法国船长口令中的“左（baloord）”“右（tribord）”也是维京航海家留下的。爱尔兰的首都都柏林的奠基人，也是维京人。在俄国，时至今日，普京和叶利钦互称“先生”时，说的还是维京人古老的词汇。

维京人的基本生活方式是农耕，他们的农庄以家族为单位。但他们并不是自给自足的小农，他们还下海捕鳕鱼，腌渍以后卖给西欧人。他们从事国际贸易，有石制、陶制、木制以及兽骨、兽角制成的日用器皿、金属制品、毛纺织品、珠宝饰品等。传统沿袭至今，只不过贸易的品种改成了集装箱码头、战斗机、轿车和移动电话。他们还大量倒卖各地土特产，考古中发现的存货就有斯堪的纳维亚的磨刀石和染料、荷兰的布匹、地中海的丝织品等。

严酷的环境和落后的生产方式，使维京人的文化处于相当原始的状态。

神话、英雄史诗都由吟游诗人口口相流传。维京人是尚武的。他们的神谱中有两大神系，最崇高的主神名叫奥丁，属于埃西尔神系，与雷公索尔为伴。他创造了世界上的一切，并拥有全部的知识，但最重要的是他是战神，主宰生死。另一个被称作瓦尼尔的神系，由弗雷和他的妹妹弗雷娅组成，相对温柔些，主管繁殖和财富。维京人信仰骁勇善战，宣称懦夫将被送进寂寞的地狱，而勇敢战死的人则升入乐园瓦尔哈拉。

实话实说，我觉得北欧的自然环境挺恶劣的，如果没有那些郁郁葱葱的树木，简直就是穷山恶水。在这里生长的维京人，如果不彪悍，早被别的部族消灭或赶走了。他们敬畏大自然的力量，相信即使是他们全能的大神，也战胜不了命运的安排。好在他们也乐观，相信彻底的毁灭之后将是新一轮重生，周而复始，生生不息。

维京人并非没有文字，只是北佬（指古代北欧人）传下来的由 24 个字母组成的书写体系比较原始，又没有好的介质，只好刻在木头和石头上，这样就只能作为记录，而不方便交流。为了刻画方便，字母都由直线和折线组成，没有现代字母的曲线，如现在的“O”是圆圈，而当时则是个菱形。这种文字是后来英语的原型。而沉郁寡言的维京人还嫌 24 个字母太复杂，逐渐简化成 16 个，表达能力就更差了。有时候，人们就把维京人简称为“海盗”。

我不知道阿博在雷克雅未克郊外遇见的女子是不是一个海盗的后代，但那种性格显然和生长在温带的中国人有相当大的不同。

在心理学里有一种人格名称，叫作“T 型性格”，简称为“海盗性格”，代表着创造性、外向型、爱冒险、喜欢生活多姿多彩，喜欢生命力淋漓尽致地发挥。他们喜爱追求新奇和未知，喜欢不确定性，喜欢复杂与刺激，爱把生命搞得像“一次事故”。有生理学家研究指出，这些人与生俱来有一种“刺激”基因，需要经常性的强力刺激，才能保持生命的张力和兴奋，只有不断地冒险，他们才感觉到自己还活着。

据说，爱因斯坦就是这样的人。

也许，黛比就是这样的人。

突然记起阿博的一段话。阿博说他和黛比分手的时候，天空也飘荡着北极光。这一次的北极光是橙红色的，飘散着，很凌乱，好像火焰或者是巫婆的眼光。

我说，什么时候才容易出现北极光呢?

阿博说，有三个条件。

阿博很喜欢把问题梳理成几个点，也许因为是学管理的吧。阿博说，最

容易出现北极光的日子，第一是要在冬天的 12 月。第二是要天气特别晴朗，如果有大风的搅动，极光就会躲藏。第三是要特别寒冷。

阿博说，真奇怪，那三天都有北极光出现，第二天晚上的北极光是金蓝色的，好像深海的海草，也像黛比的头发。

清早起来，站在甲板上，呼吸着海风传递的湿润，渐渐地接近了港口。瑞典到了。上岸的时候，我又看到了阿博。彼此间隔着很多拉杆箱和双肩包，我们只是微笑着颔首，算是招呼也算是告别。

旅途就是这样，我们会在某个地方以出乎意料的方式遇到某个人，彼此一点都不了解，却说了太多的话。

从此天各一方，也许永无相见。祝福他。

旅途就是这样，
我们会在某个地方
以出乎意料的方式遇到某个人，
彼此一点都不了解，
却说了太多的话。

鸟瞰埃德蒙顿

北极光给人的感动，是突如其来的狂喜和感天动地的震慑，加拿大艾伯塔省省会埃德蒙顿留给我的冬日怀想，是清冷的安宁和无以言说的静谧。

下雪了，加拿大的冬天，必然该有雪的，犹如真正的海要有惊涛。艾伯塔省的雪是绵软的，带着轻薄的鞘，好像一种来自上天的昆虫。它们自由自在地飞舞，降落在大地、树梢、城堡、木屋和人们的肩头，让埃德蒙顿如同种了千百万棵梨花盛开的树。为了鸟瞰埃德蒙顿的全景，我们登上了全市第二高的建筑。保安队长领着我们不断攀登，用粗大的钥匙打开一层层厚重的铁门。终于，我们站到了距地面 150 米高的顶楼之上。这里通常不是一个景点。

那一刻，四周寂寥无声。汽车和行人的喧嚣，已匍匐在脚下如峡谷般的深底之街上，头上是苍凉云天，蕴含着雪花的千军万马。四周是林立的大厦，玻璃幕墙闪着孤寂而带有虹彩的光。远方，是涟漪般散去的民居。在更远的地方，是天和大地的缀连处，由细密的森林用灰绿的针脚缝缀而起，浑然天成。

我们渴望城市，我们又留恋乡村。埃德蒙顿的建设把这两者结合起来，人们在享受现代文明的便捷之时，依然依偎在大自然的臂弯里。

而这一切，并不是偶然的，而是来自周密的设计。埃德蒙顿市早有规定，除了市中心，不得在郊区建造高楼。这就使得埃德蒙顿至今保留着完整圆滑的 360 度地平线，令人心旷神怡。

人类是需要常常看见地平线的。那让我们有一种与大地同在的踏实感。它提示我们在琐碎的生活之外，还有一个博大的存在，可以承载我们的身体和心灵。

埃德蒙顿把高度繁华的城市建设与自然的生态环境完美结合在一起，不仅符合建筑美学，而且和人类生存的深层渴求共振。人类是自然之子，如果长期和大自然相隔绝，在单调、鼓噪、僵硬、刻板的人工建筑中踯躅，喝添加了氯化物的水，呼吸被空调设备循环往返无数次的空气，饮下农药和化肥，吞入各种各样的工业原料……就违背了人类几百万年以来进化的基本大法，它不仅是不自然的，而且是不人道的。那种总是两点一线或三点一线的生存

方式，缺少大自然月朗风清的抚摸，缺乏太阳炙热而光明的照耀，呼吸不到由青葱的树木刚刚制造出来的新鲜氧气，喝不到由无数砂岩缓缓滤过的甘甜泉水……我们的身体和灵魂，会一道萎靡、羸弱、发霉、凋零。

人是活在关系中的群居动物。人的一辈子说穿了，有三种关系像轴心一般，指挥着我们围着它打转。第一种是人与自然的关系，第二种是人与人的关系，第三种是人与自我的关系。如果你远离自然，那么这第一种关系的纤绳已咔嚓断裂。据美国科学家研究，世界上最幸福的城市，有一个显著的特点就是那里的人们可以随时拥抱大自然。和大自然的隔膜，是现代人的悲剧之一。

说到人与人的关系，这是一个大题目。先说一个和空间有关的小试验，科学家们证实，当笼子中的小白鼠密度太高时，即使终日提供足够的食物和饮水，小白鼠们也会因拥挤而产生焦虑，之后发生剧烈冲突，彼此咬断对方的尾巴，攻击行为不断，自相残杀，鲜血淋漓……人也难逃这个规律。

说到人与自我的关系，当现代人无法应对越来越频繁的压力，难以有效地调试心境时，就很容易患上抑郁症。

我特别问询了艾伯塔省的抑郁症情况，得到的答案是发病率很低。从埃德蒙顿第二高楼之上的俯瞰，给了我很好的启示。在中国现代化的进程中，我们要在城市建设中，为人们尽最大可能地保存大自然的原生态，让我们一眼望去，可以见到更多的绿色、蓝色和五颜六色的花，可以与广袤的地平线同在。

刚才提到带领我们来到顶层的人，是大厦的保安队长。他和想象中刻板严厉的保安队长大不相同，相貌绅士，服装整洁，而且业余爱好十分丰富，酷爱跳伞和摄影。

我对跳伞十分好奇，问，你是从自己守卫的这座大厦往下跳吗？

他微微一笑，说，这个高度可不够，我是从飞机上往下跳。纵身一跃的时候，感觉像鸟一样自由自在，烦闷就被高空的风吹走了。

我说，那么你不能跳伞的日子，有了烦闷怎么办？

他说，很好的问题啊。在不能跳伞的日子，如果烦闷了，我就爬上这座高楼，一一打开通往大厦顶层的门，独自来到这里，极目远眺。看到一个广大的存在，心情就渐渐放松了，你所感到的压力，和这么大尺度的空间相比，算不了什么，一切烟消云散。

那一天很长时间，我都站在大厦顶上，眼眸毫不聚光地朝向远方，与地平线相交。冰凉的雪片落在睫毛上，化作细碎的水滴。

人类是需要常常看见地平线的。
那让我们有一种
与大地同在的踏实感。
它提示我们在琐碎的生活之外，
还有一个博大的存在，
可以承载我们的身体和心灵。

只有贝加尔湖知道

对于贝加尔湖，基本上就是这样的态度。（作者在《旅游预习》中写道：“很多风光都在记忆中淡去，唯有什么都没有看见的阳关，却以满心的遗憾永生。这也许就是不知道的美丽吧？从此，我固执地吸取了这个经验，对那些充满了想象的地方，有意地不去查找资料。就让它们在想象中浮沉，享有海阔天空的余量。倘若有什么人好心好意地要告诉我，我就要迫不及待地捂住他的嘴，就像一个不想听到足球比赛结果的球迷。请让我自己去看吧，知道得越少越好！”）检点起来，对这个湖的印象可以归纳为两点。一点来自汉朝的苏武牧羊，老人家吞毡咽雪，事发地点就是凛冽的北海——贝加尔湖的小名。还有一点就是天气预报，我们所有的寒冷都来自那遥远的湖面，贝加尔湖简直就是整个中国的北部冰库。

好了，有了这些就足够了。带上方便面，让我们向贝加尔湖出发。

中国人出国都愿意带上几包方便面。我觉得主要是我们的方便面做得好，味道多样化。面条这种东西，很能抚慰中国人的胃。当我们在国外连续几天吃不到可口的中餐时，一旦想起旅行箱里还有几包方便面，心中就安然了很多。

从北京出发，乘坐俄航的飞机，只需两个多小时就到达伊尔库茨克。由于看书太少，在没有到达伊尔库茨克之前，我不知道贝加尔湖和伊尔库茨克的关系。

其实，贝加尔湖紧靠着伊尔库茨克。

但是，我们不能马上看到贝加尔湖。因为我们是从这里入境的，按照规则，我们还将从这里出境。前后两次经过伊尔库茨克，贝加尔湖的游览就被安排在返程途中。

贝加尔湖近在咫尺，可是却不能一睹芳颜，只有等待。不过，伊尔库茨克也是非常值得一看的城市。它保留着古老的俄罗斯风貌，让人恍惚闻到 19 世纪俄罗斯作家笔下的田园味道。导游很骄傲地告诉我们，伊尔库茨克已经建市 300 多年了，是东西伯利亚第二大城市。我们听着无动于衷，因为我们有很多 3000 年历史的城市。伊尔库茨克的街道上有很多小木屋，都是以整棵的原木为构架，粗大的原木在转角处搭接，好像刚刚从森林里砍伐回来，还带着木纹的印记。院子也是原木围绕而成的，以木墙承重，木板屋顶，据说坚固保温。想想也是，即使漫天大雪，你躲在一个木头挖出的槽里，闻着松脂的清香，还会寒冷吗？有些木头是被截断的，因为那里要开窗户。每一扇木头窗户都挂着镂花的窗帘，好像有一个童话躲在后面窥视着你。由于年代久远，已经看不出木屋当年粉刷过的颜色，通通是原木在腐朽过程中的赭黑色。当地的导游很为这一点气馁，解释道："我小的时候，看到过人们把自家的房屋都刷上油漆，每座木屋的颜色都是不一样的，可好看了。"

我们就说："那现在为什么不再把它们刷上油漆呢？这样不但美观，也可以保护这些小木屋啊！"

年轻的女导游撇撇嘴说："小木屋多难看啊，有什么保留的必要呢？为什么还要浪费油漆呢？我们很快就要把它们都拆掉了，盖新的水泥房子。"

我们无语。

自从 20 世纪 90 年代苏联解体后，位于西伯利亚腹地的工业重镇伊尔库茨克一直未能从严重的经济衰退中摆脱出来。吃午饭的时候，在当地居住了 40 多年的老板娘说，这里几十年来就没有多大的变化。

没有变化，是好事还是坏事呢？如果小木屋都变成了钢筋水泥的建筑，伊尔库茨克是更美丽了还是不美丽了呢？

正值7月，是伊尔库茨克最温暖的季节。听老板娘说，如果再早来几天，背阴处的积雪还没有融化呢！街道两旁的林木盛开着繁茂的白花，稠密得看不到枝条和树叶。我问导游：“这叫什么树、什么花？”

导游说：“不知道。”

我就为自己的爱打听害臊了。我一厢情愿地认为，你想了解一个地方，就应该认识那里的植物，每一种植物都有故乡。看到餐厅的老板娘爱说话，我就又向她探问这种开着无比稠密的白色花朵的树木叫什么名字？

“我不知道它的俄国名字是什么，可我知道它的中国名字。”老板娘说。

我只有退而求其次了，说：“中国名字也行，叫什么呢？”

“它叫酸丁子。春天开白花，秋天结出紫黑色的浆果，可以生吃，还可放在锅里蒸熟再吃，蒸着吃比生吃还要酸甜可口，面面的。蒸好的酸丁子还能做成酸丁子酱，还能做馅饼的。”

一句“能做馅饼”，就让我明白了这位远在异国的中国老婆婆已经彻底融入了俄罗斯的风俗，馅饼不再是韭菜茴香馅的，爱吃果酱馅饼了。只是，闹了半天，我还是不知道这个酸丁子到底是棵什么树。

安加拉河河岸到处都是酸丁子树，花朵熙熙攘攘人山人海（如果把一朵花比作一个人的话），让你不断担心树干会不会不堪重负被压垮。好在酸丁子树像个好汉，树皮是黑色的，树枝遒健有力，很是坚忍不拔地挺立着。俄罗斯青年在树下喝酒唱歌，啤酒瓶子瘫倒一地，快乐到你觉得他们有点忘乎所以、游手好闲。同伴中有勤劳的同志，还掰着手指头计算了一下今天是星期几（旅游在外的人对日期比较敏感，对星期几比较糊涂），待想起是星期天，才稍稍平息怨气。

第二天早上，我就要离开伊尔库茨克的时候，俄方导游拿着一本俄汉词典对我说：“你问的那种树，叫稠李。”

啊，原来是大名鼎鼎的稠李啊！

在俄罗斯作家的笔下，那旷野中开着白花的稠李树下，发生过多少美丽的故事。稠李的芳香在暮春的时候，弥漫在木屋的炊烟之中，又激起多少令人哀伤的想象！

叶赛宁有一首诗，开门见山就叫《稠李树》。

稠李树

馥郁的稠李树，
和春天一起开放，
金灿灿的树枝，
像鬈发一样生长。

蜜甜的露珠，
顺着树皮向下淌，
留下辛香味的绿痕，
在银色中闪光。

缎子般的花穗，
在露的珍珠下璀璨，
像一对对明亮的耳环，
戴在美丽姑娘的耳上。

在残雪消融的地方，
在树根近旁的草上，
一条银色的小溪，
一路欢快地流淌。

稠李树伸开枝丫，
发散着迷人的芬芳，
金灿灿的绿痕，
映着太阳的光芒。

小溪扬起碎玉的浪花，
飞溅到稠李树的枝杈上，
并在峭壁上弹着琴弦，
为她深情地歌唱。

有了词典的帮忙，导游底气壮多了。她说，稠李的俄文发音是——“ч ер ё Муха”，在俄罗斯文化中是美丽和爱情的象征。

在明媚的春天，雪白的稠李花仰天怒放，一阵阵浓郁的芳香，沁人心脾。诗人们将它喻为蓬松的白云和雪白的妙不可言的树木。稠李树下是情人约会的地方，稠李所表达的爱情是一种绵绵的柔情。叶赛宁在《请吻我吧……》中写道：“在稠李充满柔情的沙沙声中，响起了一个甜蜜的声音：‘我是你的。’”没有稠李的爱是一种没有柔情和甜蜜的爱，因此当小伙子向姑娘表达爱意时，常常向心爱的姑娘投去一把稠李枝……

怪不得那么多年轻人挤在稠李树下，原来有如此的象征意义。虽然和爱情无关，但我也在稠李树下照了一张相，以表达对这种树木的喜爱。后面的行程里，在莫斯科、在圣彼得堡、在涅瓦河畔……只要我一看到这种盛开着白花的树（俄罗斯腹地由于气候温暖，稠李花已经快谢了，但芬芳更浓烈），就会不由自主地小声招呼一句“稠李树”……好像在向一个新认识的朋友问好。

重新回到伊尔库茨克，重头戏就是拜谒贝加尔湖。这一次，和我们同行的导游是个小伙子，名叫万尼亚。这名字很容易记住，因为有个著名的万尼亚舅舅活在话剧里。

从伊尔库茨克出发，沿着宽阔的柏油路前行了大约 40 千米，穿过丘陵，先到了湖畔的小木屋博物馆。

一个非常有趣的博物馆，据说是在安加拉河上修建水库的时候，把被淹没的库区的一些木屋搬迁到这里，以保存当地居民的原生态。比起伊尔库茨克城里的那些木屋，这里的木屋更精致、更高大，精彩得让人不相信是建造于几百年前。也许市街两旁的建筑不过是普通的民居，但这里的木屋是经过遴选的典型建筑，就像北京胡同的小四合院和达官贵人家的府第，均为古建筑，却不可同日而语。有一个木屋据说是 100 年前的乡村学校，宽敞明亮，摆着整齐的课桌，足以让今天的希望小学羡慕不已。在老师的桌子上，有一个巨大的地球仪，手一抹，滴溜溜地转起来。对此我心存疑虑：当年俄罗斯乡下的孩子们就如此胸怀世界了吗?

从这里，可以看到宽广的安加拉河。导游说：“再往前走，你可以在安加拉河河口看到一块巨石，那是贝加尔湖抛下的绊脚石，企图阻碍女儿的脚步。”

怎么回事?

传说中，贝加尔湖是爸爸，安加拉河是他美丽的女儿。贝加尔湖兼容并蓄，有336条河流进来，却只有一条安加拉河流出去。安加拉河就是贝加尔湖唯一的孩子。女儿到了年龄就要出嫁，父亲为她选中的恋人，就是俄罗斯最大的河流——伏尔加河。但飞来的海鸥告诉安加拉河，有位名叫叶尼塞河的青年非常勤劳勇敢，安加拉河的爱慕之心油然而生，想追随叶尼塞河而去。贝加尔湖断然不许，安加拉河只好趁其父熟睡时悄然出走。贝加尔湖醒后痛苦不已，追之不及，便投下巨石，以挡住女儿的去路。可安加拉河已经远去，为了爱情，安加拉河嫁给了汹涌澎湃的叶尼塞河，一直向北，最终流入了北冰洋。

在故事中继续前行，我们看到了那块被称为“圣石”的巨石，没有想象中那样大，不过屹立在湖河分界处，中流击水、浪花飞溅也很壮观。

贝加尔湖几乎是在没有征兆的情况下突然出现。目之所及皆为蔚蓝，鸥鸟飞翔，水波不兴，湖岸线仿佛画框，将西伯利亚瑰丽的巨大蓝宝石——贝加尔湖镶嵌其中。

贝加尔湖是英文“Baykal”一词的音译，俄文称为“baukaji”，源出蒙古语，是由“saii（富饶的）”加“kyji（湖泊）”转化而来，意为“富饶的湖泊”，因湖中盛产多种鱼类而得名。根据布里亚特人的传说，他们将贝加尔湖称为“贝加尔达拉伊”，意为“自然的海”。湖形狭长弯曲，宛如一轮明月镶嵌在西伯利亚南缘。南北长636千米，相当于从莫斯科到圣彼得堡之间的距离，平均宽48千米，最宽处79.4千米，面积达31500平方千米，最深处有1620米，贝加尔湖聚集着全球淡水湖总蓄水量的五分之一。

俄罗斯作家契诃夫曾写道：“贝加尔湖异常美丽，难怪西伯利亚人不称它为湖，而称之为海。湖水清澈透明，透过水面像透过空气一样，一切都历历在目。温柔碧绿的水色令人赏心悦目。岸上群山连绵，森林覆盖。”

贝加尔湖湖水如琼浆般澄澈，有记载说湖水透明度可达40.8米。湖中有植物600多种，水生动物1200多种，其中四分之三为特有种群。贝加尔湖虽是淡水湖，但湖里生活着许多地道的海洋生物，如海豹、海螺、龙虾等，据说湖中虾的种类就有255种。另外，还有两种是完全透明的贝尔鱼。贝加尔湖中有岛屿27个，最大的是奥利洪岛，面积约730平方千米。我们问轮船老大，到那座岛上要多久？他说，最少要20小时。

贝加尔湖的大，由此可见一斑。

贝加尔湖也是世界上最古老的湖泊。湖底为沉积岩，第四纪初的造山运动形成了该湖周围的山脉，湖区地貌基本形成的时间迄今约 2500 万年。贝加尔湖下面存在着巨大的地热异常带，火山与地震频频发生。据统计，湖区每年约发生大小地震 2000 次。贝加尔湖还有许多未解之谜。例如，湖水一点不咸，也就是说它与海洋不相通，但却生活着地地道道的海洋生物。又如贝加尔湖里长有热带的生物，像贝加尔湖藓虫类动物，其近亲就生活在印度的湖泊里；贝加尔湖水蛭在我国南方淡水湖里才能见到；贝加尔湖蛤子只生存在巴尔干半岛的奥克里德湖。

有人说，贝加尔湖在地下和北冰洋相连。想想吧，多么奇妙，也许那些海洋生物是从地底下潜泳来的呢!

湖堤旁是一排排售卖烤鱼的摊子。那种鱼尺把长，鱼皮是淡黑色的，身材像鱼雷一样修长而浑圆，看得出善于遨游，而且非常结实。肉质粉红，类似三文鱼。各个摊子的售价都是统一的，为 40 卢布，合人民币十二三元。导游告诉我们，它的大名叫秋白鲑，是贝加尔湖的特产，肉质鲜嫩刺少，就着伏特加酒下咽，别有一番滋味。据说，因为湖水冰冷，一条秋白鲑要 9 年才能长到十几厘米长。为了保护鱼类资源，当地政府对捕鱼许可证的发放非常严格，此鱼严禁出口，只有到贝加尔湖才能品尝到这种美味。

我相信其言不虚，因为临走的时候，万尼亚单买了几条鲑鱼，说是留着回家再吃。看来就是在伊尔库茨克市里，这鱼也属珍品。

不过平心而论，虽然秋白鲑毫无腥气，但因为摊贩基本上不用任何调料，连盐都很吝啬（估计是为了保持原汁原味），这样除了鱼本身的味道之外，对喜欢咸香麻辣的中国人来说，就略显寡淡了。我在岸边照了一张大吃鲑鱼的照片，拿回家给人看，都说我像一个原始人。其实，很多人一边抡着酒瓶子一边吃鱼，模样比我饕餮多了。

我们上了一艘小游轮。游览贝加尔湖是自费项目，每人600卢布，约合人民币200元。游轮向贝加尔湖深处驶去，很快周边的景色就退向远方，只剩下碧蓝的湖水和天上变幻莫测的白云。

太大的湖和海就没有什么分别了，最大的分别也许是湖水更清澈，看着湖底的水草，会产生一种错觉。想起安徒生的童话《海的女儿》，说水面像最蓝最蓝的矢车菊花瓣，在这晶莹剔透的湖底，一定隐藏着另外一个世界。

万尼亚从船舷摘下一个水桶，把桶抛下，荡起绳子。小桶翻着筋斗翻进湖中，盛满水后被提起来。万尼亚举着滴滴答答落着水珠的小桶对大家说：“请，喝吧。”

我们说：“就这样喝？”

记得在莫斯科，导游再三告诫我们，俄罗斯的自来水是不能直接饮用的。在饭店买一瓶水，要合人民币近20元。我们基本上已经习惯了每天为自己的饮水支付款项，现如今一下子看到如此多的免费洁净水，受宠若惊，将信将疑。

万尼亚说，贝加尔湖中心的水是可以直接饮用的，非常洁净。在盛夏，水温也只有 3 摄氏度，冰镇的矿泉水。

我们就一仰脖，咕咚咕咚喝下去，果真甘美如泉。

我和万尼亚站在船边看天上的流云。万尼亚说：“我很想请教您一个问题。”

我说：“您尽管说。如果我知道，一定告诉您。如果我不知道，这船上还有那么多人，我可以帮您问问大家。”

万尼亚是个 30 岁出头的小伙子，汉语说得不错，去过中国。他说：“我的问题是，为什么你们中国人对贝加尔湖情有独钟呢？”

我说：“你知道我们汉代的‘苏武牧羊’吗？”

他说：“知道。”说到这里，他手搭凉棚眺望天边，蓝色的眸子反射出天空的白云。他说：“每次来到贝加尔湖，就会想，当年你们的苏武在这里的哪个地方牧过羊呢？”

大地苍凉。是啊，他一个外国人在想，我这个中国人更要想了。

苏武牧羊的“北海”并非大海，而是我们脚下的这个贝加尔湖。汉代称为“柏海”，元代称为“菊海”，18世纪初的《异域录》称为“柏海儿湖”，《大清一统志》称为“白哈儿湖”，蒙古人称为“达赖诺尔”，意为“圣海”。

贝加尔湖周边是无尽的山脉和丘陵，历史上这里曾是中国北方部族的主要活动地区。现在是盛夏时分，正是这里最好的季节，在船上还感到沁骨的寒意。一过了9月，严寒就奔驰而来。秋天，湖畔在0摄氏度左右，而周围山峰和盆地为零下40至零下30摄氏度，巨大的气压差形成强大的风暴——贝加尔季风。到了冬天，更是锥心刺骨的寒冷。据当地人说，温度可达零下50摄氏度。如果你走到外面猛地呼吸一口冷空气，那你就对自己呼吸系统的分布有了最形象的了解。你会知道腔子里所有的气管走向，每一个肺泡都变成冰珠子。贝加尔湖湖面就是一整块巨冰，把天地万物的每一丝暖气都吸入脏腑，几米深的积雪将所有的地方都覆盖成一片银白。

在这样艰苦恶劣的气候下，苏武待了19年，合两次抗日战争加上一次解放战争。戏文中唱道：

雪地又冰天，苦守19年。
渴饮雪，饥吞毡，牧羊北海边。
心存汉社稷，旄落犹未还，

历尽难中难，心如铁石坚。

夜坐塞上时听笳声入耳痛心酸。

转眼北风吹，群雁汉关飞。

白发娘，望儿归，红妆守空帷。

三更同入梦，两地谁梦谁，

任海枯石烂，大节总不亏。

宁教匈奴惊心破胆共服汉德威。

苏武是公元前 1 世纪汉朝人，当时中原地区的汉朝和西北的匈奴关系时好时坏。公元前 100 年，匈奴新单于即位，汉朝皇帝为了表示友好，派遣苏武率领 100 多人，带了许多财物，出使匈奴。不料，就在苏武完成了出使任务，准备返回自己的国家时，匈奴上层发生了内乱，苏武一行受到牵连，被扣留下来，要求他们背叛汉朝，臣服单于。最初，单于派人向苏武游说，许以丰厚的俸禄和高官，苏武严词拒绝了。匈奴见劝说没有用，就决定用酷刑。正值严冬，下着鹅毛大雪。单于命人把苏武关入一个露天的大地窖，断绝食物和水，指望着可以改变苏武的信念。时间一天天过去，苏武在地窖里受尽了折磨。渴了，他就吃一把雪，饿了，就嚼身上穿的羊皮袄。受尽刑罚、濒临死亡的苏武仍然没有丝毫屈服的意思，单于只好把苏武放出来。单于看到软硬兼施对苏武都没有起作用，又不想让他返回中原，就把苏武流放到西伯利亚一带。单于对苏武说："既然你不投降，那我就让你去放羊，什么时候公羊生了羊羔，我就让你回到中原去。"

苏武被流放到了人迹罕至的贝加尔湖边，唯一与苏武做伴的，是那根代表汉朝的使节棒和一小群羊。苏武每天拿着这根使节棒放羊，心想总有一天能够拿着使节棒回到自己的国家。这样日复一日，年复一年，使节棒上面的毛都掉光了，苏武的头发和胡须也都变白了。19 年后，当初下命令囚禁他的匈奴单于已然老死，新单于执行与汉朝和好的政策，汉朝皇帝立即派使臣把苏武接了回来。苏武受到热烈欢迎，从政府官员到平民百姓，都向这位富有民族气节的英雄表达敬意。苏武回国后，一直保持着吃羊肉棒骨喝羊肉汤的饮食习惯，不知道是不是这种食谱的好处，受尽苦难的苏武居然活到了 80 多岁。要知道，这在人生七十古来稀的时代，可是个惊人的寿限呢!

万尼亚说:“苏武牧羊就在此地，可那个时候这里还不是你们国家的啊。”

我说：“那时这里是匈奴的地盘，匈奴后来也成了中国的一部分啊。”

万尼亚说：“好吧。就算是这样吧，但现在贝加尔湖是我们的。”

我无言。

是的，现在贝加尔湖不是中国的。这也是千真万确的，我们只有尊重国境线。

想起一件往事。有一次，在北京会见蒙古国作家团。友好气氛中，作家团的团长说，我们代表蒙古国作家，送给你们一份礼物，是一张画在皮革上面的画。说着，就展开了一幅尺把长的皮画，上面绘着一位身穿蒙古服装的英武汉子，面如重枣，稀疏的胡须被归拢成几绺垂在下颌上。

蒙古作家团团长说：“这就是我们民族伟大的英雄和开国元勋……”中国作家很尊敬地走过去瞻仰。团长说：“……他就是成吉思汗。”

当时就想起了鲁迅先生那段著名的论述——到底是他们的汗还是我们的汗呢?

当然先是他们的汗了。

扯远了，还是回到贝加尔湖吧。

贝加尔湖是美丽的，也是珍贵的。凡是美丽而珍贵的东西，都应该珍惜。在俄罗斯，作家是保护贝加尔湖的重要力量，其中最突出的是著名作家拉斯普京。

当年我读文艺学研究生的时候，就很喜欢拉斯普京的作品，喜欢那种对人生绝境从容不迫的描述，并在这种描述中彰显出人性的顽强和坚忍。

瓦连京·格里戈里耶维奇·拉斯普京（1937—2015）是俄罗斯当代著名

作家。他的小说以浓郁的西伯利亚乡土气息和对人与传统主题的深刻挖掘而著称于文坛。比如他的《告别马焦拉》，就是很有代表性的作品。在参观小木屋博物馆的时候，我就在想，这里面有没有一座木屋是来自马焦拉呢?

小说写的是安加拉河上的一座小岛——马焦拉，即将因一座大型电站的建设而被淹没，由此引发出人们搬迁时的种种情感冲突。有一位俄罗斯老大妈叫达丽娅，古老的木屋就要被水淹没了，达丽娅拎着小桶，艰难地粉刷着自己的小木屋。年轻人大惑不解，觉得何必要徒劳无益地粉刷房屋呢？它们就要消失于波涛中，粉刷还有什么意义呢？殊不知在对故土怀有深情厚谊的人心中，每一幢小木屋都是有灵魂的。维系村民与马焦拉联系的是那种似乎说不清、道不明的，但又深深熔铸于人们血肉之中的传统，一种有价值的精神和道德的脐带。“马焦拉”不仅仅是一座小岛，而且是小说中村民们得以劳作、生息，有着种种无法割断的精神文化联系的母亲大地，而且也是俄罗斯民族传统根基的象征，具有强烈的象征意义。作者并不是写简单的“乡土恋情”，而是深刻地揭示了历史、传统和民族意识对于当代人的意义，并提醒处在高科技时代的人们要“注意人类生存的根基”，要“珍惜地搬迁”。

拉斯普京也以此表达了深深的忧虑。在历史蜕变中，很多民族传统中有价值的东西被冷落、遗弃，乃至无情斩断……《告别马焦拉》，是一首悠长的挽歌，和着贝加尔湖的波浪，在水中激起不息的涟漪。

拉斯普京直言不讳的批评，成了某些人的眼中钉和肉中刺。黑暗势力对拉斯普京的仇恨，居然演变成了血腥的暴力。1980 年寒冷的冬天，拉斯普京遭到了惨无人道的暗算，就在位于伊尔库茨克的公寓外面，他被五个人用凶器打得皮开肉绽，鲜血横流。当人们发现拉斯普京的时候，以为他已经死了。经抢救，拉斯普京终于活了过来，眼睛几乎失明了一年，脸部做了多次整容手术。

在伊尔库茨克城里漫步的时候，我常常不由自主地想，哪一栋房屋是拉斯普京的喋血之地呢？一个作家，为了捍卫自己的感情和理念，居然要付出这样深重的代价，在意料外也在意料中。我在北师大读书时，导师曾说过一句话："作家其实是一个充满了危险的职业，因为你要说真话。你选择了这一行，就要决定做一个勇士。"

拉斯普京是一个勇士。伤愈之后，他依然毫不退缩地投入保护贝加尔湖的事业中。他对人说，总有一种"做得太少，为时太晚"的感觉。记者曾问过他："你是否觉得这种原始的西伯利亚古老民族的传统应当受到保护？"

拉斯普京点点头，说："要是我们过去多注意一点他们的传统，今天的贝加尔湖就不会遇到这么多的麻烦。"说到这里，他深深吸了口气，接着说，"所以，我们要注意优先保护当地的传统，包括思想传统、文化传统、民族传统，因为没有这些传统，人类将无法保护其生存环境。"

贝加尔湖的保护得到了越来越多的重视，但拉斯普京认为，有些保护贝加尔湖的决议仍然是模棱两可、治标不治本的，主管部门可以随意解释或是延误执行有关的决定，或者对存在的问题采取文过饰非的态度。拉斯普京说：“当大家反复看到这种口头上热爱自然，而行动上破坏自然的口是心非的现象时，便会滋生一种厌恶的、麻木的、无动于衷的心态。国家是否真的具备长期的生态政策，当前主要体现在贝加尔湖的问题上。”

官僚主义换汤不换药的措施终于激怒了群众。伊尔库茨克地区党和政府1987年4月1日通过一项决议，说是为了保护贝加尔湖，计划投资1.4亿卢布，立即修建一条长达76千米的管道，把污水排到伊尔库特河。为了修建这条管道，需要穿过一片原始森林，砍掉12~15千米远的路上的树。伊尔库特河河畔有一个很美丽的村庄，首先是这个村庄的居民强烈反对把污染转移到这个地区来，接着是科学家、作家、记者在报刊上发表文章，反对这个不明智的决议。他们把这个排水管方案称作林业造纸工业部门的“特洛伊木马”，是转嫁污染，也是不真正解决贝加尔湖问题的一个埋伏。大学生们更是走上广场、街头、车站，到处发表演说、组织签名，掀起了一场保护贝加尔湖的运动。开始，公安部门认为他们是极端分子恣意闹事，对他们横加干涉，还抓了几个人。这下更激起了人们的不满，事态扩大了，签名者越来越多，达7万多人。连铺设管道的工人也被说服，自动罢工了。开始，地区领导还想坚持原来的决议，邀集一些专家学者来论证这项措施，希望能为铺设管道找到一些科学论据。没想到专家学者们一致反对。他们认为，铺设管道不仅毁掉了伊尔库特河，而且注入安加拉河以后，会使西伯利亚这条著名的已被污染的河流污染更为严重。同时，铺设管道丝毫不能解决造纸厂的空气污染问题，废气照样在毁坏周围的森林及其生态系统。再说，国家拿出巨额资金来修建这项环境效益不大而又增加了新的破坏工程，为什么不用这笔钱来加快造纸厂的转产改造呢？各方面的压力终于迫使政府重新做出决定，取消铺设管道的计划，把建设管道的资金用于污水治理，并把污染严重的造纸厂逐步转产为家具厂，同时对保护环境做出了新的规划。为了减少空气的污染，逐步用电力和煤气代替冒烟排尘的锅炉。

以上啰啰唆唆地写了这个故事，看似和风景无关，其实相连。我们今天还能看到一尘不染的贝加尔湖，并非只是天然的恩赐。贝加尔湖也曾面临过肮脏的污浊，只是由于人民的力量，湖水才依然清澈。

航行至贝加尔湖深处，万尼亚拿出几个小戈比，发给我们一人一枚。我们问："干什么用呢？"

万尼亚说："看我的。"说着，他就一扬胳膊，把戈比投向远远的湖水。他说："把硬币交给贝加尔湖，然后许一个愿，不要讲出声来，就放在你心里。贝加尔湖会听到的，它会帮助你实现愿望，很灵的。"

我们感谢他的好意，依次把手中的戈比投向贝加尔湖。

我的那枚硬币划出一条流畅的弧线，边缘如切割原木的轮锯，划开贝加尔湖水晶般的湖面，缓缓沉入。正好轮船的航向略有改变，经过硬币沉没的地方。贝加尔湖的水非常清澈，我看到那枚褐红色硬币在碧绿的水草中漂荡，衬着垩白色的湖底岩石，宛如大幕前舞蹈的精灵。

至于我的那个愿望，不告诉你，只有贝加尔湖知道。

每次来到贝加尔湖，
就会想，
当年的苏武
在这里的哪个地方牧过羊呢？

丹麦的独腿锡兵

安徒生童话里，我喜欢《卖火柴的小女孩》，喜欢《海的女儿》，最喜欢的是《坚定的锡兵》。有的人把这篇童话的名字翻译成《坚强的锡兵》。相较之下，我还是更偏向“坚定”二字，那种对爱情奋不顾身的投入，还有死心塌地的一厢情愿，让人唏嘘。

童话里的锡兵只有一条腿，真不知道他是如何通过了当兵的体检，成了一名肩扛毛瑟枪的勇士。书里给了我们一个解释，说这个锡兵是最后一个被生产出来的，原材料不够用了，所以只有一条腿。按照这个解释，锡兵就是先天性残疾。锡兵历经种种磨难，从未改变对一位纸做的“小舞蹈家”的爱情，直到最后在火中凝结为一颗锡做的心。

当年读这篇童话的时候，就萌生了一个小小的愿望——得到一个小小的锡兵。那时候想得简单，以为既然是个著名的童话人物，就该到处有的卖，就像如今的唐老鸭、米老鼠。屡屡搜索未果，才明白这锡兵是个小人物，并不芳草天涯。看来，要找锡兵，只有到他的老家丹麦了。

到了丹麦，先去看的是海的女儿的铜像。铜像矗立在哥本哈根海滨公园的浅海处，身高 1.25 米。注意啊，不是说美丽的美人鱼身高只有这么矮小，而是因为她取了一个屈腿侧身的坐姿。如果站起身来，就是个高大的美女。再提供一个数字：据说铜像的体重是 175 千克，今年（本文写于 2006 年）已经有 93 岁了。

93 岁的小美人鱼，丝毫不改婀娜多姿的体态，青铜色的“她”坐在一块礁石上，容颜清丽，美丽的发辫垂在腰间，在身后紧贴礁石处，有一条仿佛还在滴着水珠的鱼尾。美人鱼周围能容人站立的地方很狭窄，礁石上又覆满了青苔，又湿又滑，稍不小心就会跌入海里，让你来个不情愿的海水浴。我们很规矩地排着队，依次跳上岩石，迎着光照相。咔嚓咔嚓乱响了一阵之后，突然有人说，这样的照法，把美人鱼最重要的部分就丢了。

照过的人吓了一跳，马上反驳说：“你看，海水啊、蓝天啊、美人鱼啊，还有我啊，都照上了，什么都不缺的，肯定没丢掉任何东西。”没照过的人就停下了踏上苔藓的脚步，眼巴巴地等候着下文，以防自己辛辛苦苦地蹦跳过去，反倒做了无用功。

发难的那位说："美人鱼啊美人鱼，你们只照了美人，没有照上鱼。正面取景，好看是没的说，可惜没有尾巴。没有尾巴的美人鱼，人家还以为是一尊普通的欧洲少女像呢！"

呵呵，尾巴！是的，美人鱼最重要的身份证就是她的尾巴。尾巴里藏着她全部的秘密和痛苦，当然，也有奉献和快乐。

于是大家重新来过。

听说这座美人鱼雕像早已不是丹麦雕塑家爱德华的原作。美人鱼曾多次遭到破坏，身首异处。政府为防悲剧重演，现在用的是仿制品，原作早被国家博物馆收藏。

听说每年有超过 100 万的游客和美人鱼合影，有的游客还爬到美人鱼的身上，做出不雅的动作。政府准备把美人鱼的铜像搬到深海去，这样游客们就只能远远地眺望美人鱼的身姿，呆呆地面朝大海，从海风的呼啸中，去想象美人鱼所经受过的刺骨寒冷、锥心痛苦和致命浪漫。

记得小时候给孩子讲《海的女儿》，孩子对坚贞的爱情似乎不大能体会，只是为美人鱼不能说话而万分苦恼。孩子问："美人鱼没上过学吗？"

我说："这和上学有什么关系呢？"

孩子说："就算美人鱼嗓子哑了说不出话来，可以写一张字条给王子啊，王子一看不是全都明白了？"

我张口结舌，只好说："海底是没有学校的。"

孩子穷追不舍，说："那她爸爸可以教她啊，她爸爸不是国王吗？国王肯定会写字的，要不怎么能当国王？"

我急中生智，总算想到了一个解释，我说："海底王国和人间使用的不是同一种文字，是外语。就算是美人鱼给王子写了字条，王子也不认识……"

惊出了一身汗，才把这段公案应对过去。想想看，如果至善至美的小美人鱼都可以是文盲，早就厌学的孩子们，理由和狡辩一定更多了。

看完了《海的女儿》，就该去看她爸爸的雕像了。美人鱼的爸爸不是海底的国王，而是丹麦伟大的文学家安徒生。

丹麦到处都有安徒生的雕像，我最喜欢的是哥本哈根市政厅南侧那尊青铜像。早知道安徒生相貌不佳，便做好了看到一张难看脸的准备，但这座塑像一点都不丑。晚年的安徒生表情安详，头戴一顶18世纪流行的绅士高筒礼帽，拄着一根手杖，有一种若隐若现的沉思和羞怯，据说这是按照1875年安徒生70岁时的样子设计的。游客们纷纷爬上台阶，和铜制的安徒生合影。

因为雕像高大，一般的人站在那里，只能到达安徒生的腰际。据说摸到“安徒生”的手、膝盖或是裤脚和鞋子，都可以沾到大师的灵气。这些常常被游客汗手所摩挲的地方，油亮而紫红，好像镶上了红色的补丁。

这位把童话作为献给全世界儿童最好礼物的大师，自己始终不曾有过孩子，几度情场失意。15 岁那年他来到哥本哈根，一生中的大部分时光都是在哥本哈根度过的。

看完了雕像之后，就是寻找安徒生的故居。据说安徒生在哥本哈根住过不止 20 个地方，现在只把一部分开辟出来供游人参观，最具盛名的是在新港。

新港其实并不新了，早在 1673 年，当时的丹麦国王哈丁古斯二世为了实现“要让哥本哈根成为跟世界做贸易的城市”的诺言，下令开凿运河将朗厄里尼海的水引进哥本哈根。而在丹麦语中，哥本哈根就是“商人的港口”或者“贸易港”的意思。只是哈丁古斯二世国王并没能想到他的这一纯粹为了发展经济而进行的开凿，最终成就了哥本哈根这座城市的诗情，以及安徒生那些充满了幽默和幻想的童话。

新港狭长的港湾里停满了五颜六色的游艇和帆船，樯桅林立，帆影摇曳。运河两岸伫立着当年码头工人以及琥珀商人和海员们居住的房子，每栋房屋的颜色都不相同，亮蓝、粉红、金黄、春草绿……在夕阳的余晖里，这些五颜六色已有几百年历史的老房子不可思议地年轻。街边是一排排支着太阳伞、座无虚席的露天酒吧，游人鼎沸。

坐在运河边长长的木头上，听着优雅的爵士乐，看穿梭在运河上的游船，一下子分不清到底是在21世纪还是在19世纪。据说因为施行严格的保护措施，这里的建筑和两百年前没有丝毫区别。

这条街是安徒生的心灵栖息地。在街的路口有一座安徒生雕像，雕像的铭牌上记载着安徒生曾分别于1834—1838年、1848年和1875年相继在这条街的20号、67号和18号居住并写作。在这里，他得到过戏剧家、诗人、贵族乃至国王的帮助和垂青，渐渐声名鹊起。只是不巧，20号故居正在修整，我们无法入内参观。在门口和林立的脚手架合影之后，我不停地向对岸眺望。我在寻找房屋与房屋连接的拐角处，我记得在《卖火柴的小女孩》中，那个可怜的小女孩冻饿交加，就是在一处墙角划完了她所有的火柴。我想安徒生写作这篇童话的时候，一定想起了窗外的这些楼房。他坐在窗前，倾听着运河上木帆船的摇橹声，看着河边酒吧里扯着嗓子不停地举着酒瓶子正在寻欢作乐的海员，想象着一把火柴像火炬一样燃烧……

在丹麦的街头徜徉，我还是念念不忘那个独腿锡兵。

我向导游述说心愿，问在哪里可以买到一个锡兵。导游说："克伦古堡。"从此心中一直默念"克伦古堡、克伦古堡"，好像小孩子买酱油醋，在走向商店的路上不停地嘟嘟囔囔，生怕忘却。

克伦古堡，位于哥本哈根北面海滨，建筑在岩石上，半截身子探进海中。几百年来，它一直是守卫哥本哈根的要塞，至今还保留着当时的炮台和兵器。

克伦古堡位于丹麦与瑞典之间最狭窄的海域，扼住了波罗的海的入口处，名字的意思是——皇冠之堡。这个古堡不仅因为战略地位重要而闻名，更因为它是莎士比亚名剧《王子复仇记》（《哈姆雷特》）的发生地。历史上真实的《王子复仇记》是丹麦内陆的故事，莎翁玩了个“乾坤大挪移”，将它搬到了这里。

为什么要移花接木？因为当年的克伦古堡之豪华雄冠北欧。早在15世纪，当时统治全北欧（包括丹麦、瑞典、挪威、芬兰和冰岛的“斯堪的纳维亚联合王国”）的丹麦国王埃里克便看中了赫尔辛格这个极具战略性的“瓶颈”地带，在此筑堡，向来往北海和波罗的海的商船征税，收取买路钱，约略等同于现今的高速公路收费站。北欧的海上贸易非常活跃，埃里克和他的继承人财源滚滚。赫尔辛格遂从一个渔村一跃成为名震欧洲的海港重镇。后来，丹麦国王弗雷德里克二世娶了年仅15岁的表妹苏菲。为了给新王后提供一个舒适的居住环境，国王斥资把阴森湿冷的中世纪式样的克伦古堡改建成文艺复兴式的豪华行宫。2000年，克伦古堡被联合国教科文组织列入世界古迹名单中。

然而，走进城堡，感受到的主体风格依然是阴暗和压抑的，虽然屋外阳光灿烂。跟着导游，可在古堡的四翼参观丹麦王族当年的会客厅、起居室、寝室等，看到皇室名贵的家具、摆设、日用品和餐具。古堡的庭院里还有一座精致的小教堂，以供王室成员使用。

比较振奋而有生气的是武士大厅，据说当年是弗雷德里克国王为了讨好酷爱跳交际舞的苏菲而建造的舞厅，全长 63 米，为当时全欧洲最长的大厅，金碧辉煌，极负盛名。就是今天看起来，也还有不可一世的奢华之气。

堡内除了大厅宽阔之外，到处都很幽暗，的确是发生幽怨故事和血腥政变的好地方。

导游特别提示要留意墙上的 7 张挂毯。初看起来，这些挂毯除了规模较大之外，并没有非常特别的地方。可是中国人对“大”是有很强的免疫力的，单凭体积来讲，还不足以让我们惊奇。挂毯的主色调是咖啡色，不知是因为年代久远褪了色，还是皇室就喜欢如此暗淡的风格。在一派昏暗之中，在任何角度都可以看到丝毯中的某些部分在闪闪发光。据说这是金线的光芒，它们是用真正的纯金丝编织而成的。

丝毯的主题基本上是人物，为丹麦历代国王和王室成员。当年无数工人不停劳作了整整 4 年，一共编织出了 43 张丝毯，每张的面积都是 12 平方米（3 米 ×4 米）。这些价值连城的挂毯，只有 14 张保存至今——哥本哈根的国立博物馆和克伦古堡各藏一半。在《王子复仇记》里，有一段弄臣波洛涅斯躲在“帘子”后，结果被哈姆雷特误杀的情节。有学者猜测，莎翁所说的“帘子”，其实指的就是这种挂毯。听到了这个说法，再看那些暗淡的挂毯，就有些悚然。

克伦古堡因莎士比亚而得名，但只在城堡的外围有一尊小小的莎士比亚像，令人有些费解。如果没有莎士比亚，没有《王子复仇记》，克伦古堡能有今天这样显赫的声名吗？查了一下资料，在世界十大著名古堡中，克伦古堡并未列在其中。如今在人们的心里，它毫不逊色地跻身于世界上最著名的城堡之列，恐怕不是因为并不算很大的“武士大厅”，也不是因为那些容颜沧桑的挂毯，而是因为一位作家的一支笔。

好在每年 8 月间，克伦古堡都会举行与莎士比亚相关的一系列活动。听说从 20 世纪初起便几乎年年举行《王子复仇记》的公演，许多著名的演员如罗伦斯·奥利华、费雯丽和肯尼斯·布拉纳等，都曾在这里演出过。克伦古堡里有他们演出的巨幅剧照，很多游人在此合影。

在克伦古堡，可以远眺 4000 米外的瑞典小镇海辛堡（也译作赫尔辛堡）。有段城墙很像哈姆雷特徘徊叩问的场景，不知他是不是在这里看到了鬼魂。这样一想，纵然是在烈日下，也生出阵阵寒意。今天丹麦和瑞典很友好，渡轮码头都不设海关，人们可自由来往。但在 15-17 世纪，两国为了争夺波罗的海巨额利益的霸权，锲而不舍地打了两百年的仗。最残酷的海上战场，就在这里。

听导游说，莎士比亚自己也演过《王子复仇记》。我们忙问他莎翁扮演的是谁。导游说：“猜猜看。”有人猜是哈姆雷特，有人说莎翁没有那样高大英俊，可能演的是弑兄霸嫂的叔叔，还有人说他不会女扮男装演了美女或是皇后吧？看大家猜得辛苦，导游索性揭开谜底：“莎翁在戏中演的是鬼魂。”

大家就笑起来，城墙就不恐怖了。

到现在为止，我还没有买到锡兵，甚至连一个锡兵的影子也没见到，不由得暗暗焦急。导游让大家自由活动，对我说：“你跟我走吧。”

下窄窄的楼梯，台阶之险峻，估计在数百年的历史里，一定让若干宫女摔得鼻青脸肿。好不容易走到一处旅游商品销售点，推开门一看，我不由得欢呼起来。

无数的锡兵列队站在玻璃橱窗中，个个雄赳赳气昂昂，好像在接受检阅。导游说：“你挑吧！”然后放下我，回去照顾大家。

这些锡兵都是朴实无华的金属色，仿佛暴雨前厚重的阴云。大的有一拳高，小的只有一厘米，戴着头盔，长满络腮胡子，目光炯炯。虽然形态不一，但每一个都精神饱满，荷枪实弹，随时准备上战场的架势。

我说：“我要一个锡兵。”

售货大妈（真的不能称之为小姐，足有 50 岁了）拿出一个手持盾牌的锡兵，那张盾牌上刻着海扇贝的族徽图案，很是骁勇。

我摇头说：“No。”

她又拿出了一个锡兵，这个锡兵没有拿盾牌，改成拿一柄长剑，寒光凛凛。

导游已经走了，语言不通，我用手势比画着告知她，也不是这个。

大妈脾气不错，思忖起来。我指指锡兵的武器，然后做了一个射击的动作。她看懂了，拿出了第三个锡兵。

这次对了。这个锡兵不是拿着盾牌，也不是舞着长剑，而是提了一支枪。

可惜的是，这不是毛瑟枪，而是一支花里胡哨的短枪。

毛瑟枪是德国人毛瑟发明的一种长枪，在安徒生那个时代，是一种新鲜兵器，类似今天的手提式导弹吧。安徒生发给锡兵一支毛瑟枪，除了说明他紧跟世界潮流之外，也说明安徒生实在是很喜爱锡兵，给他装备了最先进的杀伤性武器。

大妈再次思忖，我拼命比画，夸张地表现着枪支的长度，简直快把毛瑟枪形容成大炮了。大妈心领神会，终于从锡兵阵营中拎出了一个肩扛长枪的锡兵。

哈哈，终于大功告成了。这就是那个坚定的锡兵，扛着毛瑟枪，等待着他如火如荼的爱情。

大妈也很高兴，拿出一个精致的小盒子，要把锡兵打包。这时，我突然发现了一个致命的错误——这个锡兵是健全的！也就是说，他的两条腿都完好无缺！这个锡兵——不是那个锡兵！

我急忙阻止了大妈的进一步包装，急赤白脸地说：“我要一条腿的锡兵！”

看着她茫然的神情，我知道她完全猜不透我的意思。急中生智，我来了个金鸡独立：把自己的一条腿尽量藏起来，晃晃悠悠地站在那里。以我的老胳膊老腿，完成这个动作并不轻松，踉踉跄跄几乎跌倒。

大妈终于恍然大悟，口中发出“呜呜”的声音，表示她完全明白了我的要求。我以为这一次大功告成了，但老人家拿出来的还是零件周全的锡兵，嘴里还不停地说着什么，脚下还摆动着。

可惜我听不懂，也不知道再如何表演才能得到独腿锡兵。正在百般为难之际，导游来找我，这才听懂了大妈的告白。原来游人们都喜欢买一条腿的锡兵，店里刚好断货了，最快也要几天后才能供货。目前，只能向我提供两条腿的锡兵。

怎么办呢？好失望啊。要么，就永远留下这个遗憾，让那个一条腿的锡兵活在记忆中；要么，就买下肢体健全的锡兵。

大妈冲着导游说着什么，导游却不忙着翻译给我，频频点头。我问导游："她在说什么？"

导游说："她还在推销两条腿的锡兵。"

我问："她具体说了些什么呢？"

导游说："她说，真正的一条腿的锡兵其实并没有完成他的爱情理想，还在进行中。完成了爱情理想的锡兵，已经不存在了，和他心爱的人一道化成了一颗锡心。在人们心里，他就是个健全的锡兵。"

我不知道这是不是一篇非常成功的推销词，总而言之，我被它打动了。是的，一条腿的锡兵，只是他刚刚被制造出来时的模样，之后他就面目全非了。锡兵最完美的时刻就在他熔化的瞬间。

我最后买下了一个手脚健全的锡兵，肩扛着毛瑟枪。他是用那把锡汤匙做成的 24 个完整的锡兵中的一员，我猜想，在他的心中一定怀念着那个同根生的兄弟，虽然他已经变成了一颗小小的锡心。

真正的一条腿的锡兵
其实并没有完成他的爱情理想，
还在进行中。
完成了爱情理想的锡兵，
已经不存在了，
和他心爱的人一道化成了一颗锡心。
在人们心里，
他就是个健全的锡兵。

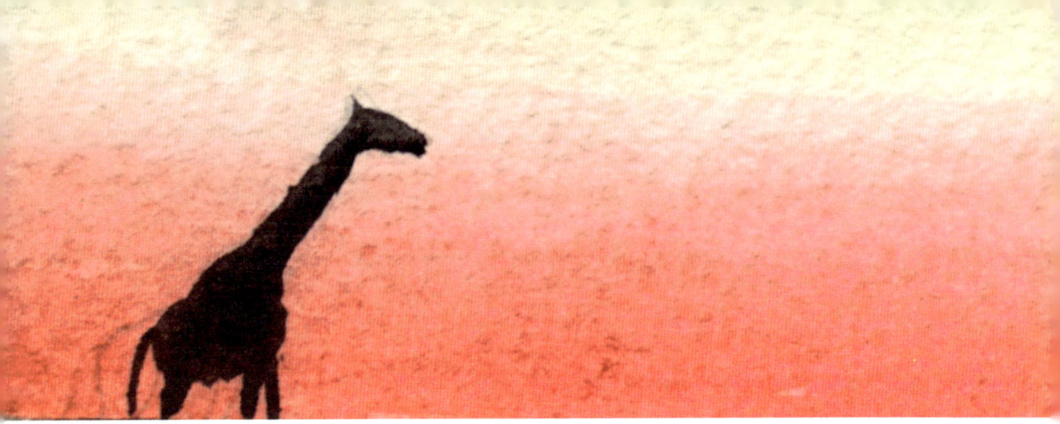

马萨达永不再陷落

马萨达是以色列死海边高昂的头颅。

马萨达这个名称，最早出现在希腊文手抄本中，在亚拉姆语中是“堡垒”之意。它位于死海西岸边的峭壁上，看不到丝毫绿色，和周围充满盐土气息的绵延小丘，没有大区别。马萨达山脚下的砂石大地上，绘有粗糙的水纹状痕迹，这位不拘一格的大手笔涂鸦者，乃是死海日复一日的咸浪。想当年这世界上最低的咸水湖，面积比现在要大，波涛汹涌。

由于气候干旱变暖，死海不断瘦身，留下了这身宽体胖时的飘逸衣褶。马萨达凭山扼海，是绝佳的制高点。站在山下遥望，想起让诸葛亮挥泪斩了马谡的“街亭”，似乎有某种神似。这里的易守难攻不言而喻，当年的人们如何解决水源呢？它的最终沦陷，是否和缺水也有关呢？怀抱疑问，开始上山。

从山脚到山顶，有两条路可选。一是乘坐箱形缆车，然后自己再爬80级台阶，即可抵达山顶的堡垒处。还有一条是呈“之”字形的粗糙土路，名叫“蛇道”，蜿蜒曲折。我胆怯地瞄了一眼，估计以我的体力，至少要两小时吧。

我年少时在西藏当兵，手足并用攀爬雪山落下了心理伤，凡有工具可借用时，必定偷懒。上了缆车，人们纷纷倒向右侧车厢，那一边可以看到正午时分的死海，如巨大宝镜，迸射烂银一般的强烈反光，晃得人睁不开眼。人又偏竭力想去看，个个眯缝着眼皮仄着身子，坠得缆车似乎都歪了。

马萨达海拔50米。你可能会说，原以为是壁立千寻的高山，原来不过区区50米。请注意啊，此处高度虽然以海拔标注，但周围却是低于海平面440米的死海。也就是说，马萨达高出周围海面计490米，峭壁和峡谷，刀削斧劈般直上直下，让它显出桀骜的高耸。即使在今日，这突兀而起和与四周几乎完全断离的身姿，也属绝佳的军事要地。更不消说在2000多年前的冷兵器时代，它成为天造地设的堡垒之冠。

上得山来，马萨达的顶部倒很平坦，大约有650米长，300米宽，像一幅巨大的土黄色桌面。放眼四看，它是森严堡垒和华美宫殿的奇异混合体。

堡垒见过，宫殿见过，在同一个视野中，坚不可摧的防御工事和绚烂华美的宫廷遗址绞缠一处，比肩而立，你中有我，我中有你，真是第一次目睹。这两组遗址的使用主人是不同的，宫殿属于残暴多疑的希律王；萧索的古战场，则属于沥血而亡的犹太勇士。

希律王时期的建筑，包括宫殿、浴室、储藏室、居室、防御工事和供水系统，等等，设计精良，施工考究。残存的壁画栩栩如生、马赛克地板精雕细刻、硕大无朋的石头梁、千年不倒的罗马柱……显示着皇家的威严与工匠的鬼斧神工。有个足有几十坪的宽大浴室，还可以看到地板下预留的半尺高的悬空间隙。导游请我们猜猜这是干什么用的？我们一脸茫然，想不出它的奥秘。我觉得可能是埋藏武器的地方，希律王怕有人趁他洗澡的时候加害，故备下暗器……但不敢贸然作答，怕说错了显得很蠢。导游告诉我们，这是 2000 多年前用来作为蒸汽循环加热的装置，类似今天的“地暖”设备，不得不叹服帝王之家源远流长的奢靡。待走出温暖的享乐窝，扑面而来的是森冷的断壁残垣，持续向人们释放战火纷飞时储存下的杀戮之气。

一只鸽子在岩壁上用喙啄水，紫褐色的头羽点得捣蒜一般。我原以为这里有泉眼，走近来，才发现是一处如何向马萨达输水的模型，旁边放着一个矿泉水瓶子。想得很周到，游客若看不懂，可以用水瓶接了水，浇在模型的山麓上。水一洒下，等于撬动了机关，水会顺着山势，流向模型中的蓄水池。野鸽子们也深谙此道，时不时地来模型处喝水。马萨达聚水的法子，说起来复杂，其实就是将远方山脉降下的雨水，用一个复杂的集水系统收集起来，再经过暗渠，顺着辗转水道，让水最终流进峭壁西北侧的蓄水池。据说蓄水池总容积为 4 万立方米，可以提供丰沛的水源。

约瑟夫曾写道："希律王在每个地方都建造了蓄水池，这样他就可以成功地为住在这里的人提供水。甚至好像在使用泉水一样。"

谈到马萨达，必须要说到约瑟夫。他是一个犹太历史学家。公元 66 年时，他指挥兵马，成为加利利地区反抗罗马帝国统治的犹太军队司令，不幸兵败被俘。此君后来投降了，归顺罗马军总部。就是他记录了有关马萨达的史实。

据他考证，在以色列哈希曼王朝，马萨达就修建了原始的碉堡。到了公元前 40 年至公元 4 年的希律王时期，这里开始大兴土木。这个希律王，就是《圣经》中记载的曾想杀害刚出生的圣婴耶稣的那个人。此君的残暴多疑，可见一斑。虽说罗马人一直庇护着希律王，不过来自朝廷内外的敌意和各种潜在的威胁，还是让希律王忧心忡忡，寝食难安。他在辖区内四面八方地踆寻，最后在死海边找到了这座孤独的峭壁之山。他设计了别宫加要塞的格局，为自己备下既可以享受也可以避难的场所。至今还可以看到能够凭栏远望死海的奢华宫殿（那时的死海距离山脚比现在要近很多，景色更为壮观），还有鳞次栉比的仓储室、营房、军械库，等等。天险和人工相得益彰，共同构筑了 1.3 千米长、3.7 米厚的带有很多塔楼的城墙。

希律王死后，罗马人占据了马萨达。公元 66 年，在以色列加利利地区，开始兴起了反抗罗马帝国统治的运动。不堪重压的犹太教徒，组织起来，身佩短刀，在闹市潜伏着，遇到有罗马人经过，就猛地扑上去，白刀子进，红刀子出，专门刺杀罗马人。这种短刀类似匕首，十分利于近战夜战和贴身肉搏，故此他们得了一个绰号——“匕首党”。匕首党英勇骁战，辗转迁徙，从罗马守军手中，一举打下了马萨达。反抗者开始把这座孤零零的山岭，作为反抗罗马大军的根据地，拖家带口聚集到了马萨达。其中艾塞尼派的首领梅纳哈姆在耶路撒冷被敌人杀害后，他的追随者们也逃到了马萨达。梅纳哈姆的侄子爱力阿沙尔，成了马萨达要塞的指挥官。

希律王为自己享乐和防身所度身而做的宫殿，成了犹太教徒顽强抵抗的最后据点。他们在山顶各个地方修筑工事，建造生活设施；把王室住宅分隔成很多小房子，挤住了很多人；还养了鸽子，主要是为了通信联络；还养了鸡，那是为了改善生活。他们还造了犹太会堂、议事大厅……总之政治、军事、生活设施，一应俱全。

公元72年，在提图斯占领耶路撒冷并且毁坏第二圣殿3年之后，罗马的军队，决定要拔掉马萨达这个眼中钉、肉中刺。希尔瓦率领大约15000人的罗马大军，包围了马萨达。马萨达是一座面积并不很大的孤山，把它合围成针插不进水泼不进的铁桶，并不是很难的事情。希尔瓦刚开始没想到这会是一场持久战，他认为山上不过是乌合之众，一看到大兵压境，加上断水断粮，挨不了多久就会土崩瓦解举手投降，或许不费一兵一卒兵不血刃呢。当时马萨达要塞有多少犹太人呢？真的不多，大约1000人，其中还有很多妇女儿童。

如此的寡不敌众，马萨达已是在劫难逃。

铁壁合围之下坚守的时间有多久呢？各种记载不一样，有说几个月的，也有说 3 年的。就人们的感情来说，更愿意相信 3 年的说法。顽强和不屈，就像河流，旷日持久源远流长更值得人感佩。总之，在相当长的一段时间内，马萨达严防死守巍然挺立，让罗马人伤透了脑筋。他们心生一计，逼迫成千上万的犹太犯人当苦力。驱赶他们运送泥土，沿着马萨达的西壁，修建一道攀缘的坡道。用个通俗点的比方，罗马军队使用浩大的人工，堆砌起了一架斜插山顶的云梯。

站在马萨达西围墙处，迎猎猎罡风，俯瞰这处长堤，会感受到它志在必得的凶险用心。再放眼，可看到山下平坦的大地，有 8 处呈长方形或是菱形的营盘痕迹，那就是罗马大军的驻扎地。以色列的 4 月，正是仲春，加之死海地势低洼，类似一面凹透镜，将太阳光聚焦于此，炙热已似镶坑。此刻山风如刺刀般尖锐地刺穿耳膜，全身不由得渗出冰冷。

试想当年的马萨达将士们，也曾站在此处，目睹天梯一天天迫近山顶，那是怎样的惊觉和无奈？其实居高临下地打击修堤的犹太苦力们，并不是难事。马萨达山上有的是石头，现在还堆放着大如磨盘的石弹。抬起石块，一撒手，骨碌碌地滚下去，杀伤力肯定不小。但马萨达山顶的犹太人，觉得修堤的都是同胞，不忍下手。于是索命的长堤，就在罗马军吏的吆三喝四下，在守军眼皮子底下，一天天隆起，不断地长高，终于在某个晚上，长到就要抵达马萨达山顶了。铁打的营盘滴水不漏，土夯的巨蛇红芯吐焰，马萨达的每一个人都明白，末日近在咫尺，最后的时刻到来了。天亮时分，罗马军队必将攻占马萨达。

这一天是 1973 年 4 月 15 日，也就是逾越节的前一天晚上。马萨达首领爱力阿沙尔发表了那篇著名的讲话。

“勇敢忠诚的朋友们！我们是最先起来反抗罗马的犹太人，也是坚持到最后一刻的人。感谢上帝给了我们这个机会，当我们从容就义时，我们是自由人！为了让我们的妻子不受蹂躏而死，让我们的孩子不做奴隶，我们要把所有财物连同整个城堡一起烧毁。不过一样东西要除外——那就是我们的粮食。它将告诉敌人，我们选择死亡不是由于缺粮，而是自始至终，我们宁愿为自由而死，不愿做奴隶而生！”

话语在马萨达上空激荡，如同钢铁的风铃被飓风抽打，坚硬的声响摇撼夜幕，群星颤抖。这是全体殉难的信号。但是犹太教律法规定教徒不可自杀，这就使得如何集体死去，成为一道难题。

约瑟夫在《犹太战争》中，记下了其后的惨烈过程：“他们用抽签的方式从所有的人中选择了十个人，由他们杀死其他人。每个人都躺到地上，躺在自己的妻子和孩子身边，用手臂搂住她们，袒露自己的脖颈，等待那些中签执行这一任务的人的一击。当这十个人毫无惧色地杀死了所有人之后，他们又以同样的方式为自己抽签。中签的人将先杀死其余的九人，再杀死自己……那最后剩下的一个人，检查了所有躺在地下的尸体，当看到他们已经全部气绝身亡之后，他便在宫殿的各处放起火来，然后用尽全身的气力将剑刺进自己的身体，直没至柄，倒在自己的亲属身边死去。”

在马萨达遗址中，展示有最后抽签时所用的死签。是考古发掘出来11个陶片。每片上面都写有一个名字，其中一片上写的是ben Yair，是首领。其余十片可能是抽签出来杀死同伴的人的名字。人们指着第二排第四块陶片说，这就是那个最后抽到死签的人。小小陶片里埋藏着多少深沉的苦痛和不屈！这该是怎样的无畏和担当！

第二天一大早，罗马人以为会遭遇马萨达守军的殊死抵抗，他们披上铠甲，搭好梯桥，对城堡发起了猛烈的袭击，不料迎接他们的只有早起鸽子的咕咕啼声。罗马人走入焦黑的城堡，没有看到一个敌人。正确地讲，是他们没有看到一个活着的敌人。殚精竭虑攻下的，不过是一座死城和960具尸骸。

我凝视着那块写着古老文字的陶片，思绪溯流而上，游走到了1900多年前。

月黑风高死期已定的马萨达山顶。抽到第一次死签（实际上是暂时活着的签。不过这种活着，需要比引颈受死更大的勇气）的十人以外的所有人，和自己的妻子儿女一起躺在地上，相互拥抱，彼此感受着最后的温暖。那十个人走向大家，锋利白刃一一穿喉而过。很快，地上血流成河。在杀掉了所有人以后，他们又开始了新一轮的抽取死签。那个名字排在第二排第四个的人，领受了这一艰难使命……

思绪集中在最后那个勇士身上。据记载，当时城堡中共有 967 个人。这就是说，第一次中签的十勇士，平均每个人要杀死将近 100 个人，才算完成任务。被杀的人中，不但有共同迎敌苦苦守城的同胞，还有很多孱弱的妇女和熟睡的婴童。杀敌固然是一种勇敢，杀死亲人，更是需要异乎寻常的勇敢吧？连续杀死 100 个人啊，看多少鲜血倒海翻江飙射而出，听多少呻吟嘎嘎作响惨绝人寰！一剑封喉，手腕不能有丝毫的抖动。动作要手起刀落干净利落，任何拖泥带水，都会增添亲人的杀痛……一串串热血烫弯了雪亮利剑，溅满了勇士残破的征衣。

当他们再次把写有自己名字的陶片聚拢在一处后，最惨烈的英雄被遴选出来了。他要继续杀人，鲜血之上，再铺新红。如果说刚才还是一支团队，这一次，他是彻彻底底孤独了，陪伴他的只有呜咽悲风。

他没有退路，只有不眨眼地杀下去，直到静悄悄的山顶，只遗有他一个人浓重的呼吸。他的工作还没有完，还需一个又一个地翻检尸体。如果有人残存一丝生机，他会毫不迟延地补刀，让所有的挣扎都湮灭在黎明前最稠厚的黑暗中。之后，他带上火种四处跑动，将一间间房屋从容不迫地点火焚烧。在火光的映照下，那漫山遍野的鲜血，一定美艳如花。

一切都完成之后，天已经蒙蒙亮了吧？杀人放火，这不是简单的事情。人要一个个地杀，火要一把把地放。人要确保必死无疑，火要力求烈焰冲天。

在微茫的晨曦中，一抹猩红从死海东岸娩出，带着咸而湿的冷冽，一如渐渐暗凉下去的忠魂之血。

现在，他要完成最后一件工作了。他把短刀刺进了自己的胸膛，看着自己的鲜血喷薄而出，和天边的朝霞混为一体。按照教义，作为犹太教的教徒，自杀是不该的。他的忠勇成为叛逆。

死海的日出，有一种惊心动魄的美。死海看起来无比清澈，水的浮力很大，手指在其中摆动，遭遇阻力，好像在黏稠的膏汁中搅动。死海比普通海水浓烈十倍的含盐量，让它成为地球上的奇特存在，你永远无法在死海沉没。在无风无浪非常平静的日子里，死海也会蒸腾似岚似雾的光影。绝不像普通水面在此刻会倒映出清丽影像。

一位摄影朋友说，死海总是莫名其妙地朦胧，在镜头中迷离。这或许因为它无时无刻不在蒸发，水汽抖动……水的盐分太高了，如同烈日下被暴晒的沥青路面。

死海的日出由于这种特殊的地貌，宛如从微沸的油锅里蹿起亿万朵燃烧的火炬，惊世骇俗。无数跳跃的光芒在黏腻的海面上飞速滑行，如同金红翅膀的鲲鹏展开血羽，以迅雷不及掩耳之势席卷而来，俯冲着扑到了马萨达山下。无际光焰卷起滔天银浪，镀亮了山崖。

也许有人会说，既然马萨达的勇士们都集体殉难了，后人如何知道这可歌可泣的故事？是不是编撰出来的？

原来，有两个妇女和五个小孩躲在一处蓄水池里，得以在集体殉难中幸免。一名妇女历尽艰辛，找到了犹太史学家约瑟夫，向他叙述了亲眼所见的故事。人们因此得知了罗马军队破城之前发生的一切。从此，犹太人亡却了家园，足迹从迦南大地上蹒跚远去，背影流散到了世界各地。

在犹太民族的历史上，马萨达从此成为英雄主义的象征。这里曾经以少抗多以弱抗强，当失去赢得宗教和政治上独立的希望之时，万众一心地选择了用死亡代替奴役的命运。这是理想主义的千古绝唱，这笔精神遗产，不仅属于犹太民族，而且属于整个人类，反抗压迫的斗争精神将永远不朽。

以色列国防军每年都会在马萨达举行庄严的仪式，以纪念英烈。在以色列，参军服兵役是每一个公民的神圣职责，男子 36 个月，女子 24 个月，谁也不能当“逃兵”。入伍后的第一课，就是到马萨达瞻仰，这里是爱国主义教育基地。每一个新兵，必得从山脚下沿着那条我望之生畏的蛇道，以最快速度爬到山顶，然后对着飘扬的国旗宣誓。还据说，摩萨德——也就是全称为“以色列情报和特殊使命局”（它是由以色列军方在 1948 年成立的。与美国中央情报局、苏联内务委员会“克格勃”一起，并称为世界三大情报组织）的人员，不单要徒步攀爬这座陡峭的堡垒遗址，而且必须是在夜里，在熊熊火把的映照中起誓。

既然是宣誓，就一定有宣誓词。我听到了两个版本。第一种是：“马萨达永不陷落！”第二个说法是：“马萨达永不再陷落！”

两个版本，相差一个“再”字。我特别请教了一位希伯来语的博士，她说，那句宣誓词最准确的翻译应该是第二个——“马萨达永不再陷落！”

一个“再”字，寓意深刻。它说明马萨达曾经陷落过，但这样的悲剧，以色列人民再也不允许它发生了。他们必将用生命保卫马萨达，当然也包括整个国土。

“陷落”是一个可怕的词。世界上很多地方很多城市很多国家，都曾经陷落过。原因不外乎天灾和人祸。长安的陷落、罗马的陷落、君士坦丁堡的陷落、巴黎的陷落、南京的陷落……陷落之后是血泊和杀戮，是肝脑涂地和尊严尽失，是文化的倒退和文明的坠毁。

来自大自然所致的陷落，多因为山呼海啸。人世间的陷落，就一定源自有人前来攻占，抵抗不及，于是沦亡。如果杜绝了攻占，就不会再发生陷落。

国与国之间所有的攻伐，说到底，是为了争夺资源和空间。面对无法调和的利益之争时，如果不想进入殊死的博弈，人们通常会说——把“蛋糕做大一点”。意思就是只要利益变大变多，所有参与其中的人都可以多分到一块，可能就会化干戈为玉帛，平息争端，缓和冲突。我以前觉得这是一个好方法，各方各得其所，谁的利益都不受损失。直到2008年春夏，我买一张船票环游地球。3个多月绕地球一圈航行下来，最重要的发现却是——地球这块蛋糕，不可能做得更大了。它就那么大，没有任何法子让地球长个了。

其实，这是一个非常简单的道理，不用走那么远的路，花那么多的旅费，只要坐在房间里用脑筋稍微想一分钟，就彻底明白了这件事。世界上的事情，有时真是诡异。越简单的东西，越是要付出大代价，才能参透。地球上所有发生过的领土之争，说到底就是资源之争、空间之争、尊严之争。巴勒斯坦地区只有 3 万平方千米，大家都要有生存的权利。为了争取持久和平，为了让每一座城市都不再陷落，是所有爱好和平的人的共同愿望。人类必须找到兼顾所有人最大利益的平衡点，这个星球才能平安。那种为了自己的利益，以剥夺他人的生存权为出发点的“陷落”之战，是再也不能重演了。

我相信马萨达永不再陷落！期待世界上所有爱好和平的人民和地区，都永离陷落！保证这个世界“永不陷落”的支点，原本就掌握在文明人类自己手中。

在微茫的晨曦中，
一抹猩红从死海东岸娩出，
带着咸而湿的冷冽，
一如渐渐暗凉下去的忠魂之血。

如果你没有看到过钻塔

如果你没有看到过钻塔，那你就什么也没有看到过。

斯大林在视察苏联巴库油田时，这样说道。

他鹰隼似的双眼，曾横扫过整个世界的烟云。

石油的开采，已经从陆地扩展到了海洋。当我们应邀去参观渤海油田海上采油平台时，心中充满了渴望。

因为是早晨，因为是向着东方，因为是晴朗的有风的初冬，拖轮便像在一片抖动的金箔之上滑行。船头将金斑搅得灿若火焰，船尾将海面犁出雪白的壕沟。你刚窥到碧蓝的海的肌肤，无所不在的金光就神奇地愈合了伤口，大海重新回到浑然一体的辉煌。

整整4小时，我们在波峰浪谷之间摇曳。渤海海面今日七级风，海天一色，蓝得令人感到不真实。四周看不到海岸线，看不到船，看不到海鸥，甚至也看不到鱼。鱼躲在风浪之下，嘲笑我们晕船。

在茫茫大海之中，人极易感到渺小。广袤的自然以它博大的无涯，证实着自己的永恒。我们仿佛回到了地球最初诞生的洪荒。

突然，视野中出现了一个橙红色的点。所有的人都以为那是错觉，海极大地摧残了我们的自信心。但那个点无所顾忌地增大着，并逐渐显示出宛如几何图案般的骨架，无可辩驳地证明自己是一座人工建筑。

渤海油田采油平台到了。

它是一座巍峨的钢铁岛，约有10个篮球场大，巨大的钢桩打入海底，直楔入地壳深处。庞杂的采油设备和所有工作人员的衣食住行，便都在这些钢铁立柱支撑的平台上进行。

在平台一侧，有一支迎风飘逸的火炬。在明媚的阳光下，那火焰几乎是透明的。只有从火炬四周淋漓而荡漾的景色中，想见那里抖动着怎样一道炽热的空气瀑布。

“这火炬每天要燃掉 6000 立方米天然气。”陪同我们的平台经理说。

我的第一个念头是：这太浪费了。随即想到漫漫的海路，终于没有吭声。遥想深夜，无论怎样肆虐的风暴，也无法扑灭这地心之火燃起的光明，该是惊心动魄而又灿烂辉煌的。

该上平台了。

登平台有两条途径。一为走吊桥，大致同上下飞机时的金属梯。只是平台吊桥横跨于平台与拖轮之间，其下便是波涛汹涌的大海，走在其上，就有了“蹈海”的感觉。二为乘吊笼。所谓吊笼是一个一人多高的橄榄绿尼龙绳索结成的套子。模糊地说，仿佛一个巨大的空心灯笼。使用时，人站在吊笼底座，双手抓紧绳套，随着升降装置的启动，人便被徐徐吊上了高高的采油平台。

我很想乘吊笼上平台。钻进吊笼中间，也就是灯笼中插蜡烛的地方，周围是网络般的尼龙绳保护，安全而又惬意。

你搞错了。不是站在绳套里面，而是应该站在绳套之外。看出我心思的经理提醒我。

这怎么可能？！站在绳套之外，升空的过程中，你的脚下是大海，你的背后是空气，你全身的重量都维系在你抓住绳套的两只手上，万一掉下去，这可怎么办？！

正是考虑到万一会掉下去，才要站在吊笼绳套之外。这样一旦发生意外，吊笼坠入海中，人才能迅速挣扎出来。不然，绳套包绕着你，你怎么办呢？平台经理安静地对我说。

他很年轻，光滑的额头没有一丝皱纹，性情中却有一种很深刻的镇定。他的眼睛很大、很圆，有着婴儿一样的长睫毛。当他专注地盯着你问的时候，你有一种被深思熟虑的猫注视着的感觉。

我深切地体验到了海和陆地的区别。在泥土的高处摔下，只要你当时不死，你就算活过来了。在海上，这才仅仅是事情的开始。

有过这样的事吗？我不安地问。还没有上平台，我已经感觉到了生活在上面的严酷。

有过。他轻轻地笑了，露出白贝壳一样的牙。我们所有在平台工作的人，都有自救证。

什么叫自救证？我拥有过形形色色的证，但没听说过这种证。

自救就是掉到海里，你能救护自己，坚持到别人来救助你的能力。简言之，就是游泳，乘吊笼，必须有自救证。平台经理不笑了。

我会游泳，但我没有自救能力。我知道，在充满漂白粉气味的游泳池里练就的手艺是经不起大海的考验的。

我们走吊桥，登上平台。

此刻，我们既不是在天上，也不是在地下，更不是在水里，而是实实在在地站在上万吨的钢铁之上，站立在人类的智慧结晶之上。

上了平台之后，我们所做的第一件事是——吃饭。

4 小时的颠簸之后，在洁白桌布的提醒下，我才感到饿了。

餐厅的光线很柔和，闪闪发光的不锈钢餐具，映出我们因为晕船而略显憔悴的脸。菜肴很可口。听说平台上以前有外国专家工作，厨师受过专门训练，还会做西餐呢。

我轻轻地啜着可口可乐。在洋溢着现代文明的午餐之后，觉得这海上采油也并不如想象中艰苦。平台很平稳，感觉不到丝毫晃动，整洁幽雅的环境，使你恍惚置身于设备齐全的饭店。

猛抬头，在一盘水果沙拉之后的墙壁上，钉着一块齐崭崭的标牌。上面印着伸臂蹬脚的小人影像，仿若我们在男女豪华公厕门扉上看到过的标志，洗练而简明，其下有一行触目惊心的黑色字迹：救命胴衣穿着法。

整个石油平台是日本制造的。我不知道这行符咒般的词语是在日文中就这样书写，还是专门为中国人翻译过来的。总之，当你品着可乐而骤然瞥见“救命”二字时，可乐的滋味也就更丰富了一些。

也许是到了自己的下属们中间，平台经理显得很严肃。他拿来一摞平平整整的工作服。

这是特制的防静电服。海上平台有 6 个储油罐，每个 200 吨……他略微顿了一下，以便让我们计算出他的平台上的总储油量。在上千吨的原油和熊熊燃烧的天然气火把之间，防火极为重要，平台上不仅不允许吸烟，连碰撞、摩擦产生的静电火花也是极其危险的，这工作服的纤维里掺有金属丝，可防静电。大家每人穿一套吧。经理详细说明着。

我们每人拣了一套工作服，上衣是蓝色，裤子是灰色，几乎是新的，看来有幸上过海上石油平台的人极少。

我们戴着橙色的工作帽，在形形色色的钢铁管道和玻璃仪表中行走。

石油平台是由高低有致的几大块钢铁部件拼装起来的。假若有一只硕大无朋的眼从空中观测，平台便如组合家具一般，有不同的层面。最高处是直升机机场，它的用途是不言而喻的。

“坐直升机回陆地去，很快吧？”我问。

“是快，不过平台上的人都喜欢坐船。”经理答道。

想起那海上晕船的痛苦，我大不解。

“直升机常摔，去年还死了人，你们听说了吗？”

我点点头。其实我并不知道这里曾发生过空难，不过我理解工人们，长年生活在这处处蕴含着危险的石油平台，他们对危险有着天然的警觉和拒绝。

生活区和生产作业区、储油罐区相互连接又相对独立，中间以金属楼梯沟通。楼梯悬挂在海天之间，类似天险中的栈道。其实楼梯是很坚固牢靠的，梯面由细密精致的金属丝编织而成。但也许正是因为日本人的精致，使那梯面薄得如同纱巾，这在减轻楼梯自重上也许很有好处，但它镂空得透明，踩在上面如同踩在虚无之上，在鞋与鞋的交错之间，你可以明白无误地看到蓝如靛汁的大海，精神便不停地受到挑战。

平台经理领着我们在八卦阵一般的管道中行进。管道较人还高，便有了在青纱帐中穿行的感觉，只是这些铁杆庄稼过于茁壮。到处都是仪表，它们的指针或者凝然不动，只有长时间的观察才能看出极轻微的偏移；或者不安分地摇摆不停，叫人感到片刻之后就会有一场爆炸。想想看吧，原油从海中被吸取，然后被输送、加工、储存，所有的过程都是在密封状态下进行，它的一切成分和变化，都是由仪表和数据显示的，仪表便分外神秘。

我们已经在管道中穿行了许久，我们可以在任何一个最不经意的角落看到仪表，而我们还没有看到一滴真正的原油。

“这平台上一共有多少块仪表？”我终于忍不住问。

年轻的平台经理难得地皱起浓眉，眉心里便有了极细的皱纹。“没有准确统计过。”他的脸竟微微红了，“大约一万块仪表吧！”

石油平台是极讲科学的地方，他为自己提供数字的不精确感到愧疚。

我为我的唐突感到不安。这仿佛是问一位山民山上的石头有多少块，该脸红的是我。于是我转换了一个话题：“您是这平台上的最高首脑了？”

“不是，或者说不完全是。我们还有一位平台经理，他和我负有同样的责任。”

我表示很想见一见那位领导，想知道他是否也同样年轻、同样冷静。

“您见不到他，他现在正在床上。”

“病了？”我很吃惊。在这远离人寰的地方生病，一定格外痛苦。

“没有，他在睡觉。”

正是中午，我想象不出，一个年纪轻轻的健康人怎么能在如此明亮的阳光下大张旗鼓地睡觉！

“我们是两班倒，所有人员都是双套，一个班就是12小时，下班后就睡觉。”

“12小时？这未免太严酷了，从马克思那会儿，工人们就为8小时工作制而奋斗。工人们没有……什么不同想法吗？”我谨慎地挑选着词句。

“大家都愿意上班。”平台经理又露出了白贝壳似的牙。

“为什么？”我问道。

“因为……寂寞。”平台经理不笑了，他那像婴儿一样纯净的目光中有了一丝悲哀。

平台上有很好的活动室，有乒乓球桌和台球桌，还有电视和图书阅览室。

我们无语地向前行进，前面到了一个岔路口，通往一侧的指示箭头上，用极正规的汉字书写着：逃命通道。

我想到这边看看。

“这是发生海难时的太平门。”平台经理说着，走到了我前面。

我不知前面会出现什么，该不会就这样一直走到海面吧？

在逃命通道的尽头，有一艘救生艇。它像巨大的野蜂巢一样，悬挂在平台的外侧。

“危急时刻，用太平斧将缆绳砍断，艇就自动充气，溅落在海上了。然后我们就自救。”平台经理平静地向我说明。

救生艇是橙红色的，这是平台上应用最广泛的颜色。井架、工作帽和许多重要设施，都是这种颜色。它像那种成熟得极好的川红橘的色调，带着热烈、警醒和淡淡的恐怖感。

“当年‘渤二’就是在那里翻沉的。”平台经理指着一个方向说。

那里是湛蓝的大海，有银白的海鸥在飞翔。时间将一切都冲刷掉了，唯有人们的记忆永存。记得当年读一篇报道“渤二”海难的文章，曾说过找到遇难石油工人的尸体时，那里的海面是一片橘红。工人们临死前将自己捆绑在一起以防漂散，橙红色的救生衣就炫目地漂浮在海面上。

我们都静默了，为了已经和将要牺牲在海洋上的石油工人们。

“我到现在还没有看到过原油呢！”我对平台经理说。人类用自己的血液换来了地球的血液，我急切地想一睹它真实原始的面貌。

平台经理打开一处管道，我看到了未经炼制的刚刚从海洋深处吸取到的原油。

它黑如沥青，黏稠得发亮，散发着隐隐的热气。

“可以摸一下吗？”我试探着问，怕它如沸点很高的温泉一般烫人。

平台经理瞟了一眼某块仪表，说：“此刻的油温是 35.2 摄氏度。”

我把手指伸入原油，挑起一道亮而黏稠的丝。微温，令人感觉到很舒适。

我想，这就是地球皮肤的温度了。

我们已将所有的工作区域巡行了一圈。虽然是冬季，虽然七级风，我的额头还是沁出了薄薄的水汽。

“这一圈走下来，大约有一千米。”我说。

“一千米要多。”平台经理很肯定地说，“我每天夜里都要这样走来走去。”

刮大风的时候也要走吗？

“刮大风的时候更要走了。我会整夜睡不好觉，惦记着这些仪表。”

在风雨如晦的黑夜，在这波涛汹涌的大海之上，踩在薄的金属楼梯上行走，不知需要怎样的勇气和毅力。

“我想自己单独走走，可以吗？”我说。

“当然可以。”平台经理露出白贝壳似的牙，“只是最好不要打扰工人们睡觉，他们今天晚上要上12小时的班。”

生活区的设施很好，工人们的卧室类似火车的软卧车厢，静悄悄的，毫无声息。工人们果真在安安稳稳地睡觉，日复一日 12 小时的劳作，毕竟是巨大的体力支出，白日之下，也酣然入梦了。

我走到一扇标有“医务室”字样的门前。门虚掩着，我轻轻地把它推开。

洁白、整洁、温馨，弥漫着医疗单位惯常的气味。一位年轻的医生正坐在桌旁看书，斜射的阳光将他的脸照得轮廓分明，我看到他嘴边生着细如蜂腿绒毛般的小胡须。

平台上的人们都非常年轻。

他对我的闯入显得有些慌乱，因为我是陌生的异性人。

“我想要一点晕船的药。”我为自己寻找到了一个正常的闯入理由，况且晕船也的确使我心有余悸。

他把药瓶里所有的“晕海宁”都倒给我。

“我要不了这许多。再说，你把所有的‘晕海宁’都给了我，平台上的人晕船了，怎么办？”

“我还有呢！”他快活地微笑着，“再说，平台上的人都不晕船。”

哦，平台上的人都不晕船！每次往返 8 小时的颠簸，终日里海风的熏陶，使他们早已忘记了晕船这个本属于陆地的毛病。

“平台上的小伙子们每天工作那么长时间，他们愿意吗？得病的多吗？”我把心中的疑问再次提出，不是不相信，而是希望再次证实。

“工人们都愿意上班，上班时间过得快呀！”小医生明确地嗔怪我的不明事理，“下班后，除了睡觉就是聊天，谁家有点啥事，早八辈子都聊完了。”

“还可以打球、下棋、看电视……我总以为，今日的石油平台比海岛边防生活要丰富得多。”

“打球、下棋总是那几个人，那几套路数，彼此透熟，还有啥玩头呢！”

我想也是。纵是世界冠军和亚军，让他们天天对垒，时间长了，也会充满烦恼。

“那还有电视呢！”我不屈不挠地提醒。

“电视只能看，不能参与。比如亚运会，我们连喊声加油的地方都没有。”小医生的目光暗淡了。

我也垂下了眼帘。他们是现代人，重要的在于参与。现代科学文明的发达，使他们如此清晰地知道世界上发生的任何事情，他们远离世界，永远只是一个旁观者。这样深入骨髓的寂寞和孤独感，这样被封闭、被隔绝的痛苦，非深入其境之人，难以想象。

“在这种环境下，你的病人是不是很多？”我小心翼翼地问。

“不多，我闲得没事干呢！”小医生对自己工作的清闲感到不好意思。“我们的小伙子身体都好得很。”他自豪地说。

我点点头，表示完全同意他的观点。

“只是他们似乎有一种奇怪的病，就是对土地的思念。”小医生的目光显出忧郁，“我们是脚下无寸土之地啊！”

我下意识地看看脚下，墨绿色的簇绒地毯，像春天里一块茂盛的草地。地毯之下是钢板，平台本身就是一座钢铁的宫殿。钢板之下，就是大海了。

他们的脚下没有土地。哪怕在一座最小的珊瑚岛上，你的脚也会沾到土地，土是人类生命的发源地。记得我有一盆气息奄奄的花，眼看无救，便把它从楼上丢到垃圾箱里，被邻居老大爷拾了去。半个月后，待我再看到那盆花时，竟欣欣向荣到不敢相认。我问大爷使了什么绝招，大爷说有什么绝招？！不过是沾了地气。

石油平台上没有地气，你只能听到无穷无尽的波涛之声。这不是在海岸上听到的那种有节奏的惊涛拍岸之声。无论多么大的风浪，你都能从岸边巨雷般的海啸声中感到岸对波涛的阻碍，感到岸的不容置疑的存在。你绝不担心岸会被淹没，岸比海洋永恒。平台上的涛声不是这样，那是一种完全不经意的来自大海肺腑的律动，它无视其他任何存在，无休止地自吟自唱，充满着强大的自信和亘古不变的倨傲。

今天不过七级风，若是刮十二级风，这里又该怎样？石油平台上的年轻人，没有土地的依傍，他们便失去了人类赖以生存的安定感。这是一种深切到难以察觉的付出。

时间已经不早，我们就要离开，就在这时，我有了此次平台之行最重大的发现——在气势恢宏的采油平台一侧，有一架锈迹斑斑的建筑兀立在海水之中。原谅我用了“一架”这个模糊不清的量词。站在这座钢铁凝成的现代化科技岛旁，那建筑局促得实在无法称为“一座”。它寒酸、简陋、低矮、粗糙，像是一节被废弃的火车皮。但是，用不着内行人指点，我们也可清楚地分辨出，那上面也有类似储油罐的装置。

“那是什么？”我讶然至极。

“那是六号。”平台经理回答我。

“六号是什么？”我追问。

“那是我们自己的平台，自行设计、自行建造的石油平台。开始是打的勘探井，当发现有了油气时，就将钻井平台改建成采油平台。平台上的设备百分之百都是国产的。六号一共为国家生产了30多万吨原油。”经理如数家珍。

我凝视着六号。

由于中东海湾局势，向全世界普及了关于石油价格的知识。30万吨原油象征着怎样一笔巨大的财富，每个人都不难计算出。它们真是由这架如此普通的平台贡献出来的吗？

“那上面是什么样子？”

“太简单了！三合板的墙，铁皮盖的屋顶……我们划小舢板上去过。”一位平台工人告诉我。

旧平台默默无言地和新平台立在一起。海浪拍打着新平台，也拍打着旧平台。我在新平台上所感受到的所有孤独和苦难，在旧平台上也一并存在过。没有现代高科技文明的缓释，那苦难一定更尖锐、更持久、更剧烈……

“你们有谁曾在六号工作过？”我问。

人们面面相觑。没有，一个也没有了。在科技日新月异的今天，六号已古老得像一个神话。那些最早的开发者、工作者，你们在哪里？

“可以上去看看吗？”我说。

“不行了。梯子已经锈断，上面很危险，也许哪天一阵飓风就把它埋葬在海里了。”经理告诉我。

我于是向六号久久地行注目礼。

这样的平台，我不知我们还有几个。但我想，我们起码应该保存下来一个，成为一座石油博物馆中最珍贵的展品。让我们的后人永远记住，我们的祖国曾经怎样举步维艰，我们的先辈曾经怎样艰苦创业！

终于要走了。

我们沿吊桥回到拖轮，这才发现拖轮上的所有工作人员并没有跟随我们参观平台。“你们都看过了吧？”我猜测道。“不，我们都没参观过。”他们憨厚地回答。“嗯，那是你们不愿意上去看看了？”“不！不！”他们连连摇头，“平台上的纪律很严格，没有特别批准，是不能上去的。听说女人上过石油平台的，只有江青一个人。”

对于这最后一句话，我始终不相信，但石油平台，只有极少的人登上过，我相信这是一个事实。

石油平台与拖轮渐渐分离了。平台上突然涌出了那么多年轻人，向我们招手道别。刚才他们都坚守在各自的岗位上关照那些仪表，现在他们目送我们远去，像黄土高原深处的小村落里的孩子们，目送一辆偶然驶过的汽车。

当平台与我们相距一个适当距离的时候，平台粗壮的铁腿与高耸的背甲，使它像一只橙红色的龟。于是我觉得它很像初民们对这个世界最早的解释：天圆地方，浩洋不息，人类在巨龟背负的息壤上繁衍生长……

大海无垠，人的智慧无垠。

海上石油平台终于浓缩为一个红点，镶嵌在大海尽头，像是海与天孕育成的一颗珍珠。

我看见了钻井，我想，我已看见了一切。

在茫茫大海之中，
人极易感到渺小。
广袤的自然以它博大的无涯，
证实着自己的永恒。
我们仿佛回到了
地球最初诞生的洪荒。

海明威的最后一分钱

基韦斯特是美国本土最南端的一座小岛，东西长约7.2千米，南北宽约3.2千米，像一只胖而舒适的卧蚕，睡在蔚蓝的海中。战争年代，由于基韦斯特独特的地理位置，这里是兵家必争之地。

我选择到基韦斯特一游，不是因为战争，或者说，也是因为战争——一位擅长描写战争的伟大作家曾在这里生活过，他就是欧内斯特·海明威。

半个多世纪以前，声名初起的海明威，厌倦了大城市的繁华生活，想换换口味。小说家约翰·帕索斯向他推荐了佛罗里达州的小岛基韦斯特。这座岛距离美国大陆的距离比距离古巴的距离还要远，地处墨西哥湾和大西洋交汇的水域，岛上长满了红树林、棕榈、胡椒、椰子、番石榴……天空飞翔着蓝色和白色的海鸟，云彩堆积着，巍峨得好像奇异的山峦。海水由于深邃和清澈，变得近乎紫色，赤红色的水母遨游着，和天边的霞光呼应，构成了诡异的光柱。岛上居住着西班牙和古巴的渔民，是早年捕鲸人的后代，民风淳朴。海明威欣喜若狂地说：“这是我到过的地方中最好的一个，我一点也不留恋大城市的生活。纽约的作家，那都是装在一个瓶子里的蚯蚓，挤在一起，从彼此的接触中吸取知识和营养，我想躲开他们。”

基韦斯特岛的确非常美丽，让人沉醉而迷惑。但我想不通，在如此妖媚的阳光下，海明威哪里来的心境去描写流血的战争？我有个不登大雅之堂的心得，总觉得作品是某种地理时空的产物，就像野菊花是旷野和秋天的合谋。可能为了迅速纠正我的谬误，夜里，就让我见识到了加勒比海一场骇人的风暴。暴烈的阴云和能够置人于死地的狂雨让我明白了，这里的天空和海洋可以比拟任何战争与和平。

海明威在这座小岛上写下了《永别了，武器》《午后之死》《胜利者无所获》《非洲的青山》《有的和没有的》《第五纵队》《西班牙的土地》，以及《丧钟为谁而鸣》的一部分……这些小说，凿成一级级花岗岩阶梯，送海明威到达了不朽的山巅。

海明威来到基韦斯特定居以后，先是住在西蒙通街，后来搬到了怀特理德街 907 号，现在对游人开放的就是 907 号故居。它坐落在一条短短的安静的小街上，回想半个多世纪以前，这里一定更为清冷。宽大的庭院，一栋白色的二层楼房，绿得不可思议的树和曲折的小径。走进故居，首先接触到的是无数只猫以豹子般勇敢的身姿，在你脚下乱箭般窜动。这可能是世界上最无人管教的家猫了。还有一些猫不成体统地睡在小径的中央，袒胸露乳、放荡不羁。刚开始我几乎以为它们是死猫，它们委实睡得太沉醉了。别看这些猫其貌不扬（以我有限的知识，觉得它们是一些平凡的猫，绝无名贵之种），但它们的血统直接来自海明威当年豢养过的猫，个个是正牌后裔。它们气定神闲、为所欲为，赋予海明威故居以勃勃生机。它们是大智若愚的，对所有的访客不屑一顾，心知肚明，自己的祖上才是这厢真正的主人。

我在海明威的故居内轻轻地呼吸。

这套房子是海明威的第二任妻子波琳的叔父于1931年送给波琳的礼物，海明威在这里生活了8年。房子原先是栋西班牙风格的古典建筑，年久失修，门槛腐朽，墙皮脱落，房顶和窗户也有很多破损。海明威着手组织工匠把房子从里到外来了个大改造。这不是项小工程，尤其是设计方案，有很多是海明威自己完成的。

现在看起来，这是一套舒适而井然有序的房子。我原来以为海明威的写作间是阔大的，按照房屋的规模与格局，他完全有能力为自己做这样的安排。室内的陈设，估计很可能是凌乱的。但是，我错了。工作间异常整洁，面积也不算很大，铺着黄色的木质地板，齐胸高的白色书架靠在墙边，古典的西班牙式的圆形写字台摆在地中央，阳光充足得让人想打喷嚏。在介绍海明威

的书籍里，写着海明威习惯站着写作，他常常把打字机放在书架的最上一层。但在海明威的故居中，我看到的打字机还是规规矩矩地放在写字台上。

海明威还有一个我觉得很女性化的习惯，就是爱收藏小动物玩具，比如铁乌龟、背后插着钥匙的玩具熊、小猴子和长颈鹿造型的小工艺品……我在一些名人故居经常看到的是名贵的收藏品，显示着主人的身份。但是，海明威不这样，他让人看到的是一个大作家的率性和真实。

给我留下特别印象的是海明威的孩子的卧室，地砖的颜色如同韭黄般鲜嫩。解说员告知，这间房屋的设计是海明威亲自完成的，铺地的材料是海明威专门从法国订购来的。

我偷偷笑笑。平心而论，和整套住宅华贵精致的风格相比，海明威为自己的孩子所设计的卧室，谈不上出色。不敬地说，甚至有支离破碎的堆砌之感。但我想，他一定是倾注了极大的爱心，单是把那些颜色暖亮得如同咸鸭蛋黄般的瓷砖一路颠簸地运到这座小岛上来，就让人的心情从感动演化成嫉妒。不是嫉妒海明威的富有，是嫉妒那孩子所得到的眷爱。

海明威的庭院里，有一座露天游泳池。出门就是天然浴场的岛屿，从咸水的怀抱里掬出一座淡水游泳池，即使在今天，也是奢侈。更不消说，海明威是在半个世纪以前一举完成此项工程的。那时，这颗淡绿色的葡萄，是整座岛上的唯一。

在更衣室和游泳池之间的水泥地上，有一块灰暗的玻璃，落满了尘土。解说员将浮尘拭去，让游客看到一枚硬币镶嵌在水泥中央。由于年代久远，币面显出苍老的棕绿。

这就是那著名的一分钱了。在观光手册上写着："海明威曾用两万美元修建这座岛上唯一的淡水游泳池。他说过，要用尽最后一分钱来建造。他做到了，于是在完工的时候，他就把自己的最后一分钱镶嵌在了水泥地上。"

浪漫而奢华的故事。海明威一掷千金为博红颜一笑，有点帅哥的味道。我却多少有些不明白。既然是求奢华享受，就不要这样捉襟见肘。就算捉襟见肘，也不要公告天下。就算要公告天下，也要做得好看一些。这枚锈绿的硬币，歪斜着，尴尬着，好像一张肿了的苦脸。

我把自己的想法对解说员说了。那是一个被热带阳光晒出一身麦黄肤色的青年。他说，自己祖居基韦斯特，对海明威很了解。

那一分钱的真相是这样的。他陷入了沉思。

海明威的妻子波琳执意要建造岛上第一座淡水游泳池。在她，这不但是一种享受，更是一种地位和财富的象征。海明威出于爱，答应了这个请求。家中当时并非富有，两万美元不是一个小数目，海明威抖空了钱袋的缝隙。施工很混乱，预算一再突破。有一阵，几乎要半途而废。海明威殚精竭虑，把最后一分钱都榨了出来，才艰难地完成了这座划时代的游泳池。为了表达这份窘迫和来之不易，海明威把一枚硬币镶嵌在这里。

海水拍打着珊瑚礁。往事已经湮灭在不息的浪花之中。我不知道在众多的海明威传记当中，还有没有更权威、更确切的说法，关于这一分钱，关于这座来之不易的游泳池。

从故居走出，我们在海明威生前最爱去的那家酒吧点了一种海明威最爱喝的酒，慢慢呷着。我想，我愿意相信解说员的解释。因为他那麦黄色的皮肤是一个强有力的注脚。从依然明亮的瓷砖到早已暗淡的游泳池，我在那座葱绿的院子里，除了记住了海明威的旷世才华，还感受着他的率真和独特的个性。

海水拍打着珊瑚礁。
往事已经湮灭在
不息的浪花之中。

浮潜加勒比海

美国本土的最南端，佛罗里达州的基韦斯特岛。我和翻译安妮在夜半时分到达，乘一辆吉普车似的小飞机降落在机场。机场很小，如同郊外的长途汽车站。甚至没有人查验行李，自己动手从传送带上取下行李，然后一头钻进被腥热的海风泡软的黑暗中。

安妮说，你等一等，我去取车。

接待方计划安排得很周到，考虑到小岛上交通不便，特地为我们租了一辆车。安妮从机场问讯处取到了一个密封信封，撕开信封就见到了车钥匙。我们拿着钥匙，拉着行李，到机场前面的停车场去找我们的车。那种感觉好似要进山打猎，有一杆枪和一只属于我们的狗，正在不远处的山脚下等待着新主人。

很快找到了我们的车，一辆红色的雪佛兰。进到车里，很洁净。我说，好像是新车。安妮说，这是美国最普通的车，旧了便租不出去。安妮飞快地驾着车，在寂静的渺无一人的沿岛公路上，雪佛兰如同一颗红色的保龄球，快乐地向前。我们找到下榻的旅馆，一栋美丽的白色建筑。因为抵达得太晚，管理人员已经入睡，录音中留给我们的信息是：×× 号房间的钥匙，压在门口的脚垫下。祝你们晚安。

在脚垫下摸到了钥匙，走进门，如同刚孵出的小鸡一样的嫩黄色扑面而来。屋顶是黄色的，墙壁是黄色的，连同卫生间所有的瓷砖和洗手盆，都是杏黄色的。这种黄色让人先是不惯后是惊喜。对于中国人来说，明亮的黄色有一种潜在的禁忌，在过去漫长的时代属于皇室，凡人一眼见到，有一种消受不起的惊慌。

然而，还是从心底喜欢，葵花般的兴奋。

由于太晚，料定没有晚饭可吃。刚才在路边的小店买了一种鱼肉做成的沙拉。我和安妮各自住下，我开始吃沙拉，有海水的味道，细腻软滑，浇了一些莫名其妙的汁液，酸而辛辣。

第二天，我们先去参观海明威的故居。街上有很多酒吧，好像每一座酒吧海明威都曾在里面喝过酒。到了一家据说是海明威最常去的酒吧，我们要了一杯酒，据说这也是海明威最爱喝的。我一边喝着，一边觉出自己的可爱与可笑。已经这把年纪了，像是追星的少年。名人坐过的地方，自己也要安放一下屁股。不管海明威喝着这种饮料听到水手讲了多么动人的故事，不论海明威在这种饮料的刺激下萌发了怎样的灵感，我还是要说，那种饮料对我的舌头来讲，一点也不舒服。

缓缓地踱步。在这样的地方快步走，暴殄天物啊！一辆废旧的汽车，浑身贴满了闪亮的瓷片，仿佛无数妖魔闪着银亮的脸，对着天空和海卖弄风情。我说，这是什么？安妮说，这是居民的创造。他们在玩，喜欢瓷片，觉得瓷片好玩，就把它们贴在旧汽车上，让过往的人也欣赏他们的杰作。

我点点头，表示明白，一边在想，不知道我的国家的人民何时能有这份雅兴？

除了参观海明威故居，我们在这座岛上就没有固定的安排了。安妮说，我们怎样来度过这两天？我说，随缘吧。我们就在路上走，看到什么好玩的事，我们就去参加。

于是我们就像两个真正的观光客，懒懒散散、懈懈怠怠地在路上走。我们先是沿岛转了一圈，在美国最南端的标志前照了相，然后在路边无数的小店流连忘返。这是一个纯粹的旅游胜地，店铺也很有特色。我姑且把它们称为“专卖店”。这种“专卖”和一般的理解有所不同，不是专卖男装、女装或是电器，而是专卖“螃蟹”“海龟”或是“鹦鹉”“壁虎”……这么说吧，你看到一家门楣上镶着一只螃蟹，你走进店门，就会看到各种质地、各种形态、各种样式的螃蟹，比如瓷的、布的、塑料的、玉石的、钢铁的、玻璃的……仿真的、卡通的、夸张的、写实的……红的、绿的、紫的、白的……站着的、趴着的、俯仰的、侧卧的……你会觉得全世界的螃蟹都接到了紧急的命令，到这里来集合，以供每一个游客检阅。看到如此多形态各异的同一种生物，会感觉到造化的神奇和人的想象力的丰富。自然界的螃蟹再稀奇古怪，也是大同小异的，只有人的想象才使螃蟹变换出如此庞大的家族，演绎出万千气象。每一只螃蟹都非常可爱，令人恨不得全部囊括回家。可惜银两有限，只买下一只红色的塑料螃蟹，直径约有半尺，肚腹处一捏，会吱吱作响。心想这样大的个头，如果煮熟的，要卖大价钱。但吱吱响，就有些莫名其妙，权当螃蟹的肚子里寄居了一只小老鼠吧。

我们继续走。岛上有很多 T 恤店。

观光手册上写着，在专卖店中，最受人欢迎的是请店家在素色的 T 恤上加印自己喜欢的图案或是花样，只是价格会因商家的不同而有很大的差异。虽然也有很多相当有良心的店，但也会有一些店家以强迫的方式逼游客买货。通常一件 T 恤是 12 美元，若买得较多，店家会打折。所以购买时一定要砍价，若觉着价格太高不可接受，就应坚决地拒绝。找回的零钱也必须仔细核对清楚，还须留意税金的问题……

这本观光手册是日本出的，看来他们为自己的同胞设想得真够细致周到。

和安妮进了一家小店，店里是五颜六色的 T 恤衫。

我们还没来得及浏览，店主就迎过来说，你们是日本人吗？

我说，不是。

他又说，你们是韩国人吗？

我说，不是。

他突然就很高兴地说，那你们一定是中国人了。

我说，是啊！

他说，我也是中国人啊！

轮到我惊骇莫名。无论从哪个角度来说，他的模样都和中国人相差太远。我说，真的吗？

他说，当然是真的。我的祖父是中国人，我的祖母是巴西人。我出生在巴西，后来我来到了美国。我的叔叔和表哥、表姐都长得很像中国人，只有我，一点都不像。我很苦恼，可是也没有办法。我总是对别人说，我是中国人，可是大家都不相信。看来，你们也是这样，我很伤心啊！我要证明给你们看。

说着，他掏出了一份证件，说，你们看了这个，就会认为我是中国人了。

我拿着他的证件颠来倒去看了半天，还是不知道从哪里看得出他有中国人的血统。

他说，你看，我的姓里有“ZHANG”的拼法，我的祖父姓张。他说过，无论你们最后成了哪国人，都要有这个“张”字。

那一瞬，我很感动。我说，老乡，那么，我们来照一张相吧。

他说，那太好了。这里是旅游胜地，是富人们来的地方。可是我从未在这里见到中国人。今天看到了你，看来今后我会在这里遇到更多的中国人了。

于是我们合影。合影之后，友好地分手。然后，我慢慢地走，很久默默无言，连买T恤衫的兴趣都烟消云散。我对安妮说，这条街上，有各种专卖店。以后，中国人来了，可以在这里开一个从未有过的专卖店，生意一定会非常红火。

安妮说，卖什么呢?

我说，卖“熊猫”啊。这条街上，有卖“马”的、卖“猴子”的、卖“山羊”的，甚至卖“蝎拉虎子”（北方土话，指壁虎）的专卖店，怎么就没有一家卖“熊猫”的专卖店呢？要知道，美国人是很喜欢熊猫的啊！从中国进货，各种“熊猫”，塑料的、铁的、不锈钢、瓷的、棉的、绣花的、毛绒的、竹编的、泥雕的……应有尽有，琳琅满目，品种繁多，绝不输给这街上其他任何一种物品的专卖店啊！

安妮也兴奋起来，说，那是一定的。

岛上有一种小火车，样式很像早年的蒸汽火车，其实是电动的，在岛上像蜈蚣一样慢慢爬行。火车司机兼任解说员，随着车轮的进程，向游客们介绍岛上的风土人情。路过一栋木结构的白色小屋，他就介绍说，这里是“奥杜邦纪念馆”。奥杜邦是有名的大学者，尤其在鸟类的研究方面很有建树。据说在馆内陈列着奥杜邦亲笔所画的鸟类的素描。又路过了一座“灯塔博物馆”，它本身就曾是一座灯塔，建于 1894 年，据说里面陈设着航海图和早年间灯塔的实用物品。在马洛里街区附近，可以看到名为“小白宫”的建筑——一栋精美的白楼，1946—1952 年，由于美国第 33 任总统杜鲁门时常带着家人和随从到这里来居住，因此得名。

导游看来是很尽职的，说话也有特点。不过，这位司机兼导游给我的印象不大好。因为我不通英语，每逢他说完一段介绍的话，我就要请安妮帮我翻译。我们交谈的声音很小，但导游认为还是影响了他的工作，对安妮说，要她停止为我翻译。安妮很不高兴，说，你们既然不能提供各种语言的翻译，就不应该阻止游客自我服务。导游很会发动群众，面对着小火车上的乘客说，他这样做是为了更好地为大家服务。我赶快劝安妮，说不要因为我坏了大家的兴致。毕竟面对着如此美丽的风景，以心态的平稳为第一重要。

于是，没有了翻译，在以后的长约一小时的旅行中，我如同失聪的人，只凭自己的一双眼睛欣赏周围的风光。最让人心旷神怡的是岛上的建筑，都是白色的，雪白如贝壳，蓝天之下，耀人眼目到眩晕。

下了小火车，我把憋在心里许久的问题倒出来，为什么所有的建筑都是白色的？是否这里有统一的规定？

安妮说，没有。因为从美学的角度出发，这座岛屿上的建筑以白色最为艳丽。为了维持岛上的景观，所有的人都默默地遵守着这条不成文的规定，没有人违反。

这一点让我在意外之余很是感动。美国是一个非常讲求个性化的地方。在其他的小镇，你可以看到，几乎没有一座建筑是雷同的，千奇百怪，呼风唤雨，每个人都在极力张扬自己的个性。但是在这里，不管是自发还是统一规定，反正所有的人都严格地执行着“白色主义”。在成千上万座建筑上，我没有看到任何一座不是白色的外墙。也许屋里依然色彩纷呈，但是，房屋的外观一律是像鲨鱼牙齿一般的莹白。

海明威的故居也参观了，街道也浏览了，小火车也坐了，剩下的宝贵的一天，干什么？

我们在街上的海报中看到了“加勒比海潜水”的项目。身穿潜水服的蛙人吐着大如牛眼的泡泡，身边萦绕着礼花般灿烂的热带鱼，引人遐想无限。我和安妮几乎是异口同声地说，走，咱们潜水去！

潜水教练室在一个曲曲弯弯的小巷里。不知为什么，我和安妮往里走的时候，不安的感觉云雾般袭来。当我把这种想法说给安妮的时候，安妮说，毕老师，我也正想告诉你，我有一种不祥的预感。

我们面面相觑。但是，我们都不是轻易服输的女人，马上就要到潜水教练的办公地了，哪里能打退堂鼓？

潜水教练是一个长着大胡子的高大男人。他嚼着口香糖，漫不经心的样子。他先告知我们，潜水训练需要6小时，要交纳110美元。我们点头应允，他的热情才高涨起来。我估计他原本以为我们只是一时兴起，随便来打探一番，没想到两个看起来散淡的东方女人真要潜入海底，并非只是说着玩的。

他拿出一摞厚厚的表格，要我们一一填写。那项目真是详细，从你幼时得过何种疾病到祖上的健康状况，都一一涉猎。有无心血管疾病？有无脑血管疾病？有无糖尿病？有无癫痫？有无心肌病？有无关节病……密密麻麻的病名，直看得我这个医生出身的人都惊出了一身薄汗。安妮来得爽快，在所有的病名后面画一个大大的括号，然后写一个大大的“No”字作结。我却没有这番利落，因为表中有几条询问让我觉得须郑重对待。

其一是：你是否有过在高速下降的电梯中耳鸣的经历？

其二是：你是否有过在飞驰的地铁中耳鸣的经历？

其三是：你是否有过在密闭的车厢内耳鸣的经历？

我对安妮说，不幸，我都有过。请你帮我询问一下，这对于下潜是否有影响？

安妮询问。潜水教练回答说，这说明你的中耳和内耳的机能不良。这对于下潜有很大影响。教练说完这些话后，又拿出一张表格让我们填写。安妮看完之后，很是生气。

我说，这上面写着什么？

安妮说，这是一份具有法律效力的文件。如果我们签了字，就证明我们对于下潜中所发生的一切问题都后果自负，和他们没有任何关系。

我说，那么，他们负何种责任呢?

安妮说，他们不负任何责任。

安妮和潜水教练理论，教练海盗般地微笑着，一言不发，脸上所有的笑容都写着一句话：这里我说了算!

安妮慢慢地抓起那几张我们填写过的纸，认真地把它们揉成一团，丢在了地上。

如果我们死在潜水的过程中，他们是不负任何责任的。我是你的陪同，要对你的安全负责，单是这一条，我们就不能在他的文书上签字。安妮对我说。

我说，安妮，你做得很对。我们都有直觉，还是相信我们的直觉吧。离开这里，到安全的地方去。

我们又走在洒满热带阳光的大路上，欢快如初。我们后来找到了乘坐游艇出海的项目。这次不是深潜，是浮潜。也就是说，游艇将游客运送到加勒比海湾内的某处珊瑚礁，让游客们佩戴好蛙鞋和潜水呼吸管，戴好目镜，然后从游艇的中央楼梯下潜，在海中停留约半小时后，再返回游艇，返回海岸。

我买了一件游泳衣，是棕色格子带裙边的，穿上很有趣，有一点像冬天的风衣，很御寒的样子。安妮的泳衣十分漂亮，我们两个在游艇上，一言不发地看着周围的人。他们多是来自美国各地和欧洲的游人，成双成对者居多，看来是夫妻到这里度假的。白种人的皮肤按说是很怕晒的，可安妮说，在美国，如果谁能在周一上班的时候，携带着这种被热带阳光晒得红艳艳的皮肤出现在大家面前，那么大家都知道，他飞到佛罗里达度假了。这是很有面子的事。所以，几乎所有的美国人都趴在甲板上像晾鱼干一样翻晒着自己，唯有我和安妮躲在阴凉里，喝着加冰的可乐。

终于到了蔚蓝海水中的珊瑚礁。我迫不及待地潜下水。哈！真美丽啊！无数的热带鱼在身边掠过，它们经过我的皮肤的时候，好像羽毛刺透丝绸，一种爽滑，一种让人心痒的酥麻，我翻动着自己因为穿了蛙鞋而变得长而丰硕的脚掌，觉得自己像个水怪。倒是热带鱼们见怪不怪，悠然自得地嬉戏着。

那天返航的时候，我和安妮看着天边的云霞说，我们终于潜到了加勒比海的水中，我们还活着，这就很好。

轰先生的苹果树

第一次听说此次日本之行，要在长野县大豆岛的农民轰太市先生家住一天时，半是欣喜，半是忐忑。高兴的是可以由此深入普通的日本人民中，体验一下他们的生活，真是难得的好机会。不安的是，想象中的轰先生是一个很严厉的人，因为“轰”这个姓总使我联想起夏天的暴雨和闪电雷鸣。

一见到轰先生，我就乐了。他是一个非常和善的老人，矮而健壮的身材，好像北方的橡树。他的大脑门亮晶晶的，在明媚的秋阳下，闪着汗珠。他不像常见的日本人，嘴角总是抿得很紧，仿佛时刻都在思索，而是经常忘情地哈哈大笑，好像一个快活的大孩子。

轰先生的家是一所古老美丽幽静的和式住宅，斗拱飞檐，显出一种历史的沧桑感。院落里林木苍苍，各色常绿植物修剪得异常精致，仿佛放大了的盆景，表明了主人不同凡俗的雅趣。

轰先生一家为我们的到来，真是忙坏了。你想啊，一下子来了五个外国人，吃喝坐卧，不是一个小工程。轰先生的妻子绿女士和他的妹妹、儿媳扎着浆洗一新的围裙，为了我们不停地忙碌着。我们品尝着精美的日式菜肴，吃得非常开心。吃完饭，轰先生招呼我们沐浴。

我心中有些嘀咕：天这么凉，要是冻出感冒，再转成气管炎，异国他乡的，岂不麻烦？

没想到，轰先生一家为我们想得周到极了，先是大小浴巾，再是和式睡衣，最后干脆抱来了两大摞长短袖的棉睡袍，堆在地上，好像两座小山。我们全副武装穿在身上，面面相觑，不由得开怀大笑。打趣说，男的都像鸠山、女的都像阿信了。

我们在轰先生家度过了非常愉快的一天。老人家自己种稻田。他招待我们吃的米饭，就是亲手种出来的。我敢肯定地说，这是我平生吃过的最香的米饭了。

我们都夸老人家的米好。他笑眯眯地说，我种的柿子那才叫好呢，全日本第一。我们听了频频点头，心想这样善良勤劳的老人种出的柿子一定出类拔萃。

轰先生接着骄傲地宣布，他种的富士苹果是全日本第二。他说得是那样肯定，我不由得问：是不是进行过正规的全国评比，您的苹果得了银牌?

老人眨着眼睛笑起来说，全日本第一的苹果还没有长出来呢，因为没有第一，所以，我的苹果树就是日本第二了。

我们愣了一下，明白了老人家的诙谐与幽默，也会心地笑起来。不管怎么说，看轰先生的自豪样儿，他的苹果树百里挑一那是没的说了。

吃了午饭，我们和轰先生的文友欢聚座谈。轰先生是作短歌的高手，又是短歌同人刊物《原型》的主编，亦农亦文，深受大家爱戴。

座谈会开得非常成功，但我心里一直惦记着轰先生的苹果树。说起来惭愧，从小到大，我吃过无数的苹果，但还从没有自己亲手从树上摘过苹果。没想到东渡扶桑，到日本的果园来摘苹果，这苹果又是全日本第二，真是一件有趣而又有意义的事情。

我们沿着乡间的小路，缓缓地向轰先生的果园走去。10月的日本晴空万里，干燥凉爽的秋风，带着苹果的甜香扑打着我们的衣襟。远处山峦上最初染红的枫叶，像拍红的手掌，在招呼着我们。

这一带是苹果产地，果然名不虚传。一株株精心培育的苹果树，迎风而立，硕果累累。小路四周的地面，银光闪闪。果树下的土地上都铺着雪亮的金属箔，好像无数面巨大的镜子，用以反射阳光，普照苹果的各个部位。这样结出的苹果不但颜色像玫瑰一般艳丽，而且含糖量高。果园的上空还罩着结实的尼龙网，刚开始我们还以为是防盗，后来一问，才晓得是为了防鸟啄食，这样才能保证每一个苹果都无褶无疤，玉润珠圆。

我一边走一边想，轰先生的苹果树既然是全日本第二，那他树下的银箔一定最亮，他树上的尼龙网一定最大，他的苹果一定像红宝石一般美丽。

正想着，轰先生停下脚步说，喏，到了，你们可以尽情地摘苹果了。

我定睛一看，吓了一跳。这实在是一片太平凡的苹果园。咳！甚至连平凡也算不上的。苹果树上没有遮天蔽日的尼龙网，苹果树下没有银光闪闪的金属箔，树不高大，果不繁密，在周围一大片人工精心雕琢的果园中，显得简朴而随意。树上的苹果因为没有接收到阳光各方面的照射，半边青半边红，远没有想象中那般夺目。

轰先生，这是您的苹果树吗？我半信半疑地问。

噢，我也不知道这是谁的苹果树。不过，你们摘就是了，保证没有人来管你们。别看这树上的苹果不大好看，可它的味道可好了。它里面有蜜！轰先生摇着他聪明的大脑袋，眨着眼睛说。

我们走进果园，七手八脚地开始摘苹果，站在苹果树下大吃起来。平心而论，轰先生的苹果还是相当优良的，甜脆爽口。但因为没有尼龙网和金属箔的养护，果皮上有小鸟啄过的黑斑点，味道也略略有点酸。

人真是不知足的动物。我一边大嚼着轰先生的苹果，一边紧盯着邻居家的果园，心想别人那边像红灯笼一样鲜艳的红苹果，该是更好吃吧。

我们吃饱了苹果，又摘了一兜，才迎着暮色回到轰先生的家。真应了那句中国老话：吃不了，兜着走。

丰盛的晚饭后，轰先生拿出纸笔，文人们开始舞文弄墨了。

我写诗是外行，站在一旁伸着脖子屏息欣赏。

轰先生写下他的一首短歌：

我闭着眼睛，四周一片寂静，

沿着阶梯，走向湖泊的深处，

那里，

有什么呢?

那一刻，四周真的变得十分寂静。听了轰先生的诗句，我的心灵深处有一根琴弦被触动，有一种温暖的感动壅塞喉头。

大家笑着追问老人，在湖底到底会有什么呢?

恰在这时，轰先生的妻子绿女士来为我们送茶，轰先生遂一本正经地回答，那里有美人啊！说着，亲热地拍了绿女士一下。

我们大笑，为了轰先生的风趣和他美满幸福的一家。

在轰先生家的榻榻米上安睡一夜。清晨，要告别了，大家恋恋不舍地分手。我为轰先生写下了这样一句话：“您使我想起了中国神话中的山野仙翁。”

到了东京，在车水马龙的城市人流里，在扑朔迷离的霓虹灯下，我又拿出轰先生的苹果端详。它朴素天然，携一种大自然的清新空气。这其中又注入了轰先生对中国人民的深情厚谊，越发显得沉甸甸了。

我坚信，它是日本第一的苹果。

十月的日本晴空万里，
干燥凉爽的秋风，
带着苹果的甜香
扑打着我们的衣襟。
远处山峦上最初染红的枫叶，
像拍红的手掌，
在招呼着我们。

戴胡子的女法老

法老是对古埃及国王的称呼，在埃及语中称作“佩罗”，现在的读音来自希伯来文的音译。它在象形文字中的意思是“高大的房屋”，后来代指“王宫”，理由很简单，王宫是最高大的房屋。新王国第十八王朝时，国王图特摩斯将“法老”的意思来了一个变化，成了“居住在高大宫殿中的人”，于是“法老”就顺理成章地成了对国王的尊称。

在埃及国立博物馆里可以看到一位法老的雕像，下巴颏儿上长着茂密的胡须，向前探出，好像一块洗袜子的小搓板，十分可笑。

还没等我笑出来，导游说，这是一位女王，她戴着假胡须。

一提到埃及的女王，我等游客做出恍然大悟的样子，知道知道，原来这是埃及艳后克里奥帕特拉。

导游正色道，克里奥帕特拉只是王后，而这是真正的法老，她叫哈特舍特谢晋（通常译作哈特谢普苏特、哈特舍普苏），拥有无上权力的古埃及女王。

女王和王后是有区别的。前者亲握权杖，而后者只是权杖的老婆。

后来，在尼罗河对岸帝王谷众多的祭庙中，看到女王哈特舍特谢晋的神庙是那样美丽独特，据说这也是全埃及最优美典雅的建筑。在卡纳克神庙里，有哈特舍特谢晋为自己矗立的方尖碑，高 29.5 米，重达 350 吨。在上埃及阿斯旺的花岗岩采石场，还有一块重达 1000 吨的未完成方尖碑躺在山坡上，据说也是哈特舍特谢晋为自己建造的，因为开凿中石头出现裂缝才半途而废。

反复听到这位女法老的名字，看到和她有关的遗迹和景色，就对她生出了好奇。查了资料，才知道哈特舍特谢晋在位时间是公元前 1490 年—前 1468 年（在位时间还有“公元前 1479 年—前 1458 年”及“公元前 1503 年—前 1482 年”两种说法），拥有当时世界上最强大的军队、最强盛的经济。她不是傀儡，而是控制着埃及最高权杖的真正的法老。她在执政期间，对内不用严刑峻法就维持了安定的秩序，对外不损一兵一卒就获得了和平。

但女人是不能成为法老的，尽管哈特舍特谢晋才能出众，也无法改变这

一钢铁般的传统。她也颇动了些脑筋，先是在登上王位之前命人为自己编撰传记，并雕刻在大方尖碑上，非说自己是太阳神的嫡亲女儿。为了让神圣感进一步加强，她还在方尖碑的顶部放置了很多金盘，用来反射太阳的光芒，以便向所有人证明她的确来路不凡。

一不做二不休，女法老让她的建筑师把她刻画成一个有胡须的平胸战士形象。每当女法老在公共场合出现，必定是着男装并戴着假胡子，其实她有着柔和的面部，外带轮廓清秀的眉毛和大眼睛，是个十足的美女。

王室的恩怨和历史的偏见遮盖着历史的天空，无论女法老的政绩怎样突出，传统的以男性为中心的社会都是不会容忍一位女性担任法老的，就算她杜撰出了自己是太阳神的女儿这样的神话也万万不行。

结局在传说中是这样被描述的：哈特舍特谢晋刚刚驾崩，一伙军人就袭击了宫殿，把和她有关的一切都毁掉了。神庙中，她的浮雕和塑像或者被砍掉了脑袋，或者被砸断了臂膀。她的墓穴被洗劫一空，神庙墙壁上她的名字被刻意凿平。在整个埃及的官方记录里，和她有关的记载都被销毁了……

哈特舍特谢晋执掌法老的权杖 22 年，古埃及的男人们希望她的这段历史不曾存在过。她的雕像在被焚烧之后再泼上凉水而变得残缺不全，至今还能看到烟火的痕迹。她的名字也从方尖碑上被涂掉，取而代之的是她的父亲、丈夫和继子的名字。

但历史还是记住了这个曾经当过法老的佩戴假胡须的女人。在今天的埃及，在游客们眼中，最美丽的法老神庙是哈特舍特谢普的达尔巴赫里神庙，最高的方尖碑是卡纳克神庙中赞叹哈特舍特谢普的方尖碑。正如哈特舍特谢普自己在碑上所写："未来看到我的纪念碑并讨论我的所作所为的人，切勿说一切不曾发生过，或将它看作我的自我吹嘘，而应当称颂她当之无愧，她的父亲也深感安慰。"

埃及是非常值得一去的国度。你不去美国，不去日本，你还可以想象，而且你的想象基本上是符合实际的。但你若不去埃及，你想象不出那里的神秘。

未来看到我的纪念碑
并讨论我的所作所为的人，
切勿说一切不曾发生过，
或将它看作我的自我吹嘘，
而应当称颂她当之无愧，
她的父亲也深感安慰。

廷布：寻找幸福

不丹的首都叫作廷布，不丹的首都廷布市有多少人呢？说出来可能大家会吃一惊，它只有 5 万人。有的朋友可能会问，这么小一个国家，这么小一个城市，究竟有什么地方打动了你，为什么会选择去这样一个地方旅行？这个问题问得好。人是需要理由的动物，我们在做什么？我们怎么想？我们为什么要这样说？其实背后都有一个意味深长的原因。

不丹成立于 1907 年，历史非常短暂。对于不丹来讲，它目睹了自己邻国尼泊尔的整个发展方向，也以此为借鉴，探索自己的国民发展之路。作为国王世袭制的不丹，统治者是旺楚克家族。现在正在不丹执政的旺楚克五世是一位 80 后年轻国王，长得神似演员刘德华，据说，他在不丹国内受到非常高的爱戴。这位 80 后的国王也与自己的父辈一样，在英国完成学业，毕业于著名的剑桥大学。

不丹如今是民主制国家，国王也要接受议会的监督，如果人民对国王不满，可以通过议会弹劾国王，甚至罢免国王。2008年年底，现任国王旺楚克五世加冕登基，成为世界上最年轻的国家元首。而他的登基是他的父亲旺楚克四世主动让位的结果。在国际社会，旺楚克四世是一位引人注目的人物。他不仅推动了不丹全国的各项改革创举，而且在自己任上还政于民，使不丹从一个王国成为现在的议会民主制国家。

他的父亲旺楚克四世是在英国的牛津大学读书。旺楚克四世17岁的时候，突然得知他的父亲生病去世了，被人从伦敦的学堂叫回了自己的祖国，加冕就任为国王。当时世界上各国媒体纷纷评论，“这个雪山小国有了一个童话般的国王”。但实际上，新即位的旺楚克四世所面对的是一个贫瘠的国家。不丹位于喜马拉雅山南麓的东段，高山峻岭，平均海拔在3000米以上，98%的土地都是丘陵和高峰，20%的国土终年在皑皑的积雪之下，真实的不丹只是一个资源并不丰富的山地小国。

年轻的旺楚克四世用两年的时间，走遍了不丹的山山水水，同时也在世界很多地方进行过考察，这让他心里充满一个新的疑问：是否要让不丹复制尼泊尔走过的道路？开放自己的国家，然后极力开采资源？这样做对于不丹，又会是福音或灾难？

经过重重的深思熟虑之后，旺楚克四世国王最终提出了关于幸福指数的这样一个概念，它的核心在于，一个国家不能以国民生产总值这样一种金钱观作为唯一的衡量标准，而应以自己的国民是否感觉幸福作为最重要的衡量标准。

这几年，我对于怎样能让自己更幸福，也能让别人更幸福的这个问题有点着迷。不丹，这个喜马拉雅山南麓的山地小国，尽管自然条件并不好，国家的收入也不高，可是，他们却提出了一套令整个世界都为之感动的幸福指数的系统。我觉得百闻不如一见，要到不丹去亲眼看一看，看这个号称亚洲最幸福的国家，是否真像人们传说中说的那样幸福？幸福指数是否真的能够在这个物欲横流的时代有那种点石成金的能力，让人们没有钱也能够感受到幸福？

等到我真的下定决心要做这件事情时，才发现要去不丹并不容易。首先，不丹至今没有和中国建交。要知道，要前往一个还未曾建交的国家，我们的签证都要送到第三国去代签，出境手续十分复杂。其次，去不丹实在是一次昂贵的旅行，游一次不丹的花销比我们周游欧洲好几个国家的费用加起来还要多。不丹还对前去的旅行者实行了严格的限额制度。也就是说，不丹每年能够接受的外国旅行者的数目大概不超过一万人。如果这一年去不丹的旅行者已经到了额度，那么对不起，绝不再接受新的旅行者。而且，不丹不允许个人的自驾车游，如果旅友还憧憬着背上行囊，风餐露宿地到那里去自助旅游，基本别想，这在不丹是完全禁止的。最后，去不丹就只剩下一种选择，到旅行社组团。

去不丹需要从尼泊尔转机，再从加德满都坐飞机到不丹的首都廷布，中间只有一个多小时的飞机旅行，可是这一个多小时旅程，真是让人惊心动魄。因为当时在我们的旅行团里，突然爆发了一场严重的疾病。刚到达加德满都机场，大家就开始出现剧烈的腹泻，而且还有很多人呕吐。

大约 80% 的团员都感染了疾病，当时我们面临着要么留在加德满都，要么继续坐飞机飞往不丹。最后大家经过商议，决定继续前进，因为此时如果临时改签机票，手续烦琐，实在太复杂。于是这个 80% 成员都是患者的旅行团，毅然从加德满都起飞，前往不丹。

当飞机降落在廷布的机场时，我们去参观的第一个景点，就是不丹的医院，因为整个旅行团此刻已经几乎全被病魔击倒，当务之急就是先到医院里去看病。

这样一来，最先给我留下深刻印象的就是不丹的国立医院，他们的医生都毕业于印度或者英国的医学院，非常专业、仔细。大家应该都有过患病和治病的经验，特别是我们中国人常说穷家富路，出门在外得了这么严重的疾病，治病的钱是绝对不能省的。所以我们一直和当时负责接洽的不丹导游说，赶快拉患者去最好的医院，用最好的药，花多少钱都没事儿。我们彼此还在商量，谁带的钱多，谁的银联卡更好用，我们已经做好心理准备要面对高额的医疗费，以确保团队的成员们能够尽快康复身体。

就这样，一行人在不丹的医院里做了一系列检查，然后输液、化验，医院各方面的治疗措施都做得非常及时。等所有检查事项都做完了之后，我们想到了交费的环节。然而让人惊讶的是，当我们和不丹的医院咨询所花药费的时候，他们非常肯定地告诉我们："没有任何费用。在不丹的领土上，所有人的医疗是完全免费的。如果你们病情进一步恶化，将由不丹政府承付所有费用，送去国外去救治。"

听到这番话，所有人的眼睛几乎都瞪得像鸡蛋那么大。从机场前往不丹的国立医院的路程中，我们一路已经目睹了一些不丹普通居民的生活状态，也看到了沿途的风光。不难看出，不丹仍然是一个发展中的国家，一路上看不到豪华的建筑，也没有巨大的工厂。视线所及之处，看到的是有些贫困的国家。

可就是在这种情况之下，不丹制定了自己的发展策略：全民免费教育、免费医疗，甚至包括国外的旅行者，只要在不丹的土地上患病，他们都全力救治，不取分文。通过这个旅行中的小插曲，我们确实亲身体会到了不丹对于生命权的尊重，以及对所有人生命一视同仁的大爱之心。

不丹并不是一个富饶国家，这个世界上比它实力更雄厚的国家数不胜数。但是我们即便去美国，也不可能享受到作为一个旅行者的免费医疗。欧洲的若干国家甚至会要求旅客在旅行之前，购买最少 80 万的人身保险才肯给予签证。因为如果旅客在当地一旦生病，势必要有医疗保险来支付，而他们是不可能支付的。

在不丹的国民收入里面，12% 的支出比例用来做全民的公费医疗，18% 的支出比例用来做全民的义务教育。

在不丹看到的小孩子都穿得非常整洁，他们所有的学费由国家支付，所有的杂费包括书本、文具也都由国家支付。他们还有非常漂亮的校服，而不像我们国内的孩子们总是身着那种很宽大，类似于运动服，千篇一律的校服款式。他们的在校学生冬天有冬天的校服，夏天有夏天的校服，从毛背心到鞋子，甚至连女孩佩戴的蝴蝶结头饰都是统一配发的。

我曾好奇地问过不丹的朋友们：国家为什么连这个都管呢？他们的回答也很耐人寻味。他们说，因为不丹尊重文化，希望孩子们从小就感受到上学是光荣的，不仅是一件美丽的事情，还受人尊敬。还有一份数据，也特别能够说明这个细节对整个不丹民族带来的影响。在不丹，所有到世界其他国家留学的毕业生，99% 都会返回不丹，他们愿为自己的国家效力。

在后面的日子里，我们看到的不丹人民无一不是面容祥和、性情温柔，看不到任何争吵，也没有剑拔弩张的氛围。后来我回想，对于生命权的尊重，可以在我们内心的深处引发一种安稳感。如果你是不丹的国民，无论得了多严重的疾病，都不会有那种深不见底、不知要花多少钱才能挽回自己或亲人生命的恐惧感；你知道，有一个强大的力量将帮助和支持你渡过难关。这种给予人们内在、深层次的稳定感，而由此生发幸福感，的确是非常重要的。

我们去不丹的时候，恰逢合家团聚的春节。大年三十的晚上，我们在外面参观完了以后，返回途中，就等着收看央视的春节联欢晚会。其中，我们团里有一个人还提议说：是不是跟在不丹的中资机构打个招呼？我们到他们的办事处蹭一下电视看呀，太想看春节联欢晚会了。然后，大家很快就互相提醒：哎呀，在这里哪有什么中资机构，我们国家在这里连大使馆都没有。之前已经介绍过，不丹和中国并未建交，所以当时我们感觉有些遗憾。在这样一个合家欢度的除夕之夜，自己却身在异乡，连中国家家户户正在观看的春节联欢晚会都看不到。然而，当我们风尘仆仆地走回宾馆时，发现宾馆所有的工作人员都留在那里，等着欢迎我们。

后来我们才知道，不丹习俗过藏历的新年，恰好我们过除夕的那一天也是他们的除夕，大年初一那一天也是藏历的新年。对于非常注重亲情的不丹人来说，这一天也是他们合家团圆的重要节日，可是所有的工作人员却为了远道而来的我们一直等候在宾馆里。我们到了以后，他们表情有些腼腆地说："按各位家乡的习俗今天是应该吃饺子的，可是我们不会做，不过我们一起学着包了你们的饺子。请尝一尝，不知道合不合口味。"等服务员端上来一看，果然正是饺子。

在我看来，他们用心准备的不仅仅是一顿饭，而是一份深切的情谊。接着，宾馆的工作人员还请我们到一旁休息，说已经把电视机调好了频道，此刻正播放着中央电视台的春节联欢晚会，连入座的椅子都为我们摆好了。在那一刻里，我们的感动又加重了一分。经过这样一个旅行中难忘的插曲，不丹的廷布给我们留下了非常美好的印象。

不丹人还有一点给我留下非常深刻的印象，那就是淳朴。我曾经在 2008 年的时候坐船环游世界，环绕地球一周，途中经历了几十个国家。再加上以前零零星星的国外访问，我已经去过世界上很多地方。可以特别坦白地说，没有一个不要小费的地方，即便是朝鲜和古巴这样的社会主义国家。如果现在参加旅行团前往朝鲜，你还会看到通知书上非常清楚地写着需要交多少小费。去古巴也是如此。

唯有在不丹，我曾请一个当地人帮忙提行李，当我把小费给他时，他坚决不拿，带着一脸淳朴的笑容，不停摇头。我想可能不好意思当面拿吧，于是就把准备好的小费放在行李的拉链上。那个拉链是环状的，我把准备好的小费插在环中心，心想当他过来提行李时，搬运过程当中，可以顺便把钱收走，这样彼此都能心安理得了。过了一会儿我再去看，行李已经放在了应该放的地方，可是那一块钱仍然还在风中抖动。

早上出发的时候，我把准备的小费放在电视的遥控器上。这是我在世界各地付小费时通常采用的标准放法。如果放在隐蔽的角落，房间服务员可能会看不到；如果放在非常明显的地方，又显得对人不够尊重。放在这样一个既能看见，又不是特别打眼的地方，我想这也是对服务员的一种尊重。

但是出去旅行一天回来，我回到房间的时候，看到那一美元居然原封不动地在那儿。难道打扫房间的不丹服务员没有看到？第二天，我特意把它放在台灯下面。宾馆的服务员每天都要擦桌子，擦拭台灯时肯定会注意到。我想这回他应该看到了吧。可是第二天回来，那个淡绿色的一美元依然还压在台灯下面。

我大惑不解，不得不去问我的邻居——团友们：你们的小费付了吗？他们说付了。我又问服务员要了吗？他们说没有。在那一刻我真的感到很惭愧，面对如此清澈的心灵，我们的想法反倒有些龌龊。

旅行团发给我们的不丹旅行册上这样写着：在不丹，不要付小费，也不要给不丹儿童糖果，那样你会毒害了他们的心灵。当时我心想这可能只是一句客套话吧，不丹有地主之谊，当然可以对来访者提出这样的劝告。但是对我们来说，出于礼貌也于心不忍，难免要表示下心里的感谢。

通过这几件事情之后，我真的觉得在我们这个地球上，有很多很多的国家，有各种不同的意识形态，但唯有在不丹，才可以感受到那种真诚的、发自内心的友善。我想这可能也是一个侧面的最好案例：证明不丹能够让自己的国民拥有无处不在的幸福感。人一旦拥有温饱，也会拥有尊严；人拥有安全感，就有了存在的价值，在自己幸福快乐的同时，给予别人更多尊重。

我曾在不丹国家邮局买到过一份非常珍贵的藏品——CD 邮票。这是不丹的卓越之处：他们出产全世界独一无二的 CD 邮票。这个邮票不但可以贴在信上，把信件寄回自己的祖国；如果把邮票揭下来，就会放出非常好听的不丹民族音乐。邮局的工作人员还负责给游客照相，然后制作非常有个性的邮票。购买时还发生了一个有意思的插曲，邮票刚做了一半，工作人员突然说，我做完这个邮票，就不做后面的邮票了。

大家很疑惑，这是为什么呢？现场有很多人还在排队等候呢。不丹邮局的工作人员非常温和地告诉我们：已经到了下班的时间，我要下班了，要回家去和家人吃饭。下午两点半的时候我再来上班，请你们那个时候再来。不丹人的生活观就是如此，不会因为很多人在排队，能够多挣一点钱，就放弃自己的休息时间。

按照国外最新研究结果，什么是贫困？现在已经有一个很新的概念：那就是贫困不仅仅意味着没有金钱，还要看丧失了多少时间。今天的社会远比过去富裕，特别是多数发达的国家，已经积累了巨大的财富。可是有多少人在获得财富的同时，也丧失了时间，丧失了自己自由发展的空间？这种新的关于时间贫困的理念，也是在向我们敲起警钟。不丹人民在这方面就做得很好。视线所及之处看到的人都充满了善意，充满了一种既为人着想，又坚持自我空间的生活节奏。

我们在不丹下飞机，过海关的时候，看到当地的官员全部穿着一种特别的服装，有一点像我们的藏袍。男士的叫作帼，女士的叫作旗拉，都是用那种普通的小格子布做成的。我当时以为那天是他们的节日，所以穿得那么隆重，还问："哎，今天是不丹的什么节日呀，大家都穿上了民族服装？"后来我们才知道，原来不丹规定：所有的公务员上班时都必须穿着民族服装，国王也不例外。在不丹的大街小巷到处都可以看到张贴着从旺楚克一世、二世、三世、四世，到现在的旺楚克五世国王的肖像。

再讲一个不丹的小故事。

我们曾去参观当地最大的"宗"，"宗"就是政府的意思，它是类似于布达拉宫那样的一个高大的建筑。当我们到了那儿却突然被告知：由于当天是不丹的除夕，工作人员均不办公，游客只能改日再来。当时我们觉得奇怪，以为不办公的只是看管这个宗政府的工作人员。然而并非如此，是因为这一座古迹现在仍然在使用当中，所有不丹现在的官员也都在里面办公。因为那天是节日，所以里面也不上班，大门紧闭就不能进去了。

这时，同行的一个朋友提议给我照张照片。我坐在台阶上，后面就是不丹的宗政府，明明近在咫尺却没法目睹不丹政府的内景。我觉得挺遗憾，心想怎么办才好呢。

我们团里有个朋友说想去沟通一下试一试，他找到了负责看管这个宗政府的一个卫兵。我的朋友跟他说："你的责任是看管宗政府，但你知道你还有另外一个责任吗？"那个士兵说："我不知道。我的责任就是看管宗政府。现在已经下班了，你们不能进去。"于是我的这位朋友就跟他说："你还有一个责任，是所有不丹人都有的责任，那就是宣扬不丹的文化。我们是从中国远道而来的朋友，特别想参观你们的古迹，欣赏你们的文化。你现在可以决定是要帮助我们宣传不丹的古老文明，还是让我们就这样失望地返回。"

我看到那位年轻的不丹士兵脸上露出思索的神情，过了一会儿，他对我们说："好吧，你们进去吧。"他打开了红墙、白墙之上的一扇大门，我们最终如愿以偿地进到了这个宗政府里面。

所有经历的种种都让我对不丹无比喜爱，它是一个既有古老的文化，又有着不同凡响、崭新思维的国家。不丹的人民既具备淳朴与温顺的品质，又有灵活与变通的思维。

在旺楚克四世国王的倡导之下，不丹的首都廷布专门成立了一个机构叫幸福指数研究所。这个幸福指数的研究所提出了一项非常缜密的计划。第一步，它设立了一份试卷，发放给全国人民，看人民对于幸福有什么看法，有什么希望，以此思考怎样才能让人民感觉到更幸福。这份试卷，一共有 290 个问题，当我把这 290 个问题都打印出来的时候，足足用了 34 张纸。当我把这 34 张纸摆在一起的时候，在那一刹那间，我仿佛感觉到，它像是藏着很多幸福秘密的一匹土布，而且是由不丹人民把它织出来的。里面有一些问题真的深深地击中了我，比如这个，你可知道你曾祖父母的姓名？

特别坦率地说，我真的不知道。我知道自己祖父母的名字，但是我不知道曾祖父母的名字。我看着这道题，心里涌上深深的遗憾。我觉得今生今世，可能很难有机会把这一个巨大的遗憾弥补起来，因为他们已经湮灭在历史的烟尘之中。或许我们心里会觉得，如果自己的曾祖父母或者高祖父母或者更高的祖父母是名门望族的话，我们可能会记得，但如果像我的曾祖父母一样，都只是普通的农民，我们就会将他们淡忘。

在不丹的幸福数据统计试卷里，为什么会有这样的问题？我思考之后发现，其实它关系到我们从哪里来。热爱自己的民族，热爱自己的文化，热爱自己的历史，这并不是一个空洞的概念。它要有细节来支撑，要落实在很多很多这些看似不起眼却和我们息息相关的问题里。所以我觉得不丹非常有远见，“爱护我们的文化，保护我们的文化”，在此不是一句空洞的口号，而是化为了这些具体的行动。

如果有谁看到了这本书，如果你有兴趣的话，如果你记得这个问题，请你赶快回去，去问问自己的爸爸妈妈、爷爷奶奶，去问问自己曾祖父母的名字。他们一定在这个世界上存在过，否则就不会有我们今天的生命。他们虽然是普通人，但是我们的历史、文化正是由一些伟大的人和我们父辈这样千千万万的普通人共同缔造出来的。我想这也就是不丹这道问题给予的深刻启示。

不丹的幸福问卷里还有其他一些看起来很奇怪的问题，例如，你今年种树了吗？看到这个问题，我愣了很久，因为今年我没有种过树。当然，我曾经种过树，可是我们应该年年去种树啊。对不丹而言，它是一个山地的国家，森林覆盖率一直在 60% 以上，但是它仍然对人民强调绿化自己的祖国。

据说这是由于不丹在之前曾走过少许的弯路，把砍伐森林作为经济发展的一个支柱，结果当时不丹全国的森林覆盖率一下子降到了 60% 以下。但是在这项非常严格的恢复植被的措施作用之下，不丹现有的森林覆盖率已经达到了 72%，绿化、保护水土的制度已经写进了宪法。

大家可能会好奇，不丹资源有限，森林那么多，如果不能砍伐，那不丹靠什么来维持经济呢？答案是水利。不丹位于喜马拉雅山的南侧，地势险峻，落差极大，河流从一个高耸的山峰，不停流动到另一个峡谷的地带，水利资源十分丰富。虽然知道水利是不丹的经济命脉之一，可是在那些天的旅行当中，我们却没有看到一处水电站。这点当然很好奇啊，我们就问了本地人，水电站都在什么地方啊？据说你们靠水力发电卖给其他的邻国，这是不丹的一个强大的收入。可是沿途为什么看不到水电站呢？

一路问过来，不断听到有人告诉我们，不丹的水电站全部建在地下。这是为了保护植被和不丹的水源。

在不丹首都廷布的周围，当我看着那奔腾欢畅的、无比清澈的河流的时候，一种既羡慕又对我们国家水土污染的现状深深遗憾的心情油然而生，非常复杂的情感。

我想，在我们祖国的土地上，也许在人迹罕至的深山密林当中，还有这样清澈的河流吧。但我敢说，在我们大城市的周围，再也看不到如此清澈的河流，水很深且透亮见底，里面游动着欢快的鱼儿。

不丹的文件里面明确规定，由于喜马拉雅山系属于年轻山脉，不丹所处的地理环境十分脆弱，人民不得去捕捞河里面的那些高山鱼。这种鱼的生长非常缓慢。不丹像爱护眼睛一样爱护着他们的环境，爱护他们的传统文化。

不丹的幸福调查问卷里面还有一些其他的问题。例如，在最近一年当中，你捐款了几次？我曾看过国内一些机构组织的关于国民幸福指数的调查，但是关于慈善方面的内容，几乎没有看到。

一个国家该怎样引导自己的国民？在我们发展的过程当中，不仅要使自己快乐幸福，还要顾及民族的文化，顾及历史，顾及他人，顾及环境。我想这就是不丹所给予我们的非常重要的启示。

在不丹的时候，我看到家家户户都挂着一种门帘，觉得很漂亮。后来我特意咨询不丹的友人，上面的图案是什么意思呢？他们告诉我，最底下是只大象，在大象的身上是猴子，猴子的身上是兔子，兔子的身上是一只鸟，在鸟的上面还是一只鸟。画面上还有许多鸟，还有很多很多的树，却唯独看不到人。

我问不丹的友人，人在哪里呢？他告诉我说，这个图案代表的是不丹人眼中的一个吉祥、平和的世界。他说这个世界不仅仅是人的，而且是大象的，是猴子的，是兔子的，是鸟的，同时也是人的。我想正是由于这样一种思想的指导，不丹才能和它的山川、动物和皑皑的雪峰、清澈的泉水、碧绿的森林和谐共处。

在地球上，尤其是经济发达的国家，人们已经把国民生产总值当成一个最重要的指标。可是如果人们忘记了拥有的文化，如果污染了山川和河流，如果冷淡了彼此之间的亲情，如果已经失去了那种仁爱慈善之心，这样的发展对人类到底是一个福音还是一个灾难呢？我觉得不丹人已经给出了他们的答案。

不丹的这种坚守，这种特立独行地去完成人和自然和平共处的理念，越来越受到全世界的经济学家、社会学家和政治家们的关注。在一位英国学者做的相关统计里，不丹的幸福指数在全世界排名第八，整个亚洲排名第一。我想我从这次的亲身经历里，也的确感受到了不丹人民的幸福。

1933 年，英国有一位作家叫希尔顿，他写了一部小说叫作《消失的地平线》。在书中，他提出了一个香格里拉的概念。从此以后在世界上，香格里拉就代表着拥有古老的文明，又有自己独特的生活方式，祥和美丽的地方。

我们在不丹旅行的时候，常常会听到有人说，这个高山小国是世界上最后的香格里拉。

2009 年的时候，梁朝伟和刘嘉玲在不丹首都廷布举行了他们的婚礼。那座豪华的酒店叫作乌玛酒店，我当时问不丹的友人乌玛是什么意思。

不丹的导游给出的解释是：乌玛在不丹的语言里，是大路的中央的意思，我很喜欢这个解释。希望不丹有关幸福指数的这个理论，能够为我们人类今后的发展，开辟出一条大路。

在不丹，
不要付小费，
也不要给不丹儿童糖果，
那样你会毒害了
他们的心灵。

加德满都：直面生死

中国有句俗话——远亲不如近邻。在我们祖国周边，有一些和我们非常紧密毗邻的国家，比如尼泊尔。这个世界上每个国家都有自己的国旗，但是尼泊尔的国旗和任何一个国家都不一样，尼泊尔的国旗由两面三角形组成的，国旗的旗面是红色的，代表他们烂漫的国花杜鹃；国旗的边缘是蓝色，代表天空与和平，在它的上面还有一句古老的梵语，翻译过来就是——母亲和祖国重于上天。

我们从成都出发，坐上飞机前往尼泊尔的首都加德满都的时候，就开始了一次壮丽的旅行。这条航线是整个世界上唯一一条飞越珠穆朗玛峰的航线。亲爱的朋友们，如果有一天你去尼泊尔，记得一定要选择飞机右侧的座位。

因为只有在那一侧座位上才会看到苍茫的青藏高原，才会从我们这个星球上的最高峰珠穆朗玛峰一侧飞过，在整个青藏高原的飞行大概需要半个多小时，可以尽情地欣赏皑皑的冰川、高耸的雪峰。

当飞越了珠穆朗玛峰以后，飞机开始急剧下降，这时空中小姐告诉我们，马上将降落在尼泊尔的首都加德满都。加德满都位于谷地，别看这块谷地的面积不大，却集中了七处世界级的文化遗产。加德满都的朋友对我们说："在我们加德满都，神仙比人还要多，庙宇比住宅还要多。"当然这话或许有一点夸张。但是我们也可以从中得到一些讯息：在加德满都将会看到各式各样的"神仙"，看到他们的庙宇。朋友们对我们说，加德满都一共有三个杜巴广场，到加德满都来一定要去看杜巴广场。我问杜巴是什么意思呢？他说杜巴的意思就是皇宫。

既然有三个杜巴广场，顾名思义，加德满都也就是有三个皇宫了。可在我的印象中应该是一个王国，对应一个国王、一个皇宫才对，皇宫的广场也应该只有一个吧？要解开这个疑惑，得从加德满都那长长的历史说起，加德满都在几百年前曾分裂为三个不同的王国，当时的老国王分别给三个儿子都分封了面积稍小的王国，所以到今天加德满都设有三个杜巴广场，最大的那个广场叫作老皇宫广场。

当我来到这个老皇宫广场，导游给我们下达的指示特别有意思，他说：

“这里的神太多了，介绍不完；庙太多了，也没办法领旅行团挨个儿参观，不如就地解散，你们自己去看各式各样的庙宇，但是记得到下午 4 点整，一定要集合，我们将去看一位活着的女神。”

我们纷纷猜测活女神难道真的是一个人吗？尼泊尔的友人说，对啊，是一个人，而且是一个女孩。我们又追问，她真的有神力吗？他说，对啊，对我们尼泊尔人来说她就是至高无上的神。我们接着问，那这个神是怎样来的呢？他说，等你们看完了活女神之后，再来慢慢地和你们讲。就这样 4 点钟的时候，我们集合前往活女神庙。

这个活女神庙外表看起来并没有特别之处，它的大门很小，还有两个狮雕在门的旁边守卫着。尼泊尔的狮雕并不是那种看起来非常冷峻、威风凛凛的狮王形象，而是模样温顺，全身涂满色彩的狮子。由于年代久远，狮子身上原本斑斓的色彩已经褪色不少，更显出一种沧桑与温和感来。这是一座完全由木头雕刻的神庙，进去以后会让人觉得眼花缭乱，充满真心的敬佩。只有在尼泊尔，在加德满都，在那已经逝去的几百年前的岁月，才能造就这样的神奇。神庙里的一切都在向人们展现着这里曾经无比富足，这里的人民曾经生活祥和，这里的工匠心灵手巧，他们用足够的耐心把一块普通的木头雕刻得精美无比。

等啊，等啊，4 点钟终于已经来到，有人告诉我们，那位活着的女神，一会儿就会出现在第二个窗口，或者第三个窗口。但她只停留一分钟，如果不仔细地看，女神就惊鸿一闪，再也看不到了。于是我瞪大了眼睛，一直专心地盯着那个窗口。4 点钟很快到了，我不解地问那位友人："女神为什么还不出来？"尼泊尔的朋友说："因为她是神，可以不遵守世间的时间。"于是我们只好又耐下心来，目不转睛地盯着那个窗口。

突然，期待中的女神出现在了窗前。我们进庙宇的时候，被告知当地有非常严格的规定：任何人不准对女神拍照，所以我们没法拍下当时的情形。不过在加德满都的一家店里面，看到有出售活女神的图片，我就买了一张，所以大家现在可以看到这位美丽的女神。我想看到活女神的朋友们一定会惊讶：这位活女神不就是一个小女孩吗？对，这位女神是一个四五岁的小女孩，在 2008 年从民间选出来的，到现在已经继位了 4 年多的时间。尼泊尔的这种选活女神的制度，对于我们来说真是陌生又好奇。

尼泊尔的活女神是怎么选出来的呢？一共有 32 条标准，挑选制度非常严格：牙齿不能有一颗脱落；眼睛要像牛的眼睛一样，非常清澈和明亮；头发要非常漆黑，眉毛也要非常整齐；手指指甲都要像贝壳一样晶莹。总而言之，必须是外貌毫无瑕疵的女孩，才能够进入最后的遴选过程。活女神的生辰八字、星座也一定要和尼泊尔国王的星座相吻合。除了这些以外，这些四五岁大小的小女孩，还要经历一个非常严酷的考验：那就是必须不怕黑暗，不怕各种牛鬼蛇神，不怕巨大的声响。

怎么样考验这些女孩呢？在深夜的时候，让这些小女孩待在一个完全没有灯光的大殿之中，她们的周围摆满各种血淋淋的作为祭品的动物的头颅。同时还有一些人戴上恐怖的面具，怪叫着在她周围出没。如果一个四五岁的小女孩，面对这样的考验时，她还能保持镇定，不哭闹也不叫喊，而且非常安静地待到天亮。这样的人才能被确认为女神。

关于活女神的传说很多，大多数都和玛拉王朝最后一位国王泽雅普拉卡施·玛拉有关。相传两百多年以前，泽雅普拉卡施国王在与女神塔莱珠玩骰子游戏时，看见女神容貌美丽，谈吐睿智，心生爱慕之情，可是天上的神仙可以读懂凡人的心思，女神看出国王有不良之心，十分生气，然后放下正在玩的骰子，扬长而去，从此不再庇佑尼泊尔。从此尼泊尔年年战火纷乱，风雨交加。

这位国王意识到自己的过错，不断向上天忏悔，说："女神呀，请你赶快回来吧，我再也不会对你动邪念了。"天上的女神听到了国王的忏悔和祈祷，决定重新返回尼泊尔，但是她对国王说："这次我不再以我的真身返回，我将在释迦族的小女孩身上投胎。你要寻找我，就去释迦族 4 到 5 岁的女孩之中去寻找我的化身。"从此以后，国王就开始在全国的范围内，寻找女神的化身。

当被选出来的女神化身进入女神庙以后，她的脚从此再也不能沾到地上，所有的行动都是被仆人们抱着。按照尼泊尔历，每年 9 月的时候，就会有一个盛大的节日，叫作因陀罗节。因陀罗节的时候，活女神会出现。然后向国王赐福，向整个尼泊尔赐福。看到这儿可能大家会有疑问，当选的活女神生活在女神庙里，过着如此丰衣足食的生活，那么之后呢？

活女神一旦选入宫内，她的任期是有时间界限的，就是如果这个女神得了病，或者是由于慢慢长大，到了女孩子的生理期，身上开始流血，那么她的女神生涯就结束了，必须退位。皇室的有关人员就要继续从民间去遴选新的女神。由于现在女孩子青春期的发育比原来要早，早期的活女神从入选时的四五岁算起，大约可以在位七八年，甚至更久的时间，但现在，也许十来岁的时候就要退休了。

活女神是要退位的，那退下来之后的生活该怎么办？在尼泊尔两百多年活女神的历史上，那些退位的女神，其实多半境遇悲惨。她们居住在女神庙里的时候，常年见不到亲人，因为她们已经是神，不能接触尘世的凡人，即使亲人也不例外。

直到近年才开始获得特别的恩准，活女神的妈妈可以每星期或两星期，去看望一次自己的女儿，但也不能表现得非常亲热，因为她见到女神的时候，不能以女神妈妈的身份，而是以一个去叩拜的俗众的身份。

活女神从来没有玩伴，每天早上起来，第一件事情就是化妆，然后穿上厚重的女神服，等待着去给她的民众们赐福。活女神平常不能走出这个阴暗的女神庙，因此当她退位的时候，没有掌握任何生活的技能。此时的活女神也不会和别人打交道，因为原来她一直都是高高在上，匍匐在脚下的所有人都是卑微的仆人，对她一呼百应，如同真的拥有神力一般。

当退位的活女神重新回归普通社会的时候，常常遭遇到非常大的困难。去上学只能从最低的一年级开始，因为她没有任何的知识基础。据说后来，有一位活女神的爸爸不断地给尼泊尔的皇室递信件申述，说无论如何要让我的孩子在做活女神的时候，学到一点知识。于是从 2000 年开始，尼泊尔才决定活女神可以接受教育。退位的活女神悲惨的还不止这些，在尼泊尔的民间还有一种传说，说谁娶了退位下来的活女神，谁就将遭遇不幸，他会在 6 个月之内口吐鲜血而死。早期退位的女神，没有人敢做她的丈夫，然后这些女神只能终老闺阁。

对尼泊尔现行的这样一种活女神的制度，其实有很多人，特别是西方的女权主义者提出了很大的抗议，说这样对儿童的利益有所侵害，而且对女性的利益也有所侵害。鉴于此，尼泊尔已经做了很大的改进，现在活女神可以一边做着女神，一边还有老师教授各方面的知识。过去退位以后，活女神只能得到一身当女神时候穿的衣服和一块金币。大家不难想象，一个没知识没生活能力的女孩，又没有人敢娶她，一生真的很悲惨。

但是新政实行以后，活女神退位了回归到普通人的社会就会顺畅很多，她们可以去上学读书，其中有一位女神甚至读到大学毕业，还拿到了一个学士的学位，这在尼泊尔是大家都非常高兴的事情。

有记者曾采访这位退位的女神：从人人敬仰的女神回归普通人，到现在的大学生，还出了一本书，你怎么看这个制度？这位活女神说：我一辈子过了别人两辈子的生活。我曾经是神，可以去俯瞰众生。现在又做回一个普通人，生命因此变得很丰富。

大家又问她，当你 12 岁退位时，才从一年级上起，会不会觉得很吃力？她说真的很吃力。她说，从前我一说话一呼百应，现在却变成了一个 12 岁才读一年级的普通学生，心里也觉得很不是滋味，可是我父母领我去看了之前退位的一个活女神，那个女孩现在每天什么事情都不做，就是对着镜子化妆，然后回想自己当年高高在上的岁月。她说，这个真实的案例给我的感觉就是，我不能这样活，我一定要努力学习，过好自己的人生。

下面我想说的是在心中留下深深震撼的一件事情。那一天，暮色苍茫，我们整个旅行团一共有十几个人，导游说，今天傍晚，我们将到加德满都的圣河，去看尼泊尔最大的火葬场，你们将看到整个焚烧尸体的过程。听到这句话，当时我们这个团就像炸开了锅一样。有人说，尸体的气味会不会很难闻？有人说，焚烧的场面肯定非常可怕，还有的人直接说：我不想去，坐在车上不下去，行不行？经过重重争议，最终，旅行车还是带着我们一行人向巴格马蒂河开去。

巴格马蒂河是尼泊尔的圣河，在它的河畔是加德满都最大的印度教的火葬场。它成为一个火葬场已经有一千多年的历史，一千多年以来，信印度教的教徒，当他们的亲人逝去后，最迟两天之内，就要来到这个火葬场，亲手火葬他们的亲人。这样的场景对未曾经历过的我们来讲，的确是个大的挑战，尤其是我们到达火葬场的时候，已经临近黄昏时分，气氛更显阴霾。当导游说到了，大家请下车吧，有一半的人见此情景抗议说不去。

我们剩下一半的人，就下车向巴格马蒂河河畔的火葬场走去。空气中弥漫着一种令人窒息的味道，当我们就要走到河边的时候，我回头一看，已经有几个人开始恶心呕吐，摆手说真的不能去了。最后导游说，还有谁愿意跟我走？我和其他两三个人，跟着他继续走了过去。

我曾经看过巴格马蒂河火葬场的一些图片，因为拍摄于明亮的阳光之中，感觉和野外烧起的火焰没有太大的区别。可这一次我亲临现场，在沉沉的暮色之中，看到那河边一堆一堆的火焰，心里真的受到很大的震撼。在国内，当有人死亡的时候，我们眼前常常出现的色彩多数都是黑色或者白色，一种很强烈的、肃穆的对比，但在加德满都，印度教教徒的死亡仪式里面，摆满了各种各样的鲜花，有很多亮眼的金色、红色花瓣，所以看起来，并不是令人悲凄和恐惧的。我们在河边待了很久的时间，对火葬的全过程基本上有所了解。

整个焚烧的过程，首先由亲人们把逝去的人用担架抬到河边，把人（尸体）放在倾斜伸到河里面的那种有点像大搓板一样的平台上，用河水洗他的双脚，洗去人世间的尘土，然后再用河水清洗他的脸，把圣水滴到他的嘴巴和鼻子里面去，代表着洗去人间所有的烦恼。当这个步骤完成之后，就要把人（尸体）放到烧尸的台子上面，最后由家里人举行简单的仪式，然后点燃火焰。

整个过程有点像一具尸体睡在木头的床上，身边堆着大块的柴草，睡在木头之上，他的身上又覆盖了很多的木头，最上面覆盖了一层茅草。这个茅草在巴格马蒂河里面沾满了水，是湿的茅草。我觉得很奇怪，我们通常用干柴烈火来形容燃烧。但为什么要把湿的草铺在最上面呢？

尼泊尔的友人对我解释说，如果没有这层湿的草像被子一样盖在上面，火焰会非常猛烈，看起来火焰凌厉冲天，其实温度并不高，但有了这层湿的草盖在上面，只有中间的部分燃烧，这样就能保持足够的温度，保证尸体充分燃烧。

这时，我想起了一点，就问随同前来的导游（可能因为我当过医生，问题问得比较直接），我说："一具尸体在这样大的火焰里燃烧的过程中，他的手应该会动。"导游有点惊讶地看着我："你看过这个过程吗？"我说：

“没有，我是从医学的知识来推断。”他说：“是的，手会动。”我又说：“那么我觉得尸体的脚有时候可能也会动。”他说：“是的，脚也会动。”我又问：“你看到过更大的动作吗？”他说：“有的时候，尸体甚至会从火焰里坐起来。”我说：“然后呢？”他说：“然后他的手就不再动了，脚也不再动了，尸体坐起来之后，又继续躺下，躺回火焰之中。大概焚烧一个半小时之后，就看不到人体的形状了，再过几小时之后，人体就全部化为骨灰。”

尽管当过 20 年的医生，尽管研究过很多关于死亡哲学的思考，看过很多相关的书，我觉得在自己内心当中，对这样的场景早已有充分的心理准备，但是亲临现场的时候，仍然感受到极大的震撼。因为在那个过程中，人们可以看到在火光冲天的烈焰中一具尸体的肉身是怎样慢慢地在火焰中熔化。焚烧一具尸体，大概要 4 到 5 小时，这段时间他的亲人都一直守候在身边。4 到 5 小时以后，等火光渐渐熄灭了，会有人把那些尸骨拣出来，放在一个袋子里放入巴格马蒂河。古老的巴格马蒂河就载着逝者的骨灰，流向恒河，去完成一次生命的轮回。

在尼泊尔的文化里，在印度教教徒的教义中，认为人的生和死只是一种不同的生命形式。人死之后把肉身烧为灰，把骨灰直接投入到巴格马蒂河里面，让河水载着骨灰向下游流去，很快汇入恒河，这就是一种善终，是灵魂得以轮回的一种最好的方式。所以面对死亡，尼泊尔人并没有过多的悲伤，不过不难看出，面容还是有些悲凄。同行的尼泊尔友人对我们说，难过并不是因为死亡，我们可以接受死亡，难过的只是再也看不到自己的亲人了。因为分离而难过，并不是把死亡看得多么恐怖。

我目睹这个过程，觉得既有令人非常震惊的一方面，也有引发我们深思的一方面。我认识一位教授，他从理论上完全接纳这件事情，说很想目睹整个过程，但是真当走向巴格马蒂河边的时候，他走到一旁呕吐不止，我们特别能理解他，说，你要是特别不舒服，就不要去了，还是回到车上去休息吧。

我想我们这个民族谈论生更多，往往忌讳死亡，在人们心中觉得死亡是一件黑暗、恐惧，甚至是肮脏的事情，还有的人会觉得那是一件丑恶的事情。但是直面死亡，我想是每一个现代人必须面临的问题，对于每一个新生命，我们是如此欢欣鼓舞地欢庆他来到这个世间，可是每一个人必须也要面对生命终结的过程。如果把它妖魔化，看得过于凄惨，迫不得已，痛不欲生，实际上就是对生命过程的厚此薄彼。因为有生就会有死，我们每一个人都会有这样终结的过程。

当我们到尼泊尔，到加德满都，到巴格马蒂河河边，去亲眼看一次生命消失的过程，尽管可能会感觉到某种不舒服，甚至强烈的不适应，但是这对我们来讲也是一种不同文化的洗礼。我们会看到这个世界上，原来有一些人，有一些民族，有一些人民，他们可以如此安然地接受生命的终结。

我后来问带我们去的导游："你第一次到巴格马蒂河旁边，目睹死亡，是几岁的时候？"他说："我 5 岁时。"我说："你害怕吗？"他说："我不害怕，在我们的文化里，从不畏惧死亡，这一次终结代表下一次新的开始。"当然，他们也是有宗教信仰的，可能和我们纯粹的唯物主义者有所不同，但是我想这个世界上，有各种各样的文化，对待生死，也有各种不同的阐释，比如在我们的文化里，孔子说："未知生，焉知死。"意思就是说如果我们连生都还没有想清楚，又怎么能知道死亡是怎么回事呢？孔子说的有他的道理，但是我想，我们可以把生和死放在一起来思考。

在我们生命的远方，矗立着一个不可逾越的死亡，生命都是有长度的，我们每一个人最终都会走到那一扇门前。这个道理就好像读书，从一年级读起，你知道总会有毕业的那一天。所以要思考好过程，把握当下的生命，让自己的每一分钟都变得快乐、有趣、有意义，我想这是我们非常重要的功课，也是今世为人的责任。

当我来到加德满都广场上时，做的最重要的一件事情是什么？我想大家一定想不到——就是坐在那里，晒着暖洋洋的、亚热带的阳光发呆。为什么会发呆呢？因为我们现代人的生活节奏真的是太快了，但到了尼泊尔，好像到了另外一个世界，所有的人都步履缓慢，他们那种微笑显得非常单纯而友善。我找了一个地方坐下来，在我的身边都是晒太阳的尼泊尔人，我闭上眼睛，就看见眼前一片红颜色，我想这个红色，其实是血液流过了我的眼帘。我们已经很长时间没有在阳光下，静静地享受阳光，享受和暖的风，享受这种缓慢的节奏。

那样不知道过了多少时间，一位尼泊尔友人走了过来，因为他会说中文，他就跟我说，很多的中国朋友第一次降落在加德满都的时候都会说，太不习惯了，你们这里的节奏太缓慢了，好像回到了几百年以前。你看人们走路的步伐，你看当地工作人员办事的效率。他说很多中国朋友初到加德满都的时候，头一两天都是怨言不断。但是慢慢住下来，经过一段时间的沉淀之后，就会发现慢有慢的好处。只有慢下来，我们才可以倾听到内心的声音，感受到大自然的美好，回溯灿烂光辉的历史，如果我们只是一味地匆匆向前，往往就容易忽略很多美好的风光。

我在加德满都的老杜巴广场上坐着，还有另一个感受印象深刻，那就是周围实在太不洁净了。为什么这么说呢？大家可以想象各种气味一下子全都蜂拥到鼻子里的感受。我晒了一会儿太阳，睁开眼睛一瞧，发现在我身边 10 平方米的范围之内，至少看到了五种动物的粪便。里面有鸽子粪，这是毫无疑问的，广场上到处都飞翔着鸽子。还有一粒一粒的，是羊粪，为什么会有羊粪呢？

这里要先讲我后来不再逐个参观庙宇的原因，因为我看到一只非常美丽的小羊，它那些黑色的皮毛就像打了摩丝一样，又黑又亮，它的眼睛里那种单纯和虔诚让人动容。我问友人，这只小羊是要做什么的？他回答说这是给神的祭祀用的，马上要让这只羊成为一种牺牲品。当时我心里面就咯噔一下，然后就决定不再去看其他的庙宇了。

还有牛粪，尼泊尔的国兽就是黄牛，牛在当地非常受尊重，它们可以堂而皇之地在街上走动，所以街上随处可见牛粪。此外还有狗粪，尼泊尔有很多的狗，到处都能看到狗，本地人对狗都非常友善，所以那些狗见了人也绝不会落荒而走，而是大摇大摆地慢慢走，地上有狗粪就不足为奇了。最后，还散落着很多的猫粪便。

一辈子都没有想象到这样的场景会发生在我身上，自己可以和这五种粪便，如此安之若素地和平共处。其实在那一瞬间我也在询问内心，我们

是否应该标榜洁净，我们是否应该觉得这些东西都是肮脏的？大自然是一个和谐的整体，把所有的地方都弄得纤尘不染，要耗费大量的水资源，还会造成很多其他形式的浪费，而人们却把这个定位为一种更高层次的生活。但是在我看来，在这样一种氛围内，加德满都的人民和这些鸽子、狗、牛、羊、猫等小动物，和平共处在一起的生活，也有一种独特的韵味。我希望人们能去看看各种不同的生活方式，并且尊重这种不同。

当我们看中国地图的时候，会看到在我们国家的东南方、西南方，有很多这样的小国，而去看世界其他一些大国的地图，寻找他们周围的亲密邻邦时，会发现他们是没有这样的小国邻居的。中国人民爱好和平，友好睦邻，尼泊尔就是我们亲密的邻邦。无论从美丽的山川风光，还是从尼泊尔另外一侧，来看壮美的喜马拉雅山，来看珠穆朗玛峰，都如同眼睛的盛宴，会让人觉得这个旅行充满了惊奇和快乐。

在尼泊尔这个古老的国度，那里的生活节奏，那里的人对待生死的观念，都给我们上了很好的一课，让每个人去认真地思考自己的人生该怎样度过，这是尼泊尔之行带给我们的宝贵收获。

幸福的香气

毕淑敏 著

毕淑敏 朗读者

北京联合出版公司
Beijing United Publishing Co.,Ltd.

常常提醒自己注意幸福，
就像在寒冷的日子里
经常看看太阳，
心就会不知不觉地
暖洋洋、亮光光。

目　录

Contents

提醒幸福

我们从小就习惯了在提醒中过日子。天气刚有一丝风吹草动，妈妈就说，别忘了多穿衣服；才认识了一个朋友，爸爸就说，小心他是个骗子；取得了一点成功，还没容得乐出声来，所有关切着你的人会一起说，别骄傲；沉浸在欢快中的时候，自己不停地对自己说，千万不可太高兴，苦难也许马上就要降临……我们已经习惯了在提醒中过日子，看得见的恐惧和看不见的恐惧始终像乌鸦一样盘旋在头顶。

在皓月当空的良宵，提醒会走出来对你说，注意风暴。于是我们忽略了皎洁的月光，急急忙忙做好风暴来临前的一切准备。当我们睁大着眼睛枕戈待旦之时，风暴却像迟归的羊群，不知在哪里徘徊。当我们实在忍受不了等待灾难的煎熬时，我们甚至会恶意地祈盼风暴早些到来。

风暴终于姗姗地来了。我们怅然发现，所做的准备多半是没有用的。事先能够抵御的风险毕竟有限，世上无法预计的灾难却是无限的。战胜灾难靠得更多的是临门一脚，先前的惴惴不安帮不上忙。

当风暴的尾巴终于远去，我们守住凌乱的家园，气还没有喘匀，新的提醒又智慧地响起来，我们又开始对未来充满恐惧的期待。

人生总是有灾难。其实大多数人早已练就了对灾难的从容，只是还没有学会灾难间隙的快活。我们太多注重了自己警觉苦难，太忽视提醒幸福。

请从此注意幸福！

幸福也需要提醒吗？

提醒注意跌倒……提醒注意路滑……提醒受骗上当……提醒荣辱不惊……先哲们提醒了我们一万零一次，却不提醒我们幸福。

也许他们认为幸福不提醒也跑不了；也许他们认为好的东西你自会珍惜，犯不上谆谆告诫；也许他们太崇尚血与火，觉得幸福无足挂齿。他们总是站在危崖上，指点我们逃离未来的苦难，但避去苦难之后的时间是什么？

那就是幸福啊！

享受幸福是需要学习的，当幸福即将来临的时刻需要提醒。人可以自然而然地学会感官的享乐，却无法天生地掌握幸福的韵律。灵魂的快意同器官的舒适像一对孪生兄弟，时而相傍相依，时而南辕北辙。幸福是一种心灵的震颤，它像会倾听音乐的耳朵一样，需要不断地训练。

简言之，幸福就是没有痛苦的时刻，它出现的频率并不像我们想象的那样少。人们常常在幸福的金马车已经驶过去很远后，才捡起地上的金鬃毛说，原来我见过它。

人们喜爱回味幸福的标本，却忽略幸福披着露水散发清香的时刻。那时候我们往往步履匆匆，瞻前顾后，不知在忙着什么。

世上有预报台风的，有预报地震的，却没有预报幸福的。其实幸福和世间万物一样，有它的征兆。

幸福常常是朦胧的，很有节制地向我们喷洒甘霖。你不要总希冀轰轰烈烈的幸福，它多半只是悄悄地扑面而来；你也不要企图把水龙头拧得更大，使幸福很快地流失，而需要静静地以平和之心，体验幸福的真谛。

幸福绝大多数是朴素的，它不会像信号弹似的，在很高的天际闪烁红色的光芒。它披着本色外衣，亲切温暖地包裹起我们。

幸福不喜欢喧嚣浮华，常常在暗淡中降临。贫困中相濡以沫的一块糕饼，患难中心心相印的一个眼神，父亲一次粗糙的抚摸，女友一个温馨的字条……

这都是千金难买的幸福！像一粒粒缀在旧绸子上的红宝石，在凄凉中越发熠熠夺目。

幸福有时会同我们开一个玩笑，乔装打扮而来，机遇、友情、成功、团圆……它们都酷似幸福，但它们并不等同于幸福。幸福会借了它们的衣裙，袅袅婷婷而来，走得近了，揭去帏幔，才发觉它有钢铁般的内核。幸福有时会很短暂，不像苦难似的笼罩天空。如果把人生的苦难和幸福分置天平两端，苦难体积庞大，幸福可能只是一块小小的矿石。但指针一定要向幸福这一侧倾斜，因为它有生命的黄金。

幸福有梯形的切面，它可以扩大也可以缩小，就看你是否珍惜。

我们要提高对于幸福的警惕，当它到来的时刻，尽情地享受每一分钟。

当春天来临的时候，我们要对自己说：这是春天啦！心里就会泛起茸茸的绿意。

幸福的时候，我们要对自己说：请记住这一刻！幸福就会长久地伴随我们。

那我们岂不是拥有了更多的幸福？

所以，丰收的季节，先不要去想可能的灾年，我们还有漫长的冬季来得及考虑这件事。我们要和朋友们跳舞唱歌，渲染喜悦。既然种子已经回报了汗水，我们就有权沉浸幸福，不要管以后的风霜雨雪，让我们先把麦子磨成面粉，烘一个香喷喷的面包。

所以，当我们从天涯海角相聚在一起的时候，请不要踌躇片刻后的别离。在今后漫长的岁月里，有无数孤寂的夜晚可以独自品尝愁绪。现在的每一分钟，都让它像纯净的酒精，燃烧成幸福的淡蓝色火焰，不留一丝渣滓。让我们一起举杯，说，我们幸福。

所以，当我们守候在年迈的父母膝下时，哪怕他们鬓发苍苍，哪怕他们垂垂老矣，你都要有勇气对自己说，我很幸福。因为天地无常，总有一天你会失去他们，会无限追悔此刻的时光。

幸福并不与财富、地位、声望、婚姻同步，这只是你心灵的感觉。

所以，当我们一无所有的时候，我们也能够说，我很幸福。因为我们还有健康的身体；当我们不再享有健康的时候，那些最勇敢的人可以依然微笑着说，我很幸福，因为我还有一颗健康的心；甚至当我们连心也不存在的时候，那些人类最优秀的分子仍旧可以对着宇宙大声说，我很幸福，因为我曾经生活过。

常常提醒自己注意幸福，就像在寒冷的日子里经常看看太阳，心就会不知不觉地暖洋洋、亮光光。

简言之，

幸福就是没有痛苦的时刻，

它出现的频率

并不像我们想象的那样少。

人们常常在幸福的

金马车已经驶过去很远后，

才捡起地上的金鬃毛说，

原来我见过它。

幸福的七种颜色

幸福应该有多少种颜色呢?

“说不清。”我回答。

大家听了可能有点迷糊，说：“你自己既然不知道，为什么又曾说过幸福有七种颜色呢?”

在文化中，“七”这个数字有一点古怪。

欧洲人自古以来就格外钟情于“七”这个数字。最早的源头该是古希腊人，许多巧合都和“七”有关。古希腊人认为自然界是由水、火、风、土四种元素组成的，而社会的基本细胞是家庭。把完整的家庭细分，是由父亲、母亲和孩子三方组成。再做一次加法，把自然和社会组成的世界统计一下，就有七种基本元素。古希腊人酷爱加法，认为世界的基本图形是正方形、三角形以及完美的圆形，毕达哥拉斯学派就是这一主张的坚定拥趸。你劳神把这些图形的角的数量加起来，哈！也是七。由于太多的东西与神秘的数字“七”有关，他们造七座坛、献七份祭、行七次叩拜之礼，什么都爱凑个“七”字。“七大主教”“七大美德”，连罪也要数到“七宗罪”。当然，最著名的是神也喜欢七，于是一个星期是七天，第七天你可以休息。

“七”在佛教里面也是吉祥之数，有七宝、七层浮屠等。中华文化对七也颇有好感，《说文解字》里面说：“七，阳之正。”这个七啊，常为泛指，表明多的意思，又神秘又空灵。

托尔斯泰说，幸福的家庭都是相似的，唯有不幸的家庭，各有各的不幸。我当过多年的心理医生，觉得不幸的家庭都是相似的，唯有幸福的家庭却是各有各的不同。

你可能要说，这不是成心和托尔斯泰抬杠嘛！我还没有落到那种无事生非的地步。你想啊，只有香甜的味道，才可反复品尝，才能添加更多的美味在其中，让味蕾快乐起舞。比如椰蓉，比如可可，比如奶油……丰富的层次会让你觉得生活美好万象更新。如果那底味已是巨咸、巨苦、巨涩，任你再搁进多少冰糖、多少香料都顷刻消解，那难耐难忍的味道依然所向披靡，让你除了干呕，再无良策。

早年间我在西藏阿里当兵，冬天大雪封山，零下几十摄氏度的严寒，断绝了我们和外界的一切联系，我们每日除了工作就是望着雪山冰川发呆。有一天，闲坐的女孩子们突然争论起来，求证一片黄连素的苦可以平衡多少葡萄糖的甜（由此可见，我们已多么百无聊赖）。一派说，大约 500 毫升 5% 的葡萄糖就可以中和苦味了。另外一派说，估计不灵。500 毫升葡萄糖是可以的，只是浓度要提高，起码提到 10%，甚至 25%……争执不下，最后决定实地测验。那时候，我们是卫生员，葡萄糖和黄连素乃手到擒来之物，说试就试。方案很简单，把一片黄连素用药钵细细磨碎了，先泡在浓度为 5% 的葡萄糖水里，大家分别来尝尝，若是不苦了，就算找到答案了。要是还苦，就继续向溶液里添加高浓度的葡萄糖，直到不苦了为止，然后计算比例。临到实验开始，我突然有些许不安。虽然小女兵们利用工作之便，搞到这两种药品都不费吹灰之力，但藏北到内地山路迢迢，关山重重，物品运送到阿里不容易啊，不应这样为了自己的好奇暴殄天物。黄连碎末混入葡萄糖液里，整整一瓶原本可以输入血管救死扶伤的营养液就报废了。至于黄连素，虽不是特别宝贵的东西，能省也省着点吧。我说：“咱缩减一下量，黄连素只用四分之一片，葡萄糖液也只用四分之一瓶，行不行呢？”

我是班长，大家挺尊重我的意见的，说：“好啊。”有人想起前两天有一瓶葡萄糖，里面漂了个小黑点，不知道是什么杂物，不敢输入病人身体里面，现在用来做苦甜之战的试验品，也算废物利用了。

试验开始。四分之一片没有包裹糖衣的黄连素被碾成粉末（记得操作这一步骤的时候，搅动得四周空气都是苦的），兑到125毫升浓度为5%的葡萄糖水中。那个最先提出以这个浓度就可消解黄连之苦的女孩率先用舌头舔了舔已经变成黄色的液体。她是这一比例的倡导者，大家怕她就算觉得微苦，也要装出不苦的样子，损害试验的公正性，将信将疑地盯着她的脸色。没想到她大口吐着唾沫，连连叫着："苦死了，你们千万不要来试，赶紧往里面兑葡萄糖……"我们为自己"以小人之心度君子之腹"感到羞惭，拿起高浓度的葡萄糖就往黄水里倒，然后又推举一个人来尝。这回试验者不停地咳嗽，咧着嘴巴吐着舌头说："太苦了，啥都别说了，兑葡萄糖吧……"那一天，循环往复的场景就是女孩子们不断地往小半瓶微黄的液体里兑着葡萄糖，然后伸出舌尖来舔，顷刻抽搐着脸，大叫："苦啊苦啊……"

直到糖水已经浓到了几乎要拉出黏丝，那液体还是只需一滴就会苦得让人打战。试验到此被迫告停，好奇的女兵们到底也没有求证出多少葡萄糖能够中和黄连的苦味。大家意犹未尽，又试着把整片的黄连泡进剩下的半瓶里去，趁着黄连还没有融化，一口吞下，看看结果如何。这一次很快得到证明，没有溶化的黄连之苦，还是可以忍受的。

把这个试验一步步说出来，真是无聊至极。不过，它也让我体会到，即使你一生中一定会邂逅黄连，比如，生活强有力地非要赐予你极困窘的境遇，比如，你遭逢危及生命的重患必须要用黄连解救，比如……你都可以毫无惧色地吞咽黄连。毕竟，黄连是一味良药啊！只是，千万不要人为地将黄连碾碎，再细细品尝，敝帚自珍地长久回味。太多的人习惯珍藏苦难，甚至以此自傲

和自虐，这种对苦难的持久迷恋和品尝，会毒化你的感官，会损伤你对美好生活的精细体察，还会让你歧视没有经受过苦难的人。这些就是苦难的副作用。苦的力量比甜的力量要强大得多，不要把黄连碾碎，不要让它嵌入我们的生活。

只要你认真寻找，幸福比比皆是。幸福不是一种颜色，也不是七种颜色，甚至也不是一百种颜色……幸福比所有这些相加还要多，幸福是无限的。

幸福不是一种颜色，
也不是七种颜色，
甚至也不是一百种颜色……
幸福比所有这些相加还要多，
幸福是无限的。

精神的三间小屋

面对那句——“人的心灵，应该比大地、海洋和天空都更为博大”的名言，我们自惭形秽。我们难以拥有那样雄浑的襟怀，不知累积至那种广袤，须如何积攒每一粒泥土、每一朵浪花、每一朵云霓。

甚至那句恨不能人人皆知的中国古话——宰相肚里能撑船，也让我们在敬仰之余，不知所措。也许因为我们不过是小小的草民，即便怀有效仿的渴望，也终是可望而不可即，便以位卑宽宥了自己。

两句关于人心灵的描述，不约而同地使用了空间的概念。人的肢体活动，需要空间。人的心灵活动，也需要空间。那容心之所，该有怎样的面积和布置？

人们常常说，安居才能乐业。如今的城里人一见面，就问，你是住两居室还是三居室啊？……喔，两居室窄巴点，三居室虽说也不富余，也算小康了。

身体活动的空间是可以计量的，心灵活动的疆域，是否也可有个基本达标的数值？

有一颗大心，才盛得下喜怒，输得出力量。于是，宜选月冷风清竹木萧萧之处，为自己的精神修建三间小屋。

第一间小屋，盛着我们的爱和恨。

对父母的尊爱，对伴侣的情爱，对子女的疼爱，对朋友的关爱，对万物的慈爱，对生命的珍爱……对丑恶的仇恨，对污浊的厌烦，对虚伪的憎恶，对卑劣的蔑视……这些复杂而对立的情感，林林总总，会将这间小屋挤得满满的，间不容发。你的一生，经历过的所有悲欢离合、喜怒哀乐，仿佛以木石制作的古老乐器，铺陈在精神小屋的几案上，一任岁月飘逝。在某一个金戈铁马之夜，它们会无师自通，与天地呼应，铮铮作响。假若爱比恨多，小屋就光明温暖，像一座金色池塘，有红色的鲤鱼游弋，那是你的大福气。假如恨比爱多，小屋就阴风惨惨，厉鬼出没，你的精神悲戚压抑，形销骨立。如果想重温祥和，就得净手焚香，洒扫庭院，销毁你的精神垃圾，重塑你的精神天花板，让一束圣洁的阳光，从天窗洒入。

无论一生遭受多少困厄欺诈，请依然相信人类的光明大于暗影。哪怕是只多一个百分点呢，也是希望永恒在前。所以，在布置我们的精神空间时，给爱留下足够的容量。

第二间小屋，盛放我们的事业。

一个人从二十五岁开始工作，直到六十岁退休，他要在工作岗位上度过整整三十五年的时光。按一天工作八小时，一周工作五天，每年就要为你的职业付出两千个小时。倘若一直干到退休，那就是七万个小时。在这个庞大的数字面前，相信大多数人都会始于惊骇终于沉思。假如你所从事的工作，是你的爱好，这七万个小时，将是怎样快活和充满创意的时光！假如你不喜欢它，漫长的七万个小时，足以让花容磨损、日月无光，每一天都如同穿着淋湿的衬衣，如芒在背。

我不晓得一下子就找对了行业的人，能占多大比例？从大多数人谈到工作时乏味麻木的表情推算，估计这样的幸运儿不多。不要小觑了事业对精神的濡养或反之的腐蚀作用，它以深远的力度和广度，挟持着我们的精神，以成为它麾下持久的人质。

适合你的事业，不靠天赐，主要靠自我寻找。这不但是因为相宜的事业，并非像雨后白桦林的菌子一样，俯拾即是，而且因为我们对自身的认识，也是抽丝剥茧，需要水落石出的流程。你很难预知，将在十八岁还是四十岁甚至更沧桑的时分，才真正触摸到倾心的爱好。当我们太年轻的时候，因为尚无法真正独立，受种种条件的制约，那附着在事业外壳上的金钱地位，或是其他显赫的光环，也许会灼晕了我们的眼睛。当我们有了足够的定力，将事业之外的赘生物一一剥除，露出它单纯可爱的本质时，可能已耗费半生。然费时弥久，精神的小屋，也定须住进你所爱好的事业。否则，鸠占鹊巢，李代桃僵，那屋内必是鸡飞狗跳，不得安宁。

我们的事业，是我们的田野。我们背负着它，播种着，耕耘着，收获着，欣喜地走向生命的远方。规划自己的事业生涯，使事业和人生，呈现缤纷和谐相得益彰的局面，是第二间精神小屋坚固优雅的要诀。

第三间小屋，安放我们自身。

这好像是一个怪异的说法。我们自己的精神住所，不住着自己，又住着谁呢?

可它又确是我们常常犯下的重大失误——在我们的小屋里，住着所有我们认识的人，唯独没有我们自己。我们把自己的头脑，变成他人思想汽车驰骋的高速公路，却不给自己的思维，留下一条细细的羊肠小道。我们把自己的头脑，变成搜罗最新信息网罗八面来风的集装箱，却不给自己的发现留下一个小小的储藏盒。我们说出的话，无论声音多么嘹亮，都是别的喉咙嘟囔过的。我们发表的意见，无论多么周全，都是别的手指圈画过的。我们把世界万物保管得好好的，却偏偏弄丢了开启自己的钥匙。在自己独居的房屋里，找不到自己曾经生存的证据。

如果真是那样，我们精神的小屋，不必等待地震和潮汐，在微风中就悄无声息地坍塌了。它纸糊的墙壁化为灰烬，雪白的顶棚变作泥泞，露水的地面成了沼泽，江米纸的窗棂破裂，露出惨淡而真实的世界。你的精神，孤独地在风雨中飘零。

三间小屋，说大不大，说小不小。非常世界，建立精神的栖息地，是智慧生灵的义务，每个人都有如此的权利。我们可以不美丽，但我们健康。我们可以不伟大，但我们庄严。我们可以不完满，但我们努力。我们可以不永恒，但我们真诚。

当我们把自己的精神小屋建筑得美观结实、储物丰富之后，不妨扩大疆域，增修新舍。矗立我们的精神大厦，开拓我们的精神旷野。因为，精神的宇宙，是如此辽阔啊！

身体活动的空间
是可以计量的，
心灵活动的疆域，
是否也可有个
基本达标的数值？

心轻者上天堂

埃及国家博物馆有一件奇怪的展品。一方用精美白玉雕刻的匣子，大小和常用的抽屉差不多，匣内被十字形玉栅栏隔成四个小格子，洁净通透。玉匣是在法老的木乃伊旁发现的，当时匣内空无一物。从所放的位置看，匣子必是十分重要的，可它是盛放什么东西用的？为什么要放在那里？寓意何在？谁都猜不出。这个谜，在很长一段时间内让考古学家们百思不得其解。后来，在埃及中部卢克索的帝王谷里卡尔维斯女王的墓室中，发现了一幅壁画，才破解了玉匣的秘密。

壁画上有一位威严的男子，正在操纵一架巨大的天平。天平的一端是砝码，另一端是一颗完整的心。这颗心是从一旁的玉匣子中取出的。埃及古老的文化传说中，有一位至高无上的美丽女性，名叫快乐女神。快乐女神的丈夫，是明察秋毫的法官。每个人死后，心脏都要被快乐女神的丈夫拿去称量。

如果一个人是欢快的，心的分量就很轻，女神的丈夫就判那颗羽毛般轻盈的心引导着灵魂飞往天堂。如果那颗心很重，被诸多罪恶和烦恼填满褶皱，快乐女神的丈夫就判他下地狱，让他不见天日。

原来，白玉匣子是用来盛放人的心灵的。原来，心轻者可以上天堂。

自从知道了这个传说，我常常想，自己的心是轻还是重，恐怕等不及快乐女神的丈夫用一架天平来称量，那实在太晚了。呼吸已经停止，一生盖棺论定，任何修改都已没有空白处。我喜欢未雨绸缪，在我还能微笑和努力的时候，就把心上的赘累一一摘掉。我不希图来世的天堂，只期待今生今世此时此刻朝着愉悦和幸福的方向前进。天堂不是目的地，只是一个让我们感到快乐自信的地方。

心灵如果披挂着旧日尘埃，好像浸透了深秋夜雨的蓑衣，湿冷沉暗。如何把水珠抖落，在朗空清风中晾干哀伤的往事？如何修复心理的划痕，让它重新熠熠闪亮，一如海豚的皮肤在前进中把阻力减到最小？如何在阳光下让心灵变得通透晶莹，仿佛古时贤臣比干的七窍玲珑心，忠诚正直，诚恳聪慧，却不会招致悲剧的命运？

我们都不是从一张白纸开始自己的心灵健康之旅的，而是背负着个人的历史和集体的无意识，在文化的熏染中长大，它们对我们的影响复杂而深远，微妙而神秘。

我喜欢未雨绸缪，
在我还能微笑和努力的时候，
就把心上的赘累一一摘掉。
我不希图来世的天堂，
只期待今生今世此时此刻
朝着愉悦和幸福的方向前进。
天堂不是目的地，
只是一个让我们感到
快乐自信的地方。

恰到好处的幸福

我学医生涯的开端颇为惊悚。根本就不懂任何医学知识的新兵到了西藏边防部队，卫生科长对我们说，给你们每人分一个老卫生员为师，让他先教你们打针，然后穿上白大褂就能上班了。

我觉得这不像学医，像学木匠。我师傅是个胖胖的老卫生员。说他老，大约也只有二十岁出头吧，但对十六七岁的我们来说，已足够沧桑。他找来一个塑料的人体小模型，用粗壮的食指在那人的屁股上画了个虚拟的“十”字，然后说：打针的时候，针头扎在臀部这个十字的外上四分之一处，不然容易伤了神经。伤了，下肢就会瘫痪。

很可怕。我点点头，说记住了，屁股的外上四分之一。

老卫生员说，从此你不能说屁股，要说臀部。

我像鹦鹉一样重复，臀部臀部。

老卫生员又说，记住消毒的步骤，先是 2% 碘酒，再是 75% 酒精。棉球要涂同心圆，不能像刷油漆似的乱抹。

我说，记得啦!

老卫生员又说，考考你。酒精要用多少度的?

我说，75%。

他说，那么，80% 的行不行呢?

我暗自揣摩，75% 一定是能达到消毒目的的最低标准。藏北山高路远，所用物资千里迢迢地运来，使用一定力求节省。所以，问题的答案不言而喻。

我说，80% 行。

老兵的面容很平静，继续问，那么，90% 的酒精怎么样?

我说，那当然也行。

老兵说，100% 呢?

我说，肯定更好啦！只是那样太浪费了。

老兵被高原紫外线晒成紫色的脸庞，变成棕黑色，说，错啦！ 75% 的酒精可以破坏细菌的膜，药水渗入到内里去，整个细菌就被杀死了。浓度更高的酒精，飞快地把细菌外膜凝固了，就像砌起一道墙，反倒阻止了药液进一步浸透到细菌内部，杀不死细菌。有些东西，并不是越浓越好，要恰到好处。

那一天，我记住了“臀部”和“恰到好处”。

我到国外某机构参观。辉煌大厅中矗立着金字的企业精神。其中有一条，叫作“合理期望”。

我说，这一条有点特别。企业精神一般都会更励志一些，比如“崇高期望”云云。

陪同人员解答，这是我们的创始人尊崇的原则。期望并不是越高越好，而是要恰到好处。期望太高了，达不到，就会心生怨恨和沮丧，长久以往，就会丧失信心。期望太低了，没有动力和目标，得过且过，也会让人萎靡不振。

所以，合理的期望，是一种正确评估，在愿望和实际情况之间，找到最佳的平衡点。

在那一瞬，我向后回忆想到了酒精，向前展望想到了幸福。

酒精的浓度不能太高，过了那个最佳值，结果就适得其反。幸福也是一样，切不可贪得无厌。

有些人，把目光瞄向自己目力所及的享受的最高等级处。某种机缘看到了好房子，就设想以后能在这房子里结婚生子；看到豪华的车，就设想能开着这车呼朋引伴风驰电掣；看到人家的高职务，就发愿我以后要比你升得更高；看到别人的娇妻，就想我的伴侣定要倾国倾城；看到人家狂发美食图片，暗自发誓有一天我将吃龙肝凤髓并昭告天下；知道寿星活了九十岁，就渴慕自己赶超一百岁……

凡此等等，皆为不合理期望。

且不说把这些物质形态和外在指标当成是否幸福的指标是否明智，单说目光如此之高，便有违“恰到好处”这一原则。

房子完全不需要那么大，够用即可。太大了，就算你有那个银两买下来，也是暴殄天物。地球资源有限，你为什么要享用那么多的地盘，剥夺了他人

的空间呢？

食品完全不必那么精益求精，因为它的主要功能是为我们的机体提供营养。只要洁净并能够供给身体的需求即可。太稀缺惊险的食材，太复杂劳烦的烹制方法，太考究并故弄玄虚的进食环境，都是不可取的。它们所附着的是炫耀高阶层的沾沾自喜，而这些，恰恰和幸福朴素温暖的宗旨不相容。

配偶不必求国色天香出人头地，价值观相同，彼此说得来话，相互喜欢，就是神仙伴侣。

职务这件事儿，和你能力有一定的关联，但也和局面与关系牵连，并不是单纯凭着努力就一定能达到目的，高下也没有绝对的公平。除去坏人，这世界上的能人很多，自己做不到那个位置，让别人来做，未必就一定不妥。僧多粥少的事情，为何非要收入你囊中？

车子主要是代步工具，不必把它看成是硕大的勋章或是族徽，彰显财力不可一世。那不是幸福的氛围，而是自卑的秽气沿街抛洒。

至于活多久，这可是含有天机的秘密。你不可胜天，不要太狂狷。况且生死并不是胜败与否的决斗，只是无尽长河中的一环。泰然相向，生命之高下并不决定于绵长或短暂，更在于丰美和深邃。

身体健康也不必求全，就算体检表上有了向上或是向下的小箭头，我们也可以适时纠正。实在纠正不了，从容逝去就是。幸福是思想的花朵，和身体器官是否无懈可击，并不相关。

恰到好处，是一种哲学和艺术的结晶体。它代表的豁达和淡然，是幸福门前的长廊。轻轻走过它，你就可以拍打幸福的门环。

恰到好处，
是一种哲学和艺术的结晶体。
酒精的浓度不能太高，
过了那个最佳值，
结果就适得其反。
幸福也是一样，
切不要贪得无厌。

为生命找到意义

古代人常常专注于最基本的生存需求。日常生活天然地具备了提供精彩意义的能力。人们的生活是如此接近土地，每个人都毫不怀疑自己是大自然的一部分。他们耕地，播种，收获，烹调，生养小孩，然后生病和死亡，最后回归泥土。他们很自然地展望未来，觉得未来是如此清晰，那就是——吃饱饭，子子孙孙地繁衍，实现一轮又一轮的更迭，如同能够每日每年看到的大自然的循环。他们对日月星辰、山川河流这类庞然大物有强烈的归属感，他们深深明白自己是家庭和族群不可或缺的一部分。对以上这种基本存在，从来不曾有过问号。

是啊，有谁能对一个埋头苦干的农夫字斟句酌地问，你这样辛苦是为了什么呢？他一定头也不抬地继续干活，对他来说，家里的妻儿老小和他自己的口粮，就在这劳作中生发着，这难道还用得着问吗？

可是，今天，这些意义消失了。都市化、工业化，让生活中少了和大自然血肉相依的关联。我们看不到星空，我们每个人几乎都脱离了世界的基本生命链。你焊接电脑上的一块线路板，你在股票市场卖出买进，可这和意义有什么关联呢?

我们有太多的时间提出更多的问题，我们必须面对自由的无情拷问，可是我们失去了参照物。工作不再提供意义，一点儿创造力也没有，生养小孩也没有了意义。世界人口爆炸，也许不生养更有意义。

生命的意义是非常重要的心理架构，与每个人都有非常重要的关系。伟大的心理学家荣格说，我的病人大约有三分之一并不是罹患了任何临床可以定义的疾病，而只是因为生命没有意义，没有目标。

这个问题到了心理学家法兰克那里，有了升级版。他说，最少有百分之五十的来访者有这种问题——觉得生命没有意义。

萨特说过，人是一种徒劳无益的热情。我们的诞生毫无意义，死亡也没有意义。但萨特这样说完之后，在他自己的小说中又明确地肯定了意义的追求，包括在世界上寻找一个家、同志之谊、行动、自由、反对压迫、服务他人、启蒙、自我实现和参与。

在现在的情况下，为生命找到意义，就成了非常紧迫的任务。每个人要有一个自我的意义系统，包括行为准则：勇敢、高傲的反抗、友好的团结、爱、尘世的圣洁等。

我们有太多的时间
提出更多的问题，
我们必须面对
自由的无情拷问，
可是我们失去了参照物。

爱的回音壁

现今中年以下的夫妻，几乎都只有一个孩子，关爱之心，大概达到了中国有史以来的最高值。家的感情就像个苹果，姐妹兄弟多了，就会分成好几瓣儿。若是千亩一苗，孩子在父母的乾坤里便独步天下了。

在前所未有的爱意中浸泡的孩子，是否感到莫大的幸福？我好奇地问过。孩子们撇嘴说，不，没觉着谁爱我们。

我震住了。一个不懂得爱的孩子，就像不会呼吸的鱼，出了家庭的水箱，在干燥的社会上，他不爱人，也不自爱，必将焦渴而死。

可是，你怎样让由你一手哺育长大的孩子懂得什么是爱呢？从他的眼睛接受第一缕光线时，已被无微不至的呵护包围，早已对亲人的关照体贴熟视无睹。生物学上有一条规律，当某种物质过于浓烈时，感觉迅速迟钝、麻痹……

寒霜陡降也能使人感悟幸福，比如，父母离异或是早逝。但它是灾变的副产品，带着天力人力难违的僵冷。孩子虽然在追忆中明白了什么是被爱，但那却是一间正常人家不愿走进的教室。

孩子降生人间，原应一手承接爱的乳汁，一手扬洒爱的甘霖，爱是一本收支平衡的账簿。可惜从一开始，成人就间不容发地倾注了所有爱的储备，劈头盖脸砸下，把孩子的一只手塞得太满。全是收入，没有支出，爱沉淀着、淤积着，从神奇化为腐朽，反而让孩子无法感到别人是爱他的。

我又问一群孩子，那你们什么时候感到别人是爱你的呢?

没指望得到像样的回答。一个成人都争执不休的问题，孩子能懂多少。没想到，孩子的答案明朗、坚定。

我爸下班回来，我给他倒了一杯水，因为我刚在幼儿园里学了一首歌，词里说的是给妈妈倒水，可是我妈还没回来呢，我就先给爸爸倒了。我爸只说了一句，好儿子……就流泪了。从那次起，我知道他是爱我的。光头小男孩说。

我给奶奶耳朵上插了一朵花，要是别人，她才不让呢，马上就得揪下来。

可那是我插的，她一直戴着，见着人就说，看，这是我孙女打扮我呢……另一个女孩说。

我大大地惊异了，讶然这些事的碎小和孩子们铁的逻辑，更感动于他们谈论里的郑重神气和结论的斩钉截铁。爱与被爱高度简化统一了。孩子在被他人需要时，感到了一个幼小生命的意义。成人注视并强调了这种价值，他们就感悟到深深的爱意，在尝试给予的同时，他们懂得了什么是接受。爱是一面辽阔光滑的回音壁，微小的爱意反复回响着、折射着，变成巨大的轰鸣。当付出的爱被隆重地接受并珍藏时，孩子终于强烈地感觉到被爱的尊贵与神圣。

天下的父母，如果你爱孩子，一定让他从力所能及的时候开始爱你和周围的人。这绝非成人的自私，而是为孩子的一世着想的远见。不要抱怨孩子天生无爱，爱与被爱是铁杵成针、百年树人的本领，就像走路一样，需要反复练习，才会健步如飞。

如果把孩子在无边无际的爱里泡得口眼翻白，早早剥夺了他感知爱的能力，育出一个爱的低能儿，即使不算弥天大错，也是成人权力的滥施，或许要遭天谴。

在爱中领略被爱，会有加倍的丰收。孩子渐渐长大，一个爱自己、爱世界、爱人类也爱自然的青年，便喷薄欲出了。

爱是一面辽阔光滑的回音壁，
微小的爱意反复回响着、折射着，
变成巨大的轰鸣。
当付出的爱
被隆重地接受并珍藏时，
孩子终于强烈地感觉到
被爱的尊贵与神圣。

欣喜是自酿的

第一次认得“酿”这个字，它和“酝”肩并肩，相依为命。不过跟在它们俩身后的，是“会议”和“人选”这样正襟危坐的词。所以，我觉得“酝酿”是很严肃的行为。

后来我才知道，酝酿本是家常事情。“酝”的繁体字，偏旁还是“酉”，只是右边为“温暖”的“温”字之一半，意思就是温热和暖。“酿”的繁体字，左边也还是“酉”，右边是个“襄”字，指的是包裹容纳之意。这两个字连在一起，描述的是在谷物中放置酵曲，让谷物慢慢发酵的过程。只要静候的时间足够长，原本的粮食就会因曲种不同，变成酒、酱油、醋、干酱等不同成品。“酝酿”如同一根金手指，探入谷物之后，让原粮脱胎换骨成了妙品。

比如，红葡萄酒和葡萄是大不同的，虽然它们还羞涩地保留着一脉相承的殷红。

黄豆和豆瓣酱也分道扬镳了，虽然它们都还保存着某些破损的豆瓣。

醋和它的前身就更南辕北辙了。洁净的透明米醋有得道成仙的飘逸，它粗糙的前身像池塘中的泥。

酝酿就是如此惊艳，时间与曲种合谋，平凡的谷物开始升华，自此酿泉为酒，积微成著，点石成金。

曹操除了金戈铁马可歌可泣，还会酿酒。他呈给献帝的酿酒秘方，从用曲多少用稻多少，到何日渍曲几日一酿，都说得条理分明。甚至给酿得不成功的酒，指出了一条洗心革面之路——“若以九酝苦难饮，增为十酿”，即可变成好酒，能够甘饮了。

古代的知识女性卓文君也是会酿酒的。靠自己双手劳作，酿出的美酒，一时间竟成了私奔之后司马相如小饭店的招牌。

现代的男人女人，很少会酝酿之法。葡萄酒是在酒厂制造的，酱油是在酱油厂生产的，醋是在醋厂完成的。我们荒疏了很多本领，以为万物都是从超市的货架上诞生的。

我有个朋友是红酒庄的品酒师。我在他那里速成过红酒的知识，为了自己写小说描绘贵族晚宴的时候不至于露怯。他耐心讲解，希望我能成才。谆谆讲解多次之后，进入了验收阶段。

他拿出“酒鼻子”，考察我的长进。

“酒鼻子”这名字说起来凡俗，实则是一种来自法国的专业品酒鉴赏工具。它把葡萄酒的香气收集起来，制成类似标本的小瓶子，包含了葡萄酒中常见的78种典型气味。共分为54个香味系列，12浊味和12橡木系列。水果、花卉、树木、草本、香料、动物等味道无不囊括其中。比如，荔枝、黑醋栗、松露、胡椒、烤杏仁等八竿子打不着的气味，在“酒鼻子”里都占据一席之地。

合格的品酒师，要能准确地说出各种气味的名称。

当我成功地把“酒鼻子”中的某一果香，说成是“柿子椒味”之后，品酒师以绅士的绝望表达了对我的遗弃。

不过，我可没有以怨报德地放弃他。某年夏天，我的一位朋友送来了一大篓优质葡萄，晶莹欲滴，紫霜盖顶，我以为他从花果山归来。

非常好的葡萄。猴王汗水涔涔地说。

是啊是啊。我频频点头。然后为难地说，这么多，怎么吃得完?

把它们冻起来。寒冬腊月时，拿出一粒，往嘴里一扔，嘎嘣脆，你可以咂摸出夏秋的味道。猴王说。

我下意识地托了托腮，琢磨我的槽牙可经得住这般乍暖还寒?

不管怎么说，我向猴王表示了衷心的感谢。猴王走后，我给能想得起的亲朋打电话，约好送葡萄的时间。整整奔波一天，所余葡萄之量仍是惊人。

我给绅士品酒师打电话说，我要送您一些上好的葡萄。

给我送葡萄，有点像给渔民送蛤蜊。酒绅士回答。

但是，我的葡萄太多了，放下去会坏掉，暴殄天物啊！我真有点急了。

那您可以把它们酿成葡萄酒。酒绅士说。

酿……酒？完全不会。我茫然。

酿酒并不难，从前几乎所有的女人都会酿酒。我把要领教给您，网上也有攻略。您只需准备一些干净的玻璃容器就行了。酒绅士轻描淡写。

在送无可送的危急情况下，为了挽救葡萄，我只有学习酿酒。

哪儿能有酒曲？我突然想到这一极其重要的问题。

如果您是专业的酿酒工厂，当然需要酒曲。但您在家里试着酿这么一点葡萄，可以不用酒曲。酒绅士说。

本来我就是生手，再没有酒曲，这不还没启动就意味着完全失败吗？我气急败坏，觉得这酒绅士草菅人命。哦，确切地说，是草菅葡萄命。

酒绅士说，您的葡萄上可有一层白霜似的东西？

我说，有。

酒绅士说，这正是天然野生的酵母菌。您只要在清洗葡萄的时候不要把它们一网打尽，等上一段时间，它们就能自动把葡萄发酵成酒了。

我半信半疑，说，就这么简单？

酒绅士说，是的。您想想，最初的葡萄酒一定是自然发酵的，那时候，哪里有现成的酒曲呢。请相信大自然。

我仍不死心，在网上搜索了一下“酒曲”。结果是酿糯米酒的曲种好买，酿葡萄酒的曲种只供批发，起批点足够发酵一吨葡萄。我这一堆命运多舛的葡萄，只有仰仗大自然的馈赠了。

按照酒绅士的指示，我把葡萄洗净晾干（保留了葡萄上的白霜，并对它们寄予厚望），然后戴上一次性手套，将葡萄一一捏碎。看着猩红的汁液鲜血般淌入干净的玻璃容器中，我心中像农妇般祈祷——葡萄啊葡萄，请你快快变成酒！

之后的每一天，我几乎每个小时都去张望酝酿中的葡萄，看它们在粉身碎骨之后如何踏上涅槃之路。

葡萄们开始发泡膨胀，紫色的皮和灰白的籽向上浮动，在表面形成痂皮，臃肿而纷杂，简直和腐朽的垃圾差不多。我向酒绅士悲哀地报告，他毫不惊诧地说，这是发酵的正常过程，酒酵母正在把葡萄中的糖分化为酒精，少安毋躁，慢慢等待。

简短截说，在大约十几天的煎熬之后，我终于发现盛放葡萄的容器中，不再向上翻涌气泡，渐渐安静下来，汁液趋向澄清。

您可以过滤它们。酒绅士遥控。

过滤之后，葡萄汁女大十八变，居然有了葡萄酒的模样。

我向酒绅士报告喜讯，他仍旧是淡然地说，好啊。

我说，下一步呢？

他说，您可以把它们斟入酒杯，品尝一下。

我有点诚惶诚恐，斟进酒杯的时候，居然有轻微的紧张。之后，我喝到了自己酿出的葡萄酒，清爽甘甜。

那一瞬，我吐着舌头呆住了。我一直认为我把葡萄酿坏是理所当然的，倒是这不可思议的简单平顺之成功令人愕然。

我立马向酒绅士报喜。他并没有我这般兴奋，只是说，您赶快把过滤完的酒汁，加热到50摄氏度蒸一下。记住啊，温度既不能过高，也不能过低。之后，满瓶、密封、低温、避光保存。存储不得超过半年，就得喝完。

我说，为什么？

他说，防止酒变成醋。

我说，酒是酒，醋是醋，两者怎么会混淆？

酒绅士说，它们相隔并不远。在天然酵母菌存在的地方，也有天然醋酸菌存在。发酵完成之时，酵母菌就被自己生成的酒精杀死了，但醋酸菌还能继续存活。

我放下电话，思忖的结果是决定背弃老师。我想看到“酝酿”的全过程。一天过后，酒果真开始发酸。最初是若有若无的轻柔酸气，几天之后，就势不可当地变成了彻头彻尾的醋。

我向酒绅士报告我的最终产品。他沉吟了一下说，已经变成醋的酒，是没有任何方法复原的。果醋也是葡萄的升华。

实事求是地说，葡萄醋味道不错，冰过之后兑水喝，有秋天的清香。

小口喝着自酿的葡萄醋，不知怎的联想到了幸福。幸福并不是与生俱来的，就像如果不经过酿造，葡萄和酒并不等同。对于幸福的把握，需要学习，需要等待，需要时间和努力。很多人以为幸福和外部介入有关系，就像我以为酿酒一定要有酒曲，要有外力的促发。这个外来的介入物，要么是一笔偶然财富，要么是一个天降奇迹，要么是巧遇了一位贵人或是追求到一个爱人，要么是误打误撞莫名其妙的好运……

毋庸讳言，外界当然是有一些益于幸福发酵的颗粒存在，就像需要购买的酒曲。但请注意，好运气并不直接等同于幸福。每天做白日梦般期待外在的福祉，是年轻时很容易陷入的盲区。

请向一颗葡萄学习，它本身就携带着野生的酵母菌，一旦时机成熟，就会发酵成新的生命。人世间的俗常生活，也蕴藏着天然的幸福因子，白霜般黏结在生活的缝隙中。那就是我们对人世间的善良期望，是我们坚守勤劳的信念，是我们的真诚和友爱，是我们的努力和慈悲。只要有了这些，即使没有外来的助力，也一样能创造出属于自己的幸福。需要的只是时间和持之以恒。这就是酝酿幸福的过程。

由于自己的不慎，导致了不幸时，我们常常会说——谁谁自己酿出了一杯苦酒。是不是可以反过来说，幸福也是自己酿的呢？有葡萄在，就有野生的酵母菌在，有生活在，就有天然的幸福因子在。只要努力，葡萄和我们都有希望走向升华。

酝酿就是如此惊艳，
时间与曲种合谋，
平凡的谷物开始升华，
自此酿泉为酒，
积微成著，
点石成金。

心是一只美丽的小箱子

小时候上学，很惊奇以“心”为偏旁的字，怎么那么多？比如：念、想、意、忘、慈、感、愁、思、恶、慰、慧，等等等等，哈！一个庞大的家族。

除了这些安然地卧在底下的“心”以外，还有更多迫不及待站着的“心”。这就是那些带“竖心”旁的字，比如忆、怀、怏、怕、怪、恼、恨、惭、悄、惯、惜，等等等等。原谅我就此打住，因为再举下去，实在有卖弄学问和抄字典的嫌疑。

从这些例证，可以想见当年老祖宗造字的时候，是多么重视“心”的作用，横着用了一番还嫌不过瘾，又把它立起来，再用一遭。

其实从医学解剖的观点来看，心脏虽然极其重要，但它的主要工作，是负责把血液输送到人的全身，好像一台水泵，干的是机械方面的活，并不主管思维。汉字里把那么多情绪和智慧的感受，都堆到它身上，有些张冠李戴。

真正统率我们思想的，是大脑。

人脑是一个很奇妙的器官。比如，学者用“脑海”来描述它，就很有意思。一个脑壳才有多大？假若把它比成一个陶罐，至多装上三四个大“可乐”瓶子的水，也就满满当当了。如果是儿童，容量更有限，没准刚倒空几个易拉罐，就沿着罐子口溢出来了。可是，不管是成人还是小孩的大脑，人们都把它形容成一个“海”，一个能容纳百川波涛汹涌的大海。这是为什么？

大脑是我们情感和智慧的大本营，它主宰着我们的思维和决策。它能记住许多东西，也能忘了许多东西。记住什么，忘却什么，并不完全听从意志的指挥。比方明天老师要检查背诵默写一篇课文，你反复念了好多遍，就是记不住。就算好不容易记住了，到了课堂上一紧张，得，又忘得差不多了。你就是急得面红耳赤抓耳挠腮，也毫无办法。若是几个月后再问你，那更是云山雾罩一塌糊涂。

可有些当时只是无意间看到听到的事情，比如，路旁老奶奶一句夸奖的话，秋天庭院里一片飘落的叶子，当时的印象很清淡，却不知被谁施了魔法，能像刀刻斧劈一般，永远留在我们记忆的年轮上。

我不知道科学家最近研究出了哪些关于记忆和遗忘的规则，反正以前是个谜。依我的大胆猜测，谜底其实也不太复杂。主管记住什么和忘记什么的中枢，听从的是情感的指令。我们天生愿意保存那些美好、善良、友谊、勇敢的事件，不爱记着那些丑恶、虚伪、背叛、怯懦的片段。当然这并不是说人应该篡改真相，文过饰非、虚情假意瞎编一气，只是想说明我们的心，好像一只美丽的小箱子，容量有限。当它储存物品的时候，经过了严格挑选，把那些引起我们忧愁和苦闷的往事，甩在了外面，保留的是亲情和友情。

我衷心希望每个人的小箱子里，都装满光明和友爱。

我们的心，
好像一只美丽的小箱子，
容量有限。
当它储存物品的时候，
经过了严格挑选，
把那些引起
我们忧愁和苦闷的往事，
甩在了外面，
保留的是亲情和友情。

呵护心灵

那一年我 17 岁，在西藏雪城的高原部队当卫生兵，具体工作是化验员。

一天，一个小战士拿着化验单找我，要求做一项很特别的检查。医生怀疑他得了一种古怪的病，这个试验可以最后确诊。

试验的做法是：先把病人的血抽出来，快速分离出血清。然后在 56 摄氏度的条件下，加温 30 分钟。再用这种血清做试验，就可以得出结果来了。

我去找开化验单的医生，说，这个试验我做不了。

医生说，化验员，想想办法吧。要是没有这个化验的结果，一切治疗都是盲人摸象。

听了医生的话，本着对病人负责的精神，我还仔细琢磨了半天，想出一个笨法子，就答应了医生的请求。

那个战士的胳膊比红蓝铅笔粗不了多少，抽血的时候面色惨白，好像是要把他的骨髓吸出来了。

我点燃一盏古老的印度油灯。青烟缭绕如丝，好像有童话从雪亮的玻璃罩子里飘出。柔和的茄蓝色火焰吐出稀薄的热度，将高原严寒的空气炙出些微的温暖。我特意做了一个铁架子，支在油灯的上方。架子上安放一只盛水的烧杯，杯里斜插水温计，红色的汞柱好像一条冬眠的小蛇，随着水温的渐渐升高而舒展身躯。

当烧杯水温升到56摄氏度的时候，我眼疾手快地把盛着血清的试管放入水中，然后双眼一眨不眨地盯着温度计。当温度升高的时候，就把油灯向铁架子的一边移动。当水温略有下降的趋势，就把火焰向烧杯的中心移去，像一个烘烤面包的大师傅，精心保持着血清温度的恒定……

时间艰难地在油灯的移动中前进，大约到了第28分钟，一个好朋友推门进来。她看我目光炯炯的样子，大叫了一声说，你不是在闹鬼吧，大白天点了盏油灯！

我瞪了她一眼说，我是在全心全意地为病人服务，正像孵小鸡一样地给血清加温呢！

她说，什么血清？血清在哪里？

我说，血清就在烧杯里呀。

我用目光引导着她去看我的发明创造。当我注视到水银温度计的时候，红线已经膨胀到70摄氏度。我劈手捞出血清试管，可就在我说这一句话的工夫，原本像澄清茶水一般流动的血清，已经在热力的作用下凝固得像一块古旧的琥珀。

完了！血清已像鸡蛋一样被我煮熟，标本作废，再也无法完成试验。

我恨不得将油灯打得粉碎。但是油灯粉身碎骨也于事无补，我不该在关键时刻信马由缰。现在面临的问题是我该怎么办，空白化验单像一张问询的苦脸，我不知填上怎样的回答。

最好的办法是找病人再抽上一管鲜血，一切让我们重新开始，但是病人惜血如命，我如何向他解释？就说我的工作失误了吗？那是多么没有面子的事情！人人都知道我是一个尽职尽责的好化验员，这不是给自己抹黑吗？想啊想，我终于设计出了如何对病人说。

我把那个小个兵叫来，由于对疾病的恐惧，他如惊弓之鸟战战兢兢。

我不看他的脸，压抑着心跳，用一个十七岁女孩可以装出的最大严肃对他说：“我已经检查了你的血，可能……”

他的脸唰地变成霜地，颤抖着嗓音问：“我的血是不是有问题？我是不是得了重病？”

“这个……你知道像这样的检查，应该是很重的，单凭一次结果很难下最后的结论……”

说完这句话，我故意长时间地沉吟着，一副模棱两可的样子，让他在恐惧的炭火中慢慢煎熬，直到相信自己罹患重疾。

他瘦弱的头颅点得像啄木鸟，说：“我给你添了麻烦，可是得了这样的病，没办法……”

我说，我不怕麻烦，只是本着对你负责，对你的病负责，还要为你复查一遍，结果才更可靠。

他苍白的脸立刻充满血液，眼里闪出星星点点的水斑。他说，化验员，真是太谢谢了，想不到你这样年轻，心地这样好，想得这么周到。

小个子说着，几乎是迫不及待地撸起袖子，露出细细的臂膀，让我再次抽他的血。

我心里窃喜着，脸上还做出不情愿的样子，很矜持地用针扎进他的血管。这一回，为了保险，我特意抽了满满的两管鲜血，以防万一。

古老的油灯又一次青烟缭绕，我自始至终都不敢大意，终于取得了结果。

他的血清呈阴性反应。也就是说——他没有病。

再次见到小个子的时候，他对我千恩万谢。他说，化验员啊，你可真是认真啊。那一次通知我复查，我想一定是我有病，吓死我了。这几天，我思前想后，把一辈子的事都想过了一遍。幸亏又查了一次，证明我没病。你为病人真是不怕辛苦啊！

我抿着嘴不吭声。

后来领导和同志们知道了这件事，都夸我工作认真并谦虚谨慎。

在以后很长的时间里，我都为自己当时的灵动机智而得意。

我的年纪渐长，青春离我远去，肌体像奔跑过久的拖拉机，开始穿越病魔布下的沼泽。有一天，当我也面临重病的笼罩，对最后的化验结果望穿秋水的时候，我才懂得了自己当年的残忍。我对医生的一颦一笑察言观色，我千百次地咀嚼护士无意的话语。我明白了当人们忐忑在生死边缘时，心灵是多么的脆弱。

为了掩盖自己一个小小的过失，不惜粗暴地弹拨病人弓弦般紧张的神经，我感到深深的懊悔。

我们可以吓唬别人，但不可吓唬病人。当他们患病的时候，精神是一片深秋的旷野，无论多么轻微的寒风，都会引起萧萧黄叶的凋零。

让我们像呵护水晶一样呵护人的心灵。

我点燃一盏
古老的印度油灯。
青烟缭绕如丝，
好像有童话从雪亮的
玻璃罩子里飘出。

绿手指

美国某小镇，有一位老奶奶，长着“绿手指”。千万别以为她是个妖怪或有什么特异，这是当地人对好园丁的称赞。

一天，老人在报上看到一条消息，园艺所重金悬赏纯白金盏花。老奶奶想，金盏花除了金色就是棕色的，白色简直不可思议。不过，我为什么不试试呢？

她对八个儿女讲了，遭到一致反对。大家说，你根本不懂种子遗传学，专家都不能完成的事，你这么大年纪了，怎么可能完成呢？

老奶奶决心一个人干下去。她撒下金盏花的种子，静心侍弄。金盏花开了，全是橘黄色的。老奶奶在中间挑选了一朵颜色稍淡的花，任其自然枯萎，以取得最好的种子，第二年把它们栽种下去。然后，再从花朵中挑选颜色浅淡的种子，栽种……一年又一年，春种秋收循环往复，老奶奶从不沮丧怀疑，一直坚持。儿女远走了，丈夫去世了，生活中发生了很多的事，老奶奶处理完这些事之后，依然满怀信心地栽种金盏花……

二十年过去了。有一天早晨，她来到花园，看到一朵金盏花开得奇特灿烂。它不是近乎白色，也不是很像白色，而是如银如雪的纯白。

她把一百粒种子寄给了那家二十年前悬赏的机构。她甚至不知道这则启事是否还有效，在这漫长的岁月里，是否早就有人培育出了纯白金盏花。

等待的日子长达一年，因为人们要用那些种子验证。终于，园艺所长打电话给老奶奶说，我们看到了你的花，它是雪白的。因为年代久远，奖金不再兑现。您还有什么要求吗？

老奶奶对着听筒小声说，只想问一问，你们可还要黑色的金盏花？我能种出来……

黑色的金盏花至今没开放，因为老奶奶去世了，世人再没有了这种笨笨的坚持。

但愿你我还能长出新的绿手指。

黑色的金盏花
至今没开放，
因为老奶奶去世了，
世人再没有了
这种笨笨的坚持。

分泌幸福的“内啡肽”

我曾看过一则新闻：英国有家报社，向社会有奖征答“谁是最幸福的人”，然后排出第一种最幸福的人，是一个妈妈给孩子洗完澡，怀抱着婴儿；第二种最幸福的人，是一个医生治好了病人并目送他远去；第三种最幸福的人，是一个孩子在海滩上筑起了沙堡；备选答案是，一个作家写完了著作的最后一个字，放下笔的那一瞬间。

看完这则不很引人注目的报道，那一瞬间，我真的像被子弹打中一样，感到极度震惊——这四种状况都曾集于我一身，但是，我没有感觉到幸福！

我为什么没有幸福感？有了这个问号后，我就去观察周围的人，这才发现，有幸福感的人是如此之少。有一年，我拿出贺卡看了看，结果发现最多的是“祝你幸福”，这可能是中国人的集体无意识，所以才会觉得是永远的吉祥话。

可是，幸福的本质是什么东西呢？

日本春山茂雄博士在《脑内革命》一书中说，当我们感知幸福的时候，其实是生理在分泌一种内啡肽，即幸福感是体内内啡肽的分泌。从罂粟里提炼的吗啡是毒品，它的魔力正是在于它的分子结构模拟了生理基础上的内啡肽，让你体验到一种伪装的、模拟的快乐。当你觉得真正快乐的时候，例如，接到大学录取通知书时，如果去抽血查验体内的生化水平，你的内啡肽水平是很高的。

据春山茂雄研究，人体内啡肽的分泌，和马斯洛“需要层次”的金字塔理论惊人地吻合：吃饭能带来愉悦，人在生理基础上是快乐的；然后，在实现安全、爱和尊严的需要的过程中，伴随着更大量内啡肽的分泌，让你感知自己的幸福；最重要的是，当你完成自我实现的时候，内啡肽就到达非常高的水平，远远超出吃饭带来的幸福感。

这种生理和心理的结合，使我觉得，能够体验到幸福感，是一个需要训练、感知且不断提高的过程，因为幸福不是与生俱来的。

我觉得世界上的幸福首先来自一个坚定的信念。

我常去高校和大学生交流，给我最多的感觉是，他们面临着一个非常重要的问题——人生观的确立和价值观的走向，即人为什么活着。

经常有媒体采访我的心理咨询中心，最喜欢提的问题是，咨询最多的问题是什么？我说，心理咨询室这张米黄色的沙发如若有知，一定会一次次地听到来访者在问，我为什么活着？我觉得人是追索意义的动物，尤其是年轻人，都曾经无数次地叩问这个问题。

以前，我们喜欢用灌输式的方法，从小将主义、理想或目标灌输给孩子，希望能够在他心中扎下根，成为他一生的坐标。可我现在发现，一个人的目标，一定需要他自己经过艰苦的摸索，然后在心理结构里确立下来，否则，无论我们多么用心良苦、谆谆教导，它真的只是一个外部的东西。

其实，每个人都早早地确立了一生的目标，因为它原本已存在于你的内心：从童年经验开始，你所热爱、尊敬、向往、要为之奋斗的东西，其实早已植根于心里，只不过被许多世俗的东西、繁杂的外界所影响，甚至被遮蔽了。当一个人开始有意识地关注自己的心理健康时，那是在整理他的心理结构，然后明白心中取得最主打作用的架构和体系。

我曾在一所非常好的大学做讲座，台下有学生递条子说，毕老师，我想问问你，我年轻貌美，又有这么好的大学文凭，要是不找一个大款把自己嫁了，我是不是浪费了资源？我想，在大学生寻找目标的迷茫过程中，能够有这种朋友式的探讨，是特别重要的。

另外，我觉得自我形象的定位是幸福感来源非常重要的一部分。

在大学生自我形象的构建里，有一部分是他们的“出身”（阶层）：他们从各种阶层突然聚合到一起，大学虽是个相对小的、封闭的环境，却也是整个社会的缩影，因此，如何看待自己不可选择的出身阶层，这是自我形象非常重要的部分。另外一部分是他们的学业，包括学习的能力、智商的能力、人际交往的能力等，可归为自己奋斗来的部分。

然而，还有特别重要的一部分，就是外在条件——长相。

我曾在一所大学做关于自我形象、自我认知的讲座，请台下的学生回答：你们有谁曾经为自己的长相自卑？结果齐刷刷地举手——所有的人都自卑！

我当时一下子不知该如何反应，没料到当代年轻人在相貌问题上居然有如此大的压力。

后来，我悄悄问一位女生，问她为自己相貌的哪一点自卑，我实在找不着——她身材窈窕、黑发如瀑、明眸皓齿、肤如凝脂，真的是美女。

她说，我有一颗牙齿长得不好看。

我说，哪颗牙齿？

她说，第六颗牙齿。

我说，谢谢你告诉我，否则站在对面看你一百年，我也看不出你那颗牙齿不好。

她说，你不知道，可是我知道。我不敢笑，从来都是抿着嘴只露出两颗牙齿。同学都说我多“冷”、多高傲，其实，我只是怕人看到第六颗牙齿。男生追求我的时候，我就想，我一颗牙齿不好，他还追求我，肯定是别有用心，于是放弃了好几个条件很好的男生。

我觉得，当一个人不能接纳自己，不能和自己友好地相处的时候，他就不能和别人友好地相处。因为，他对自己都那么百般挑剔、那样苛刻，又怎能和别人有真诚的、良好的沟通与关系？

其实，我挺欣赏基督教里的说法：接受你不可改变的那一部分。我们可以列一列，像出身的阶层、长相及缺陷，这些是我们不可改变的，而我们能够去修炼、弥补和提高的，就是我们可改变的那一部分。

面对一个我们不可改变的东西，该如何对待它，每个人的答案是不一样的，而这个不一样的答案却可能深刻地影响我们的一生。比如，一个人认为他丑，就认定自己完全不会幸福了，觉得他既然这么丑，有什么权利得到幸福？一个人说他很贫寒，为什么别人可以含着银汤匙出生，而他却含着草根出生？

面对种种不平等，我常跟年轻人说，不平等是社会有机组成的一部分，而让它变得更为平等，是你义不容辞的责任之一。

首先，你要丢掉幻想，坦然接纳不公平、巨大的差异或先天不良。然后，对于自己可改变的部分，你就要细细地分析，找出自己的优缺点，是优点就让它更好，是缺点就要去弥补，尤其要突出优点，把自己光彩照人的方面表达出来。因为中国文化特别容易告诉你哪里不行，生怕你忘了自己的缺点，而你有什么优点，告诉你的人可不太多，所以要坦然接受自己的优点，将它发扬光大。

心理咨询中心来过一位留英硕士，月薪 12 万元，可他将自己说得一无是处，弄得我都心酸。我才知道，一个人接不接纳自己，其实不在于外在的条件，也不在于世俗的评判标准，而完全在于他内心框架的衡量。

我通常咨询完了不会给谁留作业，但那天我说，我给你留个作业：下星期来见我之前，你要写出自己的十五条优点。

他快晕过去了，说，我怎么能找到十五条优点呢？至多也就找出一二条。

这个世界上，可能只有您相信我还有优点，我父母就不相信我有优点，所有人都不相信我有优点！

我说，你老板起码相信你有优点吧，否则怎会出月薪十二万元雇你?

他突然在这个事实面前愣了半天，然后说，噢，那我试试看。

所以我觉得，应该去认识自己的长处，将它发扬光大，去接纳那些不可改变的东西。当你能够坦然地面对自己的时候，其实也就可以坦然地面对世界——放下包袱后，你才可以轻装前进。

费尔巴哈说过，你的第一责任是使你自己幸福。你自己幸福了，你也就能使别人幸福，因为，幸福的人愿意在自己周围只看到幸福的人。

面对一个我们
不可改变的东西，
该如何对待它，
每个人的答案
是不一样的，
而这个不一样的答案
却可能深刻地影响
我们的一生。

谎言三叶草

人总是要说谎的，谁要是说自己不说谎，这就是一个彻头彻尾的谎言。

有的人一生都在说谎，他的存在就是一个谎言。世界是由真实的材料构成的，谎言像泡沫一样浮在表面，时间使它消耗殆尽，就好像从来没有存在过似的。

有的人偶尔说谎，除了他自己，没有人知道这是一个谎言。谎言在某些时候表达的只是说话人的善良愿望，只要不害人，说说也无妨。

对谎言刻骨铭心的印象可以追溯很远。小的时候在幼儿园，每天游戏时有一个节目，就是小朋友说自己家里有什么玩具。一个说："我家有会说话的玩具青蛙。”那时我们只见过上了弦会蹦的铁皮蛤蟆，小小的心眼一算计，大人们既然能造出会跑的动物，应该也能让它叫唤，就都信了。又一个小朋友说：“我家有一个玩具火车，像一间房子那样长……”我呆呆地看着那个男孩，前一天我才到他们家玩过，绝没有看到那么庞大的火车……我本来是可以拆穿这个谎言的，但是看到大家那么兴奋地注视着说谎者，就不由自主地说：“我们家也有一列玩具火车，像操场那么长……”

“哇！哇！那么长的火车！多好啊！”小伙伴齐声赞叹。

“那你明天把它带到幼儿园里让我们看看好了。”那个男孩沉着地说。

“好啊！好啊！”大家欢呼雀跃。

我幼小身体里的血液一下凝住了。天啊，我到哪里去找那么宏伟的玩具火车？也许世界上根本就没有造出来！

我看着那个男孩，我从他小小的褐色眼珠里读出了期望。

他为什么会这么有兴趣？依我们小小的年纪，还完全不懂得落井下石……想啊想，我终于明白了。

我大声对他也对大家说：“让他先把房子一样大的火车拿来给咱们看，

我就把家里操场一样长的火车带来。”

危机就这样缓解了。第二天，我悄悄地观察着大家。我真怕大伙儿追问那个男孩，因为我知道他是拿不出来的。大家在嘲笑了他之后，就会问我要操场一般大的玩具火车。我和那个男孩忐忑不安，彼此都没说什么。只是一整天都是我俩在一起玩。幸好那天很平静，没有一个小朋友提起过这件事。

我小小的心提在喉咙口很久，我怕哪个记性好的小朋友突然想起来。但是日子一天天平安地过去了，大家都遗忘了，以后再说起玩具的时候，我吓得要死，但并没有人说火车的事。

真正把心放下来是从幼儿园毕业的那天。当我离开朝夕相处的老师和小朋友的时候，当然也有点恋恋不舍，但主要是像鸟一样地轻松了，我再也不用为那列子虚乌有的火车操心了。

这是我有记忆以来最清晰的一次说谎，它给我心理上造成的沉重负担，简直是一项童年之最。在漫长的岁月里我无数次地反思，总结出几条教训。

一是撒谎其实不值得。图了一时的快活，遭了长期的苦痛，占小便宜吃大亏。不到万不得已，不要说谎。

二是说谎很普遍。且不说那个男孩显然在说谎，就是其他的小朋友也经常浸泡在谎言之中。证据就是他们并不追问我大火车的下落了。小孩的记性其实极好，他们不问并不是忘了，而是觉得此事没指望了。也就是说，他们知道这是一个骗局。他们之所以能看清真相，是因为感同身受。

三是说谎是一门学问，需要好好研究，主要是为了找出规律，知道什么时候可说谎，什么时候不可说谎，划一个严格的界限。附带的是要锻炼出一双能识谎言的眼睛，在苍茫人海中谨防受骗。

修炼多年，对于说谎的原则，我有了些许心得。

平素我是不说谎的，没有别的理由，只是因为怕累。人活在世上，真实的世界已经太多麻烦，再加上一个虚幻世界掺和在里面，岂不更乱了套？但在我的心灵深处，生长着一棵谎言三叶草。当它的每一片叶子都被我毫不犹豫地摘下来的时候，我就开始说谎了。

它的第一片叶子是善良。不要以为所有的谎言都是恶意的，善良更容易把我们载到谎言的彼岸。我当过许多年的医生，当那些身患绝症的病人殷殷地拉了我的手，眼巴巴地问：“大夫，你说我还能治好吗？”我总是毫不踌躇地回答：“能治好！”我甚至不觉得这是谎言。它是我和病人心中共同的希望，在不远的微明处闪着光。当事情没有糟到一塌糊涂的时候，善良的谎言也是支撑我们前进的动力啊！

三叶草的第二片叶子是此谎言没有险恶的后果，更像是一个诙谐的玩笑或是温婉的借口。比如，文学界的朋友聚会是一般人眼中高雅的所在，但我多半是不感兴趣的。我对未知的事物充满了兴趣，很愿意同普通的工人、农民或是哪一行当的专家待在一起，听他们讲我不知道的故事，至于作家聚在一起要说些什么，我大概是有数的，不听也罢。但人家邀了你是好意，断然拒绝不但不礼貌，也是一种骄傲的表现，和我的本意相差太远。这时候，除了极好的老师和朋友的聚会我会兴高采烈地奔去，此外一般都是找一个借口推托了。比如，我说正在写东西，或是已经有了约会……总之，让自己和别人都有台阶下。这算不算撒谎？好像要算的。但它结了一个甜甜的果子，维护了双方的面子，挺好的一件事。

第三片叶子是我为自己规定的，谎言可以为维护自尊心而说。我们常常会做错事。错误并没有什么了不起，改过来就是了。但因为错误在众人面前伤了自尊心，就由外伤变成了内伤，不是一时半会儿治得好的。我并不是包庇自己的错误，我会在没有人的暗夜深深检讨自己的问题。但我不愿在众目睽睽之下，把自己像次品一般展览。也许每个人对自尊的感受不同，但大多数人在这个问题上都很敏感。想当年，一个聪敏的小男孩打碎了姑姑家的花瓶没有承认，也是怕自己太丢面子了。既然革命导师都会有这种顾虑，我们自然也可原谅自己。为了自尊，我们可以说谎，同样为了自尊，我们不可将谎言维持得太久。因为真正的自尊是建立在不断完善自己的基础上的，谎言只不过是暂时的烟雾。它为我们争取来了时间，我们要在烟雾还没有消散的时候，把自己整旧如新。假如沉迷于自造的虚幻，烟雾消散之时，现实将更加窘急。

随着年龄的增长，心田里的谎言三叶草渐渐凋零。我有的时候还会说谎，但频率减少了许多。究其原因，我想，谎言有时表达了一种愿望，折射出我们对事实朦胧的希望。生命的年轮一圈圈增加，世界的本来面目像琥珀中的甲虫越发纤毫毕现，需要我们更勇敢地凝视它。我已知觉人生的第一要素不是善，而是真。我已不惧怕残酷的真相，对过失可能的恶劣的后果有了兵来将挡、水来土掩的勇气。甚至对于自尊也变得有韧性多了。自尊，便是自己尊重自己，只要你自己不倒，别人可以把你按倒在地上，却不能阻止你满面尘土、遍体伤痕地站起来。

有的人总是说谎，那不是谎言三叶草的问题，简直是荒谬的茅草地了。对这种人，我并不因为自己也说过谎而谅解他们，偶尔一说和家常便饭地说，还是有原则上的区别的。

中国有句古话，叫作“人之将死，其言也善”。我觉得这个“善”字就是真实的意思。也就是说，人到临死的时候就不说谎了。

但这个省悟，似乎来得太晚了一点。

活着而不说谎，当是人生的大境界。

人总是要说谎的，
谁要是说自己不说谎，
这就是一个
彻头彻尾的谎言。

久病成灰

你要是一个穷人，说钱的作用是有限的，人们就不信你，以为是嫉妒。你要是一个富人，说同样的话，人们不但信你，还称赞你高风亮节。国人有个习惯，要想评判一件事或是一个物品，你必得先拥有它，如欲评之，必先享之。

这话乍一听，挺对的。你想啊，要是一个饭店的大师傅，自己面黄肌瘦的，人们怎么能相信他的烹调手艺？要是一个教书的先生，连自己的孩子都管教不了，人们还敢把学生送到他的私塾里去吗？

但细一想，又有些不对，世上的事有许多是我们终生所尝试不了的。爆炸的世界每天向我们提供多少信息，新诞生的行业令人目不暇接。身体力行乃是前工业社会慢节奏的标本。古代只需行万里路、读万卷书就可以成为一代文豪的坯子。今天你就是钻进航天飞机，只怕也看不全天下的大事。飞速旋转的世界使任何人都只能是某一领域的权威，对其他的领域只能瞠目结舌。

因为当过多年的医生，总记得一句“久病成医”的话。

仔细想来，这话是有一定的道理。你要是得过感冒，下次再得同样病的时候，就要有经验得多。什么时候该吃药，什么时候该发汗，终是比没得过此病的人要沉着。

但又一想，不对了。感冒并不是疾病的全部，有许多更凶险的疾患是不可以一一尝试的。比如癌症，你如果不幸染上了，是听一个得过此病的病人的话，还是听医生的话？那个医生是没得过癌症的。

我想绝大多数人还是要以医生的话为准。比如，中国妇产科的泰斗林巧稚女士，并不曾结婚生子，但她赢得了无数病人的敬重，因为她凭借的是科学。

久病的确可以使人“成医”，使他成为他那一种病现身说法的“活标本”。假如他是一个爱钻研的人，也许还会有所造诣。但是疾病的世界林林总总，并不是只局限于你所罹患的这一种或几种，任何人都不能把天下的疾病全搜罗在身。一个好的医生不是得病得出来的，而是经过长期的学习历练出来的。假如一个人不断得病，那么等待他的命运就不是“成医”，而是“久病成灰”了。

说了许多关于生病的话，只缘有感于国人太注重自身的经验，过分相信体验过此事的人的一面之词。更有甚者，竟到了假如你没有经历此事，就取消你的发言权的地步。

要取得评判钱的资格，自己必得有许多钱；要探讨女人的心理，必得有情感上的罗曼史或者干脆就是“妻妾成群”。

比如，一部电影好不好看，我们总是太相信那个已经看了电影的记者或是评论家的话，哪怕这一次上了当，下一次还信他。国人多善良，以为上一次是他走了眼，这一回大约改好了吧？其实不然。他虽说吃过葡萄，但是说错了。即使下次他吃的是梨，我也不信他描述的梨的滋味，而是宁可听一个没有吃过梨，但是研究过梨的学者的报告。

这个世界上以前发生的事少，现在发生的事多，我们不可能事必躬亲，可我们要对很多事情拿出自己的看法。听谁的？亲历过此事的人的话，可听，但不可全信。古人就有“不识庐山真面目，只缘身在此山中”的教诲，尤其是那个人的品行不好，说的话就更要打折扣了。

这看法大概偏颇。但现代社会的节奏太快，经验不但要从自身的经历取得，而且要从研究过此事的专家那里获得。

一个得过最多种疾病的人，医学知识也要少于医学院最蹩脚的学生。

当然有关医生责任心的问题，不在此例。

积木别墅

人的血液里，流淌着热爱盖房子的愿望。证据是我们从小就爱玩积木。

那是一些多么美丽的小木块啊！方的、长的、绿的、黄的、腰鼓状的、半球状的……新积木紧紧地镶在漂亮的纸盒子里，上面有一张折叠的纸。

那是图纸，锲而不舍地告诉我们，用盒子里的这些材料可以搭出怎样的建筑。

纸上的模型自然很精彩。但是属于我的那些积木，直到尖锐的棱角磨得圆钝，表层的彩漆脱落尽，都没有一次按图索骥组装成纸上的模样。

我不喜欢现成的图案。纸上已经画出来了，就像挖掘好的河道，思维的小船只能在里面慢慢漂。那样我们就降为工匠，而不是设计师了。

有一次幼儿园里举行搭积木比赛，要求是用尽给你的积木搭一所好看的房子。

我趴在桌上，将我的那堆积木看了半天，然后很快开始干活。我把一块红色的长方形积木和一块同样形状的绿色积木并排立起来，它们就组成了一个别致的正方形。然后，把一个金色的三角形积木搁在上面，第一间小房子就宣告竣工了。

我还依次搭了一些同样分散而小巧的建筑，精致的小亭子、带钟表的小阁楼等。最后，我还剩了一块淡蓝色的柱形积木，不知道干什么用好，就把它直直地戳在建筑群的正当中。

时间到了，我偷着觑了一眼旁边的小朋友。那是一个胖胖的男孩。

他倾其所有的家当，搭了一座牌坊似的塔楼。风一吹，扇形的积木墙就摇摇晃晃。他举着两只手，既不敢扶，又不敢不扶，悬空护卫着他的作品。

老师走到我的部落前，说，你搭的这是什么呀？是别墅吗？这么浪费地方！

这是我生平第一次听到“别墅”这个名词。

她接着拨拉那块矗立着的淡蓝色小积木，又说，你怎么剩了一块砖?

我说，那不是砖。

老师说，那你说说，它到底是什么?

我说，是一个人啊。他正好从房间里走出来，要穿过这个小月亮门到拱桥上去……

老师仔细地听完了我的解释，然后公布我的邻桌是此次比赛的第一名，而我是最后一名。

胖男孩得意地望着我，我惭愧地一把将自己的别墅晃倒。

他的高楼也应声倒了。没有人碰它，高楼弱不禁风。

随着年龄的增长，我也终于明白了自己的不合时宜。我们的国家土地那么少，人口那么多，普通人哪里能享得别墅的奢侈。

我在地震的年代又看到了那个胖男孩，他变得很消瘦，在一家工厂当工人。

一夜间，起了那么多防震棚。各家各户的男子汉好像都是上好的建筑师。因陋就简，瓜菜代砖，顺手牵羊，拆了东墙补西墙……人们一时间焕发出惊人的聪明才智，各家的小房子像雨后的毒蘑菇，色彩斑斓，争奇斗艳。

我站在他搭的小房子里，身旁是用裁了图钉后剩的洋铁板钉成的窗户。那边角碎料，通常是用来做简易暖瓶的外壳的，制成窗户，别有一番情趣。

我原以为阳光透过这种“玻璃”还不得被切割得支离破碎，在地面留下麻子一般的光点。其实完全不是这样。

强烈的阳光穿过铁皮的空隙，倏地变淡了，好像钻进一层镂花的窗帘。它均匀而温柔地铺在不久前还是旷野的土地上，使没有被铲净的小草根冒出嫩绿。

这样简易的窗户自然是没有纱窗的。寒暄之后，我问主人，铁皮上这么大的窟窿眼，得飞进多少苍蝇蚊子？

主人说，苍蝇飞不进来。

我说，不能吧？这么大的洞，挤一挤，两只苍蝇可并排通过。主人笑了，说，苍蝇没有人聪明，它们不会抿了翅膀飞。所以无论从理论上讲还是实践验证，我这间自盖的小窝棚里，从没飞进过苍蝇。

我不甘心地问，那么蚊子呢?

主人叹了一口气说，假如晚上点灯，蚊子见了亮，就会飞进来。

我说，假如摸黑坐着，蚊子就不会来了吧?

主人说，也不行。蚊子能闻见人血的气味，照样飞进来咬你。

我说，那就只有在棚子里多喷点儿杀虫药了。

主人苦笑了一下，说，四面漏风的小房子，药味早就随风飘散了。

我说，那就搬回正经房子里住吧。

他说，搬不回去了。弟弟已经用他俩合住的房子结了婚。新人说，他们不怕地震，只怕没房。

我不知再说什么，主人反过来安慰我。他说，住在自己亲手盖的房里，再小也令人得意。假如有了足够的地方、足够的材料，他能盖一栋最舒适的房子。通过这回实地操作，他发现自己的手艺挺不错。

就盖一座你当年挨了批评的别墅吧。他用玩笑结束了自己的话。

他还记得那件事，他还是那么爱盖房子！

又是许多年过去了，社会在不断地进步着。我们已经可以比较自由地选择我们的食物、衣服、发式和室内的装饰（假如不是太奢侈的话）。

我再没有见到那个原先很胖后来消瘦了的邻桌。有时在夏天有蚊子飞过的夜晚，看到很壮观的高楼或很精巧的别墅，我就会想起他。

但愿将来有一天，他能按照自己的愿望，盖一座理想中的房子。

纸上的模型自然很精彩。
但是属于我的那些积木，
直到尖锐的棱角磨得圆钝，
表层的彩漆脱落尽，
都没有一次按图索骥
组装成纸上的模样。

挖掘心灵第一图

一位睿智老人说，在每个人的心灵深处都珍藏着一幅对这个世界最初的印象图画。它储存在脑海的褶皱中，平时被繁杂的信息遮挡，好像昏睡的幽灵不理晨昏，但它无所不在地笼罩着我们，统领着每个人对世界的基本视点。好像一纸符咒，规定了我们探询世界的角度。

这话挺玄秘的，有点巫术的味道。我不服，挑战地问："可以当场试试吗？"

老人很谦和地一笑，说："一家之言。你可以信，也可以不信。"

我说："我恰好知道一个人的心底图像。您若说中了，我就信。"

老人淡然回答："行啊。"

我说："这个人啊，脑海里留下的最朦胧也最原始的图像是一片无边的荒漠，尘沙漫天、苍黄渺茫，但他周围的小环境不错，好像是一个温暖的怀抱，有袅袅的香气环绕……"

说完，我定定地看着老人，且听他如何分解。

老人缓缓地说："他的精神世界对立而单纯，沉重而简明。对世界本质的认识充满疑惧，觉得人力无法胜天；宇宙不可知；人是孤独渺小的生物，基调混沌而迷茫。但他还会快乐而努力地活着，时时感受到温情和带着暖意的希望，寻找一个光亮、安静、芬芳的所在……"

说完后，老人问我："他是这样一个人吗？"

我抑制住自己的大惊异，说："对与不对，以后我再告诉您。现在，我最想知道的就是您这种分析的基本方法，能教我一些吗？"

老人说："少许心得，不值多说。有点占卜的意味，但并不是街头的摆摊算卦。首先，你让被试者静静地躺下，拼命想早先的事。意识好比柳絮，能飞多远飞多远。回忆的触角竭力向脑仁深处钻，最后变得似睡非睡似醒非醒，一片混沌最好。让人由眼前的明明白白泡入米汤样的童年，到了再也沉不下去的时候，他的心里就会猛地浮出一幅画。让他把这幅画讲给你听，然后……"

老人一一道来，我全身心紧急动员，照单接收。老人说：“喏，基本思路就这些，剩下的事看你的悟性了。”

我说：“您可要‘传帮带’啊。”

其后的一段时间，我像个居心叵测的探子，不断启发诱导各色人等，把他们脑海中留下的生命原初印象挖掘出来，一一告我，由我再转达老人。老人娓娓道出其中蕴含的深意。至于那人真实生活中的脾气品性，老人完全不感兴趣，也绝不想知道。在他的眼里，每个人的图谱就是性格之书的目录，他不过是读出来而已。

开头不顺利，第一位男人所谈简陋得像撕下的小人书碎片。

“那幅图像嘛，好像是一个黑夜，不知是灯灭了，还是眼睛得了病，总之黑暗环绕……完了，就这些。”他干巴巴地舔舔嘴唇说。

他那时黑暗，我此时也黑暗。到处像泼了墨汁，如何分析？我只好拼命启发他再想深入些。搜肠刮肚半晌，他补充如下：“我摸着黑，仿佛找到一碗粥，就把它喝下去了。我妈妈走过来，眼泪洒在我脸上。很凉……哦，就这些，再也没有了。”他坚决地结束了回忆。

真是老虎吃天啊。我沮丧地请教老人，老人说：“嗯，足够了。他是个悲观主义者，一生都在寻找。他对自己终极寻找的东西究竟是什么，也闹不清楚。在这寻找的途中，他会得到温暖和利益的回报，他会很珍视亲情。但这些并不能缓解他寻找的焦虑，冲淡他与生俱来的悲哀，稀释充满他周围的茫茫黑色。”

我频频点头，最终也没有告诉老人，那是一位苦苦求索的哲学家的心底图像。反正老人并不需要他人的验证。

一个矮小的年轻人不好意思地说：“我的第一图像似乎没什么好说的，支离破碎。那是我和我弟弟在抢被窝。你知道，我小的时候家里很穷，打通腿，就是两人合盖一个被筒。谁都想自己盖得暖和些，就拼命把被子朝自己身上裹……就这些，整夜抢啊抢的。穷人家的被子小，遮了这头捂不了那头。我比弟弟个儿大，总是占上风的时候多些。这就是全部了。”

老人分析：“这个年轻人竞争性很强，在他的眼里，‘弱肉强食’是生存的基本状态。他信奉实力决定一切，因此他会不遗余力地为自己争夺尽可能多的物质利益和生存空间。但他一般不会害人，不会使用特别凶残的手段。在他的内心里，还残存着‘四海之内皆兄弟’的道义。”

实际情况是，那年轻人个子不高，说苛刻点几乎要算其貌不扬了，加上家境贫寒，按照常理该是比较自卑的。但他不，一点都不。整天意气风发、精神抖擞的，上大学，考研究生，什么都不落空。每当竞争的时候，他总是毫不退却、奋勇向前。计谋算不上很光明正大，但手段也并不卑劣，懂得趋利避害、适可而止。也许是天时加上人和，他的运气一直不错。

一位依旧美丽的中年女企业家告诉我，世界在她眼里是盘根错节的森林，热带雨林，遮天蔽日的。她在摸索着走，有时是爬，到处都有陷阱和叫不出名字的昆虫，很华丽也很狰狞……下着雨，很冷，有大毛虫发育成的极冷艳的蝴蝶在脖子后面盘旋……

我对这幅图像的真实性抱有深刻的怀疑。她祖籍北方，从未踏入北回归线以南。再说一个幼小婴孩，想象得出热带雨林的具体模样吗？还有毛虫和蝴蝶，这样复杂重叠的象征意象也是孩童难以触及的。她的叙述更像一场成人梦境，一个幻觉。

但女企业家谈话时的郑重神态，使我无法贸然认定她在说谎。

老人听完我的转述与疑问说："这是真实的。心灵的真实不仅仅是亲眼所见，更多的时候是一种浓缩升华后的感受。哪怕你说图像尽头是一幅外星人联欢的图画，我也确信无疑。人的感受有一种特质——无比忠诚。出于种种的利害关系，它可以欺骗别人，但它为自己保留下的图谱不会是赝品。这位女性对世界的看法，是荒诞奇诡而又不乏夺人心魄的诱惑与美丽，她应该擅长打拼，奋斗出了很高的成就。她好强，勇于挑战。但在不断的挣扎寻觅中，又感到巨大的孤独与人世的险恶。她臆造了一片热带雨林……"

我无话可说。老人就像与那女人相识了一百年，用电脑扫描了她的整个人生，留下一纸谶语。

随着积累的人们心底第一图数量的增多，我渐渐发觉探索源头的奥秘对每个人是一次心灵的剖析和飞跃。知道了自己眺望世界的基本视角，便有了揭示自身很多特点的钥匙。我们也许不能改变它，却可以因此变得更加理智和从容。

老人有一天对我说：“你第一次对我描述的那个人，就是在沙漠中睁开眼睛看世界的人是谁啊？你还没有告诉我。”

我说：“那个人就是我。我母亲抱着我，行进在从新疆到北京天地一色的途中。”

知道了自己
眺望世界的基本视角，
便有了揭示自身
很多特点的钥匙。
我们也许不能改变它，
却可以因此
变得更加理智和从容。

今生五百次的回眸

佛说，前世的五百次回眸，才换来今生的擦肩而过。顿生气馁，这辈子是没得指望了，和谁路遇和谁接踵，和谁相亲和谁反目，都是命定，挣扎不出。特别想到我今世从医，和无数病患咫尺对视。若干垂危之人，我手经治，每日查房问询，执腕把脉，相互间凝望的频率更是不可胜数，如有来世，将必定与他们相逢，赖不脱躲不掉的。于是这一部分只有作罢，认了就是。但尚余一部分，却留了可以掌握的机缘。

一些愿望，如果今生屡屡瞩目，就埋了一个下辈子擦肩而过的伏笔，待到日后便可再接再厉地追索和厮守。

今世，我将用余生五百次眺望高山。我始终认为高山是地球上最无遮掩的奇迹。一个浑圆的球，有不屈的坚硬的骨骼隆起，离太阳更近，离平原更远，它是这颗星球最勇敢最孤独的犄角。它经历了最残酷的折叠，也赢得了最高耸的荣誉。它有诞生也有消亡，它将被飓风抚平，它将被酸雨冲刷，它将把溃败的肌体化作肥沃的土地，它将在柔和的平坦中温习伟大。

我不喜欢任何关于征服高山的言论，以为那是人的菲薄和短视。真正的高山不可能被征服，它只是在某一个瞬间，宽容地接纳了登山者，让你在它头顶歇息片刻，给你一窥真颜的恩赐。如同一只鸟在树梢啼叫，它敢说自己把大树征服了吗？山的存在，让我们永葆谦逊和恭敬的姿态，知道在这个世界上，有一些事物必须仰视。

今生，我将用余生一千次不倦地凝望绿色。我少年戍边，有十年的时间面对的是皑皑冰雪，看到绿色的时间已经比他人少了许多。若是因为这份不属于我选择的怠慢，罚我下辈子少见绿色，岂不冤枉死了？

记得在千百个与绿色隔绝的日子之后，我下了喀喇昆仑山，在新疆叶城突然看到辽阔的幽深绿色之后，第一反应竟是悚然，震惊中紧闭了双眼，如同看到密集的闪电。眼神荒疏了忘却了这人间最滋润的色彩，以为是虚妄的梦境。

就在那一瞬，我皈依了绿色。这是最美丽的归宿，有了它，生命才得以繁衍和兴旺。常常听说地球上的绿地到了××年就全部沙化了，那是多么恐怖的期限。为了人类的长盛不衰，我以目光持久地祷告。

今生，我将一万次目不转睛地注视人群。如果有来生，我期望还将成为他们之中的一员，而不是其他的什么动物或是植物。尽管我知道人类有那么多可怕的弱点和缺陷，我还是为这个物种的智慧和勇敢而赞叹。我做过一次人类了，我知道了怎样才能更好地做人。做人是一门长久的功课，当我们刚刚学会了最初的运算，教科书就被合上。卷子才答了一半，抢卷的铃声就响了，岂不遗憾？

把自己喜欢的事一一想来，我还要看海看花，看健美的运动员看睿智的科学家，看慈祥的老人和欢快的少女，当然还有无邪的小童，突然就笑了。想我这余生，也不用干其他的事了，每天就在窗前屋后呆呆地看山看树看人群吧，以求个来世的擦肩而过。这样一路地看下去，来世的愿望不知能否得逞，今生的时光可就白白荒废了。于是决定，从此不再东张西望，只心定如水，把握当前。

不为虚缈的擦肩而过，而把余生定格在回眸之中。喜欢山所表达的精神，就游历和瞻仰山的英拔和广博，期望自己也变得如许坚强。喜欢绿色和生命，喜爱人的丰饶和宝贵，就爱惜资源，尊重自己也尊重他人。

佛说，
前世的五百次回眸，
才换来今生的擦肩而过。
一些愿望，
如果今生屡屡瞩目，
就埋了一个下辈子
擦肩而过的伏笔，
待到日后便可
再接再厉地追索和厮守。

九芒星的钥匙

有一个古老的传说，在宇宙中有一颗闪着九束霞光的星辰，叫作九芒星。九芒星是天堂的所在，人类如果最后抵达了那里，就会健康快乐，充满力量。九芒星有一枚钥匙，当众神缔造完了人类的那天傍晚，他们聚在一起，商量这把伟大的钥匙，究竟藏在哪里呢？既不能让人类很轻易地找到，也不能让人类总也找不到，浸泡于痛苦之中。

争论半天。有的说，把九芒星的钥匙扔入大海之峡；有的说，埋在雪山之巅；有的说，干脆裹进太阳的肚子里……但众神一想，这些地方随着人类科技的发达，总是可以找到的。讨论了很久，最后众神统一了意见，把九芒星的钥匙种在一个最好找又最不好找的地方，那就是人类的心田。

众神很得意。这个地方，人类在最初的时候，是绝对想不起去寻找的。

当他们搜遍天空海洋的每一朵云彩和每一粒水珠，踩踏了地球上每一寸土地，还未曾找到天堂的钥匙的时候，也许他们会惆怅而思索地低下头来，查看自己的内心吧？

在每个人的星空，都有一颗九芒星。在每一颗九芒星的上面，都建有一座快乐的天堂。在每一座天堂的墙壁上，都镶着一扇需要打开的门。在每个人的心中，都藏着一枚九芒星的钥匙。

寻找你的九芒星钥匙吧。找到了，快乐和力量就像瀑布，从此充满了你的血脉。

在每个人的星空，
都有一颗九芒星。
在每一颗九芒星的上面，
都建有一座快乐的天堂。
在每一座天堂的墙壁上，
都镶着一扇需要打开的门。
在每个人的心中，
都藏着一枚九芒星的钥匙。

鱼在波涛下微笑

心在水中。水是什么呢？水就是关系。关系是什么呢？关系就是我们和万物之间密不可分的羁绊。它们如丝如缕百转千回，环绕着我们，滋润着我们，营养着我们，推动着我们。同时也制约着我们，捆绑着我们，束缚着我们，缠绕着我们。水太少了，心灵就会成为酷日下的撒哈拉。水太多了，堤坝溃塌，如同 2005 年夏天的新奥尔良，心也会淹得两眼翻白。

人生所有的问题，都是关系的问题。在所有的关系之中，你和你自己的关系最为重要。它是关系的总脐带。如果你处理不好和自我的关系，你的一生就不得安宁和幸福。你可以成功，但没有快乐。

你可以有家庭，但缺乏温暖。你可以有孩子，但与他难以交流。你可以

姹紫嫣红宾朋满座，却不曾有高山流水患难之交。你会大声地埋怨这个世界，殊不知症结就在你自己身上。

你爱自己吗？如果你不爱自己，你怎么有能力去爱他人？爱自己是最简单也是最复杂的事情。它不需要任何成本，却需要一颗无畏的灵魂。我们每个人都是不完满的，爱一个不完满的自己是勇敢者的行为。

处理好了和自己的关系，你才有精力和智慧去研究你的人际关系，去和大自然和谐相处。如果你被自己搞得焦头烂额，就像一个五内俱空的病人，哪里还有多余的热血去濡养他人！

在水中自由地遨游，闲暇的时候挣脱一切羁绊，到岸上享受晨风拂面，然后，一个华丽的俯冲，重新潜入关系之水，做一条鱼在波涛下微笑。

人生所有的问题，
都是关系的问题。
在所有的关系之中，
你和你自己的关系最为重要。
它是关系的总脐带。
如果你处理不好和自我的关系，
你的一生就不得安宁和幸福。
你可以成功，
但没有快乐。

有一种笑，令人心碎

做过心理医生，看到过无数来访者。一天，有人问道，在你的经历中，最让你为难的是怎样的来访者？说实话，我还真没想过这个问题，他这一问，倒让我久久地愣着，不知怎样回答。

后来细细地想，要说最让我心痛的来访者，不是痛失亲人的哀号，或是奇耻大辱的啸叫，而是脸挂无声无息微笑的苦人。

有人说，微笑有什么不好？不是到处都在提倡微笑服务吗？不是说微笑是成功的名片吗？最不济也是笑比哭好啊。

比如，一个身穿黑衣的女孩对我说，您知道我的外号是什么吗？我叫“开心果”，我是所有人的开心果。只要我周围的人有了什么烦心事，他们就会找到我。我听他们说话，想方设法地逗着大家快乐，给他们安慰。可是，我不欢喜的时候，却找不到一个人理我了。周围一片灰暗，我只有一个人躲在被窝里哭……

我听着她的话，心中非常伤感，但她脸上的表情却让我百思不得其解。那是不折不扣的笑容，纯真善良，几乎可以说是无忧无虑的。连我这双饱经风霜的老眼也看不出有什么痛楚的痕迹。她的脸和她的心，好像是两幅不同的拼图，展示着截然相反的信息，让人惊讶和迷惑，不知哪一面是真。

我说，听了你的话，我很难过。可看你的脸，我察觉不出你的哀伤。她下意识地摸摸自己的脸说，咦，我的脸怎么啦？很普通啊。我平时都是这样的。

于是我在瞬间明白了她的困境。她脸上的笑容是她的敌人，把错误的信息传达给了别人。当她需要别人帮助的时候，她的脸、她的笑容在说着相反的话——我很好，不必管我。

有一个男子说他和妻子青梅竹马，说他以妻子的名字起了证照，办起了自家的公司。几年打拼，积聚下了第一桶金。小鸟依人的妻子身体不好。丈夫说，你从此就在家里享福吧，我有能力养你了。你现在已经可以吃最好的伙食和最好的药，等我以后发展得更好了，你还可以戴着最好的首饰去看世界上最好的风景。再往后，你也会住上最好的房子……他为妻子描画出美好的远景之后，就雷厉风行地赚钱去了。

当有一天他风尘仆仆地回到家中时，妻子不在屋中。他遍寻不到，焦急当中，邻居小声说，你不是还有一套房子吗？他说，不，我没有另外的房子。邻居锲而不舍地说，你有，你还有一套房子。我们都知道，你怎么能假装不知道？男子想了想说，哦，是了，我还有一套房子。你能把我带到那套房子去吗？邻居说，一个人怎么能忙得把自己的房子在哪里都忘了呢？它不是在××路××号吗？邻居说完就急忙闪开了，不想听他道谢的话。男子走到了那个门牌前，看到了自己最要好的朋友的车就停在门前。他按响了门铃，却没有人应答。

这是一栋独立的别墅，时间正是上午十点。男子找了一个合适的角度，可以用眼睛的余光罩住别墅所有的出口和窗户。然后他点燃一支烟，他狠狠地抽了半天，才发现根本就没有点燃。他就这样一支接一支地抽下去，直到太阳升到正午，还是没有见到任何动静。他面无表情地等待着，知道在这栋别墅的某个角落里有两道目光偷窥着自己。到了下午，他还如蜡像一般纹丝不动。

傍晚时分，门终于打开了，他的朋友走了出来。他迎了上去，在他还没有开口的时候，那个男人说，算你有种，等到了现在。你既然什么都知道了，你要怎么办，我奉陪就是了。说着，那个男人钻进车子，飞一样地逃走了。丈夫继续等着，等着他的妻子走出门来。但是，直到半夜三更，那个女人就是不出来。后来，丈夫怕妻子出了什么意外，就走进别墅。他以为那个懦弱负疚的妻子会长跪在门廊里落泪不止，他预备着原谅她。但他看到的是盛装的妻子端坐在沙发里等他，说，你怎么才来？我都等急了。我告诉你，你听不到你想听的话，但你能想得出来所有的事情都发生了，你爱怎么办就怎么办吧，我们等着你……说完这些话，那个女人就袅袅婷婷地走出去了，把一股陌生的香气留给了他。他说，那天他把房间里能找到的烟都吸完了，地上堆积的烟灰会让人以为那里曾经发生过火灾。

我听过很多背叛和遗弃的故事，这一个就其复杂和惨烈的程度来说并不是太特别。之所以印象深刻，是因为这位丈夫在整个讲述过程中的表情——他一直在微笑，不是任何意义上的苦笑，而是真正的微笑。这种由衷的笑容让我几乎毛骨悚然了。

我说，你很震惊，很气愤，很悲伤，很绝望，是不是？

他微笑着说，是。

我恼怒起来，不是对那对偷情的男女，而是对面前这被侮辱和损害的丈夫。

我说，那你为什么还要笑？！

他愣了愣，总算暂时收起了他那颠扑不破的笑容，委屈地说，我没有笑。

我更火了，明明是在笑，却说自己没有笑，难道是我老眼昏花或是神经错乱了吗？我急切地四处睃巡。他很善意地说，您在找什么？我来帮助您找。

我说，你坐着别动，对对，就这样，一动也不要动。我要找一面镜子，让你看看自己是不是无时无刻不在笑！

他吃惊地托住自己的脸，好像牙疼地说，笑难道不好吗？

我没有找到镜子。我和那名男子缓缓地谈了很多话。他告诉我，因为母亲是残疾人，父亲在他出生后不久就把他们母子抛弃了。母亲带着他改嫁了一个傻子，那是一个大家族。他从小就寄人篱下。谁都可以欺负他。出了任何事，无论是谁摔碎了碗、谁打烂了暖瓶，无论他是否在场，都说他干的，他也不能还嘴。他苦着脸，大家就说他是个丧门星，说给了他饭吃，他起码要给个笑脸。为了少挨打，他开始学着笑。他对着小河的水面笑，小河被他的泪水打出一串旋涡。他对着破碎的坛子里蓄积的雨水练习笑容，那笑容把雨水中的蚊子都惊跑了。他练出了无时无刻不在微笑的脸庞，渐渐地，这种笑容成了面具。

这个故事让我深深地发现了自己的浅薄。微笑，有时不是欢乐，而是痛苦到了极致的无奈。微笑，有时不是喜悦，而是生存下去的伪装。深刻检讨之下，我想到了一个词来形容这种状况，叫作——佯笑。

佯攻是为了战略的需要，佯动是为了迷惑敌人，佯哭是为了获取同情，佯笑是为了什么呢？当我探求的时候，发现在我们周围浮动着那么多佯笑。如果佯笑出现在一位中年及以上的人脸上，我还比较能理解，因为生活和经历给了他们太多的苍凉，但我惊奇地看到很多年轻人也被佯笑的面具所俘获，你看不到他们真实的心境。

其实，这不是佯笑者的错，但需要佯笑者来改变。我想，每一个婴儿出生之后，都会放声啼哭和由衷地微笑，那时候，他们是纯真和简单的，不会伪装自己的情感。由于成长过程中种种的不如意，孩子们被迫学会了迎合和讨好。他们知道，当自己微笑的时候，比较能讨到大人的欢心，如果你表达了委屈和愤怒，也许会招致更多的责怪。特别是那些在不稳定不幸福的家庭中长大的孩子，他们幼小的脑海还无法分辨哪些是自己的责任、哪些不过是成人的迁怒。孩子总善良地以为是自己的错，是自己惹得大人不高兴了。由于弱小，孩子觉得自己有义务让大人高兴，于是开始练习佯笑。久而久之，佯笑几乎成了某些孩子的本能。所以，佯笑也不是百无一用的，它掩饰了弱小者的真实情感，在某些时候为主人赢得了片刻安宁。

可是佯笑带来的损伤和侵害是潜在和长久的。你把自己永远钉在了弱者的地位，不由自主地仰人鼻息。在该愤怒的时候，你无法拍案而起；在该坚持的时候，你无法固守原则；在合理退让的时候，你表现了谄媚；在该意气风发的时候，你难以潇洒自如；还可以举出很多。当很多年轻人以为自己的风度和气质是一个技术操作性的问题时，其实背后是一个顽固的心结，那就是你能否流露自己的真实情感。

我们常常羡慕有些人那么轻松自在和收放自如，我们不知道怎样获得这样的自由。

最简单的方法就是全面地接受自己的情绪，做一个率真的人，学会和自己的心灵对话。

你不可要求自己的脸上总是阳光灿烂。你不能掩盖和粉饰心情，你必须承认矛盾和痛楚。只有这样，我们才能真正成为驾驭自己的主人。

回到那位被背叛的男子，当他终于收起了微笑，开始抽泣的时候，我觉得这是他的大进步、大成长。他的眼泪比他的笑容更显示坚强。当他和自己的内心有了深刻的接触之后，新的力量和勇气也就油然而生了。

现代商战把微笑也变成了商品，我以为这是对人类情感的大不敬。微笑不是一种技巧，而是心灵自发的舞蹈。我喜欢微笑，但那必须是内心温泉喷涌出的绚烂水滴，而不是靠机器挤压出的呻吟。

请你不要佯笑。那样的笑容令人心碎。

微笑，
有时不是喜悦，
而是生存下去的伪装。

大部分人都想过自杀

我相信，大部分人都想过自杀，比如我自己。我并不觉得这很奇怪，人人生命中都可能有这样一刻，我们在考虑现在的生活还值不值得过下去。它出现的频率比设想的要多得多。很多人经常在考虑，第二天早上我还要不要起床？要不要面对如此繁杂的世界，延续如此恶劣的情绪？

有一阵子，电视台、广播电台采访我的时候，总是问我，听说您年轻的时候，在西藏，曾经想到过自杀？

我说，是啊，非常认真地想过。

主持人说，可以详细地讲讲吗？

我说，这次就不说了吧，我已经在别的节目里说过了。

主持人坚持说，这一段非常重要。连您这样的人都想过自杀，可见这样想的人太多了。可是大家一般都不愿意说。我只好又说一遍。人人都说西藏与灵魂有关，我觉得西藏与自杀有关。

台底下，主持人私下对我说，自己也曾想过自杀，只是没有勇气告诉别人。

我觉得连一次自杀都没想过的人，肯定凤毛麟角。自杀其实就是一种极度的退避和逃跑。因为无处可逃了，最后干脆把生命也彻底抛离。

当我年轻的时候，很多次想过自杀，甚至觉得这是一个最后的法宝。因为有了这样一个万无一失的法宝，反倒不再害怕生活的残酷。我现在很少想到自杀了，因为我越来越感到生命是如此的宝贵，我要好好地度过。即使是悲惨和疼痛，也证明生命依然灵敏地感知着、活跃着。

我接触过很多想要自杀的人。其中，有的人以一种“救世”的期待来毁灭自己的生命，怀抱着荒诞的希望，以为通过放弃自己的生命和幸福就可以保障和挽救其他人，尝试以自己的灾难和毁灭给别人带来平安。这无疑是非常不现实的。

自杀的人，诚然是可怜的。但究其目的，除了戕害自己以外，还有很多人，是希望以自己的死来惩戒他人，来挽救某种事态的颓势。我们自然不能对死者苛求更多，但这种死亡达不到目的是显而易见的。如果你确实无法忍受生的艰难，你要选择死亡，这是你的自由。但你企图以你自己的死来达到某种目的，就是临死还生活在迷幻之中。

你要想达到某种目的，只有靠自己的奋斗。想用自己的死启发别人来为你的理想而努力，是偷懒和愚蠢的一厢情愿。不要把自己都无力面对的现实黏附在他人身上，那是彻头彻尾的执迷不悟。

我觉得连一次自杀都没想过的人，
肯定凤毛麟角。
自杀其实就是一种极度的退避和逃跑。
因为无处可逃了，
最后干脆把生命也彻底抛离。

自卑情结是幸福的最大敌人

有一种天然的感觉，伴随我们一生。有人说，那是爱，其实不是。爱不是天生就具备的品德，是需要学习的。一个刚刚出生的婴儿，并不懂得爱，但他感到了自卑。哭声就是自卑的旗帜，那是对寒冷（相比于母体内的恒温）、对孤独（相比于母体内的依傍）的第一声惊恐的告白，也是被迫独立生活的宣言。这个景象挺有象征意义。人在强大的自然规律面前，没有法子不自卑。但是，人又不能被自卑打倒，人就是在同自卑的抗争中成长壮大起来的。

可以说，自卑是幸福的最大敌人。道理很简单，一个人若是时时事事都沉浸在自卑中，那他如何还能享受幸福？

所以，人不要被自卑打垮，而是要超越自卑。咱们先来找找自卑的反义词是什么。我小时候，很喜欢“找反义词”这类题目，在寻找中，你对原本的那个词有了更深入的了解，就像黑和白站在一起，一定显出黑的更黑、白的更白。只有在黑暗中，你才能看到所有的光。如果黑和灰站在一起，就容易混淆。

自卑的反义词是自信。自卑和自信，都有一个“自”，就是“自己”的意思。那么，自己对待自己，有什么不同呢？自卑的人，自己看不起自己；自信的人，自己相信自己。从这里入手，我们就找到了自卑和自信最显著的分水岭，那就是，一事当前，自信的人说，我能做这件事；自卑的人会说，我办不成这件事。

面对一生，自信的人说，我能成为理想中那样的人，我要掌握自己的命运。

自卑的人会说，我不能成为自己想成为的那样的人，我只能随波逐流，被外力摆布。

“自卑”这个词，平日里大家说得很多，但究竟什么是自卑呢？自卑有哪些表现呢？自卑为什么会成为幸福的大敌呢？

简言之，自卑就是有关自我的消极信念，影响了成长。

记得儿时读过《好兵帅克》这部小说，里面有个人物，特别喜欢求本溯源。比如，他说到窗户，就要说窗户是木头做的，他马上就会接下来解释，木头是树木，那树木又是从哪里来的呢？它们来自森林……现在我们谈到自卑，多少也陷入了这种论证的漫长小径。有点啰唆，请原谅。

自卑的人，充满了对自己的不良观念和不适宜的评价。自卑的要害是——自我否定。看看“否”这个字，“口”上面是个“不”字，一个人一张口就吐出“不”来。人是需要说“不”的，不知道说“不”的人，一生太辛劳，完全丧失了自我。但是，如果一个人一辈子说“不”太多，尤其是对自己总是说“不”，那就成了大问题。

最详细地论证了自卑这种情绪的是个体心理学的创始人阿德勒，他发现了一个自卑情结。

阿德勒是一位奥地利精神病学家，被称为“现代自我心理学之父”。他于1870年出生在维也纳的一个商人家庭，排行老二。家境富裕，家人都很喜欢音乐，按说这是一个丰衣足食的幸福环境，可是，童年的阿德勒一点也不快乐。为什么呢？原因来自他的亲哥哥。两人虽是一母所生，但哥哥高大健壮，活蹦乱跳，人见人爱，阿德勒却自小体弱多病，还是个驼背。他五岁那年，又生了一场大病，更让他身材矮小、面容丑陋。好在阿德勒很聪明，后来他考入大学，毕业后当了医生。由于自身的残疾，1907年，他发表了有关由身体缺陷引发自卑的论文，从此声名大噪。他不赞成弗洛伊德的性决定论，强调社会文化因素在人格形成和发展中的决定性作用。他的主要观点是：追求卓越是人类动机的核心，而如何追求卓越，则取决于每个人独特的生活风格。追求卓越是一种天生的内驱力，使人力图成为一个没有缺陷的人、一个完善的人。人总是有缺陷的，由于身体或其他原因引发的自卑，能摧毁一个人，使人自甘堕落或得精神病，另一方面，它还能使人发愤图强，力求振作，以弥补自己的缺点。

比如说，古代希腊的代蒙斯赛因斯（德摩斯梯尼），小时候患有口吃，可他迎难而上，刻苦锻炼，最后成了著名的演说家。美国的罗斯福，患有小儿麻痹症，但他最终成为美国总统。尼采身体羸弱，他就研究权力哲学，成了一代大哲学家。

人在强大的自然规律面前，
没有法子不自卑。
但是，
人又不能被自卑打倒，
人就是在同自卑的抗争中
成长壮大起来的。

每个人心中都有一个本子

一次我应邀在电台直播，谈些人生感慨什么的，不时有听众的热线打进，大家就聊天。突然，一个很细弱的女声传来，说，毕老师，我有一个本子，不知该怎么办。你能帮我想个主意吗？

我问，什么本子呢？

她说，就是那种老式的本子，每个人年轻的时候，都有那种本子。我想，你也曾有过的。

我的心像古老的张衡发明的蛤蟆状地动仪一样，接收到一颗铜球，激烈地共振了一下。我知道她所说的那种本子，我确实有过那种本子。我说，啊，是。我知道，我有过。你打算让我给你出个什么主意呢?

她一口气说下去，不再停歇。看来，她为这个问题，思虑很长时间了。

没有人需要这种本子了，这种本子老土。我有时翻翻，也觉得特可笑。却想，可不能把它扔了，烧了，里头藏着我年轻时的梦。多不容易搜集来的呀！我那时用功着呢，别人看电影，我不去，一笔一画地抄呀抄。现在一看，挺幼稚的，可我不忍心把它毁了，心血啊。还抄了不少景物和人物描写，比如，《创业史》里，徐改霞的长相，《林海雪原》里，少剑波如何英俊……还有气象谚语，像“天上鲤鱼斑，晒谷不用翻”，“天上鱼鳞斑，不雨也风颠”……我那时就特分辨不清，鲤鱼斑和鱼鳞斑有什么不同，天气好坏能差那么多吗?想了多年，也闹不明白。如今，也不用想了。有了天气预报，什么都简单了。本子还有什么用？再没人需要它了……

我听着，不知如何回应，只有陪着叹息。从她透露的摘抄词，再加上听她的声音，我判断她早已不年轻。有些人生的纪念物，对自己是宝，对他人只是废物。

也许，怀旧的人，可以在自己的家里，建一所微型的历史博物馆？我本想这样说，但一想到这个年纪的中国妇女，一般不习惯幽默。不知人家住房是否宽敞，可有这份闲心。要是碰上个下岗女工，反倒触动了伤心处。于是只有以沉默相伴。

她突然很热切地说，想了很长时间，我决定把本子寄给你。那里面有关文学的描写，对你的写作肯定会有帮助的。

我微微地苦笑了。这种描写，对我不会有实际用处。但这是一个直播节目，我们的对话，已通过电波飞进万千耳朵。我不忍伤害一颗朴素而炽热的心，于是很快地回答说，好啊！谢谢你把这么宝贵的纪念物托付给我，我一定会仔细拜读，妥善保护的。

她接着问了我的工作地址，喃喃地重复着，记录着……其他的电话接踵打进来，她的声音就在鼎沸中淹去了。

几天后，我收到了一个厚厚的包裹，打开来，一个红色的塑料笔记本收入眼底。

果然是逝去年代的物件。扉页上，盖着洇了红油的公章，不太好的墨字写着“奖给劳动模范□□□”。这个笔记本不但有着文学的意义，还是主人光荣的记载。

我细细地翻看本子。字体从稚嫩到圆熟，抄录的内容也形形色色。它不是日记，没有个人生活的流水账，但却能从里面看出生命的过程。除了文艺书籍的片段，更多的是那个时代流传的一些名人名言。抄录者好像不喜欢按部就班地准确记载，有一些话并不注明出处，使人分辨不清是她抄下的，还是自己发明的。

在人生的前半，有享乐的能力，而无享乐的机会。在人生的后半，有享乐的机会，而无享乐的能力。

——马克·吐温

恕我孤陋寡闻，从来不知马克·吐温有这样一段言论，不知他在何时何地讲的这个话？我虽然很钦佩他老人家的文学成就，但对这段话不敢苟同。我以为，享乐的能力和机会应该是同步的。你用劳动创造机会，同时享乐。把机会和能力割裂开来，大概是20世纪的顺序了。

我想，这段话是本子的主人在年轻时抄录下的吧？那时，她肯定以为自己是不应该享乐的。她以这话激励自己。现在，大约她已到了有享乐机会的年纪了，不知她能否安然享乐？

一个人专心于本身的时候，他充其量也只能成为一个美丽的、小巧的包裹而已。

——罗斯金

又一次惭愧了，不知这位罗斯金是谁。我从这段话里，猜测到主人是相貌普通的女子。在很长的岁月里，她用这话勉励着自己，不愿做一个美丽、小巧的包裹，而期望着是勤奋而努力的战士。

人间最美丽的情景是出现在当我们怀念母亲的时候。

——莫泊桑

这话非常好。主人在这段语录下，画了代表强调意思的曲线。想来，她是一个非常注重亲情的人。她是孝女吧？但也有另一种可能，她从小就失去了母亲。但愿我的后一判断有误。

在最不尊重人类自由的地方，人对英雄的崇拜最为炽烈。

——斯宾塞

人之才能，自非圣贤。有所长，必有所短。有所明，必有所蔽。

——王守仁

当爱情发言的时候，就像诸神的合唱，使整个的天界陶醉于仙乐之中。

——莎士比亚

恋爱中止后不说对方的坏话，也是一种道德。

——国分康孝

“为什么美女总是跟庸庸碌碌的男人结婚？”“因为，聪明的男人避开跟美女结婚。”

——毛姆

啊，她这一阶段，在谈恋爱吧？失恋了？

有朋友的人像草原一样广阔，没有朋友的人像手掌一样狭窄。

与邪佞人交，如雪入墨池，虽融为水，其色愈污。与端方人处，如炭入熏炉，虽化为灰，其香不灭。

——此话无出处

每只鸟都认为自己的声音最美。

——阿拉伯谚语

即使把蛇装进竹管里，它也不会因而变直。

——日本谚语

她是否受到了某种伤害？挺过来了吧？

她脚上穿的是一双绣了小蓝花的青布鞋，毛蓝布裤子，红罩衣，浅花头帕下拢着浓密的黑发，黑发在脑后梳成一根油亮亮的粗辫子，粗辫从脑后绕到前边，滑过肩头，垂在富于曲线的胸脯上。辫梢扎了个红毛线的蝴蝶结，身材颀长，体态丰满，一堆银耳坠垂在秀丽的脸盘儿旁……

——人物外貌描写

……

我错落地翻动着本子，无声地读着这些话语，感到一颗心，拖着长长的彗尾，在人生的天际艰难运行。

我很感动，因为自己也有一个这样的本子。从中学时记起，追随我到高原，直至我饱经沧桑。

有一些我们久久蕴积肺腑，却表达不出的心结，被先哲们一语道破，在征途的驿站旁，等着我们路过。当无意间相逢时，心会陡地一颤，紧接着是温暖和相知的潮水涌起。

每个人内心都存着这样的本子，记载着我们尊崇的规则。无论它是否凝结为显形的字迹，都在暗中规定和指挥着我们的思维。

近年，不大有人记这样的本子了。很多人奉行的宗旨，是一些可做却不可说的秘诀。有一个女孩告诉我，她听从这样一些小技巧：

永远别问理发师你是否需要理发。

（他总是说你需要理发。推而广之，不要向可能成为你的对手的人、利益与你相悖的人，请教任何东西）

美貌是一封无声的推荐信，一旦付出，就要成为定期债券。

（在出租相貌的时候，一定要计算出到期的收益。蚀本的生意万不可做）

烧掉自己最难看的照片。

（千万要在第一眼看到之后，就赶快燃起火柴。假装它从来不曾存在过。这会增强自信心。不信，你试试）

要付的钱晚付，要收的钱早收。

……

女人第一次结婚是为了心爱的男人，第二次是为了找伴侣，第三次是害怕孤独，第四次是习惯成自然。

对于狗来说，每一个主人都是拿破仑。

她说，我这些还是比较上得台面的，有的人，干脆只记一句——人不为己，天诛地灭。

我无言。翻看我们心中的本子，会更精练更浓烈地知道我们是怎样的人。

我把红本子珍藏起来。不想一段时间以后，那女子又给我来了一封信，说自从把本子寄给我以后，寝食无安，好像把最珍贵的东西丢了。

“真的不是我不相信您，只是我以前没意识到，这本子对我是如此重要。您能把它还给我吗？假如您喜欢其中的某些部分，我可以把它复印了，再给您寄去。我不会要您一分钱的。”

我马上把本子挂号寄回并附言。我说，本子我已看完了，对我帮助很大。不必再印了。非常感谢你。我完全能理解你的情感，因为我也有同样的本子。

又过了些日子，我收到了厚厚的邮包。打开来看，那女子把她的笔记本，工工整整地重抄了一份，给我寄来了。

后面多了一句话，没有写明出处，我不知是她自己杜撰的，还是从哪里抄来的。

当你全心全意梦想着什么的时候，整个宇宙都会协同起来，助你实现自己的心愿。

当你全心全意
梦想着什么的时候，
整个宇宙都会协同起来，
助你实现自己的心愿。

节令是一种命令

夏初，买菜。老人对我说，买我的吧。看他的菜摊，好似堆积着银粉色的乒乓球，西红柿摞成金字塔样。拿起一个，柿蒂部羽毛状的绿色，很翠硬地硌着我的手。我说，这么小啊，还青，远没有冬天时我吃的西红柿好呢。

老人显著地不悦了，说，冬天的西红柿算什么西红柿呢？吃它们哪里是吃菜？分明是吃药啊。我很惊奇，说怎么是药呢？它们又大又红，灯笼一般美丽啊。老人说，那是温室里煨出来的，先用炉火烤，再用药熏。让它们变得不合规矩地胖大，用保青剂或是保红剂，让它比画的还好看。人里面有汉奸，西红柿里头也有奸细呢。冬天的西红柿就是这种假货。

我惭愧了，多年以来，被蔬菜中的骗局所蒙蔽。那吃什么菜好呢？我虚心讨教。老人的生意很清淡，乐得教诲我，口中吐钉一般说道——记着，永远吃正当节令的菜。萝卜下来就吃萝卜，白菜下来就吃白菜。节令节令，节气就是令啊！夏至那天，太阳一定最长。冬至那天，亮光一定最短。你能不信吗？不信不行。你是冬眠的狗熊，到了惊蛰，一定会醒来。你是一条长虫，冷了就得冻僵，会变得像拐棍一样打不了弯。人不能贪心，你用了种种的计策，在冬天里，抢先吃了只有夏天才长的菜，夏天到了，怎么办呢？再吃冬天的菜吗？颠了个儿，你费尽心机，不是整个瞎忙活吗？别心急，慢慢等着吧，一年四季的菜，你都能吃到。更不要说，只有野地里，叫风吹绿的菜叶，太阳晒红的果子，才是最有味道的。

我买了老人家的西红柿，慢慢地向家中走。他的西红柿虽是露地长的，质量还有推敲的必要，但他的话浸着一种晚风的霜凉，久久伴着我。阳光斜照在网兜上，那略带柔软的银粉色，被勒割出精致的纹路，好像一幅生长的印谱。

人生也是有节气的啊。

春天就做春天的事情，去播种。秋天就做秋天的事情，去收获。快乐的时候笑，悲伤的时分洒泪。

少年需率真，过于老成，好比施用了植物催熟剂，早早定了形，抢先上市，或许能卖个好价钱，但植株不会高大，叶片不会密匝，从根本上说，该归入早夭的一列。老年太轻狂，好似理智的幼稚症。让人疑心脑内的某一部分让岁月的虫蛀了，连缀不起精彩的长卷，包裹不住漫长的人生。

世俗有句话——“您看起来比实际的岁数年轻”，听的人把它当作一句恭维或是赞美的话，说的人把它当作万灵的廉价礼物。我总猜这句话的背后，缩着一张上帝的笑脸。比实际的年龄年轻，就分明是好的、美的、值得庆贺的吗？小的人希冀长大，老的人祈望年轻。这种希望变更的子午线，究竟坐落在哪一扇生日的年轮？与其费尽心机地寻找秘诀，不如退而结网，锻造出心灵与年龄的同步舞蹈。

老是走向死亡的阶梯，但年轻也是临终一跃长长的助跑。五十步笑百步，不必有过多的惆怅或是优越。年轻年老都是生命的流程，不必厚此薄彼，显出对某道工序的青睐或是鄙弃，那是对造物者的大不敬，是一种浅薄而又愚蠢的势利。人们可以濡养肌体的青春，但不要忘记心灵的疲倦。

死亡是生命的最后过程，有如银粉色的西红柿被摘下以后，在夕阳中渐渐地蔓延成浓烈的红色，此刻只有相信，坚定不移地服从节气的指挥。

春天就做春天的事情，
去播种。
秋天就做秋天的事情，
去收获。
快乐的时候笑，
悲伤的时分洒泪。

沙尘暴里也有鱼籽

很多人衣橱里的婚纱还熠熠生辉，婚姻已被蠹出千疮百孔。到底在哪里出了差错？是否有婚姻的樟脑丸，能让我们保持关系的整洁与清新？情感的寄生虫为什么会生长？

我听过一个来自农村的朋友讲过的一个故事。他说家乡有一片黄土地，在一次暴雨成灾之后，就变成了水塘。第二年，水里长出了鱼。他咬牙跺脚地说，从来没有任何一个人往池塘里撒过鱼苗，那里离海洋和其他的鱼塘也非常遥远，绝不会有什么鱼籽能跋山涉水地找到这里安家落户。真是怪了，这些鱼籽是从哪里来的呢？他啧啧称奇。

我当然没有办法为他提供答案，我对鱼的了解，只限于在超市和自由市场看到它们。不过，我记住了这个疑问，一次看到一位渔业专家，赶忙请教。

他很平静地说，在黄土里，就有鱼的种子。

我说，那些干燥的黄土只能变成沙尘暴。

渔业专家说，这不妨碍鱼的种子藏在里面。沙尘暴里也有鱼籽，等到适宜的时候，变成一条鱼。

我说，这么说，在我们周围到处都有鱼的种子？桌子上？地板上？

专家说，理论上，可以这么讲吧。

所以，让我们婚姻腐败变质的种子，无处不存在。防不胜防，堵不胜堵。所以，你不必奇怪蛀虫从哪里而来，所有的土地中都有鱼的种子，所以也都有蛀虫的种子。

要知道爱如蚕丝般光滑圆润，微凉易断。经常把你的婚纱拿出来晾晒，经常和你的伴侣保持亲密无间的接触。这就像让高原永远干燥一样，鱼就没有办法摆动双鳍。

在黄土里，
就有鱼的种子。

蝴蝶盾

江南，雨雪迷蒙的早春。傍晚，小城，远远的红灯。

我离开寄住的招待所，好奇地向那盏红灯走去。很晚了，从窗口望见它，如一只椭圆形的红蚕豆，在江南嫩绿的空气中孤悬。尤为奇怪的是，灯火下飘着一些斑驳的影子，若彩色的巨蚊，翩翩翻转，又不曾片刻飞离。

近了，看到一个细弱的小伙子，蹲在灯下，用剪刀劈开粉色的绸带，三缠两绕的，一朵小小的莲花，就在指尖亭亭玉立地绽开了，好像他的手是埋在池塘里的一段藕。

再看蚊形巨影，不禁哑然失笑。那是小伙子用各色绸带编织的小物件，翡翠色的螳螂，巧克力色的蚂蚱，橘红色的龟，冰蓝色的玫瑰……一律以丝线穿了，吊在灯下的铁丝上。这些美丽的幌子，随着每一阵微风，幽灵般地起舞。破碎的雨滴，洒在它们的翅膀、脊背和花瓣上，像抹了露水似的，彩亮动人。

我说，卖的吗？

他抬起头，一双被夜熬红的眼。

卖的啊。买一只吧，多好看啊。除了挂着的这些，我还会编好多别样的。天上飞的，地下跑的，只要你叫得出名，我都编得来。

他望着我很快地说，手不停地操作，像盲人按摩师一般娴熟。

我本打算看了端倪就走的，这下反不好意思了，想了想说，编一只凤凰吧。

不知为什么，他却踌躇了。好在只是片刻间的犹豫，马上接了问，什么色呢？

红的吧。我说，想起涅槃，火和再生什么的。

红的不好看，像烧鸡。他很坚决地否定，并不怕因此驱走了顾客。

青色吧。青鸟，很吉祥的。他权威地决定，不待我表态，十指翻飞地操作起来。

先是裁绸带。烧饼大的绸带卷，在小伙子手中无声地流淌着，渐渐缩小如贝。哟嗬，一只凤凰要用这么长的绸带啊！我惊讶着，嘴边却不敢出声，怕惊动了他手心渐渐成形的生命。

十分钟后，一只蟹青色凤凰诞生了。骨架很魁梧，尾羽却不够丰满，嶙峋模样，令人忆起乌鸦。

我付了钱，然后说，小伙子，可惜没我想象得好。

他收拾着残屑很镇定地说，那你再买一只别的吧。凤凰不容易讨好，世上本没有的东西，每个人心底想得都不一样。实实在在的，比较好办。

我说，那好，这回我改要蝴蝶。

他突然愣了，问，你是从外地来的吧？

我说，是啊。

他说，此地人都知道，我是不编蝴蝶的。

我纳闷，说，蝴蝶很难吗？我看比蜻蜓和猫什么的，容易多了。你刚才还天上地下地夸口呢。

已经入夜了，周围很寂静，没有主顾。薄薄的雾丝掠过灯笼的红光，像拭不净的血色玛瑙。那些悬挂着的绸制精灵，突然在某个瞬间一齐停止摆动，好像被符咒镇住了，不动声色地倾听。

他接着问，你是马上就要离开吗？

我说，明天一大早。

他像下了很大决心似的，说，破一次例，卖你一只蝴蝶吧。

他也不再征询我对颜色的意见，思索着，径直施工。绸带卷沙沙滚动着，用料之多之杂，几乎够编一头斑斓猛虎。

他边编边说，家乡多棕榈，人人都会用叶编些好玩的东西。后来到外闯荡，人小力单，总也挣不到钱。突然看到城里人用作捆扎礼品的绸带，和棕榈叶差不多，就琢磨用它编物件。绸带软滑，很多编法都需另创。优点是颜色多，耐保存。现代人如今喜欢手工制品，他走南闯北，生意不错。

常想，全中国编这东西的，就我一个人吧？也许，该到北京申请个专利。小伙子结束谈话的同时，完成的蝴蝶也递到我手里。

这是我生平所见最为精致的编制物，身肢纤巧，探须抖颤，好像刚从卷心菜畦受惊起飞。翅膀色彩鬼魅般绮丽，镶有漆墨般的黑点，如同一排豹睛，若有所思地注视着孤寂清冷的世界。

我失声道，这么艳的蝴蝶，能抵十只凤凰！

小伙子诡谲一笑，说，它的价钱比这要贵得多。

我吓一跳，忙说，啊呀，那我就买不起了。

小伙子忙解释，收您的不会那么多，与凤凰同价。

我定下心，又问，那你为什么不多编些蝴蝶？

他说，多了，就不值钱了。三个月前，我刚到这里，原想住住就走的。此地不大，喜欢小玩意儿的人必也有限，打一枪就转移，流动作业呗。记得也是这时分，来了一个男人，两天前，他买过我的货。这趟劈头问，你能编多少种蝴蝶？我说，没算过，大约……总有……几十种吧。

他说，我用大价钱收你的蝴蝶。条件是，蝴蝶不得重样，不许给别人编，每日一只，一共百天。

我就在这儿住下了。除了摆摊，就是每天早上供应那男人一只蝴蝶。刚开始并不难，照我以前编过的花样，做给他就可交差。一月之后，渐渐有些吃力了。日日都要设计出新图谱，夜里想得脑仁开锅。我用各种颜色的绸带搭配翅膀，镶上奇异的条纹和斑点。在身躯和蝶须上大变花样……有时真恨蝴蝶为什么没有八只翅膀四条须，那么做文章的篇幅可翻多一倍。终于有一天，我对他说，老板，我不想再给你一个人编蝴蝶了，我要走了。男人落下泪来，说他在苦苦追求一个女孩，每天都给她送花。女孩刚开始连看都不看，就把花抛掉。后来他偶尔附了一只从我这里买的蝴蝶，没想到那女孩就收下了花。为了每天得到一只奇异的蝴蝶，女孩一直同他交往，并说如果能集到一百只不重样的蝴蝶，就答应嫁他。男人说完，又把蝴蝶的价码加倍，并许事成之后，给我更多的钱。他说，蝴蝶就是老婆，千万别让她飞了。

我又留下来了。到今天为止，共编了八十九只蝴蝶，还有十一只就满百数之约。每当我煎熬心血编出一只前所未有的蝴蝶时，总在想，那个得到这只蝴蝶的女孩，究竟是谁？长得什么样？她若真是喜欢我的蝴蝶，在有月亮的晚上细细端详，也许能猜破我编进蝴蝶翅膀花纹中的心思。

我想问她，她爱的究竟是人还是蝴蝶？为什么女人总想用某种东西，考验男人？还要把自己一生的幸福，寄托在一个没头脑的死物件上呢？即使那样东西再宝贵，再难寻找，某个男人费尽心机为你找到了它，就是爱情了吗？要知道，你不是同蝴蝶过日子，而是同一个活人，相伴走过一生啊。

也许，我会在编满一百只蝴蝶之前，突然逃离这里。我还有十天的时间，可以来琢磨这事。如果那女孩真的爱他，即使攒不到一百只蝴蝶，也会欢喜地嫁他吧？如果蝴蝶一旦没有了，女孩醒了，重新考虑自己的决定，是不是更好？我给了她一个妥善脱身的借口。

一阵夹杂雪粒的风吹来，悬挂着的彩色精灵，互相碰撞着跳起舞。我把手中纤巧的编制物，很仔细地包好，对他说，放心吧。在我没离开小城之前，不会有人看到蝴蝶。

道了别，缓缓离开。很远了，稀薄的空气还充满着淡淡的红光，从背后的方向绕过我的衣角，涌进无边的雾丝。

为什么女人总想用某种东西，
考验男人？
还要把自己一生的幸福，
寄托在一个没头脑的死物件上呢？
即使那样东西再宝贵，
再难寻找，
某个男人费尽心机为你找到了它，
就是爱情了吗？

身体不是一匹哑马

人们对于自己的身体常常是麻木不仁。只有当生病时，才知觉到它的存在。你见过朝阳的升起，可你觉察过自己身体升起的潮汐吗?

怠慢自己的身体，是现代人的通病。身体真是好脾气，倘有一分气力，就苟延残喘地担当着，实在担当不了，才轰然倒下，并无怨言，人们给这情形起了一个名字，叫作“积劳成疾”。

可是，不能欺负老实人啊！身体是我们最好的朋友，你不能把身体当成一匹哑马，无尽地驱使它做力所不及的苦役。你要学会和自己的马儿喃喃细语。你会听到这匹老马有多少真知灼见，引导你生命的苦旅。

我们要学会轻松省力地使用身体，快捷向前。轻松省力地使用身体的诀窍就是：将身心统一，让身体和思想在同一个水平线上。当我们高兴的时候，身体就微笑。当我们沮丧的时候，身体有权利哀伤。

最要不得的就是，明明你不喜欢这个人，却让身体奴颜婢膝、强颜欢笑。明明你喜欢这个人，却让身体冷若冰霜拒之千里。这不单是做人辛苦，而且让身体早生华发未老先衰。

善待你的躯体吧，它是你在漫漫征途中仅有的依靠。如果连它都背叛了你，你真要好好检讨自己的人生。要记住，身体是我们可以移动的世界。

怠慢自己的身体，
是现代人的通病。

发出清凉的荧光

疼痛并不是惩罚，活着也不是奖赏。同理，死亡也不是失败，这都是人生的必然，你只有安然接受，寻找出黯淡中的色彩，并长久地保持美丽的荧光。

不要害怕疼痛，疼痛说明你还有敏锐的神经。不要给死亡涂抹上猥琐的蓝光，那是我们必然的归所。人生的最后一站，理应壮观华美。

为什么是荧光，而不是其他更光彩夺目气焰万丈的光芒呢，例如，霞光、闪电之光或是北极光呢？

我曾在东北的山林中，在一个凉爽的夏夜，在层层叠叠的树丛中，看到过无数的萤火虫。它们飞舞着，把极小极弱的冷光带到更暗寂的角落。那光没有温度，没有四散的星芒，连亮度都是不稳定的，然而它们不倦地闪烁着，给山峦带来生机。

我对自己的人生没有奢求，能发出一点清凉的光，心已足矣。不借助外力，也不炫目，但竭尽所能地亮着。中国古代有故事说“囊萤映雪”，讲的是把很多萤火虫的光斑聚集起来，能让一个苦孩子看清书上的字迹。

这就是生命朴素的意义了，只要你曾不遗余力地让自己的生命发出过一道光芒，就不必再害怕死亡。

我对自己的人生
没有奢求，
能发出一点清凉的光，
心已足矣。

宁静有一种特殊的力量

宁静有一种特殊的力量，就是不管外界怎样变化无常，都能让你的躯体自在平和。就像一艘在狂风巨浪中保持稳定的船，你难道不惊讶于它锚链的深度和船体的坚固吗？

我喜欢宁静的风景和宁静的人，这使我怡然。我的老师林教授曾经帮我分析过这种爱好的形成。她说，你是不是因为在西藏待得太久了，雪山和冰峰静止不动，久而久之，也就养成了你寂静的性格？

我承认她说得有道理，不过我的幼儿园老师曾说过，我从小就是一个安静的孩子。

真的是这样吗？我不知道，我知道自己的心里常常翻涌着惊涛骇浪，我知道这是我必须经历的，并不害怕。但我不会很激烈地把它表达出来，我觉得有一些事情要出现，就让它出现好了。我不能阻止它，但可以平静地面对它。

我在西藏的高原上，看到过这个世界上最为纯净的水。它们来自亿万年前的冰川。我常常站立在波涛翻卷的狮泉河边发呆，心想，水的力量和生命是多么伟大啊。它们历经沧桑，仍然珠圆玉润，没有一丝疲惫和倦怠。看不到些许的伤痕，更没有皱纹和白发，永远年轻地喧嚣着，如同新生的那一刹那。

我原来是很敬佩山的，但和水相比，山的自我修复能力要差很多，它们只能不由自主地风化下去，不可复原。山只能沿着一条没有回头的路，照直地走下去，大块的岩石崩塌，化为细碎的砂砾，然后继续颓弱，变作齑粉样的泥沙，再衰变为黄土……

人的心还是像水吧，可以受伤，但永远有痊愈的力量。在大自然面前，人什么都无须保留，只需堂堂正正即可。

宁静有一种特殊的力量，
就是
不管外界怎样变化无常，
都能让你的躯体
自在平和。

没有一颗动物的牙齿是雪白的

听过一个有趣的说法：牙齿是肾的花朵。

牙齿是否坚固，反映着一个人的健康状况，这千真万确。不过，关于人的牙齿应该是什么颜色的，还有一个小故事。

当年我做实习医生的时候，最害怕牙科。这经验可能来自小时疗牙的经验。牙钻一响，就像听到了地狱的门铃。我这个人有个毛病，就是看不得别人受苦，好像那苦楚就真切地发生在自己身上。这是当医生的大忌，医生应该是能够绝缘的。病人痛，自己不痛，才能有清醒的头脑和充沛的精力来诊病疗伤。我的感觉太过敏锐，看到病人流血，自己的脉管就一跳一跳地鼓胀，轻轻抽搐和痉挛。

好了，不说我的这点糗事了，还来说牙。

我鼓起勇气来到牙科，看到了一排一排的塑胶牙。我说，这些牙马上要镶到病人嘴里吗？牙科医生看着我说，这些牙只是一些坯子。我们要先让病人咬好牙印，然后看看哪颗牙合适，再做进一步的加工。病人还要反复试戴，完全合适了，一颗假牙才算彻底安装完毕（现在的镶牙技术，有了显著的变化。当年的边疆军队医院，用的是这种简单方法）。

我说，我给您做助手，帮病人镶牙吧。

这是当年那个年轻女实习医生的狡猾。待在镶牙室，比较少听到刺耳的牙钻声。逃开第一线，心安一些，反正牙科也不是主科目。见我懈怠，老师也睁一眼闭一眼，要求并不很严格。你想啊，哪个士兵到了战场上，还顾得上拔牙镶牙这等琐事？齿科，是一个在和平时期大有可为，刀光剑影中就悄无声息的科目。

我把整盘的牙齿摆在自己面前，摇晃着它们，好像老农观赏成熟的玉米粒。那边牙科大夫处理好了病人的口腔，常常会招呼我拿一颗牙过去，比量一下病人的肤色。因为牙齿要和肤色相配，就像发卡要和长发相配。当然了，也要和原来的牙列相配，不然好像运动鞋配西服，新兵混入了老兵的行列，会闹出笑话。

有一次，老医生让我为病人配一颗牙。那是一个文工团的年轻女子，因为磕绊，将一颗门牙损毁了，只有求助假牙。老医生为她挑选了一颗牙齿，放在一边，让她几天后来试戴义齿。

晚上，我到诊室拿东西，看到了那颗假牙。在灯光下，它黄得像玉米面结成的甲壳。我觉得那女子一定不会喜欢这颗黄牙。老军医年岁大了，忘了“明眸皓齿”这个词。年轻的女子，应该有珠贝一样雪亮的牙啊。我决定偷偷帮她一个小忙，就把那粒黄牙放回材料库，另为她选了一颗白亮亮的新牙。

老医生并没有发现任何异常，他精心磨砺着那颗我选出的牙，我不动声色地等待着年轻女子欣喜的那一刻。

终于，预定的时间到了。女子端坐在牙科椅子上，半仰着嘴，老医生把磨好的新牙栽到她嘴中，说，咬合一下，试试感觉。

女子摇晃了一下脑袋，张嘴闭嘴敲打着假牙，像啄木鸟一样叩着下嘴唇，半天才说，非常好，像我自己的牙一样灵活有力。

我听得满心欢喜。老医生却突然皱起眉说，不行，这颗牙你今天不能戴走。

女文工团员很意外，说，为什么？我今天晚上还有舞蹈演出，我终于可以笑了，前一段时间我只能闭着嘴巴跳舞。

老医生冷静地说，这颗牙齿不适合你。

女文工团员说，为什么呢？我感觉很般配啊。

老医生说，它太白了。很对不起，可能是我上次眼花了，没有配合适。耽误你用了，我很抱歉。

女文工团员失望地走了。我呆呆地站在那里，不知道说什么好。老医生从材料库里找出和第一次同型号的牙齿，开始再一次的打磨。他一边磨一边说，我从来没有出过这样的差错。我说，对不起，是我为她换了一颗牙。

老医生说，你是好意，我知道。可是，人的牙齿并不是雪白的。说牙齿像贝壳一样闪亮，那是形容词，你千万不能上当。人的牙齿，应该是七粒糯米和三粒小米磨成粉，混合在一起的颜色。那种亮得晃人眼睛的牙齿，是电影上玩的戏法，你不能相信。

那天老医生没有批评我一句，我却从此牢牢地记住了他的话。

化妆是什么呢？就是让红的更红，比如嘴唇；让白的更白，比如肤色；让黑的更黑，比如头发；对于牙齿，就让它更亮。这本是商业的需要，是表演的需要，因为借助了电视的魔力，走进了千家万户，不知不觉当中影响了我们的选择。

我问过老医生，是不是因为我们吃多了糖，还喝茶水，加上有人抽烟，所以牙齿才不再洁白？老医生说，这些因素都会影响牙齿的色泽。但牙齿天生就不是雪白的，不信，你去看老虎、猎狗、鲨鱼……它们不吃糖，不吸烟，也不喝茶，可它们的牙齿并不像贝壳那样闪光。从此，我看《动物世界》这一类的片子时，会特别注意野兽的牙齿。果然，没有一种动物的牙齿是雪白的。

雪白的牙齿只出现在人类的造假中，是牙膏商和化妆师的合谋。你可以欣赏那些被漂白的牙齿，它们是珍珠的朋友。请千万不要当真。

允许我把当年老医生的话再重复一遍：人的牙齿不应该白惨惨的，好像年画中的东北虎。人的牙齿应该有一点点微黄，像七粒糯米和三粒小米混在一起磨成粉铸造成的。

人的牙齿不应该白惨惨的，
好像年画中的东北虎。
人的牙齿应该有一点点微黄，
像七粒糯米和三粒小米
混在一起磨成粉铸造成的。

学会用荷尔蒙去寻找幸福

现在有一种说法，用国民幸福总值替代 GDP（国内生产总值）。为什么这么说呢？因为近年来虽然中国的国内生产总值，也就是咱们常说的 GDP 获得了高速增长，但是很少听到有中国人说自己的幸福感也获得了同步的增长。这个 GDP，一直是中国现代化发展的核心目标，也是西方发达国家经济主流的中心标准。现在，特别是在全球经济危机的大趋势下，GDP 是否是衡量社会进步、人民幸福的最佳标准，受到了越来越大的质疑。有一股潜流，开始挑战 GDP。

我不知道每一个家庭的收入总值缩写叫作什么，允许我在某种不确切的意义上，借用一下家庭 GDP 这个说法。简言之，就是我们的收入增加了，我们是否就一定幸福呢？如果不用这个指标，我们又用什么来衡量我们的生存质量并不断提高它呢?

在喜马拉雅山的崇山峻岭当中，有一个不丹国。小小的不丹提供给了世界一个新的方向。不丹认为：社会发展的目标，应该是提高国民幸福总值。如果是单纯追求国民生产总值，就会带来一个悖论——物质丰富了，收入提高了，人却没有相应地感到更幸福。伴随着GDP的高增长，带来了环境污染、工作压力、犯罪增多、失业威胁、社会冲突、人际疏离、贫富差距加大等一系列弊病。他们认为，人民的幸福感大于GDP。

可能有些人对这个结论感到困惑，觉得幸福不幸福完全是个人的感受，不同的人对幸福的评判标准是不同的，这如何来量化呢？太难操作了。

那么，我们就来具体讨论一下幸福的问题。

首先我们还是要把幸福的定义搞清楚。

非常抱歉，在《心理学大辞典》上，我根本就没有找到对幸福的定义。不过它有对于“快乐”的定义。它说：“个体体验到的一种愉快、欢乐、满意、幸福的情绪状态。”

我查了很多书，觉得以下这种说法比较恰当。它说——幸福是“一种持续时间较长的对生活的满足和感到生活有巨大乐趣并自然而然地希望持续久远的愉快心情”。

综合以上这两种说法，我觉得幸福首先是一种情绪，也就是我们常说的，幸福是一种感觉。其次，幸福不是如电光石火般的短暂之旅，而是要持续相当长的时间，甚至一生。我们不是常常说“幸福人生”吗？这里真套用得上周星驰的那句名言了，如果一定要给它加上一个期限的话，希望幸福是一万年。

可不可以这样说，快乐就是短暂的幸福，幸福就是长远的快乐呢？

我想，我们每个人都是有过快乐体验的，正像哲人说的，生活中缺少的不是美，而是缺少发现美的眼睛。让我们模仿一下他的话：生活中也不缺少幸福，只是缺少发现幸福的眼睛。幸福盲如同色盲，把绚烂的世界看成了模糊的黑白照片。

从自己的亲身经历出发，我有理由相信，幸福感不是某种外在的标签或是技术手段可以达到的状态，而是一种精神世界的内在把握和感知。

那么，幸福感到底有没有物质基础呢？它虚无缥缈来去如风吗？也许因为我是医生出身，我坚定地相信，一个能够如此强烈地影响我们的精神状况，并且持续一生存在的状态，一定是可以看得见摸得着的，它一定有坚实的物质基础。

幸福感究竟是什么东西呢？日本医学博士春山茂雄在《脑内革命》这本书中写道，人的心灵由大脑里的脑干、大脑边缘系统和大脑皮质组成。其中有一种神经，当受到外界刺激的时候，会使人产生快感。饮食、性生活给予我们充分快感，体育运动、读书学习也能给予我们难以言状的快感。为他人奉献和为社会工作，也能带来精神的喜悦。这些快感都来自神经分泌的内啡肽。

原来，让我们能够持续地感知幸福的东西，就是我们自产自销的内啡肽。

现在，又出现了新的问题，内啡肽究竟是什么东西呢?

内啡肽（endorphin），亦称安多酚或脑内啡，是一种内成性（脑下垂体分泌）的类吗啡生物化学合成物激素。它是由脊椎动物的脑下垂体和丘脑下部所分泌的氨基化合物（肽）。它能与吗啡受体结合，产生跟吗啡、鸦片剂一样的止痛效果和欣快感，等同于天然的镇痛剂。利用药物可增加脑内啡的分泌效果。英文 endorphin 是 endomorphin 的简化写法，endo 有内在之含意，而 morphin 则为吗啡的英文名称，故 endorphin 为大脑自我制造的类吗啡物质之意。

以上我摘录的这一部分，来自百度百科等资料。

你看明白了吗? 我觉得编纂这个名词解释的人，犯了一个本末倒置的错误，让没有医学知识的人越看越糊涂。

不是内啡肽起到了吗啡的作用，而是吗啡模拟了内啡肽的作用。当然了，由于古时候科学技术不发达，人们不知道在自己体内就能分泌一种对抗疼痛、缓解焦虑、让人快乐和兴奋的物质，它让人安宁和心满意足，它甚至能让人稀释对于死亡的恐惧。这种东西是一类激素，它比人类的历史还要古老。因为在 1975 年，有两组科学家各自独立地研究它时，都是首先在动物身上发现它的。

一组是苏格兰的约翰·休斯和汉斯·科斯特利兹。他们是从猪脑袋中发现有 α、β 及 γ 三种脑内啡肽。当时他们称它为 enkephalins，是由“大脑”的希腊文变化而来。

同一时间，另一组美国研究人员在牛脑中发现脑内啡。埃里·西门称它为脑内啡，是内生吗啡的缩写。已经发现的内啡肽有多种，除具有镇痛功能外，还具有许多其他生理功能，如调节体温、心血管、呼吸功能等。内啡肽是体内自己产生的一类内源性的具有类似吗啡作用的肽类物质。向动物脑室中注射内啡肽，可引起全身深度失去病觉，体温下降，行为变得木僵。这些肽能参与感情应答的调节作用，是机体抗痛系统的组成部分。

当机体有伤痛刺激时，内啡肽被释放出来以对抗疼痛。在内啡肽的激发下，人的身心处于轻松愉悦的状态中，免疫系统实力得以强化，并能顺利入梦，消除失眠症。内啡肽也被称为“快感荷尔蒙”或者“年轻荷尔蒙”，意味着这种荷尔蒙可以帮助人保持年轻快乐的状态。

内啡肽这一强大的内分泌系统，就是我们得以感知幸福的物质基础。

生活中也不缺少幸福，
只是缺少发现幸福的眼睛。
幸福盲如同色盲，
把绚烂的世界
看成了模糊的黑白照片。

警惕吗啡带来的“伪幸福”

人们发现了大自然里有一种美丽的花，叫作罂粟。这罂粟不单美丽妖娆，而且还有一个神奇的妙用：罂粟的提取物——鸦片，居然和我们的身体在快乐时所产生的物质极为相似。

吗啡是鸦片中最主要的生物碱（含量约 10% ~ 15%），1806 年法国化学家卜泽尔蒂纳首次将其从鸦片中分离出来。他用分离得到的白色粉末在狗和自己身上进行实验，结果狗吃下去后很快昏昏睡去，用强刺激法也无法使其兴奋苏醒；他本人吞下这些粉末后也长眠不醒。据此他用希腊神话中的睡眠之神吗啡斯（Morpheus）的名字，将这些物质命名为“吗啡”。

也就是说，吗啡模拟了幸福时的人类分泌系统，吗啡是山寨版的幸福物质，吗啡让人不费吹灰之力，就获取了原本需要长期艰苦努力才能取得的欢愉，吗啡让人类的幸福速成而又廉价。

但是，且慢！吗啡在带给人短暂的“伪幸福”之后，人的身体就进入了成瘾的状态。它再也不是原来那个朴素而有节制地享受幸福的身体了，它变得贪婪而失控。它对毒品的渴求越来越烈，毒品已经成了一种罪恶的“营养素”，整个神经系统对它形成了不可遏制的依赖。它们就像干渴的土地，需要毒品定时来灌溉，只要供应不上，机体就变成了一架疯狂的机器，引起一系列极为痛苦的症状。为了防止这些症状出现，吸毒者只有不断寻找毒品，饮鸩止渴。随着时间的推移，吸毒者对于毒品的需求越来越大，两次“灌溉”之间的距离越来越短。这时候，吸毒者就完全沦为了毒品魔爪中的“人质”，他们每天唯一的念头，就是不惜一切手段去攫取毒品。他们在败光了自己的财产之后，开始贩卖毒品、杀人越货、无恶不作。

这是一条悲惨的通往地狱的狭路，但在它的入口处，却分明书写着“幸福”二字。你仔细端详，才能发现那是盗版。

这就是吸毒者大致的轨迹。

当我所写的戒毒题材小说《红处方》将在文学期刊上发表的时候，受到了严格的审查，其中最主要的是删除了描写吸毒者最初阶段感觉欢愉和幸福的部分。

我说，为什么呢？

删节者说，这样会鼓励吸毒。他们会觉得吸毒是一件美妙的事情。

我说，可这是事实。正是因为最初阶段的假象，才会诱使不明真相的人深陷其中。

删节者说，不管怎么说，不能把吸毒写得有快感。年轻人好奇，他们会追求这种快感，事情就复杂了。

我说，如果一件事，一开始就给人很痛苦的感觉，人们本能地就会排斥它，也就没有那么危险了。最可怕的情形就是刚刚涉入其中的时候，看到的是鸟语花香，而其实危险就潜伏在这种看起来舒适欢愉的表象之下。

删节者说，不管怎样，书中只能描写吸毒的痛苦，痛不欲生，这才能起到正面的教育意义。

我最终没能说服他们。据说，一般的稿子只要三审就行了，我的稿子审了七次。

说这段陈年往事，我只是想再次重复，人们在寻求幸福的道路上，要提防魔鬼的化身。真正的幸福，绝不是靠一种化学药品就能达到的，你要付出艰苦卓绝的努力。

内啡肽是神奇的，我们要做自己内啡肽的主人。

如果一件事，
一开始就给人很痛苦的感觉，
人们本能地就会排斥它，
也就没有那么危险了。
最可怕的情形就是
刚刚涉入其中的时候，
看到的是鸟语花香，
而其实危险就潜伏在这种
看起来舒适欢愉的表象之下。

幸福有盲点，
失去过的人才知其珍贵

无论是古代人、近代人还是现代人，对于幸福的追求从未停止过片刻。

生活本身的目的就是获得幸福，追求幸福让众生殊途同归。那么，到底什么是幸福？

古往今来，关于幸福的定义，可以说众说纷纭五花八门。当我们讨论一个问题时，有的时候，可以从“它不是什么”来推断。

首先，幸福不是金钱。

金钱肯定是万分重要的。当然，贫贱夫妻百事哀。在物资极度匮乏的情况下，金钱和幸福有密切的相关性。但是，随着温饱的满足，人们对幸福的追求，就脱离了金钱增加的轨道。也就是说，金钱成倍地增加了，相应的幸福感，并没有成倍增加。国外的研究发现，百万富翁和街头的乞丐，感知幸福的比例差不多。

到我的心理诊所来咨询的访客中，有些人的婚姻关系亮起了红灯，他们说，我们无比怀念以前没钱的日子，那时候，我俩每天都有说不完的话，两个人一起打拼，乐在其中。现在呢，房子有了，钱有了，可是话没了。两个人的心越离越远了。这是怎么回事啊？是哪里出了问题啊？

看来，不幸福有时和金钱有关，但有了钱，幸福并不能自然而然地降临。

其次，幸福不是高科技。

谈及科技与幸福的时候，所有人的第一反应几乎都以为它们是相关的。有了更多的新科技，人们就会收获更多的幸福。

这个论点初看之下很有道理。因为有了空调，人们不再受酷热严寒之苦，安逸舒适，自然多了幸福。2009 年 7 月，北京酷热，有一天我看到报纸上登了一封读者来信，一位产妇说，我刚生了宝宝，我们这一带停电了，宝宝在没有空调的房间里，受了大罪了，这可怎么办呢？太痛苦了！

看了这封忧心忡忡的读者来信，我就想起我孩子也是生在7月，那一年，北京也是酷暑。当然没有空调，不过，也安然度过了，好像并没有产生婴儿在没有空调的房间里就不能生活的顾虑。从这个角度来说，高科技不但没有增加人们的幸福感，反倒让人变得更敏感、更弱不禁风了。

有了火车，人们夕发朝至，免了鞍马劳顿之苦，快捷安全，自然多了幸福。有了电子邮件，人们手指轻点鼠标，无数思念和信息顿时抵达，自然多了幸福。较之茹毛饮血、刀耕火种的人类，如今的我们似乎幸福到了天上。事实果真如此吗？

不然。今天的人们并没有比以前感受到更多的幸福。

既然幸福不是金钱，不是高科技，那么，幸福是不是长寿呢？

在中国古代，“福寿禄”三足鼎立，可见这三样不是一种东西。福是福，福与祸相对，无祸便是福。

寿呢，指的是活得长久。禄，指的是古时官吏的俸禄。

现代人认为：生命不在长度，不在数量，而在质量，要重视它的宽度和深度。

现在，我们还要探讨一下——“福”是不是多子多福？

这一点，估计现代人马上会给出否定的答案。孩子并不直接等同于幸福。如果是那样的话，比人具有更强繁殖力的动物就更幸福了。比如，鱼和虾甩籽一次可以达到几十万，你能说它们比人类更幸福吗？其实，越是低等动物，它们面临的生存环境越是险恶。为了保证在极端恶劣的环境中种族不灭绝，它们就进化出了大量生殖的本能，这和幸福的确没有多大关系。就算是在人类社会，多胎的家庭也不一定更幸福。

我们绕了半天圈子，现在还是回到主题上来，一探究竟。幸福到底是什么呢？

讲一个故事。

有一个女人，曾经在这个问题上走入歧途，陷入恐慌，不得不重新思考自己的人生定位。

若干年前，她看到了一则报道，说是西方某都市的报纸，面向社会征集“谁是世界上最幸福的人”这个题目的答案。来稿踊跃，各界人士纷纷应答。报社组织了权威的评审团，在纷纭的答案中进行遴选和投票，最后得出了三个答案。因为众口难调，意见无法统一，还保留了一个备选答案。

按照投票者的多寡和权威们的表决，发布了“谁是世界上最幸福的人”的名单。记得大致顺序是这样的：

第一种最幸福的人，给孩子刚刚洗完澡，怀抱婴儿面带微笑的母亲。

第二种最幸福的人，给病人做完了一例成功手术，目送病人出院的医生。

第三种最幸福的人，在海滩上筑起了一座沙堡，望着自己劳动成果的顽童。

备选的答案是，写完了小说最后一个字，画上了句号的作家。

消息入眼，这个女人的第一个反应仿佛被人在眼皮上抹了辣椒油，呛而且痛，心中惶惶不安。当她静下心来，梳理思绪，才明白自己当时的反应，是一种深入骨髓的悲哀。原来她是一个幸福盲。

为什么呢？说来惭愧，答案中的四种情况，从某种意义上说，那时的她，居然都在一定程度上初步拥有了。

她是一个母亲，给婴儿洗澡的事几乎是早年间每日的必修。那时候家中只有一间房子，根本就没有今天的淋浴设备，给孩子洗澡就是准备一个大铝盆，倒上水，然后把孩子泡进去。那个铝盆，她用了六块钱，买了个处理品，处理的原因是内壁不怎么光滑，麻麻癞癞的。她试了试，好在只是看着不美观，并不会擦伤人，就买回来了。那时要用蜂窝煤炉子烧水，水热了倒进铝盆，然后再加冷水。用手背试试，水温合适了，就把孩子泡进盆里。现在她每逢听到给婴儿用的洗浴液是“无泪配方”，就很感叹。那时候，条件差，只能用普通的肥皂给孩子洗澡。因为忙着工作，家务又多，洗澡的时候总是慌慌忙忙的，经常不小心把肥皂水浸到孩子的眼睛里，闹得孩子直哭。洗完澡，把孩子抱起来，抹一抹汗水，艰难地扶一扶腰，已是筋疲力尽，披头散发的了。

她曾是一名主治医生，手起刀落，给很多病人做过手术，目送着治愈了的病人走出医院大门的情形，也经历过无数次了。回忆一下，那时候想的是什么呢？很惭愧啊，因为忙，往往是病人还在满怀深情地回望着医生呢，她已经匆匆回过头去，赶回诊室。候诊的病人实在多，赶紧给别的病人看病是要紧事。再有，医生送病人，也不适合讲“再见”这样的话，谁愿意和医生“再见”呢？当然是希望永远不见医生最好。她知趣地躲开，哪里有什么幸福之感？记得的只是完成任务之后长长呼出一口气，觉得已尽到了职责。

对比第三种幸福人的情形，可能多少有一点点差距。儿时调皮，虽然没在海滩上筑过繁复的沙堡（这大概和那个国家四面环水有关），但在附近建筑工地的沙堆上挖个洞穴藏个“宝贝”之类的工程，倒是常常一试身手。那时候心中也顾不上高兴，总是担心别叫路过的人一脚踩塌了她的宏伟建筑。

另外，在看到上述消息的时候，她已发表过几篇作品，因此那个在备选答案中占据一席之地的“作家完成最后一字”之感，也有幸体验过了。这个程序因为过去的时间并不太久，所以那一刻的心境记得还很清楚。也不是什么幸福感，而是愁肠百结——把稿子投到哪里去呢？听说文学的小道上挤满了人，恨不能成了“自古华山一条道”，一不留神就会被挤下山崖。那时候，虽然还没有“潜规则”这样的说法，但投稿子要认识人，已成了公开的秘密。她思前想后，自己在文学界举目无亲，一片荒凉，一个人也不认识，贸然投稿，等待自己的 99% 是退稿。不过，因为文学是自己喜爱的事业，她不能在自己喜爱的东西里藏污纳垢。她下定决心不走后门，坚守一份古老的清洁。她知道自己这个决定意味着要吃闭门羹，心中充满了失败的凄凉，真是谈不到幸福。

看到这里，朋友们可能发觉这个糊涂的女人不是别人，就是毕淑敏啊！的确，当时的我，已经集这几种公众认为幸福的状态于一身，可我不曾感到幸福，这真是让人觉得晦气而又痛彻心扉的事情。我思考了一下，发觉是自己出了毛病。还不是小毛病，而是大毛病。如果这个问题不解决，我后半生所有的努力和奋斗，就都是镜中花水中月。没有了幸福的基础，所有的结果都是沙上建塔。从最乐观的角度来说，即使我的所作所为对别人有些许帮助，我本人依然是不开心的。我不得不哀伤地承认，照这样生活下去，我就是一个不折不扣的幸福盲。

我要改变这种情况，我要对自己的幸福负责。从那时起，我开始审视自己对于幸福的把握和感知，我训练自己对于幸福的敏感和享受，我像一个自幼被封闭在黑暗中的人，学习如何走出洞穴，在七彩光线下试着辨析青草和艳花、朗月和白云。我真的体会到了那些被病魔囚禁的盲人，手术后一旦打开了遮眼纱布时的诧异和惊喜，不由自主地东张西望，流下喜极而泣的泪水的感受。

生活本身的目的
就是获得幸福，
追求幸福
让众生殊途同归。
那么，
到底什么是幸福？

翅膀上驮着天堂亲人的期望

昨日从四川回来，在飞机上与同行的心理医生杨霞说：“到了北京后，第一愿望是拿出一天时间，一句话也不说。只因这两天说的话太多，舌头已像撬杠一样僵直。”

和家里人可以不说话，但博客的文字还是要写。人们关注着灾区，会急切地询问每一个到过那里的人——灾区怎么样了？衣食住行可有保障？孩子们可有欢颜？山川可太平？大地可安稳？

大地并不安稳，时有余震发生。看报道，自 5 月 12 日四川大地震发生后，当地可以监测到的余震，已有 9000 多次。我们一向以为是最坚固最牢不可破的土地，却发生了可怕的崩裂与崩塌，这对于人们赖以生存的安全感的摧毁，已到了无以复加的地步。

从北京机场出发，我们一共有 35 件行李，主要是书籍和奥运福娃的挂件，都是送给北川中学孩子们的礼物。书是协和医科大学杨霞副研究员所撰写的《重建心灵家园》，副标题叫作“震后心理自助手册”，从书的名字你就可以知晓内容，对当前的灾后心理康复是多么及时并富有建设性。八万多字的书稿，杨霞医生用了三天时间，夜以继日地工作，并完全是义写，不取分文稿费，令人感动。石油工业出版社的编辑们在第一时间编辑出版，立下了汗马功劳。奥运福娃挂件，是北京石油附中的师生们精心挑选的。最让人安心的是——所有的书籍和福娃，都是按照 2000 人份准备的，北川中学现有 1700 多名学生，按人头分，每位老师和每个同学都有一份。我从小就特别害怕数量有限的礼物，发放时刻，有的人有，有的人没有。虽然我因为学习好，每次都会得到礼物，但我忘不了没有收到礼物的孩子的忧郁。我觉得太少的礼物，还不如没有呢。不然，令分配的人惆怅，对得不到礼物的孩子们来说，很容易引起自卑感。现在能充分供应满足大家最好，皆大欢喜。

2000 本书，2000 个福娃挂件，你可以想见它们的体积和重量。在办理登机牌的柜台前，女服务员说超重了几百公斤，如果按照规定罚款，大约需要 7000 元。我们赶紧解释，说这是送给灾区小朋友的心意，希望能够放行。红十字会办事人员说这可需要向机场领导请示，要不然，7000 元钱呢，比他一个月的工资还多。请示的结果是免费放行，大家松了一口气。拿着长长一溜行李牌，觉得很气派。

驶往绵阳方向的车并不是很多，所有的车上，几乎都悬挂着“××省支

一个也好啊，让我也好有个伴儿，有个盼头。现在，什么都没有了……”

在这样撕心裂肺的苦难面前，所有的言语都异常苍白。

我不知道说些什么。在为孩子们分发福娃的时候，我留下了一个绿色的妮妮。在所有的福娃中，我特别喜欢这一个，觉得她是个喜眉乐眼的女孩，翠绿得如同雨后清秀挺拔的嫩竹。我找到蹇书记，悄声对他说：“这个福娃，请送给你的女儿吧。”我想，在蹇书记的家中（如果把合住的帐篷也称作家），一定有一处洁净的地方，静息着一个如花女孩难舍难分的精灵。她的同学们今天都得到了一个福娃，她也应该有一个啊。

记得北川中学的一位被截肢的女孩说过：“请你们不要称我的那些死去的同学是——没有来得及开放的花蕾，就已经凋落了。不，他们不是凋落，他们已经盛放过了。”

我被这句话深深打动，它充满了一种只有经历过死亡的人，才会有的练达和超拔，尽管那个女孩只有 12 岁。是的，生命的价值从来不是以长短来衡量的。那些远去的少年，将他们辉煌的笑靥留给我们，在岁月的尘埃中灿烂千秋。

上午 10 点。

轮到我演讲了，正确地说，是上一堂特殊的语文课。

很紧张，因为从来没正儿八经地当过语文老师，因为面对的是经历过地动山摇的孩子们，因为孩子们的聪慧和早熟，也因为文章内容在此情此景此地讲解，有点文不对题。

那篇散文叫作《提醒幸福》，选入了全国初中二年级的语文课本。北川中学邀我这个作者讲讲自己的文章，说孩子们看到课文中的作者突然现身，饶有兴趣。

教室里大约有 60 个座位，坐满了初中二年级一班的学生（因各班都有伤亡，就把几个班合并了。现在是新的班级，满员上课）。还有一些高年级的孩子，曾学过这一课，也赶来听讲。加上站在教室后面的孩子，共约 100 名学生。老师对我说，本来有更多的孩子要来听课，但临时校址没有大礼堂，况且现在非常时期，为了出现大的余震时能够快速疏散，不能组织大规模的聚会。如果是在操场上，倒是没有生命危险，但天气炎热，怕孩子们中暑……

我怕自己讲得不对，误导了孩子们，私下里觉得来的学生越少越好，免得我讲错了，前脚走了，后脚害得正规的语文老师来纠偏，给人家添麻烦。

我悄声问蹇书记，讲课之前，要不要默哀。蹇书记说："孩子们经常默哀，每一回都会哭泣。这一次，就不必了吧。"

我站在黑板前面，开始了讲解。

在这片浸透了鲜血和眼泪的满目疮痍的土地上，宣讲幸福。面对着死去了父母、死去了同学、死去了老师的孩子们，宣讲幸福。从讲台上望下去，孩子们乌溜溜的眼珠，好像秋夜里的星辰，单纯明朗，却掩不住冷霜的寒凉。

我觉得自己根本没有资格和他们谈论幸福。

可是我必须讲下去。

那就从头说起吧。我讲："我为什么萌生出写这样一篇文章的动机呢？是因为大约二十年前，我看到过一篇报道，说的是国外的一家报纸，面向民众征集'谁是最幸福的人'的答案。回信纷至沓来，报社组织了一个各方人士会成的班子，来评选谁是最幸福的人……"

讲到这里，我稍稍提高了声音，问道："大家说说，那谁是最幸福的人呢？"

我的本意是说，当年的报纸会征得怎样的答案？由于我不是训练有素的语文老师，这个问题，口气太开放了一些，也没有强调时间地域的前提。孩子们以为我的问号是：现在谁是世界上最幸福的人？

他们几乎异口同声地回答："我们！"

那一刻，我真真是怀疑自己的耳朵。后来，我把这一幕讲给别人听，听到答案的成人们也会充满疑惑地说："地震惨祸之后的孩子们居然说自己是最幸福的人？别是事先老师教好这样说的吧？"

我要非常郑重地宣布，那些孩子绝对是非常真诚地这样认为的，没有任何人事先授意他们。这不但是不可能的，而且是完全没有必要的。再说啦，我毕竟做过很长一段时间的临床心理医生，一个人说的是否是真心话，我还是有一点辨识力的。

大劫余生的孩子们，如此质朴地诠释了幸福。他们说，我们还活着，这就是幸福。我们还能上课，比起我们死去的同学们，这就是幸福。全国人民这样帮助我们渡过难关，这就是幸福。我们的翅膀上驮着天堂亲人们的希望，我们要高高飞翔，这就是幸福……

他们一个个地站起来发言，略带川音的普通话，稚嫩而温暖。我能做的唯一的事儿，就是控制住自己的泪水。

惊骇莫名！感动至深！钦佩不已！激动万分！

我的手提电话响了。真是非常抱歉的事情，我忘了关手机。我对同学们说："对不起，我马上关机。"就在我预备关机的瞬间，我听到电话提示音，说是有国外的电话。儿子在阿拉伯海上的游轮中，这正是他的号码。于是，我对同学们说："我儿子打来的电话，我很想接一下。"我看看表，已经上了 40 分钟的课了，同学们也需要上厕所，就此宣布：现在休息，10 分钟以后继续上课。

儿子芦淼告知我，和平之船的引擎坏了一个，船速大为下降，原定赶到阿曼萨拉拉港的时间，推迟一天。船方正在紧急调运引擎，希望能够在下一个港口修复。此刻，阿拉伯海上洋流复杂，波浪滔天，船上到处都悬挂着呕吐袋，供人们随时使用，船员在紧张地检查救生艇。芦淼问：“你好吗？”

我说：“很好。你要多多注意安全啊。”

其实，我知道这话等于没说。有些时候，人能做的只有镇定。作为中国第一批“环球游”的旅客，征途上也是波光诡谲。

10分钟后，开始上第二节课。

将课文讲完之后，还有一点时间。我为刚才的接电话，向同学们致了歉。我又说：“我原本是在环球游的，知道四川地震了，就从那条船上下来，把‘和平之船’为你们捐的善款送回了北京。我说，在浩瀚的太平洋上，各国游客曾经为地震死难的中国人民默哀，我亲见他们的泪水潸然而下……”我说：“我今天告诉你们这些，并不是说他们捐赠了多少钱要你们记住，钱并不是最重要的。重要的是，你们并不孤立。除了有祖国大家庭的人们在关怀着你们，全世界爱好和平的仁慈的人们，也在关怀着你们。全世界都期望你们茁壮成长……”

说到这里，我突然想到一个问题，很想听听孩子们的意见。

我对北川中学的100名学生说：“我现在有一个问题，想征求你们的看法。你们的意见，将极大地影响我的决定。这个问题就是——我是返回到游轮上继续我的环球游，还是留下来和你们在一起？”

我以为孩子们要考虑很久，没想到他们马上异口同声地回答道："您去环球游！"

我说："难道没有不同意见吗？"

一个男孩子站起来说："我希望您留下来。"

我说，两方面都请谈谈自己的看法。

一方说，我们一定能战胜地震灾难，我们一定会取得胜利！您到船上去吧，你代表我们，带上我们的眼睛去看看世界吧。然后把世界远方发生的事情告诉我们。等我们长大了，也到全世界去看看！

主张我不去的男生说，毕老师，你看到了北川中学，看到这里已经复课，很多人在关怀着我们。但是，我的家在深山里，那里的震情也很严重，那里的孩子们还没法上学，他们需要帮助。尽你的力量帮助他们吧。

我频频点头。最后我说："可否举手表决一下，我想知道两种看法各占多少比例？"

孩子们踊跃表态。大约 97% 的同学主张我去上船，3% 的同学建议我留下来。一直在台下坐着目不转睛听我讲课的语文老师，也高高举起手臂，加入到赞同我上船的那一方（我对这位老师的认真听课，深表感谢。要知道，人家是正规部队，我是杂牌军啊）。

下课了。我拿起板擦，预备擦掉我写下的“提醒幸福”几个字(顺便说一句，北川中学使用的粉笔质量不佳，易断，色泽不白。如果谁到北川中学去，记得带上一些质量较好的粉笔，这样后排的同学们看起黑板的时候，比较省些眼力）。直到这时，我才注意到在黑板的左侧，有一个用粉笔框起来的长方形框子。老师对我说，这块黑板，就是温总理为我们北川中学写下“多难兴邦”四个字的地方。

谢谢北川中学所给予我的深厚信任！谢谢初中二年级一班的同学们给我的难忘教诲！谢谢苦难让我更深地眷恋祖国和人民！

北川中学的临时校舍设在长虹集团的培训中心，大约20名学生住一间帐篷，孩子们的精神面貌不错，除了看书，就是玩游戏。我拍了一张孩子们玩弹球跳棋的照片。问他们最希望做的事，回答是上课。

开饭的时间到了，伙食比较丰富，有四五个荤素搭配的菜。孩子们拿着统一配给的不锈钢餐盘，排队打饭。长虹集团全都是免费供给。

感谢善举。

在为长虹集团员工所做的演讲中，我看到大家非常疲惫。是啊，大地震发生后的第一时间，长虹就组织抢险救援队，开赴北川。白天开足马力研发新产品，努力工作，多少个夜晚，他们从未安眠。

我说：“长虹的兄弟姐妹们，咱们在开始之前，先闭上眼睛，放松身体，听我的引导，深深地吐出一口气……”

可大多数人都不听我指挥，他们抱歉地笑笑，依旧双目圆睁，警觉甚高。

我略一思索，明白他们实在无法放松自己的神经。这是一个人群高度麇集的场所，若是出现了危急情况，闭着眼睛，如何敏捷逃生？

我说：“兄弟姐妹们，请放心。我会始终睁着眼睛。如果发生了余震，我会在第一时间唤醒大家。我向你们保证，我绝不会第一个跑出去，我一定让你们先走……”

大家会意地轻轻笑起来，安静地闭上了眼睛，放松了身体，减慢了呼吸。

我是个普通人，我害怕地震。但是，我站在讲台上，我就成了老师。我不会放下我的学生，我不能先跑。人活在世上，总有一些东西比一己的生命更重要。有些人不信，我信。

如果我不事先做准备，我也许无法控制我的本能。我想过了，我作出了决定，我就能指挥我的身体，我就能战胜本能。

和我相拥而泣的女孩叫姚瑶，她是长虹集团的职工。2008 年 5 月 12 日 14 时 28 分，万顷山石将她的双亲掩埋，从那一分钟起，她无时无刻不在呼唤亲爱的爸爸妈妈，但天上地下，永无回音。

我知道她面前还有漫长的道路要走，她将步步啼血，万千悲苦。唯一令人安慰的是——姚瑶能谈到自己有十个优点，其中第一个优点是——我很坚强。

国殇之后，唯有坚强。

我想把北川中学孩子们的话转送给姚瑶——翅膀上驮着天堂亲人的希望，你要高高飞翔。

请你们不要称我的
那些死去的同学是
没有来得及开放的花蕾，
就已经凋落了。
不，
他们不是凋落，
他们已经盛放过了。

青虫之爱

大家不止一次地想法设法治她这个毛病。在春天，男生把飘落的杨花坠，偷偷地夹在她的书页里。待她走进教室，翻开书，眼皮一翻，身子一软，就悄无声息地瘫到桌子底下了。从此再不敢锻炼她。

许多年过去，各自都成了家，有了孩子。一天，她到我家中做客，我下厨，她在一旁帮忙。我择柿子椒的时候，突然钻出一条青虫，胖如蚕豆，背上还长着簇簇黑刺。我下意识地将半个柿子椒像着了火的手榴弹似的扔出老远。然后用杀虫剂将那虫子扑死，才想起酷怕虫的女友，未曾听到她惊呼，该不是吓得晕厥过去了吧?

回头寻她，只见她神态自若地看着我，淡淡说，一条小虫，何必如此慌张。

我比刚才看到虫子还愕然地说，啊，你居然不怕虫子了？吃了什么抗过敏药？

女友苦笑说，怕还是怕啊。只是我已经练得能面不改色，一般人绝看不出破绽。你知道我为什么怕虫子吗？我撇撇嘴说，我又不是你妈，我怎么会知道啊！

女友说，你可算说到点子上了，怕虫就是和我妈有关。我小的时候，有一次叫虫蜇了。从此以后我妈只要看到我的身旁有虫子，就大喊大叫地吓唬我……一来二去的，我就成了条件反射，看到虫子，真魂出窍。

后来如何好的呢？我追问。

女友说别急，听我慢慢说。有一天，我抱着女儿上公园，那时她刚刚会讲话。我们在林荫路上走着，突然她说，妈妈……头上……她说着，把一缕东西从我的发上摘下，托在手里，邀功般地给我看。

我定睛一看，魂飞天外——一条五彩斑斓的虫子，在女儿的小手内，显得狰狞万分。

我第一个反应是要像以往一样昏倒，但是我倒不下去，因为我抱着我的孩子。如果我倒了，就会摔坏她。第二个反应是想撕肝裂胆地叫一声。但我立即想到，万万叫不得。我一喊，就会吓坏了我的孩子。于是我硬是把喷到舌尖的叫声咽了下去。

如果我害怕，把虫子丢在地上，女儿一定从此种下了虫很可怕的印象。在她的眼中，妈妈是无所不能、无所畏惧的，如果有什么东西把妈妈吓成了这个样子，那这东西一定是极其可怕的。

我颤颤巍巍地伸出手，长大以后第一次把一只活的虫子捏在手心，翻过来掉过去地观赏着那虫子，还假装很开心地咧着嘴，因为女儿正在目不转睛地看着我呢。那一刻，真比百年还难熬。女儿清澈无瑕的目光笼罩着我，我不能有丝毫的退缩，我不能把我病态的恐惧传给她……

不知过了多久，我把虫子轻轻地放在了地上，我对女儿说，这是虫子。虫子没什么可怕的。有的虫子有毒，你别用手去摸。不过，大多数虫子是可以摸的……

那只虫子就在地上慢慢地爬远了。女儿还对它扬扬小手，说："拜……"我抱起女儿，半天一步都没有走动。衣服早已被黏黏的汗浸湿。

女友说完，好久好久，厨房里寂静无声。我说，原来你的药，就是你女儿给你的啊。

女友纠正道，我的药，是我给我自己的，那就是对女儿的爱。

我的药，
是我给我自己的，
那就是对女儿的爱。

帮助的人越多，幸福感越强

被人需要是很快乐的事情，即使很穷很忙，而无力帮助别人的时候，内心的感觉便十分黯淡。

美国哥伦比亚大学的研究人员在调研中证明，给他人帮忙越多的人，幸福感越强。帮助他人这一行为，本身自有其深远的影响。人们需要释放内心的人道主义情怀，在帮助或是施舍他人的时候，大脑的活动更为积极。

研究人员把一些钱装在信封里，分给一些学生，准确地说，是分给了四十六名加拿大学生，然后对他们说，你可以用这些钱给自己买些东西，或者是给别人买东西，送给他们。到了下午五点，研究人员把这批学生集合起来，调查其快乐指数。发现钱的多少，与快乐指数无关。不过那些给别人买东西的人，比给自己买东西的人，要快乐得多。

乍一听，你会怀疑真的是这样吗？多数人，还是给自己花了钱，比较舒服吧？然后假设自己做了这个实验。我想，我会选择把钱给我的父母，我的儿子，我的丈夫……这样想过之后，不禁哑然失笑。自己也是凡人，并不比别人更高尚或者更龌龊。所以，这实验的结果是真实的，结论通用你我。

研究证明，当人接受馈赠的时候，和给人帮助或施舍的时候，满足感是由大脑的同一部分产生的，只不过在帮助别人的时候，这一区域更为活跃。有时想，如果人的大脑皮层是透明的，我们就会看到，当那些精神活动的时候，我们会更有成就感。这是一个有趣的实验。

我相信，当一个人被他人需要的时候，是非常美妙的感受，成就感是无与伦比的。不信，你试一试。我会很乐意向人求助，因为这在给予自己机会的同时，也是给予了别人一个释放爱心的机会。我想，这恐怕是遗传给我们的精神馈赠。因为从远古时代起，只有那些愿意帮助别人的人，才会有更多的机会留下子嗣。我们基本是这些人的后代，在血液中就留下了良好的习惯。这种从心中捧出的、抛洒四处的爱意，我们要为之感动。

当一个人
被他人需要的时候，
是非常美妙的感受，
成就感是无与伦比的。

图书在版编目（CIP）数据

幸福的香气 / 毕淑敏著 .—北京 : 北京联合出版公司 , 2017.6(2018.4 重印)
ISBN 978-7-5596-0489-7

Ⅰ . ①幸… Ⅱ . ①毕… Ⅲ . ①散文集–中国–当代
Ⅳ . ① I267

中国版本图书馆 CIP 数据核字 (2017) 第 108964 号

幸福的香气

作　　者：毕淑敏
责任编辑：熊　娟
内文设计：沐希设计

北京联合出版公司出版
(北京市西城区德外大街 83 号楼 9 层 100088)
北京市雅迪彩色印刷有限公司印刷 新华书店经销
字数：190 千字　700mm×980mm　1/32　印张：7.5
2017 年 6 月第 1 版　2018 年 4 月第 4 次印刷
ISBN 978-7-5596-0489-7
定价：42.00 元
